AVENIDA DOS MISTÉRIOS

JOHN IRVING

AVENIDA DOS MISTÉRIOS

Tradução de Léa Viveiros de Castro

ROCCO

Título original
AVENUE OF MYSTERIES

Primeira publicação nos EUA em 2015 pela Simon & Schuster

Primeira publicação na Grã-Bretanha em 2015 pela
Doubleday, um selo da Transworld Publishers

Copyright © 2015 *by* Garp Enterprises, Ltd

John Irving assegurou seu direito de ser identificado
como autor desta sob o Copyright, Designs and Patents Act 1988.

Este livro é uma obra de ficção e, exceto em caso de fatos históricos,
qualquer semelhança com pessoas reais, vivas ou não, é mera coincidência.

Direitos para a língua portuguesa reservados
com exclusividade para o Brasil à
EDITORA ROCCO LTDA.
Av. Presidente Wilson, 231 – 8º andar
20030-021 – Rio de Janeiro, RJ
Tel.: (21) 3525-2000 – Fax: (21) 3525-2001
rocco@rocco.com.br
www.rocco.com.br

Printed in Brazil/Impresso no Brasil

CIP-Brasil. Catalogação na fonte.
Sindicato Nacional dos Editores de Livros, RJ.

I72a	Irving, John
	    Avenida dos Mistérios / John Irving; tradução de Léa Viveiros de Castro. – 1ª ed. – Rio de Janeiro: Rocco, 2018.
	
	    Tradução de: Avenue of mysteries
	    ISBN 978-85-325-3107-0
	    ISBN 978-85-8122-733-7 (e-book)
	
	    1. Romance americano. I. Castro, Léa Viveiros de. II. Título.

17-46864	CDD: 813 CDU: 821.111(73)-3

O texto deste livro obedece às normas do
Acordo Ortográfico da Língua Portuguesa.

Para Martin Bell e Mary Ellen Mark.
O que começamos juntos, vamos terminar juntos.

Também para Minnie Domingo e Rick Dancel,
e sua filha, Nicole Dancel,
por terem me mostrado as Filipinas.

E para meu filho Everett, meu intérprete e tradutor no México, e para
Karina Juárez, nossa guia em Oaxaca, *dos abrazos muy fuertes*.

As viagens terminam com o encontro dos amantes.

William Shakespeare. *Noite de Reis*

1. *Crianças Perdidas*

Ocasionalmente, Juan Diego fazia questão de dizer: "Eu sou mexicano – nasci no México, cresci aqui." Mais recentemente, ele passou a dizer: "Eu sou americano – moro nos Estados Unidos há quarenta anos." Ou, num esforço para neutralizar a questão da nacionalidade, Juan Diego gostava de dizer: "Eu sou do Centro-Oeste – de fato, sou um cidadão de Iowa."

Ele nunca disse que era americano-mexicano. Não era só pelo fato de Juan Diego não gostar do rótulo, embora considerasse isso um rótulo e realmente não gostasse dele. O que Juan Diego acreditava era que as pessoas estavam sempre procurando algo em comum na experiência americano-mexicana, e ele não conseguia achar nada semelhante à sua própria experiência; para falar a verdade, jamais procurou.

O que Juan Diego dizia era que ele tivera duas vidas – duas vidas inteiramente distintas. A experiência mexicana foi sua primeira vida, a infância e o início da adolescência. Depois que deixou o México – jamais voltou lá –, ele teve uma segunda vida, a experiência americana ou do Centro-Oeste americano. (Ou ele estava dizendo também que, comparativamente, não lhe havia acontecido muita coisa em sua segunda vida?)

O que Juan Diego sempre afirmou foi que, em sua mente – em suas lembranças, com certeza, mas também em seus sonhos – ele vivia e revivia suas duas vidas em "caminhos paralelos".

Uma amiga querida de Juan Diego – que era também sua médica – caçoava dele por causa dos ditos caminhos paralelos. Ela dizia que ou ele era um garoto do México ou um adulto de Iowa o tempo todo. Juan Diego podia ser uma pessoa contestadora, mas concordara com ela a respeito disso.

Antes que os betabloqueadores tivessem vindo perturbar seus sonhos, Juan Diego contou à amiga médica que ele costumava acordar no meio do "mais suave" dos seus pesadelos recorrentes. O pesadelo a que se referia era na verdade uma lembrança da manhã educativa em que ele se tornou um aleijado. Na realidade, só o começo do pesadelo ou da lembrança era *suave*, e a origem deste episódio era algo que aconteceu em Oaxaca, México – nos arredores do lixão da cidade, em 1970 – quando Juan Diego tinha catorze anos.

Em Oaxaca, ele era o que chamavam de garoto do lixão (un niño de la basura); morava num casebre em Guerrero, o povoado onde moravam as famílias que trabalhavam no lixão (el basurero). Em 1970, só havia dez famílias morando em Guerrero. Naquela época, cerca de 100 mil pessoas moravam na cidade de Oaxaca; muitas delas não sabiam que eram os garotos do lixão que faziam a maior parte do trabalho de separação e seleção do lixo no basurero. As crianças eram encarregadas de separar o vidro, o alumínio e o cobre.

As pessoas que sabiam o que os garotos do lixão faziam chamavam-nos de pepenadores – "catadores de lixo". Aos dezoito anos, Juan Diego era isso: um garoto do lixão e um catador de lixo. Mas o menino também era um leitor; a história de que un niño de la basura havia aprendido a ler sozinho se espalhou. Via de regra, os garotos do lixão não eram grandes leitores, e jovens leitores de qualquer origem ou contexto social raramente aprendem a ler sozinhos. Foi por isso que a história se espalhou, e os jesuítas, que davam tanta prioridade à educação, ouviram falar do menino de Guerrero. Os dois velhos padres jesuítas do Templo de la Compañía de Jesús se referiam a Juan Diego como "o leitor do lixão".

"Alguém devia dar um ou dois livros bons para o leitor do lixão – Deus sabe o que o menino encontra ali no basurero!", padre Alfonso ou padre Octavio diziam. Sempre que um desses dois velhos padres diziam que "alguém devia" fazer alguma coisa, era sempre o irmão Pepe quem fazia. E Pepe era um grande leitor.

Em primeiro lugar, irmão Pepe tinha um carro – e, porque ele tinha vindo da Cidade do México, era relativamente fácil para ele se movimentar em Oaxaca. Pepe era professor na escola dos jesuítas; uma escola bem-sucedida havia muito tempo – todo mundo sabia que a Companhia de Jesus era boa em administrar escolas. Por outro lado, o orfanato dos jesuítas era relativamente novo (só havia sido fundado nos anos 1960, quando eles transformaram o velho convento em orfanato), e nem todo mundo gostava do nome do orfanato – para alguns, Hogar de los Niños Perdidos era um nome comprido que soava um pouco severo.

Mas o irmão Pepe havia se dedicado à escola *e* ao orfanato; com o tempo, a maioria daquelas almas sensíveis que não gostava do *som* do Lar das Crianças Perdidas com certeza iria admitir que os jesuítas administravam um ótimo orfanato, também. Além disso, todo mundo tinha abreviado o nome do lugar – Crianças Perdidas, era como as pessoas o chamavam. Uma das freiras que tomavam conta das crianças era mais dura a respeito disso; para ser justo, a irmã Gloria devia estar se referindo a alguns órfãos malcomportados, não a *todos* os órfãos, quando resmungava de vez em quando, "los perdidos" – sem dúvida, era um nome que a velha freira usava apenas para algumas das crianças mais irritantes.

Felizmente, não foi a irmã Gloria quem levou os livros para o jovem leitor do lixão; se Gloria tivesse escolhido os livros e os tivesse levado, a história de Juan Diego poderia ter terminado antes de começar. Mas o irmão Pepe colocava a leitura num pedestal; ele era jesuíta porque os jesuítas tinham feito dele um leitor *e* o apresentaram a Jesus, não necessariamente nessa ordem. Era melhor não perguntar a Pepe se tinha sido a leitura ou Jesus que o salvara, ou qual dos dois o tinha salvado mais.

Aos 45 anos, ele era muito gordo – "uma aparência de querubim, mesmo não sendo um ser celestial", era como o irmão Pepe se descrevia.

Pepe era a bondade em pessoa; ele personificava aquele mantra de Santa Teresa de Ávila – ele privilegiava sua palavra sagrada em suas orações cotidianas. "Das devoções frívolas e dos santos de cara azeda, livrai-nos, meu Deus"; essa era a oração de Santa Teresa de Ávila de que Pepe mais gostava. Não era de espantar que as crianças gostassem dele.

Mas o irmão Pepe nunca havia estado no lixão de Oaxaca antes. Naquela época, no lixão, eles queimavam tudo o que queimasse; havia fogueiras por toda parte. (Os livros eram bons para acender o fogo.) Quando Pepe saiu do seu Fusca, o cheiro do basurero e o calor das fogueiras eram o que ele imaginou que o Inferno devia ser – só que ele não tinha imaginado crianças trabalhando lá.

Havia alguns bons livros no banco de trás do seu Fusca; bons livros eram a melhor proteção contra o mal que Pepe já havia carregado em suas mãos – você não podia carregar nas mãos a fé em Jesus, não da mesma forma com que podia carregar bons livros.

– Estou procurando pelo leitor – Pepe disse aos catadores, tanto adultos quanto crianças; os pepenadores, os catadores de lixo, lançaram a Pepe um olhar de desprezo pela leitura. Um dos adultos falou primeiro – uma mulher, talvez da idade de Pepe ou um pouco mais moça, provavelmente mãe de um ou mais dos catadores. Ela disse a Pepe que procurasse por Juan Diego em Guerrero – no casebre do jefe.

Irmão Pepe ficou confuso; talvez ele não tivesse entendido bem o que falou a mulher. El jefe era o chefe do lixão – o chefe do basurero. O leitor era filho do jefe? Pepe perguntou à mulher.

Diversos garotos do lixão riram; depois lhe deram as costas. Os adultos não acharam graça, e a mulher disse apenas: – Não exatamente. – Ela apontou na direção de Guerrero; os casebres do povoado tinham sido feitos com materiais que os trabalhadores tinham achado no lixão. Guerrero ficava junto do lixão; numa encosta abaixo do basurero, e o casebre do jefe era o que ficava na periferia do povoado – na extremidade de Guerrero mais próxima do lixão.

Colunas pretas de fumaça se erguiam sobre o basurero na direção do céu. Abutres circulavam no alto, mas Pepe viu que havia comedores de carniça em cima *e* embaixo. Havia cães por toda parte no basurero, contornando as fogueiras e abrindo espaço de má vontade para os homens nos caminhões, mas para quase ninguém mais; os cães eram uma companhia incômoda para as crianças, porque ambos estavam catando o lixo – mesmo que não fosse em busca da mesma coisa. (Os cães não estavam interessados em vidro nem em alumínio nem em cobre.) Os cães do lixão eram na maioria vira-latas, é claro, e alguns estavam morrendo.

Pepe não ficou tempo suficiente no basurero para avistar os cães mortos, ou para ver o que acontecia com eles – eles eram queimados, mas nem sempre antes que os abutres os encontrassem.

Pepe viu mais cães no sopé da colina, em Guerrero. Esses cães tinham sido adotados pelas famílias que trabalhavam no basurero e moravam no povoado. Pepe achou que os cães de Guerrero pareciam mais bem alimentados, e se comportavam mais territorialmente do que aqueles do lixão. Os cães de Guerrero eram mais parecidos com os cães de qualquer vizinhança; eles eram mais ariscos e agressivos do que os cães do lixão, que tendiam a se esquivar de um jeito furtivo e abjeto, embora estes últimos tivessem uma maneira ardilosa de defender seu território.

Você não gostaria de ser mordido por um cão no basurero, ou por um em Guerrero – Pepe tinha certeza disso. Afinal de contas, a maioria dos cachorros de Guerrero vinha do lixão.

Irmão Pepe levava as crianças doentes de Crianças Perdidas para ver o dr. Vargas no Hospital da Cruz Vermelha em Armenta y López; Vargas fazia questão de atender primeiro as crianças do orfanato *e* as crianças do lixão. Dr. Vargas havia dito a Pepe que aquelas crianças que catavam lixo no basurero eram as mais expostas aos perigos dos cães e das agulhas – havia montes de seringas com agulhas no lixão. Un niño de la basura podia facilmente ser espetado por uma agulha velha.

– Hepatite B ou C, tétano – para não mencionar qualquer outra forma imaginável de infecção bacteriana – o dr. Vargas dissera a Pepe.

– E um cão no basurero ou qualquer cão em Guerrero podia ter raiva, eu suponho – irmão Pepe dissera.

– As crianças do lixão precisam tomar as injeções contra raiva se um daqueles cães as morder – disse Vargas. – Mas as crianças do lixão têm muito medo de agulhas. Elas têm medo daquelas velhas agulhas, das quais devem mesmo ter medo, mas isso faz com que tenham medo de injeção! Se forem mordidas por um cão, as crianças do lixão têm mais medo de injeção do que da raiva, o que não é bom. Vargas era um homem bom, na opinião de Pepe, embora fosse um homem de ciência, não um homem de fé. (Pepe sabia que Vargas podia ser um peso, espiritualmente falando.)

Pepe estava pensando no perigo da raiva quando saltou do Fusca e se aproximou do casebre do jefe em Guerrero; os braços de Pepe envolviam firmemente os livros bons que ele trouxera para o leitor do lixão, e ele estava com medo de todos aqueles cachorros ameaçadores, latindo sem parar.

– ¡Hola! – o jesuíta gorducho gritou na direção da porta de tela do casebre. – Eu trouxe livros para Juan Diego, o leitor – *bons* livros! – irmão Pepe disse. Ele se afastou da porta de tela quando ouviu o rosnado feroz dentro do casebre de el jefe.

Aquela mulher que estava trabalhando no basurero dissera algo sobre o chefe do lixão – el jefe em pessoa. Ela o chamara pelo nome. – O senhor não vai ter trabalho em reconhecer Rivera – a mulher dissera a Pepe. – Ele é o dono do cão de aparência mais assustadora.

Mas irmão Pepe não podia ver o cão que rosnava tão ferozmente atrás da porta de tela do casebre. Ele deu mais um passo para longe da porta, que foi aberta subitamente, revelando não Rivera ou qualquer pessoa que se parecesse com um chefe de lixão; a pessoa pequena, mas de expressão carrancuda, na porta do casebre de el jefe também não era Juan Diego, mas uma garota de olhos escuros e ar feroz – a irmã mais moça do leitor do lixão, Lupe, que tinha treze anos. A linguagem de Lupe era incompreensível – o que saía de sua boca nem parecia ser espanhol. Só Juan Diego conseguia entendê-la; ele era o tradutor da irmã, o seu intérprete. E a estranha fala de Lupe não era a coisa mais misteriosa a respeito dela; a garotinha lia mentes. Lupe sabia o que você estava pensando – às vezes, ela sabia mais do que isso a seu respeito.

– É um cara com um monte de livros! – Lupe gritou para dentro do casebre, provocando uma cacofonia de latidos de um cão desagradável, mas invisível. – Ele é jesuíta e professor – um dos benfeitores do Crianças Perdidas. – Lupe fez uma pausa, lendo a mente do irmão Pepe, que estava um pouco confusa; Pepe não tinha entendido uma palavra do que ela disse. – Ele pensa que eu sou retardada. Está com medo do orfanato não me aceitar – dos jesuítas acharem que eu sou *ineducável*! – Lupe gritou para Juan Diego.

– Ela *não* é retardada! – o menino gritou de dentro do casebre. – Ela entende tudo!

– Acho que estou procurando o seu irmão – disse o jesuíta para a garota. Pepe sorriu para ela, e ela balançou a cabeça; Lupe pôde ver que ele estava suando com o esforço hercúleo de carregar todos aqueles livros.

– O jesuíta é simpático – só está um pouco acima do peso – a menina gritou para Juan Diego. Ela voltou para dentro do casebre, segurando a porta de tela para o irmão Pepe, que entrou cautelosamente; ele estava procurando pelo cão feroz, mas invisível.

O menino, o leitor do lixão em pessoa, estava só um pouco mais visível. As estantes que o cercavam eram mais bem-feitas do que muitas, bem como o casebre – trabalho de el jefe, Pepe pensou. O jovem leitor não parecia ser exatamente um carpinteiro. Juan Diego era um menino de aparência sonhadora, assim como muitos leitores jovens, mas sérios; o menino se parecia muito com a irmã, e ambos lembraram a Pepe alguém. Naquele momento, o jesuíta suado não conseguiu saber quem era esse *alguém*.

— Nós dois nos parecemos com nossa mãe — Lupe disse a ele, porque ela sabia o que o visitante estava pensando. Juan Diego, que estava deitado num sofá em ruínas com um livro aberto sobre o peito, não traduziu o que Lupe disse desta vez; o jovem leitor preferiu deixar o professor jesuíta no escuro em relação ao que sua irmã vidente tinha dito.

— O que você está lendo? — irmão Pepe perguntou ao menino.

— História local — história da *igreja*, digamos assim — Juan Diego respondeu.

— É chato — comentou Lupe.

— Lupe disse que é chato; eu acho que é um *pouco* chato — concordou o menino.

— Lupe também sabe ler? — irmão Pepe perguntou. Havia uma peça de madeira perfeitamente suportada por dois caixotes de laranja — uma mesa improvisada, mas muito boa — ao lado do sofá. Pepe colocou a pesada carga de livros ali.

— Eu leio alto para ela. Tudo — Juan Diego disse ao professor. O menino levantou o livro que estava lendo. — É um livro sobre como vocês vieram em terceiro — vocês jesuítas — Juan Diego explicou. — Tanto os agostinianos quanto os dominicanos vieram para Oaxaca antes dos jesuítas; vocês chegaram à cidade em terceiro lugar. Talvez por isso os jesuítas não sejam grande coisa em Oaxaca — o menino continuou. (Isto soou surpreendentemente familiar para o irmão Pepe.)

— E a Virgem Maria ofusca a Nossa Senhora de Guadalupe. Guadalupe é injustiçada por Maria e por Nossa Senhora da Soledad — Lupe começa a balbuciar incompreensivelmente.

"La Virgen de la Soledad é uma heroína local em Oaxaca — a Virgem da Soledad e sua estúpida história do burro! Nuestra Señora de la Soledad também decepciona Guadalupe. Eu sou uma devota de Guadalupe!", Lupe disse, apontando para si mesma; ela parecia estar zangada.

Irmão Pepe olhou para Juan Diego, que parecia impaciente com as guerras entre virgens, mas o menino traduziu tudo aquilo.

— Eu conheço esse livro! — Pepe exclamou.

— Bem, isso não me surpreende — é um dos *seus* — Juan Diego disse a ele; ele entregou o livro que estava lendo para Pepe. O velho livro tinha o cheiro forte do basurero, e algumas de suas páginas pareciam chamuscadas. Era um desses manuais acadêmicos — cultura católica do tipo que ninguém lê. O livro tinha vindo da própria biblioteca dos jesuítas no antigo convento, agora Lar das Crianças Perdidas. Muitos dos livros velhos e impossíveis de ler tinham sido mandados para o lixão quando o convento foi reformado para acomodar os órfãos, e para dar mais espaço nas estantes da escola dos jesuítas.

Sem dúvida, padre Alfonso ou padre Octavio tinham decidido quais livros deviam ser mandados para o basurero e quais valia a pena conservar. A história dos jesuítas chegando em terceiro lugar em Oaxaca não devia ter agradado aos dois velhos padres, Pepe pensou; além disso, o livro tinha sido escrito, provavelmente, por um agostiniano ou um dominicano – não por um jesuíta – e só isso já seria suficiente para condená-lo ao fogo do inferno do basurero. (Os jesuítas davam realmente prioridade à educação, mas ninguém jamais disse que não eram competitivos.)

– Eu trouxe uns livros mais *agradáveis* de ler – disse Pepe a Juan Diego. – Alguns romances, boas histórias – você sabe, *ficção* – o professor disse, animadamente.

– Eu não sei o que penso de *ficção* – a menina de treze anos, Lupe, disse, desconfiada. – Nem toda história é o que devia ser.

– Não começa com isso – disse-lhe Juan Diego. – A história do cachorro era simplesmente adulta demais para você.

– Que história de cachorro? – perguntou irmão Pepe.

– Não pergunte – disse-lhe o menino, mas era tarde demais; Lupe começou a revirar os livros na estante; havia livros por toda parte, salvos do fogo.

– Aquele cara russo – a garotinha enérgica dizia.

– Ela disse "russo". Você não lê russo, lê? – perguntou Pepe a Juan Diego.

– Não, não; ela está se referindo ao autor. O autor é um cara russo – explicou o menino.

– Como você entende o que ela diz? – Pepe perguntou a ele. – Às vezes eu não sei se ela está falando espanhol ou...

– É claro que é espanhol! – a menina exclamou; ela achara o livro que a havia deixado em dúvida a respeito de narrativas, a respeito de *ficção*. E o entregou ao irmão Pepe.

– A linguagem de Lupe é só um pouco diferente – Juan Diego disse. – Eu consigo entender.

– Ah, *esse* russo – disse Pepe. O livro era uma coleção de histórias de Tchekhov, *A dama do cachorrinho e outras histórias*.

– Não é sobre o cachorro, de forma alguma – reclamou Lupe. – É sobre pessoas que não são casadas fazendo sexo.

Juan Diego, é claro, traduziu isto. – Ela só se interessa por cachorros – o menino disse a Pepe. – Eu disse a ela que a história era adulta demais para ela.

Pepe estava tendo dificuldade em se lembrar de *A dama do cachorrinho*; naturalmente, ele não conseguiu se lembrar do cachorro. Era uma história sobre um relacionamento ilícito – isso foi só o que ele conseguiu lembrar.

– Não estou certo de que isto seja apropriado para nenhum de vocês – o professor jesuíta disse, rindo sem jeito.

Foi quando Pepe viu que se tratava de uma tradução inglesa das histórias de Tchekhov, uma edição americana, publicada nos anos 1940.

– Mas isto está escrito em *inglês*! – irmão Pepe exclamou. – Você entende inglês? – ele perguntou à menina de aparência feroz. – Você sabe ler também em inglês? – o jesuíta perguntou ao leitor do lixão. Tanto o menino quanto a irmã sacudiram os ombros. Onde foi que eu vi esse gesto antes?, Pepe pensou.

– Na nossa mãe – Lupe respondeu, mas Pepe não entendeu o que ela disse.

– O que tem a nossa mãe? – Juan Diego perguntou à irmã.

– Ele estava curioso com a nossa maneira de sacudir os ombros – Lupe respondeu.

– Você aprendeu a ler sozinho em inglês, também – Pepe disse devagar para o menino; a menina de repente lhe causou arrepios, sem razão aparente.

– Inglês é só um pouco diferente; eu consigo entender – o menino disse a ele, como se ainda estivesse falando da linguagem estranha da irmã.

Os pensamentos de Pepe se atropelavam. Aquelas crianças eram extraordinárias – o menino conseguia ler qualquer coisa; não havia nada que não compreendesse. E a menina – bem, ela era diferente. Conseguir fazer com que falasse normalmente seria um desafio. Entretanto, aquelas crianças do lixão não eram precisamente o tipo de alunos talentosos que a escola dos jesuítas estava procurando? E a catadora de lixo no basurero não disse que Rivera, el jefe, não era "exatamente" o pai do jovem leitor? Quem *era* o pai deles, e onde estava? E não havia sinal de uma mãe naquele casebre desarrumado, Pepe estava pensando. A carpintaria era bem-feita, mas o resto era um caco.

– Diga a ele que não somos Crianças Perdidas – ele nos achou, não foi? – Lupe disse de repente para o seu talentoso irmão. – Diga a ele que não somos feitos para o orfanato. Eu não preciso falar normalmente – você entende muito bem o que eu digo – a menina disse a Juan Diego. – Diga a ele que temos uma mãe – ele provavelmente a conhece! – Lupe exclamou. – Diga a ele que Rivera é *como* um pai, só que melhor. Diga a ele que el jefe é *melhor* do que qualquer pai!

– Mais devagar, Lupe! – disse Juan Diego. – Eu não posso dizer nada a ele se você não falar mais devagar. – Era muita coisa para dizer ao irmão Pepe, começando pelo fato de que Pepe provavelmente conhecia a mãe das crianças do lixão – ela trabalhava à noite, na rua Zaragoza, mas também trabalhava para os jesuítas; era a principal faxineira deles.

O fato de a mãe das crianças do lixão trabalhar à noite na rua Zaragoza fazia dela, provavelmente, uma prostituta, e o irmão Pepe realmente a conhecia. Esperanza era a melhor faxineira dos jesuítas – não havia dúvida de onde vinham os olhos escuros e o encolher de ombros, embora a origem do talento do menino para a leitura não estivesse clara.

Evidentemente, o menino não usou a expressão *não exatamente* quando falou de Rivera, el jefe, como um pai em potencial. O que Juan Diego disse foi que o patrão do lixão "provavelmente não era" seu pai, entretanto, Rivera *podia ser* pai do menino – havia um "talvez" ali; foi assim que Juan Diego falou sobre o assunto. Quanto a Lupe, el jefe "sem dúvida não era" pai dela. Lupe tinha a impressão de ter *muitos* pais, "pais demais para enumerar", mas o menino omitiu rapidamente essa impossibilidade biológica. Ele disse simplesmente que Rivera e a mãe deles não "estavam mais juntos daquele jeito" quando Esperanza ficou grávida de Lupe.

Foi um jeito um tanto longo, mas calmo, de contar a história – o modo como o leitor do lixão apresentou suas impressões e as de Lupe sobre o chefe do lixão como sendo "um pai, só que melhor", e como as crianças do lixão consideravam que possuíam um lar. Juan Diego repetiu o que Lupe havia dito sobre eles não "serem feitos para o orfanato". Enfeitando um pouco, o modo como Juan Diego falou, o que ele disse foi:

– Nós não somos Crianças Perdidas no presente nem no futuro. Temos um lar aqui, em Guerrero. Temos um *emprego* no basurero!

Mas, para irmão Pepe, isto suscitava a pergunta de por que estas crianças não estavam trabalhando no basurero junto com os pepenadores? Por que Lupe e Juan Diego não estavam lá *catando lixo* junto às outras crianças do lixão? Eles eram tratados melhor ou pior do que as crianças das outras famílias que trabalhavam no basurero e moravam em Guerrero?

– Melhor *e* pior – Juan Diego disse ao professor jesuíta sem hesitação. Irmão Pepe relembrou o desprezo pela leitura demonstrado pelas *outras* crianças do lixão, e só Deus sabia o que aqueles pequenos catadores achavam da menina de aparência selvagem e fala ininteligível que causava arrepios em Pepe.

– Rivera só nos deixa sair do casebre junto com ele – Lupe explicou. Juan Diego não só traduziu o que ela disse, mas explicou detalhadamente.

Rivera realmente os protegia, o menino disse a Pepe. El jefe era ao mesmo tempo *igual* a um pai e *melhor* do que um pai porque ele sustentava as crianças do lixão *e* as protegia.

– E ele nunca bate em nós – Lupe o interrompeu; Juan Diego, obedientemente, traduziu isso também.

– Entendo – irmão Pepe disse. Mas ele só estava *começando* a ver como era a situação dos garotos do lixão; na verdade, era melhor do que a situação de muitas crianças que separavam o lixo que catavam no basurero. E também era pior – porque os catadores de Guerrero e suas famílias não gostavam de Lupe e Juan Diego. Estas duas crianças do lixão podiam ter a proteção de Rivera (e por isso as pessoas não gostavam delas), mas el jefe *não era exatamente* o pai delas. E a mãe, que trabalhava à noite na rua Zaragoza, era uma prostituta que, na realidade, não *morava* em Guerrero.

Existe uma hierarquia em toda parte, irmão Pepe pensou com tristeza.

– O que é uma hierarquia? – Lupe perguntou ao irmão. (Pepe estava só *começando* a entender que a menina sabia o que ele estava pensando.)

– Uma hierarquia é como os *outros* niños da basura se sentem superiores a nós – Juan Diego disse para Lupe.

– Precisamente – Pepe disse, um tanto constrangido. Ele tinha ido ali para conhecer o leitor do lixão, o garoto famoso de Guerrero, levando bons livros para ele, como faria um bom professor – apenas para descobrir que ele, Pepe, o jesuíta em pessoa, era quem tinha muito que aprender.

Foi aí que o cão zangado, mas invisível, apareceu, se é que aquilo era mesmo um cão. A pequena criatura que parecia uma fuinha se arrastou de baixo do sofá – parecendo mais um rato do que um cachorro, Pepe pensou a princípio.

– O nome dele é Branco Sujo – ele é um cachorro, não um rato! – Lupe falou indignada para irmão Pepe.

Juan Diego explicou isto, mas acrescentou: – Branco Sujo é um covarde sem-vergonha; um ingrato.

– Eu o salvei da morte! – Lupe gritou. Quando o cão franzino se desviou na direção dos braços estendidos da menina, ele arreganhou involuntariamente os lábios, mostrando os dentes pontiagudos.

– Ele devia se chamar Salvo da Morte e não Branco Sujo – Juan Diego disse, rindo. – Ela o encontrou com a cabeça presa numa caixa de leite.

– Ele era um filhote. E estava faminto – Lupe protestou.

– Branco Sujo ainda está faminto de alguma coisa – Juan Diego disse.

– Para – a irmã disse a ele; o cachorrinho tremia em seus braços.

Pepe tentou reprimir os pensamentos, mas isso era mais difícil do que ele imaginara; decidiu que seria melhor sair, mesmo abruptamente, do que permitir que a menina vidente lesse sua mente. Pepe não queria que a inocente menina de treze anos soubesse o que ele estava pensando.

Ele ligou seu Fusca; não havia sinal de Rivera, nem do cão "terrivelmente assustador" de el jefe, quando o jesuíta saiu de Guerrero. As colunas pretas de fumaça do basurero se erguiam em volta dele, assim como os pensamentos mais negros do bondoso jesuíta.

Padre Alfonso e padre Octavio consideravam a mãe das crianças do lixão – Esperanza, a prostituta – "a decaída". Na cabeça dos dois velhos padres, não havia almas decaídas que tivessem caído mais do que as prostitutas; não havia criaturas miseráveis da espécie humana tão perdidas quanto aquelas mulheres infelizes.

Esperanza trabalhava como faxineira para os jesuítas num esforço supostamente sagrado para *salvá-la*.

Mas aquelas crianças do lixão não precisavam ser salvas, também?, Pepe pensou. Los niños de la basura não estão entre os "decaídos", ou em perigo de uma queda *futura*? Ou de cair *mais*?

Quando aquele menino de Guerrero ficou adulto, quando Juan Diego se queixou à sua médica a respeito dos betabloqueadores, aquele antigo menino do lixão deveria ter o irmão Pepe ao lado dele; Pepe teria atestado as lembranças da infância de Juan Diego *e* os sonhos mais ferozes no leitor do lixão. Até os *pesadelos* deste leitor do lixão mereciam ser preservados, e irmão Pepe sabia disso.

Quando essas crianças do lixão estavam no início da adolescência, o sonho mais recorrente de Juan Diego não era um pesadelo. O menino costumava sonhar que voava – bem, não exatamente. Era um tipo complicado e peculiar de atividade aérea, que tinha pouca semelhança com "voar". O sonho era sempre o mesmo: pessoas numa multidão olhavam para cima; elas viam que Juan Diego estava andando no céu. De baixo – isto é, do nível do chão – o menino parecia estar andando cuidadosamente de cabeça para baixo no céu. (Também parecia que ele estava contando baixinho.)

Não havia nada de espontâneo no movimento de Juan Diego no céu – ele não estava voando livremente, como faz um pássaro; ele não tinha a força e a impulsão de um avião. Entretanto, naquele sonho recorrente, Juan Diego sabia que estava onde era o seu lugar. Daquela perspectiva, de cabeça para baixo no céu, ele podia ver os rostos ansiosos, levantados, no meio da multidão.

Ao descrever o sonho para Lupe, o menino também diria para sua estranha irmã:

– Chega um momento, na vida de cada pessoa, em que você precisa soltar as mãos – as *duas* mãos.

Naturalmente, isso não fazia sentido nenhum para uma garota de treze anos – nem mesmo para uma adolescente *normal* de treze anos. A resposta de Lupe foi ininteligível, até mesmo para Juan Diego.

Uma vez, quando ele perguntou o que ela achava do seu sonho de andar de cabeça para baixo no céu, Lupe foi misteriosa como sempre, embora Juan Diego conseguisse pelo menos compreender suas palavras exatas.

– É um sonho sobre o futuro – a menina disse.

– Futuro *de quem*? – quis saber Juan Diego.

– Não o seu, espero – sua irmã respondeu, mais misteriosamente.

– Mas eu *amo* este sonho! – o menino teria dito.

– É um sonho de morte – foi tudo o que Lupe disse a respeito do assunto.

Mas agora, um homem mais velho, desde que começara a tomar os betabloqueadores, seu sonho de infância de andar no céu se perdeu para ele, e Juan Diego não conseguia reviver o pesadelo daquela longínqua manhã em Guerrero quando ele ficou aleijado. O leitor do lixão sentia saudades daquele pesadelo.

Ele tinha se queixado com a médica. – Os betabloqueadores estão bloqueando minhas *lembranças*! – Juan Diego disse. – Eles estão roubando a minha *infância* – estão *roubando* os meus sonhos!

Para a médica, toda esta histeria significava apenas que Juan Diego sentia falta da excitação que a adrenalina lhe propiciava. (Betabloqueadores realmente mexem com a adrenalina.)

Sua médica, uma mulher firme e direta chamada Rosemary Stein, era amiga íntima de Juan Diego havia vinte anos; ela conhecia bem o que considerava seus exageros histéricos.

A dra. Stein sabia muito bem por que havia receitado os betabloqueadores para Juan Diego; seu querido amigo estava correndo o risco de ter um ataque cardíaco. Ele não só tinha a pressão muito alta (17 por 10), mas também certeza de que sua mãe e um de seus possíveis pais haviam morrido de ataque cardíaco – sua mãe, sem dúvida, bem jovem ainda. Juan Diego não tinha nenhuma carência de adrenalina – o hormônio que é liberado em momentos de estresse, medo, catástrofe, ansiedade e durante um ataque cardíaco. A adrenalina também desvia o sangue das vísceras – o sangue vai para os músculos, para que você possa correr. (Talvez um leitor do lixão tenha mais necessidade de adrenalina do que a maioria das pessoas.)

Os betabloqueadores não evitam ataques cardíacos, a dra. Stein explicou a Juan Diego, mas esta medicação bloqueia os receptores de adrenalina do corpo; os betabloqueadores protegem o coração do efeito potencialmente devastador da adrenalina liberada durante um ataque cardíaco.

– Onde ficam meus malditos receptores de adrenalina? – Juan Diego perguntou à dra. Stein. (Ele a chamava de "dra. Rosemary", só para implicar com ela.)

– No pulmão, nos vasos sanguíneos, no coração – em quase toda parte – ela respondeu. – A adrenalina faz seu coração bater mais depressa. Você respira mais rápido, os pelos dos seus braços ficam em pé, suas pupilas se dilatam, seus vasos sanguíneos se contraem – o que não é bom se você estiver tendo um ataque cardíaco.

– O que poderia ser *bom*, se eu estou tendo um ataque cardíaco? – Juan Diego quis saber. (Crianças do lixo são persistentes – são teimosas.)

– Um coração calmo, relaxado; um coração que bate devagar, não cada vez mais depressa – respondeu a dra. Stein. – Uma pessoa que toma betabloqueadores tem o pulso lento; o seu pulso não pode acelerar, de jeito nenhum.

Havia consequências em baixar a pressão sanguínea; uma pessoa tomando betabloqueadores devia ter um certo cuidado em não tomar bebidas alcoólicas em excesso, o que aumenta a pressão, mas Juan Diego não bebia. (Bom, tudo bem, ele tomava cerveja, mas *só* cerveja – e não demais, ele pensava.) E os betabloqueadores reduzem a circulação do sangue nas suas extremidades; suas mãos e pés ficam frios. Entretanto, Juan Diego não se queixava deste efeito colateral – ele até brincava com sua amiga Rosemary de que sentir frio era um luxo para um menino de Oaxaca.

Alguns pacientes que tomam betabloqueadores reclamam da letargia que causam, assim como do cansaço e da tolerância reduzida para exercícios físicos; mas na sua idade – Juan Diego tinha 55 anos – ele não estava ligando para isso. Ele era aleijado desde os catorze anos; *mancar* era o seu exercício. Ele já mancava havia quarenta anos. Juan Diego não precisava de mais *exercício*!

Ele gostaria de se sentir mais vivo, não tão "amortecido", a palavra que ele usava para descrever como os betabloqueadores faziam com que se sentisse, quando conversava com sua amiga Rosemary sobre sua falta de interesse sexual. (Juan Diego não dizia que estava impotente; nem mesmo para sua médica; a palavra *amortecido* era onde ele começava e terminava a conversa.)

– Eu não sabia que você estava num relacionamento sexual – a dra. Stein disse a ele; de fato, ela sabia muito bem que ele não estava.

– Minha querida Rosemary – Juan Diego disse. – Se eu *estivesse* num relacionamento sexual, eu acredito que estaria amortecido.

Ela deu a ele uma receita de Viagra – seis comprimidos por mês, 100 mg – e lhe disse que experimentasse.

– Não espere até conhecer alguém – Rosemary sugeriu.

Ele não esperou; ele não conheceu ninguém, mas *tinha* experimentado. A dra. Stein todo mês lhe dava uma nova receita. – Talvez *meio* comprimido seja suficiente – Juan Diego disse a ela, depois de *experimentar*. Ele guardava os comprimidos extras. Ele não tinha reclamado dos efeitos colaterais do Viagra. O remédio permitia que tivesse uma ereção; ele podia ter um orgasmo. Por que iria se importar com um nariz entupido?

Outro efeito colateral dos betabloqueadores é insônia, mas Juan Diego não encontrou nada de novo ou de particularmente interessante em relação à insônia; ficar deitado no escuro, acordado com seus demônios, era quase reconfortante. Muitos dos demônios de Juan Diego foram seus companheiros de infância – ele os conhecia tão bem, eles eram tão familiares como amigos.

Uma overdose de betabloqueadores pode causar tonteira, até mesmo desmaios, mas Juan Diego não estava preocupado com tonteira ou desmaios. – Os aleijados sabem cair; cair não é nada demais para nós – ele disse à dra. Stein.

Entretanto, até mais do que a disfunção erétil, seus sonhos incoerentes o perturbavam; Juan Diego dizia que faltava às suas lembranças *e* aos seus sonhos uma cronologia coerente. Ele detestava os betabloqueadores porque eles o haviam separado de sua infância, e a infância importava mais para ele do que parecia importar para outros adultos – para a *maioria* dos outros adultos, Juan Diego pensou. Sua infância e as pessoas que havia encontrado lá – aquelas que mudaram sua vida, ou que foram testemunhas do que havia acontecido com ele naquele tempo tão crucial – eram o que Juan Diego tinha no lugar de religião.

Embora fosse uma amiga muito próxima, a dra. Rosemary Stein não sabia tudo a respeito de Juan Diego; ela sabia muito pouco a respeito da infância do amigo. Para a dra. Stein, pareceu ter vindo do nada quando Juan Diego falou com ela com uma rispidez nada característica, aparentemente sobre os betabloqueadores.

– Acredite, Rosemary, se eu fosse religioso – e, como você sabe, eu não sou – e os betabloqueadores tivessem levado embora a minha religião, eu *não* me queixaria *disso* para você! Pelo contrário, eu pediria para você receitar betabloqueadores para *todo mundo*!

Este era mais um dos exageros histéricos do seu amigo, a dra. Stein pensou. Afinal de contas, ele tinha queimado as mãos salvando livros do fogo – até livros sobre história católica. Mas Rosemary Stein só conhecia alguns fragmentos da vida de Juan Diego como um garoto do lixão; ela sabia mais a respeito do amigo quando ele era mais velho. Ela não conhecia realmente o menino de Guerrero.

2. *Maria Monstro*

No dia seguinte ao Natal de 2010, uma tempestade de neve caiu sobre a cidade de Nova York. Naquele dia, as ruas de Manhattan estavam cheias de carros e táxis abandonados. Um ônibus pegou fogo na avenida Madison, perto da rua Sessenta e Dois Leste; ao derrapar na neve, seus pneus traseiros pegaram fogo e incendiaram o veículo. A carcaça preta cobriu a neve ao redor de cinzas.

Para os hóspedes dos hotéis ao longo do Central Park South, a visão da brancura imaculada do parque – e daquelas poucas famílias corajosas com crianças pequenas, que brincavam na neve que acabara de cair – contrastava estranhamente com a ausência do tráfego de veículos nas largas avenidas e nas ruas menores. Na manhã clara e branca, até Columbus Circle estava estranhamente silencioso e vazio; num cruzamento normalmente movimentado, como a esquina da Cinquenta e Nove Oeste com a Sétima Avenida, não havia um táxi sequer passando. Os únicos carros à vista estavam abandonados, meio enterrados na neve.

A paisagem lunar que era Manhattan naquela manhã de segunda-feira levou o porteiro do hotel de Juan Diego a buscar uma ajuda especial para o homem aleijado. Este não era um dia para um aleijado chamar um táxi ou se arriscar a tomar um. O porteiro convenceu uma companhia de limusines – uma não muito boa – a levar Juan Diego ao Queens, embora houvesse informações contraditórias quanto ao funcionamento do Aeroporto Internacional John F. Kennedy. Na TV, estavam dizendo que o JFK estava fechado, entretanto, o voo de Juan Diego da Cathay Pacific para Hong Kong fora confirmado para sair no horário previsto. Por mais que o porteiro duvidasse disso – ele estava certo de que o voo da Cathay Pacific atrasaria, ou seria até mesmo cancelado – ele atendeu ao hóspede ansioso e aleijado. Juan Diego estava nervoso de não chegar a tempo no aeroporto – embora nenhum avião estivesse decolando, ou tivesse decolado, depois da tempestade.

Não era com Hong Kong que ele estava preocupado; esse era um desvio que Juan Diego podia dispensar, mas alguns colegas o convenceram de que ele não devia ir até as Filipinas sem parar no caminho para visitar Hong Kong. O que havia para ver lá?, Juan Diego se perguntou. Embora Juan Diego não entendesse o que "milhas aéreas" significava realmente (ou como eram calculadas), ele compreendia que seu voo na Cathay Pacific era gratuito; seus amigos também o convenceram de que a primeira classe na Cathay Pacific era algo que ele precisava conhecer – aparentemente, outra coisa que ele devia *ver*.

Juan Diego achava que toda esta atenção dos amigos se devia ao fato de ele estar se aposentando como professor; o que mais poderia explicar o fato dos seus colegas terem insistido em ajudá-lo a organizar esta viagem? Mas havia outras razões. Embora fosse jovem para se aposentar, ele era realmente um "deficiente físico" – e seus amigos e colegas mais chegados sabiam que estava tomando remédio para o coração, e outros remédios.

– Eu não estou me aposentando como *escritor*! – garantiu a eles. (Juan Diego viera a Nova York passar o Natal a convite da sua editora.) Era "meramente" o ensino que ele estava deixando, Juan Diego disse, embora durante anos escrever e ensinar tivessem sido atividades inseparáveis; juntas, haviam representado toda sua vida adulta. E um dos seus antigos alunos se envolvera *muito* com o que Juan Diego pensava agora como sendo um controle agressivo da sua viagem às Filipinas. Este antigo aluno, Clark French, fizera da missão de Juan Diego em Manila – como Juan Diego havia pensado nisso durante anos – uma missão *de Clark*. A forma de Clark escrever era tão agressiva, ou exagerada, quanto ele próprio havia sido ao assumir o controle da viagem do seu velho professor para as Filipinas – pelo menos na opinião de Juan Diego.

No entanto, Juan Diego não fez nada para resistir ao auxílio bem-intencionado do seu antigo aluno; ele não queria ferir os sentimentos de Clark. Além disso, não era fácil para Juan Diego viajar, e ele soube que as Filipinas talvez fossem difíceis – até mesmo perigosas. Um pouco de planejamento não faria mal a ninguém, concluiu.

Quando ele se deu conta, um *tour* às Filipinas havia se materializado; sua missão em Manila dera origem a outras viagens e aventuras recreativas. Ele ficou preocupado, achando que o objetivo de sua ida às Filipinas tivesse sido prejudicado, embora Clark French se apressasse em dizer ao seu antigo professor que o zelo em ajudá-lo vinha da admiração de Clark pela causa nobre (fazia tanto tempo!) que havia inspirado Juan Diego a fazer essa viagem.

Quando era um adolescente muito jovem em Oaxaca, Juan Diego conheceu um desertor americano; o rapaz, contrário à guerra, tinha fugido dos Estados Unidos para evitar a convocação para a Guerra do Vietnã. O pai do desertor esteve entre os milhares de soldados americanos que morreram nas Filipinas na Segunda Guerra Mundial – mas não na Marcha da Morte de Bataan, nem na intensa batalha por Corregidor. (Juan Diego nem sempre se lembrava dos detalhes exatos.)

O desertor americano não queria morrer no Vietnã; antes de morrer, o rapaz disse a Juan Diego, ele queria visitar o Cemitério e Memorial Americano de Manila – para prestar sua homenagem ao pai massacrado. Mas o desertor não sobreviveu à desventura de sua fuga para o México; o jovem americano morreu em Oaxaca. Juan Diego jurou fazer a viagem às Filipinas pelo desertor morto; faria a viagem a Manila por ele.

No entanto, Juan Diego nunca soube o nome do jovem americano; o rapaz contrário à guerra fez amizade com Juan Diego e sua irmãzinha aparentemente retardada, Lupe, mas eles só o conheciam como "o gringo bom". Os garotos do lixão conheceram el gringo bueno antes de Juan Diego ficar aleijado. A princípio, o jovem americano pareceu simpático demais para estar condenado, embora Rivera o chamasse de "hippie da mescalina", e os garotos do lixão sabiam qual era a opinião de el jefe sobre os hippies que vinham dos Estados Unidos para Oaxaca naquela época.

O chefe do lixão achava que os hippies psicodélicos eram "os imbecis"; ele queria dizer que eles estavam buscando algo que achavam que era profundo – na opinião de el jefe, "algo tão ridículo quanto a conectividade de todas as coisas", embora os garotos do lixão soubessem que o próprio el jefe era um devoto de Maria.

Quanto aos hippies da mescalina, eles eram mais espertos, Rivera dizia, mas eram "autodestrutivos". E eram os hippies da mescalina que eram também viciados em prostitutas, ou assim acreditava o chefe do lixão. O gringo bom estava "se matando na rua Zaragoza", el jefe dizia. Os garotos do lixão desejaram que isso não fosse verdade; Lupe e Juan Diego adoravam el gringo bueno. Eles não queriam que o querido rapaz fosse destruído por seus desejos sexuais *nem* pela bebida destilada do suco de certas espécies de agave.

– É tudo a mesma coisa – Rivera disse aos garotos do lixão, sombriamente. – Acreditem em mim, você não se sente exatamente exaltado com o que lhe resta no final. Aquelas mulheres decaídas e mescalina demais – você termina olhando para aquela pequena minhoca!

Juan Diego sabia que o chefe do lixão estava se referindo à minhoca no fundo da garrafa de mescalina, mas Lupe dizia que el jefe também estava pensando no seu pênis – como ele ficava depois de ter estado com uma prostituta.

– Você acha que todos os homens estão sempre pensando no pênis – Juan Diego disse à irmã.

– Todos os homens *estão* sempre pensando no pênis – a telepata disse. Até certo ponto, este era o motivo de Lupe não se permitir mais adorar o bom gringo. O americano condenado tinha cruzado uma linha imaginária – a linha do *pênis*, talvez, embora Lupe jamais tenha dito isso.

Uma noite, quando o leitor do lixão estava lendo em voz alta para Lupe, Rivera estava com eles no casebre em Guerrero; el jefe também estava ouvindo a leitura. O chefe do lixão estava provavelmente construindo outra estante, ou havia algo de errado com a churrasqueira e Rivera estava consertando; talvez el jefe tivesse passado lá só para ver se Branco Sujo (também conhecido como Salvo da Morte) tinha morrido.

O livro que Juan Diego estava lendo naquela noite era outro tomo acadêmico, um monótono exercício de erudição, que tinha sido indicado para ser queimado por um daqueles dois velhos padres jesuítas, padre Alfonso ou padre Octavio.

Esta obra de erudição em especial tinha, na verdade, sido escrita por um jesuíta, e seu tema era ao mesmo tempo literário e histórico – a saber, uma análise do que D.H. Lawrence escrevera sobre Thomas Hardy. Como o leitor do lixão não lera nada escrito por Lawrence, nem por Hardy, uma análise acadêmica do que Lawrence escreveu sobre Hardy devia ser enigmática – mesmo em espanhol. E Juan Diego tinha escolhido este livro justamente porque era em inglês; ele decidiu praticar mais a leitura em inglês, embora sua plateia nada enlevada (apenas Lupe e Rivera e o cão desagradável, Branco Sujo) provavelmente o tivesse entendido melhor em espanhol.

Para aumentar a dificuldade, diversas páginas do livro foram consumidas pelo fogo, e o livro chamuscado ainda conservava o fedor do basurero; Branco Sujo queria cheirá-lo a toda hora.

O chefe do lixão não gostava mais do cão salvo da morte por Lupe do que Juan Diego gostava.

– Eu acho que você deveria ter deixado este aqui na caixa de leite – foi só o que el jefe disse a ela, mas Lupe (como sempre) saltou indignada em defesa de Branco Sujo.

E nesse instante Juan Diego leu alto para eles: uma passagem impossível de repetir, sobre a ideia de alguém a respeito da inter-relação básica entre todos os seres.

– Espere, espere, espere – pare aí mesmo. – Rivera interrompeu o leitor do lixão. – *De quem* é essa ideia?

– Pode ser do que se chama Hardy; talvez a ideia seja dele – Lupe disse. – Ou, mais provavelmente, do outro cara, Lawrence. Parece mais com ele.

Quando Juan Diego traduziu para Rivera o que Lupe tinha dito, el jefe concordou na mesma hora.

– Ou então a ideia é da pessoa que escreveu o livro – quem quer que seja ela – comentou o chefe do lixão. Lupe balançou a cabeça concordando que isso também era verdade. O maldito livro era chato embora permanecesse obscuro; era o exame minucioso de um tema que impedia qualquer descrição concreta.

– *Que* tipo de inter-relação básica entre todos os seres – *que* seres são supostamente *relacionados*? – o chefe do lixão exclamou. – Isso parece algo que um hippie psicodélico diria!

Isso provocou uma risada em Lupe, que raramente ria. Logo ela e Rivera estavam rindo juntos, o que era mais raro ainda. Juan Diego sempre se lembraria do quanto ele ficou feliz – ao ouvir a irmãzinha e el jefe rindo.

E agora, tantos anos depois – *quarenta* anos depois – Juan Diego estava a caminho das Filipinas, uma viagem que ele estava fazendo em homenagem ao gringo bom sem nome. Entretanto, nenhum amigo tinha perguntado a Juan Diego como ele pretendia prestar as homenagens do desertor morto ao soldado massacrado – como seu infeliz filho, o pai morto não tinha nome. É claro que todos esses amigos sabiam que Juan Diego era um escritor; talvez o romancista estivesse fazendo uma viagem *simbólica* no lugar de el gringo bueno.

Quando era um jovem escritor, ele tinha viajado um bocado, e as viagens tinham sido um tema constante em seus primeiros romances – especialmente naquele romance de circo passado na Índia, o que tinha o título elefantino. Ninguém tinha conseguido convencê-lo a desistir daquele título, Juan Diego recordou afetuosamente. *Uma história inspirada pela Virgem Maria* – que título pesado, e que história longa e complicada! Talvez a mais complicada que eu já escrevi, Juan Diego estava pensando – enquanto a limusine percorria as ruas desertas, cobertas de neve de Manhattan, a caminho da FDR Drive. Era uma SUV, e o motorista mostrava desprezo pelos outros veículos e pelos outros motoristas. Segundo o motorista da limusine, outros veículos da cidade eram mal equipados para enfrentar a neve, e os poucos carros que eram equipados "quase corretamente", tinham "pneus errados"; quanto aos outros motoristas, eles não sabiam dirigir na neve.

– Onde você pensa que nós estamos – na porra da *Flórida*? – O motorista gritou pela janela para um motorista encalhado, que tinha derrapado e bloqueado uma rua estreita.

Na FDR Drive, um táxi tinha saltado a cerca de segurança e estava preso na neve que batia na altura da cintura da trilha de corrida que se estendia ao lado do East River; o motorista do táxi estava tentando cavar em volta das rodas traseiras, não com uma pá, mas com um limpador de para-brisa.

– De onde você é, seu babaca – da porra do *México*? – o motorista da limusine gritou para ele.

– Na realidade – Juan Diego disse para o motorista – *eu* sou do México.

– Eu não me referi ao senhor – o senhor vai chegar no JFK a tempo. O seu problema é que vai ter que *esperar* lá – o motorista disse a ele, não de forma simpática. – Não há nada voando – caso o senhor não tenha notado.

Realmente, Juan Diego não tinha notado que não havia aviões voando; ele só queria chegar ao aeroporto, pronto para partir, não importava quando o seu voo partisse. O atraso, caso houvesse, não importava para ele. Perder a viagem é que era impensável. "Por trás de toda viagem existe uma razão", ele se viu pensando – antes de se lembrar de que já havia escrito isso. Isto foi algo que ele declarou enfaticamente em *Uma história inspirada pela Virgem Maria*. Agora eu estou aqui, viajando de novo – há *sempre* uma razão, ele pensou.

"O passado o cercou como rostos numa multidão. No meio deles, havia um que ele conhecia, mas de quem era aquele rosto?" Por um momento, cercado pela neve e intimidado pelo vulgar motorista da limusine, Juan Diego esqueceu que já tinha escrito isso também. Ele pôs a culpa nos betabloqueadores.

Pelo jeito de falar, o motorista da limusine de Juan Diego era um homem desbocado e detestável, mas ele conhecia o caminho em Jamaica, Queens, onde uma rua larga fez o antigo leitor do lixão lembrar de Periférico – uma rua dividida por trilhos de trem em Oaxaca. Periférico era aonde el jefe costumava levar as crianças do lixão para comprar comida; os produtos mais baratos, quase podres, estavam disponíveis naquele mercado, em La Central – exceto em 68, durante as revoltas estudantis, quando La Central foi ocupada pelos militares e o mercado se mudou para o zócalo no centro de Oaxaca.

Isso foi quando Juan Diego e Lupe tinham doze e onze anos, e eles conheceram melhor a região de Oaxaca ao redor do zócalo quando o chefe do lixão os levou para comprar comida lá. As revoltas estudantis não duraram muito; o mercado voltou para La Central e Periférico (com a passarela solitária sobre os trilhos de trem). No entanto, o zócalo permaneceu no coração das crianças do lixão; o zócalo havia se tornado sua parte favorita da cidade. As crianças passavam o maior tempo possível longe do lixão, no zócalo.

Por que um menino e uma menina de Guerrero não se interessariam pelo centro das coisas? Por que dois niños de la basura não teriam curiosidade de ver todos os turistas da cidade? O lixão da cidade não fazia parte do itinerário dos turistas. O que um turista iria ver no basurero? Bastava sentir o cheiro do lixo, ou o ardor nos olhos causado pelas fogueiras queimando continuamente lá e você corria de volta para o zócalo; bastava dar uma olhada nos cães do lixão (ou ver o modo como esses cães olhavam para você).

Não era de espantar – mais ou menos nessa época, durante as manifestações estudantis em 68, quando os militares tomaram conta de La Central e as crianças do lixão começaram a frequentar o zócalo – que Lupe, com apenas onze anos, começasse a ter suas obsessões malucas e conflitantes a respeito das diversas virgens de Oaxaca. O fato de seu irmão ser a única pessoa capaz de entender sua linguagem enrolada impedia que ela tivesse um diálogo coerente com os adultos; nessa época, Juan Diego só tinha doze anos. E é claro que aquelas eram virgens *religiosas*, virgens *milagrosas* – do tipo que exigia seguidores, não só entre meninas de onze anos.

Não era de se esperar que Lupe, a princípio, fosse atraída por essas virgens? (Lupe podia ler mentes; ela não conhecia nenhuma outra pessoa que possuísse este dom.) Entretanto, qual a criança do lixão que não desconfiaria um pouco de milagres? O que essas virgens que competiam entre si estavam fazendo para provar seu valor aqui e agora? Essas virgens milagrosas haviam feito algum milagre *ultimamente*?

Não era provável que Lupe se mostrasse extremamente crítica com relação a essas virgens tão valorizadas, mas que não mostravam resultados?

Havia uma loja da virgem em Oaxaca; as crianças do lixão a descobriram num dos seus primeiros passeios pela região do zócalo. Isto era o México: o país tinha sido invadido pelos conquistadores espanhóis. A sempre proselitista Igreja Católica não estava vendendo a virgem havia anos? Oaxaca um dia foi fundamental para as civilizações Mixteca e Zapoteca. A conquista espanhola não vinha vendendo virgens para as populações indígenas havia séculos – começando com os agostinianos e os dominicanos, e em *terceiro* lugar com os jesuítas, todos eles empurrando a sua Virgem Maria?

Havia mais do que Maria para lidar agora; era o que Lupe percebera por causa das diversas igrejas em Oaxaca, mas, em nenhum outro lugar da cidade, as virgens em guerra estavam mais espalhafatosamente expostas do que na loja da virgem em Independência, onde você as encontrava (à venda). Havia virgens em tamanho real e virgens maiores do que o tamanho real. Para citar apenas três que estavam expostas, numa variedade de réplicas ordinárias e cafonas, em toda a loja: Maria, é claro, mas também Nossa Senhora de Guadalupe, e, naturalmente, Nuestra Señora de la Soledad. La Virgen de la Soledad era a virgem a quem Lupe se referiu como sendo meramente "uma heroína local" – a muito difamada Virgem da Solidão e sua "estúpida história do burro". (O burro era provavelmente inocente.)

A loja da virgem também vendia versões em tamanho real e maiores do que o tamanho real de Cristo na Cruz; se você fosse forte o bastante, podia levar para casa um gigantesco Cristo Sangrando, mas o objetivo principal da loja da virgem, em funcionamento desde 1954, era fornecer material para as festas de Natal (las posadas).

De fato, só as crianças do lixão chamavam a loja em Independência de loja da virgem; as outras pessoas se referiam a ela como loja de festas de Natal – La Niña de las Posadas era o nome verdadeiro da loja macabra. O epônimo *Moça* era qualquer virgem que você escolhesse para levar para casa; obviamente, uma das virgens de tamanho real à venda podia animar sua festa de Natal – mais do que um Cristo agonizando na Cruz.

Por mais que Lupe encarasse com seriedade as virgens de Oaxaca, a loja de festas de Natal era uma piada para Juan Diego e Lupe. "A Moça", como as crianças do lixão às vezes chamavam a loja da virgem, era aonde eles iam para se divertir. Aquelas virgens à venda não eram nem de longe tão realistas quanto as prostitutas da rua Zaragoza; as virgens à venda pertenciam mais à categoria de bonecas sexuais infláveis. E os Jesuses Sangrentos eram simplesmente grotescos.

Havia também (como diria irmão Pepe) uma *hierarquia* de virgens em exposição nas diversas igrejas de Oaxaca – infelizmente, esta hierarquia e *essas* virgens afetavam Lupe profundamente. A Igreja Católica tinha suas próprias lojas de virgens em Oaxaca; para Lupe, *essas* virgens não eram motivo de riso.

Considerem a "estúpida história do burro" e o modo como Lupe detestava a Virgen de la Soledad. A Basílica de Nuestra Señora de la Soledad era grandiosa – uma monstruosidade pomposa entre Morelos e Independência – e a primeira vez que as crianças do lixão a visitaram, seu acesso ao altar foi bloqueado por um contingente de peregrinos uivantes, camponeses (fazendeiros ou colhedores de frutas, Juan Diego supôs), que não só rezavam aos gritos, mas que se aproximavam ostentosamente da estátua radiante de Nossa Senhora da Solidão de joelhos, arrastando-se pela nave central da igreja. Os peregrinos que rezavam confundiram Lupe, bem como a característica de heroína local da Virgem da Solidão – ela era chamada às vezes de "santa padroeira de Oaxaca".

Se o irmão Pepe estivesse presente, o bondoso professor jesuíta poderia ter advertido Lupe e Juan Diego contra um preconceito próprio em termos de hierarquia: as crianças do lixão precisam se sentir superiores a *alguém*; no pequeno povoado de Guerrero, os niños de la basura acreditavam que eram superiores aos camponeses. Mas diante do comportamento dos peregrinos rezando alto na basílica da Virgem da Solidão, e considerando suas vestimentas grosseiramente rústicas, Juan Diego e Lupe não tiveram mais dúvidas: as crianças do lixão eram definitivamente superiores àqueles fazendeiros ou apanhadores de frutas (quem quer que fossem aqueles camponeses toscos), ajoelhados e lamentosos.

Lupe também não apreciava a forma como a Virgen de la Soledade estava vestida; seu manto austero, triangular, era preto, incrustado de ouro. – Ela parece uma rainha má – comentou Lupe.

– Ela parece *rica*, você quer dizer – retrucou Juan Diego.

– A Virgem da Solidão não é uma de nós – Lupe declarou. Ela quis dizer que ela não era nativa. Ela quis dizer espanhola, o que queria dizer *europeia*. (Ela quis dizer *branca*.)

A Virgem da Solidão, Lupe disse, era "uma palerma de cara branca usando um manto enfeitado". Lupe também ficou irritada com o fato de que Guadalupe tinha um tratamento de segunda classe na Basílica de Nuestra Señora de la Soledad; o altar de Guadalupe ficava à esquerda da nave central – um retrato mal iluminado da virgem de pele escura (nem mesmo uma estátua) era sua única identificação. E Nossa Senhora de Guadalupe *era* nativa; ela era uma índia; ela era o que Lupe queria dizer com "uma de nós".

Irmão Pepe teria ficado perplexo com a quantidade de lixo que Juan Diego havia lido, e com a atenção com que Lupe o havia escutado. Aqueles dois velhos padres, padre Alfonso e padre Octavio, acreditavam ter purgado a biblioteca jesuíta dos livros mais insignificantes e subversivos, mas o jovem leitor do lixão resgatara muitos livros perigosos das fogueiras infernais do basurero.

Essas obras que haviam relatado a doutrinação católica da população indígena do México não passaram despercebidas; os jesuítas desempenharam um papel de manipulação psicológica nas conquistas espanholas, e tanto Lupe quanto Juan Diego aprenderam um bocado sobre os conquistadores jesuíticos da Igreja Católica Romana. Enquanto Juan Diego a princípio se tornara um leitor do lixão com o objetivo de aprender a ler, Lupe ouviu e aprendeu – desde o princípio ela esteve focada.

Na basílica da Virgem da Solidão, havia um cômodo de piso de mármore com pinturas da história do burro: camponeses rezavam, depois de encontrarem e serem seguidos por um burro solitário e desacompanhado. No lombo do burrinho havia uma caixa comprida – parecia um caixão.

– Que idiota não olharia imediatamente dentro da caixa? – Lupe sempre perguntava. Não esses estúpidos camponeses – seus cérebros deviam ter sido privados de oxigênio por seus sombreros. (Matutos imbecis, na opinião das crianças do lixão.)

Havia – e ainda há – uma certa controvérsia sobre o que aconteceu com o burro. Um dia, ele simplesmente parou de andar e se deitou, ou caiu morto? No local onde o burrinho parou ou caiu morto, foi lá que foi erguida a Basílica de la Virgen de la Soledad. Porque só então os camponeses imbecis abriram a caixa do burro. Lá dentro havia uma estátua da Virgem da Solidão; incomodamente, uma estátua bem menor de Jesus, nu exceto por um pano cobrindo suas partes, estava deitado no colo da Virgem da Solidão.

– O que está fazendo lá um Jesus encolhido? – Lupe sempre perguntava. A discrepância de tamanho das estátuas era muito perturbadora: a Virgem da Solidão grande com um Jesus que era metade do tamanho dela. E não era um Menino Jesus; era um Jesus de *barba*, só que estranhamente pequeno e vestido apenas com um pano.

Na opinião de Lupe, o burro havia sido "maltratado"; a Virgem da Solidão com um Jesus menor, seminu, no colo indicava a Lupe "maus-tratos ainda maiores" – sem mencionar o quanto os camponeses eram "imbecis" por não terem olhado dentro da caixa na mesma hora.

Desta forma, as crianças do lixão desprezavam a santa padroeira de Oaxaca e virgem muito cultuada como sendo uma brincadeira ou uma fraude – "uma virgem fabricada", Lupe chamava a Virgen de la Soledad. Quanto à proximidade da loja da virgem em Independência à Basílica de Nuestra Señora de la Soledad, tudo o que Lupe tinha a dizer era: "Combina."

Lupe tinha ouvido um monte de livros adultos (embora nem sempre bem escritos); sua fala podia ser incompreensível para todo mundo exceto para Juan Diego, mas a exposição de Lupe à linguagem – e, por causa dos livros do basurero, a um vocabulário educado – estava além de sua idade e experiência.

Em contraste com seus sentimentos pela basílica da Virgem da Solidão, Lupe chamava a igreja dominicana em Alcalá de "uma bela extravagância". Tendo reclamado do manto incrustado de ouro da Virgem da Solidão, Lupe amava o teto dourado da Iglesia de Santo Domingo; ela não tinha queixas a respeito de Santo Domingo ser "muito barroco espanhol" – "muito *europeu*". E Lupe gostava do santuário incrustado de ouro de Guadalupe também – e Nossa Senhora de Guadalupe não era ofuscada pela Virgem Maria em Santo Domingo.

Sendo uma moça de Guadalupe, como ela se autodenominava, Lupe era sensível ao fato de Guadalupe ser *ofuscada* pelo "Maria Monstro". Lupe queria dizer não só que Maria era a figura dominante do "time" de virgens da Igreja Católica; Lupe acreditava que a Virgem Maria fosse também uma "virgem *dominadora*".

E este era o motivo da implicância de Lupe pelo Templo de la Compañía de Jesús na esquina de Magón e Trajano – o Templo da Companhia de Jesus tinha como principal atração a Virgem Maria. Quando você entrava no templo jesuíta, sua atenção era atraída para a fonte de água benta – água de San Ignacio de Loyola – e um retrato do formidável Santo Inácio em pessoa. (Loyola estava olhando para o céu em busca de orientação, como ele é quase sempre mostrado.)

Em um nicho atraente, depois que você passa pela fonte de água benta, fica um santuário modesto, mas bonito, em homenagem a Guadalupe; uma atenção especial é dada à declaração mais famosa da virgem de pele escura, em letras grandes facilmente vistas dos bancos e genuflexórios.

"¿No estoy aquí, que soy tu madre?", Lupe rezava ali, repetindo isto incessantemente.

Sim, vocês poderiam dizer que esta era uma aliança artificial a que Lupe se apegava – a uma figura de mãe *e* de virgem, que era uma substituta da mãe verdadeira de Lupe, uma prostituta (*e* faxineira dos jesuítas), uma mulher que não era grande coisa como mãe para os filhos, uma mãe quase sempre ausente, que morava "à parte" de Lupe e Juan Diego. E Esperanza havia deixado Lupe sem pai, exceto pelo substituto de pai, o chefe do lixão – e pela ideia de Lupe de que tinha uma multidão de pais.

Mas Lupe, ao mesmo tempo que adorava de verdade Nossa Senhora de Guadalupe, duvidava dela; a dúvida de Lupe nascia da noção crítica da criança de que Guadalupe, de alguma maneira, havia se *submetido* à Virgem Maria – que Guadalupe era de algum modo *cúmplice* em permitir que Maria assumisse o controle.

Juan Diego não se lembrava de nenhum livro do lixão de onde Lupe pudesse ter aprendido isto; até onde o leitor do lixão sabia, Lupe ao mesmo tempo acreditava na virgem de pele escura e desconfiava dela por conta própria. Nenhum livro do basurero induzira a telepata a esse caminho atormentado.

E não obstante a devoção à Nossa Senhora de Guadalupe fosse de bom gosto e apropriada – o templo jesuíta de forma alguma desrespeitava a virgem de pele escura – a Virgem Maria ocupava, inquestionavelmente, o lugar principal. A Virgem Maria *se agigantava*. A Mãe Santíssima era enorme; o altar de Maria era elevado; a estátua da Santíssima Virgem era imponente. Um Jesus relativamente diminuto, já sofrendo na cruz, jazia, sangrando, aos enormes pés de Maria.

– Por que tanto Jesus encolhido? – Lupe sempre perguntava.

– Pelo menos *este* Jesus está vestido – Juan Diego dizia.

Onde os enormes pés da Virgem Maria estavam firmemente plantados – num pedestal de três camadas, onde a estátua intimidadora ficava – os rostos dos anjos apareciam paralisados em nuvens. (Era um pouco confuso o fato de o pedestal em si ser composto de nuvens e rostos de anjos.)

– O que isso quer dizer? – Lupe sempre perguntava. – A Virgem Maria pisa em anjos – eu posso acreditar nisso!

E de cada lado da gigantesca Santíssima Virgem havia estátuas bem menores, escurecidas pelo tempo, de duas pessoas relativamente desconhecidas: os pais da Virgem Maria.

– Ela tinha *pais*? – Lupe sempre perguntava. – Quem é que sabe como eles eram? Quem *se importa*?

Sem dúvida alguma, a gigantesca estátua da Virgem Maria no templo jesuíta *era* o "Maria Monstro". A mãe das crianças do lixão reclamava da dificuldade que tinha para *limpar* a enorme virgem. A escada era pequena demais; não havia um lugar seguro ou "apropriado" para encostar a escada, a não ser na própria Virgem Maria. E Esperanza rezava sem parar para Maria; a melhor faxineira dos jesuítas, que tinha um emprego à noite na rua Zaragoza, era uma fã incontestável de Maria.

Grandes buquês de flores – *sete!* – cercavam o altar de Maria, mas mesmo esses buquês pareciam acanhados pela virgem gigantesca. Ela não apenas *dominava* – parecia *ameaçar* a tudo e a todos. Mesmo Esperanza, que a adorava, achava a estátua da Virgem Maria "grande demais".

– Portanto *dominadora* – Lupe costumava repetir.

– ¿No estoy aquí, que soy tu madre? – Juan Diego se viu dizendo no banco de trás da limusine cercada de neve, agora se aproximando do terminal da Cathay Pacific no JFK. O antigo leitor do lixão murmurou, tanto em espanhol quanto em inglês, esta modesta declaração de Nossa Senhora de Guadalupe – mais modesta do que o olhar penetrante daquele gigante dominador, a estátua dos jesuítas da Virgem Maria. – Eu não estou aqui, já que sou sua mãe? – Juan Diego repetiu para si mesmo.

Seus murmúrios bilíngues fizeram com que o briguento motorista da limusine olhasse para Juan Diego pelo espelho retrovisor.

É uma pena que Lupe não estivesse com o irmão; ela teria lido a mente do motorista da limusine – ela poderia ter dito a Juan Diego quais eram os pensamentos daquele homem odioso.

Um imigrante bem-sucedido, o motorista da limusine estava pensando – essa foi sua avaliação do passageiro americano-mexicano.

– Estamos quase chegando ao seu terminal, amigo – o motorista disse: a forma como ele tinha dito a palavra *senhor* não foi a mais agradável. Mas Juan Diego estava se lembrando de Lupe, e do tempo que passaram juntos em Oaxaca. O leitor do lixão estava sonhando acordado; ele não prestou atenção no tom de voz desrespeitoso do motorista. E, sem sua irmã querida, a telepata, do seu lado, Juan Diego não conhecia os pensamentos do homem preconceituoso.

Não que Juan Diego jamais tivesse tido algo em comum com a experiência de ser americano-mexicano. Era mais uma questão de sua mente, e por onde ela vagava – sua mente estava quase sempre *em outro lugar*.

3. Mãe e filha

O homem aleijado não havia previsto passar 27 horas preso no JFK. Sem dúvida, a sala da primeira classe da British Air era mais confortável do que a situação que os passageiros da classe econômica tiveram que aguentar – as concessionárias ficaram sem comida, e os banheiros públicos não foram limpos – mas o voo da Cathay Pacific para Hong Kong só decolou ao meio-dia do dia seguinte, e Juan Diego havia guardado seus betabloqueadores junto com seus artigos de toalete na mala despachada. O voo para Hong Kong durava mais de dezesseis horas. Juan Diego ia ter que ficar sem sua medicação por mais de 43 horas; ele ia ficar quase dois dias sem os betabloqueadores. (Via de regra, crianças do lixão não entram em pânico.)

Embora Juan Diego pensasse em ligar para Rosemary – para perguntar se ele estava correndo algum risco por ficar sem sua medicação por um período tão longo – ele não fez a ligação. Lembrou-se do que a dra. Stein havia dito: que caso ele precisasse parar de tomar os betabloqueadores por algum motivo, deveria fazê-lo *gradualmente*. (Inexplicavelmente, a palavra *gradualmente* o fez pensar que não havia nenhum perigo em parar ou recomeçar os betabloqueadores.)

Juan Diego sabia que ia dormir pouco nas 27 horas que seria obrigado a passar na sala da British Air no JFK; ele estava pretendendo compensar o sono durante o voo de dezesseis horas para Hong Kong. Provavelmente, Juan Diego não ligou para a dra. Stein porque ele estava desejando dar um tempo nos betabloqueadores. Com um pouco de sorte, talvez tivesse um dos seus velhos sonhos; suas lembranças tão importantes da infância talvez lhe voltassem à mente – cronologicamente, ele esperava. (Como escritor, ele era um tanto exigente em relação à ordem cronológica – um pouquinho antiquado.)

A British Air fez o possível para deixar o homem aleijado confortável; os outros passageiros da primeira classe notaram o andar manco de Juan Diego e o sapato deformado, feito sob medida, no seu pé aleijado. Todo mundo foi muito compreensivo; embora não houvesse cadeiras suficientes para todos os passageiros na sala da primeira classe, ninguém reclamou do fato de Juan Diego ter juntado duas cadeiras – ele tinha feito uma espécie de sofá, para poder levantar aquele pé de aparência trágica.

Sim, o aleijão fazia Juan Diego parecer mais velho do que era – ele parecia ter ao menos 64 anos e não 54. E havia mais uma coisa: um traço de resignação lhe conferia uma expressão distante, como se toda a parte excitante da vida de Juan Diego residisse em sua infância longínqua e no começo da adolescência. Afinal de contas, ele havia sobrevivido a todos que amava – claramente, *isto* o envelhecera.

Seu cabelo ainda era preto; só se você chegasse perto dele, e olhasse com atenção, veria alguns fios grisalhos. Ele não tinha perdido cabelo, mas o cabelo era comprido, o que lhe dava ao mesmo tempo a aparência de um adolescente rebelde e de um hippie envelhecido – isto é, de alguém que era fora de moda de propósito. Seus olhos castanho-escuros eram quase tão pretos quanto os cabelos; ele ainda era um homem bonito, e esbelto, entretanto dava a impressão de "velho". Mulheres – sobretudo as mais jovens – lhe ofereciam uma ajuda que ele não necessitava realmente.

Uma aura de má sorte o havia marcado. Ele andava devagar; quase sempre parecia perdido em seus pensamentos, ou em sua imaginação – como se o seu futuro estivesse predeterminado, e ele não resistisse a ele.

Juan Diego acreditava não ser tão famoso como escritor para que muitos dos seus leitores o reconhecessem, e quem não conhecia o seu trabalho jamais o reconhecia.

Só os seus fãs mais dedicados é que o encontravam. Eram na maioria mulheres – mulheres mais velhas, certamente, mas muitas universitárias estavam entre os leitores mais ardentes dos seus livros.

Juan Diego não acreditava que fosse o tema de seus romances que atraía leitoras do sexo feminino; costumava dizer que as mulheres eram as leitoras de ficção mais entusiastas – não os homens. Ele não apresentava nenhuma teoria para explicar o fato; simplesmente observou que isto era verdade.

Juan Diego não era um teórico; não era de especular muito. Ele ficou até um pouco famoso pelo que disse numa entrevista, quando um jornalista lhe pediu que especulasse sobre um certo tema batido.

– Eu não especulo – Juan Diego disse. – Eu apenas observo; apenas descrevo.

Naturalmente, o jornalista – um jovem persistente – insistiu. Jornalistas gostam de especulação; eles estão sempre perguntando aos romancistas se o romance está morto, ou morrendo. Lembrem-se: Juan Diego havia tirado das fogueiras infernais do basurero os primeiros romances que leu; ele havia queimado as mãos salvando livros do fogo. Você não pergunta a um leitor do lixão se o romance está morto, ou morrendo.

– Você conhece alguma *mulher*? – Juan Diego perguntou ao rapaz. – Quer dizer, mulheres que *leem*? – ele disse, elevando o tom de voz. – Você devia conversar com mulheres – perguntar o que elas leem! – (Nessa altura, Juan Diego estava gritando.) – No dia em que as mulheres pararem de ler, nesse dia o romance morre! – o leitor do lixão gritou.

Escritores que têm plateia possuem mais leitores do que imaginam. Juan Diego era mais famoso do que pensava.

Desta vez, foi uma mãe e uma filha que o descobriram – como apenas seus leitores mais apaixonados faziam.

– Eu o teria reconhecido em qualquer lugar. Você não conseguiria se esconder de mim nem que quisesse – a mãe um tanto agressiva disse para Juan Diego. O modo como ela falou com ele – bem, foi quase como se ele *tivesse* mesmo tentado se esconder. E onde ele tinha visto um olhar tão penetrante antes? Sem dúvida, naquela estátua enorme e imponente da Virgem Maria – *ela* tinha um olhar daqueles. Era um modo que a Virgem Santíssima tinha de olhar para você, mas Juan Diego nunca soube dizer se a expressão de Maria era compadecida ou implacável. (Ele também não conseguiu ter certeza no caso desta mãe elegante que era uma de suas leitoras.)

Quanto à filha que também era sua fã, Juan Diego achou que ela era mais fácil de entender.

– Eu o teria reconhecido no escuro, se você falasse comigo, mesmo que fosse uma frase incompleta. Eu teria sabido quem você era – a filha disse a ele, com seriedade. – A sua *voz* – ela disse, estremecendo, como se não conseguisse continuar. Ela era jovem e dramática, bonita de uma forma um tanto rústica; tinha pulsos e tornozelos grossos, quadris largos e seios caídos. Sua pele era mais escura do que a da mãe; suas feições eram mais marcadas, ou menos refinadas, e – especialmente no modo de falar – ela era mais direta, mais rude.

"Mais como um de nós", Juan Diego podia imaginar a irmãzinha dizendo. (Parecendo mais uma indígena, Lupe teria pensado.)

Juan Diego ficou irritado ao imaginar de repente as réplicas espalhafatosas que a loja da virgem em Oaxaca teria feito desta mãe e sua filha. Aquele lugar de festas de Natal teria exagerado o modo ligeiramente descuidado da filha se vestir; mas eram suas roupas que pareciam um tanto relaxadas ou o modo displicente com que ela as usava?

Juan Diego pensou que a loja da virgem teria dado ao manequim da filha em tamanho natural uma postura promíscua – uma aparência convidativa, como se o volume dos seus quadris não pudesse ser contido. (Ou isto era Juan Diego fantasiando sobre a filha?)

Aquela loja da virgem, que as crianças do lixão chamavam ocasionalmente de A Moça, não teria conseguido fabricar uma estátua que se comparasse à mãe daquela dupla. A mãe tinha um ar de sofisticação e confiança, e sua beleza era do tipo clássico; a mãe irradiava riqueza e superioridade – seu senso de privilégio parecia inato. Se esta mãe, que só ficou presa momentaneamente numa sala de primeira classe no JFK, tivesse sido a Virgem Maria, ninguém a teria mandado para a manjedoura, alguém teria arrumado um lugar para ela na hospedaria. Aquela loja vulgar da virgem em Independência não teria sido capaz de reproduzi-la; esta mãe era imune a estereótipos – nem mesmo A Moça poderia ter fabricado uma boneca sexual que se comparasse a ela. A mãe era mais "uma pessoa única" do que "um de nós". Não havia lugar para a mãe na loja de festas de Natal, Juan Diego concluiu; ela jamais estaria à venda. E você não iria querer levá-la para casa – pelo menos não para entreter seus convidados ou divertir as crianças. Não, Juan Diego pensou – você iria querer guardá-la só para você.

De alguma forma, sem que ele *dissesse* para esta mãe e sua filha uma só palavra sobre seus sentimentos por elas, as duas mulheres pareciam saber tudo sobre Juan Diego. E esta mãe e esta filha, apesar de suas aparentes diferenças, trabalhavam juntas, elas eram um time. Elas tinham rapidamente se inserido no que acreditaram ser a total impotência da situação de Juan Diego, se não de sua própria existência. Juan Diego estava cansado; sem hesitação, ele pôs a culpa nos betabloqueadores. Ele não tinha resistido muito. Basicamente, deixou essas mulheres tomarem conta dele. Além do mais, isto tinha acontecido depois de eles estarem esperando por 24 horas na sala da primeira classe da British Air.

Os colegas bem-intencionados de Juan Diego, todos eles amigos íntimos, tinham marcado uma estadia de dois dias para ele em Hong Kong; agora parecia que ele só teria uma noite em Hong Kong, antes de pegar uma conexão de manhã cedo para Manila.

– Onde você vai ficar em Hong Kong? – a mãe, cujo nome era Miriam, perguntou a ele. Ela não fez nenhum rodeio; em harmonia com seu olhar penetrante, ela era muito direta.

– Onde você *ia* ficar? – a filha, cujo nome era Dorothy, disse. Você podia ver pouco da mãe nela, Juan Diego notou; Dorothy era tão agressiva quanto Miriam, mas não tinha nem de longe a sua beleza.

O que havia em Juan Diego que fazia com que pessoas mais agressivas achassem que tinham que cuidar das coisas para ele? Clark French, um antigo aluno, tinha se intrometido na viagem do antigo professor para as Filipinas. Agora duas mulheres – duas estranhas – estavam tomando conta da hospedagem do escritor em Hong Kong.

Juan Diego deve ter parecido um viajante inexperiente para a mãe e a filha, porque teve que consultar seu roteiro de viagem para saber o nome do hotel em Hong Kong. Enquanto ele ainda estava enfiando a mão no bolso do paletó para tirar seus óculos de leitura, a mãe arrancou o roteiro das mãos dele.

– Meu Deus – você não vai querer ficar no Intercontinental Grand Stanford Hong Kong – Miriam disse a ele. – Fica a uma hora de carro do aeroporto.

– Fica na verdade em Kowloon – Dorothy disse.

– Há um hotel razoável no aeroporto – Miriam disse. – Você deveria ficar lá.

– Nós *sempre* ficamos lá – Dorothy disse, suspirando.

Juan Diego tinha começado a dizer que teria que cancelar sua reserva e fazer outra – mas não conseguiu terminar.

– Está feito – a filha disse; seus dedos voavam sobre o teclado do seu laptop. Juan Diego ficava admirado com o fato dos jovens estarem sempre usando seus laptops, que nunca estavam ligados na tomada. Por que suas baterias não descarregavam? Ele estava pensando. (E quando eles não estavam colados nos laptops, estavam digitando loucamente nos seus celulares, que nunca pareciam precisar ser recarregados!)

– Eu achei que era muito longe para trazer o meu laptop – Juan Diego disse para a mãe, que olhou para ele com um ar de pena. – Eu deixei o meu em casa – ele disse timidamente para a filha diligente, que não tinha tirado os olhos da tela mutante do seu computador.

– Eu estou cancelando o seu quarto com vista para a enseada – duas noites no Intercontinental Grand Stanford, *apagadas*. Eu não gosto mesmo daquele lugar – Dorothy disse. – E estou reservando uma suíte real para você no Regal Airport Hotel, no aeroporto internacional de Hong Kong. Ele não é tão sem gosto quanto o nome dele – apesar de toda a bosta natalina.

– *Uma* noite, Dorothy – a mãe lembrou à moça.

– Está certo – Dorothy disse. – Tem uma coisa sobre o Regal: a maneira de acender e apagar as luzes é estranha – ela disse a Juan Diego.

– Nós vamos mostrar a ele, Dorothy – a mãe disse. – Eu li tudo seu, cada palavra que escreveu – Miriam disse a ele, pondo a mão em seu pulso.

– Eu li *quase* tudo – Dorothy disse.

– Tem *dois* que você não leu, Dorothy – a mãe disse.

– *Dois*, grande coisa – retrucou Dorothy. – Isso é quase tudo, não é? – a moça perguntou a Juan Diego.

É claro que ele disse: – Sim, quase. – Ele não sabia se era a moça que estava flertando com ele, ou se a mãe dela; talvez nenhuma das duas estivesse. A parte que não sabia envelheceu Juan Diego prematuramente, também, mas – para ser justo – ele tinha estado fora de circulação por um tempo. Fazia muito tempo que não namorava ninguém, não que ele tivesse namorado muito, o que duas viajantes experientes como esta mãe e filha deviam ter calculado.

Ao conhecê-lo, será que as mulheres achavam que ele parecia ferido? Ele era um daqueles homens que havia perdido o amor de sua vida? O que havia em Juan Diego que fazia as mulheres pensarem que ele jamais se conformaria por ter perdido alguém?

– Eu gosto realmente do sexo em seus romances – Dorothy disse a ele. – Gosto do jeito que você o faz.

– Eu gosto *mais* – Miriam disse a ele, lançando um olhar significativo para a filha. – Eu sou capaz de saber o que é sexo realmente *ruim* – a mãe de Dorothy disse a ela.

– Por favor, mamãe, não nos pinte um quadro – Dorothy disse.

Miriam não estava usando aliança de casada, Juan Diego notou. Ela era uma mulher alta e elegante, tensa e impaciente, usando um conjunto de calça comprida cinza perolado, por cima de uma camiseta prateada. Seu cabelo louro bege não era com certeza sua cor natural, e provavelmente tinha feito plástica no rosto – ou logo depois de um divórcio ou algum tempo depois de ter ficado viúva. (Juan Diego não estava muito familiarizado com essas coisas; ele não tinha tido nenhuma experiência com mulheres como Miriam, com exceção de suas leitoras ou de personagens de seus romances.)

Dorothy, a filha, que tinha dito que lera o primeiro romance de Juan Diego quando ele foi "atribuído" a ela – na faculdade – parecia ter ainda idade para ser universitária, ou só um pouco mais velha.

Estas mulheres não estavam a caminho de Manila – "ainda não", elas tinham dito a ele –, mas Juan Diego não se lembrava para onde elas estavam indo depois de Hong Kong, caso tenham dito. Miriam não lhe dissera seu nome completo, mas seu sotaque parecia europeu – a parte *estrangeira* foi a que chamou a atenção de Juan Diego. Ele não era um especialista em sotaques, é claro – Miriam *podia* ser americana.

Quanto a Dorothy, ela jamais seria tão bonita quanto a mãe, mas a moça tinha uma beleza mal-humorada, desleixada – do tipo que uma mulher mais jovem que é um pouquinho pesada consegue levar adiante por mais alguns anos. ("Voluptuosa" não seria sempre a palavra que Dorothy evocaria, Juan Diego sabia disso – percebendo que estava *escrevendo* sobre essas mulheres eficientes enquanto permitia que elas o ajudassem.)

Quem quer que elas fossem, e para onde quer que estivessem indo, esta mãe e esta filha eram veteranas em viagens de primeira classe pela Cathay Pacific. Quando o voo 841 para Hong Kong finalmente foi embarcado, Miriam e Dorothy não deixaram a comissária de bordo com rosto de boneca mostrar a Juan Diego como vestir o pijama infantil nem como operar sua cápsula de dormir que parecia um casulo. Miriam mostrou a ele como vestir o pijama de uma só peça, e Dorothy – a perita em tecnologia da família – demonstrou como funcionava o mecanismo da cama mais confortável que Juan Diego já encontrara num avião. As duas mulheres o puseram virtualmente para dormir.

Eu acho que *ambas* estão flertando comigo, Juan Diego pensou pouco antes de adormecer – com certeza a filha estava. É claro que Dorothy lembrava a Juan Diego estudantes que ele havia conhecido ao longo dos anos; muitas delas, ele sabia, só tinham dado a impressão de estar flertando com ele. Havia moças daquela idade –

algumas solitárias, entre elas escritoras travessas – que deram em cima do escritor mais velho por conhecerem apenas dois tipos de comportamento social. Elas sabiam flertar e sabiam demonstrar um desprezo irreversível.

Juan Diego estava quase dormindo quando se lembrou de que estava dando um tempo involuntário nos betabloqueadores; ele já estava começando a sonhar, quando um pensamento um tanto perturbador lhe ocorreu, embora brevemente, antes que adormecesse. O pensamento foi: eu não sei realmente o que *acontece* quando você interrompe e depois retoma os betabloqueadores. Mas o sonho (ou lembrança) estava tomando conta dele, e ele o deixou vir.

4. *O espelho retrovisor lateral quebrado*

Havia uma lagartixa. Ela se escondeu do primeiro raio de sol, agarrando-se à tela da porta do casebre. Num piscar de olhos, naquele meio segundo antes de o menino poder tocar na tela, a lagartixa desapareceu. Mais rápido do que acender ou apagar uma luz, o desaparecimento da lagartixa frequentemente iniciava o sonho de Juan Diego – assim como a lagartixa havia iniciado muitas das manhãs do menino em Guerrero.

Rivera construiu o casebre para si mesmo, mas reformou seu interior para as crianças; embora ele provavelmente não fosse o pai de Juan Diego, e definitivamente nem o de Lupe, el jefe fez um acordo com a mãe das crianças. Aos catorze anos, Juan Diego já sabia que não havia mais acordo nenhum entre aqueles dois. Esperanza, apesar do nome, nunca foi uma fonte de esperança para seus filhos, e jamais encorajou Rivera – não que Juan Diego tivesse visto. Não que um menino de catorze anos notasse necessariamente essas coisas, e – aos treze anos – Lupe não era uma testemunha confiável do que poderia, ou não, ter havido entre a mãe dela e o chefe do lixão.

Quanto a "confiável", Rivera era a única pessoa em quem se poderia confiar para cuidar dessas duas crianças do lixão – até o ponto em que alguém podia proteger *los niños de la basura*. Rivera havia providenciado o único abrigo que aqueles dois tinham, e abrigou Juan Diego e Lupe de outras maneiras.

Quando el jefe ia de noite para casa – ou para onde quer que Rivera fosse – ele deixava o caminhão e o cachorro com Juan Diego. O caminhão fornecia às crianças um segundo abrigo, caso precisassem – ao contrário do casebre, a cabine do caminhão podia ser trancada –, e ninguém, a não ser Juan Diego e Lupe, ousaria se aproximar do cão de Rivera. Até o chefe do lixão tinha medo daquele cachorro: uma mistura de terrier e cão de caça, um macho malnutrido.

Segundo el jefe, o cão era parte pit bull, parte cão de caça – daí ser predisposto a brigar e a usar o faro para achar coisas.

– Diablo é biologicamente inclinado a ser agressivo – Rivera dizia.

– Acho que você quer dizer *geneticamente* inclinado – Juan Diego o corrigia.

Era difícil avaliar o grau de sofisticação em termos de vocabulário que um garoto do lixão era capaz de adquirir; além da atenção envaidecedora dada ao menino sem instrução pelo irmão Pepe da missão jesuíta em Oaxaca, Juan Diego não tinha uma educação formal – entretanto, o menino conseguiu mais do que aprender a ler sozinho. Ele também falava excepcionalmente bem. O garoto do lixão falava até inglês, embora sua única exposição à língua falada viesse de turistas americanos. Em Oaxaca, naquela época, os expatriados americanos restringiam-se a um grupo de artesãos e aos maconheiros de sempre. Cada vez mais, à medida que a Guerra do Vietnã se arrastava – depois de 68, quando Nixon foi eleito por causa da promessa de terminar com a guerra – havia aquelas almas perdidas ("os jovens em busca de si mesmos", irmão Pepe os chamava), que em muitos casos englobavam os desertores.

Juan Diego e Lupe tinham pouca sorte em se comunicar com os maconheiros. Os hippies psicodélicos estavam ocupados demais expandindo suas consciências com alucinógenos; eles não perdiam o tempo deles conversando com crianças. Os hippies da mescalina – pelo menos quando estavam sóbrios – gostavam de conversar com as crianças do lixão, e leitores ocasionais podiam ser encontrados no meio deles, embora a mescalina afetasse o que esses leitores prejudicados eram capazes de lembrar. Alguns dos desertores eram leitores; eles davam seus livros de capa mole para Juan Diego. Eram na maioria romances americanos, é claro; eles faziam Juan Diego imaginar como seria morar lá.

E apenas segundos depois da lagartixa matutina desaparecer, e a porta de tela do casebre bater atrás de Juan Diego, um corvo levantou voo do capô do caminhão de Rivera; todos os cães de Guerrero começaram a latir. O menino observou o corvo voando – qualquer desculpa para um voo imaginário o cativava – quando Diablo, levantando-se da caçamba do caminhão de Rivera, começou a latir como um louco, silenciando os cães das redondezas. O latido de Diablo provinha do gene de cão de caça no assustador cachorro de Rivera; a parte pit-bull, o gene lutador, era responsável pela pálpebra arrancada do seu olho esquerdo, sempre vermelho e aberto. A cicatriz avermelhada, onde estivera a pálpebra, conferia a Diablo um olhar triste. (Uma briga de cachorros, talvez, ou uma pessoa com uma faca; o chefe do lixão não tinha visto a briga, com homem ou animal.)

Quanto ao pedaço triangular que havia sido removido não cirurgicamente de uma das orelhas compridas do cachorro – bem, isso ninguém sabia como acontecera.

– *Você* fez isso, Lupe – Rivera disse uma vez, sorrindo para a menina. – Diablo deixaria você fazer qualquer coisa com ele – até mesmo comer sua orelha.

Lupe fizera um triângulo perfeito com os indicadores e os polegares. O que ela disse exigiu a tradução de Juan Diego, como sempre, ou Rivera não a teria entendido. – Nenhum animal ou ser humano tem dentes para uma mordida igual a essa – a menina disse de forma incontestável.

Los niños de la basura nunca sabiam quando (ou de onde) Rivera chegava ao basurero toda manhã, ou como el jefe tinha descido a colina do lixão para Guerrero. O chefe do lixão geralmente era achado dormindo na cabine do seu caminhão; ou o tiro de pistola da batida da porta de tela fechando ou os cachorros latindo o acordavam. Ou o latido de Diablo o acordava, meio segundo mais tarde – ou, mais cedo, aquela lagartixa que quase ninguém via.

– Buenos días, jefe – Juan Diego normalmente dizia.

– É um bom dia para fazer tudo bem, amigo – Rivera quase sempre respondia ao garoto. O chefe do lixão acrescentava: – E onde está a princesa genial?

– Eu estou onde sempre estou – Lupe respondia, a porta de tela batendo atrás dela. Aquele segundo tiro de pistola era ouvido até nas fogueiras do inferno do basurero. Mais corvos levantavam voo. Havia uma cacofonia de latidos: os cachorros do lixão e os cachorros de Guerrero. E outro rosnado ameaçador de Diablo, cujo nariz úmido agora tocava no joelho nu do menino por baixo do short esfarrapado, que silenciava todos os outros cachorros.

As fogueiras do lixão já estavam ardendo havia muito tempo – as pilhas de lixo amontoado e revirado soltando fumaça. Rivera deve ter acendido as fogueiras assim que amanheceu; depois ele foi tirar uma soneca na cabine do caminhão.

O basurero de Oaxaca era uma grande extensão de terra ardente; quer você estivesse lá ou bem longe, em Guerrero, as colunas de fumaça das fogueiras subiam tanto que você podia vê-las. Os olhos de Juan Diego já estavam lacrimejando quando ele saiu pela porta de tela. Havia sempre uma lágrima escorrendo do olho sem pálpebra de Diablo, mesmo quando o cão dormia – com o olho esquerdo aberto, mas sem enxergar.

Naquela manhã, Rivera achou outra pistola de água no basurero; ele jogou a pistola de esguicho na caçamba do caminhão, onde Diablo a lambera um pouco antes de deixá-la em paz.

– Eu tenho uma para você! – Rivera disse para Lupe, que estava comendo uma tortilla de milho com geleia; havia geleia no queixo dela, e numa das faces, e Lupe deixou Diablo lamber o seu rosto. Ela também deu o resto da tortilla para Diablo.

Havia dois urubus debruçados sobre um cachorro morto na estrada, e mais dois urubus voavam lá no alto; eles estavam fazendo espirais descendentes no céu. No basurero, havia geralmente pelo menos um cachorro morto toda manhã; suas carcaças não ficavam intactas por muito tempo. Se os urubus não encontrassem um cachorro morto, ou se os comedores de carniça não acabassem logo com ele, alguém os queimaria. Havia sempre uma fogueira.

Os cães mortos de Guerrero eram tratados de forma diferente. Aqueles cachorros haviam provavelmente pertencido a alguém; você não queimava o cachorro de outra pessoa – além disso, havia regras em relação a fogueiras em Guerrero. (Havia uma preocupação de que o pequeno povoado pudesse pegar fogo.) Se você deixasse um cachorro morto na rua em Guerrero – ele geralmente não ficaria ali por muito tempo. Se o cachorro morto tivesse um dono, o dono se livraria dele, ou então os comedores de carniça se encarregariam disso.

– Eu não conhecia aquele cachorro; e você? – Lupe dizia a Diablo, enquanto examinava a pistola que el jefe havia achado. Lupe se referia ao cachorro morto que estava sendo devorado por dois urubus na estrada, mas Diablo não respondeu se conhecera o cachorro.

As crianças do lixão viram que aquele era um dia de cobre. El jefe tinha um carregamento de cobre na caçamba do caminhão. Havia uma fábrica, que trabalhava com cobre, perto do aeroporto; na mesma região havia outra fábrica, uma que comprava alumínio.

– Pelo menos não é um dia de vidro – eu não gosto de dias de vidro – Lupe dizia a Diablo, ou apenas falava sozinha.

Quando Diablo estava por perto, você nunca ouvia nenhum latido de Branco Sujo – nem mesmo um ganido do covarde, Juan Diego pensava.

– Ele *não* é covarde! Ele é um filhote! – Lupe gritou para o irmão. Então ela continuou falando sozinha a respeito do tipo de pistola de água que Rivera apanhara no basurero – algo sobre o "fraco mecanismo de esguicho".

O chefe do lixão e Juan Diego viram Lupe correr para dentro do casebre; sem dúvida, ela estava juntando a nova pistola de esguicho à sua coleção.

El jefe estava testando o reservatório de gás do lado de fora do casebre das crianças; ele vivia checando o reservatório para ver se não estava vazando, mas esta manhã ele o estava checando para ver se ainda estava cheio ou se já estava quase vazio. Rivera fazia isso levantando o reservatório, para ver se estava pesado.

Juan Diego se perguntara muitas vezes com base em que o chefe do lixão havia decidido que, provavelmente, não era pai de Juan Diego. Era verdade que eles não eram nada parecidos – bem como no caso de Lupe – Juan Diego se parecia tanto com a mãe que o menino duvidava que pudesse se parecer com *qualquer* pai.

– Torça apenas para se parecer com Rivera na *bondade* dele – irmão Pepe tinha dito a Juan Diego durante a entrega de um ou outro pacote de livros. (Juan Diego estivera sondando o que Pepe poderia ter sabido a respeito do pai mais provável do menino.)

Sempre que Juan Diego perguntava a el jefe por que ele se colocara na categoria de não provável, o chefe do lixão sorria e dizia que ele "provavelmente não era inteligente o bastante" para ser o pai do leitor do lixão.

Juan Diego, que estava observando Rivera levantar o reservatório de gás (um reservatório cheio era muito pesado), disse de repente:

– Um dia, jefe, eu vou ser forte o bastante para erguer o reservatório de gás – mesmo cheio. – (Isto foi o mais perto que o leitor do lixão conseguiu chegar para dizer a Rivera que desejava que o chefe do lixão fosse seu pai.)

– Temos que ir – foi tudo o que Rivera disse, subindo na cabine do caminhão.

– Você ainda não consertou seu espelho retrovisor lateral – Juan Diego disse a el jefe.

Lupe balbuciava alguma coisa enquanto corria para o caminhão, a porta de tela do casebre batendo atrás dela. O som de tiro de pistola daquela porta fechando não teve nenhum efeito sobre os urubus debruçados sobre o cachorro morto na estrada; havia quatro urubus agindo agora, e nenhum deles se mexeu ao ouvir o som.

Rivera aprendeu a não implicar com Lupe fazendo piadas vulgares sobre as pistolas de água. Uma vez, Rivera disse:

– Vocês, crianças, são tão loucas por essas pistolas de esguicho que as pessoas vão pensar que estão praticando inseminação artificial.

A expressão vinha sendo usada em círculos médicos desde o final do século XIX, mas as crianças do lixão tiveram conhecimento dela pela primeira vez num romance de ficção científica salvo do fogo. Lupe ficou enojada. Quando ouviu el jefe mencionar inseminação artificial, ela teve um acesso de fúria pré-adolescente; tinha onze ou doze anos na época.

– Lupe está dizendo que sabe o que é inseminação artificial; ela acha que é nojento – Juan Diego traduziu a fala da irmã. (O menino devia ter apenas doze ou treze anos.)

– Lupe *não sabe* o que é inseminação artificial – o chefe do lixão insistiu, mas olhou nervosamente para a menina indignada. Quem sabia o que o leitor do lixão teria lido para ela?, El jefe pensou. Mesmo quando pequena, Lupe era fortemente contrária, mas atenta a tudo que fosse indecente ou obsceno.

Houve mais indignação moral (de um tipo inintelígivel) expressa por Lupe. Tudo o que Juan Diego disse foi:

– Ela sabe sim. Quer que ela descreva inseminação artificial para você?

– Não, não! – Rivera exclamou. – Eu só estava brincando! Tudo bem, as pistolas de água não passam de esguichos. Vamos parar por aí.

Mas Lupe não parava de balbuciar. – Ela está dizendo que você está sempre pensando em sexo – Juan Diego interpretou para Rivera.

– Nem sempre! – Rivera exclamou. – Eu tento não pensar em sexo quando estou perto de vocês dois.

Lupe continuou resmungando. Ela batia com os pés – suas botas eram grandes demais; ela as havia achado no lixão. As batidas de pé tinham virado uma dança improvisada – incluindo uma pirueta – enquanto ela repreendia Rivera.

– Ela está dizendo que é patético reprovar prostitutas enquanto você continua andando com prostitutas – Juan Diego explicou.

– Está certo, está certo! – Rivera gritou, levantando os braços musculosos. – As intermináveis pistolas de água, os eternos esguichos, são apenas *brinquedos* – ninguém está engravidando com elas! Vocês têm razão.

Lupe parou de dançar; ela ficou apontando para o lábio superior enquanto fazia beicinho para Rivera.

– O que é agora? O que é isso – linguagem de sinais? – Rivera perguntou a Juan Diego.

– Lupe está dizendo que você nunca irá arranjar uma namorada que não seja uma prostituta, enquanto usar esse estúpido bigode – o menino disse a ele.

– Lupe está dizendo, Lupe está dizendo – Rivera resmungou, mas a menina de olhos escuros continuou a olhar fixamente para ele – o tempo todo traçando os contornos de um bigode inexistente no seu lábio superior.

De outra vez, Lupe disse a Juan Diego: – Rivera é feio demais para ser seu pai.

– El jefe não é feio *por dentro* – o menino respondeu.

– Ele tem quase sempre bons pensamentos, exceto a respeito de mulheres – Lupe disse.

– Rivera gosta de nós – Juan Diego disse à irmã.

– Sim, el jefe gosta de nós – de nós *dois* – Lupe admitiu. – Embora eu não seja dele, e você provavelmente também não.

– Rivera nos deu o nome dele – para nós *dois* – o menino lembrou a ela.

– Acho que é mais como um empréstimo – retrucou Lupe.

– Como os nossos nomes podem ser um empréstimo? – o menino perguntou; a irmã sacudiu os ombros, o sacudir de ombros da mãe deles; difícil de interpretar. (Um pouco sempre o mesmo, um pouco diferente a cada vez.)

– Talvez eu seja Lupe Rivera e sempre vá ser – a menina disse, um tanto evasivamente. – Mas você é outra pessoa. Você não vai ser sempre Juan Diego Rivera, isso não é quem você é – foi tudo o que Lupe falou a respeito.

Naquela manhã em que a vida de Juan Diego estava prestes a mudar, Rivera não fez nenhuma piada vulgar a respeito de pistolas de esguicho. El jefe se sentou distraidamente ao volante do seu caminhão; o chefe do lixão estava pronto para fazer sua ronda, começando pelo carregamento de cobre, um carregamento pesado.

A distância, o avião desacelerava, deve estar aterrissando, Juan Diego imaginou. Ele continuava olhando para as coisas que voavam no céu. Havia um aeroporto (à época, nada além de uma pista de pouso) fora de Oaxaca, e o menino adorava observar os aviões que sobrevoavam o lixão; ele nunca voara.

No sonho, claro, havia o devastador presságio de quem estava no avião aquela manhã – assim, logo depois do surgimento do avião no céu, vinha a compreensão simultânea do futuro de Juan Diego. Na realidade, naquela manhã algo bastante comum havia desviado a atenção de Juan Diego do avião que descia. O menino identificara algo que lhe pareceu uma pena – não de um corvo ou um abutre. Uma pena de aparência diferente estava pendurada embaixo da roda esquerda traseira do caminhão. Lupe já estava instalada na cabine ao lado de Rivera.

Diablo, apesar de magreza, era um cão bem alimentado – era quase melhor que os cães que reviravam o lixo, e não apenas em relação a isto. Tinha uma aparência máscula (em Guerrero, era chamado de "animal macho").

Com as patas da frente na caixa de ferramentas de Rivera, Diablo conseguia estender a cabeça e o pescoço por cima do lado do carona da picape; se colocasse as patas da frente no pneu sobressalente de el jefe, a cabeça de Diablo prejudicava a visão de Rivera do seu espelho retrovisor lateral – o que estava quebrado, do lado do motorista. Quando o chefe do lixão olhava por aquele espelho quebrado, ele tinha uma visão multifacetada: uma teia de aranha de cacos de vidro refletia a cara de quatro olhos de Diablo. De repente, o cachorro tinha duas bocas e duas línguas.

– Onde está o seu irmão? – Rivera perguntou à menina.

– Eu não sou a única louca aqui – Lupe disse, mas o chefe do lixão não entendeu nada.

Quando el jefe tirava uma soneca na cabine do caminhão, ele costumava colocar a alavanca de câmbio (no chão do caminhão) em marcha a ré. Se a alavanca de câmbio ficasse em primeira, o cabo espetava suas costelas enquanto ele tentava dormir.

A cara "normal" de Diablo apareceu no espelho do lado do carona – o que não estava quebrado – mas, quando Rivera olhou para o espelho do lado do motorista, na teia de aranha de vidro quebrado, ele não viu Juan Diego tentando retirar a pena um tanto fora do comum, marrom-avermelhada, que estava presa debaixo da roda traseira esquerda do caminhão. O caminhão deu um salto para trás – de marchaa a ré – passando sobre o pé direito do menino. É só uma pena de galinha, Juan Diego observou – no mesmo segundo em que adquiriu seu andar manco pelo resto da vida, por uma pena tão comum quanto pó em Guerrero. Nos arredores de Oaxaca, um monte de famílias criava galinha.

A pequena elevação debaixo do pneu esquerdo fez a boneca Guadalupe balançar os quadris no painel. – Tome cuidado para não ficar grávida – Lupe disse à boneca, mas Rivera não entendeu o que ela disse; el jefe estava ouvindo os gritos de Juan Diego. – Você perdeu seu dom de milagres – você se vendeu – Lupe dizia para a boneca Guadalupe. Rivera freou o caminhão; ele saltou da cabine, correndo para o menino ferido. Diablo latia loucamente – ele quase nunca latia. Todos os cachorros em Guerrero começaram a latir. – Agora, veja o que você fez – Lupe ralhou com a boneca no painel, mas a menina saltou rapidamente da cabine e correu para o irmão.

O pé direito do menino havia sido esmagado; achatado e sangrando, o pé aleijado apontava para longe do tornozelo direito e da canela numa posição de duas horas. Rivera carregou Juan Diego para a cabine; o menino teria continuado a gritar, mas a dor o fez prender a respiração – depois ofegar em busca de ar, depois prender de novo a respiração. A bota dele saiu do pé.

– Tente respirar normalmente, senão você vai desmaiar – Rivera disse a ele.

– Talvez agora você conserte aquele estúpido espelho! – Lupe gritava para o chefe do lixão.

– O que ela está dizendo? – Rivera perguntou ao menino. – Espero que não seja nada a respeito do meu espelho lateral.

– Eu estou *tentando* respirar normalmente – Juan Diego disse a ele.

Lupe entrou primeiro na cabine do caminhão, para que o irmão pudesse pôr a cabeça no seu colo e esticar o pé machucado para fora da janela do carona. – Leve-o para o dr. Vargas! – a menina gritou para Rivera, que entendeu a palavra *Vargas*.

– Vamos tentar um milagre primeiro, depois Vargas – retrucou Rivera.

– Não espere nenhum milagre – disse Lupe; ela deu um soco na boneca Guadalupe no painel, e os quadris da boneca começaram a balançar de novo.

– Não deixe os jesuítas ficarem comigo – Juan Diego disse. – Irmão Pepe é o único que eu gosto.

– Talvez seja eu quem tenha que explicar isto para a sua mãe – Rivera dizia para as crianças; ele dirigia devagar, sem querer matar nenhum cão em Guerrero, mas, assim que o caminhão chegou na autoestrada, el jefe acelerou.

O balanço na cabine fez Juan Diego gemer; seu pé esmagado, sangrando na janela aberta, havia manchado de sangue o lado do carona da cabine. No espelho lateral intacto, apareceu a cara suja de sangue de Diablo. Com o vento soprando, o sangue do menino machucado correu para a parte de trás da cabine, onde Diablo o lambia.

– Canibalismo! – Rivera gritou. – Seu cachorro traiçoeiro!

– Canibalismo não é a palavra certa – Lupe declarou, com sua costumeira indignação moral. – Cães gostam de sangue. Diablo é um bom cachorro.

Com os dentes trincados de dor, o esforço de traduzir a defesa que a irmã fez do cão lambendo sangue estava além das forças de Juan Diego, que balançava a cabeça de um lado para o outro no colo de Lupe.

Quando conseguiu ficar com a cabeça parada, Juan Diego acreditou ver uma troca ameaçadora de olhares entre a boneca Guadalupe no painel de Rivera e sua irmã ardorosa. Lupe tinha este nome em homenagem à Virgem de Guadalupe. Juan Diego recebeu este nome em homenagem ao índio que encontrou a virgem de pele escura em 1531. Los niños de la basura eram filhos de indígenas do Novo Mundo, mas também tinham sangue espanhol; isto fazia deles (a seus olhos) filhos dos conquistadores. Juan Diego e Lupe não sentiam que a Virgem de Guadalupe estivesse necessariamente velando por eles.

– Você devia rezar para ela, sua pagã ingrata – não bater nela! – Rivera disse para a menina. – Reze pelo seu irmão – peça ajuda a Guadalupe!

Juan Diego havia traduzido muitas vezes as críticas de Lupe a respeito desta questão religiosa; ele trincou os dentes com os lábios apertados, sem dizer uma palavra.

— Guadalupe foi corrompida pelos católicos — Lupe disse. — Ela era a *nossa* Virgem, mas os católicos a roubaram; eles fizeram dela a empregada de pele escura da Virgem Maria. Eles bem que poderiam tê-la chamado de escrava de Maria — talvez de *faxineira* de Maria!

— Blasfêmia! Sacrilégio! Descrente! — Rivera gritou. O chefe do lixão não precisou que Juan Diego traduzisse a arenga de Lupe; ele já ouvira Lupe dizer isso a respeito de Guadalupe. Não era segredo para Rivera que Lupe tinha um sentimento de amor e ódio por Nossa Senhora de Guadalupe. El jefe também sabia que Lupe não gostava da Virgem Maria. A Virgem Maria era uma impostora, na opinião da garota maluca; a Virgem de Guadalupe tinha sido uma santa de verdade, mas aqueles astuciosos jesuítas a roubaram para a sua agenda católica. Na opinião de Lupe, a virgem de pele escura fora comprometida — portanto, "corrompida". A criança acreditava que Nossa Senhora de Guadalupe um dia havia sido milagrosa, mas que já não o era mais.

Desta vez, o pé esquerdo de Lupe deu um chute quase mortal na boneca Guadalupe, mas a base com a borracha de sucção continuou fixa no painel, enquanto a boneca sacudia e tremia de um modo nada virginal.

Para conseguir chutar a boneca no painel, Lupe apenas levantara um pouco o colo na direção do para-brisa, mas até mesmo este pequeno movimento fez Juan Diego gritar.

— Está *vendo*? Agora você machucou o seu irmão! — Rivera gritou, mas Lupe se inclinou sobre Juan Diego; ela o beijou na testa, seu cabelo cheirando a fumaça caindo de cada lado do rosto do menino ferido.

— Lembre-se disto — Lupe murmurou para Juan Diego. — *Nós* somos o milagre: você e eu. Não elas. Só nós. Nós somos os seres milagrosos.

Com os olhos bem fechados, Juan Diego ouviu o avião roncar sobre eles. Na hora, ele soube apenas que estavam perto do aeroporto; não sabia nada sobre quem estava naquele avião e se aproximando. No sonho, é claro, ele sabia tudo — o futuro também. (Parte dele.)

— Nós somos os seres milagrosos — Juan Diego sussurrou. Ele estava dormindo — ele ainda estava sonhando — embora seus lábios estivessem se movendo. Ninguém o escutou; ninguém escuta um escritor que escreve enquanto dorme.

Além disso, o voo 841 da Cathay Pacific ainda estava se dirigindo velozmente para Hong Kong — de um lado do avião, o Estreito de Taiwan, do outro, o Mar do Sul da China. Mas, no sonho de Juan Diego, ele tinha apenas catorze anos — um passageiro, com dor, no caminhão de Rivera — e tudo o que o menino podia fazer era repetir logo depois da irmã clarividente: "Nós somos os milagrosos."

Talvez todos os passageiros no avião estivessem dormindo, portanto nem mesmo a mãe assustadoramente sofisticada e sua filha de aparência um pouco menos perigosa o tenham ouvido.

5. *Resistir a qualquer vento*

O americano que pousou em Oaxaca naquela manhã – para o futuro de Juan Diego, ele era o passageiro mais importante daquele avião – era um teólogo em treinamento para ser padre. Ele havia sido contratado para ensinar na escola e no orfanato dos jesuítas; irmão Pepe o escolhera numa lista de candidatos. Os dois velhos padres no Templo de la Compañía de Jesús, padre Alfonso e padre Octavio, expressaram suas dúvidas a respeito da fluência em língua espanhola do jovem americano. O argumento de Pepe era que o teólogo era superqualificado; ele tinha sido um aluno formidável – com certeza seu espanhol iria servir.

Todo mundo no Hogar de los Niños Perdidos estava esperando por ele. Exceto pela irmã Gloria, as freiras que tomavam conta dos órfãos no Crianças Perdidas confidenciaram a Pepe que gostaram da foto do jovem professor. Pepe não contou a ninguém, mas ele também havia achado a foto atraente. (Se fosse possível, numa foto, alguém *parecer* dedicado – bem, este cara parecia.)

Padre Alfonso e padre Octavio mandaram irmão Pepe esperar o avião do novo missionário. Pela foto no dossiê do professor, irmão Pepe aguardava um homem maior e com aparência mais velha. Não era apenas o fato de Edward Bonshaw ter perdido um bocado de peso recentemente; o jovem americano, que ainda não tinha 30 anos, não havia comprado roupas novas depois de sua perda de peso. As roupas estavam enormes nele, parecendo até roupas de palhaço, o que dava ao teólogo de ar extremamente sério uma aura de desmazelo infantil. Edward Bonshaw parecia o filho mais novo numa família grande – aquele que usava as roupas que já estavam pequenas nos irmãos e primos mais velhos e maiores. As mangas curtas da camisa havaiana pendiam abaixo dos cotovelos; a camisa para fora da calça (uma estampa de papagaios em palmeiras) ia até os joelhos. Ao sair do avião, o jovem Bonshaw tropeçou na bainha das calças grandes demais.

Como sempre, o avião – ao aterrissar – atropelou uma ou mais galinhas que corriam caoticamente pela pista. As penas marrom-avermelhadas voavam para cima nos funis de vento aparentemente aleatórios; onde as duas cadeias da Sierra Madre convergem, costuma ser ventoso. Mas Edward Bonshaw não notou que uma galinha (ou galinhas) havia sido morta; ele reagiu às penas e ao vento como se fossem uma carinhosa recepção, expressamente para ele.

– Edward? – irmão Pepe começou a dizer, mas uma pena de galinha grudou no seu lábio inferior e o fez cuspir. Ele pensou ao mesmo tempo que o jovem americano parecia frágil, deslocado e despreparado, mas Pepe se lembrou da própria insegurança naquela idade, e seu coração se abriu para o jovem Bonshaw – como se o novo missionário fosse um dos órfãos do Crianças Perdidas.

O período de três anos de serviço em preparação para a ordenação era chamado de regência; depois disso, Edward Bonshaw iria continuar seus estudos teológicos por mais três anos. A ordenação vinha depois da teologia, Pepe dizia a si mesmo enquanto avaliava o jovem teólogo, que tentava afastar as penas de galinha. E depois de sua ordenação, Edward Bonshaw iria enfrentar um quarto ano de estudo teológico – sem mencionar que o pobre sujeito já completara um Ph.D. em Literatura Inglesa! (Não é surpresa que tenha perdido peso, irmão Pepe pensou.)

Mas Pepe havia subestimado o dedicado rapaz, que parecia estar fazendo um esforço fora do comum para parecer um herói vitorioso numa espiral de penas de galinha. Realmente, irmão Pepe não sabia que os antepassados de Edward Bonshaw tinham sido formidáveis – até mesmo pelos padrões jesuítas.

Os Bonshaw vinham da região de Dumfries na Escócia, perto da fronteira com a Inglaterra. O bisavô de Edward, Andrew, emigrou para as Províncias marítimas do Canadá. O avô de Edward, Duncan, emigrou para os Estados Unidos – ainda que cautelosamente. (Como Duncan Bonshaw gostava de dizer, "Só para o Maine, não para o resto dos Estados Unidos.") O pai de Edward, Graham, se mudou mais para oeste – não mais longe do que Iowa, de fato. Edward Bonshaw nasceu em Iowa City; até ir para o México, ele nunca havia saído do Meio-Oeste.

Quanto a como os Bonshaw se tornaram católicos, só Deus e o bisavô sabiam. Como muitos escoceses, Andrew Bonshaw teve uma educação protestante; ele saiu de navio de Glasgow como protestante, mas, quando desembarcou em Halifax, Andrew Bonshaw estava fortemente ligado a Roma – e desembarcou como católico.

Uma conversão, senão um milagre do tipo quase morte, deve ter ocorrido a bordo daquele navio; algo milagroso tinha que ter acontecido durante a travessia transatlântica de Andrew Bonshaw para Nova Scotia, mas – nem quando já estava velho – Andrew nunca falou nisso. Ele carregou o milagre para o túmulo. Tudo o que Andrew disse sobre a viagem foi que uma freira o havia ensinado a jogar mah--jongg. *Alguma coisa* deve ter acontecido durante uma das partidas.

Edward Bonshaw desconfiava da maioria dos milagres; entretanto, ele se interessava extraordinariamente pelo miraculoso. Mas Edward nunca havia questionado seu catolicismo – nem mesmo a misteriosa conversão do bisavô. Naturalmente, todos os Bonshaw aprenderam a jogar mah-jongg.

– Parece que quase sempre existe uma contradição que não pode ou, simplesmente, não é, explicada nas vidas dos mais ardentes fiéis – Juan Diego escreveu em seu romance passado na Índia, *Uma história inspirada pela Virgem Maria*. Embora esse romance fosse a respeito de um missionário *fictício*, talvez Juan Diego tivesse em mente qualidades específicas de Edward Bonshaw.

– Edward? – irmão Pepe tornou a perguntar, só um pouco menos inseguro do que antes. – Eduardo? – Pepe experimentou então. (Pepe não tinha confiança no seu inglês; ele teve medo de ter pronunciado mal a palavra *Edward*.)

– Ah-*ha*! – o jovem Edward Bonshaw exclamou; sem nenhum motivo aparente, o teólogo recorreu ao latim. – Haud Ullis Labentia Ventis! – ele declarou para Pepe.

Irmão Pepe era iniciante em latim. Pepe achou que tinha ouvido a palavra que queria dizer *vento* ou possivelmente o plural; ele supôs que Edward Bonshaw estivesse exibindo sua educação superior, que incluía o domínio do latim, e que o teólogo *não* devia estar fazendo uma brincadeira a respeito das penas de galinha voando ao vento. De fato, o jovem Bonshaw estava recitando seu brasão de família – uma coisa *escocesa*. Os Bonshaw tinham um padrão próprio de xadrez – um *tecido* escocês. As palavras latinas do brasão de família dos Bonshaw eram o que Edward recitava para si mesmo quando se sentia nervoso ou inseguro.

Haud ullis labentia ventis meant. "Resistir a qualquer vento."

Meu Senhor, o que temos aqui?, irmão Pepe pensou, maravilhado; o pobre Pepe acreditou que o conteúdo do latim era religioso. Pepe tinha conhecido jesuítas que moldavam fanaticamente seu comportamento na vida de Santo Inácio de Loyola, o fundador da ordem dos Jesuítas – a Sociedade de Jesus. Era em Roma que Santo Inácio tinha anunciado que iria sacrificar sua vida se não conseguisse evitar os pecados de uma única prostituta numa única noite. Irmão Pepe havia morado na Cidade do México e em Oaxaca a vida inteira; Pepe sabia o quanto Santo Inácio de Loyola devia ser louco – se o santo houvesse *mesmo* proposto sacrificar sua vida para evitar os pecados de uma única prostituta numa única noite.

Até mesmo uma peregrinação pode ser uma tolice quando realizada por um tolo, irmão Pepe disse a si mesmo ao pisar na pista coberta de penas para dar as boas-vindas ao jovem missionário americano.

– Edward – Edward Bonshaw – Pepe disse para o teólogo.

– Eu gosto do *Eduardo*. É novo – eu *adoro*! – Edward Bonshaw disse, deixando o irmão Pepe perplexo com um abraço feroz. Pepe ficou extremamente satisfeito em ser abraçado; ele gostou do quanto o americano ansioso era expressivo. E Edward (ou *Eduardo*) se lançou imediatamente numa explicação a respeito de sua declaração em latim. Pepe ficou surpreso ao saber que "Resistir a qualquer vento" era um ditado escocês, não um ditado religioso – a menos que fosse de origem *protestante*, irmão Pepe conjecturou.

O rapaz do Meio-Oeste era definitivamente uma pessoa positiva e uma personalidade extrovertida – uma presença alegre, irmão Pepe concluiu. Mas o que os *outros* irão pensar dele?, Pepe perguntava a si mesmo. Em sua opinião, os *outros* eram um bando de macambúzios. Ele estava pensando nos dois velhos padres, padre Alfonso e padre Octavio, mas também, talvez especialmente, na irmã Gloria. Ah, como eles ficarão irritados com os *abraços* – sem falar na estampa de papagaios em palmeiras da extravagante camisa havaiana!, irmão Pepe pensou; ele ficou satisfeito com isso.

Então Eduardo – como o nativo de Iowa preferia – quis que Pepe visse como suas malas tinham sido revistadas, quando o missionário usando roupas coloridas passou pela alfândega na Cidade do México.

– Olha a bagunça que eles fizeram com as minhas coisas! – o americano excitado gritou; ele estava abrindo as malas para que Pepe pudesse ver. O impetuoso professor não se importou que os transeuntes do aeroporto de Oaxaca vissem seus pertences revirados.

Na Cidade do México, irmão Pepe pôde ver por si mesmo, os funcionários da alfândega deviam ter revirado as malas do teólogo americano com bastante furor – encontrando mais do mesmo tipo de roupa inadequada e grande demais, Pepe observou.

– Tanto exagero – deve ser a nova bula papal! – irmão Pepe disse para o jovem Bonshaw, indicando (numa valise pequena e desarrumada) mais camisas havaianas.

– É essa violência toda em Iowa City – Edward Bonshaw disse; talvez isto fosse uma piada.

– Uma possível chave inglesa no unguento para o padre Alfonso – Pepe avisou ao teólogo. Isso não soou direito; ele quis dizer um possível desmancha-prazeres, é claro – ou talvez *devesse* ter dito, Essas camisas vão parecer uma macacada para o padre Alfonso. No entanto, Edward Bonshaw o entendeu.

– Padre Alfonso é um pouco *conservador*, não é? – O jovem americano perguntou.

– Isso é uma descrição suave – irmão Pepe comentou.

– Atenuada – Edward Bonshaw o corrigiu.

– O meu inglês está um pouco enferrujado – Pepe admitiu.

– Eu vou poupar o senhor do meu espanhol, por enquanto – Edward disse.

Ele mostrou a Pepe como o funcionário da alfândega encontrou o primeiro chicote, depois o segundo. – Instrumentos de tortura? – o funcionário perguntou ao jovem Bonshaw – primeiro em espanhol, depois em inglês.

– Instrumentos de *devoção* – Edward (ou Eduardo) respondeu. Irmão Pepe estava pensando, Senhor Misericordioso – nós temos uma pobre alma que se *autoflagela* quando o que queríamos era um professor de *inglês*!

A segunda mala revirada estava cheia de livros. – Mais instrumentos de tortura – o funcionário da alfândega continuou, em espanhol e em inglês.

– De *mais* devoção – Edward Bonshaw corrigiu o funcionário. (Pelo menos o flagelante lê, Pepe pensou.)

– As freiras do orfanato – entre elas algumas colegas suas, professoras – gostaram do seu retrato – irmão Pepe disse ao teólogo, que tentava arrumar as malas reviradas.

– Ah-ha! Mas eu perdi um bocado de peso desde então – o jovem missionário disse.

– Aparentemente – você não esteve doente, eu espero – Pepe disse.

– Recusa, recusa – recusa é *bom* – Edward Bonshaw explicou. – Eu parei de fumar, parei de beber. Acho que o fator zero álcool reduziu meu apetite. Eu não tenho mais a mesma fome que costumava ter – o fanático disse.

– Ah-ha! – irmão Pepe disse. (Agora sou eu que estou dizendo isso!, Pepe pensou maravilhado.) Ele nunca tinha tomado álcool – nem uma gota. O "fator zero álcool" jamais havia *reduzido* o apetite do irmão Pepe.

– Roupas, chicotes, livros – o funcionário da alfândega resumiu, em espanhol e em inglês, para o jovem americano.

– Só o essencial! – Edward Bonshaw declarou.

Senhor Misericordioso, poupe sua alma! Pepe estava pensando, como se os dias do teólogo na terra já estivessem contados.

O funcionário da alfândega da Cidade do México também questionou o visto temporário do americano.

– O senhor está pretendendo ficar por quanto tempo? – o funcionário perguntou.

– Se tudo correr bem, três anos – o jovem nativo de Iowa respondeu.

As perspectivas do pioneiro à sua frente pareceram pouco promissoras para o irmão Pepe. Edward Bonshaw não parecia capaz de sobreviver a seis meses de vida missionária. O nativo de Iowa iria precisar de mais roupas – que coubessem nele. Ele ficaria sem livros para ler, e os dois chicotes não seriam suficientes – não para o número de vezes em que o infeliz fanático se sentiria inclinado a se autoflagelar.

– Irmão Pepe, o senhor dirige um Fusca! – Edward Bonshaw exclamou, quando os dois jesuítas se dirigiram para o carro vermelho-ferrugem no estacionamento.

– Apenas Pepe, por favor; o *irmão* não é necessário – Pepe disse. Ele estava imaginando se todos os americanos soltariam exclamações a respeito do óbvio, mas gostava do entusiasmo do jovem teólogo. Por tudo.

Que outras pessoas aqueles jesuítas espertos teriam escolhido para dirigir sua escola se não um homem como Pepe, que ao mesmo tempo personificava e admirava o *entusiasmo*? Que outra pessoa os jesuítas teriam indicado para tomar conta do Niños Perdidos? Você não acrescenta um orfanato a uma escola bem-sucedida, e o chama de Crianças Perdidas, sem um guerreiro de bom coração como o irmão Pepe para tomar conta de tudo.

Mas guerreiros, inclusive os de bom coração, podem ser motoristas distraídos. Talvez Pepe estivesse pensando no leitor do lixão; talvez estivesse imaginando que estava levando mais livros para Guerrero. Não importa o motivo, o fato é que Pepe tomou o caminho errado ao sair do aeroporto – em vez de virar na direção de Oaxaca, e voltar para a cidade, ele se dirigiu para o basurero. Quando Pepe percebeu o seu erro, já estava em Guerrero.

Pepe não conhecia muito bem a região. Procurando um lugar seguro para fazer a volta, ele escolheu a estrada de terra que ia dar no lixão. Era uma estrada larga, e só aqueles caminhões fedorentos – movendo-se lentamente indo ou vindo do basurero – é que costumavam trafegar por lá.

Naturalmente, quando Pepe parou o pequeno Fusca e conseguiu dar a volta, os dois jesuítas foram envolvidos pela fumaça preta do lixão; as montanhas de lixo queimando erguiam-se acima da estrada. Podiam-se ver crianças catando lixo; elas subiam e desciam as montanhas fedorentas. Um motorista tinha que tomar cuidado com os catadores de lixo – tanto com as crianças maltrapilhas quanto com os cães do lixão. O cheiro, carregado pela fumaça, causou ânsias de vômito no missionário americano.

– Que lugar é este? Uma visão do inferno, com um odor compatível! Que terrível rito de passagem essas pobres crianças estão executando aqui? – o dramático Bonshaw perguntou.

Como vamos aturar este adorável lunático?, irmão Pepe perguntou-se; o fato do fanático ser bem-intencionado não conquistaria Oaxaca. Mas tudo o que Pepe disse foi: – É apenas o lixão da cidade. O cheiro vem de queimar cães mortos, entre outras coisas. Nossa missão buscou duas crianças aqui – dois pepenadores, dois catadores de lixo.

– Catadores de lixo! – Edward Bonshaw gritou.

– Los niños de la basura – Pepe disse baixinho, desejando criar alguma separação entre as crianças e os cães.

Nesse instante, um menino imundo de idade indefinida – com certeza uma criança do lixão; dava para ver pelas botas grandes demais – atirou um cão pequeno, trêmulo, na janela do carona do Fusca do irmão Pepe.

– Não, obrigado – Edward Bonshaw disse educadamente, mais para o cão fedorento do que para o menino do lixão, que declarou grosseiramente que a criatura faminta era de graça. (Os meninos do lixão não eram mendigos.)

– Você não devia tocar nesse cachorro! – Pepe gritou em espanhol para o menino do lixão. – Você pode ser mordido! – Pepe disse ao moleque.

– Eu sei sobre raiva! – o garoto sujo gritou; ele tirou o cachorro encolhido da janela. – Eu sei das injeções! – o pequeno catador de lixo gritou para o irmão Pepe.

– Que belo idioma! – Edward Bonshaw disse.

Meu Deus do Céu – o teólogo não entende nada de espanhol!, Pepe suspeitou. Uma camada de cinzas tinha coberto o para-brisa do Fusca, e Pepe descobriu que os limpadores só serviam para espalhar as cinzas, obscurecendo ainda mais sua visão da estrada. Foi porque teve que saltar do carro, para limpar o vidro com um pano velho, que irmão Pepe contou ao novo missionário sobre Juan Diego, o leitor do lixão; talvez Pepe devesse ter falado um pouco mais sobre a irmã mais moça do menino – especificamente, sobre a aparente capacidade que Lupe possuía de ler mentes *e* sobre sua fala ininteligível. Mas, por ser otimista e entusiasmado, irmão Pepe tendia a focar sua atenção no que era positivo e simples.

A menina, Lupe, era um pouco perturbadora, enquanto que o *menino* – bem, Juan Diego era simplesmente maravilhoso. Não havia nada contraditório a respeito de um garoto de catorze anos, nascido e criado no basurero, que aprendera sozinho a ler em dois idiomas!

– Obrigado, Jesus – Edward Bonshaw disse, quando os dois jesuítas retomaram o caminho, desta vez na direção certa, de volta a Oaxaca.

Obrigado *por quê*?, Pepe estava pensando, quando o jovem americano prosseguiu em sua prece fervorosa. – Obrigado por minha total imersão onde sou mais necessário – o teólogo disse.

– Isto é só o lixão da cidade – irmão Pepe tornou a dizer. – As crianças do lixão são muito bem cuidadas. Acredite, Edward, elas não precisam de você no basurero.

– Eduardo – o jovem americano corrigiu-o.

– Sí, Eduardo – foi tudo o que Pepe conseguiu dizer. Durante anos, ele tinha enfrentado sozinho o padre Alfonso e o padre Octavio; aqueles eram padres mais velhos e mais teologicamente informados do que o irmão Pepe. Padre Alfonso e padre Octavio às vezes faziam Pepe se sentir um traidor da fé católica – um desvairado humanista secular, ou pior. (Podia haver alguém pior, sob o ponto de vista jesuíta?) Padre Alfonso e padre Octavio sabiam de cor seu dogma católico; embora os dois padres falassem com superioridade e fizessem Pepe sentir-se inadequado em sua fé, eles eram irremediavelmente doutrinários.

Em Edward Bonshaw, talvez Pepe tivesse achado um oponente de valor para aqueles dois velhos padres jesuítas – um combatente louco, mas ousado, capaz de desafiar a própria natureza da missão em Niños Perdidos.

O jovem teólogo tinha realmente agradecido ao Senhor pelo que chamou de sua "total imersão" na necessidade de salvar duas crianças do lixão? O americano acreditava realmente que as crianças do lixão eram candidatas à salvação?

– Desculpe por não lhe dar as boas-vindas adequadamente, señor Eduardo – irmão Pepe disse. – Lo siento – bienvenido – Pepe disse, com admiração.

– ¡Gracias! – o fanático gritou. Através do vidro sujo de cinzas do para-brisa, eles puderam ver um pequeno obstáculo à frente; o tráfego estava desviando de alguma coisa. – Atropelamento? – Edward Bonshaw perguntou.

Um contingente de cães e corvos brigava pelo morto invisível; quando o Fusca vermelho se aproximou, irmão Pepe tocou a buzina. Os corvos levantaram voo; os cães se espalharam. Só o que restou na estrada foi uma mancha de sangue. A vítima do atropelamento, se fosse isso a causa do sangue, havia desaparecido.

– Os cães e os corvos comeram o que havia – Edward Bonshaw disse. Mais exclamações a respeito do óbvio, irmão Pepe estava pensando, mas foi aí que Juan Diego falou – acordando instantaneamente do seu longo sono, do seu tão esperado sonho. (Aquelas lembranças das quais ele sentia falta desde que os betabloqueadores haviam roubado sua infância e o tão importante início da sua adolescência.)

– Não, não se trata de um atropelamento – Juan Diego disse. – É o *meu* sangue. Ele escorreu do caminhão de Rivera – Diablo não lambeu todo ele.

– Você estava *escrevendo*? – Miriam, a mãe dominadora, perguntou a Juan Diego.

– Parece uma história macabra – a filha, Dorothy, disse.

Seus dois rostos, nada angélicos, o estavam fitando; ele percebeu que elas duas haviam estado no banheiro e escovado os dentes – o hálito delas, mas não o dele, estava bem fresco. As comissárias de bordo andavam alvoroçadas pela cabine da primeira classe.

O voo 841 da Cathay Pacific estava descendo para pousar em Hong Kong; um cheiro estranho, mas agradável, enchia o ar, definitivamente *não* o cheiro do basurero de Oaxaca.

– Nós já íamos acordá-lo quando você acordou – Miriam, a mãe, disse a ele.

– Você não vai querer perder os bolinhos de chá verde; são quase tão bons quanto sexo – Dorothy, a filha, disse.

– Sexo, sexo, sexo... Chega de sexo, Dorothy – a mãe disse.

Juan Diego, consciente do quanto o seu hálito devia estar ruim, sorriu para elas com os lábios bem fechados. Devagar, ele compreendia onde estava, e quem eram aquelas duas mulheres atraentes. Ah, sim – eu não tomei os betabloqueadores, ele lembrou. Estive brevemente de volta ao meu *lugar*!, ele pensou; como o seu coração doía por estar de volta lá.

E o que era *isto*? Ele teve uma ereção no seu cômico pijama da Cathay Pacific, no seu ridículo traje de dormir trans-Pacífico. Não tinha tomado sequer metade de um Viagra – seus comprimidos azuis de Viagra, junto com os betabloqueadores, estavam na mala embarcada.

Juan Diego havia dormido mais de quinze horas – num voo que durou dezesseis horas e dez minutos. Ele foi mancando até o banheiro com passos notadamente mais rápidos e leves. Seus anjos voluntários (mesmo que não pertencendo à categoria de *anjos da guarda*) o viram ir; tanto a mãe quanto a filha pareceram olhar para ele com carinho.

– Ele é um *doce*, não é? – Miriam perguntou à filha.

– Ele é uma gracinha, realmente – Dorothy concordou.

– Felizmente nós o encontramos. Estaria inteiramente perdido sem nós! – a mãe disse.

– Felizmente – Dorothy repetiu; a palavra *felizmente* escapou de forma um tanto forçada dos lábios carnudos da jovem mulher.

– Ele estava *escrevendo*, eu acho. Imagine escrever enquanto *dorme*! – Miriam exclamou.

– Sobre sangue pingando de um caminhão! – Dorothy disse. – *Diablo* não significa o demônio? – ela perguntou à mãe, que apenas sacudiu os ombros.

– Francamente, Dorothy, você exagera a respeito dos bolinhos de chá verde. É só um *bolinho*, pelo amor de Deus – Miriam disse à filha. – Comer um bolinho não é nem de longe a mesma coisa que fazer sexo!

Dorothy revirou os olhos e suspirou; seu corpo tinha sempre uma postura relaxada, estivesse ela em pé ou sentada. (Era mais fácil imaginá-la deitada.)

Juan Diego saiu do banheiro, sorrindo para as atraentes mãe e filha. Conseguira livrar-se do pijama da Cathay Pacific, que entregou a uma das comissárias de voo; estava ansioso pelo bolinho de chá verde, embora não tanto quanto Dorothy.

A ereção de Juan Diego diminuíra um pouco, e ele estava bem consciente dela; afinal de contas, tinha sentido falta de suas ereções. Normalmente, precisava tomar meio comprimido de Viagra para ter uma – até agora.

Seu pé aleijado sempre latejava um pouco depois de ele ter dormido, assim que acordava, mas agora estava latejando de um jeito novo e diferente – ou era impressão dele. Em sua mente, ele estava de novo com catorze anos e o caminhão de Rivera havia acabado de esmagar o seu pé direito. Ele podia sentir o calor do colo de Lupe em seu pescoço e sua nuca. A boneca Guadalupe, no painel de Rivera, rebolava de um lado para o outro – do jeito que as mulheres pareciam estar sempre prometendo algo não dito e não admitido, que era o modo como Miriam e a filha, Dorothy, se apresentaram a Diego naquele momento. (Não que elas estivessem rebolando!)

Mas o escritor não conseguia falar; os dentes de Juan Diego estavam trincados, seus lábios estavam grudados, como se ele estivesse fazendo um esforço para não gritar de dor e virar a cabeça de um lado para o outro no colo de sua irmã havia tanto tempo morta.

6. *Sexo e fé*

O comprido corredor que ia dar no Regal Airport Hotel, no Aeroporto Internacional de Hong Kong, estava decorado com uma profusão de enfeites de Natal – renas de caras alegres e duendes de Papai Noel, mas nenhum trenó, nenhum presente e nenhum Papai Noel.

– Papai Noel está transando; ele provavelmente chamou um serviço de acompanhantes – Dorothy explicou a Juan Diego.

– Chega de sexo, Dorothy – a mãe ralhou com a moça indócil.

Pela impertinência que havia naquela relação, Juan Diego teria arriscado dizer que esta mãe e esta filha vinham viajando juntas havia anos – improvavelmente, por séculos.

– Papai Noel está com certeza hospedado aqui – Dorothy disse para Juan Diego. – A droga do Natal dura o ano todo.

– Dorothy, você não está *aqui* o ano todo – Miriam disse. – Então você não pode saber.

– Nós passamos aqui tempo *suficiente* – a filha disse, de mau humor. – *Dá a impressão* de que passamos o ano todo aqui – ela disse a Juan Diego.

Eles estavam subindo numa escada rolante, passando por um presépio. Para Juan Diego, parecia estranho eles não terem ficado do lado de fora nem uma vez – desde que chegaram ao JFK no meio de toda aquela neve. O presépio era cercado pelos personagens de sempre, humanos e animais – apenas uma figura exótica no meio dos animais. E a milagrosa Virgem Maria não podia ter sido inteiramente humana, Juan Diego havia sempre acreditado; aqui em Hong Kong, ela sorria timidamente, sem encarar seus admiradores. No momento do presépio, todas as atenções não deviam estar voltadas para o seu precioso filho? Aparentemente não – a Virgem Maria sempre roubava a cena. (Não apenas em Hong Kong, Juan Diego sempre acreditara.)

Lá estava José – o pobre tolo, como Juan Diego o considerava. Mas, se Maria era realmente virgem, José parecia estar lidando com o episódio do nascimento bastante bem – sem olhares furiosos ou desconfiados para os reis magos e pastores curiosos, nem para os demais observadores na manjedoura: uma vaca, um burro, um galo, um camelo. (O camelo, é claro, era a única criatura exótica.)

– Aposto que o pai era um dos reis magos – Dorothy disse.

– Chega de sexo, Dorothy – a mãe dela disse.

Juan Diego supôs erradamente que ele fosse o único que havia notado que o Cristo menino não estava no presépio – enterrado, talvez sufocado, na palha. – O Menino Jesus – ele começou a dizer.

– Alguém sequestrou o Menino Jesus, anos atrás – Dorothy explicou. – Acho que os chineses de Hong Kong não ligam para isso.

– Talvez o Cristo menino esteja fazendo uma plástica no rosto – Miriam sugeriu.

– Nem todo mundo faz plástica, mamãe – Dorothy disse.

– Aquele Menino Jesus não é nenhum garoto, Dorothy – sua mãe disse. – Acredite em mim: Jesus fez plástica.

– A Igreja Católica fez mais para melhorar esteticamente a si mesma do que fazendo uma plástica – Juan Diego disse asperamente, como se o Natal e toda aquela propaganda do presépio fossem estritamente uma questão da Igreja Católica Romana. Mãe e filha olharam curiosamente para ele, como que espantadas com seu tom zangado. Mas sem dúvida Miriam e Dorothy não poderiam ter ficado surpresas com o rancor na voz de Juan Diego, não se tivessem lido seus romances, o que haviam feito. Ele tinha uma grande mágoa – não contra as pessoas de fé ou crentes de qualquer tipo, mas contra certas estratégias sociais e políticas da Igreja Católica.

No entanto, a rispidez ocasional, quando ele falava, surpreendia a todo mundo; Juan Diego *parecia* muito manso, e – por causa do pé direito aleijado – andava bem devagar. Juan Diego não parecia uma pessoa que assumia riscos, exceto quando se tratava da sua imaginação.

No alto da escada rolante, os três viajantes chegaram a um desconcertante cruzamento de passagens subterrâneas – placas apontando para Kowloon e Hong Kong Island, e para um lugar chamado Sai Kung Peninsula.

– Nós vamos tomar um trem? – Juan Diego perguntou às suas admiradoras.

– Agora não – respondeu Miriam, segurando o braço dele. Eles estavam conectados a uma estação de trem, Juan Diego percebeu, mas havia anúncios confusos de alfaiatarias, restaurantes e joalherias; como joias, eles estavam oferecendo *opalas eternas*.

– Por que *eternas*? O que há de tão especial em *opalas*? – Juan Diego perguntou, mas as mulheres pareciam estranhamente seletivas a respeito do que ouviam.

– Primeiro, vamos nos registrar no hotel, só para nos refrescar – Dorothy disse a ele; ela agarrou seu outro braço.

Juan Diego prosseguiu mancando; ele imaginou que não estava mancando tanto quanto costumava. Mas por quê? Dorothy estava empurrando a mala de Juan Diego e a dela – sem esforço algum, as duas malas com uma só mão. Como ela consegue fazer isso?, Juan Diego pensava quando eles chegaram diante de um enorme espelho, do chão ao teto, que ficava perto da recepção do hotel. Mas, quando Juan Diego se olhou rapidamente no espelho, suas duas companheiras não estavam visíveis ao lado dele; curiosamente, ele não viu o reflexo daquelas duas mulheres eficientes no espelho. Talvez ele tivesse dado uma olhada muito rápida.

– Nós vamos tomar o trem para Kowloon, vamos ver os arranha-céus na ilha de Hong Kong, suas luzes refletidas na água da baía. É melhor ver depois que escurece – Miriam murmurou no ouvido de Juan Diego.

– Vamos comer alguma coisa, talvez tomar um drinque ou dois, depois tomar o trem de volta para o hotel – Dorothy disse a ele, no outro ouvido. – E aí vamos estar com sono.

Algo disse a Juan Diego que ele tinha visto aquelas duas damas antes – mas onde, mas *quando*?

Fora no táxi que pulou a cerca protetora e ficou preso na neve da pista de corrida que havia ao longo do East River? O motorista estava tentando soltar as rodas traseiras – não com uma pá, mas com um limpador de para-brisa.

"De onde você é, seu babaca – da porra do México?", o motorista da limusine de Juan Diego gritou.

Os rostos das duas mulheres estavam emoldurados na janela traseira daquele táxi; elas poderiam ser mãe e filha, mas parecia altamente improvável para Juan Diego que aquelas duas mulheres assustadas pudessem ser Miriam e Dorothy. Era difícil para Juan Diego imaginar Miriam e Dorothy sentindo *medo*. Quem ou o que as assustaria? No entanto, o pensamento ficou: ele já tinha visto aquelas duas mulheres formidáveis antes – tinha certeza disso.

– É muito *moderno* – foi tudo o que Juan Diego conseguiu pensar em dizer – a respeito do Regal Airport Hotel – quando ele estava no elevador com Miriam e Dorothy. Mãe e filha o haviam registrado; ele só teve que mostrar o passaporte. Ele não achava que tivesse feito algum pagamento.

Era um desses quartos de hotel em que a sua chave era uma espécie de cartão de crédito; depois que entrava no quarto, você enfiava o cartão numa caixinha montada na parede – ao lado da porta.

– Senão suas luzes não acendem e sua TV não liga – Dorothy explicou.

– Chame se tiver algum problema com os equipamentos modernos – Miriam disse a Juan Diego.

– Não só problema com a porcaria moderna, *qualquer* tipo de problema – Dorothy acrescentou. No envelope onde estava o cartão de Juan Diego, ela escreveu o número do quarto dela – e o da mãe.

Elas não estão dividindo um quarto?, Juan Diego pensou espantado quando ficou sozinho no quarto.

No chuveiro, sua ereção voltou; ele sabia que devia tomar um betabloqueador – sabia que já havia passado a hora do remédio. Mas sua ereção o fez hesitar. E se

Miriam, ou Dorothy, se mostrasse disponível para ele – e, o que era ainda mais difícil de imaginar, se *ambas* se mostrassem disponíveis?

Juan Diego tirou os betabloqueadores da sua maleta de artigos de toalete; colocou os comprimidos ao lado do copo d'água, perto da pia do banheiro. Eram comprimidos de Lopressor – elípticos, de um cinza azulado. Ele pegou seus comprimidos de Viagra e olhou para eles. Os de Viagra não eram exatamente elípticos; tinham a forma de uma bola de futebol americano, mas com quatro lados. A maior semelhança entre o Viagra e o Lopressor estava na cor dos comprimidos – ambos eram de um cinza azulado.

Se ocorresse um milagre daqueles, se Miriam ou Dorothy se mostrasse disponível para ele, estava cedo demais para tomar um Viagra, Juan Diego sabia disso. Mesmo assim, ele tirou seu aparelhinho de partir comprimidos de dentro da maleta de toalete; ele o colocou ao lado dos comprimidos de Viagra, do mesmo lado da pia do banheiro – só para se lembrar de que *metade* de um Viagra era suficiente. (Sendo escritor, ele estava sempre olhando à frente, também.)

Eu estou imaginando coisas como um adolescente excitado!, Juan Diego pensou enquanto se vestia para se reunir com as damas. Seu comportamento o surpreendeu. Considerando estas circunstâncias pouco comuns, ele não tomou remédio algum; odiava o modo como os betabloqueadores o *rebaixavam*, ele não era bobo de tomar metade de um Viagra prematuramente. Quando voltasse aos Estados Unidos, Juan Diego pensou, precisava se lembrar de agradecer a Rosemary por dizer a ele para *experimentar*.

Era uma pena que Juan Diego não estivesse viajando com sua amiga médica – "agradecer a Rosemary" (por suas instruções a respeito do uso do Viagra) *não* era o que o escritor precisava lembrar. A dra. Stein podia ter lembrado a Juan Diego do motivo de ele estar se sentindo como um Romeu azarado, mancando pelo quarto no corpo de um escritor mais velho: se você estiver tomando betabloqueadores e pular uma dose, tome cuidado! Seu corpo está faminto por adrenalina; seu corpo de repente fabrica *mais* adrenalina e mais receptores de adrenalina. Aqueles sonhos incorretamente descritos, que eram, na realidade, lembranças aumentadas, em alta definição, da sua infância e do início da adolescência, eram tanto o resultado do fato de Juan Diego não ter tomado um único comprimido de Lopressor quanto de seu desejo sexual repentino por duas estranhas – uma mãe e uma filha, que pareciam mais familiares para ele do que deveriam, sendo duas estranhas.

O trem, o Expresso do Aeroporto para a Estação de Kowloon, custava $90. Talvez a timidez tenha impedido Juan Diego de olhar mais de perto para Miriam ou Dorothy no trem; é duvidoso que ele estivesse realmente interessado em ler cada palavra dos dois lados do seu tíquete, duas vezes. Juan Diego estava um pouco interessado em comparar os caracteres chineses às palavras correspondentes em inglês. VOLTA NO MESMO DIA estava escrito em maiúsculas pequenas, mas não parecia haver nenhum equivalente a maiúsculas pequenas nos caracteres chineses.

O escritor em Juan Diego não concordou com "1 única viagem"; o numeral 1 não devia ter sido escrito por extenso? "uma única viagem" não ficava melhor? Quase como um título, Juan Diego pensou. Ele escreveu algo no tíquete com sua caneta sempre presente.

– O que você está *fazendo*? – Miriam perguntou a Juan Diego. – O que pode haver de tão fascinante num tíquete de trem?

– Ele está *escrevendo* de novo – Dorothy disse à mãe. – Ele está sempre escrevendo.

– "Tíquete adulto para a cidade", Juan Diego falou alto; ele estava lendo o que estava escrito no tíquete do trem para as mulheres, e em seguida guardou-o no bolso da camisa. Ele não sabia direito como se comportar num encontro; nunca soubera, mas estas duas mulheres eram especialmente inquietantes.

– Sempre que eu ouço a palavra *adulto*, penso em algo pornográfico – Dorothy disse, sorrindo para Juan Diego.

– *Chega*, Dorothy – a mãe dela disse.

Já estava escuro quando o trem chegou à Estação de Kowloon; o cais de Kowloon estava cheio de turistas, muitos deles tirando fotos da vista dos arranha-céus do porto de Hong Kong, mas Miriam e Dorothy deslizaram despercebidas no meio da multidão. Devia servir para medir o grau de encantamento de Juan Diego por esta mãe e esta filha o fato de ele imaginar que mancava menos quando uma delas segurava seu braço ou sua mão; ele até acreditava que conseguia *deslizar* tão despercebido quanto elas duas.

Os suéteres apertados, de mangas curtas, que as mulheres usavam por baixo dos casacos marcavam seus seios, mas os suéteres eram até certo ponto conservadores. Talvez a parte conservadora fosse o que passava despercebido a respeito de Miriam e Dorothy, Juan Diego pensou; ou seria o fato dos outros turistas serem quase todos asiáticos, e aparentemente desinteressados dessas duas atraentes mulheres do Ocidente? Miriam e Dorothy usavam saias com seus suéteres – também reveladoras, quer dizer *apertadas*, Juan Diego diria, mas suas saias não pareciam estar chamando atenção.

Eu sou o único que não consegue parar de olhar para essas mulheres?, Juan Diego pensou. Ele não entendia de moda; não sabia como as cores neutras funcionavam. Juan Diego não notou que Miriam e Dorothy usavam saias e suéteres que eram bege e marrom, ou prateado e acinzentado, nem notou o corte impecável de suas roupas. Quanto ao tecido, ele pode ter achado que parecia ser macio ao toque, mas o que *notou* foram os seios de Miriam e Dorothy – e seus quadris, é claro.

Juan Diego não iria se lembrar de quase nada da viagem de trem até a Estação de Kowloon, e nada do cais movimentado de Kowloon – nem mesmo do restaurante onde eles jantaram, só que ele estava com uma fome fora do comum, e que se divertiu muito na companhia de Miriam e Dorothy. De fato, ele não se lembrava da última vez que tinha se divertido tanto, embora mais tarde – menos de uma semana depois – ele não conseguisse se lembrar do que tinham falado. Dos seus livros? Da sua infância?

Quando Juan Diego conhecia seus leitores, tinha que tomar cuidado para não falar demais sobre si mesmo – porque seus leitores tendiam a fazer perguntas sobre ele. Ele costumava tentar desviar a conversa para as vidas dos seus leitores; sem dúvida deve ter pedido a Miriam e a Dorothy para falar sobre si mesmas. Que tal elas falarem sobre a infância e adolescência *delas*? E Juan Diego deve ter perguntado àquelas damas, se bem que discretamente, sobre os homens de suas vidas; com certeza ele deve ter tido curiosidade em saber se elas eram comprometidas. No entanto, ele não se lembrava nada da conversa deles em Kowloon – nem uma palavra além da absurda atenção dada ao tíquete do trem, quando eles estavam indo para a Estação de Kowloon no Expresso do Aeroporto, e só um pouco da conversa literária no trem de volta ao Regal Airport Hotel.

Havia uma coisa que se destacava na viagem de volta – um momento de embaraço no subsolo elegante e higiênico da Estação de Kowloon, quando Juan Diego estava esperando junto com as duas mulheres na plataforma do trem.

O interior espelhado, pintado de dourado, da estação, com suas latas de lixo brilhantes, de aço inoxidável – parecendo sentinelas da limpeza – dava à plataforma da estação a aura de um corredor de hospital. Juan Diego não conseguiu encontrar um ícone de câmera ou de foto no menu do seu celular – ele queria tirar uma foto de Miriam e Dorothy – quando a mãe sabichona tirou o celular da mão dele.

– Dorothy e eu não tiramos retratos, não suportamos nossa aparência nas fotos. Mas me deixe tirar uma foto *sua* – Miriam disse a ele.

Eles estavam quase sozinhos na plataforma, exceto por um jovem casal chinês (garotos, Juan Diego pensou) que estava de mãos dadas. O rapaz tinha observado Dorothy, que tirara o celular de Juan Diego das mãos da mãe dela.

– Deixe que *eu* faço isso – Dorothy disse à mãe. – Você tira fotos horríveis.

Mas o rapaz chinês tirou o celular da mão de Dorothy. – Se eu tirar, posso pegar vocês todos – o rapaz disse.

– Ah, sim, obrigado! – Juan Diego disse a ele.

Miriam lançou um daqueles olhares para a filha que dizia: se você tivesse simplesmente deixado que eu tirasse a foto, isto não estaria acontecendo.

Eles ouviram o trem chegando, e a moça chinesa disse algo para o namorado – sem dúvida, devido ao trem, que ele tinha que se apressar.

Ele se apressou. A foto pegou Juan Diego, Miriam e Dorothy de surpresa. O casal chinês pareceu achar que a foto estava ruim – talvez fora de foco? – mas aí o trem chegou. Foi Miriam quem pegou o celular de volta, e foi Dorothy quem – ainda mais depressa – o tirou da mão da mãe. Juan Diego já estava sentado no Expresso do Aeroporto quando Dorothy lhe devolveu o celular; ele não estava mais no modo de câmera ou foto.

– Nós não fotografamos bem – foi tudo o que Miriam disse para o casal chinês, que pareceu excessivamente ansioso com o incidente. (Talvez as fotos que eles tiravam costumassem ficar melhores.)

Juan Diego estava mais uma vez consultando o menu do seu celular, que lhe parecia um labirinto de mistérios. O que fazia o ícone de Media Center? Nada do que eu quero, Juan Diego pensava, quando Miriam cobriu a mão dele com a dela; ela se inclinou para perto dele, como se aquele fosse um trem barulhento (não era), e falou com ele como se estivessem sozinhos, embora Dorothy estivesse bem ali e claramente pudesse escutar cada palavra que ela disse.

– Isto *não* é a respeito de sexo, Juan Diego, mas eu tenho uma pergunta para você – Miriam disse. Dorothy riu asperamente, alto o bastante para chamar a atenção do jovem casal chinês, que cochichava num assento afastado do trem. (A moça, embora estivesse sentada no colo do rapaz, parecia aborrecida com ele por algum motivo.) – Não é mesmo, Dorothy? – Miriam disse, zangada.

– Vamos ver – foi a resposta desdenhosa da filha.

– Em *Uma história inspirada pela Virgem Maria*, tem uma parte em que o seu missionário; eu esqueço o nome dele – Miriam interrompeu o que estava dizendo.

– Martin – Dorothy disse calmamente.

– Sim, *Martin* – Miriam corrigiu depressa. – Acho que você já leu esse – ela acrescentou para a filha. – Martin admira Inácio de Loyola, não é? – Miriam perguntou a Juan Diego, mas, antes que o escritor pudesse responder, ela continuou depressa. – Eu estou pensando sobre o encontro do santo com aquele mouro numa mula, e na discussão que eles tiveram em seguida sobre a Virgem Maria.

– Mas o mouro *e* Santo Inácio estavam montando mulas – Dorothy interrompeu a mãe.

– Eu *sei*, Dorothy – Miriam falou, impaciente. – E o mouro diz que consegue acreditar que Maria tenha concebido sem um homem, mas ele *não* acredita que ela permaneça virgem *depois* de ter dado à luz.

– Essa parte é sobre sexo, você sabe – Dorothy disse.

– *Não é*, Dorothy – a mãe retrucou zangada.

– E depois que o mouro vai embora, o jovem Inácio acha que deveria ir atrás do muçulmano para *matá-lo*, certo? – Dorothy perguntou a Juan Diego.

– Certo – Juan Diego conseguiu dizer, mas ele não estava pensando naquele antigo romance nem no missionário a quem chamou de Martin, que admirava Santo Inácio de Loyola. Juan Diego estava pensando em Edward Bonshaw, e naquele dia memorável em que o señor Eduardo chegou a Oaxaca. Enquanto Rivera estava levando Juan Diego, ferido, para o Templo de la Compañía de Jesus, o menino com o rosto crispado de dor no colo de Lupe, Edward Bonshaw também estava a caminho do templo. Enquanto Rivera esperava por um milagre, do tipo que o chefe do lixão imaginava que a Virgem Maria podia fazer, era o novo missionário americano quem estava prestes a se tornar o milagre mais plausível na vida de Juan Diego – o milagre de um *homem*, não de um santo, e uma mistura de fragilidades humanas como jamais se viu.

Ah, como ele sentia saudades do señor Eduardo!, Juan Diego pensou, com os olhos marejados de lágrimas.

– Era extraordinário que Santo Inácio fizesse questão de defender com tanta convicção a virgindade de Maria – Miriam estava dizendo, mas ela parou de falar ao ver que Juan Diego estava quase chorando.

– A difamação da condição vaginal pós-parto da Virgem Maria foi um comportamento indevido e inaceitável – Dorothy disse.

Naquele momento, contendo as lágrimas, Juan Diego percebeu que esta mãe e esta filha estavam citando o trecho que ele havia escrito em *Uma história inspirada pela Virgem Maria*. Mas como elas conseguiam se lembrar tão bem do trecho do romance, quase ao pé da letra? Como qualquer leitor consegue fazer isso?

– Ah, não chore, meu bom homem! – Miriam disse a ele; ela tocou em seu rosto. – Eu simplesmente *amo* esse trecho!

– *Você* o fez chorar – Dorothy disse à mãe.

– Não, não – não é o que vocês estão pensando – Juan Diego começou a dizer.

– O seu missionário – Miriam continuou.

– Martin – Dorothy lembrou a ela.

– Eu *sei*, Dorothy! – Miriam disse. – É tão tocante, tão *doce*, que Martin ache Santo Inácio admirável – Miriam continuou. – Quer dizer, Santo Inácio parece *inteiramente louco*!

– Ele quer matar um estranho montado numa mula – só por duvidar da condição vaginal pós-parto da Virgem Maria. Isso é *maluquice*! – Dorothy declarou.

– Mas, como sempre – Juan Diego disse a elas –, Inácio busca a vontade de Deus a respeito do assunto.

– *Poupe-me* a vontade de Deus! – Miriam e Dorothy exclamaram espontaneamente, como se tivessem o hábito de dizer isso, sozinhas ou juntas. (*Isso* chamou a atenção do casalzinho chinês.)

– E, no cruzamento da estrada, Inácio soltou as rédeas da própria mula; se o animal seguisse o mouro, Inácio mataria o infiel – Juan Diego disse. Ele poderia ter contado a história de olhos fechados. Não é incomum que um escritor se lembre do que escreveu, quase que palavra por palavra, Juan Diego estava pensando. Mas os *leitores* guardarem as palavras certas... Bem, *isso* era fora do comum, não era?

– Mas a mula escolheu o outro caminho – mãe e filha disseram em uníssono; para Juan Diego, elas pareciam ter a autoridade onisciente de um coro grego.

– Mas Santo Inácio era louco, ele deve ter sido um maluco – Juan Diego disse; ele não tinha certeza de que elas haviam entendido essa parte.

– Sim – Miriam disse. – Você foi muito corajoso de dizer isso, mesmo num romance.

– A questão da condição vaginal pós-parto de alguém é uma questão sexual – Dorothy disse.

– Não é não. É sobre *fé* – Miriam retrucou.

– É sobre sexo e fé – Juan Diego resmungou; ele não estava sendo diplomático; achava mesmo isso. As duas mulheres perceberam que sim.

– Você conheceu alguém igual àquele missionário que admirava Santo Inácio? – Miriam perguntou a ele.

– Martin – Dorothy repetiu baixinho.

Acho que eu preciso de um betabloqueador – Juan Diego não *diz* isso, mas é o que ele pensa.

– Ela está perguntando se Martin era uma pessoa *real* – Dorothy diz a ele; ela tinha visto o escritor ficar tenso ao ouvir a pergunta da mãe dela, tão tenso, que Miriam soltara as mãos dele.

O coração de Juan Diego estava disparado – seus receptores de adrenalina estavam *recebendo* como loucos, mas ele não conseguia falar.

– Eu perdi muita gente – Juan Diego tentou dizer, mas a palavra "gente" soou ininteligível, como algo dito por Lupe.

– Eu acho que ele era real – Dorothy disse à mãe.

Agora as duas puseram as mãos em Juan Diego, que estava tremendo na cadeira.

– O missionário que eu conheci *não* era Martin – Juan Diego falou de supetão.

– Dorothy, o bom homem perdeu entes queridos, nós duas lemos aquela entrevista, você sabe – Miriam disse à filha.

– Eu *sei* – Dorothy confirmou. – Mas você estava perguntando sobre o personagem Martin – a filha falou para a mãe.

Juan Diego só conseguiu sacudir a cabeça; então suas lágrimas rolaram, muitas lágrimas. Ele não poderia ter explicado para essas mulheres por que (e por quem) estava chorando; bem, pelo menos não no Expresso do Aeroporto.

– Eduardo! – exclamou Juan Diego. – Señor Eduardo!

Foi então que a moça chinesa, que continuava sentada no colo do namorado – ainda aborrecida com alguma coisa, também – teve aparentemente um ataque. Ela começou a bater no namorado, mais de frustração do que de raiva, e quase de brincadeira (em contraste com qualquer coisa que se aproximasse de violência de verdade).

– Eu *disse* a ele que era você! – a moça disse de repente para Juan Diego. – Eu *sabia* que era você, mas ele não acreditou em mim!

Ela estava dizendo que havia reconhecido o escritor, talvez desde o começo, mas o namorado dela não concordara – ou não era um leitor. Para Juan Diego, o rapaz chinês não parecia um leitor, e não era surpresa para o escritor que a namorada do rapaz *fosse*. Juan Diego não havia repetido isso várias vezes? As leitoras mulheres mantêm a ficção viva – aqui estava mais uma delas. Quando Juan Diego falou em espanhol, quando ele gritou o nome do Señor Eduardo, foi aí que a moça chinesa soube que estava certa a respeito de quem ele era.

Era só outro momento de identificação do escritor, Juan Diego compreendeu. Ele gostaria de conseguir parar de chorar. Acenou para a moça chinesa e tentou sorrir; se tivesse notado o modo como Miriam e Dorothy olhavam para o jovem casal chinês, ele talvez tivesse perguntado a si mesmo se estava seguro na companhia daquelas mãe e filha desconhecidas, mas Juan Diego não percebeu como Miriam e Dorothy calaram completamente sua leitora chinesa com um olhar fulminante – não, foi mais um olhar *ameaçador*. (Foi na verdade um olhar que dizia: nós o encontramos primeiro, sua babaca nojenta. Vá procurar o seu próprio escritor favorito – ele é *nosso*!)

Por que Edward Bonshaw estava sempre citando Thomas à Kempis? Señor Eduardo gostava de fazer uma pequena brincadeira com aquele trecho da *Imitação de Cristo*: "Não conviva muito com jovens e estranhos."

Bem, *agora* teria sido tarde demais para alertar Juan Diego a respeito de Miriam e Dorothy. Você não pula uma dose dos seus betabloqueadores e *ignora* duas mulheres iguais a esta mãe e sua filha.

Dorothy apertou Juan Diego contra o peito; ela o embalou em seus braços surpreendentemente fortes, onde ele continuou a soluçar. Ele sem dúvida notou que a jovem mulher estava usando um daqueles sutiãs que deixam ver os mamilos – dava para ver os mamilos dela através do sutiã, e através do suéter que Dorothy usava por baixo do casaco desabotoado.

Devia ser Miriam (Juan Diego percebeu) quem estava massageando sua nuca; mais uma vez ela se inclinou para ele e cochichou em seu ouvido. – Meu querido, é claro que dói ser você! As coisas que você *sente*! A maioria dos homens não sente o que você sente – Miriam disse. – Aquela pobre mãe em *Uma história inspirada pela Virgem Maria* – meu Deus! Quando eu penso no que *acontece* com ela...

– *Não fale* – Dorothy avisou à mãe.

– Uma estátua da Virgem Maria cai do pedestal e a esmaga! Ela morre instantaneamente – Miriam continuou.

Dorothy sentiu Juan Diego estremecer contra seus seios.

– Agora você conseguiu, mamãe – a filha disse, zangada. – Você está tentando deixá-lo *mais* infeliz?

– Você não entendeu, Dorothy – a mãe disse depressa. – Como a história diz? "Pelo menos ela foi feliz. Nem todo cristão tem a sorte de ser morto instantaneamente pela Virgem Santíssima." É uma cena engraçada, pelo amor de Deus!

Mas Juan Diego estava sacudindo a cabeça (de novo), desta vez contra os seios de Dorothy.

– Aquela não era a *sua* mãe, isso não aconteceu com *ela*, não é? – Dorothy perguntou a ele.

– Chega de insinuações autobiográficas, Dorothy – a mãe disse.

– Olha quem está falando – Dorothy disse para Miriam.

Sem dúvida, Juan Diego notou que os seios de Miriam também eram atraentes, embora seus mamilos não estivessem visíveis através do suéter. Um sutiã do tipo menos *contemporâneo*, Juan Diego estava pensando enquanto se esforçava para responder às perguntas de Dorothy sobre a mãe *dele*, que *não tinha* morrido esmagada por uma estátua da Virgem Maria – não exatamente.

No entanto, mais uma vez, Juan Diego não conseguiu falar. Estava emocional e sexualmente sobrecarregado; havia tanta adrenalina correndo pelo seu corpo que ele não conseguia reprimir o desejo nem as lágrimas. Ele estava sentindo saudades de todo mundo que jamais conhecera; estava desejando tanto Miriam quanto Dorothy a tal ponto, que não poderia dizer qual das mulheres desejava mais.

– Pobrezinho – Miriam murmurou no ouvido de Juan Diego; ele sentiu o beijo dela em sua nuca.

Tudo o que Dorothy fez foi respirar. Juan Diego sentiu o peito dela expandir-se contra seu rosto.

O que era que Edward Bonshaw costumava dizer, nos momentos em que o fanático achava que o mundo de fragilidades humanas devia curvar-se à vontade de Deus – quando tudo o que nós, meros mortais, podíamos fazer era *ouvir* a vontade de Deus e depois cumpri-la? Juan Diego ainda podia ouvir Señor Eduardo dizendo isto: "Ad majorem Dei Gloriam – para a maior glória de Deus."

Sob as circunstâncias – aninhado no peito de Dorothy, beijado pela mãe dela – isso não era tudo o que Juan Diego podia fazer? Apenas *ouvir* a vontade de Deus e então cumpri-la? É claro que havia uma contradição nisso: Juan Diego não estava exatamente na companhia de duas mulheres do tipo que aceita a vontade de Deus. (Miriam e Dorothy eram do tipo "Poupem-me da vontade de Deus!")

– Ad majorem Dei Gloram – o escritor murmurou.
– Isso deve ser espanhol – Dorothy disse à mãe.
– Pelo amor de Deus, Dorothy – Miriam disse. – É latim, porra.
Juan Diego sentiu Dorothy sacudir os ombros.
– Seja o que for – a filha rebelde disse –, é sobre sexo. Eu sei que é.

7. *Duas virgens*

Havia um painel de botões na mesinha de cabeceira do quarto de hotel de Juan Diego. Esses botões diminuíam ou apagavam e acendiam as luzes do quarto e do banheiro de Juan Diego, mas tinham um efeito estranho no rádio e na TV.

A camareira sádica havia deixado o rádio ligado – esta perversidade internacional, normalmente abaixo dos níveis de detecção precoce, deve estar enraizada em camareiras de hotel –, mas Juan Diego conseguiu baixar totalmente o volume do rádio, apesar de não conseguir desligá-lo. As luzes realmente diminuíram; entretanto, continuaram acesas apesar dos esforços de Juan Diego para apagá-las. A TV funcionou, brevemente, mas voltou a ficar escura e quieta. Seu último recurso, Juan Diego sabia, ia ser tirar o cartão de crédito (na verdade, a chave do quarto) do seu lugar na parede, ao lado da porta do quarto; então, como Dorothy havia avisado, tudo o que fosse elétrico se apagaria, e ele ficaria na total escuridão.

Eu posso viver com a luz diminuída, o escritor pensou. Ele não conseguia entender como havia dormido quinze horas no avião e já estivesse cansado de novo. Talvez o painel de botões estivesse com defeito, ou seria seu desejo sexual recuperado? E a cruel camareira rearrumara suas coisas no banheiro. O aparelho de partir comprimidos estava do lado oposto da pia onde ele havia colocado com tanto cuidado os betabloqueadores (junto com o Viagra.)

Sim, ele sabia que já passara muito da hora de tomar um betabloqueador; mesmo assim, não tomou um dos comprimidos azul-acinzentados de Lopressor. Ele o tirou do frasco, mas depois devolveu o comprimido elíptico para dentro do frasco. Em vez dele, Juan Diego tomou um Viagra – *inteiro*. Ele não havia esquecido que metade de um comprimido era suficiente; estava imaginando que ia precisar de mais do que meio Viagra se Dorothy ligasse para ele ou batesse em sua porta.

Enquanto ficou deitado, quase dormindo, no quarto de hotel fracamente iluminado, Juan Diego imaginou que uma visita de Miriam também exigiria que tomasse um Viagra inteiro. E como estava acostumado com meio Viagra apenas – 50 mg em vez de 100 –, ele percebeu que seu nariz estava mais entupido do que habitualmente; a garganta estava seca, e ele sentiu uma ponta de dor de cabeça. Sempre bem consciente, bebeu um bocado de água com o Viagra; a água parecia diminuir seus efeitos colaterais e o faria se levantar durante a noite para urinar, se a cerveja não fosse suficiente. Assim, se Dorothy ou Miriam não aparecessem, ele não teria que esperar até de manhã para tomar um comprimido *redutor* de

Lopressor; já fazia tanto tempo que não tomava um betabloqueador que talvez devesse tomar *dois* comprimidos de Lopressor, Juan Diego pensou. Mas seus desejos confusos, provocados pelo excesso de adrenalina, se misturaram ao cansaço e à sua eterna insegurança. Por que uma dessas mulheres desejáveis iria querer dormir *comigo*?, o escritor se perguntou. Nessa altura, é claro, ele estava dormindo. Não havia ninguém lá para notar, mas – mesmo dormindo – Juan Diego teve uma ereção.

Se o fluxo de adrenalina estimulara seu desejo por mulheres – por uma mãe *e* sua filha, nada menos –, Juan Diego devia ter previsto que seus sonhos (a encenação de suas experiências mais formativas da adolescência) poderiam tornar-se mais detalhados.

Em seu sonho no Regal Airport Hotel, Juan Diego quase deixou de reconhecer o caminhão de Rivera. Manchas do sangue do menino cobriam o exterior da cabine varrida pelo vento; pouco mais reconhecível era o focinho sujo de sangue de Diablo, o cão do chefe. O caminhão sujo de sangue, estacionado no Templo de la Compañía de Jesús, chamou a atenção de turistas e fiéis que tinham ido ao Templo da Companhia de Jesus em Oaxaca. Era difícil não notar o cão sujo de sangue.

Diablo, que fora deixado na caçamba do caminhão de Rivera, era ferozmente territorial; não permitia que transeuntes se aproximassem muito do caminhão, embora um rapaz ousado tenha tocado numa mancha de sangue na porta do lado do carona – tempo suficiente para se certificar de que ainda estava úmida e de que era, realmente, sangue.

– ¡Sangre! – o corajoso rapaz gritou.

Outra pessoa murmurou primeiro: – ¡Una matanza! – Ah, as conclusões que uma multidão tira!

Por causa de um pouco de sangue respingado num velho caminhão, e de um cão sujo de sangue, a multidão estava tirando conclusões precipitadas – uma atrás da outra. Um grupo de pessoas correu para dentro do templo; houve boatos de que a vítima de um aparente tiroteio entre gangues fora depositada aos pés da grande Virgem Maria. (Quem ia querer deixar de ver *isto*?)

Foi no meio dessa especulação desenfreada, e da parcial, mas súbita, mudança no comportamento da multidão – uma saída repentina da cena do crime (o caminhão parado no meio-fio) para o drama que se desenrolava dentro do templo – que irmão Pepe achou uma vaga para o seu Fusca vermelho ferrugem, um lugar pequeno demais para o caminhão de Rivera, mas ao lado do veículo sujo de sangue e do feroz Diablo.

Irmão Pepe reconhecera o caminhão de el jefe; viu o sangue e supôs que as pobres crianças, que estavam (Pepe sabia) sob os cuidados de Rivera, tivessem sofrido algum terrível acidente.

– Ai-ai los niños – Pepe disse. Para Edward Bonshaw, Pepe disse rapidamente: – Deixe suas coisas aqui; parece ter havido algum *problema*.

– *Problema?*, Edward repetiu, do seu jeito ansioso. Alguém na multidão tinha dito a palavra *perro*, e Edward Bonshaw – correndo atrás do irmão Pepe – avistou o apavorante Diablo. – O que houve com o cachorro? – Edward perguntou ao irmão Pepe.

– El perro ensangrentado – repetiu Pepe.

– Bem, eu posso *ver* isso! – Edward Bonshaw disse, um tanto irritado.

O templo jesuíta estava entulhado de curiosos estupefatos. – ¡Un milagro! – um dos curiosos gritou.

O espanhol de Edward Bonshaw era mais seletivo do que simplesmente ruim; ele conhecia a palavra *milagro, e* despertou nele um grande interesse.

– Um *milagre*? – Edward perguntou a Pepe, que estava abrindo caminho na direção do altar. – *Que* milagre?

– Eu não sei. Acabei de chegar aqui! – respondeu irmão Pepe, ofegante. Nós queríamos um professor de inglês e temos um milagrero, o pobre Pepe pensou – um milagreiro.

Rivera era quem estava rezando alto por um milagre, e a multidão de idiotas – ou alguns idiotas na multidão – sem dúvida o escutou. Agora a palavra *milagre* estava em todas as bocas.

El jefe colocou Juan Diego com cuidado diante do altar, e o menino gritava mesmo assim. (Em seus sonhos, Juan Diego minimizava a dor.) Rivera fazia sem parar o sinal da cruz e genuflexões diante da enorme estátua da Virgem Maria, o tempo todo olhando por cima do ombro, esperando a mãe do menino aparecer; não estava claro se Rivera estava rezando para Juan Diego ficar curado ou se o chefe do lixão esperava que um milagre o salvasse da ira de Esperanza – ou seja, que ela culpasse Rivera (como certamente faria) pelo acidente.

– Isto não parece nada bom, apenas a espera de um milagre – Edward Bonshaw resmungava. O som de uma criança gritando de dor não tinha nenhum potencial de milagre.

– Um caso de pensamento otimista – irmão Pepe disse; ele sabia que isso não parecia certo. E perguntou a Lupe o que acontecera, mas Pepe não conseguiu entender o que a criança enlouquecida disse.

– Que língua ela está falando? – Edward perguntou excitadamente. – Parece um pouco com *latim*.

– São coisas sem sentido, embora ela pareça ser muito inteligente, até mesmo presciente – irmão Pepe murmurou no ouvido do recém-chegado. – Ninguém consegue entender o que ela diz. Só o menino. – A gritaria era insuportável.

Foi então que Edward Bonshaw viu Juan Diego, prostrado e sangrando diante da enorme Virgem Maria.

– Mãe Santíssima! Salve a pobre criança! – o homem de Iowa gritou, silenciando a multidão, mas não o menino.

Juan Diego não havia notado as outras pessoas no templo, exceto pelo que pareciam ser duas pessoas enlutadas; elas estavam ajoelhadas no banco da frente. Duas mulheres, todas de preto – elas usavam véus e tinham as cabeças completamente cobertas. Estranhamente, o menino choroso se sentiu confortado ao ver as duas mulheres de preto. Ou aconteceu que, quando Juan Diego as viu, sua dor diminuiu?

Isto não foi exatamente um milagre, mas a súbita redução da dor fez Juan Diego pensar se as duas mulheres não estariam lamentando por *ele* – se não era *ele* que havia morrido, ou que ia morrer. Quando o menino tornou a procurar por elas, viu que as mulheres silenciosas não haviam se mexido; as duas mulheres de preto, com as cabeças inclinadas, estavam imóveis como duas estátuas.

Dor ou não dor, não foi surpresa para Juan Diego que a Virgem Maria não tivesse curado seu pé; o menino também não estava esperando nenhum milagre de Nossa Senhora de Guadalupe.

– As virgens preguiçosas não estão trabalhando hoje, ou não querem ajudar você – Lupe disse ao irmão. – Quem é o gringo engraçado? O que ele quer?

– O que foi que ela disse? – Edward Bonshaw perguntou ao menino machucado.

– Que a Virgem Maria é uma fraude – o menino respondeu; instantaneamente, ele sentiu a dor voltar.

– Uma *fraude* – não a nossa Maria! – Edward Bonshaw exclamou.

– Este é o menino do lixão que eu falei para você, um niño de la basura – irmão Pepe tentava explicar. – Ele é inteligente...

– Quem é você? O que quer? – Juan Diego perguntou ao gringo com a camisa havaiana engraçada.

– Ele é o nosso professor, Juan Diego, seja *gentil* – irmão Pepe avisou ao garoto. – Ele é um de nós, sr. Edward Bon...

– Eduardo – o homem de Iowa insistiu, interrompendo Pepe.

– Padre Eduardo? *Irmão* Eduardo? – Juan Diego quis saber.

– *Señor* Eduardo – Lupe disse de repente. Até o homem de Iowa entendeu o que ela disse.

– Na verdade, apenas Eduardo está bom – Edward disse modestamente.

– Señor Eduardo – Juan Diego repetiu; sem motivo algum, o leitor do lixão ferido gostou daquele som. O menino procurou pelas duas mulheres de luto no banco da frente, mas não as encontrou. O fato de elas terem simplesmente desaparecido pareceu a Juan Diego tão improvável quanto as flutuações da sua dor; sua dor tinha diminuído brevemente, mas agora estava (de novo) implacável. Quanto às duas mulheres, bem, talvez aquelas duas estivessem sempre aparecendo, ou desaparecendo? Quem sabe o que apenas aparece ou desaparece para um menino com tanta dor?

– Por que a Virgem Maria é uma fraude? – Edward Bonshaw perguntou ao menino, que jazia imóvel aos pés da Mãe Santíssima.

– Não pergunte. Não agora. Não há tempo – irmão Pepe começou a dizer, mas Lupe já estava balbuciando palavras ininteligíveis – apontando primeiro para Maria, depois para a virgem menor, de pele escura, que passava quase despercebida no seu santuário mais modesto.

– Aquela é Nossa Senhora de Guadalupe? – perguntou o novo missionário. De onde eles estavam, no altar do Maria Monstro, a imagem de Guadalupe era pequena e ficava de um lado do templo – quase escondida, propositadamente posta de lado.

– ¡Sí! – Lupe gritou, batendo com o pé; ela de repente cuspiu no chão, quase exatamente no meio das duas virgens.

– Outra provável fraude – Juan Diego disse, para explicar a cusparada da irmã. – Mas Guadalupe não é de todo má; ela só é um pouco corrupta.

– A menina é... – Edward Bonshaw começou a dizer, mas irmão Pepe pôs a mão no ombro do homem de Iowa para alertá-lo.

– Não diga isso – Pepe avisou ao jovem americano.

– Não, ela *não* é – Juan Diego respondeu. A palavra não dita, "retardada", ficou pairando ali no templo, como se uma das virgens milagrosas a tivesse comunicado. (Naturalmente, Lupe havia lido a mente do novo missionário; ela sabia o que ele havia pensado.)

– O pé do menino não está direito – está achatado, e está apontando para o lado errado – Edward disse para irmão Pepe. – Ele não devia ir a um *médico*?

– ¡Sí! – gritou Juan Diego. – Leve-me para o dr. Vargas. É que o chefe estava torcendo por um milagre.

– O chefe? – señor Eduardo perguntou, como se esta fosse uma referência religiosa ao Todo Poderoso.

– Não *aquele* chefe – disse irmão Pepe.

– *Que* chefe? – o homem de Iowa perguntou.

– El jefe – Juan Diego disse, apontando para o nervoso e culpado Rivera.

– Ah-*ha*! O pai do menino? – Edward perguntou a Pepe.

– Não, provavelmente não. Ele é o chefe do *lixão* – irmão Pepe disse.

– Ele estava dirigindo o caminhão! É preguiçoso demais para mandar consertar o espelho lateral! E veja só o bigode idiota que ele usa! Nenhuma mulher que não seja uma prostituta jamais vai querer um cara com aquele lagarto cabeludo no lábio! – Lupe disse, zangada.

– Meu Deus, ela tem uma linguagem própria, não tem? – Edward Bonshaw perguntou ao irmão Pepe.

– Este é Rivera. Ele estava dirigindo o caminhão que deu marcha a ré em cima de mim, mas é como um pai para nós; *melhor* do que um pai. Ele não vai embora – Juan Diego disse ao novo missionário. – E nunca bate em nós.

– Ah-ha – Edward falou, com uma cautela incomum. – E a sua *mãe*? Onde ela...

Como que chamada por aquelas virgens preguiçosas, que haviam tirado o dia de folga, Esperanza correu para o filho no altar; ela era uma jovem de beleza radiante que chamava a atenção onde quer que entrasse. Ela não só *não* parecia uma faxineira dos jesuítas; para o homem de Iowa, ela não parecia ser mãe de *ninguém*.

O que acontece com mulheres com *peitos* como aqueles?, irmão Pepe estava pensando. Por que seus peitos estão sempre arfando?

– Sempre atrasada, geralmente histérica – Lupe disse, mal-humorada. Os olhares da menina para a Virgem Maria e para Nossa Senhora de Guadalupe foram de descrença – no caso de sua mãe, Lupe simplesmente desviou os olhos.

– Com certeza ela não é a mãe do menino – señor Eduardo disse.

– É sim, e da menina também – foi só o que Pepe disse.

Esperanza esbravejava incoerentemente; parecia estar rogando à Virgem Maria, em vez de simplesmente perguntar a Juan Diego o que havia acontecido com ele. Suas preces soaram aos ouvidos do irmão Pepe como o palavrório de Lupe – possivelmente genético, Pepe pensou – e Lupe (é claro) se juntou a ela, acrescentando a *sua* incoerência à dela. Naturalmente, Lupe estava apontando para o chefe do lixão enquanto encenava a saga do espelho multifacetado e do caminhão andando de marcha a ré e achatando o pé do irmão; ela não demonstrou nenhuma piedade por Rivera com seu lábio coberto por uma lagarta, que parecia prestes a se atirar aos pés da Virgem Maria – ou bater com a cabeça no pedestal onde a Santa Mãe estava em pé tão impassivelmente. Mas ela estaria mesmo impassível?

Foi então que Juan Diego olhou para cima, para o rosto geralmente imperturbável da Virgem Maria. Será que a dor do menino lhe afetou a visão, ou Maria realmente olhou furiosa para Esperanza – ela que trouxera tão pouca esperança, apesar do seu nome, para a vida do filho? E o que exatamente a Santa Mãe desaprovava? O que fizera a Virgem Maria olhar tão zangada para a mãe de Juan Diego e Lupe?

A blusa decotada de Esperanza com certeza mostrava um bocado dos seios da implausível faxineira, e, da posição elevada da Virgem Maria em seu pedestal, a Santa Mãe olhava para o decote de Esperanza de uma altura que abarcava tudo.

A própria Esperanza não estava percebendo a implacável reprovação da enorme estátua. Juan Diego ficou surpreso com o fato de sua mãe, que muitas vezes falava igual a Lupe, realmente entender o que sua veemente filha estava balbuciando. Juan Diego estava acostumado a ser o intérprete de Lupe – até para Esperanza –, mas não desta vez.

Esperanza parou de torcer as mãos de forma suplicante na região dos dedos dos pés da Virgem Maria; a faxineira de aparência sensual não estava mais rezando para a estátua impassível. Juan Diego subestimara a capacidade de sua mãe de culpar os outros. Neste caso, Rivera – el jefe com seu espelho retrovisor lateral quebrado, ele que havia dormido na cabine do caminhão com a marcha a ré engatada – era o alvo das acusações de Esperanza. Ela bateu com as duas mãos no chefe do lixão, com os punhos bem cerrados; ela chutou as canelas dele; ela puxou o cabelo dele, arranhando-lhe o rosto com suas pulseiras.

– Você tem que ajudar Rivera – Juan Diego disse para o irmão Pepe – ou ele também vai precisar dos cuidados do dr. Vargas. – O menino ferido então falou com a irmã: – Você viu como a Virgem Maria olhou para a nossa mãe? – Juan Diego perguntou a Lupe, mas a criança, que aparentemente tudo sabia, simplesmente sacudiu os ombros.

– A Virgem Maria desaprova todo mundo – disse Lupe. – Ninguém é bom o suficiente para aquela megera.

– O que foi que ela disse? – Edward Bonshaw perguntou.

– Só Deus sabe – irmão Pepe disse. (Juan Diego não ofereceu uma tradução.)

– Se você quiser se preocupar com alguma coisa – Lupe disse ao irmão –, deveria se preocupar com o modo como Guadalupe está olhando para *você*.

– Como? – Juan Diego perguntou à menina. Ele sentiu dor quando virou a cabeça para tentar olhar para a menos notada das duas virgens.

– Como se ela ainda estivesse tomando uma decisão a seu respeito – Lupe disse. – Guadalupe não *decidiu* sobre você – a criança vidente disse a ele.

– Tire-me daqui – Juan Diego disse ao irmão Pepe. – Señor Eduardo, o senhor tem que me ajudar – o menino ferido disse; ele agarrou a mão do missionário. – Rivera pode me carregar – Juan Diego continuou. – O senhor só precisa resgatar Rivera primeiro.

– Esperanza, *por favor* – irmão Pepe disse para a faxineira; ele segurou seus pulsos finos. – Nós temos que levar Juan Diego para o dr. Vargas – precisamos de Rivera e do caminhão dele.

– Seu *caminhão*! – a mãe, teatral, gritou.

– Você devia rezar – Edward Bonshaw disse para Esperanza; inexplicavelmente, ele conseguiu dizer isso em espanhol – e de forma perfeita.

– *Rezar?* – Esperanza disse a ele. – Quem é ele? – ela perguntou de repente para Pepe, que estava olhando para seu polegar que sangrava; uma das pulseiras de Esperanza o havia cortado.

– Nosso novo professor – o que nós todos estávamos esperando – irmão Pepe disse, como que subitamente inspirado. – O señor Eduardo é de *Iowa* – Pepe declarou. Ele fez *Iowa* soar como se fosse *Roma*.

– *Iowa* – Esperanza repetiu do seu jeito arrebatado, o peito arfando. – Señor Eduardo – ela repetiu, inclinando-se para o homem de Iowa com uma reverência desajeitada, mas reveladora dos seios. – Rezar *onde*? Rezar *aqui*? Rezar *agora*? – Ela perguntou ao novo missionário vestindo aquela camisa enfeitada, cheia de papagaios.

– Sí – señor Eduardo disse a ela; ele tentava olhar para qualquer lugar menos para os seios dela.

É preciso fazer justiça a este cara; ele tem um certo estilo, irmão Pepe pensou.

Rivera já havia erguido Juan Diego do altar onde ficava a imponente Virgem Maria. O menino gritou de dor, embora brevemente – apenas o suficiente para calar a multidão.

– Olhe para ele – Lupe disse ao irmão.

– Olhe para – Juan Diego começou a perguntar a ela.

– Para *ele*, para o gringo – o homem papagaio! – disse Lupe. – *Ele* é o homem milagroso. Não está vendo? É *ele*. Ele veio por nós; por *você*, pelo menos.

– O que você quer dizer com isso, "Ele veio por nós"... O que isso quer dizer? – Juan Diego perguntou à irmã.

– Por *você*, pelo menos – Lupe repetiu, virando de costas; ela se mostrava quase indiferente, como se tivesse perdido interesse no que estava dizendo ou não acreditasse mais em si mesma. – Pensando bem, eu acho que o gringo não é o *meu* milagre. Só o seu – a menina disse, desanimada.

– O homem papagaio! – Juan Diego repetiu, rindo; entretanto, enquanto Rivera o carregava, o menino pôde ver que Lupe não estava sorrindo. Séria como sempre, ela parecia estar examinando a multidão – como se procurasse quem poderia ser o milagre *dela*, mas sem o encontrar.

– Vocês católicos – disse Juan Diego, encolhendo-se de dor enquanto Rivera abria caminho no meio da multidão que lotava a entrada do templo jesuíta; não ficou claro para irmão Pepe e para Edward Bonshaw se o menino havia falado com eles. "Vocês católicos" podia referir-se à multidão curiosa, inclusive à prece inútil da mãe do garoto do lixão; Esperanza sempre rezava alto, como Lupe, e na língua de Lupe. E agora, também como Lupe, Esperanza tinha parado de suplicar à Virgem Maria; era a virgem menor, de pele escura, que estava recebendo a atenção ansiosa da faxineira.

– Ah, a senhora que um dia foi desacreditada, que foi posta em dúvida, a senhora que foi obrigada a provar quem era – Esperanza rezava para a pequena imagem de Nossa Senhora de Guadalupe.

– Vocês católicos – Juan Diego tornou a dizer. Diablo viu as crianças do lixão se aproximando e começou a abanar o rabo, mas desta vez o menino machucado agarrou um punhado de papagaios da camisa havaiana grande demais do novo missionário. – Vocês católicos roubaram a nossa virgem – Juan Diego disse para

Edward Bonshaw. – Guadalupe era *nossa* e vocês a tomaram, vocês a *usaram*, vocês fizeram dela meramente um acólito da sua Virgem Maria.

– Um *acólito*! – o homem de Iowa repetiu. – Este menino fala inglês extraordinariamente bem! – Edward disse para irmão Pepe.

– Sí, *extraordinariamente* – confirmou Pepe.

– Mas talvez a dor o tenha deixado delirante – o novo missionário sugeriu. Irmão Pepe não achava que a dor de Juan Diego tivesse nada a ver com isso; Pepe já ouvira antes aquela reclamação do menino a respeito de Guadalupe.

– Para um garoto do lixão, ele é *milagroso* – irmão Pepe disse. – Ele lê melhor do que os nossos alunos, e lembre-se – ele aprendeu a ler sozinho.

– Sim, eu sei. Isso é fantástico. *Aprendeu sozinho!* – señor Eduardo exclamou.

– E Deus sabe como e onde ele aprendeu inglês; não só no basurero – disse Pepe. – O menino andou saindo com hippies e desertores. Um garoto empreendedor!

– Mas tudo termina no basurero – Juan Diego conseguiu dizer, entre ondas de dor. – Até livros em inglês. – Ele havia parado de procurar pelas duas mulheres enlutadas; Juan Diego achou que sua dor significava que ele não iria vê-las, porque não estava morrendo.

– Eu não vou no carro com o lábio de lagarto – Lupe dizia. – Eu quero ir com o homem papagaio.

– Nós queremos ir na caçamba, com Diablo – Juan Diego disse a Rivera.

– Sí – o chefe do lixão disse, suspirando; ele sabia quando estava sendo rejeitado.

– O cão é manso? – señor Eduardo perguntou ao irmão Pepe.

– Eu vou seguir vocês no Fusca – Pepe respondeu. – Se você for destroçado, eu posso servir de testemunha, fazer recomendações aos superiores, a favor de sua eventual santidade.

– Eu estava falando sério – Edward Bonshaw disse.

– Eu também, Edward; desculpe, *Eduardo*, eu também – Pepe concluiu.

Assim que Rivera colocou o menino ferido no colo de Lupe, na caçamba da picape, os dois velhos padres chegaram ao local. Edward Bonshaw apoiou as costas no pneu estepe do caminhão – as crianças ficaram entre ele e Diablo, que olhou para o novo missionário com desconfiança, uma lágrima perpétua escorrendo do olho esquerdo sem pálpebra do cão.

– O que está acontecendo aqui, Pepe? – padre Octavio perguntou. – Alguém desmaiou ou teve um ataque cardíaco?

– São aquelas crianças do lixão – padre Alfonso disse, franzindo a testa. – Dava para sentir o cheiro desse caminhão de lixo lá do Outro Mundo.

– Para que Esperanza está rezando *agora*? – padre Octavio perguntou a Pepe, porque a voz aguda da faxineira podia ser ouvida do Outro Mundo, também – ou pelo menos da calçada em frente ao templo jesuíta.

– Juan Diego foi atropelado pelo caminhão de Rivera – irmão Pepe disse. – O menino foi trazido aqui em busca de um milagre, mas nossas duas virgens fracassaram em produzir um.

– Eles estão a caminho do dr. Vargas, suponho – padre Alfonso disse –, mas por que tem um gringo com eles? – Os dois padres franziam seus narizes extremamente sensíveis e frequentemente condenatórios – não só para o caminhão de lixo, mas para o gringo com os papagaios polinésios estampados na camisa enorme e de mau gosto.

– Não me diga que Rivera atropelou um turista também – disse padre Octavio.

– Esse é o homem pelo qual nós todos estávamos esperando – irmão Pepe disse aos padres, com um sorriso travesso. – Esse é Edward Bonshaw, de Iowa, nosso novo professor. – Estava na ponta da língua de Pepe dizer a eles que o señor Eduardo era um milagrero, mas Pepe se conteve, o melhor que pôde. Irmão Pepe queria que padre Octavio e padre Alfonso descobrissem sozinhos quem era Edward Bonshaw. O modo como Pepe falou foi calculado para provocar aqueles dois padres tão conservadores, mas irmão Pepe teve o cuidado de mencionar o assunto *milagre* do modo mais informal possível. – Señor Eduardo es bastante milagroso – foi o que Pepe disse.

– Señor Eduardo – padre Octavio repetiu.

– ¡*Milagroso!* – padre Alfonso exclamou, desgostoso. Estes dois velhos padres não usavam a palavra *milagroso* de maneira leviana.

– Ah, vocês vão ver, vocês vão ver – irmão Pepe disse inocentemente.

– O americano tem outras camisas, Pepe? – padre Octavio perguntou.

– Uma que caiba nele? – padre Alfonso acrescentou.

– Sí, *um monte* de camisas; todas havaianas! – Pepe respondeu. – E eu acho que são todas um pouco grandes para ele, porque ele perdeu um bocado de peso.

– Por quê? Ele está morrendo? – padre Octavio perguntou. A perda de peso não era mais agradável para o padre Octavio e o padre Alfonso do que a horrenda camisa havaiana; os dois velhos padres eram quase tão gordos quanto o irmão Pepe.

– Ele *está*... quer dizer, *morrendo*? – padre Alfonso perguntou ao irmão Pepe.

– Não que eu saiba – Pepe respondeu, tentando disfarçar, um pouco, seu sorriso travesso. – De fato, Edward parece muito saudável e muito ansioso para ser útil.

– Útil – padre Octavio repetiu, como se isto fosse uma sentença de morte. – Muito utilitário.

– Misericórdia – padre Alfonso disse.

– Eu vou segui-los – irmão Pepe disse aos padres; ele estava caminhando apressadamente na direção do seu Fusca vermelho ferrugem. – Caso aconteça alguma coisa.

– Misericórdia – padre Octavio repetiu.

– Pode contar com os americanos para se fazerem *úteis* – padre Alfonso disse.

O caminhão de lixo estava saindo da vaga, e irmão Pepe o seguiu, no fluxo de carros. Na frente dele, ele podia ver o rostinho de Juan Diego – amparado protetoramente pelas mãozinhas da sua estranha irmã. Diablo tinha mais uma vez colocado as patas dianteiras na caixa de ferramentas da picape; o vento soprava as orelhas descasadas do cachorro para longe da sua cara – tanto a normal quanto a orelha que tinha um triângulo faltando. Mas foi Edward Bonshaw quem atraiu a atenção do irmão Pepe.

– Olhe para ele – Lupe disse para Juan Diego. – Para *ele*, para o gringo, o homem papagaio.

O que irmão Pepe viu em Edward Bonshaw foi um homem que parecia estar à vontade ali – como um homem que nunca havia se sentido em casa, mas que de repente encontrou seu *lugar* no panorama geral das coisas.

Pepe não sabia se ficava excitado ou assustado, ou as duas coisas; ele percebeu que o señor Eduardo era realmente um homem com um objetivo.

Foi assim que Juan Diego se sentiu em seu sonho – do jeito como você se sente quando sabe que tudo mudou, e que este momento anuncia o resto da sua vida.

– Alô? – uma voz jovem de mulher dizia ao telefone, que só agora Juan Diego percebeu que tinha na mão.

– Alô – o escritor, que havia dormido profundamente, disse; só agora ele estava se dando conta de sua enorme ereção.

– Oi, sou eu. É Dorothy – a jovem disse. – Você está sozinho, não está? Minha mãe não está com você, está?

8. *Duas camisinhas*

O que se pode acreditar do sonho de um escritor de ficção? Em seus sonhos, obviamente, Juan Diego se sentia livre para imaginar o que irmão Pepe pensava e sentia. Mas sob que ponto de vista eram os sonhos de Juan Diego? (Não no de Pepe.)

Juan Diego teria tido prazer em falar sobre isto, e sobre outros aspectos de sua ressurgente vida sonhada, embora lhe parecesse que agora não era a hora. Dorothy estava brincando com o seu pênis; como o romancista havia observado, a jovem mulher transferiu para esta brincadeira pós-coito a mesma atenção inabalável que tinha o hábito de dar ao seu celular e ao seu laptop. E Juan Diego não era muito inclinado a fantasias masculinas, nem mesmo como escritor de ficção.

– Acho que você consegue fazer de novo – dizia a moça nua. – Tudo bem, talvez não imediatamente, mas em breve. Olhe só para este cara! – ela exclamou. Ela também não fora tímida da primeira vez.

Na sua idade, Juan Diego não olhava muito para o seu pênis, mas Dorothy sim – desde o começo.

O que aconteceu com as brincadeiras preliminares?, Juan Diego pensou. (Não que ele tivesse muita experiência com estimulações preliminares *ou* com estimulações pós-sexo.) Ele tentou explicar a Dorothy a glorificação mexicana de Nossa Senhora de Guadalupe. Eles estavam abraçados na cama suavemente iluminada de Juan Diego, onde ouviam muito baixinho o rádio mudo – como que vindo de um planeta distante – quando a moça assanhada puxou as cobertas e contemplou sua ereção cheia de adrenalina, estimulada pelo Viagra.

– O problema começou com Cortés, o conquistador que conquistou o Império Asteca em 1521 – Cortés era *muito* católico – Juan Diego dizia para a jovem mulher. Dorothy estava deitada com o rosto sobre seu estômago, olhando para o seu pênis. – Cortés veio de Extremadura; a Guadalupe de Extremadura, quer dizer uma *estátua* da virgem, foi supostamente esculpida por São Lucas, o evangelista. Ela foi descoberta no século XIV – Juan Diego continuou – quando a virgem fez uma de suas aparições inesperadas – você sabe, uma aparição diante de um humilde pastor. Ela mandou que ele cavasse no lugar da sua aparição; o pastor encontrou a imagem ali.

– Este *não* é o pênis de um velho; este é o cara alerta que você tem aqui – Dorothy disse, nem remotamente falando a respeito de Guadalupe. E foi assim que ela começou; Dorothy não perdia tempo.

Juan Diego fez o possível para ignorá-la.

– A Guadalupe de Extremadura tinha pele escura, como a maioria dos mexicanos – Juan Diego disse para Dorothy, embora ele ficasse desconcertado de estar falando para a nuca da moça de cabelos escuros. – Portanto, a Guadalupe de Extremadura era o instrumento perfeito de conversão para os missionários que seguiram Cortés até o México; Guadalupe se tornou o ícone ideal para converter os nativos ao cristianismo.

– Uh-huh – Dorothy respondeu, enfiando o pênis de Juan Diego na boca.

Juan Diego não era, e nunca havia sido, um homem sexualmente confiante; ultimamente, descontando suas experiências solo com Viagra, ele não tivera nenhum relacionamento sexual. Entretanto, Juan Diego conseguiu reagir com indiferença ao fato de Dorothy estar fazendo sexo oral nele e continuou falando. Deve ter sido o romancista nele: conseguia se concentrar durante longos períodos de tempo; ele nunca fora um bom escritor de contos.

– Foi dez anos depois da conquista espanhola, numa colina nos arredores da Cidade do México – Juan Diego disse para a jovem que chupava seu pênis.

– Tepeyac – Dorothy interrompeu brevemente o que estava fazendo; ela pronunciou a palavra perfeitamente, antes de enfiar de novo o pau dele na boca. Juan Diego ficou abismado com o fato de que uma moça que parecia tão pouco culta soubesse o nome do lugar, mas tentou se mostrar tão indiferente em relação a isso quanto fingiu estar a respeito do sexo oral.

– Foi de manhã bem cedo, em dezembro de 1531 – Juan Diego recomeçou.

Ele sentiu uma mordida dos dentes de Dorothy quando a moça impulsiva falou rapidamente, sem parar para tirar o pênis dele da boca:

– No Império Espanhol, esta manhã em especial era a Festa da Imaculada Conceição. Que coincidência, hein?

– Sim, no entanto – Juan Diego começou a dizer, mas parou. Dorothy agora estava chupando de um jeito que sugeria que a jovem mulher não se daria ao trabalho de fazer suas próprias observações de novo. – O camponês Juan Diego, em honra do qual eu fui batizado, teve a visão de uma moça – o romancista continuou com dificuldade. – Ela estava cercada de luz; ela só tinha quinze ou dezesseis anos, mas, quando falou com ele, este *camponês* Juan Diego supostamente entendeu – pelas palavras dela, ou isto é o que esperam que acreditemos – que esta moça era *ou* a Virgem Maria ou então ela era *igual* à Virgem Maria. E o que ela queria era uma igreja – uma igreja inteira em sua homenagem –, que deveria ser construída no local onde ela apareceu para ele.

Ao ouvir isto, provavelmente sem acreditar, Dorothy grunhiu – ou fez um som igualmente evasivo, sujeito a interpretação. Se Juan Diego tivesse que adivinhar, Dorothy não só sabia a história; diante da ideia da Virgem Maria (ou alguém igual a ela) aparecer como uma garota adolescente e esperar que um infeliz camponês construísse uma igreja para ela, a manifestação não verbal de Dorothy continha mais do que uma sugestão de sarcasmo.

– O que o pobre camponês podia fazer? – Juan Diego perguntou; uma pergunta retórica, como Dorothy o fez ver ao bufar desdenhosamente. Este som desdenhoso fez Juan Diego – *não* o camponês, o *outro* Juan Diego – se encolher. O escritor sem dúvida temeu outra mordida dos dentes afiados da moça, mas ele foi poupado disto. Pelo menos, naquela hora.

– Bem, o camponês contou sua história pouco plausível para o arcebispo espanhol – o escritor perseverou.

– Zumárraga! – Dorothy conseguiu exclamar antes de emitir um breve som de engasgo.

Que mulher bem informada; ela sabia até o nome do incrédulo arcebispo! Juan Diego ficou pasmo.

O aparente conhecimento de Dorothy desses detalhes específicos impediu momentaneamente Juan Diego de prosseguir com sua versão da história de Guadalupe; ele a interrompeu antes da parte *milagrosa*, ou intimidado pelo conhecimento que Dorothy tinha de um assunto que sempre o obcecara, ou (finalmente!) distraído pelo sexo oral.

– E o que foi que esse arcebispo incrédulo fez? – Juan Diego perguntou. Ele estava testando Dorothy, e a jovem talentosa não o desapontou. Só que ela parou de chupar seu pau. Sua boca soltou o pênis com um estalo audível, mais uma vez fazendo-o encolher-se.

– O babaca do arcebispo disse ao camponês para provar o que estava dizendo, como se isso fosse papel de um camponês – Dorothy disse com desdém. Ela subiu pelo corpo de Juan Diego, fazendo seu pênis deslizar entre os seios.

– E o pobre camponês foi procurar a virgem e pediu a ela por um sinal que provasse sua identidade – Juan Diego continuou.

– Como se isso fosse papel *dela* – Dorothy disse; o tempo todo ela beijava o pescoço dele e mordiscava suas orelhas.

Nessa hora, tudo ficou confuso – quer dizer, é impossível definir quem disse o que para quem. Afinal de contas, ambos sabiam a história, e estavam com pressa de terminar logo o processo narrativo. A virgem mandou Juan Diego (o camponês) colher flores; o fato de haver flores em dezembro possivelmente vai além dos limites da credibilidade – o fato das flores encontradas pelo camponês terem sido rosas de Castilha, que não são nativas do México, é um exagero a mais.

Mas esta é a história de um *milagre*, e quando Dorothy ou Juan Diego (o escritor) chegou na parte da narrativa onde o camponês mostra as flores para o bispo – a virgem havia arrumado as rosas na humilde capa do camponês – Dorothy já produzira seu próprio prodígio. A jovem empreendedora apanhou sua própria camisinha, que conseguiu enfiar em Juan Diego enquanto os dois conversavam; a moça era multitarefa, uma qualidade que o escritor notava e admirava nos jovens que conhecera durante sua carreira de professor.

A escassez dos contatos sexuais de Juan Diego não incluía uma mulher que levava suas próprias camisinhas e era perita em colocá-las; e ele nunca havia encontrado uma moça que assumisse a posição superior com tanta familiaridade e determinação como Dorothy demonstrou ao se colocar imediatamente sobre ele.

A inexperiência de Juan Diego com mulheres – especialmente mulheres jovens com a agressividade e a sofisticação sexual de Dorothy – o deixara sem palavras. É duvidoso que Juan Diego possa ter completado esta parte essencial da história de Guadalupe – a saber, o que aconteceu quando o pobre camponês abriu sua capa cheia de rosas diante do bispo Zumárraga.

Dorothy, mesmo firmemente instalada sobre o pênis de Juan Diego – seus seios, caídos para a frente, roçavam o rosto do escritor – foi quem relatou essa parte da história. Quando as flores caíram da capa, no lugar delas, impressa no tecido da capa rústica do pobre camponês, estava a imagem da Virgem de Guadalupe – suas mãos postas em oração, seus olhos, modestamente abaixados.

– Não foi tanto pelo fato da imagem de Guadalupe estar impressa na estúpida capa – a jovem, que se balançava para frente e para trás em cima de Juan Diego, dizia. – Era a virgem em si; quer dizer, a *aparência* dela. Isso deve ter impressionado o bispo.

– Como assim? – Juan Diego conseguiu dizer, ofegante. – Como era a aparência de Guadalupe?

Dorothy atirou a cabeça para trás e sacudiu o cabelo; seus seios balançaram sobre ele, e Juan Diego prendeu a respiração ao ver um fio de suor que corria entre eles.

– Eu estou falando da *atitude* dela! – Dorothy disse, ofegante. – As mãos dela estavam postas de tal forma que não dava nem para *ver* os seios dela, se é que tinha seios; ela estava olhando para baixo, mas, mesmo assim, dava para ver uma luz sobrenatural nos olhos dela. – Não estou falando da parte escura...

– A íris... – Juan Diego começou a dizer.

– *Não* na íris; nas *pupilas*! – Dorothy disse, ofegante. – Estou me referindo à parte *central*... Havia uma luz assustadora nos olhos dela.

– Sim! – Juan Diego grunhiu; ele sempre achara isso, só não havia encontrado alguém que concordasse com ele, até agora. – Mas Guadalupe era diferente, e não só por causa da pele escura – ele disse com dificuldade; estava ficando cada vez mais difícil respirar, com Dorothy pulando em cima dele. – Ela falava Nahuatl, a língua local, ela era índia, não espanhola. Se era uma virgem, era uma virgem *asteca*.

– O que isso importava para o merdinha do bispo? – Dorothy perguntou. – A atitude de Guadalupe era tão *modesta*, tão parecida com *Maria*! – a jovem esforçada gritou.

– ¡*Sí!* – Juan Diego gritou. – Aqueles católicos manipuladores – ele mal começara a dizer isto quando Dorothy agarrou seus ombros com uma força que pareceu sobrenatural. Ela ergueu completamente da cama a cabeça e os ombros dele e o fez rolar para cima dela.

Mas naquele instante em que ela ainda estava sobre ele, e Juan Diego olhava para ela – para os olhos dela – ele viu o modo como Dorothy o olhava.

O que era mesmo que Lupe havia dito, tanto tempo atrás? "Se você quiser se preocupar com alguma coisa, deveria se preocupar com o modo como Guadalupe estava olhando para *você*. Como se estivesse tomando uma decisão a seu respeito. Guadalupe não *decidiu* sobre você – a criança vidente lhe dissera.

Não era assim que Dorothy olhava para Juan Diego no meio segundo antes de fazê-lo rolar para cima dela? Foi, apesar de breve, um olhar assustador. E agora, debaixo dele, Dorothy parecia uma mulher possuída. Ela jogava a cabeça de um lado para o outro; seus quadris investiam contra ele com tanta força que Juan Diego se agarrou nela como um homem com medo de cair. Mas cair *onde*? A cama era enorme; não havia perigo de cair de cima dela.

A princípio, ele imaginou que a proximidade de um orgasmo era responsável pela súbita acuidade da sua audição. Era o rádio mudo que ele tinha ouvido? O idioma desconhecido era ao mesmo tempo perturbador e estranhamente familiar. Eles não falam mandarim aqui?, Juan Diego pensou, mas não havia nada de chinês na voz da mulher no rádio – e a voz dela não estava *emudecida*. Na violência do ato sexual, será que uma das mãos de Dorothy – ou seu braço, ou uma perna – havia batido no painel de botões da mesinha de cabeceira? A mulher no rádio, qualquer que fosse o idioma que ela estivesse falando, estava – de fato – gritando.

Foi quando Juan Diego percebeu que a mulher que estava gritando era Dorothy. O rádio tinha permanecido mudo; o orgasmo de Dorothy é que foi amplificado, acima de qualquer expectativa e muito além do normal.

Houve uma confluência desagradável dos dois pensamentos seguintes de Juan Diego: junto com a sensação estritamente física de que estava gozando, do modo mais sensacional do que jamais gozara antes, veio a convicção de que ele devia sem sombra de dúvida tomar dois betabloqueadores – na primeira oportunidade possível. Mas esta ideia não analisada teve um irmão (ou uma irmã). Juan Diego achou que conhecia a língua que Dorothy estava falando, embora fizesse muitos anos, desde sua infância, que ele não ouvia alguém falando esta língua. O que Dorothy estava gritando, antes de gozar, soou como Nahuatl – a língua que Nossa Senhora de Guadalupe falava, a língua dos astecas. Mas Nahuatl pertencia a um grupo de línguas indígenas da América faladas no centro e no sul do México. Por que – como – Dorothy sabia falar esta língua?

– Você não vai atender ao telefone? – Dorothy lhe perguntava calmamente, em inglês. Ela arqueara as costas, com as duas mãos apoiadas no travesseiro, atrás da cabeça, para tornar mais fácil para Juan Diego estender o braço por cima dela para alcançar o telefone na mesinha de cabeceira. Era a luz fraca que fazia a pele de Dorothy parecer mais escura do que realmente era? Ou ela era mesmo mais morena do que Juan Diego havia notado antes?

Ele teve que se esticar para alcançar o telefone; primeiro o peito, depois o estômago tocou nos seios de Dorothy.

– É minha mãe, você sabe – a jovem lânguida disse a ele. – Conhecendo-a como eu a conheço, ela deve ter ligado primeiro para o meu quarto.

Talvez *três* betabloqueadores, Juan Diego pensou.

– Alô? – ele disse timidamente.

– Seus ouvidos devem estar apitando – Miriam disse a ele. – Estou surpresa de você ter conseguido ouvir o telefone.

– Estou ouvindo você – Juan Diego disse, mais alto do que pretendia; seus ouvidos ainda estavam apitando.

– O andar inteiro, se não o hotel inteiro, deve ter ouvido Dorothy – Miriam acrescentou. Juan Diego não soube o que dizer. – Se minha filha já recuperou a fala, eu gostaria de falar com ela. Ou posso dar o recado para *você* – Miriam continuou – e você pode passar para Dorothy – quando ela for *ela mesma* de novo.

– Ela é ela mesma – Juan Diego disse, com uma dignidade absurdamente exagerada e deslocada. Que coisa ridícula dizer isso a respeito de alguém! Por que Dorothy não seria ela mesma? Quem mais a mulher que estava na cama com ele poderia ser? Juan Diego pensou, entregando o telefone a Dorothy.

– Que surpresa, mamãe – a jovem disse laconicamente. Juan Diego não pôde ouvir o que Miriam estava dizendo para a filha, mas percebeu que Dorothy não falou muito.

Juan Diego achou que a conversa entre mãe e filha podia ser um momento oportuno para ele tirar discretamente a camisinha, mas, quando ele rolou de cima de Dorothy e se deitou de lado, de costas para ela, descobriu – com surpresa – que a camisinha já havia sido tirada.

Devia ser uma coisa de geração – esses jovens de hoje! Juan Diego pensou, encantado. Não só eles são capazes de fazer uma camisinha aparecer do nada; eles podem, com a mesma rapidez, fazer uma camisinha desaparecer. Mas onde ela está?, Juan Diego pensou. Quando ele se virou para Dorothy, a moça passou um dos seus braços fortes em volta dele – apertando-o contra os seios. Ele pôde ver o invólucro de papel alumínio na mesinha de cabeceira – ele não o percebeu antes –, mas a camisinha não estava à vista.

Juan Diego, que uma vez se referiu a si mesmo como "um guardião de detalhes" (ele quis dizer *como romancista*), imaginou onde estaria a camisinha: talvez enfiada debaixo do travesseiro de Dorothy, ou jogada na cama desfeita. Possivelmente, livrar-se de uma camisinha desse jeito também era uma característica de *geração*.

– Eu *sei* que ele tem que pegar um avião de manhã cedo, mamãe – Dorothy disse. – Sim, eu *sei* que é por isso que estamos hospedados aqui.

Eu preciso urinar, Juan Diego pensou, e não posso esquecer de tomar *dois* comprimidos de Lopressor da próxima vez que for ao banheiro. Mas quando ele tentou sair da cama fracamente iluminada, o braço forte de Dorothy apertou-lhe o pescoço com mais força; o rosto dele estava apertado de encontro ao seio dela.

– Mas quando é o *nosso* voo? – ele ouviu Dorothy perguntar à mãe. – *Nós* não vamos para Manila, vamos? – Ou a ideia de ter Dorothy e Miriam com ele em Manila ou então a sensação do seio de Dorothy contra o seu rosto, provocou uma ereção em Juan Diego. E então ele ouviu Dorothy dizer: – Você está brincando, não é? Desde quando você "é aguardada" em Manila?

Ai-ai, Juan Diego pensou – mas se o meu coração pode lidar com o fato de eu transar com uma mulher jovem, como Dorothy, sem dúvida eu posso sobreviver a ficar com Miriam em Manila (foi o que ele pensou).

– Bem, ele é um *cavalheiro*, mamãe. É claro que ele não ligou para mim – Dorothy disse, segurando a mão de Juan Diego e apertando-a contra o seio. – Sim, eu liguei para ele. Não me diga que *você* não pensou nisso – a jovem disse sarcasticamente.

Com um seio pressionado contra o rosto e outro em sua mão, Juan Diego se lembrou de algo que Lupe gostava de dizer – geralmente de forma inapropriada. "No es buen momento para um terremoto", Lupe costumava dizer.

– Foda-se você também – Dorothy disse, desligando o telefone. Pode não ter sido um bom momento para um terremoto, mas também não teria sido um bom momento para Juan Diego ir ao banheiro.

– Eu costumo ter um sonho – ele começou a dizer, mas Dorothy se sentou de repente na cama, fazendo-o deitar de costas.

– Você não vai querer ouvir o que eu costumo sonhar; acredite – ela disse a ele. Ela se encolheu na cama, com o rosto na barriga dele, mas de costas para ele; mais uma vez, Juan Diego estava olhando para os cabelos escuros de Dorothy. Quando ela começou a brincar com seu pênis, o escritor imaginou quais eram as palavras certas para esta – *esta brincadeira pós-coito*.

– Acho que você consegue transar de novo – disse a moça nua. – Tudo bem, talvez não imediatamente, mas em breve. *Olhe* só para este cara! – ela exclamou. Ele estava tão duro quanto da primeira vez; a jovem mulher não hesitou em montar nele.

Ai-ai, Juan Diego tornou a pensar. Ele pensava apenas no quanto estava apertado para urinar – ele não estava falando simbolicamente – quando disse: – Este não é um bom momento para um terremoto.

– Vou mostrar para você um terremoto – Dorothy disse.

O escritor acordou com a sensação exata de que tinha morrido e ido para o inferno; ele suspeitava havia muito tempo de que, se o inferno existisse (o que Juan Diego duvidava), haveria música ruim tocando constantemente – com a competição mais alta possível com o noticiário em língua estrangeira. Este era o caso quando ele acordou, mas Juan Diego ainda estava na cama – em seu quarto feericamente iluminado e com o rádio berrando no Regal Airport Hotel. Todas as luzes do quarto estavam acesas; a música no rádio e o noticiário na televisão estavam no volume máximo.

Será que Dorothy havia feito isso ao sair? A jovem fora embora, mas será que havia presenteado Juan Diego com o que achava ser um divertido despertador? Ou talvez a moça tivesse saído zangada. Juan Diego não conseguia lembrar. Ele sentiu que havia dormido mais profundamente do que nunca em toda a sua vida, mas por não mais do que cinco minutos.

Ele bateu no painel de botões da mesinha de cabeceira, machucando a mão direita. O volume do rádio e da TV foram diminuídos o suficiente para ele ouvir e atender o telefone: era alguém gritando com ele numa língua que soava asiática (seja lá o que for um "som asiático").

– Desculpe, não estou entendendo – Juan Diego respondeu em inglês. – Lo siento – ele começou a dizer em espanhol, mas a pessoa não esperou.

– Seu boboca! – a pessoa com voz de asiática gritou.

– Acho que você quer dizer babaca – o escritor respondeu, mas a pessoa desligou, zangada. Só então Juan Diego notou que os invólucros de papel alumínio da primeira e da segunda camisinha haviam desaparecido de sua mesinha de cabeceira; Dorothy devia tê-los levado com ela, ou então os atirado na cesta de lixo.

Juan Diego viu que a segunda camisinha ainda estava no seu pênis; de fato, era a única prova que ele tinha de que havia "atuado" mais uma vez. Ele não se lembrava de nada a partir do momento em que Dorothy montou nele para outra tentativa. O terremoto que ela prometeu mostrar a ele estava perdido no tempo; se a jovem voltara a romper a barreira do som numa língua que parecia Nahuatl (mas que não podia ser), esse momento não foi capturado na lembrança ou num sonho.

O escritor só sabia que havia dormido e *não sonhara* – nem mesmo um pesadelo. Juan Diego saltou da cama e foi mancando até o banheiro; o fato de não estar com vontade de urinar era um sinal de que já havia urinado. Ele torceu para não ter urinado na cama, ou na camisinha, ou em Dorothy, mas pôde ver – quando chegou ao banheiro – que a tampa do seu frasco de Lopressor estava aberta. Ele devia ter tomado um (ou dois) dos betabloqueadores quando se levantou para urinar.

Mas há quanto tempo fora isso? Antes ou depois de Dorothy sair? E ele tomou apenas um Lopressor, como a médica receitara, ou os dois que imaginou que *deveria* tomar? Na realidade, é claro, ele *não* deveria ter tomado dois. Uma dose dupla de betabloqueadores não era recomendada como reparação por ter pulado uma dose.

Já havia uma luz cinzenta do lado de fora, sem falar na luz feérica do seu quarto de hotel; Juan Diego sabia que tinha que tomar o avião de manhã cedo. Ele não havia desarrumado muito a mala – para uma noite apenas –, então não tinha muito o que arrumar. Mas foi bastante cuidadoso ao guardar seus artigos de toalete; desta vez, resolveu colocar o frasco de Lopressor (e o de Viagra) na maleta de mão.

Ele jogou a segunda camisinha no vaso sanitário, mas ficou desconcertado por não conseguir encontrar a primeira. E quando é que ele havia urinado? A qualquer momento, imaginava, Miriam iria ligar para ele ou bater à porta – para dizer que estava na hora de ir –, então ele puxou o lençol e olhou debaixo dos travesseiros, na esperança de encontrar a primeira camisinha. A droga da camisinha não estava em nenhuma das cestas de lixo – nem os invólucros de papel alumínio.

Juan Diego estava debaixo do chuveiro quando viu a camisinha desaparecida circulando em volta do ralo da banheira. Ela havia desenrolado e parecia uma lesma afogada; a única explicação devia ser que a primeira camisinha que ele havia usado com Dorothy tinha ficado presa em suas costas, ou na sua bunda, ou atrás de uma perna.

Que embaraçoso! Ele esperava que Dorothy não tivesse visto. Se ele não tivesse tomado banho, talvez tivesse embarcado para Manila com a camisinha usada grudada nele.

Infelizmente, ele ainda estava no chuveiro quando o telefone tocou. Com homens da sua idade, Juan Diego sabia – e sem dúvida as chances eram maiores no caso de homens *aleijados* da sua idade – aconteciam acidentes horríveis em banheiras. Juan Diego desligou o chuveiro e saiu da banheira com certa delicadeza. Estava pingando, e sabia que os ladrilhos do chão do banheiro deviam estar muito escorregadios, mas, quando ele pegou uma toalha, ela custou a sair do porta-toalha; Juan Diego puxou com mais força do que devia. O porta-toalha de alumínio se soltou da parede do banheiro, trazendo o suporte de porcelana com ele. O suporte de porcelana caiu no chão, espalhando cacos nos ladrilhos molhados; o bastão de alumínio atingiu o rosto de Juan Diego, cortando sua testa acima de uma das sobrancelhas. Ele saiu do banheiro mancando, todo molhado, apertando a toalha na cabeça ensanguentada.

– Alô – ele gritou.

– Bem, você está acordado, isso já é alguma coisa – Miriam disse a ele. – Não deixe Dorothy voltar a dormir.

– Dorothy não está aqui – Juan Diego disse.

– Ela não está atendendo ao telefone; deve estar no chuveiro ou algo assim – a mãe dela disse. – Você está pronto para sair?

– Que tal daqui a dez minutos? – Juan Diego perguntou.

– Melhor oito, mas tente sair em cinco. Eu vou pegar você – Miriam disse a ele. – Vamos pegar Dorothy por último; garotas da idade dela são as últimas a ficar prontas – a mãe explicou.

– Eu estarei pronto – Juan Diego disse a ela.

– Você está bem? – Miriam quis saber.

– Sim, é claro.

– Você parece diferente – ela disse, e desligou.

Diferente? Juan Diego pensou. Ele viu que sangrara nos lençóis; a água havia escorrido do cabelo dele e diluído o sangue do corte na testa. A água deixara o sangue cor-de-rosa, e havia mais sangue do que deveria haver; era um corte pequeno, mas não parava de sangrar.

Sim, cortes no rosto sangram muito – e ele havia acabado de sair do chuveiro quente. Juan Diego tentou limpar o sangue da cama com a toalha, mas a toalha estava mais suja de sangue do que os lençóis; ele conseguiu fazer uma sujeira maior ainda. O lado da cama que ficava mais perto da mesinha de cabeceira parecia o local de uma matança ritualista de caráter sexual.

Juan Diego voltou para o banheiro, onde havia mais sangue e água – e os pedaços de porcelana espalhados pelo chão. Ele pôs água fria no rosto – na testa, especialmente, para tentar estancar o sangue da droga do corte. Naturalmente, ele tinha um estoque praticamente vitalício de Viagra e de seus desprezados betabloqueadores – sem esquecer do aparelhinho de partir comprimidos – mas nenhum Band-Aid. Ele grudou um chumaço de papel higiênico no corte pequeno, mas que sangrava profusamente, estancando temporariamente o fluxo de sangue.

Quando Miriam bateu à porta, e ele a deixou entrar, ele estava pronto para ir – só faltava calçar o sapato sob medida no seu pé aleijado. Isso era meio difícil; e às vezes levava algum tempo.

– Senta aí – Miriam disse, empurrando-o para a cama –, deixe-me ajudá-lo. – Ele sentou no pé da cama enquanto ela calçava o sapato especial nele; para sua surpresa, ela pareceu saber como fazer aquilo. De fato, ela agiu com tanta eficiência, de uma maneira tão natural, que pôde dar uma longa olhada na cama suja de sangue enquanto calçava o sapato no pé aleijado de Juan Diego.

– Não se trata de um caso de perda de virgindade ou assassinato – Miriam disse, indicando com a cabeça o sangue e a água que manchavam os lençóis. – Acho que não importa o que as camareiras irão pensar.

– Eu me cortei – Juan Diego disse. Sem dúvida Miriam havia notado o papel higiênico empapado de sangue grudado na testa de Juan Diego, acima da sobrancelha.

– Aparentemente, você não se cortou fazendo a barba – ela comentou. Ele a viu andar da cama até o armário, espiando para dentro; depois, ela abriu e fechou as gavetas onde poderia haver roupas esquecidas. – Sempre examino um quarto de hotel antes de ir embora – *todo* quarto de hotel – ela disse a ele.

Ele não pôde impedi-la de dar uma olhada no banheiro também. Juan Diego sabia que não havia deixado nenhum dos seus artigos de toalete lá – com certeza não o seu Viagra ou os comprimidos de Lopressor, que havia transferido para a valise de mão. Quanto à primeira camisinha, ele só agora lembrou que a deixara na banheira e que devia estar largada em cima do ralo – dando a impressão de um ato de obscenidade.

– Olá, camisinha – ele ouviu Miriam dizer do banheiro; Juan Diego ainda estava sentado no pé da cama suja de sangue. – Acho que não importa o que as camareiras irão pensar – Miriam repetiu, quando se virou para o quarto –, mas as pessoas não costumam jogar essas coisas no vaso sanitário?

– Sí – foi tudo o que Juan Diego conseguiu dizer. Não muito inclinado a fantasias masculinas, Juan Diego com certeza não teria tido esta.

Eu devo ter tomado dois comprimidos de Lopressor, ele pensou; estava se sentindo mais *encolhido* do que de costume. Talvez eu possa dormir no avião, pensou esperançoso; ele sabia que era cedo demais para especular sobre o que poderia acontecer com os seus sonhos. Juan Diego estava tão cansado que torceu para que sua vida onírica pudesse ser momentaneamente reduzida pelos betabloqueadores.

– Minha mãe bateu em você? – Dorothy perguntou a ele, quando Juan Diego e Miriam chegaram no quarto dela.

– Não, Dorothy – a mãe respondeu. Miriam já havia começado a examinar o quarto da filha. Dorothy estava semivestida – uma saia, mas só o sutiã, sem blusa nem suéter. Sua mala estava aberta em cima da cama. (A mala era suficientemente grande para conter um cachorro grande.)

– Um acidente no banheiro – foi tudo o que Juan Diego disse, apontando para o papel higiênico grudado na testa.

– Eu acho que parou de sangrar – Dorothy disse a ele. Ela ficou na frente dele só de sutiã, mexendo no papel higiênico; quando Dorothy tirou o papel da testa dele, o corte começou a sangrar de novo – não tanto que Dorothy não o conseguisse estancar molhando a ponta do indicador e apertando-o sobre sua sobrancelha. – Fique parado – a moça disse, enquanto Juan Diego tentava não olhar para o sutiã dela.

– Pelo amor de Deus, Dorothy, vista-se – a mãe disse a ela.

– E aonde nós vamos, quer dizer, *todos* nós? – A jovem perguntou à mãe, de um modo não muito inocente.

– Primeiro vista-se, depois eu digo – retrucou Miriam. – Ah, eu quase me esqueci – ela disse de repente para Juan Diego. – Eu estou com o seu roteiro de viagem; é melhor você ficar com ele. – Juan Diego lembrou que Miriam lhe havia tomado o roteiro, quando eles ainda estavam no JFK; ele não havia reparado que ela não o devolvera. Agora Miriam entregou o roteiro para ele. – Eu fiz algumas anotações nele, sobre onde você *deveria* ficar em Manila. Não desta vez – você não vai ficar lá por tempo suficiente desta primeira vez para fazer diferença onde vai se hospedar. Mas, acredite em mim, você não vai gostar do lugar onde vai ficar. Quando voltar a Manila – quer dizer, da segunda vez, quando ficar mais tempo lá – eu fiz algumas sugestões sobre hospedagem. E fiz uma cópia do seu roteiro para *nós* – Miriam disse a ele. – Para podermos ver como você está.

– Para *nós*? – Dorothy perguntou, desconfiada. – Ou para *você*?

– Para *nós*. Eu disse nós, Dorothy – Miriam disse à filha.

– Eu vou tornar a vê-la, espero – Juan Diego disse subitamente. – Vocês *duas* – ele acrescentou, meio sem jeito, porque estava olhando apenas para Dorothy. A moça vestira uma blusa, que não havia começado a abotoar; ela estava olhando para o umbigo, depois começou a limpá-lo.

– Ah, você vai nos ver de novo, com certeza – Miriam dizia a ele, enquanto ia até o banheiro, continuando sua inspeção.

– Sim, *com certeza* – Dorothy disse, ainda mexendo no umbigo... E ainda com a blusa desabotoada.

– Abotoe isso, Dorothy; a blusa tem botões, pelo amor de Deus! – sua mãe gritou do banheiro.

– Eu não esqueci nada, mamãe – Dorothy disse do quarto. A jovem já abotoara a blusa quando beijou Juan Diego rapidamente na boca. Ele viu que ela segurava um pequeno envelope na mão; parecia com o papel de carta do hotel – era esse tipo de envelope. Dorothy enfiou o envelope no bolso do paletó dele. – Não leia agora, leia mais tarde. É uma carta de amor! – A moça sussurrou; sua língua se projetou entre os lábios dele.

– Estou surpresa com você, Dorothy – Miriam dizia ao voltar para o quarto. – Juan Diego fez mais bagunça no quarto dele do que você no seu.

– Eu vivo para surpreendê-la, mamãe – a moça disse.

Juan Diego sorriu meio em dúvida. Ele sempre imaginara essa ida às Filipinas como uma espécie de viagem sentimental, no sentido em que estava fazendo para si mesmo. Na verdade, ele havia pensado nela durante muito tempo como sendo uma viagem que faria por outra pessoa – um amigo falecido que desejou fazê-la, mas que morreu antes de poder realizá-la.

No entanto, a viagem que Juan Diego se viu fazendo parecia inseparável de Miriam e Dorothy, e o que ela seria senão uma viagem que ele estava fazendo unicamente para si mesmo?

– E vocês – vocês *duas* – vão exatamente para *onde*? – Juan Diego se aventurou a perguntar à mãe e à filha, que eram viajantes veteranas (obviamente).

– Puxa vida, nós temos um bocado de merda para fazer! – Dorothy disse mal-humorada.

– *Obrigações*, Dorothy. A sua geração abusa da palavra *merda* – Miriam disse a ela.

– Nós o veremos mais cedo do que pensa – Dorothy disse a Juan Diego. – *Vamos acabar* em Manila, mas não hoje – a moça disse enigmaticamente.

– Nós o veremos em Manila *em algum momento* – Miriam explicou a ele, com certa impaciência. Acrescentou: – Se não antes.

– Se não antes – Dorothy repetiu. – Sim, sim.

A moça tirou abruptamente a mala de cima da cama antes que Juan Diego pudesse ajudá-la; era uma mala grande e parecia pesada, mas Dorothy a levantou como se nada pesasse. Isto fez Juan Diego se lembrar de como a moça o levantara completamente da cama – a cabeça e os ombros – e em seguida o rolara para cima dela.

Que moça forte! Foi tudo o que Juan Diego pensou. Ele se virou para pegar sua mala, *não* a valise de mão, e ficou surpreso ao ver que Miriam a havia apanhado – junto com sua própria mala, bem grande. Que mãe *forte*!, Juan Diego pensou. Ele foi mancando pelo corredor do hotel, apressando-se para acompanhar as duas mulheres; praticamente não notou que quase não estava mancando.

Isto era estranho: no meio de uma conversa que não conseguia lembrar, Juan Diego se separou de Miriam e Dorothy no momento em que estavam entrando no controle de segurança do aeroporto internacional de Hong Kong. Ele entrou no detector de metais, olhando para Miriam, que tirava os sapatos; ele viu que as unhas dos pés dela estavam pintadas da mesma cor com que Dorothy havia pintado as dela. Então, ele passou pelo detector de metais, e, quando tornou a procurar as mulheres, não viu mais nem Miriam nem Dorothy; haviam simplesmente (ou não tão simplesmente) desaparecido.

Juan Diego perguntou a um dos guardas sobre as duas mulheres com as quais estava viajando. Aonde elas foram? Mas o guarda era um rapaz impaciente, e estava ocupado com um problema na máquina de detecção de metais.

– Que mulheres? *Que* mulheres? Eu vi uma civilização inteira de mulheres; elas devem ter seguido! – o guarda disse a ele.

Juan Diego pensou em mandar uma mensagem ou ligar para as mulheres do seu celular, mas esquecera de pegar o telefone delas. Examinou seus contatos, procurando em vão pelos nomes inexistentes das duas. E Miriam não anotara o número do celular dela, nem o de Dorothy, nas anotações que fizera no seu roteiro. Juan Diego viu apenas os nomes e endereços de hotéis alternativos em Manila.

Que importância Miriam havia dado à "segunda vez" que ele iria a Manila, Juan Diego pensou, mas parou de pensar nisso e começou a andar devagar para o portão de embarque do seu voo para as Filipinas – sua *primeira vez* em Manila, ele pensava consigo mesmo (se é que estava mesmo pensando nisso). Estava extraordinariamente cansado.

Devem ser os betabloqueadores – acho que eu não devia ter tomado dois, se é que tomei, Juan Diego pensou.

Até o bolinho de chá verde no voo da Cathay Pacific – era um avião bem menor desta vez – foi um tanto decepcionante. Não foi uma experiência tão marcante quanto comer aquele *primeiro* bolinho de chá verde, quando ele, Miriam e Dorothy estavam chegando em Hong Kong.

Juan Diego estava no ar quando se lembrou da carta de amor que Dorothy havia colocado no bolso do seu paletó. Ele tirou o envelope e o abriu.

"Vejo você em breve!", Dorothy escreveu no papel de carta do Regal Airport Hotel. Ela encostou os lábios – aparentemente com batom fresco – na folha de papel, deixando a impressão dos lábios em íntimo contato com a palavra *breve*. O batom, só agora ele notou, era da mesma cor que seu esmalte de unha do pé – e do da mãe. *Magenta*, Juan Diego achou que o chamaria.

Ele não poderia deixar de ver o que também estava dentro do envelope com a pseudocarta de amor: os dois invólucros vazios de papel alumínio, onde estiveram a primeira e a segunda camisinhas. Talvez houvesse mesmo algo errado com o detector de metais do Hong Kong International, Juan Diego pensou; a máquina não detectara os invólucros de papel alumínio. Sem a menor dúvida, Juan Diego pensou, esta não era exatamente a viagem *sentimental* que havia esperado, mas estava a caminho e não havia mais volta possível.

9. *Caso você esteja se perguntando*

Edward Bonshaw tinha uma cicatriz em forma de L na testa – em consequência de um tombo na infância. Ele tropeçou num cão adormecido quando estava correndo com uma peça de mah-jongg na mão. A pequena peça era feita de marfim e bambu; um canto dela bateu na testa de Edward logo acima do nariz, onde deixou um perfeito sinal de visto entre suas sobrancelhas louras.

Ele se sentara, mas estava tonto demais para ficar em pé. O sangue escorria por entre seus olhos e pingava pela ponta do nariz. O cão, agora acordado, abanou o rabo e lambeu o rosto ensanguentado do menino.

Edward achou a atenção afetuosa do cachorro consoladora. O menino tinha sete anos; seu pai o rotulara de "filhinho da mamãe", só porque Edward disse que não gostava de caçadas.

– Por que atirar em seres vivos? – ele perguntou ao pai.

O cachorro também não gostava de caçadas. Uma fêmea de Labrador, ela caíra na piscina de um vizinho quando ainda era um filhote e quase se afogara; desde então, ficou com medo de água – o que não era normal para um Labrador. Também "anormal", na opinião inabalável do autoritário pai de Edward, era a disposição do cão para não buscar. (Nem uma bola ou um pauzinho – e muito menos uma ave morta.)

– O que aconteceu com a parte de buscar? Ele, supostamente, não é um Labrador retriever? – o cruel tio Ian sempre dizia.

Mas Edward amava o Labrador que não caçava e não nadava, e o doce cão era louco pelo menino; ambos eram "medrosos", na opinião severa do pai de Edward, Graham. Para o jovem Edward, o irmão do pai dele – o valentão tio Ian – era um idiota indelicado.

Este é todo o pano de fundo necessário para entender o que aconteceu em seguida. O pai de Edward e o tio Ian estavam caçando faisões; eles voltaram com duas aves assassinadas, entrando ruidosamente na cozinha pela porta da garagem.

Esta era a casa em Coralville – na época um subúrbio aparentemente distante de Iowa City –, e Edward, com o rosto cheio de sangue, estava sentado no chão da cozinha, onde o Labrador que não caçava e não nadava parecia estar comendo a cabeça do menino. Os homens entraram repentinamente na cozinha com o Cheasapeake Bay retriever do tio Ian, um cão de caça macho irrefletido com a mesma disposição agressiva e a falta de caráter de Ian.

– Maldita Beatrice! – o pai de Edward gritou.

Graham Bonshaw chamava o Labrador de Beatrice, o nome mais debochadamente feminino que ele conseguira imaginar; era um nome apropriado para uma cadela que tio Ian dizia que devia ser castrada – "para não se reproduzir e estragar ainda mais uma nobre raça".

Os dois caçadores deixaram Edward sentado no chão da cozinha enquanto levavam Beatrice para fora e a matavam com um tiro, na entrada da casa.

Esta não era exatamente a história que você estava esperando quando Edward Bonshaw, mais tarde na vida, apontava para a cicatriz em forma de L em sua testa e começava a dizer, com uma indiferença irresistível, "Caso você esteja se perguntando a respeito da minha cicatriz", e deste modo chegando ao brutal assassinato de Beatrice, uma cadela jovem que Edward adorava, um cão com o temperamento mais doce que se podia imaginar.

E durante todos aqueles anos, Juan Diego recordou, o señor Eduardo guardou aquela bela peça de mah-jongg – o bloco que marcou permanentemente a sua testa.

Teria sido o corte causado pelo porta-toalhas na testa de Juan Diego, que finalmente havia parado de sangrar, que provocou esta lembrança apavorante de Edward Bonshaw, que havia sido tão amado na vida de Juan Diego? Seria aquele um voo curto demais, de Hong Kong para Manila, para Juan Diego dormir profundamente? O voo não era tão curto quanto ele havia imaginado, mas ele passou as duas horas inquieto, cochilando de vez em quando, e seus sonhos foram incoerentes; o sono espasmódico de Juan Diego e a desordem narrativa dos seus sonhos eram mais uma prova para ele de que havia tomado uma dose dupla de betabloqueadores.

Ele iria sonhar de forma intermitente até Manila – principalmente com a terrível história da cicatriz de Edward Bonshaw. Isso é exatamente o que acontece quando você toma dois comprimidos de Lopressor! No entanto, cansado como estava, Juan Diego ficou grato por ter sonhado – mesmo que incoerentemente. O passado era onde ele vivia com mais confiança, e com a sensação mais segura de saber quem ele era – não só como escritor.

Normalmente há um excesso de diálogos em sonhos incoerentes, e as coisas acontecem de forma violenta e inesperada. Os consultórios médicos em Cruz Roja, o Hospital da Cruz Vermelha em Oaxaca, ficavam estranhamente próximos da entrada de emergência – ou uma má ideia ou então de propósito, ou as duas coisas. Uma menina mordida por um dos cães de telhado de Oaxaca foi levada para o consultório ortopédico do dr. Vargas em vez de ser levada para a Emergência; embora suas mãos e antebraços tivessem sido estraçalhados enquanto ela tentava proteger o rosto, a menina não apresentava nenhum problema ortopédico aparente. O dr. Vargas era um ortopedista – além de atender o pessoal do circo (principalmente artistas mirins), crianças do lixão e os órfãos do Crianças Perdidas.

Vargas ficou irritado com o fato de a vítima das mordidas de cachorro ter sido levada para ele. – Você vai ficar *boa* – ele repetia sem parar para a menina chorosa. – Ela devia estar na Emergência e não comigo – Vargas disse várias vezes para a mãe da menina, que estava histérica. Todo mundo na sala de espera ficou nervoso ao ver a menina toda machucada – inclusive Edward Bonshaw, que acabara de chegar na cidade.

– O que é um cão de telhado? – señor Eduardo perguntou ao irmão Pepe. – Imagino que não seja uma raça de cachorro!

Lupe balbuciou alguma coisa, que seu irmão ferido sentiu-se desinclinado a traduzir. Lupe disse que alguns dos cães de telhado eram espíritos – fantasmas de cachorros que haviam sido torturados e mortos. Os cães fantasmas assombravam os telhados da cidade, atacando pessoas inocentes – porque os cachorros (em sua inocência) foram atacados, e buscavam vingança. Os cachorros moravam nos telhados porque podiam voar; como eram cães fantasmas, ninguém podia fazer mal a eles – nunca mais.

– *Essa* foi uma resposta longa! – Edward Bonshaw confidenciou a Juan Diego. – O que foi que ela disse?

– Você está certo, *não* é uma raça – foi tudo o que Juan Diego disse ao missionário.

– São quase todos mestiços. Há muitos vira-latas em Oaxaca; alguns são ferozes. Eles ficam pelos telhados – ninguém sabe como os cachorros chegam lá – irmão Pepe explicou.

– Eles *não* voam – Juan Diego acrescentou, mas Lupe continuou tagarelando.

– E o que aconteceu com *você*? – dr. Vargas perguntou à menina incompreensível. – Acalme-se e me conte devagar para eu poder entender.

– Eu sou o paciente; ela é só a minha irmã – Juan Diego disse para o jovem médico.

Irmão Pepe já havia explicado ao dr. Vargas que ele examinara estas crianças do lixão antes, mas Vargas atendia muitos pacientes – e tinha dificuldade em identificar as crianças, principalmente. Ele atendia um número enorme de crianças, não só aquelas que estavam entre seus pacientes ortopédicos.

Dr. Vargas era jovem e bonito; uma aura de nobreza imoderada, que pode ocasionalmente derivar do sucesso, emanava dele. Estava acostumado a ter razão. Vargas se aborrecia facilmente com a incompetência dos outros, embora o formidável rapaz tivesse uma tendência forte demais a julgar pessoas que via pela primeira vez. Todo mundo sabia que o dr. Vargas era o melhor cirurgião ortopédico de Oaxaca; crianças aleijadas eram sua especialidade, e quem não se preocupava com crianças aleijadas? Entretanto, Vargas desagradava a todo mundo. As crianças ficavam magoadas porque ele não se lembrava delas; os adultos o achavam arrogante.

– Então *você* é o paciente – dr. Vargas disse para Juan Diego. – Fale-me sobre você. Não sobre a parte do lixão. Eu posso sentir o seu cheiro; eu sei sobre o basurero. Estou falando do seu pé. Fale-me sobre isso.

– A parte sobre o meu pé tem a ver com o lixão – Juan Diego disse ao médico. – Um caminhão em Guerrero deu marcha a ré sobre o meu pé, com um carregamento de cobre do basurero. Uma carga pesada.

Às vezes Lupe enumerava suas falas; esta foi uma dessas ocasiões.

– Um: este médico é um imbecil – a menina que via tudo começou. – Dois: ele tem vergonha de estar vivo. Três: ele acha que devia ter morrido. Quatro: ele vai dizer que você precisa de raios X, mas ele está só embromando; ele já sabe que não pode consertar o seu pé.

– Isso parece um pouco com Zapoteco ou Mixteco, mas não é – dr. Vargas declarou; ele não estava perguntando a Juan Diego o que a irmã dele tinha dito, mas (como todo mundo) Juan Diego não gostava do jovem médico. O menino resolveu contar a ele tudo o que Lupe havia anunciado. – Ela disse tudo isso? – Vargas perguntou.

– Ela geralmente está certa a respeito do passado – Juan Diego disse a ele. – Ela não é tão precisa a respeito do futuro.

– Você precisa mesmo de raios X; eu provavelmente não vou poder consertar o seu pé, mas preciso ver os raios X primeiro para saber ao certo – dr. Vargas disse para Juan Diego. – Você trouxe o nosso amigo jesuíta para dar assistência divina? – O médico perguntou ao menino, fazendo um sinal na direção do irmão Pepe. (Em Oaxaca, todo mundo conhecia Pepe; e quase todo mundo tinha ouvido falar no dr. Vargas.)

– Minha mãe trabalha como faxineira para os jesuítas – Juan Diego disse a Vargas; depois o menino indicou Rivera. – Mas é ele quem cuida de nós. El jefe– o menino começou a dizer, mas Rivera o interrompeu.

– Eu estava dirigindo o caminhão – o chefe do lixão disse, com um ar culpado.

Lupe recomeçou a lenga-lenga sobre o espelho lateral quebrado, mas Juan Diego não se deu ao trabalho de traduzir essa parte. Além disso, Lupe já passara para outro assunto; havia mais detalhes relativos ao motivo pelo qual o dr. Vargas era tão imbecil.

– Vargas se embebedou; dormiu demais. Perdeu o avião, uma viagem em família. O avião caiu. Os pais dele estavam a bordo, sua irmã também, com o marido e os dois filhos. Morreram todos! – Lupe gritou. – Enquanto Vargas dormia, de ressaca – ela acrescentou.

– Uma voz tão forçada – dr. Vargas disse para Juan Diego. – Eu devia dar uma olhada na garganta dela. Talvez ela tenha algo de errado nas cordas vocais.

Juan Diego disse ao dr. Vargas que sentia muito pelo desastre de avião que matara toda a família do jovem médico.

– Ela disse isso para você? – Vargas perguntou ao menino.

Lupe não parava de falar: Vargas herdara a casa dos pais e todas as coisas deles. Seus pais tinham sido "muito religiosos"; sempe fora uma fonte de atrito familiar o fato de Vargas "não ser religioso". Agora o jovem médico era *menos* religioso ainda, Lupe disse.

– Como ele pode ser menos religioso do que era quando já não era religioso, para começo de conversa? – Juan Diego perguntou à irmã, mas a menina simplesmente encolheu os ombros. Ela sabia certas coisas; chegavam mensagens para ela, geralmente sem nenhuma explicação.

– Eu só estou falando o que eu sei – Lupe sempre dizia. – Não me pergunte o que quer dizer.

– Espere, espere, *espere*! – Edward Bonshaw disse em inglês. – Quem não era religioso e ficou "menos" religioso? Eu conheço essa síndrome – Edward disse para Juan Diego.

Em inglês, Juan Diego contou ao señor Eduardo tudo o que Lupe havia dito sobre o dr. Vargas; nem mesmo o irmão Pepe conhecia a história toda. O tempo todo, Vargas continuava examinando o pé esmagado e torto do menino. Juan Diego estava começando a gostar um pouco mais do dr. Vargas; a capacidade irritante de Lupe de adivinhar o passado de um estranho (e, em menor grau, o futuro da pessoa) tinha servido como distração para a dor que o menino estava sentindo, e Juan Diego apreciou o modo como Vargas se aproveitou da distração para examiná-lo.

– Onde é que um menino do lixão aprende inglês? – dr. Vargas perguntou ao irmão Pepe, em inglês. – O seu inglês não é tão bom, Pepe, mas eu imagino que você tenha ajudado o menino a aprender.

– Ele aprendeu sozinho, Vargas – ele fala, ele entende, ele lê – Pepe respondeu.

– Este é um dom a ser cultivado, Juan Diego – Edward Bonshaw disse ao menino. – Sinto muito pela tragédia que houve com a sua família, dr. Vargas – señor Eduardo disse. – Eu conheço um pouco sobre adversidades familiares...

– Quem é o gringo? – Vargas perguntou grosseiramente a Juan Diego, em espanhol.

– El hombre papagayo – Lupe disse.

Juan Diego decifrou isso para Vargas.

– Edward é o nosso novo professor – irmão Pepe disse ao dr. Vargas. – Ele nasceu em Iowa – Pepe acrescentou.

– Eduardo – Edward Bonshaw disse; o homem de Iowa estendeu a mão antes de olhar para as luvas de borracha que o dr. Vargas estava usando – as luvas estavam sujas de sangue do pé grotescamente achatado do menino.

– Tem certeza de que ele não é do Havaí, Pepe? – Vargas perguntou. (Era impossível ignorar os papagaios vistosos na camisa havaiana do novo missionário.)

– Como o senhor, dr. Vargas – Edward Bonshaw começou a dizer, enquanto desistia sabiamente de apertar a mão do jovem doutor –, eu tenho tido dúvidas a respeito da minha fé.

– Eu nunca tive fé, portanto nunca tive dúvidas – Vargas respondeu; falava um inglês com sotaque, mas correto – não havia nada de duvidoso nele. – Eis o que eu gosto a respeito de raios X, Juan Diego – dr. Vargas continuou, no seu inglês objetivo. – Raios X não são espirituais; de fato, eles são muito menos ambíguos do que um monte de elementos nos quais consigo pensar neste momento. Você chega no meu consultório, ferido, acompanhado de dois jesuítas. Você traz sua irmã visionária, que – como você mesmo diz – acerta mais sobre o passado do que sobre o futuro. Seu estimado jefe vem junto – o chefe do lixão, que toma conta de você e o atropela. – (Foi uma sorte, pelo bem de Rivera, que o comentário de Vargas tenha sido feito em inglês e não em espanhol, porque Rivera já estava se sentindo suficientemente mal por causa do acidente.) – E o que os raios X mostram são as limitações do que pode ser feito no seu pé. Eu estou falando clinicamente, Edward – Vargas interrompeu o que estava dizendo, olhando não só para Edward Bonshaw, mas também para o irmão Pepe. – Quanto à assistência divina, bem, eu deixo isso para vocês, jesuítas.

– Eduardo – Edward Bonshaw corrigiu o dr. Vargas. O pai do señor Eduardo, Graham (o matador de cães), tinha Edward como nome do meio; isso era razão suficiente para Edward Bonshaw preferir Eduardo, coisa de que Juan Diego também havia passado a gostar.

Vargas teve uma explosão de raiva inesperada, dizendo para o irmão Pepe – desta vez em espanhol:

– Estas crianças do lixão moram em Guerrero, e a mãe delas está limpando o Templo de la Compañía de Jesús... Muito jesuítico! E suponho que ela esteja limpando os Crianças Perdidas também, não?

– Sí – o orfanato também – Pepe respondeu.

Juan Diego quase disse a Vargas que Esperanza, sua mãe, não era só uma faxineira, mas o que ela mais fazia era ambíguo (no mínimo), e o menino sabia que o médico via a ambiguidade com maus olhos.

– Mas onde sua mãe está agora? – dr. Vargas perguntou ao menino. – Certamente ela não está fazendo limpeza neste momento.

– Ela está no templo, rezando por mim – Juan Diego disse a ele.

– Vamos tirar os raios X, vamos em frente – dr. Vargas disse; ficou claro que ele teve que se controlar para não fazer um comentário depreciativo sobre os poderes da oração.

– Obrigado, Vargas – irmão Pepe disse; ele falou com uma insinceridade tão rara nele que todo mundo o olhou – até Edward Bonshaw, que só o conhecera recentemente. – Obrigado por se esforçar tanto para nos poupar do seu constante ateísmo – Pepe disse, mais explicitamente.

– Eu estou poupando você, Pepe – Vargas retrucou.

– Sem dúvida a sua falta de fé é problema seu, dr. Vargas – Edward Bonshaw disse. – Mas, talvez, agora não seja a melhor hora para isso. Pelo bem do menino – o novo missionário acrescentou, fazendo da falta de fé um problema seu.

– Está tudo bem, señor Eduardo – Juan Diego disse ao homem de Iowa, no seu inglês quase perfeito. – Eu também não sou de acreditar muito, não sou muito mais religioso do que o dr. Vargas. – Mas Juan Diego tinha mais fé do que deixava transparecer – não só quando era criança. Ele tinha suas dúvidas a respeito da igreja – inclusive sobre a política de virgens locais, como ele a chamava –, entretanto os milagres o intrigavam. Ele era aberto a milagres.

– Não diga isso, Juan Diego – você é jovem demais para se afastar da fé – Edward disse.

– Pelo bem do menino – Vargas disse no seu inglês áspero –, talvez este seja um momento mais propício para a realidade do que para a fé.

– Pessoalmente, eu não sei em que acreditar – Lupe entrou na conversa, sem se importar com quem podia (ou não podia) compreendê-la. – Eu quero acreditar em Guadalupe, mas vejam como ela se deixa ser usada – vejam como a virgem Maria a manipula! Como se pode confiar em Guadalupe quando deixa que o Monstro Maria seja a chefe?

– Guadalupe deixa Maria humilhá-la, Lupe – Juan Diego disse.

– Ei! Pare! Não diga isso! – Edward Bonshaw disse ao menino. – Você é jovem demais para ser cínico! – (Quando o assunto era religioso, o domínio de espanhol do novo missionário era melhor do que você imaginara.)

– Vamos tirar os raios X, Eduardo – dr. Vargas disse. – Vamos em frente. Estas crianças moram em Guerrero e trabalham no lixão, enquanto a mãe delas faz faxina para vocês. Isso não é cinismo?

– Vamos em frente, Vargas – irmão Pepe disse. – Vamos tirar os raios X.

– É um bom lixão! – Lupe insistiu. – Diga a Vargas que nós amamos o lixão, Juan Diego. Entre Vargas e o homem papagaio, nós vamos acabar indo morar no Crianças Perdidas! – Lupe gritou, mas Juan Diego não traduziu nada; ele ficou calado.

– Vamos tirar os raios X – o menino disse. Ele só queria saber do pé.

– Vargas está pensando que não adianta operar o seu pé – Lupe disse a ele. – Vargas acha que, se o suprimento de sangue estiver comprometido, ele vai ter que amputar! Ele acha que você não pode viver em Guerrero com um pé só, nem manco! Vargas acredita que é provável que o seu pé se cure sozinho, nesta posição de ângulo reto, e fique assim permanentemente. Você vai tornar a andar, mas só daqui a uns dois meses. Você nunca andará sem mancar; é isso que ele está pensando. Vargas está se perguntando por que o homem papagaio está aqui e não a sua mãe. Diga a ele que eu sei o que ele pensa! – Lupe gritou para o irmão.

Juan Diego começou: – O que ela diz que o senhor está pensando é o seguinte – ele contou a Vargas o que Lupe tinha dito, pausando, dramaticamente, para explicar tudo em inglês a Edward Bonshaw.

Vargas disse ao irmão Pepe, como se os dois homens estivessem sozinhos:

– Seu garoto do lixão é bilíngue e a irmã dele lê mentes. Eles se dariam melhor no circo, Pepe. Eles não têm que morar em Guerrero e trabalhar no basurero.

– Circo! – Edward Bonshaw disse. – Ele disse circo, Pepe? Eles são crianças! Não são animais! Sem dúvida o Crianças Perdidas vai cuidar deles, não é? Um menino aleijado! Uma menina que não sabe falar!

– Lupe fala um bocado! Ela fala demais – Juan Diego disse.

– Eles não são animais! – señor Eduardo repetiu; talvez fosse a palavra animais (mesmo em inglês) que fizesse Lupe olhar mais atentamente para o homem papagaio.

Ai, ai, o irmão Pepe estava pensando. Deus nos ajude se a menina doida ler a mente dele!

– Geralmente o circo toma conta de suas crianças – dr. Vargas disse em inglês para o homem de Iowa, olhando de passagem para um Rivera morto de culpa. – Estas crianças poderiam ser uma atração de circo...

– Uma atração de circo! – señor Eduardo gritou, torcendo as mãos; talvez o modo como ele torcia as mãos tenha provocado em Lupe uma visão de Edward Bonshaw aos 7 anos. A garotinha começou a chorar.

– Ah, não! – Lupe disse chorando e cobriu os olhos com as duas mãos.

– Mais leitura de mente? – Vargas perguntou, com aparente indiferença.

– A menina é vidente, Pepe? – quis saber Edward.

Ah, eu espero que não agora, Pepe pensou, mas tudo o que disse foi:

– O menino aprendeu a ler sozinho, em dois idiomas. Nós podemos ajudá-lo. Pense nele, Edward. Não podemos ajudar a menina – Pepe acrescentou baixinho, em inglês, embora Lupe não o pudesse ouvir, mesmo que ele tivesse falado em espanhol. A menina estava gritando de novo.

– Ah, não! Eles mataram o cachorro dele! O pai e o tio; eles mataram o pobre do cachorro do homem papagaio! – Lupe gemeu em sua voz rouca de falsete. Juan Diego sabia o quanto a irmã gostava de cachorros; ela não pôde ou não quis dizer mais nada, ela soluçava desconsoladamente.

– O que foi agora? – o homem de Iowa perguntou a Juan Diego.

– O senhor teve um cachorro? – o menino perguntou ao Señor Eduardo.

Edward Bonshaw caiu de joelhos.

– Maria misericordiosa, Mãe de Cristo, obrigado por me trazer para o meu lugar! – o novo missionário gritou.

– Acho que ele teve um cachorro – dr. Vargas disse, em espanhol, para Juan Diego.

– O cachorro morreu, alguém o matou com um tiro – o menino disse a Vargas, o mais baixo possível. Do jeito como Lupe estava chorando, e com os ardentes agradecimentos do homem de Iowa à Virgem Maria, era improvável que alguém ouvisse aquela breve conversa entre médico e paciente, ou o que eles disseram depois.

– O senhor conhece alguém no circo? – Juan Diego perguntou ao dr. Vargas.

– Eu conheço a pessoa que você deve conhecer quando chegar a hora certa – Vargas disse ao menino. – Nós vamos ter que envolver a sua mãe... – Aqui, Vargas viu que Juan Diego fechou instintivamente os olhos. – Ou Pepe, talvez. Vamos precisar da concordância de Pepe, em vez da simpatia da sua mãe por esta ideia.

– O homem papagaio – Juan Diego começou a dizer.

– Eu não sou a melhor escolha para uma conversa construtiva com o homem papagaio – dr. Vargas interrompeu seu paciente.

– O cachorro dele! Mataram o cachorro dele! Pobre Beatrice! – Lupe disse entre lágrimas.

Apesar da forma tensa e ininteligível com que Lupe falou, Edward Bonshaw entendeu a palavra Beatrice.

– A clarividência é um dom de Deus, Pepe – Edward disse para o colega. – A menina é realmente presciente? Você usou esta palavra.

– Esqueça a menina, señor Eduardo – irmão Pepe tornou a dizer baixinho, em inglês. – Pense no menino; nós podemos salvá-lo, ou ajudá-lo a salvar a si mesmo. O menino pode ser salvo.

– Mas a menina sabe coisas... – o homem de Iowa começou a dizer.

– Nada que possa ajudá-la – Pepe disse depressa.

– O orfanato vai aceitar estas crianças, não vai? – señor Eduardo perguntou ao irmão Pepe.

Pepe estava preocupado com as freiras do Crianças Perdidas; não era necessariamente das crianças do lixão que as freiras não gostavam. O problema preexistente era Esperanza, a faxineira com um trabalho noturno que era mãe delas. Mas tudo o que Pepe disse para o homem de Iowa foi: – Sí, Niños Perdidos vai aceitar as crianças. – E aqui Pepe fez uma pausa; ele estava pensando no que dizer em seguida, e se deveria dizer. Tinha dúvidas.

Nenhum deles notou quando Lupe parou de chorar.

– El circo – a menina vidente disse, apontando para o irmão Pepe. – O circo.

– O que tem o circo? – Juan Diego perguntou à irmã.

– Irmão Pepe acha que é uma boa ideia – Lupe disse a ele.

– Pepe acha que o circo é uma boa ideia – Juan Diego disse a todos, em inglês e em espanhol. Mas Pepe não parecia muito seguro.

Isso fez a conversa cessar por um tempo. Os raios X levaram um bocado de tempo, principalmente a parte em que eles ficaram esperando pela opinião do radiologista; na verdade, a espera foi tão longa que restaram poucas dúvidas sobre o que eles iriam ouvir. (Vargas já tinha pensado aquilo; Lupe já havia relatado os pensamentos dele.)

Enquanto eles estavam esperando para ouvir o parecer do radiologista, Juan Diego concluiu que ele gostava do dr. Vargas. Lupe chegou a uma conclusão ligeiramente diferente: a garota adorava o señor Eduardo – principalmente, mas não só, por causa do que havia acontecido ao cachorro dele quando ele tinha 7 anos. A menina adormeceu com a cabeça no colo de Edward Bonshaw. O fato de a criança que tudo via ter se ligado a ele deu ao novo professor um fervor a mais; o homem de Iowa olhava toda hora para o irmão Pepe, como que para dizer: E você acredita que não podemos salvá-la? É *claro* que podemos!

Ó Deus, Pepe rezou, que estrada perigosa se estende diante de nós, em mãos ao mesmo tempo lunáticas e desconhecidas! Por favor, guie-nos!

Foi então que o dr. Vargas se sentou ao lado de Edward Bonshaw e do irmão Pepe. Vargas tocou de leve a cabeça da menina adormecida.

– Eu quero dar uma olhada na garganta dela – o jovem médico lembrou a eles. Ele disse que havia pedido à enfermeira que entrasse em contato com um colega cujo consultório também era no Cruz Roja Hospital. Dra. Gomez era otorrinolaringologista; seria ideal se ela estivesse disponível para dar uma olhada na laringe de Lupe. Mas se a dra. Gomez não pudesse fazer isso, Vargas sabia que ela pelo menos lhe emprestaria os instrumentos necessários. Havia uma luz especial e um espelhinho que você colocava no fundo da garganta.

– Nuestra madre – Lupe disse em seu sono. – Mande que eles olhem a garganta dela.

– Ela não está acordada. Lupe sempre fala durante o sono – Rivera disse.

– O que ela está dizendo, Juan Diego? – irmão Pepe perguntou ao menino.

– É sobre nossa mãe – Juan Diego disse. – Lupe consegue ler a sua mente enquanto está dormindo – o garoto avisou a Vargas.

– Conte-me mais sobre a mãe de Lupe, Pepe – pediu Vargas.

– A mãe dela soa igual, mas diferente. Ninguém consegue entender o que ela diz quando fica excitada ou quando está rezando. Mas Esperanza é mais velha, é claro – Pepe tentou explicar, sem deixar realmente claro o que estava querendo dizer. Ele estava tendo dificuldade para se expressar, tanto em inglês quanto em espanhol. – Esperanza consegue se fazer compreender, nem sempre ela é impossível de entender. Esperanza é, de tempos em tempos, uma prostituta! – Pepe confessou, depois de se certificar de que Lupe ainda estava dormindo. – Enquanto que esta criança, esta menina inocente, bem, ela não consegue comunicar o que quer, exceto para o irmão.

Dr. Vargas olhou para Juan Diego, que simplesmente balançou a cabeça; Rivera também estava balançando a cabeça – o chefe do lixão estava ao mesmo tempo balançando a cabeça e chorando. Vargas perguntou a Rivera:

– Quando ela era um bebê, e depois que se tornou uma garotinha, Lupe teve alguma *dificuldade respiratória*, qualquer coisa que você consiga lembrar?

– Ela teve crupe, tossia sem parar – Rivera disse, soluçando.

Quando o irmão Pepe explicou a história do crupe de Lupe para Edward Bonshaw, o homem de Iowa perguntou:

– Mas um monte de crianças não tem crupe?

– É a rouquidão dela que é característica, a evidência audível de estresse vocal – dr. Vargas disse devagar. – Eu ainda quero dar uma olhada na garganta de Lupe, na laringe e nas cordas vocais.

Edward Bonshaw, com a menina vidente dormindo em seu colo, ficou rígido. A precipitada calamidade dos seus votos pareceu assaltá-lo e dar-lhe força no mesmo tumultuado átimo de segundo: sua devoção por Santo Inácio de Loyola, pelo motivo insano do anúncio do santo de que sacrificaria a própria vida se pudesse evitar os pecados de uma única prostituta em uma única noite; as duas bem dotadas crianças do lixão no limiar ou do perigo ou da salvação – talvez de *ambos*! E agora o homem de ciência ateu, dr. Vargas, que só conseguia pensar em examinar a garganta da menina, a laringe, as cordas vocais – ah, que oportunidade, e que rota de colisão era isso!

Foi então que Lupe acordou, ou, caso já estivesse acordada por algum tempo, foi quando ela abriu os olhos.

– O que é a minha laringe? – a menina perguntou ao irmão. – Eu não quero que Vargas a veja.

– Ela quer saber o que é a laringe dela – Juan Diego traduziu para o dr. Vargas.

– É a parte superior da traqueia, onde ficam as cordas vocais – Vargas explicou.

– Ninguém vai chegar perto da minha traqueia. O que é isso? – Lupe perguntou.

– Agora ela está preocupada com a traqueia dela – Juan Diego disse.

– A traqueia dela é o tronco principal de um sistema de tubos; o ar passa por esses tubos, entrando e saindo dos pulmões de Lupe – dr. Vargas disse para Juan Diego.

– Existem tubos na minha garganta? – Lupe quis saber.

– Existem tubos na garganta de todos nós, Lupe – Juan Diego respondeu.

– Seja quem for a dra. Gomez, Vargas quer fazer sexo com ela – Lupe disse ao irmão. – A dra. Gomez é casada, tem filhos, é bem mais velha do que ele, mas mesmo assim Vargas quer fazer sexo com ela.

– A dra. Gomez é otorrinolaringologista, Lupe – Juan Diego disse para sua estranha irmã.

– A dra. Gomez pode ver a minha laringe, mas Vargas não. Ele é nojento! – Lupe disse. – Eu não gosto da ideia de um espelho no fundo da minha garganta; este não vem sendo um bom dia para espelhos.

– Lupe está um pouco preocupada com o espelho – foi tudo o que Juan Diego disse para o dr. Vargas.

– Diga a ela que o espelho não dói – Vargas disse.

– Pergunte a ele se o que ele quer fazer com a dra. Gomez dói! – Lupe gritou.

– Ou eu ou a dra. Gomez iremos segurar a língua de Lupe com um pedaço de gaze, só para manter sua língua afastada do fundo da garganta- – Vargas explicava, mas Lupe não o deixou continuar.

– A tal da Gomez pode segurar minha língua, Vargas não – Lupe retrucou.

– Lupe está ansiosa para conhecer a dra. Gomez – foi tudo o que Juan Diego disse.

– Dr. Vargas – Edward Bonshaw disse, depois de respirar fundo. – Numa hora que seja mutuamente conveniente, quer dizer, em algum outro momento, é claro, eu acho que o senhor e eu deveríamos conversar sobre nossas crenças.

Com a mão que havia tocado tão delicadamente na menina adormecida, o dr. Vargas agarrou com força o pulso do novo missionário.

– Eis o que eu penso, Edward – ou Eduardo, ou qualquer que seja o seu nome – Vargas disse. – Eu acho que a menina tem algum problema na garganta; talvez o problema seja na laringe e esteja afetando as cordas vocais. E este menino vai mancar pelo resto da vida, quer fique com o pé ou o perca. É com isso que temos que lidar, quero dizer aqui, nesta terra – dr. Vargas concluiu.

Quando Edward Bonshaw sorriu, sua pele clara pareceu brilhar; a ideia de que uma luz interior havia sido subitamente acesa era estranhamente plausível. Quando o señor Eduardo sorriu, uma prega muito precisa e impressionante como um relâmpago cruzou o tecido de um branco brilhante daquele perfeito sinal de visto na testa do homem fanático – impresso entre suas sobrancelhas louras.

– Caso você esteja se perguntando sobre a minha cicatriz – Edward Bonshaw começou, como sempre começava a sua história.

10. Sem meio-termo

– Nós o veremos mais cedo do que você pensa – Dorothy disse a Juan Diego. – Vamos acabar em Manila – a jovem afirmou enigmaticamente.

Num momento de histeria, Lupe disse a Juan Diego que eles iriam acabar morando no Crianças Perdidas – uma meia verdade. As crianças do lixão – como todo mundo, as freiras as chamavam de "los niños de la basura" – transportaram suas coisas de Guerrero para o orfanato dos jesuítas. Naturalmente, as freiras imaginaram para que serviria a coleção de pistolas de água das crianças. A vida no orfanato era diferente da vida no lixão, onde só Rivera e Diablo os haviam protegido. As freiras de Niños Perdidos – junto com o irmão Pepe e señor Eduardo – iriam vigiar mais de perto Lupe e Juan Diego.

Foi um duro golpe para Rivera ter sido substituído, mas o chefe do lixão estava na lista negra de Esperanza por ter atropelado seu único filho, e Lupe foi implacável a respeito do retrovisor lateral não consertado. Lupe disse que só ia sentir saudades de Diablo e de Branco Sujo, mas ela ia sentir saudades dos outros cachorros de Guerrero, e também dos cachorros do lixão – até mesmo dos mortos. Geralmente com a ajuda de Rivera, ou de Juan Diego, Lupe tinha o hábito de queimar os cachorros mortos no basurero. (E é claro que a falta de Rivera seria sentida – tanto Juan Diego *quanto* Lupe iriam sentir saudades de el jefe, apesar do que Lupe dissera.)

Irmão Pepe estava certo a respeito das freiras do Crianças Perdidas: elas conseguiram aceitar as crianças, embora de má vontade; era a mãe delas, Esperanza, que deixava as freiras enlouquecidas. Mas Esperanza deixava *todo mundo* enlouquecido – inclusive a dra. Gomez, a otorrinolaringologista, uma mulher muito simpática. Não era por culpa *dela* que o dr. Vargas queria fazer sexo com ela.

Lupe gostou da dra. Gomez, mesmo enquanto a médica estava dando uma olhada em sua laringe, com Vargas desconfortavelmente perto. A dra. Gomez tinha uma filha da idade de Lupe; a otorrinolaringologista sabia como falar com meninas.

– Você sabe o que há de diferente num pé de pato? – a dra. Gomez, cujo primeiro nome era Marisol, perguntou a Lupe.

– Os patos nadam melhor do que andam – Lupe respondeu. – Tem uma coisa chata que cresce por cima dos dedos deles, unindo-os.

Quando Juan Diego traduziu o que Lupe disse, a dra. Gomez respondeu.

– Os patos são palmípedes. Uma membrana chamada palmura cobre os dedos deles. Você tem uma palmura, Lupe; trata-se de uma membrana congênita que cobre a laringe. *Congênita* significa que você nasceu com ela; você tem um tecido, uma espécie de membrana, cobrindo a sua laringe. É algo muito raro, o que significa *especial* – a dra. Gomez disse a Lupe. – Apenas um em dez mil nascimentos. Você é tão especial assim, Lupe.

Lupe sacudiu os ombros.

– Essa membrana não é o que me torna especial – Lupe disse, de forma intraduzível. – Eu sei coisas que não deveria saber.

– Lupe é médium. Ela normalmente acerta a respeito do passado – Juan Diego tentou explicar à dra. Gomez. – Ela não é tão precisa em relação ao futuro.

– O que Juan Diego está querendo dizer? – a dra. Gomez perguntou ao dr. Vargas.

– Não pergunte a *Vargas*; ele quer fazer sexo com você! – Lupe gritou. – Ele sabe que você é casada, sabe que tem filhos e que você é velha demais para ele, mas mesmo assim pensa em transar com você. Vargas está *sempre* pensando em fazer sexo com você! – Lupe disse.

– Diga-me do que se trata, Juan Diego – a dra. Gomez disse. Que diabo, Juan Diego pensou. Ele contou a ela... Tim-tim por tim-tim.

– A menina sabe mesmo ler pensamentos – Vargas disse, quando Juan Diego terminou. – Eu estava pensando num jeito de contar para você, Marisol, só que mais reservadamente, quer dizer, se eu um dia tivesse coragem de contar.

– Lupe sabia o que aconteceu com o cachorro dele! – irmão Pepe disse para Marisol, apontando para Edward Bonshaw. (Obviamente, Pepe estava tentando mudar de assunto.)

– Lupe sabe o que aconteceu com quase todo mundo, e o que quase todo mundo está pensando – Juan Diego disse para a dra. Gomez.

– Mesmo se Lupe estiver dormindo quando você pensar – Vargas disse. – Eu não acho que a membrana da laringe tenha nada a ver com isso – ele acrescentou.

– A criança é completamente incompreensível – dra. Gomez disse. – Uma membrana na laringe explica o *tom* agudo da voz dela, sua rouquidão e a tensão na voz, mas não o fato de ninguém conseguir entender o que ela diz. A não ser *você* – a dra. Gomez acrescentou para Juan Diego.

– Marisol é um belo nome. Conte a ela sobre nossa mãe retardada – Lupe disse para Juan Diego. – Diga à dra. Gomez para dar uma olhada na garganta da nossa mãe; há mais defeito nela do que em mim! – Lupe disse. – *Diga* à dra. Gomez.

– Não há nada *errado* com você, Lupe – dra. Gomez disse para a menina, depois que Juan Diego contou à médica sobre Esperanza. – Uma membrana congênita na laringe não torna a pessoa *retardada*, e sim *especial*.

– Algumas das coisas que eu sei não são coisas boas de saber – Lupe disse, mas Juan Diego não traduziu isso.

– Dez por cento das crianças com membranas possuem outras anomalias associadas – dra. Gomez disse para o dr. Vargas, mas ela não o encarou ao falar.

– Explique a palavra *anomalias* – Lupe disse.

– Lupe quer saber o que são *anomalias* – Juan Diego traduziu.

– Algo que foge à norma, irregularidades – dra. Gomez disse.

– Anormalidades – dr. Vargas disse para Lupe.

– Eu não sou tão anormal quanto *você*! – Lupe disse a ele.

– Estou achando que não preciso saber o que ela falou – Vargas disse para Juan Diego.

– Eu vou dar uma olhada na garganta da mãe – dra. Gomez disse, não para Vargas, mas para o irmão Pepe. – Preciso mesmo falar com a mãe. Existem algumas opções com relação à membrana de Lupe...

Marisol Gomez, uma jovem e bonita mãe, não continuou; Lupe a interrompeu.

– A membrana é *minha*! – a menina gritou. – Ninguém toca nas minhas *anormalidades* – Lupe disse, olhando furiosa para Vargas.

Quando Juan Diego repetiu isto, ao pé da letra, a dra. Gomez disse:

– Essa é uma opção. E eu vou dar uma olhada na garganta da mãe. Não estou esperando que ela tenha uma membrana – a dra. Gomez acrescentou.

Irmão Pepe saiu do consultório do dr. Vargas; ele foi procurar Esperanza. Vargas havia dito que ia precisar conversar com a mãe de Juan Diego – sobre as opções do menino. Como os raios X iriam confirmar, não havia muitas opções para o pé de Juan Diego, que era inoperável. Ele iria sarar como estava: esmagado, mas com um suprimento de sangue suficiente, e torcido para um lado. E ficaria assim para sempre. Nenhum peso por um tempo, foi como Vargas explicou. Primeiro uma cadeira de rodas, depois as muletas – por último mancar. (A vida de um aleijado é observar os outros fazerem o que ele não pode fazer, o que não é a pior opção para um futuro romancista.)

Quanto à garganta de Esperanza – bem, isso foi outra história. Esperanza não tinha uma membrana cobrindo a laringe, mas uma cultura da garganta deu positivo para gonorreia; ela carregava a bactéria gonococo na garganta. Dra. Gomez explicou a Esperanza que noventa por cento das infecções de faringe causadas por gonorreia não são detectadas – não há sintomas.

Esperanza não sabia onde ficava e o que era a *faringe*. – O espaço, bem no fundo da sua boca, onde dão suas narinas, seu esôfago e sua traqueia – a dra. Gomez disse a ela.

Lupe não presenciou esta conversa, mas irmão Pepe permitiu que Juan Diego ficasse lá; Pepe sabia que, se Esperanza ficasse agitada ou histérica, só Juan Diego seria capaz de entendê-la. Mas, no começo, Esperanza se mostrou blasé a respeito disso; ela tivera gonorreia antes, embora não soubesse que era na garganta. "Señor Clap" – Esperanza chamou a doença, encolhendo os ombros; era fácil ver de onde vinha o encolher de ombros de Lupe, embora não houvesse quase mais nada de Esperanza em Lupe – ou era o que irmão Pepe esperava.

– Esse é o problema da felação – dra. Gomez disse para Esperanza. – A ponta da uretra entra em contato com a faringe; isso é procurar encrenca.

– Felação? Uretra? – Juan Diego perguntou à dra. Gomez, que sacudiu a cabeça.

– Um boquete, o estúpido buraco no seu pênis – Esperanza explicou impacientemente ao filho. Irmão Pepe ficou feliz por Lupe não estar lá; a menina e o novo missionário estavam esperando em outra sala. Pepe também ficou aliviado por Edward Bonshaw não estar ouvindo aquela conversa, mesmo sendo em espanhol, embora tanto o irmão Pepe *quanto* Juan Diego fossem se encarregar de fazer um relato completo ao señor Eduardo a respeito da garganta de Esperanza.

– Vai tentar convencer um cara a usar um preservativo para um boquete – Esperanza dizia à dra. Gomez.

– Um preservativo? – Juan Diego perguntou.

– Uma camisinha! – Esperanza gritou, exasperada. – O que suas freiras vão poder ensinar a ele? – ela perguntou a Pepe. – O garoto não sabe nada!

– Ele sabe *ler*, Esperanza. Em breve vai saber tudo – irmão Pepe disse a ela. Pepe sabia que Esperanza não sabia ler.

– Eu posso dar-lhe um antibiótico – a dra. Gomez disse para a mãe de Juan Diego –, mas você vai se infectar de novo em pouco tempo.

– Apenas me dê o antibiótico – Esperanza disse. – É claro que vou me infectar *de novo*! Eu sou uma prostituta.

– Lupe lê a *sua* mente? – dra. Gomez perguntou a Esperanza, que ficou agitada e histérica, mas Juan Diego ficou calado. O menino gostava da dra. Gomez; ele não ia dizer a ela as obscenidades e os xingamentos que a mãe estava vomitando.

– Diga à porra da médica o que eu falei! – Esperanza estava gritando para o filho.

– Desculpe – Juan Diego disse para a dra. Gomez –, mas não consigo entender minha mãe; ela é uma louca furiosa e desbocada.

– *Diga* a ela, seu desgraçado! – Esperanza gritou. Ela começou a bater em Juan Diego, mas irmão Pepe entrou no meio.

– Não toque em mim – Juan Diego disse à mãe. – Não se aproxime de mim. Você está infectada. Você está *infectada*! – o menino repetiu.

Talvez tenha sido esta a palavra que despertou Juan Diego do seu sonho confuso – ou a palavra *infectada* ou o som do trem de pouso baixando no avião, porque seu voo da Cathay Pacific também estava pousando. Ele viu que estava prestes a pousar em Manila, onde sua vida real – bem, se não inteiramente *real*, pelo menos o que passava por sua vida *presente* – o aguardava.

Por mais que Juan Diego gostasse de sonhar, sempre que sonhava com a mãe ficava contente em acordar. Se os betabloqueadores não o desconjuntavam, ela o fazia. Esperanza não era o tipo de mãe que deveria ter sido chamada de esperança. "Desesperanza", as freiras a chamavam – ainda que pelas costas, ou se referiam a ela como "Desesperación", quando a palavra fazia mais sentido. Mesmo aos catorze anos de idade, Juan Diego sentia que era o adulto da família – ele e Lupe, uma menina perspicaz de treze anos. Esperanza era uma criança, mesmo aos olhos dos filhos – exceto sexualmente. E que mãe iria querer ser a presença sexual aos olhos dos filhos como Esperanza?

Para uma faxineira, Esperanza nunca usava roupas de faxineira; estava sempre vestida para seu outro ramo de trabalho. Quando limpava, Esperanza vestia-se para a rua Zaragoza e o Hotel Somega – o "hotel das putas", Rivera o chamava. O modo como Esperanza se vestia era infantil, ou acriançado – exceto pela parte obviamente sexual.

Esperanza também era uma criança no que se referia a dinheiro. Os órfãos do Crianças Perdidas não podiam ter dinheiro, mas Juan Diego e Lupe ainda acumulavam dinheiro. (Você não pode tirar o hábito de revirar lixo dos catadores; los pepenadores carregam com eles o hábito de revirar e catar lixo muito depois de terem parado de procurar alumínio ou cobre ou vidro.) As crianças do lixão eram muito hábeis em esconder dinheiro em seu quarto no Crianças Perdidas; as freiras nunca encontravam o dinheiro.

Mas Esperanza conseguia encontrar o dinheiro deles, e os roubava – quando precisava. Esperanza devolvia o dinheiro às crianças à moda dela. Ocasionalmente, depois de uma noite bem-sucedida, Esperanza colocava dinheiro debaixo do travesseiro de Lupe ou de Juan Diego. As crianças tinham sorte de conseguir sentir o *cheiro* do dinheiro antes que as freiras o encontrassem. O perfume de Esperanza a entregava (*e* ao dinheiro).

– Lo siento, madre – Juan Diego disse baixinho para si mesmo quando seu avião estava pousando em Manila. Aos catorze anos, ele não era adulto o suficiente para se compadecer dela; fosse pela criança *ou* pelo adulto que ela era.

A palavra caridade era muito importante para os jesuítas – especialmente para o padre Alfonso e o padre Octavio. Foi por caridade que eles contrataram uma prostituta como faxineira; os padres se referiam a este ato de bondade como dar a Esperanza "uma segunda chance". (Irmão Pepe e Edward Bonshaw ficaram acordados até tarde certa noite, discutindo que tipo de *primeira* chance haviam dado a Esperanza – quer dizer, antes de ela ter se tornado prostituta e faxineira dos jesuítas.)

Sim, foi claramente devido à *caridade* dos jesuítas que los niños de la basura ganharam o status de órfãos; afinal de contas, eles tinham uma mãe – independentemente do quanto Esperanza era ou não apta (como mãe). Sem dúvida, padre Alfonso e padre Octavio acreditavam que haviam sido excepcionalmente *caridosos* em permitir que Juan Diego e Lupe tivessem seu próprio quarto e banheiro – sem levar em conta o quanto a menina era dependente do irmão. (Essa seria outra discussão noite adentro entre irmão Pepe e señor Eduardo: a saber, como padre Alfonso e padre Octavio imaginavam que Lupe poderia ter funcionado sem Juan Diego traduzindo o que ela dizia.)

Os outros órfãos ficavam em outro lugar. Os meninos dormiam num dormitório em um andar do Crianças Perdidas, as meninas dormiam em outro andar; havia um banheiro comunitário para os meninos, e outro semelhante (mas com espelhos melhores) para as meninas. Se os órfãos tivessem pais, ou outros parentes, estes adultos não podiam visitar as crianças em seus dormitórios, mas Esperanza tinha permissão para visitar Juan Diego e Lupe no quarto das crianças do lixão – antes uma pequena biblioteca, uma espécie de sala de leitura para estudantes de visita. (A maioria dos livros ainda estava nas estantes, que Esperanza espanava regularmente; como todo mundo repetia, *ad nauseam,* ela era realmente uma boa faxineira.)

É claro que teria sido difícil manter Esperanza longe dos próprios filhos; ela também tinha um quarto no Crianças Perdidas, mas na ala das empregadas. Só empregadas mulheres pernoitavam no orfanato, possivelmente para proteger as crianças, embora as próprias empregadas – Esperanza era a que tinha menos papas na língua entre elas, principalmente em relação a este assunto – imaginassem que fossem principalmente dos padres ("aqueles celibatários esquisitos", como Esperanza os chamava) que as crianças precisavam ser protegidas.

Ninguém, nem mesmo Esperanza, teria acusado o padre Alfonso ou o padre Octavio deste tipo de perversão, tão documentada, entre padres; ninguém acreditava que os órfãos do Crianças Perdidas estivessem em perigo. A conversa entre as empregadas a respeito das crianças que eram vítimas sexuais dos tais padres celibatários era muito geral; a conversa versava muito mais sobre o celibato ser algo "contra a natureza" dos homens. Em relação às freiras – bem, isso era um pouco diferente. O celibato era mais imaginável para as mulheres; ninguém jamais disse que ele era "natural", mas diversas empregadas expressaram o sentimento de que as freiras tinham sorte em não fazer sexo.

Só Esperanza disse:

– Bem, *olhem* para as freiras. Quem iria querer fazer sexo com elas? – Mas isto foi grosseiro, e, como muito do que Esperanza dizia, não necessariamente verdadeiro. (Sim, o assunto do celibato e do fato de ser ou não *contra a natureza* foi outra daquelas discussões que entravam pela noite entre irmão Pepe e Edward Bonshaw – como podem imaginar.)

Como chicoteava a si mesmo, señor Eduardo tentaria brincar com Juan Diego a respeito disso; o homem de Iowa que se autoflagelava disse que era uma boa coisa ele ter seu próprio quarto no orfanato. Mas Juan Diego sabia que o flagelante dividia o banheiro com irmão Pepe; o menino costumava imaginar se o pobre Pepe encontrava traços do sangue de Edward Bonshaw na banheira ou nas toalhas. Embora Pepe não tivesse inclinação para as mortificações do corpo, ele achava divertido que padre Alfonso e padre Octavio, que se achavam superiores ao homem de Iowa em outros aspectos, elogiassem Edward Bonshaw por seus dolorosos castigos autoimpostos.

– Bem século XII! – padre Alfonso exclamou, com admiração.

– Um ritual que vale a pena manter – padre Octavio disse. (Quanta coragem, os dois padres pensaram; qualquer que fosse a opinião que tivessem sobre Edward Bonshaw, eles achavam um ato de coragem da parte dele chicotear-se.) E embora esses dois admiradores do *século XII* continuassem a criticar as camisas havaianas do señor Eduardo, irmão Pepe também achava engraçado que os dois velhos padres jamais relacionassem as flagelações de Edward Bonshaw com os papagaios polinésios e as selvas em suas camisas grandes demais. Pepe sabia que o señor Eduardo estava sempre sangrando; ele se autoflagelava com *força*. As cores espalhafatosas e o estampado confuso das camisas havaianas do fanático disfarçavam o sangue.

O banheiro que eles dividiam e a proximidade de seus quartos faziam de Pepe e do homem de Iowa dois colegas de quarto improváveis, e os quartos deles ficavam no mesmo andar da antiga sala de leitura que as crianças do lixão dividiam no orfanato. Sem dúvida Pepe e o homem de Iowa reparavam em Esperanza – ela passava por ali altas horas da noite, ou nas primeiras horas da manhã, como se fosse mais o fantasma da mãe dos niños do lixão do que uma mãe de verdade. Por Esperanza ser uma mulher *real*, ela pode ter sido uma presença desconcertante para aqueles dois celibatários; ela também deve ter ouvido Edward Bonshaw surrando a si mesmo, ocasionalmente.

Esperanza sabia o quanto o chão era limpo no Crianças Perdidas; afinal de contas, ela o limpava. Ficava descalça quando ia visitar os filhos; fazia menos barulho desse jeito, e – considerando seus horários, o tempo que *não* passava trabalhando como faxineira – quase todo mundo em Niños Perdidos estava dormindo quando Esperanza andava silenciosamente por lá. Sim, ela ia beijar os niños quando eles estavam dormindo – neste único aspecto, Esperanza se parecia com outras mães –

mas ela também vinha roubar deles, ou deixar um pouco de dinheiro perfumado debaixo de seus travesseiros. Sobretudo, Esperanza fazia essas visitas silenciosas para usar o banheiro que Juan Diego e Lupe dividiam. Ela devia querer um pouco de privacidade; fosse no Hotel Somega ou na ala das empregadas do orfanato, Esperanza provavelmente não tinha nenhuma privacidade. Ela devia querer, pelo menos uma vez por dia, tomar banho sozinha. E quem sabe como as outras empregadas do Crianças Perdidas tratavam Esperanza? Será que essas outras mulheres gostavam de dividir o banheiro com uma prostituta?

Por ter deixado a alavanca da mudança em marcha a ré, Rivera passou por cima do pé de Juan Diego; por causa de um espelho lateral quebrado, as crianças do lixão dormiam numa pequena biblioteca, uma antiga sala de leitura, no orfanato dos jesuítas. E porque a mãe deles era faxineira dos jesuítas (e também prostituta), Esperanza assombrava o mesmo andar do Crianças Perdidas onde o novo missionário americano morava.

Este não era um arranjo que poderia ter dado certo? O trato que havia entre eles não parece compatível o suficiente para ter funcionado? Por que as crianças do lixão não iriam preferir, com o tempo, a vida no Crianças Perdidas ao casebre onde moravam em Guerrero? Quanto à beldade perecível que Esperanza sem dúvida era, e o sempre ensanguentado Edward Bonshaw, que se chicoteava tão incansavelmente – bem, é absurdo imaginar que eles poderiam ter ensinado alguma coisa um ao outro?

Edward Bonshaw pode ter se beneficiado ao ouvir as opiniões de Esperanza sobre celibato e autoflagelação, e é certo que ela teria algo a dizer a ele a respeito de sacrificar sua vida para evitar os pecados de uma única prostituta em uma única noite.

Por sua vez, señor Eduardo poderia ter perguntado a Esperanza por que ela continuava a trabalhar como prostituta. Ela já não tinha um emprego e um lugar seguro para dormir? Seria talvez por vaidade? Ela seria tão vaidosa a ponto de achar que ser *desejada* era de certa forma melhor do que ser amada?

Tanto Edward Bonshaw quanto Esperanza não estavam indo longe demais? Algum meio-termo não seria igualmente satisfatório?

Em uma de suas muitas conversas tarde da noite, irmão Pepe disse ao señor Eduardo:

– Deus Misericordioso, deve haver algum meio-termo onde seja possível *não* sacrificar sua vida e ainda assim evitar os pecados de uma única prostituta numa única noite! – Mas eles não resolveriam isso; Edward Bonshaw jamais iria explorar aquele meio-termo.

Eles não viveriam juntos, nenhum deles, tempo suficiente para saber o que *poderia ter* acontecido. Foi Vargas quem primeiro disse a palavra *circo*; a ideia imortal do circo veio dele.

Ponham a culpa no ateu. Acusem o humanista secular (o eterno inimigo do catolicismo) pelo que aconteceu depois. Podia não ter sido uma vida ruim: ser um pouco menos do que órfãos de verdade, ou ser órfãos com privilégios pouco comuns, no Crianças Perdidas. Poderia ter dado certo.

Mas Vargas tinha plantado a semente do circo. Qual a criança que não ama o circo, ou imagina que ama?

11. Sangramento espontâneo

Quando os niños do lixão saíram do casebre em Guerrero e foram para o Crianças Perdidas, levaram com eles quase o mesmo número de pistolas de água que levaram de roupas. É claro que as freiras iriam confiscar as pistolas, mas Lupe só deixou que elas encontrassem as que não estavam funcionando. As freiras nunca souberam para que serviam as pistolas de água.

Juan Diego e Lupe praticaram em Rivera; se eles conseguissem enganar o chefe do lixão com o truque dos estigmas, achavam que seriam capazes de enganar qualquer outra pessoa. Eles não enganaram por muito tempo. Rivera sabia distinguir sangue real de sangue falso, e Rivera comprava as beterrabas. Lupe estava sempre pedindo a el jefe que comprasse beterrabas para ela.

As crianças do lixão enchiam uma pistola de água com uma mistura de água e suco de beterraba. Juan Diego gostava de acrescentar um pouco de saliva à mistura. Ele dizia que a saliva dava ao suco uma "textura mais sangrenta".

– Explique *textura* – Lupe dizia.

O modo como o truque funcionava era o seguinte: Juan Diego escondia a pistola cheia sob o cós da calça, por baixo de uma camisa solta. O alvo mais fácil era o sapato de alguém; as vítimas não sentiam quando o sangue falso era esguichado sobre seus sapatos. Sandálias eram um problema; dava para sentir o líquido sobre os dedos nus.

Quando se tratava de mulheres, Juan Diego gostava de esguichar nelas por trás – na batata da perna. Antes que a mulher pudesse virar a cabeça para olhar, o menino tinha tempo de esconder a pistola de água. Era quando Lupe começava a balbuciar coisas. Ela apontava primeiro para a região do sangramento espontâneo, depois para o céu; se o sangue era mandado do céu, sem dúvida a fonte era a residência eterna de Deus (e dos mortos abençoados).

– Ela está dizendo que o sangue é um milagre – Juan Diego traduzia as palavras da irmã.

Às vezes Lupe falava de forma ambígua, incompreensivelmente.

– Não, desculpe, ou é um milagre ou é uma hemorragia interna – Juan Diego dizia então. Lupe já ia se abaixando, com um trapo na mão; ela enxugava o sangue, milagroso ou não, do sapato (ou da batata da perna da mulher) antes que a vítima tivesse tempo de reagir. Se o dinheiro por este serviço fosse dado imediatamente, as crianças do lixão estavam preparadas para protestar; elas sempre recusavam pagamento por apontar um milagre, ou por enxugar o sangue sagrado (ou profano). Bem, pelo menos elas recusavam dinheiro *a princípio*; as crianças do lixão não eram mendigas.

Depois do acidente com o caminhão de Rivera, Juan Diego viu que a cadeira de rodas ajudava; normalmente era ele quem estendia a palma da mão e aceitava relutantemente uma compensação, e a cadeira de rodas oferecia mais opções para esconder a pistola de água. As muletas eram mais difíceis – quer dizer, soltar uma delas para estender a mão. Quando Juan Diego estava de muletas, era Lupe quem geralmente aceitava o dinheiro hesitantemente – nunca, é claro, com a mão que havia enxugado o sangue.

Na parte da recuperação de Juan Diego em que ele mancava com dificuldade – o tipo de andar que iria ficar para sempre, o que não era apenas uma fase – os niños do lixão tomavam decisões mais de improviso. Geralmente, Lupe (do seu jeito relutante) aceitava o dinheiro dos homens que insistiam em recompensá-la. Com as mulheres vítimas do truque dos estigmas, Juan Diego descobriu que um menino aleijado atraía mais simpatia do que uma menina de ar zangado. Ou seria porque as mulheres sentiam que Lupe estava lendo suas mentes?

As crianças do lixão reservavam a palavra "estigmas" para aquelas ocasiões de alto risco em que Juan Diego ousava mirar diretamente a mão de um cliente em potencial; este era sempre um tiro dado por trás com a pistola de água. Quando as pessoas deixavam as mãos penduradas do lado do corpo, estivessem elas paradas ou andando, com as palmas viradas para trás.

Quando um súbito borrifo de sangue feito com suco de beterraba diluído aparece na palma da sua mão – e há uma garotinha se ajoelhando a seus pés, esfregando o rosto enlevado no sangue – bem, você pode se mostrar bastante vulnerável à fé religiosa. E era então que o menino aleijado começava a gritar a palavra *estigmas*. Com os turistas no zócalo, Juan Diego berrava em duas línguas – tanto *estigmas* quanto *stigmata*.

Na única vez em que as crianças do lixão enganaram Rivera, elas o pegaram com o tiro no pé. O chefe do lixão olhou para o céu, mas ele não estava buscando provas sagradas.

– Talvez haja um pássaro sangrando – foi tudo o que Rivera disse; e el jefe não ofereceu gorjeta alguma às crianças do lixão.

O tiro direto na mão de Rivera não funcionou. Enquanto Lupe esfregava o rosto no sangue da palma da mão de el jefe, Rivera calmamente afastou a mão da garotinha enlevada. Enquanto Juan Diego gritava a palavra *estigmas*, o chefe do lixão lambeu o "sangue" da palma de sua mão.

– Los betabeles – el jefe disse, sorrindo para Lupe. As beterrabas.

* * *

O avião pousou nas Filipinas. Juan Diego embrulhou parte de um bolinho de chá verde num guardanapo de papel, colocando-o no bolso do paletó. Os passageiros estavam em pé, juntando suas coisas – um momento difícil para um homem aleijado mais velho. Mas a mente de Juan Diego não estava ali; em sua mente, ele e Lupe eram pré-adolescentes. Eles estavam percorrendo o zócalo, no coração de Oaxaca, em busca de turistas inocentes e nativos ingênuos que parecessem capazes de acreditar que um Deus fantasma os havia escolhido – de uma altura invisível – para sangrar espontaneamente.

Como sempre, e em toda parte – até em Manila – foi uma mulher quem se apiedou do pé aleijado do homem mais velho.

– Posso ajudá-lo? – a jovem mãe perguntou.

Ela estava viajando com os filhos pequenos – uma garotinha e um menino menor ainda. Era uma mulher com as mãos cheias, em mais de um sentido, mas esse era o efeito do aleijão de Juan Diego (especialmente nas mulheres).

– Não, não, eu me viro. Mas obrigado! – Juan Diego respondeu imediatamente. A jovem mãe sorriu – ela pareceu aliviada, de fato. Seus filhos continuaram olhando para o pé direito torto de Juan Diego; crianças sempre ficavam fascinadas com aquele ângulo de duas horas.

Em Oaxaca, Juan Diego estava lembrando, os niños do lixão aprenderam a tomar cuidado no zócalo, que era fechado ao tráfego, mas apinhado de mendigos e mascates. Os mendigos costumavam se apossar de seus territórios, e um dos mascates (o homem dos balões) observava o truque dos estigmas. As crianças do lixão não sabiam que ele os estava observando, mas um dia o homem do balão deu um balão para Lupe; ele estava olhando para Juan Diego ao falar.

– Eu gosto do estilo dela, garoto do sangue; você é óbvio demais – o homem dos balões disse. Ele tinha um cadarço de sapato de couro, manchado de suor, em volta do pescoço – um cadarço de couro cru, com um pé de corvo pendurado – e ficou mexendo no pé de corvo enquanto falava, como se o pedaço da ave fosse um talismã.

"Eu vi sangue *de verdade* no zócalo – quer dizer, acidentes acontecem, garoto do sangue – o homem dos balões disse. – Você não quer que as pessoas erradas vejam o seu jogo. As pessoas erradas não iriam querer você, mas elas levariam a *menina* – ele disse, apontando o pé de corvo para Lupe.

– Ele sabe de onde nós somos; ele matou o corvo que tinha aquele pé no basurero – Lupe disse a Juan Diego. – Tem um furo no balão. Ele está perdendo ar. Ele não pode vendê-lo. Não vai mais ser um balão amanhã.

– Eu gosto do estilo dela – o homem dos balões tornou a dizer para Juan Diego. Ele olhou para Lupe, dando a ela outro balão. – Este não tem furo nenhum; este não está perdendo ar. Mas quem sabe sobre *amanhã*? Eu matei mais do que corvos no basurero, irmãzinha – o homem dos balões disse a ela. As crianças do lixão ficaram apavoradas ao ver que aquele mascate sinistro havia entendido Lupe sem precisar de tradução.

– Ele mata cachorros, ele matou *cachorros* no basurero; *muitos* cachorros! – Lupe gritou. Ela largou os dois balões. Eram balões de gás; logo estavam voando por cima do zócalo, mesmo o que estava furado. Depois disso, o zócalo nunca mais foi o mesmo para as crianças do lixão. Eles passaram a desconfiar de todo mundo.

Havia um garçom no café da calçada do hotel de turistas mais popular, o Marqués del Valle. O garçom sabia quem eram as crianças do lixão; ele tinha visto o truque dos estigmas, ou então o homem dos balões havia lhe contado. O garçom avisou astutamente às crianças que "talvez ele contasse" para as freiras do Niños Perdidos.

– Vocês dois não têm algo para confessar ao padre Alfonso ou ao padre Octavio? – foi o que o garçom disse a eles.

– O que você quer dizer com isso, que talvez *conte* para as freiras? – Juan Diego perguntou a ele.

– Estou falando do sangue falso. É isso que vocês têm que confessar – disse o garçom.

– Você disse que talvez *contasse* – Juan Diego insistiu. – Você vai contar às freiras ou não?

– Eu vivo de gorjetas – foi o que disse o garçom. Assim as crianças do lixão perderam o melhor lugar para esguichar suco de beterraba nos turistas; eles tiveram que ficar longe do café do Marqués del Valle, onde havia um garçom oportunista que queria que eles dessem gorjeta para ele.

Lupe disse que era mesmo supersticiosa em relação ao Marqués del Valle; um dos turistas que eles acertaram com a pistola de água pulou de uma varanda no quinto andar sobre o zócalo. Este suicídio aconteceu logo depois que o turista de cara triste recompensou Lupe, muito generosamente, por enxugar o sangue do seu sapato. Ele era uma dessas almas sensíveis que não deram atenção à alegação das crianças do lixão de que elas não estavam mendigando; espontaneamente, ele deu a Lupe um bocado de dinheiro.

– Lupe, o cara não se matou *porque* o sapato dele começou a sangrar – Juan Diego explicou a ela, mas Lupe não se sentiu bem a respeito disso.

– Eu sabia que ele estava triste com alguma coisa – Lupe disse. – Eu vi que estava tendo uma vida ruim.

Juan Diego não se importou de evitar o Marqués del Valle; ele já odiava o hotel antes de ele e Lupe terem conhecido o garçom ávido por dinheiro. O hotel fora batizado com o título que Cortés deu a si mesmo (Marqués del Valle de Oaxaca), e Juan Diego suspeitava de tudo que tivesse a ver com a conquista espanhola – inclusive o catolicismo. Oaxaca fora um dia de grande importância para a civilização zapoteca. Juan Diego considerava que ele e Lupe eram zapotecas. As crianças do lixão odiavam Cortés; eles eram gente de Benito Juárez, não de Cortés, Lupe gostava de dizer – Juan Diego e Lupe acreditavam que eles eram *indígenas*.

Duas cadeias de montanhas da Sierra Madre convergem para uma única cadeia de montanhas no estado de Oaxaca; a cidade de Oaxaca é a capital do estado. Mas, além da previsível interferência da sempre proselitista Igreja Católica, os espanhóis não se interessavam muito pelo estado de Oaxaca – exceto para plantar café nas montanhas. E, como que ordenado por deuses zapotecas, dois terremotos iriam destruir a cidade de Oaxaca – um em 1854 e outro em 1931.

Esta história deixou Lupe obcecada por terremotos. Não só ela costumava dizer, geralmente de forma não apropriada, "No es un buen momento para un terremoto", mas desejar ilogicamente que um terceiro terremoto destruísse Oaxaca, e seus 100 mil habitantes, apenas pela tristeza que sentia pelo hóspede suicida do Marqués del Valle ou pelo comportamento abominável do homem dos balões, aquele cruel assassino de cães. Uma pessoa que matava cães merecia morrer, na opinião de Lupe.

– Mas um *terremoto*, Lupe? – Juan Diego costumava perguntar à irmã. – E quanto ao resto de nós? Nós *todos* merecemos morrer?

– É melhor abandonarmos Oaxaca; bem, *você*, pelo menos – era a resposta de Lupe. – Vai haver *sem dúvida* um terceiro terremoto – era o que ela dizia. – É melhor você sair do *México* – acrescentava.

– Mas você não? Por que você vai ficar para trás? – Juan Diego sempre perguntava a ela.

– Eu vou simplesmente ficar. Fico em Oaxaca. Eu simplesmente fico – Juan Diego se lembrou da irmã repetindo.

Foi neste estado de reflexão que Juan Diego Guerrero, o romancista, chegou pela primeira vez a Manila; ele estava ao mesmo tempo distraído *e* desorientado. A jovem mãe daquelas duas crianças pequenas teve razão em oferecer-lhe ajuda; Juan Diego estava errado quando disse a ela que podia "se arranjar". A mesma mulher prestativa estava esperando ao lado da esteira de bagagens com os filhos. Havia malas demais na esteira, e as pessoas estavam andando ali em volta – inclusive, aparentemente, pessoas que não tinham nada que fazer ali. Juan Diego não se dava conta do quanto ele parecia perdido no meio de uma multidão, mas a jovem mãe deve ter notado o que era dolorosamente evidente para todo mundo. O homem de aparência distinta com o pé aleijado parecia perdido.

– Este aeroporto é caótico. Alguém vem buscá-lo? – a jovem mulher perguntou a ele; ela era filipina, mas seu inglês era excelente. Ele só ouviu as crianças falando tagalong, mas elas pareceram entender o que a mãe disse ao aleijado.

– Se alguém vem me buscar? – Juan Diego repetiu. (Como é possível que ele não *saiba*? A jovem mãe devia estar pensando.) Juan Diego estava abrindo o fecho éclair de um compartimento de sua mala de mão, onde havia guardado o roteiro; depois viria a inevitável mexida no bolso do paletó em busca dos óculos – como ele estava fazendo na sala da primeira classe da British Air, no JFK, quando Miriam arrancou o roteiro de suas mãos. Aqui estava ele de novo, parecendo um viajante de primeira viagem. Foi um espanto ele não ter dito para a filipina (como tinha dito para Miriam): "Eu achei que era longe demais para trazer meu laptop." Que coisa ridícula de dizer, ele pensou – como se longas distâncias *importassem* para um laptop!

Seu ex-aluno mais decidido, Clark French, organizou a viagem às Filipinas para ele; sem consultar seu roteiro, Juan Diego não conseguia lembrar quais eram os seus planos – só que Miriam reprovara o lugar onde ele ia ficar em Manila. Naturalmente, Miriam fizera algumas sugestões a respeito de onde ele devia ficar – "da segunda vez", ela disse. Quanto a *esta* vez, o que Juan Diego se lembrava era do modo confiante com que Miriam usou a expressão *confie em mim*. ("Mas, confie em mim, você não vai gostar do lugar onde vai ficar", foi o que ela disse.) Enquanto procurava seu roteiro em Manila, Juan Diego tentou justificar o fato de *não* confiar em Miriam; no entanto, ele a desejava.

Juan Diego viu que ia se hospedar no Makati Shangri-La na cidade de Makati; ficou alarmado, a princípio, porque não sabia que Makati era considerada parte da região metropolitana de Manila. E como ele estava deixando Manila no dia seguinte para Bohol, ninguém que conhecia viria esperá-lo – nem mesmo um dos parentes de Clark French. O roteiro de Juan Diego dizia que ele seria aguardado no aeroporto por um motorista profissional. "Apenas um motorista", era o que Clark havia escrito.

– Apenas um motorista está me aguardando – Juan Diego respondeu finalmente para a jovem filipina.

A mãe disse alguma coisa em tagalog para os filhos. Ela apontou para uma mala enorme, desajeitada na esteira de bagagem; a mala grande dobrou uma esquina da esteira, empurrando outras malas para fora. As crianças riram da mala inchada. Dava para colocar dois cães labradores naquela estúpida mala, Juan Diego estava pensando; era a mala dele, é claro – e ele ficou envergonhado com isso. Uma mala tão grande e tão feia também o identificava como sendo um viajante inexperiente. Ela era cor de laranja – uma cor de laranja artificial que os caçadores usam para não serem confundidos com nada que se pareça com um animal –, o tom de laranja berrante daqueles cones de trânsito indicando uma obra na estrada. A vendedora que vendeu aquela mala para Juan Diego o convenceu a comprá-la dizendo que os outros viajantes não iriam confundir suas malas com a dele. Ninguém mais tinha uma mala como aquela.

E nesse instante – quando a mãe filipina e seus filhos se deram conta de que aquele albatroz berrante de uma mala pertencia ao homem aleijado – Juan Diego pensou no señor Eduardo: em como seu Labrador havia sido morto quando o menino estava numa idade tão formativa. Lágrimas vieram aos olhos de Juan Diego quando lhe passou pela cabeça a ideia horrível de que sua mala horrorosa era grande o suficiente para conter *duas* da amada Beatrice de Edward Bonshaw.

É comum acontecer com pessoas mais velhas que suas lágrimas sejam mal compreendidas. (Quem pode saber qual a época de suas vidas que elas estão revivendo?) A mãe bem-intencionada e seus filhos devem ter imaginado que o homem manco estava chorando porque eles tinham debochado de sua mala xadrez. A confusão não terminaria ali. O caos estava instalado na parte do aeroporto onde amigos e parentes, *e* motoristas profissionais, aguardavam os passageiros. A jovem mãe filipina empurrava o caixão de dois cachorros de Juan Diego; ele lutava com a mala dela e com a sua própria mala de mão; as crianças usavam mochilas e dividiam entre elas o peso da bagagem de mão da mãe. É claro que foi necessário que Juan Diego dissesse seu nome para a jovem prestativa; assim, os dois poderiam procurar pelo motorista certo – o que estava segurando a placa com o nome *Juan Diego Guerrero*. Mas a placa dizia SEÑOR GUERRERO. Juan Diego ficou confuso; a jovem mãe filipina soube imediatamente que aquele era o motorista dele.

– Esse é o *senhor*, não é? – a paciente mulher perguntou a ele.

Não havia uma resposta fácil para o fato de ele ter ficado confuso com seu próprio nome – só uma história –, mas Juan Diego compreendeu o contexto do momento: ele não tinha *nascido* señor Guerrero, mas agora era o Guerrero que o motorista procurava.

– O senhor é o *escritor* – o senhor é *aquele* Juan Diego Guerrero, certo? – o motorista jovem e bonito lhe perguntou.

– Sim – Juan Diego respondeu. Ele não queria que a jovem mãe filipina se sentisse mal por não saber quem ele era (o *escritor*), mas quando Juan Diego a procurou, ela e os filhos haviam desaparecido; ela foi embora sem saber que ele era *aquele* Juan Diego Guerrero. Não tinha importância – a mulher havia feito sua boa ação do ano, Juan Diego imaginou.

– Eu fui batizado em homenagem a um escritor – o jovem motorista comentou; ele teve trabalho para colocar a descomunal mala laranja na mala de sua limusine. – Bienvenido Santos – já leu alguma coisa dele? – o motorista perguntou.

– Não, mas já ouvi falar nele – Juan Diego respondeu. (Eu *odiaria* ouvir alguém dizer isso a meu respeito!, Juan Diego pensou.)

– Pode me chamar de Ben – sugeriu o motorista. – Algumas pessoas ficam espantadas com o Bienvenido.

– Eu *gosto* de Bienvenido – Juan Diego disse ao rapaz.

– Eu vou ser seu motorista para todo lugar que o senhor for aqui em Manila, não apenas agora – Bienvenido disse. – Seu antigo aluno me pediu; foi ele quem disse que o senhor era um escritor – o motorista explicou. – Sinto não ter lido seus livros. Não sei se o senhor é famoso.

– Eu não sou famoso – Juan Diego disse depressa.

– Bienvenido Santos é famoso – ele era famoso aqui, pelo menos – disse o motorista. – Ele já morreu. Eu li todos os livros dele. São muito bons. Mas eu acho que é um erro dar ao seu filho o nome de um escritor. Eu cresci sabendo que tinha que ler os livros do sr. Santos; eram muitos. E se eu os *detestasse*? E se não gostasse de ler? Há uma *carga* nisso; é só o que estou dizendo – Bienvenido concluiu.

– Eu entendo – Juan Diego disse a ele.

– O senhor tem filhos? – perguntou o motorista.

– Não, não tenho – Juan Diego disse, mas não havia uma resposta fácil para esta pergunta; essa era outra história, e Juan Diego não gostava de pensar nisso.

– Se eu tiver filhos, não vou batizá-los com nomes de escritores – foi tudo o que ele disse. – Eu já sei um dos seus destinos, enquanto estiver aqui. Estou sabendo que o senhor quer ir ao Cemitério e Memorial Americano de Manila.

– Não desta vez – Juan Diego interrompeu-o. – Meu tempo em Manila é muito curto, desta vez, mas quando eu voltar...

– A hora que o senhor quiser ir até lá, está bem para mim, señor Guerrero – Bienvenido disse pressuroso.

– Por favor, chame-me de Juan Diego.

– Claro, se é o que o senhor prefere. O que estou querendo dizer, Juan Diego, é que tudo foi combinado, tudo foi organizado. O que o senhor quiser, na hora que quiser.

– Eu talvez mude de hotel; não desta vez, mas quando voltar – Juan Diego deixou escapar.

– Como quiser – Bienvenido disse a ele.

– Ouvi coisas ruins a respeito deste hotel – Juan Diego comentou.

– No meu trabalho, eu ouço um bocado de coisas ruins. Sobre *todos* os hotéis! – o jovem motorista disse.

– O que você ouviu dizer sobre o Makati Shangri-La? – Juan Diego perguntou a ele.

O tráfego estava parado; a confusão na rua congestionada tinha a atmosfera caótica que Juan Diego associava a uma rodoviária, não a um aeroporto. O céu estava de um bege sujo, o ar úmido e fétido, mas o ar-condicionado da limusine estava frio demais.

– Trata-se do que você deve ou não acreditar – Bienvenido respondeu. – Você ouve de tudo.

– Esse foi o meu problema com o romance... Acreditar nele – Juan Diego disse.

– *Que* romance? – Bienvenido perguntou.

– Shangri-La é uma terra imaginária num romance chamado *Horizonte perdido*. Eu acho que foi escrito nos anos trinta, esqueço quem o escreveu – Juan Diego disse. (Imagine ouvir alguém dizer isso sobre um livro *meu*!, ele pensou; seria o mesmo que ouvir dizer que você tinha morrido.) Ele estava imaginando por que a conversa com o motorista da limusine era tão cansativa, mas neste momento houve uma abertura no trânsito; o carro avançou rapidamente.

Até um ar ruim é melhor do que ar-condicionado, Juan Diego concluiu. Ele abriu uma janela, e o ar bege sujo soprou no seu rosto. A neblina de poluição de repente o fez lembrar da Cidade do México, que ele não queria lembrar. E a atmosfera cheia de fumaça de tráfego, típica de terminal de ônibus do aeroporto despertou em Juan Diego lembranças dos ônibus de Oaxaca de sua infância; a proximidade dos ônibus parecia contaminada. Mas nas suas lembranças da adolescência, aquelas ruas ao sul do zócalo *eram* contaminadas – especialmente a rua Zaragoza, mas mesmo aquelas ruas que iam do Crianças Perdidas e do zócalo para a rua Zaragoza. (Depois que as freiras dormiam, Juan Diego e Lupe costumavam aguardar Esperanza na rua Zaragoza.)

– Talvez uma das coisas que eu ouvi sobre o Makati Shangri-La seja imaginária – Bienvenido se aventurou a dizer.

– O que seria isso? – Juan Diego perguntou ao motorista.

Cheiros de comida entraram pela janela aberta do carro em movimento. Eles estavam passando por uma espécie de favela, onde o tráfego ficou mais lento; bicicletas passavam por entre os carros – crianças, descalças e sem camisa, corriam pela rua. Os jeepneys sujos e baratos estavam lotados de gente; os jeepneys transitavam com os faróis apagados, ou os faróis estavam queimados, e os passageiros se sentavam bem juntos uns dos outros em bancos que pareciam bancos de igreja. Talvez Juan Diego pensasse em bancos de igreja porque os jeepneys eram enfeitados com lemas religiosos.

Deus é bom!, um deles proclamava. O cuidado de Deus com você é aparente, dizia outro. Juan Diego havia acabado de chegar em Manila, mas já estava focando num tema familiar: Os conquistadores espanhóis e a Igreja católica estiveram nas Filipinas antes dele; e deixaram sua marca. (Ele tinha um motorista de limusine chamado Bienvenido, e os Jeepneys – o mais barato meio de transporte das pessoas de baixa renda – eram cobertos de anúncios de *Deus*!)

– Há algo de errado com os cachorros – comentou Bienvenido.

– Os cachorros? *Que* cachorros? – quis saber Juan Diego.

– No Makati Shangri-La, os cachorros que farejam bombas – explicou o jovem motorista.

– O hotel foi atacado com *bombas*? – perguntou Juan Diego.

– Não que eu saiba – Bienvenido respondeu. – Há cães farejadores de bombas em todos os hotéis. No Shangri-La, dizem que os cães não sabem o que estão farejando; eles simplesmente farejam *tudo*.

– Isso não parece tão mau – Juan Diego disse. Ele gostava de cachorros; estava sempre defendendo-os. (Talvez os cães farejadores de bombas do Shangri-La estivessem apenas sendo supercautelosos.)

– As pessoas dizem que os cães do Shangri-La não são treinados – disse Bienvenido.

Mas Juan Diego não conseguiu prestar atenção nessa conversa absurda. Manila o fazia lembrar do México; ele não estava preparado para isso, e agora a conversa se voltara para cães.

No Crianças Perdidas, ele e Lupe sentiram falta dos cães do lixão. Quando uma ninhada de cachorrinhos nascia no basurero, as crianças tentavam tomar conta deles; quando um cachorrinho morria, Juan Diego e Lupe tentavam encontrá-lo antes dos abutres. As crianças do lixão ajudavam Rivera a queimar os cães mortos. Queimá-los era também uma forma de amar os cachorros.

À noite, quando eles iam procurar a mãe na rua Zaragoza, Juan Diego e Lupe tentavam não pensar nos cães dos telhados; aqueles cachorros eram diferentes, eles eram assustadores. Eram quase todos mestiços, como irmão Pepe dissera, mas Pepe estava errado ao dizer que apenas *alguns* dos cães dos telhados eram ferozes – *quase todos* eram cães selvagens. A dra. Gomez sabia como os cachorros iam parar em cima dos telhados, embora irmão Pepe achasse que ninguém sabia como os cães iam parar lá.

Vários pacientes da dra. Gomez foram mordidos pelos cães dos telhados; afinal de contas, ela era uma especialista em ouvido, nariz e garganta, e era ali que os cachorros tentavam morder você primeiro. Os cães atacavam o seu rosto, a dra. Gomez disse. Anos atrás, nos apartamentos do último andar daqueles prédios ao sul do zócalo, as pessoas deixavam seus cães de estimação correrem livres pelos telhados. Mas os cães fugiam, ou eram afugentados pelos cães selvagens; muitos daqueles prédios ficavam tão próximos uns dos outros que os cachorros podiam correr de um telhado para outro. As pessoas pararam de deixar seus cachorros de estimação irem para os telhados; em pouco tempo, quase todos os cães dos telhados eram selvagens.

À noite, na rua Zaragoza, os faróis dos carros se refletiam nos olhos dos cães dos telhados. Não é de espantar que Lupe achasse que esses cachorros fossem fantasmas. Os cachorros corriam pelos telhados como se estivessem perseguindo as pessoas lá embaixo na rua. Se você não estivesse falando ou ouvindo música, podia ouvi-los ofegando enquanto corriam. Às vezes, quando os cachorros estavam pulando de telhado em telhado, um deles caía. Aqueles que caíam morriam, é claro, a não ser que um deles caísse sobre uma pessoa que estivesse na rua lá embaixo. A pessoa que estivesse passando servia para amortecer a queda do animal. Esses cachorros sortudos geralmente *não* morriam, mas, caso se machucassem na queda, ficavam mais propensos a morder as pessoas sobre as quais haviam caído.

– Acho que o senhor gosta de cachorros – disse Bienvenido.

– É verdade, eu gosto de cachorros – confirmou Juan Diego, mas ele estava distraído pensando naqueles cães fantasmas em Oaxaca (se os cães dos telhados, ou alguns deles, eram mesmo fantasmas).

– Aqueles cachorros não são os únicos fantasmas da cidade. Oaxaca está cheia de fantasmas – disse Lupe, com seu jeito de quem sabe tudo.

– Eu não vi nenhum – foi a primeira resposta de Juan Diego.

– Você vai ver – foi tudo o que Lupe disse.

– Agora, em Manila, Juan Diego também foi atraído por um Jeepney apinhado de gente, com um dos mesmos lemas religiosos que ele já tinha visto; evidentemente, aquela era uma mensagem popular: O CUIDADO DE DEUS POR VOCÊ É APARENTE. Em seguida, um adesivo contrastante no vidro traseiro de um táxi atraiu o olhar de Juan Diego. TURISTAS EM BUSCA DE SEXO COM CRIANÇAS, dizia. NÃO OS IGNORE. DENUNCIE-OS.

Bem, sim – denuncie os filhos da puta!, Juan Diego pensou. Mas quanto àquelas crianças que eram recrutadas para fazer sexo com turistas, Juan Diego pensou, o cuidado de Deus para com *elas* não era tão *aparente* assim.

– Eu vou ficar interessado em saber o que o senhor acha dos farejadores de bombas – Bienvenido disse, mas quando ele olhou pelo espelho retrovisor, viu que seu cliente estava dormindo. Ou *morto*, o motorista poderia ter pensado, só que os lábios de Juan Diego estavam se mexendo. Talvez o motorista da limusine tenha achado que o romancista não tão famoso estava compondo diálogos enquanto dormia. Pelo movimento dos lábios, Juan Diego parecia estar conversando consigo mesmo – do jeito com que os escritores costumavam fazer, Bienvenido supunha. O jovem motorista filipino não poderia saber a respeito da conversa que o homem mais velho estava recordando, nem poderia ter adivinhado para onde os sonhos de Juan Diego iriam transportá-lo em seguida.

12. Rua Zaragoza

– Preste, atenção, sr. Missionário: estes dois devem ficar juntos – disse Vargas. – O circo vai comprar roupas para as crianças do lixão, o circo vai pagar por qualquer remédio – mais três refeições por dia, *mais* uma cama para dormir, e tem uma família para cuidar deles.

– *Que* família? É um *circo*! Eles dormem em *barracas*! – Edward Bonshaw gritou.

– La Maravilla é uma espécie de família, Eduardo – irmão Pepe disse ao homem de Iowa. – As crianças do circo não são necessitadas – Pepe disse, com menos segurança.

O nome do pequeno circo de Oaxaca, assim como Crianças Perdidas, não escapou à crítica. Ele podia ser confuso – Circo de La Maravilla. O *L* de *La* era maiúsculo porque A Maravilha era uma pessoa real, uma artista. (O ato em si, a suposta maravilha, era confusamente chamada de la maravilla com letra minúscula.) E havia gente em Oaxaca que achava que Circo da Maravilha fazia propaganda enganosa de si mesmo. Os outros atos eram comuns, não tão maravilhosos; os animais não eram especiais. E havia boatos.

As pessoas da cidade só falavam na própria La Maravilla. (Como Crianças Perdidas, o nome do circo normalmente era abreviado; as pessoas diziam que estavam indo a el circo ou a La Maravilla.) A Maravilha em si era sempre uma menina; houve várias. Era um ato de tirar o fôlego, nem sempre de desafio à morte; diversas artistas morreram. E as sobreviventes não continuavam sendo A Maravilha por muito tempo. Havia um bocado de rotatividade entre as artistas; o estresse provavelmente prejudicava as meninas. Afinal de contas, elas arriscavam a vida em plena adolescência. Talvez o estresse *e* os hormônios as perturbassem. Não era realmente espantoso que estas meninas estivessem fazendo algo que podia matá-las na *época em que* estavam tendo suas primeiras menstruações e vendo seus seios ficarem maiores? Tornarem-se mulheres não era o verdadeiro perigo, a verdadeira maravilha?

Algumas das crianças mais velhas do lixão que moravam em Guerrero entraram escondido no circo; elas contaram a Lupe e Juan Diego sobre La Maravilla. Mas Rivera jamais teria tolerado esse tipo de trapaça. Naquela época, quando La Maravilla estava na cidade, o circo se instalava em Cinco Señores; o local do circo em Cinco Señores era mais perto do zócalo e do centro de Oaxaca do que de Guerrero.

O que atraía as multidões para o Circo de La Maravilla? Era a possibilidade de ver uma menina inocente morrer? No entanto, irmão Pepe não estava errado em dizer que La Maravilla, ou qualquer circo, era uma espécie de família. (É claro que existem famílias boas e ruins.)

– Mas o que La Maravilla vai fazer com um *aleijado*? – Esperanza perguntou.

– Por favor! Não quando o menino estiver presente! – señor Eduardo gritou.

– Está tudo bem. Eu *sou* um aleijado – disse Juan Diego.

– La Maravilla vai aceitar você porque você é *necessário*, Juan Diego – dr. Vargas disse. – Lupe precisa ser traduzida – Vargas disse para Esperanza. – Você não pode ter uma vidente que você não entenda; Lupe precisa de intérprete.

– Eu não sou uma vidente! – retrucou Lupe, mas Juan Diego não traduziu isto.

– A mulher de que você precisa é Soledad – Vargas disse para Edward Bonshaw.

– *Que* mulher? Eu não quero uma *mulher*! – o novo missionário gritou; ele imaginou que o dr. Vargas tivesse entendido mal o significado do voto de celibato.

– Não uma mulher para *você*, sr. Celibato – Vargas disse. – Estou me referindo à mulher com quem você precisa falar, em prol das crianças. Soledad é a mulher que toma conta das crianças no circo; ela é a esposa do domador de leões.

– Esse não é o nome mais tranquilizador para a esposa do domador de leões – irmão Pepe disse. – Acho que você preferiria não ser chamada "Solidão", se fosse casada com um domador de leões. Solidão não é de bom agouro... Pode-se concluir que a viuvez a espera.

– Pelo amor de Deus, Pepe, este é só o *nome* dela – Vargas disse.

– O senhor é um anticristo. Sabe disso, não sabe? – señor Eduardo disse, apontando para Vargas. – Estas crianças podem morar no Crianças Perdidas, onde irão receber uma educação jesuíta, e o senhor quer colocá-las em perigo! É a educação delas que o assusta, dr. Vargas? O senhor é um ateu tão convicto que tem medo que possamos transformar estas crianças em crentes?

– Estas crianças estão em perigo em *Oaxaca*! – Vargas gritou. – Não me importa em que elas acreditam.

– Ele é um anticristo – o homem de Iowa disse, desta vez para o irmão Pepe.

– Há cachorros no circo? – Lupe perguntou. Juan Diego traduziu isto.

– Sim, há. Cachorros *treinados*. Há números com cachorros. Soledad treina os novos acrobatas, inclusive os aéreos, mas os cachorros têm sua própria barraca. Você gosta de cachorros, Lupe? – Vargas perguntou à menina. Ela encolheu os ombros. Juan Diego percebeu que Lupe gostava da *ideia de* La Maravilla tanto quanto ele; ela só não gostava de Vargas.

– Prometa-me uma coisa – Lupe disse para Juan Diego; ela segurou a mão dele.

– Claro. O quê? – quis saber Juan Diego.

– Se eu morrer, quero que você me queime no basurero. Como os cachorros – Lupe disse ao irmão. – Só você e Rivera. Ninguém mais. Prometa-me.

– Jesus! – Juan Diego exclamou.

– Nada de Jesus. Só você e Rivera.

– Está bem. Eu prometo.

– Você conhece bem essa tal de Soledad? – Edward Bonshaw perguntou ao dr. Vargas.

– Ela é minha paciente – Vargas respondeu. – Soledad é uma antiga acrobata, uma trapezista. Muita tensão nas juntas – mãos e pulsos e cotovelos, principalmente. De tanto se agarrar com força, sem falar nas quedas – Vargas disse.

– Não existe uma rede para os trapezistas? – señor Eduardo perguntou.

– Não na maioria dos circos mexicanos – Vargas respondeu

– Meu Deus! – o homem de Iowa exclamou. – O senhor está me dizendo que estas crianças estão em perigo em *Oaxaca*!

– Não há muitas quedas para quem lê a sorte, nem tensão nas juntas – Vargas respondeu.

– Eu não sei o que todo mundo está pensando; isso não está claro para mim. Eu só sei o que algumas pessoas estão pensando – Lupe disse. Juan Diego esperou. – E quanto às pessoas cujas mentes eu não consigo ler? – Lupe perguntou. – O que uma vidente diz para essas pessoas?

– Precisamos saber mais sobre como funciona o número. Temos que pensar nisso. – (Foi assim que Juan Diego interpretou o que a irmã disse.)

– Não foi isso que eu disse – Lupe disse ao irmão.

– Temos que pensar nisso – Juan Diego repetiu.

– E quanto ao domador de leões? – irmão Pepe perguntou a Vargas.

– O que tem ele? – Vargas quis saber.

– Ouvi dizer que Soledad tem problemas com ele – disse Pepe.

– Bem, domadores de leões são provavelmente difíceis de conviver. Suponho que exista uma boa quantidade de testosterona envolvida em domar leões – Vargas disse, encolhendo os ombros. Lupe imitou o gesto.

– Então o domador de leões é um cara macho? – Pepe perguntou a Vargas.

– Foi o que ouvi dizer – Vargas disse a ele. – Ele não é meu paciente.

– Não há muitas quedas em domar leões – nem tensão nas juntas – Edward Bonshaw comentou.

– Tudo bem, vamos pensar nisso – Lupe disse.

– O que foi que ela disse? – Vargas perguntou a Juan Diego.

– Que nós vamos pensar nisso – Juan Diego respondeu.

– Vocês podem vir sempre ao Crianças Perdidas. Podem me visitar – señor Eduardo disse a Juan Diego. – Eu digo o que você deve ler, nós podemos conversar sobre livros, você pode me mostrar os seus textos.

– Este garoto *escreve*? – Vargas perguntou.

– Ele quer escrever, sim. Ele quer uma *educação*, Vargas; e possui obviamente um dom para *letras*. Este menino tem um futuro em algum tipo de ensino superior – Edward Bonshaw disse.

– O senhor pode ir até o circo – Juan Diego disse para o señor Eduardo. – Pode me visitar, me levar livros...

– Sim, é claro – Vargas disse a Edward Bonshaw. – Você pode praticamente *andar* até Cinco Señores, e La Maravilla também viaja. Há algumas excursões; as crianças talvez possam conhecer a Cidade do México. Talvez você possa ir com elas. Viajar é um tipo de *educação*, não é? – dr. Vargas perguntou ao homem de Iowa; sem esperar por uma resposta, Vargas dirigiu sua atenção para os niños do lixão. – Do que é que vocês sentem saudade no basurero? – ele perguntou a eles. (Todo mundo que conhecia os niños sabia o quanto Lupe sentia saudade dos cachorros, não só de Branco Sujo e Diablo. Irmão Pepe sabia que era uma *longa* caminhada do Crianças Perdidas até Cinco Señores.)

Lupe não respondeu a Vargas, e Juan Diego contou silenciosamente para si mesmo – somando as coisas das quais sentia saudade em Guerrero e no lixão. A lagartixa rápida como um raio na porta de tela do casebre; a enorme extensão de lixo; as diversas maneiras de acordar Rivera, quando el jefe estava dormindo na cabine do caminhão; o modo como Diablo conseguia silenciar o latido dos outros cachorros; a dignidade solene das piras funerárias dos cachorros no basurero.

– Lupe sente saudade dos cachorros – Edward Bonshaw disse. Lupe sabia que era isso que Vargas queria que o homem de Iowa dissesse.

– Sabem de uma coisa? – Vargas disse de repente, como se a ideia tivesse acabado de lhe ocorrer. – Aposto que Soledad deixaria essas crianças *dormirem* na barraca com os cachorros. Eu poderia pedir a ela. Não me surpreenderia se Soledad achasse que os cachorros também iriam gostar disso – aí todo mundo ficaria feliz! Às vezes o mundo é pequeno – Vargas disse, encolhendo os ombros. Mais uma vez, Lupe imitou o gesto dele. – Lupe acha que eu não sei o que ela está fazendo? – Vargas perguntou a Juan Diego; tanto o menino quanto a irmã encolheram os ombros.

– Crianças dividindo uma barraca com cachorros! – Edward Bonshaw exclamou.

– Vamos ver o que Soledad diz – Vargas disse para o señor Eduardo.

– Eu gosto mais da maioria dos bichos do que de pessoas – Lupe observou.

– Deixe-me adivinhar: Lupe gosta mais de bichos do que de pessoas – Vargas disse a Juan Diego.

– Eu disse da *maioria* – Lupe corrigiu-o.

– Eu sei que Lupe me detesta – Vargas disse para Juan Diego.

Ouvindo Lupe e Vargas reclamar um do outro, ou um para o outro, Juan Diego se lembrou das bandas dos mariachi que se impunham aos turistas no zócalo. Nos fins de semana, sempre havia bandas no zócalo – inclusive as miseráveis bandas de colégio, com chefes de torcida. Lupe gostava de empurrar Juan Diego em sua cadeira de rodas no meio da multidão. Todo mundo abria caminho para eles, até as chefes de torcida. "Parece que somos famosos", Lupe disse para Juan Diego.

As crianças do lixão eram famosas por assombrar a rua Zaragoza; elas se tornaram frequentadoras de lá. Nenhum truque idiota de estigmas na rua Zaragoza – ninguém teria dado gorjeta aos niños por enxugar sangue. Muito sangue era rotineiramente derramado na rua Zaragoza; enxugá-lo teria sido uma perda de tempo.

Ao longo da rua Zaragoza, sempre havia prostitutas e homens em busca de prostitutas; no pátio do Hotel Somega, Juan Diego e Lupe podiam observar as prostitutas e seus clientes entrando e saindo, mas as crianças nunca viram a mãe na rua Zaragoza nem no pátio do hotel. Não havia como verificar se Esperanza estava trabalhando na rua, e poderia haver outros hóspedes no Somega – pessoas que não eram prostitutas nem seus clientes. Entretanto, as crianças ouviram Rivera chamar o Somega de "hotel de putas", e toda aquela movimentação com certeza fazia o Somega parecer isso.

Uma noite, quando Juan Diego estava preso na cadeira de rodas, ele e Lupe seguiram, pela rua Zaragoza, uma prostituta chamada Flor; eles sabiam que a prostituta não era a mãe deles, mas Flor, de costas, se parecia muito com Esperanza – Flor *andava* como Esperanza.

Lupe gostava de fazer a cadeira de rodas ir depressa; ela chegava perto das pessoas que estavam de costas para ela – elas só sabiam que a cadeira de rodas estava lá quando batia nelas. Juan Diego estava sempre com medo de que as pessoas caíssem para trás, no colo dele; ele se inclinava para a frente e tentava tocar nelas com a mão antes que a cadeira veloz fizesse contato. Foi assim que ele tocou em Flor pela primeira vez; sua intenção era tocar numa das mãos dela, mas Flor balançava os braços para a frente e para trás enquanto andava, e Juan Diego, sem querer, tocou em seu traseiro balançante.

– Jesus, Maria, José! – Flor exclamou, virando-se rapidamente. Ela era muito alta; preparou-se para dar um soco, na altura da cabeça, mas se viu olhando para um menino numa cadeira de rodas.

– Sou apenas eu, e minha irmã – Juan Diego, disse, encolhendo-se. – Estamos procurando por nossa mãe.

– Eu me pareço com a sua mãe? – Flor perguntou. Ela era uma prostituta travesti. Não havia muitas prostitutas travestis em Oaxaca naquela época; Flor realmente chamava atenção, não só por ser alta. Ela era quase linda; o que havia de lindo nela realmente *não era* afetado pelo ligeiro traço de bigode em seu lábio superior, embora Lupe notasse o bigode.

– Você se parece um pouco com nossa mãe – Juan Diego respondeu para Flor.
– Vocês duas são muito bonitas.

– Flor é bem maior, e tem aquilo que você sabe – Lupe disse, passando o dedo sobre o lábio superior. Juan Diego não precisou traduzir isto.

– Vocês não deviam estar aqui – Flor disse a eles. – Deviam estar na cama.

– O nome da nossa mãe é Esperanza – Juan Diego disse. – Talvez você a tenha visto aqui; talvez a *conheça*.

– Eu conheço Esperanza. Mas não a vejo por aqui. Eu vejo *vocês* por aqui o tempo todo – ela disse às crianças.

– Talvez nossa mãe seja a mais popular de todas as prostitutas – Lupe disse. – Talvez ela nunca saia do Hotel Somega; os homens simplesmente vão atrás dela lá. – Mas Juan Diego não traduziu isto.

– O que quer que ela esteja resmungando, posso dizer uma coisa para vocês. Todo mundo que já passou por aqui foi *visto*. Posso garantir. Talvez sua mãe não tenha estado aqui; talvez vocês devessem simplesmente ir *dormir*.

– Flor sabe um bocado a respeito do circo. Está na cabeça dela – Lupe disse. – Anda, pergunta a ela sobre isso.

– Nós temos uma oferta de La Maravilla. Só um número secundário – Juan Diego disse. – Teríamos nossa própria barraca, mas teríamos que dividi-la com os cachorros; eles são cachorros *treinados*, muito espertos. Suponho que você não veja o pessoal do circo, vê? – o menino perguntou.

– Eu não transo com anões. É preciso colocar alguns limites – Flor disse a eles. – Os anões têm um interesse fora do comum por mim, vivem atrás de mim.

– Eu não vou conseguir dormir esta noite – Lupe disse a Juan Diego. – A ideia de anões querendo agarrar Flor vai me deixar acordada.

– Você me disse para perguntar a ela. Eu também não vou conseguir dormir – Juan Diego disse à irmã.

– Pergunte a Flor se ela conhece Soledad – Lupe disse.

– Talvez a gente não queira saber – Juan Diego disse, mas perguntou a Flor o que ela sabia sobre a esposa do domador de leões.

– Ela é uma mulher solitária e infeliz – Flor respondeu. – O marido dela é um porco. Neste caso, estou do lado dos leões – ela disse.

– Imagino que você também não transe com domadores de leões – Juan Diego disse.

– Não com aquele, chico – Flor disse. – Vocês não são crianças do Crianças Perdidas? Sua mãe não trabalha lá? Por que vocês se mudariam para uma barraca com cachorros se não *precisam*?

Lupe começou a recitar uma lista de motivos.

– Um: amor pelos cães – ela começou. – Dois: para sermos estrelas; num circo, poderíamos ser famosos. Três: porque o homem papagaio irá nos visitar, e nosso futuro... – Ela parou por um segundo. – O futuro *dele*, pelo menos – Lupe disse, apontando para o irmão. – O futuro dele está nas mãos do homem papagaio. Simplesmente sei disso, circo ou não circo.

– Eu não conheço o homem papagaio, nunca o vi – Flor disse às crianças, depois que Juan Diego lutou para traduzir a lista de Lupe.

– O homem papagaio não quer uma mulher – Lupe anunciou, o que Juan Diego também traduziu. (Lupe tinha ouvido o señor Eduardo dizer isso.)

– Eu conheço *montes* de homens papagaios! – a prostituta travesti disse.

– Lupe está dizendo que o homem papagaio fez voto de celibato – Juan Diego tentou explicar a Flor, mas ela não o deixou terminar de falar.

– Não, não. Eu não conheço *nenhum* homem assim – Flor disse. – O homem papagaio tem um número em La Maravilla?

– Ele é o novo missionário no Templo de la Compañía de Jesús. É um jesuíta de Iowa – Juan Diego disse a ela.

– Jesus, Maria, José! – Flor tornou a exclamar. – *Esse* tipo de homem papagaio.

– O cachorro dele foi morto e isto provavelmente mudou a vida dele – Lupe disse, mas Juan Diego não traduziu.

Havia uma briga defronte ao Hotel Somega; a altercação devia ter começado no hotel, mas havia prosseguido no pátio e depois na rua.

– Merda, é o gringo bom. Aquele garoto é um perigo para si mesmo – Flor disse. – Talvez estivesse mais seguro no Vietnã.

Havia cada vez mais garotos hippies americanos em Oaxaca; alguns vinham com as namoradas, mas as namoradas nunca ficavam muito tempo. A maioria dos rapazes em idade de servir exército estava sozinha, ou acabava sozinha. Eles estavam fugindo da guerra no Vietnã, ou do que quer que seu país havia se tornado, Edward Bonshaw disse. O homem de Iowa se aproximou deles – ele tentou ajudá-los –, mas a maioria dos garotos hippies não era do tipo religioso. Como os cachorros dos telhados, eles eram almas penadas – corriam soltos, ou se arrastavam pela cidade como fantasmas.

Flor também havia se aproximado dos jovens desertores americanos; todos os garotos perdidos conheciam Flor. Talvez eles gostassem dela porque era travesti – como eles, ela ainda era um garoto – mas os americanos perdidos também gostavam de Flor porque o inglês dela era excelente. Flor havia morado no Texas, mas voltara para o México. Flor nunca mudou a maneira de contar essa história. "Digamos que a única maneira de sair de Oaxaca me levou a Houston", sempre começava assim. "Você já esteve em Houston? Digamos que eu tive que sair de Houston."

Lupe e Juan Diego viram o gringo bom na rua Zaragoza antes. Uma manhã, irmão Pepe o encontrara dormindo num banco do templo jesuíta. El gringo bueno estava cantando "Ruas de Laredo", a canção de caubói, enquanto dormia – só a primeira estrofe, que ele repetia sem parar, Pepe contou.

> Enquanto eu caminhava pelas ruas de Laredo
> Enquanto eu caminhava por Laredo um dia,
> Eu vi um jovem caubói, todo embrulhado em linho branco,
> Embrulhado em linho branco e frio como o barro.

O rapaz hippie era sempre simpático com as crianças do lixão. Quanto à briga que começou no Hotel Somega, parecia que el gringo bueno não teve tempo de se vestir. Ele estava deitado na calçada numa posição fetal, para se proteger dos chutes; usava apenas um par de jeans. Carregava a sandália e uma camisa suja de manga comprida – a única camisa que as crianças do lixão o viram usar. Mas Lupe e Juan Diego não tinham visto a grande tatuagem do garoto antes. Era um Cristo na Cruz: o rosto ensanguentado de Jesus, coroado de espinhos, cobria o peito magro do hippie. O torso de Cristo, inclusive a parte furada, cobria a barriga nua do hippie. Os braços estendidos de Cristo (os pulsos e as mãos machucadas de Jesus) estavam tatuados nos braços e antebraços do rapaz hippie. Era como se a parte superior do corpo de Cristo tivesse sido violentamente fixada na parte superior do corpo do gringo bom. Os niños do lixão nunca tinham visto o jovem americano sem camisa antes. Tanto o Cristo crucificado quanto o rapaz hippie precisavam se depilar e seus cabelos longos estavam igualmente embaraçados.

Havia dois brutamontes debruçados sobre o rapaz na rua Zaragoza. As crianças do lixão conheciam Garza – o alto e barbudo. Ou ele deixava você entrar no saguão do Somega ou não deixava; geralmente era ele quem dizia às crianças para darem o fora. Garza tinha uma atitude territorialista em relação ao pátio do hotel. O outro brutamonte – o jovem e gordo – era o escravo de Garza, César. (Garza trepava com tudo.)

– É assim que vocês gozam? – Flor perguntou aos dois brutamontes.

Havia outra prostituta na calçada da rua Zaragoza, uma das mais jovens; tinha a pele toda marcada e não estava vestindo muito mais do que o bom gringo. O nome dela era Alba, o que significa "aurora", e Juan Diego achou que ela parecia com uma garota que você pode encontrar por um momento tão curto quanto um nascer do sol.

– Ele não me pagou o bastante – Alba disse a Flor.

– Era mais do que ela me disse que ia ser – el gringo bueno disse. – Eu paguei o que ela me disse primeiro.

– Leve o gringo com você – Flor disse para Juan Diego. – Se você consegue sair escondido do Crianças Perdidas, consegue entrar também – certo?

– As freiras irão encontrá-lo de manhã – ou o irmão Pepe ou o señor Eduardo ou nossa mãe – Lupe disse.

Juan Diego tentou explicar isso a Flor. Ele e Lupe dividiam um quarto e um banheiro; a mãe deles chegava sem avisar para usar o banheiro – e assim por diante. Mas Flor queria que as crianças do lixão tirassem o gringo bom da rua. Niños

Perdidos era um lugar seguro; as crianças deviam levar o rapaz hippie com elas – ninguém no orfanato iria bater nele.

– Diga às freiras que você o encontrou na calçada, que você estava apenas fazendo um ato de *caridade* – Flor disse a Juan Diego. – Diga a elas que o rapaz não tinha uma tatuagem, mas quando você acordou de manhã, o Cristo Crucificado estava estampado sobre o corpo do gringo bom.

– E que nós o ouvimos cantar durante o sono – aquela canção de caubói – durante *horas*, mas não dava para ver no escuro – Lupe improvisou. – El gringo bueno deve ter passado a noite toda sendo tatuado no escuro!

Como se tivesse recebido uma deixa, o rapaz hippie seminu começou a cantar; ele não estava dormindo. Devia estar cantando "Ruas de Laredo" para provocar os dois brutamontes que o perseguiam – desta vez, só a segunda estrofe.

"Estou vendo, pelos seus trajes, que você é um caubói."
Estas palavras ele disse quando eu passei por ele devagar.
"Venha sentar-se ao meu lado e ouvir minha triste história,
Levei um tiro no peito e sei que vou morrer."

– Jesus, Maria, José – foi tudo o que Juan Diego disse, baixinho.

– Ei, como vai, homem sobre rodas? – o gringo bom perguntou a Juan Diego, como se tivesse acabado de notar o menino na cadeira de rodas. – Ei, irmãzinha veloz! Já recebeu alguma multa por excesso de velocidade? – (Lupe havia atropelado o gringo bom com a cadeira de rodas antes.)

Flor estava ajudando o rapaz hippie a se vestir.

– Se você tocar nele de novo, Garza – Flor estava dizendo –, eu arranco seu pau e suas bolas quando você estiver dormindo.

– Você tem a mesma porcaria entre as suas pernas – Garza disse para a prostituta travesti.

– Não, a minha porcaria é bem maior do que a sua – Flor disse a ele.

César, o escravo de Garza, começou a rir, mas o modo como Garza e Flor olharam para ele o fez parar.

– Você devia dizer quanto cobra logo de saída, Alba – Flor disse para a jovem prostituta com a pele estragada. – Você não devia mudar de ideia sobre isso.

– Você não pode me dizer o que fazer, Flor – Alba disse, mas a garota esperou até ela voltar para dentro do pátio do Hotel Somega para dar esta resposta.

Flor foi andando até o zócalo com as crianças do lixão e o gringo bom.

– Eu te devo uma! – o jovem americano gritou para ela, quando ela foi embora.
– Também devo uma para vocês – o rapaz hippie disse para as crianças do lixão. – Vou comprar um presente para vocês por causa disso.

– Como vamos mantê-lo escondido? – Lupe perguntou ao irmão. – Podemos fazê-lo entrar escondido no Crianças Perdidas esta noite, sem problema, mas não vamos conseguir tirá-lo de lá escondido de manhã.

– Estou trabalhando na história de que sua tatuagem do Cristo Ensanguentado é um milagre – Juan Diego disse a ela. (Esta era sem dúvida uma ideia que agradaria a um leitor do lixão.)

– E é um milagre, mais ou menos – el gringo bueno começou a dizer a eles. – Tive a ideia de fazer esta tatuagem...

Lupe não deixou o rapaz perdido contar sua história naquele momento.

– Prometa-me uma coisa – ela disse para Juan Diego.

– Outra promessa...

– Apenas prometa! – Lupe gritou. – Se eu terminar na rua Zaragoza, mate-me; simplesmente me mate. Quero ouvir você dizer isso.

– Jesus, Maria, José – Juan Diego disse; ele estava tentando *exclamar* do mesmo modo que Flor.

O hippie esqueceu o que estava dizendo; ele cantou a quinta estrofe de "Ruas de Laredo", como se estivesse escrevendo os versos inspirados pela primeira vez.

"Consiga seis alegres caubóis para carregar meu caixão,
Consiga seis belas donzelas para segurar meu caixão.
Cubra meu caixão com buquês de rosas,
Rosas para amortecer os torrões de terra quando eles caírem."

– Diga! – Lupe gritou para o leitor do lixão.

– Está bem, eu mato você. Pronto, já disse – Juan Diego disse a ela.

– Epa! Homem sobre rodas, irmãzinha ninguém *vai matar* ninguém, certo? – o gringo bom disse a eles. – Somos todos amigos, *certo*?

O gringo bom tinha hálito de mescalina, que Lupe chamava de "hálito de verme" por causa do verme morto no fundo da garrafa de mescalina. Rivera chamava de mescalina a tequila do pobre homem; o chefe do lixão dizia que você bebia mescalina e tequila do mesmo jeito, com uma pitada de sal e um pouco de limão. O gringo bom cheirava a limão e cerveja; na noite em que as crianças do lixão o contrabandearam para dentro do Crianças Perdidas, os lábios do jovem americano estavam cobertos de sal, e havia mais sal na ponta em V da barba que o rapaz deixara crescer debaixo do lábio inferior. Os niños deixaram o gringo bom dormir na cama de Lupe; ele já estava dormindo – de costas, roncando – antes que Lupe e Juan Diego pudessem se aprontar para dormir.

Por entre seus roncos, a quarta estrofe de "Ruas de Laredo" pareceu emanar do gringo bueno – como seu cheiro.

"Ó, batam o tambor devagar e toquem o pífano baixinho,

Toquem a marcha fúnebre enquanto me carregam;
Levem-me para o vale, e cubram-me de terra,
Pois eu sou um jovem caubói e sei que errei."

Lupe molhou um pano e limpou a crosta de sal dos lábios e do rosto do rapaz hippie. Ela pretendia cobri-lo com a camisa dele; não queria ver seu Jesus Ensanguentado no meio da noite. Mas quando Lupe cheirou a camisa do gringo, disse que cheirava a mescalina ou vômito de cerveja, ou a verme morto – ela apenas puxou o lençol até o queixo do jovem americano e se esforçou para prendê-lo na cama.

O rapaz hippie era alto e magro, e seus longos braços – com os pulsos e as mãos machucadas de Cristo impressos neles – estavam estendidos dos lados do rapaz, do lado de fora do lençol.

– E se ele morrer no quarto conosco? – Lupe perguntou a Juan Diego. – O que acontece com a sua alma se você morrer no quarto de outra pessoa num país estrangeiro? Como a alma do gringo consegue voltar para casa?

– Jesus – Juan Diego disse.

– Deixe Jesus fora disso. Nós é que somos responsáveis por ele. O que vamos fazer se o rapaz hippie morrer? – Lupe perguntou.

– Vamos queimá-lo no basurero. Rivera vai nos ajudar – Juan Diego disse; ele não estava falando sério, sua intenção era apenas fazer Lupe ir para a cama. – A alma do gringo bom irá embora junto com a fumaça.

– Tudo bem, temos um plano – Lupe disse. Quando ela subiu na cama de Juan Diego, estava usando mais roupas do que normalmente usava para dormir. Lupe disse que queria estar "decentemente vestida" com o rapaz hippie em seu quarto. Ela queria que Juan Diego dormisse do lado da cama mais perto do gringo; Lupe não queria que a visão do Cristo Agonizante a assustasse durante a noite. – Espero que você esteja trabalhando na história do milagre – ela disse ao irmão, virando-se de costas para ele na cama estreita. – Ninguém vai acreditar que aquela tatuagem é um milagre.

Juan Diego passaria metade da noite acordado, ensaiando como iria apresentar a tatuagem do Cristo Ensanguentado do americano perdido como um milagre que aconteceu da noite para o dia. Pouco antes de conseguir finalmente adormecer, Juan Diego percebeu que Lupe ainda estava acordada também.

– Eu me casaria com este rapaz hippie se ele cheirasse melhor e parasse de cantar essa canção de caubói – Lupe disse.

– Você tem treze anos – Juan Diego lembrou à irmã.

Em sua embriaguez, el gringo bueno só conseguiu cantar os dois primeiros versos da primeira estrofe de "Ruas de Laredo"; o modo como a canção simplesmente terminou quase fez com que as crianças do lixão desejassem que o gringo bom continuasse cantando.

Enquanto eu caminhava pelas ruas de Laredo
Enquanto eu caminhava por Laredo um dia...

– Você tem *treze* anos, Lupe – Juan Diego repetiu, mais insistentemente.

– Eu quero dizer mais tarde, quando for mais velha. *Se* eu ficar mais velha – Lupe disse. – Estou começando a ter seios, mas são muito pequenos. Eu sei que devem crescer.

– Como assim, *se* você ficar mais velha? – Juan Diego perguntou à irmã. Eles ficaram deitados no escuro com as costas viradas um para o outro, mas Juan Diego pôde sentir Lupe encolher os ombros ao seu lado.

– Eu não acho que o gringo bom e eu vamos ficar muito mais velhos – ela disse a ele.

– Você não *sabe* disso, Lupe – Juan Diego disse.

– Eu sei que meus seios não vão ficar maiores – Lupe disse a ele.

Juan Diego ficaria acordado mais um pouco, só pensando nisso. Ele sabia que Lupe geralmente estava certa em relação ao passado; ele adormeceu com o pensamento semirreconfortante de que a irmã não previa o futuro com a mesma precisão.

13. Agora e para sempre

O que aconteceu a Juan Diego com os cães farejadores de bombas no Makati Shangri-La pode ser calma e racionalmente explicado, embora o que transpirou tenha evoluído rapidamente, e, aos olhos apavorados do porteiro do hotel e dos guardas de segurança do Shangri-La – os últimos perderam instantaneamente o controle dos dois cachorros –, não houve nada de calmo ou de racional no decorrer da chegada do Hóspede Ilustre. Essa foi a designação pomposa anexada ao nome de Juan Diego Guerrero na recepção do hotel: *Hóspede Ilustre*. Ah, aquele Clark French – o antigo aluno de Juan Diego tinha estado ocupado, impondo-se.

Houve um upgrade no quarto do escritor mexicano-americano; cortesias especiais, uma das quais fora do comum, foram providenciadas. E a gerência do hotel foi avisada para não chamar o sr. Guerrero de mexicano-americano. Entretanto, você não teria sabido que o garboso gerente do hotel estava por perto da recepção, esperando para conceder o status de celebridade ao cansado Juan Diego – isto é, não se você testemunhasse a rude recepção que o escritor recebeu na entrada de carros do Shangri-La. Infelizmente, Clark não estava à disposição para dar as boas-vindas ao seu antigo professor.

Em primeiro lugar, Bienvenido pôde ver pelo espelho retrovisor que seu estimado cliente estava dormindo; o motorista tentou afastar o porteiro que veio correndo abrir a porta de trás da limusine. Bienvenido viu que Juan Diego estava encostado na porta traseira; o motorista abriu rapidamente sua própria porta e parou na entrada do hotel, abanando os braços.

Quem podia saber que os cães farejadores ficavam agitados com braços abanando? Os dois cães avançaram sobre Bienvenido, que levantou os braços acima da cabeça – como se os guardas de segurança estivessem apontando uma arma para ele. E quando o porteiro do hotel abriu a porta traseira da limusine, Juan Diego, que parecia estar morto, começou a cair para fora do carro. Um homem morto, caindo, excitou ainda mais os cães farejadores; ambos entraram no banco traseiro da limusine, arrancando as alças de couro de suas guias das mãos dos guardas de segurança.

O cinto de segurança evitou que Juan Diego caísse completamente para fora do carro; ele foi acordado subitamente com a cabeça pendurada para fora da limusine. Havia um cão em seu colo, lambendo seu rosto; era um cão de tamanho médio (como um pequeno Labrador, ou um Labrador fêmea), na realidade um mestiço de

Labrador, com as orelhas macias e penduradas de um Labrador e olhos afetuosos, bem separados.

– Beatrice! – Juan Diego gritou. Dá para imaginar com o que ele estava sonhando, mas quando Juan Diego gritou um nome de mulher, um nome *feminino*, o mestiço de Labrador, que era macho, pareceu confuso – o nome dele era James. E o grito de Juan Diego, "Beatrice!", deixou o porteiro nervoso, porque ele presumira que o hóspede estivesse morto. O porteiro gritou.

Evidentemente, os cães farejadores de bombas eram predispostos a se tornarem agressivos diante de gritos. O mestiço de Labrador chamado James (que estava no colo de Juan Diego) tentou proteger Juan Diego rosnando para o porteiro, mas Juan Diego não havia notado o *outro* cachorro; ele não sabia que havia um segundo cachorro, sentado ao lado dele. Este era um daqueles cachorros de aparência nervosa com orelhas apontadas para cima e um pelo farto, eriçado; ele não era um pastor-alemão de raça pura, mas um mestiço de pastor, e quando este cachorro de som feroz começou a latir (no ouvido de Juan Diego), o escritor deve ter imaginado que estava sentado ao lado de um cachorro *de telhado*, e que Lupe devia ter razão: alguns cachorros de telhado eram fantasmas. O mestiço de pastor tinha um olho torto; ele era amarelo esverdeado, e o foco do olho torto não estava alinhado com o olho bom do cachorro. O olho torto foi mais uma prova para Juan Diego de que o cão trêmulo ao lado dele era um cachorro de telhado *e* um fantasma; o escritor aleijado abriu o cinto de segurança e tentou sair do carro – uma tarefa difícil com James (o mestiço de labrador) sentado no seu colo.

E, neste momento, os dois cachorros enfiaram os focinhos nas vizinhanças da virilha de Juan Diego; eles o prenderam no assento – *cheiravam* atentamente. Como os cachorros eram supostamente treinados para farejar *bombas*, isto chamou a atenção dos guardas de segurança.

– Fique parado aí – um deles disse, ambiguamente; ou para Juan Diego ou para os cachorros.

– Cachorros me amam – Juan Diego anunciou orgulhosamente. – Eu fui um menino do lixão – un niño de la basura – ele tentou explicar para os guardas de segurança; os dois olhavam fixamente para o sapato feito sob medida do homem. O que o cavalheiro aleijado estava dizendo não fazia nenhum sentido para os guardas. ("Minha irmã e eu tentávamos cuidar dos cachorros do basurero. Quando os cachorros morriam, tentávamos queimá-los antes que os abutres os pegassem.")

E aqui estava o problema com as duas únicas maneiras que Juan Diego tinha de mancar: ou ele andava com o pé aleijado na frente, naquele ângulo esquisito de duas horas, e, neste caso, o seu andar manco era a primeira coisa que se via, ou ele punha o pé bom na frente e arrastava o pé aleijado atrás dele – em ambos os casos, o pé na posição de duas horas e aquele sapato esquisito atraíam sua atenção.

– Fique parado bem aí! – o mesmo guarda de segurança ordenou; tanto o modo como ele ergueu a voz como o de apontar para Juan Diego deixaram claro que ele não estava falando com os cães. Juan Diego ficou imóvel.

Quem poderia saber que os cães farejadores não gostavam quando as pessoas ficavam imóveis daquele jeito pouco natural? Os farejadores de bombas, tanto James quanto o mestiço de pastor, com os narizes enfiados na região do quadril de Juan Diego – mais especificamente no bolso do seu paletó esporte, onde ele guardara o guardanapo de papel com os restos do seu bolinho de chá verde –, de repente ficaram tensos.

Juan Diego estava tentando lembrar um recente incidente terrorista – onde tinha sido, em Mindanao? Qual é aquela ilha que fica bem ao sul das Filipinas, a que está mais perto da Indonésia? Não havia uma população de muçulmanos de tamanho considerável em Mindanao? Não tinha havido um homem bomba que amarrara explosivos numa perna? Antes da explosão, só se notou que o homem bomba mancava.

Isto não está parecendo nada bom, Bienvenido pensou. O motorista deixou o albatroz laranja da mala com o porteiro covarde, que ainda estava se recuperando da certeza de que Juan Diego era uma pessoa morta que ressuscitara, com um andar de zumbi e gritando um nome de mulher. O jovem motorista da limusine entrou no hotel e foi até a recepção, onde disse que estavam prestes a atirar no Hóspede Ilustre deles.

– Chamem de volta os cães não treinados – Bienvenido disse ao gerente. – Seus guardas de segurança estão prestes a matar um escritor aleijado.

O mal-entendido logo foi resolvido; Clark French já havia preparado o hotel para a chegada de Juan Diego. Mais importante para Juan Diego era que os cachorros fossem perdoados; o bolinho de chá verde tinha enganado os farejadores de bombas.

– Não culpe os cachorros – foi o que Juan Diego disse para o gerente do hotel. – Eles são cachorros perfeitos. Prometa-me que não serão maltratados.

– Maltratados? Não, senhor – nunca maltratados! – o gerente declarou. É pouco provável que um Hóspede Ilustre do Makati Sangri-La tenha algum dia defendido tanto os cães farejadores. O próprio gerente levou Juan Diego até o quarto dele. As cortesias providenciadas pelo hotel incluíam uma cesta de frutas e a habitual travessa de biscoitos e queijo; o balde de gelo com quatro garrafas de cerveja (em vez do costumeiro champanhe) tinha sido ideia do devotado ex-aluno de Juan Diego, que sabia que seu amado professor só bebia cerveja.

Clark French também era um dos leitores apaixonados de Juan Diego, embora fosse sem dúvida mais conhecido em Manila como um escritor americano que se casara com uma filipina. Só de olhar, Juan Diego soube que o aquário gigantesco tinha sido ideia de Clark. Clark French gostava de dar ao seu velho professor presentes que demonstrassem o zelo do jovem escritor em homenagear destaques dos romances de Juan Diego. Num dos primeiros livros de Juan Diego – um romance que quase ninguém havia lido – o personagem principal é um homem com o aparelho urinário defeituoso. A namorada dele tem um tanque de peixes enorme no quarto; a visão e o som da exótica vida aquática têm um efeito perturbador no homem cuja uretra é descrita como "uma estrada estreita e sinuosa".

Juan Diego tinha um afeto tolerante por Clark French, um leitor obstinado que guardava os detalhes mais específicos – detalhes do tipo que os escritores geralmente só se lembravam em suas próprias obras. Entretanto, Clark nem sempre se lembrava de como esses mesmos detalhes deveriam afetar o leitor. No romance de Juan Diego sobre o aparelho urinário, o personagem principal é fortemente perturbado pelos dramas subaquáticos que ocorriam com frequência no aquário do quarto da namorada dele; os peixes o mantinham acordado.

O gerente do hotel explicou que o empréstimo por uma noite do aquário iluminado era um presente da família filipina de Clark French; uma tia materna da esposa de Clark possuía uma loja de animais exóticos em Makati. O aquário era pesado demais para ser colocado numa das mesas do quarto do hotel – ele havia sido colocado, portanto, no chão, ao lado da cama. O tanque de peixes tinha a metade da altura da cama, um imponente retângulo de atividade de aparência sinistra. Um bilhete de boas vindas de Clark acompanhava o aquário: "Detalhes familiares o ajudarão a dormir!"

– São todas criaturas aqui mesmo do Mar do Sul da China – o gerente do hotel disse cautelosamente. – Não os alimente. Eles podem passar sem comida por uma noite. Foi o que me disseram.

– Entendo – Juan Diego disse. Ele não entendia de forma alguma como Clark – ou a tia filipina proprietária da loja de animais exóticos – podia ter imaginado que alguém fosse achar o aquário *relaxante*. Ele contém mais de sessenta galões de água, a tia dissera; depois que escurecia, a luz verde subaquática iria certamente parecer mais verde (e sem dúvida mais brilhante). Pequenos peixes, rápidos demais para descrever, disparavam furtivamente até a superfície da água. Alguma coisa maior espreitava do canto mais escuro do fundo do tanque: um par de olhos brilhava; havia uma leve ondulação de guelras.

– Aquilo é uma enguia? – quis saber Juan Diego.

O gerente do hotel era um homem pequeno e bem vestido, com um bigode muito bem aparado.

– Talvez uma moreia. É melhor não enfiar o dedo na água.

– Não, é claro que não; aquilo é sem dúvida uma enguia – afirmou Juan Diego.

* * *

Juan Diego a princípio havia se arrependido de ter deixado que Bienvenido o levasse a um restaurante naquela noite. Nenhum turista, apenas famílias, na maioria – "um segredo bem guardado", o motorista disse para convencê-lo. Juan Diego imaginou que ficaria mais feliz pedindo serviço de quarto e indo cedo para a cama. Entretanto, sentiu-se aliviado por Bienvenido o estar levando para longe do Shangri-La; os peixes desconhecidos e a enguia de aparência sinistra aguardariam o seu retorno. (Ele preferiria dormir com o mestiço de Labrador farejador de bombas chamado James!)

O P.S. do bilhete de Clark French dizia o seguinte: "Você está em boas mãos com Bienvenido! Todo mundo excitado para vê-lo em Bohol! Minha família mal pode esperar para conhecê-lo! Tia Carmen diz que o nome da moreia é Morales – não toque nela!"

Como aluno de pós-graduação, Clark French precisou de defesa, e Juan Diego o defendeu. O jovem escritor era antiquadamente vivaz, uma presença sempre otimista; não eram só seus textos que sofriam de um excesso de pontos de exclamação.

– Aquilo é definitivamente uma moreia – Juan Diego disse ao gerente. – O nome dela é Morales.

– Nome irônico para uma enguia que morde: "Morales" a moreia – o gerente disse. – A loja de animais mandou uma equipe para montar o aquário: dois carrinhos de bagagem para carregar os jarros de água do mar; o termômetro subaquático é extremamente delicado; o sistema que faz a água circular teve um problema com as bolhas de água; os sacos de borracha com as criaturas tiveram que ser levados à mão; uma produção impressionante para uma visita de uma noite. Talvez a moreia tenha sido sedada para uma viagem tão estressante.

– Entendo – Juan Diego repetiu. Señor Morales não parecia estar sob a influência de nenhum sedativo no momento; a enguia estava enroscada ameaçadoramente no canto mais distante do tanque, respirando calmamente, seus olhos amarelados impassíveis.

Como estudante da Oficina de Escritores de Iowa – e mais tarde, como novelista recém-publicado –, Clark French evitava qualquer toque de ironia. Clark era irrestritamente sério e sincero; chamar uma moreia de Morales não era seu estilo. A ironia devia ter sido inteiramente da tia Carmen, do lado filipino da nova família de Clark. Isso deixou Juan Diego ansioso pelo fato de todos eles o estarem aguardando em Bohol; no entanto, ele ficou feliz por Clark French – o aparentemente solitário Clark – ter encontrado uma família. Os colegas de turma de Clark French (todos eles candidatos a escritores) o achavam incrivelmente ingênuo. Qual o jovem escritor que se sente atraído por um temperamento alegre? Clark era inacreditavelmente positivo; tinha o rosto bonito de um ator, corpo atlético, e se vestia tão mal e conservadoramente quanto uma testemunha de Jeová que bate de porta em porta. Clark era muito católico.

Sem dúvida, as convicções religiosas de Clark devem ter lembrado Juan Diego de um jovem Edward Bonshaw. De fato, Clark French havia conhecido sua esposa filipina – e "toda a família" dela, como ele os descrevia entusiasticamente – durante uma missão católica nas Filipinas. Juan Diego não se lembrava das circunstâncias exatas. Uma obra de caridade católica, de um tipo ou de outro? Crianças órfãs e mães solteiras talvez estivessem envolvidas.

Até os romances de Clark French manifestavam uma benevolência tenaz e combativa: seus personagens principais, almas perdidas e pecadores contumazes, sempre encontravam redenção; o ato de redimir geralmente se seguia a um baixo nível de moralidade; os romances terminavam previsivelmente num crescendo de benevolência. Compreensivelmente, estes romances foram duramente criticados. Clark tinha uma tendência para pregar; ele evangelizava. Juan Diego achava triste que os romances de Clark French fossem desprezados – da mesma maneira que o pobre Clark havia sido alvo de zombaria por parte dos seus colegas. Mas a maldição de Clark era ser irritantemente *amável*. Juan Diego sabia que Clark era sincero – o jovem otimista era, genuinamente, um cara legal. Mas Clark era também um proselitista – ele não conseguia evitar.

Um crescendo de benevolência se seguia a baixos níveis de moralidade – muito usado, mas isto funciona com leitores religiosos? Clark devia ser desprezado por ter leitores? Será que tinha culpa de ser edificante? ("*Excessivamente* edificante", um colega de pós-graduação em Iowa havia dito.)

No entanto, o aquário por uma noite era demais; isto era mais Clark do que Clark – isto era ir longe demais. Ou eu estou apenas cansado demais de tanto viajar para apreciar o gesto?, Juan Diego pensou. Ele odiava culpar Clark por ser Clark – ou por ter uma bondade infinita. Juan Diego gostava sinceramente de Clark French; no entanto, seu afeto por Clark o atormentava. Clark era *obstinadamente* católico.

Um movimento brusco atirou um jato de água do mar para fora do aquário, assustando Juan Diego e o gerente do hotel. Será que algum peixe infeliz havia sido comido ou morto? A água incrivelmente clara e iluminada de verde não revelava traços de sangue ou de parte de corpo; a enguia vigilante não apresentava nenhum sinal visível de mau comportamento.

– É um mundo violento – o gerente do hotel observou; era uma frase que, tirando a ironia, a gente encontraria em um trecho de baixa moralidade num romance de Clark French.

– Sim – foi tudo o que Juan Diego disse. Ele nascera na sarjeta; odiava-se quando fazia pouco dos outros, especialmente quando se tratava de gente *boa*, como Clark, e Juan Diego estava fazendo pouco dele do mesmo jeito como todas as pessoas arrogantes e complacentes do mundo literário faziam pouco de Clark French – por ser *edificante*.

Depois que o gerente o deixou sozinho, Juan Diego desejou ter perguntado a ele sobre o ar-condicionado; estava frio demais no quarto, e o termostato na parede apresentava ao viajante cansado um labirinto de escolhas de setas e números – o que Juan Diego imaginou que encontraria na cabine de um avião de combate. Por que ele estava tão *cansado*?, Juan Diego pensou. Por que tudo o que eu quero é dormir e sonhar, ou *tornar* a ver Miriam e Dorothy?

Ele cochilou outra vez; sentou na cadeira e ali dormiu. E acordou tremendo.

Não fazia sentido desempacotar sua enorme mala cor de laranja por uma única noite. Juan Diego colocou seus betabloqueadores sobre a pia do banheiro, para se lembrar de tomar a dose habitual – a dose *certa*, não o dobro. Ele pôs as roupas que tinha usado na cama; tomou banho e fez a barba. Sua vida de viajante sem Miriam e Dorothy era bem parecida com sua vida *normal*; entretanto, sua vida de repente pareceu vazia e sem propósito sem elas. E por que isso?, ele se perguntou, além de se perguntar sobre seu cansaço.

Juan Diego assistiu ao noticiário na TV, usando o roupão do hotel; o ar não estava menos frio, mas ele mexeu no termostato e conseguiu reduzir a velocidade do ventilador. O ar-condicionado não ficou mais quente – só ventava menos. (Aqueles pobres peixes não estavam acostumados com mares quentes, inclusive a moreia?)

Na TV, havia um vídeo ruim, capturado por uma câmera de segurança, do homem bomba em Mindanao. O terrorista não era identificável, mas seu andar manco se parecia assustadoramente com o andar de Juan Diego. Juan Diego examinou as pequenas diferenças – era a mesma perna afetada, a perna direita – quando a explosão escureceu tudo. Houve um clique e a tela da TV ficou preta e chiando. O vídeo deixou Juan Diego com a sensação inquietante de que assistira ao seu próprio suicídio.

Ele notou que não havia gelo suficiente no balde para manter as cervejas geladas depois do jantar – não que o ar-condicionado gélido não fosse bastar. Juan Diego se vestiu na luz esverdeada que vinha do aquário.

– Lo siento, señor Morales – ele disse quando estava saindo do quarto. – Sinto muito se não estiver quente o bastante para o senhor e seus amigos.

A moreia parecia estar observando-o, quando o escritor parou, incerto, na porta; o olhar da enguia era tão firme que Juan Diego acenou para a criatura impassível antes de fechar a porta do quarto.

No restaurante familiar para onde Bienvenido o levou – "um segredo bem guardado" para alguns, talvez – havia uma criança berrando em cada mesa, e todas as famílias pareciam conhecer umas às outras; elas gritavam de uma mesa para outra, passando travessas de comida para lá e para cá.

A decoração desafiou a compreensão de Juan Diego: um dragão, com uma tromba de elefante, pisoteava soldados; uma Virgem Maria, com um Menino Jesus de aparência zangada nos braços, guardava a porta de entrada do restaurante. Ela era uma Maria ameaçadora – uma Maria com um ar de leão de chácara, Juan Diego concluiu. (Juan Diego sempre se encarregava de ver defeito na atitude da Virgem Maria. Aquele dragão com tromba de elefante, o que estava pisoteando os soldados, também não tinha um problema de atitude?)

– San Miguel não é uma cerveja espanhola? – Juan Diego perguntou a Bienvenido na limusine; eles estavam voltando para o hotel. Juan Diego devia ter tomado algumas cervejas.

– Bem, é uma cervejaria espanhola – Bienvenido disse –, mas a matriz é nas Filipinas.

Qualquer versão de colonialismo – colonialismo espanhol, em particular – irritava a Juan Diego. E havia ainda o colonialismo *católico*, como Juan Diego pensava.

– Colonialismo, eu suponho – foi só o que o escritor disse; no espelho retrovisor, ele pôde ver o motorista da limusine refletindo sobre isso. Pobre Bienvenido: ele imaginava que a conversa fosse sobre cerveja.

– Eu suponho que sim – foi tudo o que Bienvenido disse.

Deve ter sido um dia de santo – de qual santo Juan Diego não se lembrava. A oração dialogada, começando na capela, não existiu apenas no sonho de Juan Diego; a oração subiu as escadas na manhã em que as crianças do lixão acordaram com el gringo bueno no quarto delas no Niños Perdidos.

– ¡Madre! – uma das freiras falou; pareceu a voz da irmã Gloria. – Ahora y siempre, serás mi guía.

– Mãe! – os órfãos no jardim de infância responderam. – Agora e sempre serás minha guia.

Os alunos do jardim de infância estavam na capela, um andar abaixo do quarto de Juan Diego e Lupe. Nos dias santificados, as preces dialogadas subiam as escadas antes que os alunos do jardim de infância começassem sua marcha matinal. Lupe, ou acordada ou semi-adormecida, murmurou sua própria prece em resposta à ode dos alunos do jardim de infância à Virgem Maria.

– Dulce madre mía de Guadalupe, por tu justicia, presente en nuestros corazones, reine la paz en el mundo – Lupe rezou, um tanto sarcasticamente. – Minha doce mãe Guadalupe, em sua justiça, presente em nossos corações, permita que a paz reine no mundo.

Mas esta manhã, quando Juan Diego mal havia acordado, ainda com os olhos fechados, Lupe disse:

– *Há* um milagre para você: nossa mãe conseguiu passar pelo nosso quarto sem ver o gringo; ela está tomando banho.

Juan Diego abriu os olhos. Ou el gringo bueno tinha morrido enquanto dormia ou não tinha se mexido; entretanto, o lençol não o cobria mais. O hippie e seu Cristo Crucificado estavam imóveis e expostos – um quarto de morte precoce, de juventude abatida – enquanto as crianças do lixão ouviam Esperanza cantar alguma cantiga profana no banheiro.

– Ele é um belo rapaz, não é? – Lupe perguntou ao irmão.

– Ele fede a urina de cerveja – Juan Diego retrucou, inclinando-se sobre o jovem americano, para ter certeza de que ele estava respirando.

– Nós deveríamos levá-lo para fora; pelo menos vesti-lo – Lupe disse. Esperanza já havia tirado a tampa do ralo; os niños podiam ouvir o som da banheira sendo esvaziada. A cantoria de Esperanza ficou abafada; ela estava provavelmente secando o cabelo com a toalha.

Na capela, um andar abaixo deles, ou talvez na licença poética usada no sonho de Juan Diego, a freira que tinha a voz parecida com a da irmã Gloria exortou mais uma vez as crianças a repetir depois dela: – ¡Madre! Ahora y siempre!

– "Eu quero meus braços e pernas em volta de você!" – Esperanza cantou. "Eu quero minha língua tocando a sua língua!"

– "Eu vi um jovem caubói, todo embrulhado em linho branco" – o gringo adormecido cantava. – "Embrulhado em linho branco e frio como barro."

– Qualquer que seja esta bagunça, não se trata de um milagre – Lupe disse; ela saltou da cama para ajudar Juan Diego a vestir o gringo.

– Opa! – o gringo gemeu; ele ainda estava dormindo, ou então havia desmaiado. – Nós somos todos amigos, *certo*? – ele não parava de perguntar. – Você tem um cheiro ótimo, e é tão bonita – ele disse a Lupe, quando ela estava tentando abotoar sua camisa suja. Mas os olhos do gringo bom permaneceram fechados; ele não podia ver Lupe. Estava com uma ressaca forte demais para acordar.

– Eu me caso com ele se parar de beber – Lupe disse para Juan Diego.

O hálito do gringo bom cheirava pior do que o resto dele, e Juan Diego tentou se distrair do fedor pensando em qual presente o hippie simpático poderia dar às crianças do lixão – na noite passada, quando estava mais lúcido, o jovem desertor prometera um presente para eles.

Naturalmente, Lupe soube o que o irmão estava pensando.

– Eu não acredito que o querido rapaz tenha dinheiro para comprar presentes muito extravagantes para nós – Lupe disse. – Um dia, dentro de cinco a sete anos, uma simples aliança de ouro talvez fosse bacana, mas eu não contaria com nada de especial agora, neste momento em que os hippies estão gastando o dinheiro deles com álcool e prostitutas.

Como que atraído pela palavra *prostitutas*, Esperanza saiu do banheiro; estava usando como sempre duas toalhas (o cabelo enrolado em uma delas e o corpo mal coberto pela outra) e carregando suas roupas da rua Zaragoza.

– Olhe para ele, mamãe! – Juan Diego gritou; ele começou a desabotoar a camisa do gringo bom, mais depressa do que Lupe abotoara. – Nós o achamos na rua a noite passada, ele não tinha uma única marca no corpo. Mas esta manhã, *olhe* só para ele! – Juan Diego abriu a camisa do rapaz para revelar o Jesus Ensanguentado. – É um *milagre*! – Juan Diego gritou.

– Esse é el gringo bueno. Ele não é milagre nenhum – Esperanza disse.

– Ah, eu quero morrer. Ela o *conhece*! Eles estiveram nus juntos; ela fez *tudo* com ele! – Lupe gritou.

Esperanza rolou o gringo de bruços; ela abaixou a cueca dele.

– Vocês chamam *isto* de milagre? – ela perguntou aos filhos. Na bunda do querido rapaz havia uma tatuagem de uma bandeira americana, mas a bandeira estava de propósito dividida ao meio; o rego da bunda do rapaz dividia a bandeira. Era o oposto de uma imagem patriótica.

– Epa! – o gringo inconsciente disse numa voz estrangulada; ele estava deitado de bruços na cama, onde parecia correr o risco de sufocar.

– Ele está cheirando a vômito – Esperanza disse. – Ajudem-me a colocá-lo na banheira, a água irá reanimá-lo.

– O gringo pôs a coisa dele na boca dela – Lupe balbuciou. – Ela pôs a coisa dele em sua...

– Pare com isso, Lupe – Juan Diego disse.

– Esqueça o que eu disse sobre me casar com ele – Lupe disse. – Nem dentro de cinco anos *nem* de sete; *nunca*!

– Você vai conhecer outra pessoa – Juan Diego disse à irmã.

– Quem foi que Lupe conheceu? O que a aborreceu? – Esperanza perguntou. Ela segurou o hippie nu por baixo dos braços; Juan Diego pegou os tornozelos do rapaz e eles o carregaram para o banheiro.

– Foi *você* quem a aborreceu – Juan Diego disse à mãe. – A simples ideia de você com o gringo bom a deixou nervosa.

– Bobagem – Esperanza disse. – Toda moça ama o gringo e ele ama todas nós. Partiria o coração de uma pessoa ser mãe dele, mas o gringo faz todas as outras mulheres do mundo muito felizes.

– O gringo partiu o *meu* coração! – Lupe choramingava.

– O que há com ela, ficou menstruada ou algo assim? – Esperanza perguntou a Juan Diego. – Eu já tinha tido minha primeira menstruação na idade dela.

– Não, eu não fiquei menstruada. *Nunca* vou ficar menstruada! – Lupe gritou. – Eu sou *retardada*, lembra? Minha menstruação é retardada!

Juan Diego e a mãe bateram com a cabeça do hippie na torneira de água quente quando o puseram na banheira, mas o rapaz não se encolheu nem abriu os olhos; sua única reação foi segurar o pênis.

– Isso não é uma gracinha? – Esperanza perguntou a Juan Diego. – Ele é um amor, não é?

– Estou vendo, pelos seus trajes, que você é um caubói – o gringo adormecido cantou.

Lupe queria ser a pessoa que ia abrir a torneira, mas quando viu que el gringo bueno estava segurando o pênis, ela ficou nervosa de novo.

– O que ele está fazendo? Está pensando em sexo, eu sei! – ela disse para Juan Diego.

– Ele está cantando, *não* está pensando em sexo, Lupe – Juan Diego disse.

– Está sim; o gringo pensa em sexo o tempo todo. Por isso é que ele tem uma aparência tão jovem – Esperanza disse a ele, abrindo a torneira da banheira; ela abriu as duas torneiras, até o fim.

– Epa! – gritou o gringo bom, abrindo os olhos. Ele viu os três ali, espiando para ele na banheira. Provavelmente nunca tinha visto Esperanza daquele jeito, enrolada numa toalha branca, com o cabelo molhado e embaraçado caindo de cada lado do belo rosto. Ela havia tirado a segunda toalha da cabeça; a toalha de enxugar o cabelo estava um pouco molhada, mas ela quis deixar uma toalha para o rapaz hippie usar. Ela ia levar algum tempo para se vestir e para trazer duas toalhas limpas para o quarto das crianças.

– Você bebe demais, garoto – Esperanza disse ao gringo bom. – Seu corpo não é grande o suficiente para tolerar o álcool.

– O que *você* está fazendo aqui? – o querido rapaz perguntou a ela; ele tinha um sorriso maravilhoso, mesmo com o Cristo Moribundo no peito magro.

– Ela é nossa *mãe*! Você é a porra da nossa *mãe*! – Lupe berrou.

– Puxa, irmãzinha – o gringo começou a dizer. Naturalmente, ele não tinha entendido o que ela disse.

– Esta é a nossa mãe – Juan Diego disse ao hippie, enquanto a banheira enchia.

– Puxa. Somos todos amigos, *certo*? Amigos, não? – o rapaz perguntou, mas Lupe deu as costas para a banheira; ela voltou para o quarto.

Eles podiam ouvir a irmã Gloria e os alunos do jardim de infância subindo as escadas, vindo da capela, porque Esperanza deixara a porta do corredor aberta, e Lupe, a porta do banheiro. Irmã Gloria chamava a marcha forçada dos alunos do jardim de infância de "terapêutica"; as crianças subiam as escadas entoando a oração dialogada, "¡Madre!". Elas marcharam pelo corredor, rezando – faziam isso todo dia, não apenas nos dias de santos. Irmã Gloria dizia que fazia as crianças marcharem pelo "benefício adicional" dos efeitos benéficos que isto exercia sobre irmão Pepe e Edward Bonshaw, que gostavam de ver e ouvir os alunos do jardim de infância repetindo aquela história de "agora e para sempre".

Mas a irmã Gloria tinha um traço punitivo. Irmã Gloria provavelmente queria punir Esperanza, pegando-a – como geralmente acontecia – enrolada em duas toalhas, recém-saída do banho. Irmã Gloria deve ter imaginado que a santidade da ladainha das crianças do jardim de infância ardia no coração pecador de Esperanza como uma espada em fogo. Possivelmente, irmã Gloria se iludia mais ainda: ela pode ter pensado que os alunos do jardim de infância cantando "serás minha guia" tinham um efeito purificador nos pirralhos desobedientes da prostituta, aquelas crianças do lixão que haviam recebido privilégios especiais no Crianças Perdidas. Um quarto só para elas – e seu própria banheiro, também! – *não* era assim que a irmã Gloria teria tratado los niños de la basura. Isso não era modo de administrar um orfanato – não na opinião da irmã Gloria. Você não concedia privilégios especiais para catadores de lixo cheirando a fumaça do basurero!

Mas na manhã em que Lupe soube que sua mãe e o gringo bom haviam sido amantes, a menina não estava disposta a ouvir irmã Gloria e as crianças do jardim de infância recitando a oração da "¡Madre!".

– Mãe! – irmã Gloria repetiu arduamente; ela havia parado na frente da porta aberta do quarto das crianças do lixão, onde à frente pôde ver Lupe sentada numa das camas desfeitas. Os alunos do jardim de infância pararam de marchar mais adiante; eles ficaram parados, arrastando os pés no mesmo lugar, olhando para dentro do quarto. Lupe estava soluçando, o que não era uma completa novidade.

– "Agora e para sempre, serás minha guia", as crianças repetiam pelo que deve ter parecido, pelo menos para Lupe, a centésima (ou milésima) vez.

– Maria é uma *fraude*! – Lupe gritou para elas. – Deixem a Virgem Maria me mostrar um milagre, só um milagre bem pequeno, *por favor*! – e eu talvez acredite, por um minuto, que Maria *fez* mesmo alguma coisa, além de roubar o México da nossa Guadalupe. O que foi que a Virgem Maria *fez* de verdade? Ela nem ao menos ficou *grávida*!

Mas irmã Gloria e os alunos do jardim de infância estavam acostumados com os rompantes incompreensíveis da supostamente retardada vagabunda. ("La vagabunda", irmã Gloria chamava Lupe.)

– "¡Madre!" – irmã Gloria repetiu simplesmente, e as crianças tornaram a repetir a ladainha incessante.

A saída de Esperanza do banheiro foi como uma aparição para os alunos do jardim de infância – eles interromperam a oração no meio. "Ahora y siempre...", as crianças estavam dizendo quando pararam subitamente. O "agora e para sempre" terminou. Esperanza estava usando apenas uma toalha, que mal cobria seu corpo. Seu cabelo despenteado, recém-lavado, fez os alunos do jardim de infância pensarem momentaneamente que ela não era a faxineira do orfanato; Esperanza parecia ser uma pessoa diferente, mais confiante.

– Ah, conforme-se, Lupe! – Esperanza disse. – Ele não é o único garoto nu que vai partir seu coração! – (Isto foi o suficiente para fazer a irmã Gloria parar também de rezar.)

– Sim, ele é – o primeiro e único garoto nu! – Lupe gritou. (É claro que os alunos do jardim de infância e a irmã Gloria não entenderam esta última parte.)

– Não prestem atenção em Lupe, crianças – Esperanza disse aos alunos do jardim de infância, enquanto entrava descalça no corredor. – Uma visão do Cristo Crucificado a perturbou. Ela pensou que o Jesus Moribundo estava dentro da banheira – a coroa de espinhos, o excesso de sangue, toda aquela história de estar pregado na cruz! Quem não ficaria nervoso se acordasse e visse *isso*? – Esperanza perguntou à irmã Gloria, que estava sem fala. – Bom dia para você também, irmã – Esperanza disse, rebolando pelo corredor, como se fosse possível *rebolar* numa toalha apertada. De fato, a toalha apertada fazia Esperanza andar com passos curtos, mesmo assim, ela conseguiu andar bem depressa.

– *Que* garoto nu? – irmã Gloria perguntou a Lupe. A pequena vagabunda estava sentada com uma cara impassível na cama; Lupe apontou para a porta aberta do banheiro.

– "Venha sentar-se ao meu lado e ouvir minha triste história" – alguém estava cantando. – "Levei um tiro no peito e sei que vou morrer."

Irmã Gloria hesitou; com o final da oração da "¡Madre!" e a saída de uma Esperanza seminua, a freira de cara comprida pôde ouvir o que achou serem vozes vindo do banheiro das crianças do lixão. A princípio, irmã Gloria deve ter imaginado que tinha ouvido Juan Diego falando (ou cantando) sozinho. Mas agora, por cima do barulho da água, a freira percebeu que estava ouvindo *duas* vozes: a voz de cana rachada de um garoto do basurero de Oaxaca, Juan Diego (pupilo predileto do irmão Pepe) e o que irmã Gloria julgou ser a voz de um menino ou rapaz bem mais velho. O que Esperanza chamara de *garoto* nu pareceu para irmã Gloria ser um *homem* – foi por isso que a freira hesitou.

Os alunos do jardim de infância, entretanto, haviam sido doutrinados; os alunos do jardim de infância foram treinados para *marchar*, e foi isso que fizeram. Os alunos do jardim de infância avançaram marchando, passaram pelo quarto das crianças do lixão e entraram no banheiro.

O que mais irmã Gloria podia *fazer*? Se houvesse um rapaz que, de alguma forma, parecesse com o Cristo Crucificado – um Jesus Moribundo na banheira das crianças do lixão, como Esperanza o havia descrito –, não era dever da irmã Gloria proteger os órfãos do que Lupe havia interpretado erradamente como sendo uma *visão* (uma visão que, aparentemente, a havia perturbado tanto)?

Quanto a Lupe, ela não ficou esperando para ver.

– "¡Madre!" – irmã Gloria exclamou, entrando rapidamente no banheiro atrás dos alunos do jardim de infância.

– "Agora e para sempre, serás nossa guia" – os alunos do jardim de infância recitavam no banheiro, antes da gritaria começar. Lupe continuou andando pelo corredor.

A conversa que Juan Diego estava tendo com o gringo era muito interessante, mas, dado o ocorrido quando os alunos do jardim de infância marcharam para dentro do banheiro, é compreensível que Juan Diego (especialmente quando ficou mais velho) tivesse dificuldade em se lembrar direito dos detalhes.

– Não sei por que sua mãe sempre me chama de "garoto"; eu não sou tão jovem quanto pareço – el gringo bueno começou a dizer. (É claro que ele não parecia um *garoto* como Juan Diego, que só tinha catorze anos – Juan Diego *era* um garoto –, mas Juan Diego apenas concordou com a cabeça.) – Meu pai morreu nas Filipinas, na guerra. *Montes* de americanos morreram lá, mas não onde meu pai morreu – o desertor continuou. – Meu pai teve *realmente* azar. Aquele tipo de azar que às vezes é próprio de uma família, você sabe. Em parte, essa é a razão pela qual eu achei que não devia ir para o Vietnã – o azar de família –, mas eu também sempre quis ir para as Filipinas, para ver onde meu pai está enterrado e para prestar minhas homenagens a ele, dizer o quanto eu sinto não o ter conhecido, você sabe.

É claro que Juan Diego apenas balançou a cabeça; ele estava começando a notar que a banheira continuava enchendo, mas o nível da água não mudava. Juan Diego compreendeu que a banheira estava enchendo e esvaziando em igual proporção; o hippie provavelmente esbarrara na tampa – ele não parava de escorregar sua bunda tatuada de um lado para o outro. Ele também não parava de colocar xampu no cabelo, até o xampu acabar e a espuma rodear o gringo escorregadio; o Cristo Crucificado havia desaparecido completamente.

– Corregidor, maio de 1942 – esse foi o auge de uma batalha nas Filipinas – disse o hippie. – Os americanos foram dizimados. Em abril do mesmo ano, houve a Marcha da Morte de Bataan – sessenta e cinco milhas até os Estados Unidos se renderem. Um monte de prisioneiros americanos não aguentou. É por isso que existe um cemitério e memorial americano tão grande nas Filipinas – em Manila. É lá que eu tenho que ir para dizer ao meu pai que sinto muito. Eu não posso ir para o Vietnã e morrer lá antes de visitar o meu pai – o jovem americano disse.

– Entendo – foi tudo o que Juan Diego disse.

– Eu achei que poderia convencê-los de que eu era um pacifista – o gringo bom continuou; ele estava totalmente coberto de xampu, exceto a barbicha pontuda sob o lábio inferior. Este tufo de pelo escuro parecia ser o único lugar onde crescia a barba do rapaz; ele aparentava ser jovem demais para precisar raspar o resto do rosto, mas já estava fugindo do recrutamento obrigatório havia três anos. Ele disse a Juan Diego que tinha 26 anos; haviam tentado recrutá-lo depois que terminou a faculdade (ele estava com 23). Foi quando ele fez aquela tatuagem do Cristo Agonizante: para convencer o Exército americano de que era um pacifista. Naturalmente, a tatuagem religiosa não funcionou.

Numa expressão de hostilidade antipatriótica, o gringo bom então tatuou a bunda – a bandeira americana, aparentemente rasgada ao meio pelo rego de sua bunda – e fugiu para o México.

– Isto é onde fingir ser pacifista leva você: três anos foragido – disse o gringo. – Mas veja o que aconteceu com meu pobre pai: ele era mais moço do que eu quando o mandaram para as Filipinas. A guerra estava quase *terminada,* mas ele estava entre os membros da tropa anfíbia que recuperou Corregidor – fevereiro de 1945. Você pode morrer quando está *ganhando* uma guerra, sabe, assim como pode morrer quando está perdendo. Mas isso é ou não é azar?

– É azar – Juan Diego concordou.

– Eu digo que é – eu nasci em 1944, poucos meses antes do meu pai ser morto. Ele nunca me viu. Minha mãe nem mesmo sabe se ele viu minhas fotografias de bebê.

– Eu sinto muito – Juan Diego disse. Ele estava ajoelhado no chão do banheiro, ao lado da banheira. Juan Diego era impressionável como a maioria das crianças de catorze anos; ele achava o hippie americano o rapaz mais fascinante que já conhecera.

– Homem sobre rodas – o gringo disse, tocando a mão de Juan Diego com seus dedos cobertos de xampu. – Prometa-me uma coisa, homem sobre rodas.

– Claro – Juan Diego disse; afinal de contas, ele tinha acabado de fazer promessas absurdas a Lupe.

– Se acontecer alguma coisa comigo, você tem que ir às Filipinas no meu lugar, tem que dizer ao meu pai que eu sinto muito – el gringo bueno disse.

– Claro. Sim, eu vou – Juan Diego disse.

Pela primeira vez, o gringo pareceu surpreso.

– Você vai? – o rapaz fascinante perguntou a Juan Diego.

– Sim, eu vou – o leitor do lixão repetiu.

– Puxa! Homem sobre rodas! Eu acho que preciso de mais amigos iguais a você – o gringo disse a ele. Nessa altura, ele escorregou inteiramente para debaixo da água e da espuma de xampu; o hippie e seu Jesus Ensanguentado haviam desaparecido completamente quando os alunos do jardim de infância, seguidos da indignada irmã Gloria, marcharam para dentro do banheiro, recitando a implacável ladainha de "¡Madre!" e "Agora e para sempre" – sem falar na frase inútil "serás minha guia".

– Bem, onde ele *está*? – irmã Gloria perguntou a Juan Diego. – Não tem nenhum garoto nu aqui. *Que* garoto nu? – a freira repetiu; ela não notou as bolhas debaixo d'água (por causa de toda aquela espuma de xampu), mas um dos alunos do jardim de infância apontou para as bolhas, e irmã Gloria de repente olhou para onde a criança alerta estava apontando.

Foi quando o monstro marinho saiu do meio da espuma. Dá para imaginar que foi isso que o hippie tatuado e seu Cristo Crucificado (ou uma convergência coberta de xampu dos dois) pareceu ser para os doutrinados alunos do jardim de infância: um monstro marinho *religioso*. E, provavelmente, o gringo bom achou que seu surgimento da água do banho teria algum valor em termos de entretenimento; depois de ter contado a Juan Diego uma história tão sofrida, talvez o desertor quisesse deixar a atmosfera mais leve. Nós nunca saberemos qual foi a intenção do hippie doido ao se *lançar* para cima do fundo da banheira, espirrando água como uma baleia e estendendo os braços de cada lado da banheira, como se estivesse pregado na cruz, e morrendo, como o Jesus Ensanguentado tatuado no peito ofegante do garoto nu. E o que deu no rapaz alto – o que o fez resolver ficar em pé na banheira, e assim ficar bem mais alto do que todo mundo e deixar sua nudez ainda mais aparente? Bem, nós nunca saberemos o que el gringo bueno estava pensando, nem mesmo *se* ele estava pensando. (O jovem fugitivo americano não era conhecido na rua Zaragoza por seu comportamento *racional*.)

Para ser justo: o hippie tinha afundado quando ele e Juan Diego estavam sozinhos no banheiro; o gringo bom não fazia ideia, quando emergiu da água, que estava saindo diante de uma multidão – sem mencionar que a maioria dela era composta por crianças de cinco anos que acreditavam em Jesus. O fato das crianças pequenas estarem lá não era culpa deste Jesus.

– Epa! – gritou o Cristo Crucificado – ele parecia mais o Cristo *Afogado* neste momento, e a palavra "epa" pareceu algo estrangeiro aos ouvidos dos alunos do jardim de infância, que falavam espanhol.

Quatro ou cinco das crianças aterrorizadas molharam instantaneamente as calças; uma garotinha gritou tão alto que diversas meninas e meninos morderam as línguas. Os alunos do jardim de infância que estavam mais perto da porta do quarto correram de volta para o quarto, gritando, e saíram para o corredor. As crianças que devem ter achado que não havia como fugir do Cristo gringo caíram de joelhos, urinando e chorando, e cobriram as cabeças com as mãos; um garotinho abraçou uma garotinha com tanta força que ela o mordeu no rosto.

Irmã Gloria desfaleceu e tentou recuperar o equilíbrio colocando uma das mãos na banheira, mas o Jesus hippie, que temeu que a freira estivesse caindo, a abraçou com os braços molhados.

– Epa, irmã... – foi só o que o rapaz conseguiu dizer antes de irmã Gloria lhe bater no peito nu com os dois punhos. Ela deu vários socos no rosto torturado erguido para o Céu de forma suplicante da tatuagem de Jesus, mas quando viu (horrorizada) o que estava fazendo, irmã Gloria levantou os braços e ergueu os olhos para o Céu do seu modo mais suplicante.

– "¡Madre!" – irmã Gloria gritou mais uma vez, como se Maria fosse a única salvadora e confidente da freira – na realidade, como a prece da freira afirmava, seu único guia.

Foi então que el gringo bueno escorregou e caiu para a frente dentro da banheira; a água ensaboada derramou pelos lados da banheira, inundando o chão do banheiro. O hippie, agora de quatro, teve presença de espírito suficiente para fechar a torneira. Agora a banheira, pelo menos, podia esvaziar, mas conforme a água descia rapidamente pelo ralo, os alunos do jardim de infância que ainda estavam no banheiro – a maioria teve medo de fugir – viram a bandeira americana (rasgada ao meio) na bunda do Cristo gringo.

Irmã Gloria também viu a bandeira – uma tatuagem de tal clareza profana que entrava em conflito com a tatuagem do Jesus Agonizante. Para a freira instintivamente crítica, uma discordância satânica pareceu emanar do garoto nu na banheira quase vazia.

Juan Diego não se mexeu. Ele continuou ajoelhado no chão do banheiro, a água derramada tocando-lhe as coxas. Em volta dele, as crianças apavoradas estavam encolhidas como bolas molhadas. Deve ter sido o futuro escritor se manifestando nele, mas Juan Diego pensou nas tropas anfíbias mortas ao recuperar Corregidor – alguns deles ainda quase crianças. Ele pensou na promessa louca que havia feito para o gringo bom, e ficou excitado – do jeito que, aos catorze anos, você pode ficar excitado com uma visão completamente irrealista do futuro.

– "Ahora y siempre" – uma das crianças encharcadas soluçava.

– Agora e para sempre – Juan Diego disse, com mais confiança. Ele sabia que isto era uma promessa para si mesmo – de aproveitar toda oportunidade que parecesse com o futuro, daquele momento em diante.

14. Nada

No corredor do lado de fora da sala de aula de Edward Bonshaw, no Niños Perdidos, havia um busto da Virgem Maria com uma lágrima no rosto. O busto estava sobre um pedestal num canto da sacada do segundo andar. Havia sempre uma mancha cor de beterraba na outra face de Maria; parecia sangue, para Esperanza – toda semana ela a limpava, mas na semana seguinte ela estava de volta.

– Talvez seja sangue – ela disse ao irmão Pepe.

– Não pode ser – Pepe disse a ela. – Não houve nenhum caso de estigmas relatado no Crianças Perdidas.

No patamar entre o primeiro e o segundo andar ficava a estátua venham-a--mim-as-criancinhas de São Vicente de Paulo com dois bebês nos braços. Esperanza comunicou ao irmão Pepe que ela também havia limpado sangue da bainha da túnica do santo.

– Toda semana eu limpo o sangue, mas ele volta! – Esperanza comunicou. – Deve ser sangue *milagroso*.

– Não pode ser sangue, Esperanza – foi tudo o que Pepe disse a respeito do assunto.

– Você não sabe o que eu vejo, Pepe! – Esperanza disse, apontando para seus olhos flamejantes. – E o que quer que seja, deixa uma mancha.

Ambos estavam certos. Não era sangue, mas toda semana aquilo voltava *e* deixava uma mancha. As crianças do lixão tiveram que dar um tempo com o suco de beterraba depois do episódio do gringo bom na banheira; tiveram também que reduzir suas visitas noturnas à rua Zaragoza. Señor Eduardo e irmão Pepe – sem falar naquela bruxa, irmã Gloria, e as outras freiras – estavam de olho neles. E Lupe estava certa sobre os presentes que el gringo bueno podia comprar para eles: eram presentes nem um pouco extraordinários.

O hippie havia, sem dúvida, regateado o preço das figuras religiosas que comprara na loja de festas de Natal – a loja da virgem em Independencia. Uma delas era uma pequena imagem, na categoria de estatueta – mais um manequim do que uma figura real –, mas a virgem de Guadalupe era em tamanho real.

A virgem de Guadalupe era na verdade um pouco maior do que Juan Diego. Ela foi o presente dele. Seu manto azul esverdeado – uma túnica larga, sem mangas – era tradicional. Seu cinto, ou o que parecia um espartilho preto, um dia daria origem à especulação de que Guadalupe estava grávida. Muito depois desse fato, em 1999, o papa João Paulo II citou Nossa Senhora de Guadalupe como sendo Patrona das Américas e Protetora dos Nascituros. ("Aquele papa polonês", Juan Diego mais tarde iria protestar contra ele – e aquela história de nascituro.)

A Guadalupe da loja da virgem não parecia grávida, mas esta estátua de Guadalupe parecia ter uns quinze ou dezesseis anos – e tinha seios. Os seios faziam com que ela não parecesse nada religiosa.

– Ela é uma boneca sexual! – Lupe disse imediatamente.

É claro que isso não era verdadeiro; mas havia uma aparência de boneca sexual na figura de Guadalupe, embora Juan Diego não pudesse despi-la e seus membros não se mexessem (e ela não tivesse partes reprodutivas identificáveis).

– Qual é o *meu* presente? – Lupe perguntou ao rapaz hippie.

O gringo bom perguntou a Lupe se ela o perdoava por ter dormido com a mãe dela.

– Sim – Lupe disse –, mas nós nunca vamos poder nos casar.

– Isso parece um bocado definitivo – o hippie disse, quando Juan Diego traduziu a resposta de Lupe ao pedido de perdão.

– Mostre-me o presente – foi tudo o que Lupe disse.

Era uma estatueta de Coatlicue, tão feia quanto qualquer réplica da deusa. Juan Diego achou que era uma bênção que a horrenda estatueta fosse pequena – ela era ainda menor do que Branco Sujo. El gringo bueno não sabia pronunciar o nome da deusa asteca; Lupe, do seu modo difícil de acompanhar, tentou ajudá-lo a dizer o nome.

– Sua mãe disse que você *admirava* essa deusa esquisita – o gringo bom explicou a Lupe; ele não parecia muito seguro.

Juan Diego sempre achou difícil acreditar que uma deusa pudesse ter tantos atributos contraditórios ligados a ela, mas era fácil para ele ver por que Lupe amava a megera. Coatlicue era uma extremista – uma deusa do parto *e* da impureza sexual e do comportamento iníquo. Havia diversos mitos da criação ligados a ela; num deles, ela era fecundada por uma bola de penas que caía sobre ela enquanto estava varrendo um templo – o suficiente para enfurecer qualquer um, Juan Diego pensou, mas Lupe disse que esse era o tipo de coisa que ela podia imaginar acontecendo com a mãe dela, Esperanza.

Ao contrário de Esperanza, Coatlicue usava uma saia de serpentes. Estava praticamente vestida de serpentes; ela usava um colar de corações, mãos e cérebros humanos. As mãos e os pés de Coatlicue tinham garras; seus seios eram flácidos. Na estatueta que o gringo deu para Lupe, os mamilos de Coatlicue eram feitos de chocalhos de cascavel. ("Excesso de amamentação, talvez", Lupe comentou.)

– Mas o que você *aprecia* nela, Lupe? – Juan Diego perguntou à irmã.

– Alguns dos filhos dela juraram que iriam matá-la – Lupe respondeu. – Una mujer difícil.

– Coatlicue é uma mãe devoradora; o ventre e o túmulo coexistem nela – Juan Diego explicou ao rapaz hippie.

– Eu meio que posso ver isso – o gringo bom disse. – Ela parece *letal,* homem sobre rodas – o hippie afirmou com mais confiança.

– Ninguém se mete com ela! – Lupe declarou.

Até Edward Bonshaw (que sempre via o lado belo) achou a imagem de Coatlicue de Lupe assustadora. – Eu entendo que haja repercussões que vêm do episódio infeliz da bola de penas, mas esta deusa não é nada simpática – señor Eduardo disse a Lupe, o mais respeitosamente possível.

– Coatlicue não pediu para nascer assim – Lupe respondeu ao homem de Iowa. – Ela foi sacrificada, supostamente para lidar com a criação. O rosto dela foi formado por duas serpentes; depois sua cabeça foi decepada e o sangue esguichou do seu pescoço na forma de duas cobras gigantescas. Alguns de nós – Lupe disse ao novo missionário, parando para Juan Diego ter tempo para traduzir – não têm escolha a respeito de quem somos.

– Mas... – Edward Bonshaw começou.

– Eu sou quem eu sou – Lupe disse; Juan Diego revirou os olhos quando repetiu isto para o señor Eduardo. Lupe encostou a imagem grotesca de Coatlicue no rosto; estava claro que ela não amava a deusa apenas porque o gringo bom lhe deu a estatueta.

Quanto ao presente que o gringo deu para ele, Juan Diego de vez em quando se masturbava com a boneca Guadalupe deitada na cama ao lado dele – seu rosto enlevado no travesseiro ao lado do rosto dele. A ligeira elevação dos seios de Guadalupe era suficiente.

A estátua impassível era feita de um plástico leve, mas duro, que não cedia ao toque. Embora a virgem de Guadalupe fosse alguns centímetros mais alta do que Juan Diego, ela era oca – pesava tão pouco que Juan Diego conseguia carregá-la debaixo de um dos braços.

Havia uma dupla inconveniência relacionada às tentativas de Juan Diego de fazer sexo com a boneca de tamanho real, Guadalupe – melhor dizendo, a inconveniência de Juan Diego *imaginar* que estava fazendo sexo com a virgem de plástico. Em primeiro lugar, era necessário que Juan Diego estivesse sozinho no quarto que dividia com a irmã mais moça – sem mencionar que Lupe sabia que o irmão *pensava* em fazer sexo com a boneca Guadalupe; Lupe lia a mente dele.

O segundo problema era o pedestal. Os pés da virgem de Guadalupe eram afixados a um pedestal de grama verde chartreuse que tinha a circunferência de um pneu de automóvel. O pedestal era um impedimento ao desejo de Juan Diego de se *aconchegar* à virgem de plástico quando estava deitado ao lado dela.

Juan Diego pensou em serrar o pedestal, mas isto significava remover os lindos pés da virgem na altura dos tornozelos – aí a estátua não poderia ficar em pé. Naturalmente, Lupe leu os pensamentos do irmão.

– Eu *jamais* quero ver a Nossa Senhora de Guadalupe deitada – Lupe disse a Juan Diego – *nem* encostada na parede do nosso quarto. Nem *pense* em colocá-la de cabeça para baixo num canto, com os cotos dos pés amputados espetados para cima!

– *Olhe* para ela, Lupe! – Juan Diego gritou. Ele apontou para a figura de Guadalupe, em pé ao lado de uma das estantes no antigo quarto de leitura; a estátua de Guadalupe parecia de certa forma um personagem literário deslocado, uma mulher fugida de um romance – uma mulher que não conseguia encontrar o caminho de volta para o livro ao qual pertencia. – *Olhe* para ela – Juan Diego repetiu. – Guadalupe parece estar minimamente interessada em se deitar?

Por azar, irmã Gloria estava passando pelo quarto das crianças do lixão; a freira espiou do corredor para dentro do quarto. Irmã Gloria tinha sido contra a presença da boneca Guadalupe de tamanho real no quarto dos niños – mais *privilégios* não merecidos, irmã Gloria presumira – mas irmão Pepe defendeu as crianças do lixão. Como é que a freira reprovadora podia reprovar uma estátua *religiosa*? Irmã Gloria achava que a imagem de Guadalupe de Juan Diego parecia, mais de perto, um manequim de costureira – "um manequim *sugestivo*", foi como a freira falou para Pepe.

– Eu não quero ouvir mais uma palavra sobre Nossa Senhora de Guadalupe *deitada* – irmã Gloria disse para Juan Diego. As virgens de La Niña de las Posadas não eram virgens *decentes*, irmã Gloria pensou. A Garota das Festas de Natal e irmã Gloria não concordavam no que se referia à aparência de Nossa Senhora de Guadalupe – *não* uma tentação sexual, irmã Gloria pensou, não uma *sedutora*!

Foi, infelizmente, *esta* lembrança – entre todas as outras – que acordou Juan Diego do seu sonho no calor abafado do seu quarto de hotel no Makati Shangri-La. Mas como era possível que aquela geladeira daquele quarto de hotel estivesse *quente*?

Os peixes mortos flutuavam na superfície da água iluminada de verde do aquário serenado; o antes ereto cavalo-marinho não estava mais na vertical – sua cauda preênsil sem vida significava que ele havia se juntado (para sempre) aos membros perdidos de sua família de peixes agulha. O problema das bolhas de água no aquário tinha voltado? Ou um dos peixes mortos entupira o sistema de circulação de água? O tanque de peixes havia parado de borbulhar; a água estava parada e escura, entretanto um par de olhos amarelados fitava Juan Diego do fundo embaçado do aquário. A moreia – suas guelras engolindo o resto do oxigênio – parecia ser a única sobrevivente do desastre.

Ih, Juan Diego lembrou: ele tinha voltado do jantar e o quarto do hotel estava gelado; o ar-condicionado estava de novo a todo vapor. A camareira devia ter mexido nos botões – ela também tinha deixado o rádio ligado. Juan Diego não conseguiu descobrir como desligar a música impiedosa; ele foi obrigado a tirar o rádio da tomada para o som cessar.

E a camareira não se contentava facilmente: tinha visto como ele havia arrumado seus betabloqueadores (os comprimidos de Lopressor) para tomar a dose certa; a camareira arrumou *todos* os seus remédios (seu Viagra, também) *e* o cortador de comprimidos. Isto irritou e, ao mesmo tempo, distraiu Juan Diego – e não ajudou em nada o fato de ele só ter descoberto que a camareira havia mexido nos seus artigos de toalete e nos seus comprimidos depois de ter tirado o rádio da tomada e bebido uma das quatro cervejas *espanholas* que estava no balde de gelo. San Miguel seria onipresente em Manila?

Na luz forte da calamidade do aquário, Juan Diego viu que só havia *uma* cerveja balançando na água tépida do balde de gelo. Ele teria bebido *três* cervejas depois do jantar? E quando é que havia desligado o ar refrigerado? Talvez tivesse acordado batendo o queixo, e (semicongelado e semiadormecido) tivesse ido tremendo de frio até o termostato na parede do quarto.

Mantendo um olhar vigilante no señor Morales, Juan Diego mergulhou rapidamente o dedo indicador no aquário; o Mar do Sul da China nunca foi quente assim. A água no tanque de peixes estava quase tão quente quanto uma bouillabaisse cozinhando em fogo lento.

Minha nossa – o que foi que eu fiz? Juan Diego pensou. E sonhos tão nítidos! Não era comum – não com a dose certa de betabloqueadores.

Ah, ele lembrou – puxa vida! Ele foi mancando até o banheiro. O poder de sugestão iria revelar-se ali. Aparentemente, ele usara o cortador de comprimidos para cortar ao meio um comprimido de Lopressor; tomara *metade* da dose. (Pelo menos ele não havia tomado um Viagra em vez do Lopressor!) Uma dose dupla de betabloqueador na noite anterior e só metade da dose naquela noite – o que a dra. Rosemary Stein teria dito ao amigo se soubesse?

– Nada bom, nada bom – Juan Diego murmurou para si mesmo, quando voltou para o quarto abafado.

As três garrafas vazias de San Miguel o encararam; elas pareciam pequenas mas inflexíveis sentinelas na mesa da TV, como se estivessem defendendo o controle remoto. Ah, sim, Juan Diego lembrou; ele tinha ficado sentado, abestalhado (por quanto tempo, depois do jantar?) assistindo à destruição do terrorista manco em Mindanao. Quando foi se deitar, depois das três cervejas geladas e do ar-condicionado, seu *cérebro* devia estar refrigerado; meio comprimido de Lopressor não foi páreo para os sonhos de Juan Diego.

Ele se lembrou o quanto estava quente na rua quando Bienvenido o levou de volta do restaurante para o Makati Shangri-La. Estava quente e úmido em Manila;

a camisa de Juan Diego tinha ficado grudada em suas costas. Os cães farejadores de bombas estavam ofegantes na entrada do hotel. Aborreceu a Juan Diego o fato de que os farejadores de bombas do turno da noite não fossem os cães que ele conhecia; os guardas de segurança eram outros homens.

O gerente do hotel descreveu o termômetro do aquário como sendo "muito delicado"; quem sabe ele quis dizer *termostato*? Num quarto de hotel refrigerado, não era obrigação do termostato manter a água do mar quente o bastante para aqueles antigos moradores do Mar do Sul da China? Quando Juan Diego desligou o ar-condicionado, a obrigação do termostato mudou. Juan Diego tinha cozinhado um aquário de animais exóticos da tia Carmen; só a moreia zangada estava se agarrando à vida no meio dos seus amigos mortos e flutuantes. O termostato não podia também manter a água do mar *fria* o bastante?

– Lo siento, señor Morales – Juan Diego tornou a dizer. As guelras cansadas da enguia não estavam meramente ondulando – elas estavam batendo.

Juan Diego ligou para o gerente do hotel para comunicar o massacre; a loja de animais exóticos da tia Carmen na cidade de Makati precisava ser avisada. Talvez Morales pudesse ser salvo, se a equipe da loja de animais de estimação viesse depressa o bastante – se eles desmontassem o aquário e revivessem a moreia em água fresca do mar.

– Talvez a moreia precise ser sedada para viajar – o gerente do hotel sugeriu. (Do jeito como o señor Morales estava olhando para ele, Juan Diego achou que a moreia não ia se prestar facilmente à sedação.)

Juan Diego ligou o ar-condicionado antes de sair do quarto em busca de café da manhã. Na porta, ele lançou o que esperava ser um último olhar para o aquário emprestado – o tanque de peixes da morte. O sr. Morales observou Juan Diego sair, como se a moreia não pudesse esperar para ver o escritor de novo – preferivelmente quando Juan Diego estivesse em seu leito de morte.

– Lo siento, señor Morales – Juan Diego disse mais uma vez, fechando a porta suavemente atrás dele. Mas quando se viu sozinho no elevador abafado – naturalmente, não havia ar-condicionado no elevador – Juan Diego gritou o mais alto que pôde. – *Foda-se* Clark French! – ele gritou. – E foda-se *você*, tia Carmen – seja você quem for! – Juan Diego berrou.

Ele parou de gritar quando viu que a câmera de segurança estava apontada diretamente para ele; a câmera estava montada sobre o painel de botões do elevador, mas Juan Diego não sabia se também gravava *som*. Com ou sem as palavras, o escritor podia imaginar os guardas de segurança observando o aleijado maluco – sozinho e gritando no elevador.

O gerente do hotel encontrou o Hóspede Ilustre quando ele estava terminando de tomar café.

– Aqueles pobres peixes, senhor, já foram retirados. A equipe da loja de animais já veio e já foi embora. Eles usavam máscaras cirúrgicas – o gerente confidenciou a Juan Diego, baixando a voz ao falar em *máscaras cirúrgicas*. (Não havia necessidade de alarmar os outros hóspedes; falar em máscaras cirúrgicas poderia sugerir um contágio.)

– Talvez você saiba se a moreia... – Juan Diego começou a dizer.

– A enguia sobreviveu. Difícil de matar, eu imagino – o gerente disse. – Mas muito *agitada*.

– Agitada *como*? – Juan Diego perguntou.

– Houve uma dentada, senhor. Nada sério, me disseram, mas houve uma dentada. Tirou sangue – o gerente confidenciou, mais uma vez baixando a voz.

– Uma dentada *onde*? – Juan Diego perguntou.

– Numa *bochecha*.

– Uma bochecha!

– Nada sério, senhor. Eu vi o rosto do homem. Vai ficar bom; a cicatriz não vai ser das piores. Foi só um *azar*.

– Sim, um *azar* – foi tudo o que Juan Diego conseguiu dizer. Ele não teve coragem de perguntar se tia Carmen tinha vindo e ido embora com a equipe da loja de animais. Com um pouco de sorte, ela teria deixado Manila por Bohol; talvez estivesse em Bohol, esperando para conhecê-lo (junto com todo o lado filipino da família de Clark French). Naturalmente, notícias dos peixes mortos devem ter alcançado tia Carmen em Bohol, inclusive o relatório sobre o *agitado* señor Morales e a bochecha mordida do *azarado* empregado da loja de animais.

O que está acontecendo comigo?, Juan Diego pensou, ao voltar ao seu quarto de hotel. Ele notou que havia uma toalha no chão ao lado da cama – sem dúvida onde havia caído um pouco de água salgada do aquário. (Juan Diego imaginou a moreia sacudindo a cauda e atacando o rosto do empregado assustado, mas não havia sangue na toalha.)

O escritor já ia usar o banheiro quando viu o pequeno cavalo-marinho no chão do banheiro; o cavalo-marinho era tão pequeno que devia ter escapado à atenção da equipe da loja de animais na hora em que os companheiros da pequena criatura foram atirados na privada. Os olhos redondos e espantados do animal ainda pareciam vivos; em seu rosto mínimo e pré-histórico, os olhos ferozes expressavam uma indignação contra toda a humanidade – como os olhos de um dragão perseguido.

– Lo siento, caballo marino – Juan Diego disse, antes de puxar a descarga sobre o cavalo-marinho.

Depois ele ficou zangado – zangado consigo mesmo, com o Makati Shangri-La, com a adulação servil do gerente do hotel. O almofadinha com seu bigode aparado tinha dado a Juan Diego um fôlder do Cemitério e Memorial Americano de Manila – uma publicação da American Battle Monuments Commission, Juan Diego tomou conhecimento (numa leitura rápida do fôlder, no elevador, depois do café).

Quem contou ao gerente abelhudo que Juan Diego tinha um interesse pessoal no Cemitério e Memorial Americano de Manila? Até Bienvenido sabia que Juan Diego pretendia visitar os túmulos dos americanos mortos em "manobras" no Pacífico.

Teria Clark French (ou sua esposa filipina) contado a *todo mundo* sobre as intenções de Juan Diego de prestar suas homenagens ao pai herói do gringo bom? Juan Diego teve (durante anos!) um motivo *particular* para vir a Manila. O bem--intencionado Clark French, do seu jeito dedicado, se encarregou de fazer da missão de Juan Diego em Manila um assunto de conhecimento público!

Naturalmente, Juan Diego estava zangado com Clark French. Juan Diego não tinha desejo algum de ir para Bohol; ele mal entendia o que era Bohol ou onde ficava. Mas Clark insistiu em que seu venerado mestre não podia passar o Ano-Novo sozinho em Manila.

– Pelo amor de Deus, Clark, eu vivi sozinho em Iowa City a maior parte da minha *vida*! – Juan Diego disse. – Uma época *você* ficou sozinho em Iowa City!

Ah, bem – talvez o bem-intencionado Clark tivesse esperança de que Juan Diego pudesse conhecer uma futura *esposa* nas Filipinas. Vejam o que tinha acontecido com Clark! *Ele* não tinha conhecido alguém? Clark French não era loucamente feliz (possivelmente *por causa da* sua esposa filipina)? Para falar a verdade, Clark foi loucamente feliz quando estava sozinho em Iowa City. Clark era *religiosamente* feliz, Juan Diego desconfiava.

Podia ter sido a família filipina da esposa – talvez *eles* tivessem feito questão de convidar Juan Diego para Bohol. Mas, na opinião de Juan Diego, Clark era capaz de tirar uma onda com este convite – por conta própria.

A família filipina de Clark French ocupava anualmente um resort numa praia perto de Panglao Bay; eles ocupavam todo o hotel – por alguns dias depois do Natal, até o dia seguinte do Ano-Novo.

– Todos os quartos do hotel são *nossos* – nenhum estranho! – Clark disse a Juan Diego.

Eu sou um estranho, seu idiota! Juan Diego pensou. Clark French ia ser a única pessoa que ele conhecia. Naturalmente, a notícia de que Juan Diego havia assassinado os preciosos seres marinhos chegaria antes dele a Bohol. Tia Carmen saberia de tudo; Juan Diego não duvidava de que a apreciadora de animais exóticos tivesse (de alguma forma) se *comunicado* com a moreia. Se o señor Morales se mostrara *agitado*, Juan Diego não sabia bem o que esperar em termos de *agitação* da tia Carmen – uma provável sra. Moralidade.

Quanto à sua raiva crescente, Juan Diego sabia o que sua amada médica e querida amiga, dra. Rosemary, diria. A dra. Stein teria com certeza lhe dito que raiva do tipo que ele havia demonstrado no elevador, e que ainda estava sentindo, era uma indicação de que meio comprimido de Lopressor não era suficiente.

O nível de raiva que estava sentindo não era um sinal seguro de que seu corpo estava produzindo mais adrenalina, e mais receptores de adrenalina? Sim. E, sim, havia uma letargia que vinha com a dose *certa* de betabloqueadores – e a redução da circulação sanguínea nas extremidades deixava Juan Diego com mãos e pés frios. E, sim, um comprimido de Lopressor (o comprimido *inteiro*, não a metade) poderia provocar nele sonhos tão nítidos e perturbados quanto os que ele tivera quando parou de tomar os betabloqueadores. Isto era realmente confuso.

Entretanto, ele não só tinha pressão muito alta (17 por 10). Um dos *possíveis* pais de Juan Diego não havia morrido de ataque cardíaco muito moço – se é que se podia acreditar na mãe de Juan Diego?

E havia ainda o que acontecera com Esperanza – meu próximo sonho perturbador, eu espero que *não*! Juan Diego pensou, sabendo que a ideia ia ficar alojada em sua mente, tornando ainda mais provável que esse fosse o seu próximo sonho perturbador. Além disso, o que acontecera com Esperanza – nos sonhos de Juan Diego *e* em sua lembrança – era recorrente.

– Não há como evitar – Juan Diego disse em voz alta. Ele ainda estava no banheiro, ainda se recobrando do cavalo-marinho descartado na privada, quando viu a metade do Lopressor que não havia tomado, e o tomou. Ele o engoliu depressa, com um copo d'água.

Juan Diego passou o resto do dia conscientemente acolhendo de bom grado um sentimento reduzido? E se tomasse uma dose inteira do seu betabloqueador, mais tarde, esta noite, em Bohol, Juan Diego experimentaria mais uma vez o tédio, a inércia – a preguiça absoluta – de que tantas vezes se queixava com a dra. Stein?

Eu devia ligar imediatamente para Rosemary, Juan Diego pensou. Ele sabia que havia alterado a dosagem do seu betabloqueador; Juan Diego podia ter até sabido que estava inclinado a continuar alterando a dose, de vez em quando, por causa de sua tentação em manipular os resultados. Sabia perfeitamente bem que *devia* bloquear a adrenalina, mas sentia falta dela em sua vida, e – ele também sabia – queria *mais* adrenalina. Não havia motivo algum para Juan Diego *não* telefonar para a dra. Stein.

O que estava realmente acontecendo era que Juan Diego sabia muito bem o que a dra. Rosemary Stein ia lhe dizer sobre *brincar com* sua adrenalina e receptores de adrenalina. (Ele simplesmente não queria ouvir isso.) E como Juan Diego sabia muito bem que Clark French era dessas pessoas que entendiam de tudo – Clark ou entendia de tudo ou estava sempre preparado para pesquisar sobre qualquer coisa – Juan Diego fez um esforço para decorar as informações mais óbvias no fôlder turístico sobre o Cemitério e Memorial Americano de Manila. Qualquer um pensaria que Juan Diego já havia visitado o lugar.

De fato, na limusine com Bienvenido, Juan Diego ficou tentado a dizer que tinha estado lá. (*Havia um veterano da Segunda Guerra Mundial hospedado no hotel – eu fui com ele. Ele desembarcara com MacArthur – quando o general voltou em outubro de 44. MacArthur desembarcou em Leyte*, Juan Diego quase disse a Bienvenido.) Mas em vez disso, ele disse:

– Eu vou visitar o cemitério outra hora. Quero dar uma olhada em alguns hotéis – lugares para ficar quando eu voltar. Uma amiga os recomendou.

– Claro, o senhor é quem manda – Bienvenido disse a ele.

No fôlder sobre o Cemitério e Memorial Americano de Manila, havia uma foto do general Douglas MacArthur caminhando em direção à praia em Leyte com água na altura do joelho.

Havia mais de 17 mil lápides no cemitério; Juan Diego tinha decorado este número – sem falar em mais de 36 mil "mortos em ação", mas menos de 4 mil "desconhecidos". Juan Diego estava louco para contar a alguém o que sabia, mas se conteve e não contou a Bienvenido.

Mais de mil militares americanos foram mortos na Batalha de Manila – mais ou menos na mesma hora em que aquelas tropas anfíbias estavam recuperando Corregidor Island, o pai do gringo bom entre os heróis abatidos –, mas e se um ou mais dos parentes de Bienvenido tivessem sido mortos na Batalha de Manila, que durou um mês, quando 100 mil civis filipinos morreram?

Juan Diego perguntou, sim, a Bienvenido o que ele sabia sobre a localização das lápides no enorme cemitério – mais de 150 acres! Juan Diego imaginou se haveria uma área específica para os soldados americanos mortos em Corregidor, fosse em 42 ou em 45. O fôlder fazia menção a um memorial específico para os soldados que perderam a vida em Guadalcanal, e Juan Diego sabia que havia onze sepulturas. (Entretanto, não saber o nome do gringo bom – ou o nome do pai dele – era um problema.)

– Eu acho que você diz a eles o nome do soldado, e eles dizem qual o lote, qual a fileira, qual o túmulo – Bienvenido respondeu. – Basta dizer o nome. É assim que funciona.

– Entendo – foi tudo o que Juan Diego disse. O motorista olhava toda hora para o escritor de aparência cansada pelo espelho retrovisor. Talvez ele achasse que Juan Diego parecia ter dormido mal. Mas Bienvenido não sabia das mortes no aquário, e o jovial motorista não entendia que o modo jogado como Juan Diego estava sentado no banco traseiro da limusine era apenas uma indicação de que a segunda metade do comprimido de Lopressor estava começando a fazer efeito.

O Hotel Sofitel, para onde Bienvenido o levou, ficava na região de Pasay, em Manila – mesmo esparramado no banco traseiro da limusine, Juan Diego notou os cães farejadores de bombas.

— É com o bufê que o senhor tem que se preocupar – Bienvenido disse a ele. – É isso que eu ouço dizer sobre o Sofitel.

— O que há com o bufê? – Juan Diego perguntou. A ideia de uma intoxicação alimentar pareceu animá-lo. Mas não era isso: Juan Diego sabia que podia aprender um bocado com motoristas de limusine; viagens de divulgação da tradução de seus livros em países estrangeiros o ensinaram a prestar atenção em seus motoristas.

— Eu sei onde fica cada banheiro masculino nas vizinhanças de cada saguão de hotel ou restaurante de hotel – Bienvenido dizia. – Se você é um motorista profissional, tem que saber essas coisas.

— Onde aliviar a bexiga, você quer dizer – Juan Diego disse; ele tinha ouvido isso de outros motoristas. – O que há com o bufê?

— Se for para escolher, o banheiro masculino que os frequentadores do restaurante usam é um banheiro melhor do que o que fica na área do saguão do hotel – *geralmente* – Bienvenido explicou. – Não aqui.

— O bufê – Juan Diego repetiu.

— Eu vi gente vomitando nos mictórios; já ouvi gente evacuando até morrer nos vasos sanitários – Bienvenido avisou a ele.

— Aqui? No Hotel Sofitel? E você tem certeza de que é o bufê? – Juan Diego perguntou.

— Talvez a comida fique exposta por muito tempo. Quem sabe desde quando o camarão está ali em temperatura ambiente? Eu aposto que é o bufê! – Bienvenido exclamou.

— Entendo – Juan Diego disse. Que pena, ele pensou – o Sofitel parecia ser bom. Miriam deve ter gostado do hotel por algum motivo; talvez ela nunca tivesse experimentado o bufê. Talvez Bienvenido estivesse errado.

Eles saíram do Sofitel sem que Juan Diego tivesse posto os pés lá dentro. O outro hotel que Miriam havia sugerido era o Ascott.

— O senhor devia ter mencionado o Ascott primeiro – Bienvenido disse, suspirando. – Ele fica na Glorietta, é lá na cidade de Makati. O Ayala Center é bem perto – dá para comprar qualquer coisa lá – Bienvenido disse a ele.

— Como assim? – Juan Diego perguntou.

— Quilômetros e quilômetros de lojas; é um shopping center. Há escadas rolantes e elevadores, há todo tipo de restaurante – Bienvenido comentou.

Aleijados não são exatamente loucos por shopping centers, Juan Diego pensou, mas disse apenas:

— E o hotel em si, o Ascott? Nenhuma morte causada pelo bufê?

— O Ascott é bom. O senhor devia ter ficado lá da primeira vez – Bienvenido disse a ele.

– Não venha me falar em *devia ter*, Bienvenido – Juan Diego disse; seus romances haviam sido chamados de proposições em torno de *devia ter* e *e se*.

– Da próxima vez, então – Bienvenido disse.

Eles voltaram para Makati, para que Juan Diego pudesse fazer uma reserva no Ascott para a sua viagem de volta a Manila. Juan Diego ia pedir a Clark French que cancelasse sua reserva no Makati Shangri-La; depois do Armagedom do aquário, todas as partes envolvidas iriam sem dúvida ficar aliviadas com o cancelamento da reserva.

Você tomava um elevador na entrada do Ascott que ficava no nível da rua e ia para o saguão do hotel, que ficava num andar mais alto. Ao lado dos elevadores, tanto no nível da rua quanto no saguão, havia um par de guardas de segurança de aparência nervosa, com dois cães farejadores de bomba.

Juan Diego não contou a Bienvenido, mas ele adorou os cães. Enquanto fazia sua reserva, Juan Diego podia imaginar Miriam se registrando no Ascott. Era uma longa caminhada dos elevadores até o balcão de recepção; Juan Diego sabia que os guardas de segurança estariam observando Miriam o tempo todo. Você tinha que ser cego, ou um cão farejador de bomba, para não observar Miriam se afastando. Você se sentia forçado a olhar para ela.

O que está acontecendo comigo? Juan Diego tornou a pensar. Seus pensamentos, suas lembranças – o que ele imaginava, o que ele sonhava –, tudo estava misturado. E ele estava obcecado por Miriam e Dorothy.

Juan Diego afundou no banco de trás da limusine como uma pedra num poço invisível.

– Nós *acabamos* em Manila – Dorothy tinha dito; Juan Diego imaginou se ela havia de alguma forma se referido a todo mundo. Talvez todos nós *acabemos* em Manila, Juan Diego estava pensando.

Uma única viagem. Parecia um título. Era algo que ele havia escrito, ou algo que pretendia escrever? O leitor do lixão não conseguia lembrar.

– Eu me casaria com este rapaz hippie se ele cheirasse melhor e parasse de cantar essa canção de caubói – Lupe tinha dito. ("Ó, me deixe morrer!", ela também tinha dito.)

Como ele amaldiçoava os nomes com os quais as freiras do Niños Perdidos chamaram sua mãe! Juan Diego se arrependia de tê-la xingado, também. "Desesperanza", as freiras tinham chamado Esperanza. "Desesperación", elas a chamaram.

– Lo siento, madre – Juan Diego disse baixinho para si mesmo no banco de trás da limusine, tão baixinho que Bienvenido não escutou.

Bienvenido não sabia dizer se Juan Diego estava acordado ou dormindo. O motorista mencionou algo sobre o aeroporto de voos domésticos de Manila – que as filas de check-in fechavam arbitrariamente, depois reabriam espontaneamente, e que havia taxas extras para tudo. Mas Juan Diego não respondeu.

Estivesse acordado ou dormindo, o pobre velho parecia fora do ar para Bienvenido, que resolveu que acompanharia Juan Diego pelo processo de check-in – apesar do incômodo que ele ia ter com o carro.

– Está frio demais! – Juan Diego gritou de repente. – Ar fresco, por favor! Chega de ar-condicionado!

– Claro, o senhor é quem manda – Bienvenido lhe disse; ele desligou o ar-condicionado e automaticamente abriu os vidros da limusine. Eles estavam perto do aeroporto, passando por outra favela, quando Bienvenido parou o carro num sinal vermelho.

Antes que Bienvenido pudesse alertá-lo, Juan Diego se viu abordado por um bando de crianças pedindo dinheiro – seus braços magros, com as palmas das mãos para cima, foram subitamente enfiados pelas janelas traseiras da limusine parada.

– Olá, crianças – Juan Diego disse, como se as estivesse esperando. (Você não pode tirar de um catador de lixo o instinto de catar; los pepenadores carregam com eles o hábito de catar e separar muito depois de terem parado de procurar alumínio, cobre ou vidro.)

Antes que Bienvenido pudesse impedi-lo, Juan Diego tirou do bolso a carteira.

– Não, não dê nada para eles – Bienvenido disse. – Quer dizer, não dê nada. Senhor, Juan Diego, por favor. Isto não vai parar nunca!

Que dinheiro engraçado era aquele, afinal? Parecia dinheiro de *brinquedo*, Juan Diego pensou. Ele não tinha trocado, e só tinha duas notas pequenas. Ele deu a nota de 20 pesos para a primeira mão esticada; não tinha nada menor do que uma nota de 50 para a segunda mãozinha.

– Dalawampung piso! – a primeira criança gritou.

– Limampung piso! – a segunda criança gritou. Era tagalog que elas estavam falando?, Juan Diego pensou.

Bienvenido o impediu de dar a nota de 1.000 pesos, mas uma das crianças viu o valor antes de Bienvenido bloquear a mão do pequeno mendigo.

– Senhor, por favor. Isso é demais – o motorista disse a Juan Diego.

– Sanlibong piso! – uma das crianças gritou.

As outras crianças rapidamente repetiram o grito:

– Sanlibong piso! Sanlibong piso!

O sinal abriu e Bienvenido acelerou o carro devagar; as crianças tiraram os bracinhos magros de dentro do carro.

– Não existe isso de *demais* para aquelas crianças, Bienvenido. Para eles, só existe *insuficiente* – Juan Diego disse. – Eu sou uma criança do lixão – ele disse ao motorista. – Eu sei muito bem.

– Uma criança do lixão, senhor? – Bienvenido perguntou.

– Eu fui uma criança do lixão, Bienvenido – Juan Diego disse a ele. – Minha irmã e eu; nós éramos niños de la basura. Crescemos no basurero, virtualmente morávamos lá. Nós nunca devíamos ter saído de lá; foi só ladeira abaixo depois disso! – o leitor do lixão declarou.

– Senhor... – Bienvenido começou a dizer, mas parou quando viu que Juan Diego estava chorando. O ar ruim da cidade poluída estava entrando pelas janelas abertas do carro; cheiros de comida entraram por suas narinas; as crianças mendigavam nas ruas; as mulheres, que pareciam exaustas, usavam vestidos sem mangas ou shorts com blusinhas curtas; os homens estavam encostados nas portas, fumando ou apenas conversando uns com os outros, como se nada tivessem para fazer.

– Isto é uma *favela*! – Juan Diego gritou. – É uma favela imunda, poluída! *Milhões* de pessoas que não têm nada ou não têm o suficiente para fazer. E, no entanto, os católicos querem que nasçam mais e mais *bebês*!

Ele estava se referindo à Cidade do México – naquele momento, Manila o lembrou da Cidade do México.

– E veja só os estúpidos *peregrinos*! – Juan Diego gritou. – Eles andam de joelhos, sangrando, eles se *chicoteiam* para mostrar sua devoção!

Naturalmente, Bienvenido ficou confuso. Ele achou que Juan Diego estava falando de Manila. *Que* peregrinos? O motorista da limusine estava pensando. Mas tudo o que ele disse foi:

– Senhor, esta é só uma favelinha; não é exatamente uma *favela*. Eu admito que a poluição é um problema...

– Cuidado! – Juan Diego gritou, mas Bienvenido era um bom motorista. Ele tinha visto o menino cair do Jeepney superlotado; o motorista do ônibus nem notou – o Jeepney simplesmente seguiu em frente –, mas o menino rolou (ou foi empurrado) para fora de uma das fileiras de trás de assentos; Bienvenido teve que desviar o carro para não o atropelar.

O menino era um moleque de cara suja com o que parecia ser uma estola esfarrapada (ou um boá de pele) em volta do pescoço e dos ombros; a peça de roupa absurda era do tipo que uma velha, num lugar frio, enrolaria no pescoço. Mas quando o menino caiu, tanto Bienvenido quanto Juan Diego viram que a estola peluda era na verdade um cachorrinho, e o cachorro – não o menino – foi quem se machucou na queda. O cachorro ganiu; ele não conseguiu pisar com uma das patas da frente, que ficou tremendo, suspensa no ar. O menino esfolou um dos joelhos, que estava sangrando, mas, fora isso, parecia ileso. Ele estava mais preocupado com o cachorro.

Deus é bom!, o adesivo no Jeepney dizia. Não para este menino ou para o cachorro dele, Juan Diego pensou.

– Pare, nós temos que parar – Juan Diego disse, mas Bienvenido seguiu em frente.

– Aqui não, senhor, agora não – o jovem motorista retrucou. – O check-in no aeroporto leva mais tempo do que seu voo.

– Deus *não é* bom – Juan Diego disse a ele. – Deus parece indiferente. Pergunte àquele menino. Fale com o cachorro dele.

– *Que* peregrinos? – Bienvenido perguntou a ele. – O senhor disse *peregrinos* – o motorista lembrou-lhe.

– Na Cidade do México, há uma rua – Juan Diego começou. Ele fechou os olhos, depois os abriu depressa, como se não quisesse ver essa rua na Cidade do México. – Os peregrinos vão lá, a rua é o acesso deles a um santuário – Juan Diego continuou, mas passou a falar mais devagar, como se o acesso a esse santuário fosse difícil, pelo menos para ele.

– Que santuário, senhor? Que rua? – Bienvenido perguntou a ele, mas agora os olhos de Juan Diego estavam fechados; ele pode não ter escutado o jovem motorista. – Juan Diego? – o motorista disse.

– Avenida de los Misterios – Juan Diego disse, com os olhos fechados; lágrimas escorriam pelo seu rosto. – Avenida dos Mistérios.

– Está tudo bem, senhor. Não precisa me contar – Bienvenido disse, mas Juan Diego já havia parado de falar. O velho maluco estava em outro lugar, Bienvenido percebeu – algum lugar muito distante no espaço ou no tempo, ou ambos.

Estava um dia ensolarado em Manila; mesmo com os olhos fechados, a escuridão que Juan Diego via era raiada de luz. Era como olhar bem debaixo d'água. Por um momento, ele imaginou ver um par de olhos amarelados olhando para ele, mas não havia nada identificável na escuridão raiada de luz.

Vai ser assim quando eu morrer, Juan Diego estava pensando – só que mais escuro, escuro como breu. Sem Deus. Sem bondade *nem* maldade. Sem señor Morales, em outras palavras. Sem um Deus caridoso. Sem um sr. Moralidade, tampouco. Nem mesmo uma enguia moreia, lutando para respirar. Simplesmente nada.

– Nada – Juan Diego disse; seus olhos ainda fechados.

Bienvenido não disse nada; continuou simplesmente dirigindo o carro. Mas, pelo modo como o jovem motorista balançou a cabeça, e na compaixão explícita com que contemplou pelo espelho retrovisor o seu passageiro cochilando, era óbvio que Bienvenido conhecia a palavra *nada* – e quem sabe a história toda.

15. O nariz

– Eu não tenho muita fé – Juan Diego disse uma vez para Edward Bonshaw.

Mas isso era um menino de catorze anos falando; era mais fácil para o menino do lixão dizer que não tinha muita fé do que teria sido para Juan Diego expressar sua desconfiança na Igreja Católica – especialmente para um teólogo tão simpático (em treinamento para ser padre!) como o señor Eduardo.

– Não diga isso, Juan Diego. Você é jovem demais para deixar de ter fé – Edward Bonshaw disse.

Na verdade, não era *fé* que faltava a Juan Diego. A maioria das crianças do lixão estava em busca de milagres. Pelo menos Juan Diego queria acreditar no milagroso, em todo tipo de mistério inexplicável, mesmo que duvidasse dos milagres nos quais a Igreja queria que todo mundo acreditasse – aqueles milagres preexistentes, aqueles embotados pelo tempo.

O leitor do lixão duvidava era da Igreja: de sua política, de suas intervenções sociais, de suas manipulações da história e do comportamento sexual – tudo o que teria sido difícil para o menino de catorze anos que era Juan Diego dizer no consultório do dr. Vargas, onde o médico ateu e o missionário de Iowa estavam se enfrentando.

A maioria das crianças do lixão tem fé; talvez você tenha que acreditar em alguma coisa quando vê tanta coisa jogada fora. E Juan Diego sabia o que toda criança de lixão (e todo órfão) sabe: cada coisa jogada fora, cada pessoa ou coisa que não é desejada, pode ter sido desejada um dia – ou, em circunstâncias diferentes, *poderia* ter sido desejada.

O leitor do lixão havia salvado livros da fogueira, *e* havia realmente lido os livros. Não pense nunca que um leitor do lixão seja incapaz de acreditar. Leva uma eternidade para ler alguns livros, mesmo (ou especialmente) livros salvos da fogueira.

O tempo de voo de Manila para a cidade de Tagbilaran, Bohol, era de apenas uma hora, mas sonhos podem parecer uma eternidade. Aos catorze anos, a transição de Juan Diego da cadeira de rodas para as muletas, e (por fim) mancar – bem, na realidade, esta transição também levou uma eternidade, e a lembrança do menino daquele tempo era muito confusa. Tudo o que restou no sonho foi a ligação cada vez maior entre o menino aleijado e Edward Bonshaw – as discussões entre eles, de caráter teológico. O menino tinha recuado um pouco na questão de não ter fé, mas fincara pé com relação à sua descrença na Igreja.

Juan Diego recordava-se de dizer, quando ainda usava muletas: – Nossa Virgem de Guadalupe não era Maria. A sua Virgem Maria era outra pessoa. Isto é baboseira católica; isto é artifício papal! – (Os dois já haviam percorrido esse caminho antes.)

– Eu entendo o seu ponto de vista – Edward Bonshaw disse, no seu jeito jesuítico aparentemente racional. – Admito que houve um atraso; passou muito tempo até o papa Bento XIV ver uma cópia da imagem de Guadalupe com a capa indígena e declarar que a *sua* Guadalupe era Maria. É isso que você está querendo dizer, não é?

– Duzentos anos após o acontecido! – Juan Diego declarou, cutucando o pé do señor Eduardo com uma das muletas. – Seus evangelistas espanhóis ficaram nus com os índios, e logo em seguida – bem, foi daí que Lupe e eu viemos. Nós somos *zapotecs*, isso sim. Nós *não* somos católicos! Guadalupe *não* é Maria – aquela impostora.

– Vocês ainda estão queimando cachorros no lixão. Pepe me contou – señor Eduardo disse. – Não entendo por que vocês acham que queimar os mortos serve de *ajuda* para eles.

– Vocês, católicos, é que são contra a cremação – Juan Diego disse para o homem de Iowa. Eles continuaram com essa discussão, mesmo antes e depois do irmão Pepe ter levado e trazido as crianças do lixão – para participar da eterna queima de cachorros. (E o tempo todo o circo chamava as crianças para longe do Niños Perdidos.)

– Olha o que vocês fizeram com o Natal, vocês católicos – Juan Diego disse. – Vocês escolheram o dia 25 de dezembro como a data de nascimento de Cristo simplesmente para cooptar um dia de festa pagã. O que estou querendo dizer é o seguinte: vocês católicos *cooptam* coisas. E você sabia que pode haver *mesmo* uma Estrela de Belém? Os chineses anunciaram uma nova, uma estrela explodindo, em 5 a.C.

– Onde é que o menino lê essas coisas, Pepe? – Edward Bonshaw vivia perguntando.

– Na nossa biblioteca no Crianças Perdidas – irmão Pepe respondia. – Nós devemos impedi-lo de ler? Nós *queremos* que ele leia, não é?

– E tem outra coisa – Juan Diego se lembrou de ter dito, não necessariamente em seu sonho. As muletas sumiram; ele estava só mancando. Eles estavam em algum lugar no zócalo; Lupe estava correndo na frente deles, e irmão Pepe tentava acompanhá-los. Mesmo mancando, Juan Diego andava mais depressa do que Pepe. – O que tem de tão atraente no celibato? Por que os padres gostam de ser celibatários? Os padres não estão sempre nos dizendo o que fazer e o que pensar – quer dizer, *sexualmente*? – Juan Diego perguntou. – Bem, como eles podem ter qualquer autoridade em questões sexuais se não fazem sexo?

– Você está me dizendo, Pepe, que o menino aprendeu a questionar a autoridade sexual de um clero celibatário na biblioteca da missão? – señor Eduardo perguntou ao irmão Pepe.

– Eu penso em coisas que não leio – Juan Diego se lembrava de ter dito. – Essas coisas simplesmente me ocorrem, por mim mesmo. – Fazia relativamente pouco tempo que ele mancava; ele também se lembrava da novidade daquilo.

O fato de mancar ainda era uma novidade na manhã em que Esperanza estava tirando o pó da gigantesca Virgem Maria no Templo de la Compañía de Jesús. Esperanza não conseguia alcançar o rosto da estátua sem usar uma escada. Geralmente, Juan Diego ou Lupe seguravam a escada. Não nesta manhã.

O gringo bom estava passando por muitas dificuldades; Flor havia contado às crianças do lixão que el gringo bueno estava sem dinheiro, ou estava gastando o que sobrara em álcool (não em prostitutas). As prostitutas raramente o viam agora. Elas não podiam tomar conta de alguém que mal viam.

Lupe tinha dito que, de alguma forma, Esperanza era "responsável" pela deterioração da situação do rapaz hippie; pelo menos foi assim que Juan Diego traduziu o que a irmã disse.

– A guerra do Vietnã é responsável por ele – Esperanza disse; ela pode ou não ter acreditado nisso. Esperanza aceitava e repetia como se fosse verdade indiscutível tudo o que ouvia na rua Zaragoza – o que os desertores estavam dizendo em defesa própria, ou o que as prostitutas diziam sobre aqueles rapazes perdidos da América.

Esperanza apoiou a escada na Virgem Maria. O pedestal era elevado, de modo que Esperanza ficou com os pés enormes de Maria Monstro na altura dos olhos. A Virgem, que era *muito* maior do que o tamanho normal, erguia-se muito acima de Esperanza.

– El gringo bueno está lutando sua própria guerra agora – Lupe sussurrou misteriosamente. Depois ela olhou para a escada apoiada na enorme Virgem. – Maria não gosta da escada – foi tudo o que Lupe disse. Juan Diego traduziu isto, mas não a parte sobre o gringo bom estar lutando sua própria guerra.

– Segurem a escada para que eu possa espaná-la – Esperanza disse.

– É melhor não espanar Maria Monstro agora. Tem alguma coisa aborrecendo a Virgem grande hoje – Lupe disse, mas Juan Diego não traduziu isso.

– Eu não tenho o dia todo, vocês sabem – Esperanza dizia enquanto subia a escada. Juan Diego estendia a mão para segurar a escada quando Lupe começou a gritar.

– Os olhos dela! Vejam os olhos da giganta! – Lupe gritou, mas Esperanza não conseguiu entender; além disso, a faxineira estava passando o espanador na ponta do nariz da Virgem Maria.

Foi então que Juan Diego viu os olhos da Virgem Maria. Estavam zangados e chisparam do rosto bonito de Esperanza para o decote dela. Talvez Esperanza estivesse mostrando demais os seios, na avaliação da Virgem gigante.

– Madre, não o nariz dela, talvez – foi só o que Juan Diego conseguiu dizer; ele estendeu a mão para segurar a escada, mas parou com a mão no ar. Os olhos zangados da Virgem grande chisparam na direção dele, e ele ficou paralisado. A Virgem Maria voltou rapidamente seu olhar reprovador para o decote de Esperanza.

Esperanza perdeu o equilíbrio e tentou abraçar Maria Monstro pelo pescoço para não cair? Esperanza então fitou os olhos furiosos de Maria e a soltou – com mais medo da ira da Virgem gigante do que da queda? Esperanza não caiu com tanta força; ela nem bateu com a cabeça. A escada não tombou – Esperanza pareceu ter saltado (ou ter sido empurrada) para longe da escada.

– Ela morreu antes de cair – Lupe sempre dizia. – A queda não teve nada a ver com isso.

A enorme estátua havia se mexido? Maria havia cambaleado sobre seu pedestal? Não e não, as crianças do lixão diriam – para qualquer pessoa que perguntasse. Mas como, exatamente, o nariz da Virgem Maria foi quebrado? Como a Mãe Santíssima havia perdido o nariz? Quando Esperanza estava caindo, ela não bateu no rosto de Maria? Esperanza teria acertado a Virgem gigante com o cabo de madeira do espanador? Não e não, as crianças do lixão disseram – não que elas tivessem visto. Falam em "nariz torcido", só que o nariz da Virgem Maria fora *arrancado*! Juan Diego o procurava por toda parte. Como um nariz tão grande podia ter simplesmente desaparecido?

Os olhos da Virgem estavam outra vez opacos e imóveis. Não restava nenhuma raiva nos olhos de Maria Monstro, só a obscuridade habitual – uma opacidade que beirava a indiferença. E agora que a enorme estátua estava sem nariz, os olhos cegos da giganta pareciam ainda mais mortiços.

As crianças do lixão não puderam deixar de notar que havia mais vida nos olhos arregalados de Esperanza, embora as crianças sem dúvida soubessem que a mãe estava morta. Elas souberam no instante em que Esperanza caiu da escada – "do jeito que uma folha cai de uma árvore", Juan Diego mais tarde descreveria para aquele homem da ciência, dr. Vargas.

Foi Vargas quem explicou o resultado da autópsia de Esperanza para as crianças do lixão.

– O modo mais provável de se morrer de medo seria por arritmia – Vargas começou.

– Você sabe se ela ficou morta de medo? – Edward Bonshaw interrompeu.

– Ela ficou morta de medo, sem a menor dúvida – Juan Diego disse ao homem de Iowa.

– Sem a menor dúvida – Lupe repetiu; até o señor Eduardo e o dr. Vargas entenderam o que ela disse.

– Se o sistema de condução do coração fica inundado de adrenalina – Vargas continuou –, o ritmo cardíaco sai do normal; em outras palavras, o sangue não é bombeado. O nome mais comum desse tipo de arritmia é "fibrilação ventricular"; as células do músculo apenas tremem, não existe bombeamento.

– Aí você cai morto, certo? – Juan Diego perguntou.

– Aí você cai morto – Vargas confirmou.

– E isso pode acontecer com alguém tão *jovem* quanto Esperanza, alguém com um coração *normal*? – señor Eduardo quis saber.

– O fato de ser jovem não ajuda necessariamente o coração – Vargas respondeu. – Eu tenho certeza de que Esperanza *não* tinha um coração "normal". A pressão sanguínea dela era alta demais...

– Seu estilo de vida, talvez – Edward Bonshaw sugeriu.

– Não há provas de que a prostituição cause ataques cardíacos, exceto nos católicos – Vargas disse, com aquele modo científico de falar que lhe era próprio. – Esperanza não tinha um coração "normal". E vocês, crianças – Vargas acrescentou –, vão ter que vigiar *seus* corações. Pelo menos *você*, Juan Diego.

O médico fez uma pausa; dr. Vargas estava pensando na questão dos *possíveis* pais de Juan Diego, um número aparentemente manejável, ao contrário de um supostamente diferente e muito maior elenco de personagens que estavam entre os possíveis pais de *Lupe*. Foi, até mesmo para um ateu, uma pausa delicada.

Vargas olhou para Edward Bonshaw.

– *Um* dos possíveis pais de Juan Diego, quer dizer, talvez seu *mais provável* pai biológico, morreu de ataque cardíaco – Vargas disse para o señor Eduardo. – O *possível* pai de Juan Diego era muito jovem na época, foi o que Esperanza me disse – Vargas acrescentou. – O que vocês sabem sobre isto? – Vargas perguntou às crianças do lixão.

– Não mais do que você – Juan Diego disse a ele.

– Rivera sabe de alguma coisa, ele só não conta – Lupe disse.

Juan Diego não podia explicar muito melhor o que Lupe disse. Rivera havia dito às crianças do lixão que o pai "mais provável" de Juan Diego morrera em decorrência de um coração *partido*.

– Um ataque cardíaco, certo? – Juan Diego havia perguntado a el jefe, porque era isso que Esperanza havia contado aos filhos, e a todo mundo.

– Se é esse o nome que se dá a um coração que se parte *para sempre* – foi tudo o que Rivera jamais disse às crianças.

Quanto ao nariz da Virgem Maria – ah, bem. Juan Diego o encontrou; o nariz estava perto do genuflexório da segunda fileira de bancos. Ele teve certa dificuldade para enfiar o narigão no bolso. Os gritos de Lupe logo fariam padre Alfonso e padre Octavio virem correndo para o Templo da Sociedade de Jesus. Padre Alfonso já estava rezando sobre o corpo de Esperanza quando aquela megera da irmã Gloria apareceu. Irmão Pepe, sem fôlego, não estava muito atrás da sempre reprovadora freira, que parecia irritada pelo modo espalhafatoso como Esperanza havia morrido – sem falar que, mesmo na morte, os seios da faxineira, que a Virgem gigante havia censurado tão dramaticamente, continuavam expostos.

As crianças do lixão ficaram simplesmente ali, esperando para ver quanto tempo os padres – ou irmão Pepe ou irmã Gloria – iam levar para notar que a monstruosa Maria Santíssima estava sem o nariz. Durante muito tempo eles não notaram.

Adivinhem quem notou a falta do nariz? Ele veio correndo pela nave da igreja em direção ao altar, sem parar para fazer uma genuflexão – sua camisa havaiana para fora da calça parecendo uma debandada de macacos e aves tropicais escapando da floresta depois da queda de um raio.

– Maria Malvada fez isto! – Lupe gritou para o señor Eduardo. – A sua Virgem grande matou nossa mãe! Maria Malvada matou nossa mãe de susto! – Juan Diego não hesitou ao traduzir isto.

– Daqui a pouco ela vai estar chamando este acidente de *milagre* – irmã Gloria disse a padre Octavio.

– Não pronuncie a palavra *milagre* para mim, irmã – padre Octavio disse.

Padre Alfonso estava terminando de rezar sobre o corpo de Esperanza; algo sobre ela estar livre dos seus pecados.

– Você falou em milagre? – Edward Bonshaw perguntou a padre Octavio.

– Milagroso! – Lupe gritou. Señor Eduardo não teve dificuldade em entender a palavra *milagroso*.

– Esperanza caiu da escada, Edward – padre Octavio disse ao homem de Iowa.

– Ela foi fulminada antes de cair! – Lupe balbuciou, mas Juan Diego não traduziu a versão dramática; olhos furiosos não matam ninguém, a menos que a pessoa morra de medo.

– Onde está o nariz de Maria? – Edward Bonshaw perguntou, apontando para a Virgem gigante sem nariz.

– Sumiu! Desapareceu numa nuvem de fumaça! – Lupe esbravejava. – Fiquem de olho na Maria Malvada. Suas outras partes podem começar a desaparecer.

– Lupe, diga a verdade – Juan Diego disse.

Mas Edward Bonshaw, que não entendera uma palavra do que Lupe disse, não conseguia tirar os olhos da Maria desfigurada.

– É só o nariz dela, Eduardo – irmão Pepe tentou dizer ao fanático. – Não significa nada, deve estar caído por aí.

– Como pode não significar *nada*, Pepe? – o homem de Iowa perguntou. – Como pode o nariz da Virgem Maria não estar no lugar?

Padre Alfonso e padre Octavio estavam de quatro no chão; eles não estavam rezando, estavam procurando pelo nariz de Maria Monstro debaixo das primeiras fileiras de bancos.

– Imagino que você não saiba nada sobre o nariz, não é? – irmão Pepe perguntou a Juan Diego.

– Nada – Juan Diego afirmou.

– Os olhos da Maria Malvada se mexeram, ela parecia estar viva – Lupe disse.

– Eles jamais acreditarão em você, Lupe – Juan Diego disse à irmã.

– O homem papagaio vai acreditar – Lupe disse, apontando para o señor Eduardo. – Ele precisa acreditar mais do que acredita. Ele vai acreditar em qualquer coisa.

– Em que nós não vamos acreditar? – irmão Pepe perguntou a Juan Diego.

– Eu *achei* que ele tinha dito isso! O que você está dizendo, Juan Diego? – Edward Bonshaw perguntou.

– Diga a ele! Maria Malvada mexeu os olhos, a Virgem gigante estava olhando para toda parte! – Lupe gritou.

Juan Diego enfiou as mãos no bolso cheio; ele estava segurando o nariz da Virgem Maria quando contou a eles sobre os olhos zangados da Virgem gigante, como eles se mexiam para todo lado, mas sempre voltavam a fitar o decote de Esperanza.

– Isto é um milagre – o homem de Iowa disse, com naturalidade.

– Vamos consultar o homem de ciência – padre Alfonso disse, sarcasticamente.

– Sim, Vargas pode providenciar uma autópsia – padre Octavio disse.

– Vocês querem fazer a autópsia de um milagre? – irmão Pepe perguntou, ao mesmo tempo com inocência e ironia.

– Ela morreu de medo. Isso é tudo que você encontrará numa autópsia – Juan Diego disse a eles, apertando o nariz quebrado da Mãe Santíssima.

– Maria Malvada fez isso. É tudo o que eu sei – Lupe disse. É verdade, Juan Diego concluiu; ele traduziu a parte da Maria Malvada.

– Maria Malvada! – irmã Gloria repetiu. Todos eles olharam para a Virgem sem nariz, como se esperassem mais estragos – de um tipo ou de outro. Mas irmão Pepe notou algo a respeito de Edward Bonshaw: apenas o homem de Iowa estava olhando para os olhos da Virgem Maria. Só para os olhos.

Um milagreiro, irmão Pepe estava pensando enquanto observava o señor Eduardo – o homem de Iowa é um vendedor de milagres!

Juan Diego não estava pensando em nada. Ele estava agarrado no nariz da Virgem Maria como se nunca mais fosse soltá-lo.

Os sonhos se automodificam; os sonhos são implacáveis com detalhes. O bom senso não decide o que permanece nem o que não é incluído num sonho. Um sonho de dois minutos pode parecer eterno.

Dr. Vargas não escondeu nada; ele contou a Juan Diego muito mais sobre adrenalina, mas nem tudo que Vargas disse chegou ao sonho de Juan Diego. Segundo Vargas, a adrenalina é tóxica em grandes quantidades – como ocorre numa situação de medo súbito.

Juan Diego chegou a perguntar ao homem de ciência sobre outros estados emocionais. O que mais, além de medo, podia levar a uma arritmia? Se você tivesse o tipo errado de coração, o que mais poderia causar aqueles ritmos fatais no coração?

– Qualquer emoção forte, positiva ou negativa, tais como felicidade ou tristeza – Vargas disse ao menino, mas esta resposta não estava no sonho de Juan Diego. – Pessoas têm morrido durante o ato sexual – Vargas disse a ele. Virando-se para Edward Bonshaw, dr. Vargas acrescentou: – Mesmo na paixão religiosa.

– E quanto a chicotear a si mesmo? – irmão Pepe perguntou, do seu jeito meio inocente, meio travesso.

– Nunca foi documentado – o homem de ciência disse astutamente.

Jogadores de golfe morreram ao acertar o buraco com uma única tacada. Um número impressionantemente alto de alemães sofria paradas cardíacas sempre que o time de futebol alemão competia na Copa do Mundo. Homens, só um dia ou dois depois que as esposas morriam; mulheres que perdiam os maridos, e não apenas para a morte; pais que perdiam filhos. Todos haviam morrido de tristeza, repentinamente. Estes exemplos de estados emocionais que levavam a arritmias fatais não estavam no sonho de Juan Diego.

No entanto, o som do caminhão de Rivera – aquele gemido especial que a alavanca fazia, quando Rivera dava marcha a ré – penetrou insidiosamente no sonho de Juan Diego, sem dúvida no momento em que o trem de pouso do avião baixou, quando ele estava prestes a pousar em Bohol. Sonhos fazem isso: como a Igreja Católica Romana, sonhos *cooptam* coisas; sonhos se apropriam de coisas que não pertencem realmente a eles.

Para um sonho, é tudo a mesma coisa: o ruído áspero do trem de pouso do voo 177 da Philippine Airlines, o gemido que o caminhão de Rivera fazia quando dava marcha a ré. Quanto a como o cheiro contaminado do necrotério de Oaxaca conseguiu se infiltrar no sonho de Juan Diego durante o curto voo de Manila a Bohol – bem, nem tudo pode ser explicado.

Rivera sabia onde ficava a plataforma de carga no necrotério; ele também conhecia o cara da autópsia – o médico-legista que abria os cadáveres no anfiteatro de dissecção. Na opinião das crianças do lixão, nunca houve necessidade de fazer uma autópsia em Esperanza. A Virgem Maria a matara de susto, e – o que é mais – Maria Monstro havia feito isso de propósito.

Rivera fez o possível para preparar Lupe para a *aparência* do cadáver de Esperanza – a cicatriz costurada da autópsia (do pescoço ao púbis), descendo pelo esterno.

Mas Lupe estava despreparada para a pilha de cadáveres anônimos aguardando autópsias, ou para o corpo pós-operação de el gringo bueno, cujos braços brancos estendidos (como se o tivessem acabado de retirar da cruz, onde ele havia sido crucificado) se destacavam no meio dos cadáveres mais escuros, de pele morena.

O corte da autópsia do gringo bom era recente, tinha sido costurado havia pouco tempo, e houve alguns cortes na região da cabeça – mais estrago do que uma coroa de espinhos teria feito. A guerra do gringo bom estava terminada. Foi um choque para Lupe e Juan Diego ver o cadáver do rapaz hippie ali jogado. O rosto parecido com o do Cristo de el gringo bueno estava finalmente tranquilo, embora o Cristo tatuado no corpo pálido do belo rapaz também tivesse sofrido com a dissecção do médico-legista.

Não passou despercebido para Lupe que sua mãe e o gringo bom eram os cadáveres mais bonitos em exposição no anfiteatro de dissecção, embora ambos tivessem uma aparência muito melhor quando vivos.

– Nós vamos levar el gringo bueno também. Você prometeu que nós o queimaríamos – Lupe disse para Juan Diego. – Vamos queimá-lo junto com mamãe.

Rivera convenceu o cara da autópsia a entregar o corpo de Esperanza para ele e para as crianças do lixão, mas quando Juan Diego traduziu o pedido de Lupe – que ela queria o hippie morto também – o médico-legista teve um ataque.

O fugitivo americano era parte de uma investigação criminal. Alguém no Hotel Somega contou à polícia que o hippie tinha morrido de intoxicação por álcool – uma prostituta afirmava que o garoto tinha "simplesmente morrido" em cima dela. Mas o cara da autópsia encontrou outra coisa. El gringo bueno tinha sido surrado até a morte; ele estava bêbado, mas não foi o álcool que o matou.

– A alma dele voou de volta para casa – Lupe ficou repetindo. – "Enquanto eu caminhava pelas ruas de Laredo", ela cantou de repente. – "Enquanto eu caminhava por Laredo um dia..."

– Em que idioma essa criança está cantando? – o médico-legista perguntou a Rivera.

– A polícia não vai *fazer* nada – Rivera disse a ele. – Eles não vão nem mesmo *dizer* que o hippie foi surrado até a morte. Eles vão dizer que foi intoxicação por álcool.

O médico-legista sacudiu os ombros.

– É, eles já estão dizendo isso – o legista comentou. – Eu disse a eles que o garoto tatuado tinha sido surrado, mas os tiras me mandaram guardar segredo disso.

– É intoxicação por álcool; é assim que eles vão tratar do caso – Rivera confirmou.

– A única coisa que importa agora é a *alma* do gringo bom – Lupe insistiu. Juan Diego decidiu traduzir isto.

– Mas e se a mãe dele quiser o corpo de volta? – Juan Diego acrescentou, depois de contar a eles o que Lupe tinha dito sobre a *alma* de el gringo bueno.

– A mãe pediu as cinzas dele. Não é isso que costumamos fazer, nem mesmo com estrangeiros – o legista respondeu. – Nós não queimamos os cadáveres no basurero.

Rivera sacudiu os ombros.

– Nós vamos trazer as cinzas para você – Rivera disse a ele.

– Há dois cadáveres, e nós vamos ficar com a metade das cinzas – Juan Diego disse.

– Vamos levar as cinzas para a Cidade do México e espalhá-las na Basílica de Nuestra Señora de Guadalupe, nos pés da *nossa* Virgem – Lupe disse. – Não vamos trazer as cinzas deles para junto da Maria Malvada sem nariz! – Lupe gritou.

– Essa menina tem uma voz muito diferente – o médico-legista disse, mas Juan Diego não traduziu a ideia maluca de Lupe de espalhar as cinzas do gringo bom *e* de Esperanza nos pés de Nossa Senhora de Guadalupe na Cidade do México.

Rivera, provavelmente em respeito à presença da menina, insistiu que el gringo bueno e Esperanza fossem colocados em sacos separados; Juan Diego e Rivera ajudaram o médico-legista a embalar os corpos. Durante este momento fúnebre, Lupe olhou para os outros cadáveres, tanto para os dissecados quanto para os que aguardavam dissecção – os cadáveres que não interessavam a ela, em outras palavras. Juan Diego podia ouvir Diablo latindo e uivando na caçamba do caminhão de Rivera; o cachorro sabia que o ar ao redor do necrotério estava contaminado. Havia um cheiro de carne fria no anfiteatro de dissecção.

– Como a mãe pode não querer ver o corpo dele antes? Como qualquer mãe poderia querer, *em vez disso*, as cinzas do querido rapaz? – Lupe dizia. Ela não esperava uma resposta – afinal de contas, acreditava na incineração.

Esperanza pode não ter querido ser cremada, mas as crianças do lixão iam cremá-la assim mesmo. Considerando sua devoção católica (Esperanza tinha *amado* a confissão), ela talvez não tivesse escolhido uma pira no lixão, mas se o falecido não deixa instruções prévias (Esperanza não deixou), são os filhos que decidem como dispor do morto.

– Os católicos são loucos por não acreditar em cremação – Lupe balbuciou. – Não existe lugar melhor para queimar coisas do que no lixão: a fumaça preta subindo até onde a vista alcança, os abutres percorrendo a paisagem. – Lupe fechou os olhos no anfiteatro de dissecção, apertando a horrível deusa Coatlicue de encontro aos seios ainda não visíveis. – Você está com o nariz, não está? – Lupe perguntou ao irmão, abrindo os olhos.

– É claro que sim – Juan Diego disse; o bolso dele estava saliente.

– O nariz também vai para o fogo. Só como garantia – Lupe disse.

– Garantia de *quê*? – Juan Diego perguntou. – Por que queimar o nariz?

– Para o caso de Maria, a impostora, ter algum poder. Só por *segurança* – Lupe disse.

– O nariz? – Rivera perguntou; ele tinha um saco pendurado em cada ombro forte. – *Que* nariz?

– Não diga nada sobre o nariz de Maria. Rivera é supersticioso demais. Deixe que ele conclua sozinho. Ele vai ver a Virgem gigante sem nariz da próxima vez que for à missa, ou for confessar seus pecados. Eu estou sempre dizendo a ele, mas ele não me ouve – o *bigode* dele é um pecado – Lupe balbuciou. Ela notou que Rivera estava ouvindo atentamente; o nariz tinha chamado a atenção de el jefe; ele estava tentando entender o que as crianças do lixão tinham dito sobre um *nariz*.

– "Consiga seis alegres caubóis para carregar meu caixão" – Lupe começou a cantar. – "Consiga seis belas donzelas para segurar meu caixão." – Era o momento certo para o canto fúnebre do caubói – Rivera estava colocando os dois cadáveres no caminhão. – "Cubra meu caixão com buquês de rosas" – Lupe continuou cantando. – "Rosas para amortecer os torrões de terra quando eles caírem."

– A garota é um fenômeno – o médico-legista disse para o chefe do lixão. – Ela poderia ser uma estrela do rock.

– Como *ela* poderia ser uma estrela do rock? – Rivera perguntou a ele. – Só o irmão dela consegue entender o que ela diz!

– Ninguém sabe o que as estrelas do rock estão cantando. Quem é que consegue entender a letra das músicas? – o legista perguntou.

– Existe um motivo para o idiota do cara da autópsia passar a vida com gente morta – Lupe balbuciava. Mas a história de estrela do rock tinha feito Rivera esquecer o nariz. El jefe carregou os sacos com os cadáveres para fora, para a plataforma de carga, e os colocou delicadamente na caçamba do seu caminhão, onde Diablo não conseguia parar de cheirar os corpos.

– Não deixe Diablo *rolar* sobre os corpos – Rivera disse a Juan Diego; as crianças do lixão e Rivera sabiam o quanto o cão gostava de rolar sobre coisas mortas. Juan Diego ia para o basurero na caçamba do caminhão com Esperanza, el gringo bueno e, é claro, Diablo.

Lupe ia na cabine do caminhão com Rivera.

– Os jesuítas virão aqui, você sabe – o médico-legista disse para o chefe do lixão. – Eles vêm recolher seu *rebanho*. Virão aqui atrás de Esperanza.

– Os filhos são responsáveis pela mãe; diga aos jesuítas que as crianças do lixão são o *rebanho* de Esperanza – Rivera disse para o cara da autópsia.

– Aquela garotinha podia estar no *circo*, sabe – o médico-legista disse, apontando para Lupe na cabine.

– Fazendo *o quê*? – Rivera perguntou a ele.

– As pessoas pagariam só para ouvi-la falar! – o cara da autópsia disse. – Ela nem precisaria cantar.

Juan Diego, mais tarde, ficaria impressionado com o fato de que este médico-legista, com suas luvas de borracha, contaminadas de morte e dissecção, tivesse introduzido o *circo* na conversa no necrotério de Oaxaca.

– Vamos embora! – Juan Diego gritou para Rivera; o menino bateu na cabine do caminhão, e Rivera deixou a plataforma de carga para trás. Era um dia sem nuvens com um céu de um azul brilhante. – Não role sobre eles – nada de rolar! – Juan Diego gritou para Diablo, e o cão ficou apenas sentado na caçamba, olhando para o menino vivo, sem nem mesmo cheirar os corpos.

Logo o vento secou as lágrimas no rosto de Juan Diego, mas o vento não permitiu que ele ouvisse o que Lupe dizia (dentro da cabine do caminhão) para Rivera. Juan Diego podia apenas ouvir a voz profética da irmã, não suas palavras; ela falava sem parar sobre alguma coisa. Juan Diego achou que ela falava sobre Branco Sujo. Rivera tinha dado o animal raquítico para uma família em Guerrero, mas o cão do tamanho de um rato vivia voltando para o casebre de el jefe – sem dúvida procurando por Lupe.

Agora Branco Sujo desaparecera; naturalmente, Lupe tinha arengado sem piedade com Rivera. Ela disse que sabia para onde Branco Sujo iria; ela quis dizer que o cachorrinho ia morrer. ("O lugar dos filhotes", ela o chamava.)

Da caçamba do caminhão, Juan Diego só conseguia ouvir trechos do que o chefe do lixão dizia.

– Se você está dizendo – el jefe comentava, de vez em quando, ou: – Eu não teria dito melhor, Lupe – até chegarem em Guerrero, de onde Juan Diego pôde ver as colunas isoladas de fumaça; já havia algumas fogueiras queimando no lixão não muito distante.

Ouvir, imprecisamente, a não conversa de Lupe com Rivera fez Juan Diego recordar seus estudos de literatura com Edward Bonshaw numa das salas de leitura à prova de som da biblioteca do Niños Perdidos. O que señor Eduardo queria dizer com *estudar literatura* era um processo de leitura em voz alta: o homem de Iowa começava lendo o que ele chamava de "romance de adulto" para Juan Diego; assim, eles podiam determinar juntos se o livro era ou não adequado para a idade do menino. Naturalmente, havia diferenças de opinião entre eles com relação à mencionada adequação ou falta dela.

– E se eu estiver realmente gostando dele? E se eu souber que, caso me fosse *permitido* ler este livro, eu jamais pararia de ler? – Juan Diego perguntava.

– Isso não é o mesmo que determinar se o livro é *adequado* – Edward Bonshaw respondia para o menino de catorze anos. Ou então o señor Eduardo fazia uma pausa na leitura em voz alta, dando uma pista a Juan Diego que o missionário estava tentando pular algum trecho de conteúdo sexual.

– O senhor está censurando uma cena de sexo – o menino dizia.

– Não estou certo de que isto seja *adequado* – o homem de Iowa retrucava.

Os dois haviam se fixado em Graham Greene; questões ligadas a fé e dúvida ocupavam claramente o lugar principal na mente de Edward Bonshaw, se é que não eram a única motivação para ele se chicotear, e Juan Diego gostava dos temas sexuais de Greene, embora o autor tendesse a mostrar o sexo nos bastidores ou de uma forma atenuada.

O processo de estudo começava com Edward Bonshaw lendo alto um romance de Greene para Juan Diego; em seguida, Juan Diego lia o resto do romance sozinho; finalmente, o homem e o menino discutiam a história. Na parte da discussão, señor Eduardo fazia questão de citar trechos específicos e de perguntar a Juan Diego o que Graham Greene tinha *querido dizer*.

Uma frase de *O poder e a glória* tinha provocado uma longa discussão sobre o seu significado. Aluno e professor tinham ideias opostas a respeito da frase, que era: "Há sempre um momento na infância em que a porta se abre e deixa entrar o futuro."

– Como você interpreta isso, Juan Diego? – Edward Bonshaw perguntou ao menino. – Greene está dizendo que nosso futuro *começa* na infância, e que devemos prestar atenção a...

– Bem, é claro que o futuro *começa* na infância. Onde *mais* iria começar? – Juan Diego perguntou ao homem de Iowa. – Mas eu acho que é bobagem dizer que existe *um* momento em que *a* porta do futuro se abre. Por que não pode haver *vários* momentos? E Greene está dizendo que só existe *uma* porta? Ele diz *a* porta, como se houvesse apenas uma.

– Graham Greene não é *bobagem*, Juan Diego! – señor Eduardo exclamou; o fanático apertava alguma coisa numa das mãos.

– Eu sei sobre sua peça de mah-jongg. Não precisa me mostrar de novo – Juan Diego disse ao teólogo. – Eu sei, eu sei. O senhor caiu, a pequena peça de marfim e bambu cortou seu rosto. O senhor sangrou, Beatrice o lambeu, foi assim que o seu cachorro morreu, com um tiro. Eu sei, eu sei! Mas foi esse *único* momento que o fez querer ser padre? A porta para nenhum sexo pelo resto da vida foi aberta *só* porque Beatrice levou um tiro? Deve ter havido *outros* momentos em sua infância; o senhor podia ter aberto *outras* portas. O senhor ainda pode abrir uma porta *diferente*, certo? Essa peça de mah-jongg não precisava ser a sua infância *e* o seu futuro!

Resignação: era isso que Juan Diego tinha visto no rosto de Edward Bonshaw. O missionário parecia *resignado* com seu destino: celibato, autoflagelação, sacerdócio – tudo isso foi causado por uma queda com uma peça de mah-jongg na mão? Uma vida de autoflagelação e privação sexual porque seu amado cão foi cruelmente assassinado com um tiro?

Também foi resignação que Juan Diego viu no rosto de Rivera, quando el jefe deu marcha a ré no caminhão na direção do casebre que eles compartilharam como uma família – quando as crianças do lixão e Rivera moravam juntos em Guerrero. Juan Diego sabia o que era ter uma não conversa com Lupe – apenas *ouvi-la*, quer você a compreendesse ou não.

Lupe sempre sabia mais do que você; Lupe, embora incompreensível na maior parte do tempo, sabia coisas que ninguém mais sabia. Lupe era uma criança, mas argumentava como um adulto. Ela dizia coisas que nem ela entendia; dizia que as palavras "simplesmente lhe vinham à cabeça", geralmente antes que ela tivesse qualquer consciência do seu significado.

Queimem el gringo bueno junto com mamãe; queimem o nariz da Virgem Maria junto com eles. Façam isso e pronto. Espalhem as cinzas na Cidade do México. Façam isso e pronto.

E aqui estava o fanático Edward Bonshaw declamando Graham Greene (outro católico, claramente torturado por fé *e* dúvida), afirmando que havia apenas *um* momento quando *a* porta – apenas *uma* porra de uma porta! – se abria e deixava entrar a porra do futuro.

– Jesus Cristo – Juan Diego resmungava quando saltou da caçamba do caminhão de Rivera. (Nem Lupe nem o chefe do lixão acharam que o menino estava rezando.)

– Só um minuto – Lupe disse a eles. Ela se afastou deles resolutamente, desaparecendo atrás do casebre que as crianças do lixão um dia chamaram de lar. Ela precisa mijar, Juan Diego pensou.– Não, eu *não* preciso mijar! – Lupe gritou de longe. – Estou procurando por Branco Sujo!

– Ela está urinando, ou vocês precisam de mais pistolas de água? – Rivera perguntou. Juan Diego sacudiu os ombros. – Devíamos começar a queimar os corpos, antes que os jesuítas cheguem no basurero – el jefe disse.

Lupe voltou carregando um cachorro morto; era um filhote, e Lupe estava chorando.

– Eu sempre os encontro no mesmo lugar, ou quase no mesmo lugar – ela balbuciou. O cachorrinho morto era Branco Sujo.

– Vamos queimar Branco Sujo junto com a sua mãe e o hippie? – Rivera perguntou.

– Se você me queimasse, eu iria querer ser queimada com um cachorrinho! – Lupe gritou. Juan Diego achou que valia a pena traduzir isto, e o fez. Rivera não prestou atenção no cachorrinho morto; el jefe sempre detestou Branco Sujo. O chefe do lixão ficou sem dúvida aliviado porque o tampinha desagradável não estava raivoso e o vira-lata não tinha mordido Lupe.

– Sinto muito a adoção não ter funcionado – Rivera disse para Lupe, depois que a menina se sentou de volta na cabine do caminhão de el jefe, com o cachorrinho morto deitado, duro, em seu colo.

Quando Juan Diego estava de novo com Diablo e os sacos de corpos na caçamba do caminhão, Rivera foi para o basurero; o chefe do lixão deu marcha a ré no caminhão e se aproximou do fogo que ardia mais forte no meio das pilhas de brasas.

Rivera estava um pouco apressado quando tirou os dois sacos da caçamba do caminhão e os encharcou de gasolina.

– Branco Sujo está todo molhado – Juan Diego disse para Lupe.

– Está sim – ela confirmou, deitando o cãozinho no chão, ao lado dos corpos. Rivera respeitosamente derramou um pouco de gasolina no cachorro morto.

As crianças do lixão deram as costas para o fogo quando el jefe atirou os sacos de corpos nos carvões em brasa, nas chamas baixas; de repente, as chamas ficaram altas. Quando o fogo começou a arder forte, e Lupe ainda estava de costas para a fogueira, Rivera atirou o cachorrinho nas chamas.

– É melhor eu afastar o caminhão – o chefe do lixão disse. As crianças notaram que o espelho lateral continuava quebrado. Rivera dizia que jamais iria consertá-lo; dizia que queria torturar a si mesmo com a lembrança do que havia acontecido.

Como um bom católico, Juan Diego pensou ao ver el jefe tirar o caminhão de perto do calor da pira funerária.

– *Quem é* um bom católico? – Lupe perguntou ao irmão.

– Pare de ler minha mente! – Juan Diego ralhou com ela.

– Não posso evitar – ela disse a ele. E quando Rivera ainda estava no caminhão, Lupe disse: – Agora é uma boa hora de jogar o nariz monstruoso no fogo.

– Não vejo o sentido disso – Juan Diego disse, mas ele atirou o nariz quebrado da Virgem Maria na fogueira.

– Ali vêm eles. Bem na hora – Rivera disse, juntando-se às crianças, que estavam a certa distância do fogo; estava muito quente. Eles viram o Fusca vermelho ferrugem do irmão Pepe se aproximando velozmente do basurero.

Mais tarde, Juan Diego pensou que os jesuítas saindo aos trambolhões do pequeno Fusca pareciam palhaços de circo. Irmão Pepe, os dois padres indignados – padre Alfonso *e* padre Octavio – e, é claro, o chocado Edward Bonshaw.

A pira funerária falou pelas crianças do lixão, que não disseram nada, mas Lupe decidiu que era correto cantar.

– "Ó toquem o tambor devagar e toquem o pífano devagar" – ela cantou. – "Toquem a marcha fúnebre enquanto me carregam..."

– Esperanza não teria querido uma *fogueira* – padre Alfonso começou a dizer, mas o chefe do lixão o interrompeu.

– Foi o que os filhos dela quiseram, padre. É isso que se faz – Rivera disse.

– É o que fazemos com o que amamos – Juan Diego disse.

Lupe estava sorrindo serenamente; ela observava as colunas ascendentes de fumaça, espalhando-se para bem longe, e os abutres que estavam sempre voando por ali.

– "Levem-me para o vale e joguem terra sobre mim" – Lupe cantou. – "Pois eu sou um jovem caubói e sei que errei."

– Estas crianças agora estão órfãs – disse o señor Eduardo. – Elas são seguramente nossa responsabilidade, mais do que nunca. Não são?

Irmão Pepe não respondeu imediatamente ao homem de Iowa, e os dois velhos padres apenas se entreolharam.

– O que Graham Greene diria? – Juan Diego perguntou a Edward Bonshaw.

– Graham Greene! – padre Alfonso exclamou. – Não me diga, Edward, que este menino está lendo *Greene*...

– Muito inadequado! – padre Octavio disse.

– Greene não é adequado para a idade dele – padre Alfonso começou, mas o señor Eduardo não quis ouvir mais nada.

– Greene é um católico! – o homem de Iowa gritou.

– Não muito bom, Edward – padre Octavio completou.

– É isto que Greene quer dizer com *um* momento? – Juan Diego perguntou ao señor Eduardo. – Esta é *a* porta para o futuro, a minha e de Lupe?

– Esta porta abre para o circo – Lupe disse. – É isso que vem em seguida, é para lá que vamos.

Juan Diego traduziu isto, é claro, antes de perguntar a Edward Bonshaw:

– Este é nosso *único* momento? Esta é a *única* porta para o futuro? Foi isto que Greene *quis dizer*? É assim que a infância termina? – Juan Diego perguntou ao homem de Iowa, que refletia profundamente, mais profundamente do que nunca, e Edward Bonshaw era um homem profundamente pensativo.

– Sim, você está certo! É isso mesmo! – Lupe disse de repente para o homem de Iowa; a garotinha tocou na mão do señor Eduardo.

– Ela está dizendo que o senhor está certo, seja lá o que esteja pensando – Juan Diego disse para Edward Bonshaw, que continuou fitando as chamas.

– Ele está pensando que as cinzas do pobre desertor vão ser devolvidas ao seu país, e à sua mãe enlutada, junto com as cinzas de uma prostituta – Lupe disse. Juan Diego traduziu isto, também.

De repente, da pira funerária veio um chiado alto, e uma chama fina, azul, pulou no meio das chamas amarelas e cor de laranja, como se algo químico tivesse pegado fogo, ou talvez uma poça de gasolina tivesse se incendiado.

– Talvez seja o cachorrinho, ele estava tão molhado – Rivera disse, enquanto eles todos fitavam a chama de um azul intenso.

– O cachorrinho! – Edward Bonshaw gritou. – Vocês queimaram um cachorro junto com sua mãe e aquele hippie adorável? Vocês queimaram outro cachorro na fogueira deles!

– Todo mundo devia ter a sorte de ser queimado com um cachorrinho – Juan Diego disse para o homem de Iowa.

A chama azul prendia a atenção de todo mundo, mas Lupe estendeu os braços e puxou o rosto do irmão na direção dos seus lábios. Juan Diego achou que ela ia beijá-lo, mas a menina queria cochichar em seu ouvido, embora ninguém mais conseguisse entender o que dizia, nem mesmo se pudesse ouvir.

– É sem dúvida o cachorrinho molhado – disse Rivera.

– La nariz – Lupe cochichou no ouvido do irmão. Assim que ela falou, o chiado parou, a chama azul desapareceu. A chama azul era mesmo o nariz, pensou Juan Diego.

Nem mesmo o solavanco do voo 177 da Philippine Airlines pousando em Bohol o acordou, como se não houvesse nada que pudesse despertar Juan Diego do sonho de quando o seu futuro começou.

16. Rei dos animais

Diversos passageiros pararam na saída da cabine do voo 177 da Philippine Airlines para informar à comissária de bordo sua preocupação a respeito do cavalheiro idoso, de pele morena, que estava caído para a frente num assento junto à janela.

– Ou ele está morto para o mundo ou simplesmente morto – um dos passageiros disse à comissária de bordo, numa combinação confusa entre o coloquial e o lacônico.

Juan Diego parecia realmente morto, mas seus pensamentos estavam longe, nas altas colunas de fumaça que subiam do basurero de Oaxaca; ainda que só em sua mente, ele tinha uma visão igual à dos abutres dos limites da cidade – de Cinco Señores, onde ficava o circo, e das distantes, mas coloridas tendas do Circo de La Maravilla.

O pessoal paramédico foi notificado da cabine; antes que todos os passageiros tivessem descido do avião, os socorristas entraram apressadamente. Vários métodos de primeiros socorros estavam prestes a ser executados quando um dos socorristas percebeu que Juan Diego estava bem vivo, mas, nessa altura, a maleta de mão do passageiro supostamente doente já havia sido revistada. Foram os remédios que chamaram atenção imediatamente. Os betabloqueadores significavam que o homem tinha um problema cardíaco; o Viagra, com o aviso impresso de não ser tomado junto com nitratos, fez com que um dos paramédicos perguntasse a Juan Diego, com bastante urgência, se ele estava tomando nitratos.

Juan Diego não só não sabia o que eram nitratos, mas sua mente estava em Oaxaca, quarenta anos antes, e Lupe cochichava em seu ouvido.

– La nariz – Juan Diego murmurou para a nervosa paramédica; ela era uma mulher jovem e entendia um pouco de espanhol.

– Seu nariz? – a jovem paramédica perguntou; para se fazer entender, ela tocou o próprio nariz ao falar.

– O senhor não consegue respirar? Está com problemas para respirar? – outro paramédico perguntou; ele era um rapaz jovem que também tocou o nariz, sem dúvida para explicar respirar.

– Viagra pode deixar a pessoa entupida – um terceiro paramédico disse.

– Não, não o *meu* nariz – Juan Diego disse, rindo. – Eu estava sonhando com o nariz da Virgem Maria – ele acrescentou ao grupo de paramédicos.

Isto não foi nada útil; a insanidade da menção ao nariz da Virgem Maria distraiu o grupo de paramédicos da linha de interrogatório que deveriam ter seguido – a saber, se Juan Diego havia modificado a dosagem do seu Lopressor. Entretanto, para o grupo de paramédicos, os sinais vitais do passageiro estavam bons; o fato de ele ter conseguido dormir durante um pouso turbulento (crianças chorando, mulheres gritando) não era um problema médico.

– Ele parecia morto – a comissária de bordo repetia para quem quisesse ouvir. Mas Juan Diego não notara o pouso difícil, as crianças soluçando, os gemidos das mulheres que estavam certas de que iriam morrer. O milagre (ou não) do nariz da Virgem Maria havia ocupado completamente a atenção de Juan Diego, como fizera tantos anos antes; ele só ouvira o som do chiado da chama azul, que desapareceu tão subitamente quanto tinha surgido.

O grupo de paramédicos não se demorou com Juan Diego; eles não eram necessários, e o amigo e antigo aluno do sonhador de narizes não parava de mandar mensagens, perguntando se seu antigo professor estava bem.

Juan Diego não sabia, mas Clark French era um escritor famoso – pelo menos nas Filipinas. É simplista demais dizer que isto era *porque* as Filipinas tinham um bocado de leitores católicos, e que romances de fé e confiança eram recebidos com mais agrado ali do que nos Estados Unidos ou na Europa. Em parte, era verdade, sim, mas Clark French havia se casado com uma mulher filipina de uma família respeitável de Manila – Quintana era um nome conhecido na comunidade médica. Isto ajudou a fazer de Clark um autor mais lido nas Filipinas do que em seu próprio país.

Na condição de ex-professor de Clark, Juan Diego ainda via seu antigo aluno como necessitando de proteção; as resenhas condescendentes que Clark havia recebido nos Estados Unidos eram tudo o que Juan Diego sabia da reputação do jovem escritor. E Juan Diego e Clark se correspondiam por email, o que dava a Juan Diego apenas uma vaga ideia de onde Clark French efetivamente morava.

Na realidade, Clark morava em Manila; a esposa dele, dra. Josefa Quintana, era o que Clark chamava de uma "médica de bebês". Juan Diego sabia que a dra. Quintana era um nome importante no Cardinal Santos Medical Center – "um dos melhores hospitais das Filipinas", Clark gostava de dizer. Um hospital *particular*, Bienvenido disse a Juan Diego – para distinguir o Cardinal Santos do que Bienvenido chamou depreciativamente de "os sujos hospitais do governo". Um hospital *católico* foi o que Juan Diego registrou – o fator católico se misturou com sua contrariedade por não saber se uma "médica de bebês" queria dizer que a esposa de Clark era pediatra ou ginecologista e obstetra.

Pelo fato de Juan Diego ter passado toda a vida adulta na mesma cidade universitária, e sua vida como escritor em Iowa City ter sido (até então) inseparável da sua vida como professor numa única universidade, ele não percebera que Clark French era um daqueles *outros* escritores – aqueles que podem morar em qualquer lugar, ou em toda parte.

Juan Diego sabia que Clark era um daqueles escritores que pareciam comparecer a todo evento de escritores; ele parecia gostar do que não dizia respeito ao ato de escrever da profissão de escritor, ou distinguir-se nela – a falar sobre isso, que Juan Diego não gostava nem fazia tão bem. De fato, cada vez mais, à medida que envelhecia, a parte relativa ao ato de escrever (a parte do *ofício* de ser um escritor) era a única parte de que Juan Diego gostava.

Clark French viajava pelo mundo todo, mas Manila era o seu lar, sua base, pelo menos. Clark e a esposa não tinham filhos. Porque ele viajava? Porque ela era "médica de bebês" e já via crianças demais? Ou, se Josefa Quintana era o *outro* tipo de "médica de bebês", talvez ela tivesse visto complicações demais do tipo obstétrico e ginecológico.

Qualquer que fosse a razão para a situação da ausência de filhos, Clark French era um desses escritores que podiam escrever e escreviam em toda parte, e não havia nenhum congresso ou conferência importante de escritores a que ele não tivesse assistido; a parte pública de ser um escritor não o restringia às Filipinas. Clark voltava para "casa" em Manila porque sua esposa estava lá; era ela quem tinha um emprego de verdade.

Provavelmente por ser médica e pertencer a uma família de médicos famosos – a maioria dos profissionais da saúde nas Filipinas conhecia o nome dela – a equipe de paramédicos que havia examinado Juan Diego no avião foi um pouco indiscreta. Os paramédicos fizeram à dra. Josefa Quintana um relato completo de seus achados médicos (e não médicos). E Clark French estava parado bem ao lado da esposa; ouvindo tudo.

O passageiro adormecido aparentava estar fora da realidade; ele tinha rido do episódio de terem achado que ele estava morto para o mundo, dando como explicação o fato de estar mergulhado num sonho sobre a Virgem Maria.

– Juan Diego estava sonhando com *Maria*? – Clark French perguntou.

– Só com o nariz dela – um dos paramédicos disse.

– O *nariz* da Virgem! – Clark exclamou. Ele tinha dito à esposa para se preparar para o anticatolicismo de Juan Diego, mas uma piada de mau gosto sobre o nariz de Maria mostrou a Clark que seu antigo professor descera a um nível mais baixo de insulto ao catolicismo.

Os paramédicos informaram à dra. Quintana a respeito das receitas de Viagra e Lopressor. Josefa teve que explicar a Clark, detalhadamente, como os betabloqueadores funcionavam; ela estava inteiramente certa ao acrescentar que, devido aos efeitos colaterais do Lopressor, o Viagra talvez tivesse sido "necessário".

– Havia também um romance na maleta dele de mão – pelo menos eu acho que era um romance – um dos paramédicos disse.

– *Que* romance? – Clark perguntou, curioso.

– *The Passion*, de Jeanette Winterson – o paramédico disse. – Parece algo religioso.

A moça da equipe de paramédicos falou cautelosamente. (Talvez ela estivesse tentando ligar o romance ao Viagra.) – Parece pornográfico – ela disse.

– Não, não – Winterson é *cult* – Clark French disse. – É lésbica, mas culta – ele acrescentou. Clark não conhecia o romance, mas supôs que tivesse algo a ver com lésbicas – ele imaginou se Winterson teria escrito um romance sobre uma ordem de freiras lésbicas.

Quando a equipe de paramédicos foi embora, Clark e a esposa ficaram sozinhos; eles ainda estavam esperando por Juan Diego, embora já tivesse passado algum tempo, e Clark estivesse preocupado com seu antigo professor.

– Até onde eu sei, ele vive sozinho. *Sempre* viveu sozinho. O que ele está fazendo com o Viagra? – Clark perguntou à esposa.

Josefa era ginecologista e obstetra (ela era *esse* tipo de "médica de bebês"); sabia um bocado sobre Viagra. Muitas das suas pacientes tinham perguntado a ela sobre o remédio; seus maridos ou namorados estavam tomando, ou elas achavam que eles queriam experimentar, e as mulheres queriam que a dra. Quintana lhes dissesse como o Viagra iria afetar os homens de suas vidas. As mulheres seriam estupradas no meio da noite, ou agarradas quando estivessem simplesmente tentando fazer café de manhã – jogadas contra o carro quando estivessem apenas se inclinando para tirar as compras do porta-malas?

A dra. Josefa Quintana disse para o marido:

– Olha, Clark, seu antigo professor pode até não viver com alguém, mas ele provavelmente *gosta* de ter uma ereção – certo?

Foi aí que Juan Diego apareceu; Josefa o viu primeiro – ela o reconheceu das fotos das orelhas dos seus livros, e Clark já a havia alertado sobre o andar manco. (Naturalmente, Clark havia exagerado o defeito no andar – como escritores costumam fazer.)

– Para quê? – Juan Diego ouviu Clark perguntar à esposa, a médica. Ela pareceu um pouco encabulada, Juan Diego pensou, mas acenou para ele e sorriu. Ela pareceu muito simpática; foi um sorriso sincero.

Clark se virou e o viu – seu antigo professor. Lá estava o sorriso jovial de Clark, que se misturou a uma expressão de culpa – como se Clark tivesse sido apanhado fazendo ou dizendo alguma coisa constrangedora. (Neste caso, reagindo à opinião profissional da esposa de que seu antigo professor provavelmente *gostava* de ter uma ereção com um estúpido "Para quê?".)

– *Para* quê? – Josefa repetiu baixinho para o marido, antes de apertar a mão de Juan Diego.

Clark não conseguiu parar de sorrir; agora ele estava apontando para a gigantesca mala cor de laranja de Juan Diego que mais parecia um albatroz.

– Veja, Josefa – eu disse a você que Juan Diego fazia um bocado de pesquisa para seus livros. Ele trouxe tudo com ele!

O mesmo velho Clark, um cara adorável, mas inoportuno, Juan Diego pensou; então ele se preparou, sabendo que ia ser esmagado pelo abraço atlético de Clark.

Além do romance de Winterson, havia um caderno pautado na maleta de mão de Juan Diego. Continha anotações para o romance que Juan Diego estava escrevendo – ele estava sempre escrevendo um romance. Estava escrevendo seu próximo romance desde que fizera uma viagem de lançamento de uma tradução para a Lituânia, em fevereiro de 2008. O romance em andamento já tinha quase dois anos; o palpite de Juan Diego era de que ele ainda levaria dois ou três anos para terminá-lo.

A viagem para Vilnius foi sua primeira visita à Lituânia, mas não a primeira de suas traduções publicadas lá. Ele tinha ido à Feira de Livros de Vilnius com sua editora e sua tradutora. Juan Diego foi entrevistado por uma atriz lituana. Depois de algumas perguntas excelentes dela própria, a atriz convidou a plateia a fazer perguntas; havia mil pessoas, muitas delas jovens estudantes. Era uma plateia maior e mais informada do que a que Juan Diego costumava encontrar em eventos similares nos Estados Unidos.

Depois da Feira de Livros, ele foi com a editora e a tradutora a uma livraria na cidade velha – para autografar livros. Os nomes lituanos eram um problema – não os prenomes, geralmente. Ficou decidido que Juan Diego iria escrever apenas os primeiros nomes dos seus leitores. Por exemplo, a atriz que o havia entrevistado na Feira do Livro era Dalia – esse era bem fácil, mas o sobrenome dela era muito mais difícil. Sua editora era Rasa, sua tradutora, Daiva, mas os sobrenomes delas não soavam nem ingleses nem espanhóis.

Todo mundo foi muito simpático, inclusive o jovem livreiro; o inglês dele era uma luta, mas ele tinha lido tudo o que Juan Diego havia escrito (em lituano) e não conseguia parar de conversar com seu autor favorito.

– A Lituânia é um país renascido – nós somos seus leitores recém-nascidos! – ele bradou. (Daiva, a tradutora, explicou o que o jovem livreiro quis dizer: desde que os soviéticos tinham ido embora, as pessoas estavam livres para ler mais livros – especialmente romances estrangeiros traduzidos.)

– Nós despertamos para descobrir que alguém como o senhor nos precedeu! – o rapaz exclamou, torcendo as mãos. Juan Diego ficou muito comovido.

Numa certa altura, Daiva e Rasa devem ter ido ao toalete feminino – ou apenas precisaram de uma folga do entusiasmado livreiro. O nome dele não era tão fácil. (Era algo como Gintaras, ou talvez fosse Arvydas.)

Juan Diego estava examinando um quadro de avisos na livraria. Havia fotos de mulheres com o que pareciam ser listas de autores ao lado das fotos. Essas mulheres fariam parte de um clube do livro? Juan Diego reconheceu muitos nomes de autores, seu próprio nome estava entre eles. Os autores que ele reconheceu eram todos escritores de ficção. É claro que era um clube do livro, Juan Diego pensou – não havia um único retrato de homem.

– Essas mulheres, elas leem romances. Elas fazem parte de um clube do livro? – Juan Diego perguntou ao agitado livreiro.

O rapaz pareceu abalado – talvez ele não tivesse entendido, ou não soubesse dizer o que queria em inglês.

– Todas elas são leitoras desesperadas, querendo conhecer outros leitores para um café ou uma cerveja! – Gintaras ou Arvydas gritou; sem dúvida a palavra *desesperadas* não era exatamente o que ele tinha querido dizer.

– Você quer dizer um *encontro*? – Juan Diego perguntou. Aquilo era a coisa mais tocante do mundo: mulheres que queriam conhecer homens para conversar sobre os livros que tinham lido! Ele nunca tinha ouvido nada parecido. – Uma espécie de serviço de encontros? – Imagine encontrar parceiros com base nos romances que a pessoa gostava! Juan Diego pensou. Mas essas pobres mulheres iriam encontrar algum homem que lesse romances? (Juan Diego achava que não.)

– Noivas por encomenda! – o jovem livreiro disse, desdenhosamente; com um gesto na direção do quadro de avisos, ele mostrou o quanto aquelas mulheres estavam abaixo de sua consideração.

A editora e a tradutora de Juan Diego voltaram, mas antes disso Juan Diego contemplou nostalgicamente uma das fotos de mulheres – era alguém que tinha posto o nome de Juan Diego no topo de sua lista. Ela era bonita, mas não muito; parecia um pouco infeliz. Havia olheiras escuras sob seus olhos tristes; seu cabelo parecia maltratado. Não havia ninguém em sua vida para ela conversar sobre os romances maravilhosos que tinha lido. O primeiro nome dela era Odeta; seu sobrenome devia ter umas quinze letras.

– Noivas por encomenda? – Juan Diego perguntou a Gintaras ou Arvydas. – Sem dúvida elas não podem ser...

– Mulheres patéticas, sem vida própria, juntando-se a personagens de romances em vez de conhecer homens de verdade! – o livreiro bradou.

Era isso – a centelha de um novo romance. Noivas por encomenda anunciando a si mesmas por intermédio dos romances que tinham lido – logo numa livraria! A ideia nasceu com um título: *A única chance de deixar a Lituânia*. Ah, não, Juan Diego pensou. (Ele sempre pensava isto quando imaginava um novo romance – a ideia sempre lhe parecia, a princípio, horrível.)

E, naturalmente, era tudo um engano – só uma confusão de idioma. Gintaras ou Arvydas não sabia falar inglês. A editora e a tradutora de Juan Diego estavam rindo quando explicaram o erro do livreiro.

– É só um bando de leitoras – todas mulheres – Daiva explicou para Juan Diego.

– Elas se encontram para tomar um café ou uma cerveja só para conversar sobre os autores de que gostam – Rasa explicou.

– Uma espécie de clube do livro improvisado – Daiva, sua tradutora, disse.

– Não existem noivas por encomenda na Lituânia – Rasa, sua editora, declarou.

– Deve haver *algumas* noivas por encomenda – Juan Diego disse.

Na manhã seguinte, no seu hotel impronunciável, o Stikliai, Juan Diego foi apresentado a uma policial da Interpol em Vilnius.

– Não existem noivas por encomenda na Lituânia – a policial disse a ele. Ela não ficou para um café; Juan Diego não entendeu o nome dela. Daiva e Rasa a encontraram e a levaram até o hotel. A rigidez da policial não podia ser disfarçada pelo seu cabelo, que era pintado de um louro-surfista, mechado de cor de laranja pôr do sol. Não havia quantidade nem cor de tinta que pudesse disfarçar o que ela era: não uma moça alegre, mas um tira eficiente. Nada de romances sobre noivas por encomenda na Lituânia, por favor; essa foi a mensagem severa da policial. Entretanto, *A única chance de deixar a Lituânia* tinha resistido.

– E quanto à adoção? – Juan Diego perguntou a Daiva e Rasa. – E quanto a orfanatos ou agências de adoção – deve haver serviços estatais para adoção, talvez serviços de proteção à criança? E quanto a mulheres que querem ou precisam dar seus filhos para adoção? A Lituânia é um país católico, não é?

Daiva, sua tradutora – de muitos romances –, compreendeu Juan Diego muito bem.

– As mulheres que dão os filhos para adoção não anunciam a si mesmas numa *livraria* – ela disse, sorrindo para ele.

– Isso era só o começo de alguma coisa – ele explicou. – Os romances começam em algum lugar; os romances passam por revisão. – Ele não tinha esquecido o rosto de Odeta no quadro de avisos da livraria, mas *A única chance de deixar a Lituância* era um romance diferente agora. A mulher que estava dando o filho para adoção era também uma leitora; ela estava buscando conhecer outras leitoras. Ela não só amava romances e os personagens que havia neles; ela desejava deixar para trás o seu passado, inclusive seu filho. Ela não estava pensando em conhecer um homem.

Mas *de quem* era a única chance de deixar a Lituânia? Dela ou do filho dela? As coisas podem dar errado durante o processo de adoção, Juan Diego sabia disso – não apenas em romances.

* * *

Quanto a *The Passion*, de Jeanette Winterson, Juan Diego amava aquele romance; ele o tinha lido duas ou três vezes – estava sempre voltando a ele. Ele não era sobre uma ordem de freiras lésbicas. Era sobre história e magia, incluindo os hábitos alimentares de Napoleão e uma menina com pés palmados – ela também era uma transformista. Era um romance sobre amor frustrado e tristeza. Não era suficientemente inspirador para Clark French o ter escrito.

E Juan Diego tinha sublinhado uma frase favorita no meio de *The Passion*, de Jeanette Winterson. "A religião está em algum lugar entre o medo e o sexo." Essa frase teria provocado o pobre Clark.

Era sexta-feira, 31 de dezembro de 2010; eram quase cinco horas da tarde do dia de Ano-Novo em Bohol quando Juan Diego saiu mancando do aeroporto mambembe e entrou no caos de Tagbilaran, que lhe deu a impressão de ser uma metrópole miserável de motocicletas e bicicletas motorizadas. Havia tantos nomes difíceis de lugares nas Filipinas; Juan Diego não conseguia guardá-los direito – as ilhas tinham nomes, e as cidades, sem falar nos nomes dos bairros *dentro* das cidades. Era confuso. E em Tagbilaran, também havia um bocado dos já familiares Jeepneys *religiosos*, mas estes estavam misturados com veículos feitos em casa que pareciam cortadores de grama reconstruídos ou carrinhos de golfe turbinados; havia também muitas bicicletas, sem falar na multidão de pessoas a pé.

Clark French ergueu habilmente a enorme mala de Juan Diego acima da cabeça – por consideração às mulheres e crianças pequenas que não alcançavam seu peito. Aquele albatroz cor de laranja era um esmagador de mulheres e crianças; ele poderia rolar por cima delas. Entretanto, Clark não hesitou em avançar rapidamente no meio dos homens – os corpos morenos menores que o dele abriam caminho ou Clark abria passagem à força. Clark era um touro.

A dra. Josefa Quintana sabia como seguir o marido no meio de uma multidão. Ela manteve uma de suas mãos aberta contra as costas largas de Clark; e segurou com força a mão de Juan Diego com a outra.

– Não se preocupe, nós temos um motorista, em algum lugar – ela disse a Juan Diego. – Clark, apesar de achar o contrário, não tem que fazer *tudo*. – Juan Diego estava encantado com ela; ela era autêntica, e deu a impressão a Juan Diego de ser o cérebro e a sensatez da família. Clark era o instintivo – tanto uma qualidade quanto um perigo.

A estância balneária tinha providenciado o motorista – um rapaz de cara zangada que parecia jovem demais para dirigir, mas ansioso para fazer isso. Uma vez fora da cidade, havia grupos menores de pessoas andando ao longo da estrada, embora os veículos agora trafegassem em alta velocidade. Havia cabras e vacas amarradas do lado da estrada, mas suas cordas eram longas demais; de vez em quando, uma cabeça de vaca (ou de cabra) surgia na estrada, fazendo com que veículos variados desviassem abruptamente.

Havia cães presos com correntes perto dos casebres, ou nos quintais atravancados das propriedades ao longo da beira da estrada; quando as correntes dos cachorros eram compridas demais, eles atacavam os pedestres que passavam – portanto as pessoas, e não só as cabeças de vacas e cabras, surgiam de repente na estrada. O rapaz que estava dirigindo a SUV do hotel buzinava com força.

Aquele caos fez Juan Diego se lembrar do México – pessoas transbordando nas estradas. E os animais! Para Juan Diego, a presença de animais malcuidados era uma indicação segura de superpopulação. Até aquele momento, Bohol o fizera pensar em controle da natalidade.

Para ser justo: a ideia de controle de natalidade era mais aguda na presença de Clark. Eles tinham trocado emails combativos a respeito do assunto da dor fetal – esta troca foi inspirada por uma lei bastante recente de Nebraska proibindo abortos depois de vinte semanas de gestação. E tinham brigado a respeito do uso da encíclica papal de 1995 na América Latina, um esforço dos católicos conservadores em atacar o controle da natalidade como parte da "cultura da morte" – esta era uma forma de se referir ao aborto que agradava ao papa João Paulo II. (Aquele papa polonês era um assunto sensível entre eles.) Clark French tinha uma rolha no cu a respeito de sexualidade – uma rolha católica?

Mas Juan Diego achava difícil dizer que tipo de rolha era. Clark era um daqueles católicos socialmente liberais. Ele dizia que era "pessoalmente contrário" ao aborto – "é repugnante", Juan Diego ouvira Clark dizer –, mas Clark era politicamente liberal; ele achava que as mulheres deviam poder escolher um aborto, se era isso que elas queriam.

Clark sempre apoiara os direitos dos gays, também; no entanto, ele defendia a posição entrincheirada da sua venerada Igreja Católica – considerava a posição da Igreja sobre aborto, e sobre casamento (ou seja, apenas entre homem e mulher), "consistente e previsível". Clark tinha dito até que acreditava que a Igreja "devia manter" sua opinião a respeito de aborto e casamento; Clark não via nenhuma inconsistência no fato de ter suas próprias opiniões a respeito de "temas sociais" que diferiam das opiniões defendidas por sua amada Igreja. Isto irritava demais a Juan Diego.

Mas agora, na tarde que caía, enquanto o jovem motorista se esquivava dos obstáculos que apareciam de repente e desapareciam instantaneamente na estrada, não houve nenhuma conversa a respeito de controle da natalidade. Clark French, de acordo com seu gosto pelo martírio, ia no assento suicida – o que ficava ao lado do jovem motorista – enquanto que Juan Diego e Josefa prenderam o corpo com o cinto de segurança na aparente fortaleza que era o banco de trás da SUV.

O hotel se chamava o Encantador; para chegar lá, eles atravessaram uma pequena vila de pescadores em Panglao Bay. Ficou escuro lá. O brilho das luzes na água e o cheiro de maresia no ar pesado eram as únicas maneiras de Juan Diego sentir que o mar estava perto. E refletidos nos faróis, em cada curva da estrada sinuosa, havia os olhos vigilantes, sem rosto, de cães ou cabras; os pares de olhos mais altos eram vacas ou gente, ou foi o que Juan Diego imaginou. Havia um monte de olhos lá, na escuridão. Se você fosse aquele jovem motorista, também teria dirigido em alta velocidade.

– Este escritor é o mestre da rota de colisão – Clark French, sempre o especialista nos romances de Juan Diego, disse à esposa. – É um mundo predestinado; o inevitável espreita à frente...

– É verdade que mesmo os seus acidentes não são mero acaso; eles são planejados – a dra. Quintana disse para Juan Diego, interrompendo o marido. – Eu acho que o mundo está conspirando contra os seus pobres personagens – Josefa acrescentou.

– Este escritor é o mestre da *perdição*! – Clark French insistiu no carro em velocidade.

Aquilo irritava Juan Diego: o modo como Clark, embora com conhecimento, costumava falar dele na terceira pessoa enquanto fazia uma dissertação sobre sua obra – à la *este escritor* – não importa que Juan Diego estivesse presente (neste caso, no carro).

O jovem motorista desviou de repente a SUV de uma silhueta escura – com olhos assustados, múltiplas pernas e braços –, mas Clark continuou falando como se eles estivessem numa sala de aula.

– Só não pergunte a Juan Diego nada que seja *autobiográfico*, Josefa – ou sobre a falta disso – Clark continuou.

– Eu não ia perguntar! – a esposa protestou.

– A Índia não é o México. O que acontece com aquelas crianças no romance do circo *não* é o que aconteceu com Juan Diego e a irmã dele no circo *deles* – Clark continuou. – Certo? – Clark perguntou de repente para o seu antigo professor.

– Está certo, Clark – Juan Diego disse ao seu ex-aluno.

Ele também tinha ouvido Clark dissertar sobre o "romance do aborto" – como muitos críticos chamaram outro dos romances de Juan Diego. "Uma argumentação convincente sobre o direito das mulheres fazerem aborto", Juan Diego tinha ouvido Clark dizer a respeito daquele romance. "Entretanto, é uma argumentação complicada, vindo de um antigo católico", Clark sempre acrescentava.

"Eu *não* sou um antigo católico. Eu nunca *fui* um católico", Juan Diego nunca deixou de responder. "Eu fui *acolhido* pelos jesuítas, o que não foi minha escolha nem foi contra a minha vontade. Que escolha *ou* vontade você tem aos catorze anos?"

– O que estou tentando dizer – Clark continuou falando na SUV, dando guinadas na estrada escura e estreita, pontilhada de olhos brilhantes e arregalados – é que no mundo de Juan Diego você sempre sabe que a colisão está vindo. Exatamente qual é a colisão – bem, isto pode ser uma surpresa. Mas você sabe com certeza que vai haver uma. No romance do aborto, desde o momento em que aquele órfão aprende o que é um D&C, você sabe que o garoto vai acabar sendo um médico que *faz* um aborto – certo, Josefa?

– Certo – dra. Quintana respondeu no banco de trás do carro. Ela deu um sorriso difícil de interpretar para Juan Diego – ou um sorriso levemente pesaroso. Estava escuro no banco de trás da SUV balançante; Juan Diego não soube dizer se a dra. Quintana estava se desculpando pelo dogmatismo do marido, sua agressividade literária, ou se estava sorrindo um tanto timidamente em vez de admitir que sabia mais sobre uma dilatação e uma curetagem do que qualquer outra pessoa no carro que desafiava uma colisão.

"Eu não escrevo sobre mim mesmo", Juan Diego disse – em inúmeras entrevistas, *e* para Clark French. Ele também explicou a Clark, que adorava discussões jesuíticas, que (por ter sido uma criança do lixão) ele tinha se beneficiado enormemente da ajuda dos jesuítas quando era jovem; ele tinha *amado* Edward Bonshaw e irmão Pepe. Juan Diego até desejava, às vezes, poder conversar com padre Alfonso ou com padre Octavio – agora que o leitor do lixão era adulto, e um tanto mais bem equipado para argumentar com padres ultraconservadores. E as freiras do Crianças Perdidas não tinham feito nenhum mal a ele nem a Lupe – apesar da irmã Gloria ser uma megera. (As outras freiras, na maioria, tinham sido legais com as crianças do lixão.) No caso da irmã Gloria, Esperanza tinha sido a principal provocadora da freira descontente.

No entanto, Juan Diego tinha antecipado que estar com Clark – embora ele fosse um aluno dedicado – seria, em parte, ver-se de novo examinado por seu anticatolicismo. O que incomodava o tão católico Clark, Juan Diego sabia, não era o fato do seu antigo professor ser um incrédulo. Juan Diego não era um ateu – ele simplesmente tinha problemas com a Igreja. Clark French ficava frustrado com este enigma; Clark teria mais facilidade em ignorar um incrédulo.

A observação aparentemente casual de Clark sobre D&C – não a conversa mais relaxante para uma ginecologista e obstetra, Juan Diego imaginou – pareceu afastar a dra. Quintana de outras discussões do tipo literário. Josefa claramente procurou mudar de assunto – para grande alívio de Juan Diego, embora não do marido dela.

– Onde estamos hospedados, sinto muito, minha família é o centro das atenções – é uma *tradição* familiar – Josefa disse, com um sorriso mais indeciso do que pesaroso. – Eu posso garantir pelo *lugar;* tenho certeza que você vai gostar do Encantador. Mas não tenho como explicar cada membro da minha família – ela continuou, cautelosamente. – Quem é casado com quem. Quem nunca deveria ter se casado – seus muitos, *muitos* filhos – ela disse, sua voz suave morrendo.

– Josefa, não precisa se desculpar por ninguém da sua família – Clark falou do assento suicida. – Nós não podemos garantir é pelo hóspede misterioso – há um hóspede não convidado. Nós não sabemos quem é – ele acrescentou, desassociando--se da pessoa desconhecida.

– Minha família geralmente ocupa o lugar inteiro – todos os quartos do Encantador são nossos – a dra. Quintana explicou. – Mas este ano, o hotel reservou um quarto para *outra pessoa*.

Juan Diego, com o coração batendo mais forte do que de costume – o suficiente para ele notar seus batimentos, em outras palavras – olhou pela janela do carro em disparada para a miríade de olhos ao longo da beira da estrada, encarando-o. Ó Deus! Ele rezou. Permita que seja Miriam ou Dorothy, por favor!

– Ah, você vai nos ver de novo. Com certeza – Miriam havia lhe dito.

– Sim, *com certeza* – Dorothy confirmara.

Na mesma conversa, Miriam tinha dito a ele:

– Nós o veremos em Manila *em algum momento*. Se não antes.

– Se não antes – Dorothy repetira.

Que seja Miriam – *só* Miriam! Juan Diego estava pensando, como se um atraente par de olhos brilhando na escuridão pudesse ser *dela*.

– Eu suponho – Juan Diego disse devagar, para a dra. Quintana – que este hóspede *não convidado* deva ter reservado um quarto *antes* de a sua família fazer as reservas habituais, não?

– Não! Esse é o problema! *Não* foi isso que aconteceu! – Clark French exclamou.

– Clark, nós não sabemos exatamente o que aconteceu... – Josefa começou a dizer.

– A sua família reserva o lugar inteiro todo *ano*! – Clark disse. – Esta pessoa *sabia* que era uma festa particular. Ela reservou um quarto assim mesmo, e o Encantador aceitou a reserva dela mesmo *sabendo* que todos os quartos estavam ocupados! Que tipo de pessoa *quer* penetrar numa festa particular? Ela *sabia* que ia ficar totalmente isolada! Ela *sabia* que ficaria inteiramente sozinha!

– *Ela* – foi só o que Juan Diego disse, mais uma vez sentindo o coração disparar. Do lado de fora, no escuro, não havia nenhum olho agora. A estrada tinha ficado mais estreita, e se tornara de pedras e depois de terra. Talvez o Encantador fosse um lugar isolado, mas *ela* não ficaria inteiramente isolada lá. *Ela*, Juan Diego pensou esperançoso, ficaria com *ele*. Se Miriam fosse a hóspede não convidada, ela não ficaria sozinha por muito tempo.

Foi nessa hora que o jovem motorista deve ter notado alguma coisa estranha no espelho retrovisor. Ele falou rapidamente em tagalog com a dra. Quintana. Clark French só entendeu parcialmente o motorista, mas havia um elemento de alarme no tom de voz do rapaz; Clark se virou e olhou para o assento traseiro, onde pôde ver que a esposa tinha tirado o cinto de segurança e estava olhando atentamente para Juan Diego.

– Alguma coisa errada, Josefa? – Clark perguntou à esposa.

– Dê-me um segundo, Clark. Eu acho que está apenas dormindo – a dra. Quintana disse ao marido.

– Pare o carro – pare! – Clark disse ao jovem motorista, mas Josefa falou severamente em tagalog com o rapaz, e ele continuou dirigindo.

– Nós estamos quase lá, Clark. Não é necessário parar aqui – Josefa disse. – Tenho certeza que seu velho amigo está dormindo – *sonhando*, é o meu palpite, mas tenho certeza que ele está apenas dormindo.

Flor levou as crianças do lixão para o Circo de La Maravilla porque irmão Pepe já estava começando a culpar a si mesmo pelo fato de los niños estarem assumindo um risco desses; Pepe estava nervoso demais para ir com eles, embora o circo tivesse sido ideia dele – dele e de Vargas. Flor foi dirigindo o Fusca de Pepe, com Edward Bonshaw no assento do carona e as crianças atrás.

Lupe tinha lançado um desafio choroso à estátua sem nariz da Virgem Maria; isto foi segundos antes de eles saírem do Templo de la Compañía de Jesús.

– Mostre-me um milagre *verdadeiro;* qualquer um pode matar de susto uma faxineira supersticiosa! – Lupe gritou para a Virgem enorme. – *Faça* alguma coisa para eu acreditar em você; eu acho que você não passa de uma grande valentona! Olhe só para você! Tudo o que faz é ficar aí parada! Você nem tem nariz!

– Você também não vai fazer algumas orações? – señor Eduardo perguntou a Juan Diego, que não se sentiu inclinado a traduzir o rompante da irmã para o homem de Iowa – e o menino manco também não teve coragem de contar ao missionário seus piores temores. Se acontecesse alguma coisa com Juan Diego em La Maravilla – ou se, por algum motivo, ele e Lupe fossem separados –, não haveria futuro para Lupe, porque só o irmão era capaz de entender o que ela dizia. Nem mesmo os jesuítas iriam ficar com ela e cuidar dela; Lupe seria colocada na instituição para crianças retardadas, onde seria esquecida. Até o nome dessa instituição era desconhecido ou tinha sido esquecido, e ninguém parecia saber onde ficava – ou ninguém queria dizer onde ficava, apenas que ficava "fora da cidade" ou "no alto nas montanhas".

Naquela época, quando Crianças Perdidas era relativamente novo na cidade, só havia mais um orfanato em Oaxaca, que ficava um pouco "fora da cidade" e "no alto nas montanhas". Era em Viguera, e todo mundo sabia o nome dele – Ciudad de los Niños.

"Cidade dos *Meninos*" era como Lupe o chamava; eles não aceitavam meninas. A maioria dos meninos tinha entre seis e dez anos; doze anos era a idade máxima permitida, então eles não aceitariam Juan Diego.

Cidade das Crianças tinha aberto em 1958; já existia havia mais tempo do que Niños Perdidos, e o orfanato só de meninos iria durar mais tempo do que Crianças Perdidas, também.

Irmão Pepe se recusava a falar mal de Ciudad de los Niños; talvez Pepe achasse que todos os orfanatos eram uma bênção. Padre Alfonso e padre Octavio diziam apenas que a educação não era uma prioridade no Cidade das Crianças. (As crianças do lixão tinham simplesmente observado que os meninos eram levados de ônibus para a escola – a escola deles era perto da basílica da Virgem da Solidão – e Lupe tinha dito, com seu muxoxo característico, que os ônibus eram tão estragados quanto se podia esperar de ônibus acostumados a transportar *meninos*.)

Um dos órfãos do Crianças Perdidas tinha estado no Ciudad de los Niños quando era menor. Ele não falava mal do orfanato só de meninos; nunca disse que foi maltratado lá. Juan Diego se lembraria que este menino tinha dito que havia caixas de sapatos estocadas no refeitório (isto foi dito sem nenhuma explicação), e que todos os meninos – cerca de vinte – dormiam no mesmo quarto. Os colchões não tinham lençóis, e os cobertores e animais de pelúcia tinham pertencido a outros meninos antes deles. Havia pedras no campo de futebol, este menino tinha dito – você tinha medo de cair no chão –, e a carne era cozida num fogão a lenha do lado de fora.

Estas observações não foram feitas com o intuito de criticar; simplesmente contribuíram para a impressão por parte de Juan Diego e Lupe de que Cidade dos *Meninos* não teria sido uma opção para eles – mesmo se Lupe tivesse o gênero certo para aquele lugar, e mesmo se as crianças do lixão não tivessem passado da idade permitida.

Se as crianças do lixão enlouquecessem no Crianças Perdidas, elas voltariam para o basurero antes de serem encaminhadas à instituição para retardados, onde Lupe tinha ouvido dizer que as crianças eram "batedores de cabeça" e que alguns dos batedores de cabeça tinham as mãos amarradas para trás. Isto evitava que eles arrancassem os olhos de outras crianças, ou seus próprios olhos. Lupe não quis revelar sua fonte a Juan Diego.

Não há explicação para o fato das crianças do lixão acharem que era perfeitamente lógico que o Circo de La Maravilla fosse uma boa opção para dar continuidade à sua educação no Crianças Perdidas, e a única alternativa aceitável à volta deles a Guerrero. Rivera teria ficado contente com a opção de voltarem para Guerrero, mas el jefe estava ausente quando Flor levou as crianças do lixão e o señor Eduardo para La Maravilla. E teria sido difícil para o chefe do lixão se espremer dentro do Fusca do irmão Pepe. Para as crianças do lixão, também pareceu perfeitamente lógico que eles fossem levados para o circo por uma prostituta travesti.

Flor fumava enquanto dirigia, segurando o cigarro para fora da janela, e Edward Bonshaw, que estava nervoso – ele sabia que Flor era uma prostituta; ele *não* sabia que ela era um travesti – disse, o mais naturalmente possível:

– Eu costumava fumar. Larguei o hábito.

– Você acha que celibato é um *hábito*? – Flor perguntou a ele. Señor Eduardo ficou surpreso com o fato do inglês de Flor ser tão bom; ele não sabia nada sobre o episódio inenarrável de Houston na vida dela, e ninguém tinha dito a ele que Flor tinha nascido homem (nem que ela ainda tinha um pênis).

Flor passou por uma festa de casamento que tinha saído da igreja para a rua; a noiva e o noivo, os convidados, uma banda de mariachi que não tinha fim – "os imbecis de sempre", segundo Flor.

– Eu estou preocupado com los niños no circo – Edward Bonshaw confidenciou ao travesti – preferindo não prosseguir no tema do celibato, ou deixando, prudentemente, o assunto para depois.

– Los niños de la basura já estão quase na idade de casar – Flor disse, enquanto fazia gestos ameaçadores pela janela para todo mundo (até para as crianças) da festa de casamento – com o cigarro agora pendurado nos lábios. – Se estas crianças estivessem se casando, eu estaria preocupada com elas – Flor continuou. – No circo, o pior que pode acontecer é um leão matar você. Tem muito mais coisa que pode dar errado num casamento.

– Bem, se é isso que você pensa do casamento, suponho que o celibato não seja uma má ideia – Edward Bonshaw disse, do seu jeito jesuítico.

– Só há um leão no circo – Juan Diego disse do banco de trás. – Todo o resto são leoas.

– Então aquele babaca do Ignacio é um domador de *leoas*. É isso que você está dizendo? – Flor perguntou ao menino.

Ela acabara de conseguir passar ao largo, ou no meio, da festa de casamento, quando Flor e o Fusca encontraram uma carroça de burro inclinada. A carroça estava cheia de melões, mas todos os melões rolaram para a parte de trás da carroça, e o burro foi erguido no ar; os melões eram mais pesados do que o burrico, cujos cascos balançavam no ar. A parte da frente da carroça também estava suspensa.

– Outro burro pendurado – Flor disse. Com uma delicadeza surpreendente, ela fez um gesto obsceno para o carroceiro, usando a mesma mão de dedos longos que mais uma vez segurava o cigarro (entre o polegar e o indicador). Uns doze melões rolaram para a rua, e o carroceiro tinha abandonado o burro pendurado porque alguns moleques estavam roubando os melões dele.

"Eu conheço aquele cara", Flor falou, naquele seu jeito displicente; ninguém no pequeno Fusca sabia se ela estava querendo dizer *como cliente*, ou se ela apenas conhecia o homem que colhia melões de outra maneira.

Quando Flor entrou no terreno do circo em Cinco Señores, os espectadores da matinê tinham ido para casa. O estacionamento estava quase vazio; os espectadores do espetáculo noturno ainda não tinham começado a chegar.

– Cuidado com a bosta de elefante – Flor avisou a eles, quando estavam carregando a bagagem das crianças do lixão pela avenida de tendas da trupe. Edward Bonshaw prontamente pisou numa pilha; a bosta de elefante cobriu todo o seu pé, até o tornozelo.

"Não há como salvar suas sandálias da bosta de elefante, meu bem", Flor disse a ele. "É melhor você andar descalço, depois que encontrarmos uma mangueira."

– Misericórdia – señor Eduardo disse. O missionário continuou andando, mas mancando; não tão exageradamente quanto Juan Diego, mas o suficiente para fazer o homem de Iowa fazer uma comparação. – Agora todo mundo vai pensar que somos parentes – Edward Bonshaw disse bem-humoradamente para o menino.

– Eu gostaria que *fôssemos* parentes – Juan Diego disse a ele; ele deixou aquilo escapar, com toda a sinceridade.

– Vocês *vão* ser parentes pelo resto da vida – Lupe disse, mas Juan Diego não conseguiu traduzir isso; seus olhos se encheram de lágrimas, ele não conseguiu falar, nem conseguiu entender que (neste caso) Lupe estava certa na sua previsão do futuro.

Edward Bonshaw também teve dificuldade para falar.

– O que você disse foi muito gentil, Juan Diego – o homem de Iowa disse, comovido. – Eu ficaria orgulhoso de ser seu parente – señor Eduardo disse ao menino.

– Ora, isso não é fantástico? Vocês dois são uns doces – Flor disse. – Só que padres não podem ter filhos; um dos aspectos negativos do celibato, suponho.

Estava escurecendo no Circo de La Maravilla, e os diversos artistas esperavam o próximo espetáculo. Os recém-chegados eram um quarteto estranho: um teólogo jesuíta que se autoflagelava, uma prostituta travesti que tinha tido uma vida terrível em Houston e duas crianças do lixão. Onde as abas das tendas estavam abertas, as crianças puderam ver alguns dos artistas cuidando da maquiagem ou das fantasias – entre eles, um anão forte vestido de mulher. Ele estava parado na frente de um espelho de corpo inteiro, passando batom.

– !Hola, flor! – o anão gritou, rebolando os quadris e atirando um beijo para Flor.

– Saludos, Paco – Flor retribuiu o cumprimento, acenando com sua mão de dedos longos.

– Eu não sabia que Paco podia ser nome de mulher – Edward Bonshaw disse educadamente para Flor.

– Não é – Flor disse a ele. – Paco é um nome de homem – Paco é um homem, como eu – Flor acrescentou.

– Mas você não é...

– Sim, eu sou – Flor disse, interrompendo-o. – Eu sou apenas mais *passável* do que Paco, benzinho – ela acrescentou ao homem de Iowa. – Paco não está tentando ser passável – Paco é um *palhaço*.

Eles continuaram; eram esperados na tenda do domador de leões. Edward Bonshaw continuou olhando para Flor, sem dizer nada.

– Flor tem uma *coisa*, uma coisa de *menino* – Lupe disse, tentando ajudar. – O homem papagaio entende que Flor tem um pênis? – Lupe perguntou a Juan Diego, que não traduziu a dica para o señor Eduardo, embora ele soubesse que sua irmã tinha dificuldade para ler a mente do homem papagaio.

– El hombre papagayo – sou eu, não é? – o homem de Iowa perguntou a Juan Diego. – Lupe está falando a meu respeito, não está?

– Eu acho você um homem papagaio muito simpático – Flor disse a ele; ela viu que o homem de Iowa estava enrubescendo, e isto a encorajou a flertar ainda mais com ele.

– Obrigado – Edward Bonshaw disse ao travesti; ele estava mancando mais. Como barro, a bosta de elefante endurecia sobre sua sandália arruinada e entre seus dedos, mas outra coisa pesava sobre ele. Señor Eduardo parecia estar carregando um fardo; qualquer que fosse, parecia ser mais pesado do que bosta de elefante – não havia chicotadas suficientes para diminuir o peso. Qualquer que fosse a cruz que o homem de Iowa tivesse carregado, e pelo tempo que fosse, ele não podia mais carregá-la. Ele estava lutando, não só para andar. – Eu acho que não consigo fazer isto – señor Eduardo disse.

– Fazer *o quê*? – Flor perguntou a ele, mas o missionário simplesmente sacudiu a cabeça; ele parecia estar mais cambaleando do que mancando.

A orquestra do circo estava tocando em outro lugar – só o início de uma música, que parou logo depois que começou e depois recomeçou. A orquestra não conseguia passar de um trecho difícil; a orquestra também estava lutando.

Havia um belo casal argentino parado na aba levantada de sua tenda. Eles eram trapezistas, checando seu equipamento de segurança, testando a força dos anéis de metal onde os cabos seriam enfiados. Os trapezistas usavam malhas justas, enfeitadas com lantejoulas douradas, e não conseguiam parar de apalpar um ao outro enquanto checavam seu equipamento de segurança.

– Eu soube que eles fazem sexo o tempo todo, embora já sejam casados. Eles mantêm acordadas as pessoas que dormem nas tendas vizinhas – Flor disse para Edward Bonshaw. – Talvez fazer sexo o tempo todo seja um hábito argentino – Flor comentou. – Eu não acho que seja um hábito de pessoas *casadas* – ela acrescentou.

Havia uma menina da idade de Lupe parada do lado de fora de uma das tendas da trupe. Usava uma malha azul esverdeada e uma máscara com um bico de pássaro; ela estava praticando com um bambolê. Algumas meninas mais velhas, estranhamente fantasiadas de flamingos, passaram correndo pelas crianças do lixão no caminho entre as tendas; as meninas usavam tutus cor-de-rosa e carregavam suas cabeças de flamingo, que tinham pescoços longos e duros. Suas tornozeleiras prateadas soavam.

– *Los niños de la basura* – Juan Diego ouviu um dos flamingos sem cabeça dizer. As crianças do lixão não sabiam que iam ser reconhecidas no circo, mas Oaxaca era uma cidade pequena.

– Flamingos seminus, com cérebros de xoxota – Flor observou, sem dizer mais nada; Flor, é claro, tinha sido chamada de coisas piores.

Nos anos 70, havia um bar gay em Bustamante – nas vizinhanças da rua Zaragoza. O bar tinha sido batizado em homenagem a uma pessoa de cabelos ondulados,

La China. (O nome foi trocado, cerca de trinta anos atrás, mas o bar em Bustamante continua lá – e continua sendo gay.)

Flor se sentia à vontade; ela podia ser ela mesma no La China, mas mesmo lá ela era chamada de La Loca. Não era muito comum, naquela época, os travestis serem autênticos – usar roupas de mulher onde quer que fossem, do jeito que Flor fazia. E no linguajar das pessoas no La China, o fato de chamarem Flor de *La Loca* tinha uma conotação gay – era o mesmo que a chamarem de *The Queen* (A Bicha).

Havia um bar especial para quem se vestia de mulher, menos nos anos 70. La Coronita ficava na esquina de Bustamante e Xóchitl. Era um lugar alegre – a clientela era quase toda gay. Os travestis todos enfeitados – eles usavam roupas extravagantes, e todo mundo se divertia –, mas La Coronita não era um lugar para prostituição, e quando os travestis chegavam ao bar, eles estavam vestidos de homem; eles só se vestiam de mulher quando já estavam dentro do A Pequena Coroa.

Não Flor; ela era sempre uma mulher, aonde quer que fosse – quer estivesse trabalhando na rua Zaragoza ou apenas se divertindo em Bustamante, Flor era sempre ela mesma. Por isso era chamada de A Bicha; ela era La Loca em todo lugar que ia.

Eles a conheciam até em La Maravilla; o circo sabia quem eram as verdadeiras estrelas – aquelas que são estrelas o tempo todo.

Edward Bonshaw agora estava descobrindo quem era Flor, enquanto ele pisava na bosta de elefante no Circo da Maravilla. (Para ele, a Maravilla era Flor.)

Havia um malabarista ensaiando no lado de fora de uma das tendas da trupe, e o contorcionista chamado Homem Pijama estava se esticando – o chamavam assim porque era tão solto e flexível como um pijama fora do corpo; seu movimento era como de algo que se pode ver pendurado num varal de roupas.

Talvez o circo não seja um bom lugar para um coxo, Juan Diego pensava.

– Lembre-se, Juan Diego, você é um leitor – Señor Eduardo disse ao menino pensativo. – Existe uma vida nos livros e no universo da sua imaginação; existe bem mais do que o mundo físico aqui também.

– Eu deveria ter conhecido você quando eu era criança – Flor disso ao missionário. – Poderíamos ter ajudado um ao outro a caminhar pela bosta.

Eles caminharam pela avenida de tendas, passando pelo domador de elefantes e dois de seus animais; distraídos pelos elefantes que via, Edward Bonshaw pisou em outro grande monte de bosta de elefante, desta vez com seu pé bom e a única sandália limpa.

– Misericórdia – o homem de Iowa tornou a dizer.

– É uma boa coisa *você* não estar se mudando para o circo – Flor disse a ele.

– A bosta de elefante não é pequena – Lupe tagarelou. – Como o homem papagaio conseguiu não enxergar?

– Meu nome de novo; eu sei que vocês estão falando de mim – señor Eduardo disse alegremente para Lupe. – "El hombre papagayo" soa bem, não é?

– Você não precisa só de uma esposa – Flor disse ao homem de Iowa. – Seria necessária uma família inteira para cuidar direito de você.

Eles chegaram à jaula das três leoas. Uma das leoas olhou languidamente para eles; as outras duas estavam dormindo.

– Estão vendo como as fêmeas se dão bem juntas? – Flor comentou; ficava cada vez mais claro que ela conhecia bem La Maravilla. – Mas não *este* cara – Flor disse, parando diante da jaula do leão solitário; o chamado rei dos animais estava sozinho numa jaula, e olhava em volta descontente. – Hola, Hombre – Flor acrescentou para o leão. – O nome dele é Hombre – Flor explicou. – Reparem nos testículos dele. Grandes, não?

– Deus, tenha piedade – Edward Bonshaw disse.

Lupe estava indignada. – A culpa não é do pobre leão; ele não teve escolha sobre seus testículos – Lupe disse. – Hombre não gosta que você deboche dele – ela acrescentou.

– Suponho que você possa ler a mente do leão – Juan Diego disse para a irmã.

– Qualquer um pode ler a mente de Hombre – Lupe respondeu. Ela estava olhando para o leão, para sua cara enorme e sua juba farta – não para seus testículos. O leão pareceu subitamente agitado por causa dela. Talvez sentindo a agitação de Hombre, as duas leoas adormecidas acordaram; as três leoas estavam vigiando Lupe, como se ela fosse uma rival pelo afeto de Hombre. Juan Diego teve a sensação de que Lupe e as leoas sentiam pena do leão – elas pareciam sentir pena e medo dele na mesma proporção.

– Hombre – Lupe disse baixinho. – Vai ficar tudo bem – ela disse ao leão. – Você não é culpado de nada.

– Do que é que você está falando? – Juan Diego perguntou a ela.

– Vamos, niños – Flor estava dizendo –, vocês têm uma hora marcada com o domador de leões e a esposa dele. Vocês não têm nada para tratar com os leões.

Pelo jeito fascinado com que Lupe olhava para Hombre, pelo modo inquieto com que o leão andava de um lado para o outro na jaula olhando de volta para ela, dava para pensar que a única coisa que Lupe tinha para tratar em La Maravilla era com aquele leão solitário.

– Vai ficar tudo bem – ela repetiu para Hombre, como se estivesse fazendo uma promessa.

– *O que* vai ficar bem? – Juan Diego perguntou à irmã.

– Hombre é o último cachorro. Ele é o último – Lupe disse ao irmão. Naturalmente, isto não fez nenhum sentido – Hombre era um leão, não um cachorro. Mas Lupe tinha dito distintamente "el último perro"; *o último*, ela repetiu, para ser bem clara – "el último".

– O que você quer dizer com isso, Lupe? – Juan Diego perguntou, impacientemente; ele estava cansado de sua interminável seriedade profética.

– Esse Hombre, ele é o *principal* cão de telhado *e* o último – foi tudo o que ela disse, sacudindo os ombros. Juan Diego ficava irritado quando Lupe não se explicava direito.

Finalmente, a orquestra do circo conseguiu passar do início da música. Estava escurecendo; luzes estavam sendo acesas dentro das tendas da trupe. Na avenida à frente deles, as crianças do lixão podiam ver Ignacio, o domador de leões; ele estava enrolando seu longo chicote.

– Ouvi dizer que você gosta de chicotes – Flor disse baixinho para o missionário manco.

– Você mais cedo mencionou uma mangueira – Edward Bonshaw respondeu, um tanto empertigado. – Neste momento, eu gostaria de uma mangueira.

– Diga ao homem papagaio para examinar o chicote do domador de leões; é bem grande – Lupe tagarelava.

Ignacio os estava observando de longe com o jeito calmamente avaliativo com que teria calculado a coragem e a confiabilidade de leões novos. As calças justas do domador de leões eram iguais às de um toureiro; ele usava apenas uma camiseta justa de decote em V, para exibir os músculos. A camiseta era branca, não apenas para acentuar a pele marrom escura de Ignacio; se algum dia fosse atacado por um leão no picadeiro, Ignacio queria que a multidão visse o quanto seu sangue era vermelho – o sangue se destaca mais contra um fundo branco. Mesmo ao morrer, Ignacio seria vaidoso.

– Esqueça o chicote dele. Olhe para *ele* – Flor sussurrou para o homem de Iowa sujo de bosta. – Ignacio tem um talento nato para agradar ao público.

– *E* é um paquerador nato! – Lupe balbuciou. Não tinha importância que ela não escutasse o que você cochichava, porque mesmo assim sabia o que você estava pensando. Entretanto, Lupe tinha dificuldade para ler a mente do homem papagaio, assim como a de Rivera. – Ignacio gosta das leoas, ele gosta de *todas* as damas – Lupe disse, mas nessa altura as crianças do lixão estavam na tenda do domador de leões, e Soledad, esposa de Ignacio, tinha saído da tenda para ficar ao lado do marido vaidoso, de aspecto poderoso.

– Se você acha que acabou de ver o rei dos animais – Flor ainda estava sussurrando para Edward Bonshaw –, está enganado. Você irá conhecê-lo agora – o travesti cochichou para o missionário. – Ignacio é o rei dos animais.

– O rei dos *porcos* – Lupe disse subitamente, mas é claro que Juan Diego foi o único que entendeu o que tinha dito. E ele jamais iria entender tudo a respeito dela.

17. Véspera de Ano-Novo no Encantador

Talvez fosse apenas a melancolia daquele momento em que as crianças do lixão chegaram em La Maravilla, ou então a origem do cochilo inesperado de Juan Diego estivesse nos olhos soltos no escuro – aqueles olhos desencarnados cercando o carro que seguia velozmente na direção da estância à beira-mar com o nome fascinante de Encantador. Quem sabe o que fez Juan Diego dormir de repente? Pode ter sido aquele momento em que a estrada ficou mais estreita e o carro diminuiu a velocidade, e os olhos misteriosos desapareceram. (Quando as crianças do lixão se mudaram para o circo, havia mais olhos vigiando-as do que elas estavam habituadas.)

– A princípio, eu achei que ele estava sonhando acordado. Parecia estar numa espécie de transe – a dra. Quintana dizia.

– Ele está bem? – Clark French perguntou à esposa, médica.

– Ele está só dormindo, Clark. Adormeceu profundamente – Josefa respondeu. – Pode ser a diferença de fuso horário, ou a péssima noite de sono que o seu inconveniente aquário proporcionou a ele.

– Josefa, ele adormeceu enquanto estávamos falando – no meio de uma conversa! – Clark disse. – Ele tem narcolepsia?

– Não o sacuda! – Juan Diego ouviu a esposa de Clark dizer, mas continuou de olhos fechados.

– Eu nunca ouvi falar de nenhum escritor que sofresse de narcolepsia – disse Clark. – Serão os remédios que ele está tomando?

– Os betabloqueadores podem afetar o sono – a dra. Quintana disse para o marido.

– Eu estava pensando no Viagra...

– O Viagra faz apenas uma coisa, Clark.

Juan Diego achou que este era um bom momento para abrir os olhos.

– Já chegamos? – ele perguntou. Josefa ainda estava sentada ao lado dele no banco traseiro; Clark tinha aberto a porta de trás e estava olhando para dentro da SUV, para o seu antigo professor. – Aqui é o Encantador? – Juan Diego perguntou, inocentemente. – A hóspede misteriosa já chegou?

Ela havia chegado, mas ninguém a vira. Talvez ela tivesse viajado muito e estivesse descansando no quarto. Parecia conhecer o quarto – quer dizer, ela o havia solicitado. Ficava perto da biblioteca, no segundo andar do prédio principal; ou ela havia ficado no Encantador antes ou achou que um quarto perto da biblioteca seria silencioso.

– Eu, pessoalmente, nunca cochilo – disse Clark; ele tinha tirado a enorme mala cor de laranja de Juan Diego das mãos do jovem motorista e estava agora arrastando-a pela varanda do belo hotel, que era um conjunto mágico, mas desconexo, de prédios próximos – numa encosta de frente para o mar. As palmeiras impediam a visão da praia – mesmo das janelas do segundo e do terceiro andar –, mas o mar estava à vista. – Uma boa noite de sono é tudo de que preciso – Clark continuou.

– Havia peixes no meu quarto na noite passada, e uma enguia – Juan Diego lembrou ao seu antigo aluno. Aqui ele ia ficar num quarto no segundo andar, no mesmo andar da hóspede indesejada – num prédio adjacente que tinha acesso fácil pela varanda.

– Quanto aos peixes, não dê atenção à tia Carmen – Clark disse. – O seu quarto fica a alguma distância da piscina. As crianças brincando de manhã na piscina não devem acordá-lo.

– Tia Carmen tem mania de bichos – a esposa de Clark acrescentou. – Ela gosta mais de peixes do que de gente.

– Graças a Deus a moreia sobreviveu – Clark disse. – Eu acho que Morales *mora* com a tia Carmen.

– É uma pena que ninguém mais more com ela – Josefa disse. – Ninguém mais *seria* capaz – a médica acrescentou.

Abaixo deles, crianças estavam brincando na piscina.

– Há um monte de adolescentes nesta família, portanto, um monte de babás para os pequenos – Clark observou.

– Um monte de crianças, sem parar, nesta família – a ginecologista e obstetra comentou. – Nem todos nós somos iguais à tia Carmen.

– Eu estou tomando um remédio que mexe com o meu sono – Juan Diego disse a eles. – Estou tomando betabloqueadores – ele falou para a dra. Quintana. – Como você provavelmente sabe, os betabloqueadores podem ter um efeito depressivo, ou redutor, na sua vida real, enquanto que o efeito que eles têm nos seus *sonhos* é um tanto imprevisível.

Juan Diego *não* contou à médica que ele havia mexido na dose do Lopressor. Provavelmente, deu a impressão de estar sendo totalmente sincero – isto é, até onde a dra. Quintana e Clark French podiam ver.

O quarto de Juan Diego era encantador; as janelas que davam para o mar tinham telas e havia um ventilador de teto. Não havia necessidade de ar-condicionado. O grande banheiro era charmoso, e tinha um chuveiro do lado de fora com um telhado de bambu, com forma de pagode, sobre ele.

– Aproveite para descansar antes do jantar – Josefa disse para Juan Diego. – A mudança de fuso – você sabe, a diferença de horário – também pode afetar o efeito do Lopressor – ela disse a ele.

– Depois que as crianças maiores levarem as menores para a cama, a conversa pode começar *de verdade* – Clark disse enquanto apertava o ombro do seu antigo professor.

Seria isto um aviso para ele não tocar em assuntos de adulto perto das crianças e dos adolescentes?, Juan Diego pensou. Juan Diego percebeu que Clark French, apesar de sua aparente cordialidade, ainda era tenso – um pudico de mais de quarenta anos. Os colegas de mestrado de Clark, em Iowa, se pudessem vê-lo agora, *ainda* estariam implicando com ele.

O aborto, Juan Diego sabia, era ilegal nas Filipinas; ele estava curioso para saber o que a dra. Quintana, a ginecologista e obstetra, achava *disso*. (E ela e o marido – Clark, o católico modelo – tinham a *mesma* opinião a respeito?) Sem dúvida, *essa* era uma conversa à mesa de jantar que ele e Clark não podiam (ou não deviam) ter antes que as crianças e os adolescentes tivessem sido despachados para a cama. Juan Diego esperava poder ter esta conversa com a dra. Quintana depois que *Clark* tivesse ido para a cama.

Juan Diego ficou tão agitado pensando nisso que quase se esqueceu de Miriam. É claro que ele não se esqueceu inteiramente dela – nem por um minuto. Ele resistiu a tomar uma chuveirada do lado de fora, não só porque estava escuro (devia haver uma abundância de insetos no chuveiro ao ar livre depois que escurecia), mas porque ele talvez não ouvisse o telefone. Ele não podia ligar para Miriam; não sabia sequer o sobrenome dela, nem podia ligar para a recepção e pedir para ligarem para a mulher "não convidada". Mas se Miriam fosse a mulher misteriosa, ela não ligaria para ele?

Ele escolheu tomar um banho – sem insetos, e podia deixar a porta do banheiro aberta; se ela ligasse, ele poderia ouvir o telefone. Naturalmente, ele tomou banho correndo e não houve nenhuma ligação. Juan Diego tentou ficar calmo; planejou seu passo seguinte com seus remédios. Para não confundir as coisas, tornou a guardar o cortador de comprimidos dentro do seu estojo de toalete. O Viagra e o Lopressor ficaram lado a lado sobre a bancada, ao lado da pia do banheiro.

Nada de meia dose para mim, Juan Diego resolveu. Depois do jantar ele ia tomar um comprimido inteiro de Lopressor – a dose certa, em outras palavras –, mas *não* se estivesse com Miriam. Pular uma dose não lhe havia feito mal antes, e uma onda de adrenalina podia ser benéfica – até mesmo necessária, com Miriam.

O Viagra, ele pensou, exigia dele uma decisão mais difícil. Para seu encontro com Dorothy, Juan Diego trocara sua dose habitual de meio comprimido por um comprimido inteiro; para Miriam, ele imaginou, meia dose não ia ser suficiente. A parte complicada era quando tomá-lo. O Viagra precisava de quase uma hora para fazer efeito. E quanto tempo um Viagra – um comprimido inteiro, as 100mg – duraria?

E era véspera de Ano-Novo!, Juan Diego se lembrou de repente. Com certeza os adolescentes iriam ficar acordados até depois de meia-noite, e quem sabe até as crianças pequenas. A maioria dos adultos não ia ficar acordada também para saudar o Ano-Novo?

E se Miriam o convidasse para o quarto *dela*? Ele devia levar o Viagra com ele para o jantar? (Era cedo demais para tomar um agora.)

Ele se vestiu devagar, tentando imaginar o que Miriam iria querer que ele usasse. Tinha escrito sobre relacionamentos mais duradouros, mais complexos, e mais diversos (não apenas com mulheres) do que jamais tinha tido. Seus leitores – isto é, aqueles que nunca o conheceram – talvez tenham imaginado que ele tivesse tido uma vida sexual sofisticada; em seus romances, havia experiências homossexuais e bissexuais, e um bocado das velhas e comuns experiências heterossexuais. Juan Diego optou politicamente por ser sexualmente explícito em seus livros; entretanto, ele nunca tinha nem mesmo morado com ninguém, e a parte *velha e comum* de ser um heterossexual era o tipo de heterossexual que ele era.

Juan Diego suspeitava que devia ser bem chato como amante. Teria sido o primeiro a admitir que o que passava por sua vida sexual existia quase que inteiramente na sua imaginação – como agora, ele pensou tristemente. Tudo o que estava fazendo era *imaginar* Miriam; ele nem mesmo sabia se ela era a hóspede misteriosa que havia chegado ao Encantador.

A convicção de que ele tinha principalmente uma vida sexual *imaginária* o deprimiu, e ele só havia tomado *meio* comprimido de Lopressor hoje; desta vez, ele não podia culpar inteiramente os betabloqueadores por fazê-lo sentir-se *amortecido*. Juan Diego decidiu por um comprimido de Viagra, no bolso direito da frente da sua calça. Assim, ele estaria preparado – com ou sem Miriam.

Ele estava sempre enfiando a mão nesse bolso; Juan Diego não precisa ver aquela bela peça de mah-jongg, mas gostava de apalpá-la – tão lisa. A peça de jogo tinha deixado um perfeito sinal de visto na testa pálida de Edward Bonshaw; señor Eduardo carregou a peça com ele como lembrança. Quando o bom homem estava morrendo – quando o señor Eduardo não só não estava mais se vestindo; o homem à beira da morte não usava mais roupas com bolsos – ele deu a peça de mah-jongg para Juan Diego. A peça, que um dia ficou cravada entre as sobrancelhas louras de Edward Bonshaw, iria tornar-se o talismã de Juan Diego.

O comprimido quadrado, azul acinzentado de Viagra não era tão liso quanto a peça de mah-jongg de bambu e marfim; a peça de jogo era duas vezes maior do que o comprimido – seu comprimido *salvador*, como Juan Diego o considerava. E se Miriam fosse o hóspede indesejável no quarto do segundo andar perto da biblioteca do Encantador, o comprimido de Viagra no bolso direito na frente da calça de Juan Diego era um segundo talismã que ele carregava consigo.

Naturalmente, a batida na porta do seu quarto de hotel encheu-o de falsas expectativas. Era apenas Clark, que chegava para levá-lo para jantar. Quando Juan Diego estava apagando as luzes do banheiro e do quarto, Clark aconselhou-o a deixar o ventilador de teto ligado.

– Está vendo a lagartixa? – Clark disse apontando para o teto. Uma lagartixa, menos do que um dedo mindinho, estava pousada no teto acima da cabeceira da cama. Juan Diego não sentia saudade de muita coisa do México – por isso ele nunca mais tinha voltado lá –, mas sentia saudade das lagartixas. A pequenina acima da cama saiu correndo com seus dedos colantes pelo teto – no instante exato em que Juan Diego ligou o ventilador.

"Depois que o ventilador estiver ligado por algum tempo, as lagartixas vão se aquietar", Clark disse. "Você não vai querer que elas fiquem correndo por aí enquanto estiver tentando dormir."

Juan Diego ficou desapontado consigo mesmo por não ter visto as lagartixas até Clark ter chamado atenção para uma delas; quando estava fechando a porta do quarto, viu uma segunda lagartixa correndo pela parede do banheiro – ela era veloz e desapareceu rapidamente atrás do espelho do banheiro.

– Eu sinto saudade das lagartixas – Juan Diego confessou para Clark. Do lado de fora, na varanda, ouviram música vindo de uma barulhenta boate para moradores da ilha na praia.

– Por que você não volta ao México – só para uma *visita*? – Clark perguntou a ele.

Era sempre assim com Clark, Juan Diego recordou. Clark queria que os "problemas" de Juan Diego com sua infância e juventude se resolvessem; Clark queria que todas as mágoas terminassem de uma forma edificante, como nos romances de Clark. Todo mundo devia ser salvo, segundo Clark; tudo podia ser perdoado, ele imaginava. Clark fazia a bondade parecer entediante.

Mas sobre o que Juan Diego e Clark French *não haviam* brigado?

A discussão deles a respeito do papa João Paulo II, que morrera em 2005, nunca tinha fim. Ele tinha sido um jovem cardeal da Polônia quando fora eleito papa, e se tornou um papa muito popular, mas os esforços de João Paulo para "restaurar a normalidade" na Polônia – isto significava tornar o aborto ilegal de novo – deixaram Juan Diego furioso.

Clark French tinha expressado seu agrado pela ideia do papa polonês de uma "cultura de vida" – o nome dado por João Paulo II ao seu ponto de vista contrário ao aborto *e* ao controle da natalidade, que significava proteger fetos "indefesos" da "cultura da morte".

– Por que logo você, considerando o que lhe *aconteceu,* prefere a ideia da morte à ideia da vida? – Clark perguntou ao seu antigo professor. E agora Clark estava sugerindo (de novo) que Juan Diego devia voltar ao México – só de *visita!*

– Você sabe por que eu não volto, Clark – Juan Diego respondeu mais uma vez, mancando pela varanda do segundo andar. (Em outra ocasião, depois de ter tomado muita cerveja, Juan Diego disse para Clark: "O México está nas mãos de criminosos e da Igreja Católica.")

– Não me diga que você culpa a Igreja pela AIDS? Você não está dizendo que sexo seguro é a resposta para *tudo,* está? – Clark perguntou ao seu antigo professor. Esta não era uma referência habilmente velada, Juan Diego sabia – não que Clark estivesse necessariamente tentando *velar* suas referências.

Juan Diego lembrava que Clark chamara o uso de camisinha de "propaganda". Clark estava provavelmente parafraseando o papa Bento XVI. Ele não tinha dito algo como camisinhas "apenas pioram" o problema da AIDS? Ou *Clark* é quem tinha dito isso?

E agora, como Juan Diego não respondeu à pergunta de Clark se sexo seguro resolveria *tudo,* Clark continuou insistindo sobre o ponto de vista de Bento:

– O ponto de vista de *Bento* – a saber, que a única maneira eficiente de combater uma epidemia é através de uma *renovação espiritual...*

– Clark! – Juan Diego exclamou. – "Renovação espiritual" significa apenas mais dos mesmos valores familiares. Quer dizer, casamento heterossexual, abstenção sexual antes do casamento...

– Isso me parece ser *uma* das formas de diminuir uma epidemia – Clark disse astutamente. Ele continuava tão dogmático como sempre!

– Entre as regras impossíveis de cumprir da sua Igreja e a natureza humana, eu aposto na natureza humana – Juan Diego disse. – Veja o celibato – ele acrescentou.

– Talvez depois que as crianças e os adolescentes tiverem ido para a cama – Clark lembrou o seu antigo professor.

Eles estavam sozinhos na varanda, e era véspera de Ano-Novo; Juan Diego tinha certeza de que os adolescentes ficariam acordados até mais tarde do que os adultos, mas tudo o que ele disse foi:

– Veja a pedofilia, Clark.

– Eu sabia! Eu sabia o que estava por vir! – Clark disse, agitado.

Em seu discurso de Natal em Roma – menos de duas semanas antes – o papa Bento XVI disse que a pedofilia era considerada *normal* até os anos 1970. Clark sabia que isso devia ter deixado Juan Diego furioso. Agora, naturalmente, seu antigo professor estava recorrendo aos seus velhos truques, citando o papa como se toda a teologia católica tivesse culpa de Bento ter sugerido que não existia isso de mal e bem em si.

– Clark, Bento *disse* que só existe um "melhor do que" e um "pior do que". Foi isso o que o seu papa falou – o antigo professor de Clark disse a ele.

– Posso lembrar-lhe que as estatísticas de pedofilia *fora* da Igreja, na população em geral, são exatamente as mesmas estatísticas de *dentro* da Igreja – Clark French disse a Juan Diego.

– Bento disse: "Nada é bom ou mau em si mesmo." Ele disse *nada*, Clark – Juan Diego disse ao seu antigo aluno. – A pedofilia não é nada; sem dúvida a pedofilia é "má em si mesma", Clark.

– Depois que as crianças tiverem...

– Não há crianças aqui, Clark! – Juan Diego gritou. – Estamos sozinhos, numa varanda!

– Bem... – Clark French disse cautelosamente, olhando em volta; eles podiam ouvir vozes de criança em algum lugar, mas não havia nenhuma criança (nem mesmo adolescentes, ou outros adultos) ali por perto.

– A hierarquia católica acredita que beijar leva ao pecado – Juan Diego murmurou. – A sua Igreja é contra o controle da natalidade, contra o aborto, contra o casamento gay – a sua Igreja é contra o *beijo*, Clark!

De repente, um enxame de crianças pequenas passou correndo por eles na varanda; seus chinelos de borracha faziam um som característico, seus cabelos molhados brilhavam.

– Depois que os pequenos tiverem ido para a cama – Clark recomeçou; a conversa era uma competição para ele, igual a uma competição esportiva. Clark teria dado um missionário infatigável. Clark tinha aquele "eu sei tudo" jesuítico – sempre a ênfase em aprendizagem e evangelização. A simples ideia do seu próprio martírio talvez motivasse Clark. Ele sofreria feliz, só para provar algo impossível; se você o maltratasse, ele sorriria e vicejaria.

"Você está bem?", Clark perguntou a Juan Diego.

– Estou apenas um pouco sem ar; não estou acostumado a mancar tão depressa – Juan Diego disse a ele. – Ou mancar e conversar ao mesmo tempo.

Eles foram andando mais devagar enquanto desciam a escada e se dirigiam para o saguão principal do Encantador, onde ficava o salão de jantar. Havia um teto suspenso no restaurante do hotel, e uma cortina de bambu enrolada para cima que podia ser baixada como uma proteção contra a chuva e o vento. A vista das palmeiras e do mar dava ao salão de jantar a sensação de uma varanda espaçosa. Havia chapéus de papel em todas as mesas.

Que família grande a de Clark!, Juan Diego estava pensando. A dra. Josefa Quintana devia ter trinta ou quarenta parentes, e mais da metade deles eram crianças ou jovens.

– Ninguém espera que você decore os nomes de todo mundo – Clark cochichou para Juan Diego.

– Sobre a hóspede misteriosa – Juan Diego disse de repente. – Ela devia se sentar ao meu lado.

– Ao *seu* lado? – Clark perguntou a ele.

– É claro. Todos vocês a odeiam. Pelo menos eu sou neutro – Juan Diego disse a Clark.

– Eu não a *odeio*; ninguém a *conhece*! Ela se intrometeu numa festa de *família*...

– Eu sei, Clark, eu sei – Juan Diego disse. – Ela devia sentar perto de mim. Nós somos ambos estranhos. Vocês todos se conhecem.

– Eu estava pensando em colocá-la numa das mesas das crianças – Clark disse a ele. – Talvez na mesa com as crianças mais levadas.

– Está vendo? Você a detesta – Juan Diego disse a ele.

– Eu estava brincando. Talvez uma mesa de adolescentes: os mais mal-humorados – Clark continuou.

– Você definitivamente a odeia. Eu sou *neutro* – Juan Diego lembrou a ele. (Miriam poderia corromper os adolescentes, Juan Diego estava pensando.)

– Tio Clark! – uma criança chamou; um menino pequeno, de rosto redondo, puxava a mão de Clark.

– Sim, Pedro. O que é? – Clark perguntou ao garotinho.

– É a lagartixa grande atrás do quadro na biblioteca. Ela saiu de trás do quadro! – Pedro disse a ele.

– Não a lagartixa *gigante* – não *aquela*! – Clark gritou, fingindo susto.

– Sim! Aquela gigante! – o garotinho exclamou.

– Bem, acontece, Pedro, que *este* homem sabe tudo sobre lagartixas. Ele é um especialista em lagartixas. Ele não só ama lagartixas; ele sente saudade delas – Clark disse ao menino. – Este é o sr. Guerrero – Clark acrescentou, afastando-se e deixando Juan Diego com Pedro. O menino na mesma hora agarrou a mão do homem mais velho.

– Você as *ama*? – o menino perguntou, mas, antes que Juan Diego pudesse responder, Pedro disse: – Por que o senhor sente saudade das lagartixas?

– Ah, bem – Juan Diego começou e parou, tentando ganhar tempo. Quando ele começou a mancar na direção da escada da biblioteca, seu andar atraiu uma dúzia de crianças para junto dele; tinham uns cinco anos de idade, ou eram só um pouco mais velhas, como Pedro.

– Ele sabe tudo sobre lagartixas – ele *ama* lagartixas – Pedro dizia às outras crianças. – Ele sente *saudade* de lagartixas. *Por quê?* – Pedro tornou a perguntar a Juan Diego.

– O que aconteceu com o seu pé? – uma das outras crianças, uma garotinha de maria-chiquinha, perguntou a ele.

– Eu era um garoto do lixão. Morava num casebre perto do basurero de Oaxaca – *basurero* significa *lixão*; Oaxaca fica no México – Juan Diego disse a eles. – O casebre onde eu e minha irmã morávamos só tinha uma porta. Toda manhã, quando eu me levantava, havia uma lagartixa naquela porta de tela. A lagartixa era tão veloz que podia desaparecer num piscar de olhos – Juan Diego contou às crianças; ele bateu palmas no meio segundo que se seguiu a "num piscar de olhos". Ele estava mancando mais ao subir as escadas. – Uma manhã, um caminhão deu marcha a ré e passou por cima do meu pé direito. O espelho lateral do lado do motorista estava quebrado; o motorista não me viu. Não foi culpa dele; ele era um homem bom. Ele já está morto agora, e eu sinto saudade dele. Sinto saudade do lixão, e das lagartixas – Juan Diego disse às crianças. Ele não se deu conta de que havia adultos subindo a escada da biblioteca atrás dele – não apenas as crianças. Clark French também estava acompanhando seu antigo professor; era, evidentemente, a *história* de Juan Diego que ele estava acompanhando.

O homem manco havia mesmo dito que sentia saudade do *lixão*? Algumas crianças perguntaram umas às outras.

– Se eu tivesse morado no basurero, acho que não ia sentir *saudade* de lá – a garotinha de maria-chiquinha disse a Pedro. – Talvez ele sinta saudades da *irmã* dele – ela disse.

– Não posso entender como alguém pode sentir saudade de *lagartixas* – Pedro disse a ela.

– As lagartixas são principalmente noturnas; elas ficam mais ativas à noite, quando há mais insetos. Elas comem insetos; lagartixas não fazem mal a pessoas – Juan Diego disse.

– Onde está a sua irmã? – a menininha de maria-chiquinha perguntou a Juan Diego.

– Ela está morta – Juan Diego respondeu; ele estava prestes a dizer *como* Lupe tinha morrido, mas não quis causar pesadelos às crianças.

– Olha! – Pedro disse. Ele apontou para um grande quadro pendurado sobre um sofá de aparência confortável na biblioteca de Encantador. A lagartixa era grande o bastante para ser quase tão visível, mesmo a distância, quanto o quadro. A lagartixa estava pregada na parede ao lado do quadro; quando Juan Diego e as crianças se aproximaram, a lagartixa subiu um pouco mais. O grande lagarto esperou, vigiando-os, a meio caminho entre o quadro e o teto. Ela era uma lagartixa realmente grande, quase do tamanho de um gato.

– O homem no quadro é um santo – Juan Diego disse às crianças. – Ele estudou na Universidade de Paris e também foi um soldado – um soldado basco, e foi ferido.

– Ferido *como*? – Pedro perguntou.

– Por uma bala de canhão – Juan Diego disse a ele.

– Uma bala de canhão não mataria você? – Pedro quis saber.

– Acho que não, se você vai ser um santo – Juan Diego respondeu.

– Como era o nome dele? – a menininha de maria-chiquinha perguntou; ela era cheia de perguntas. – Quem era o santo?

– Seu tio Clark sabe quem ele era – Juan Diego respondeu. Ele sabia que Clark o estava observando, e ouvindo o que dizia – sempre o aluno dedicado. (Clark parecia alguém que poderia sobreviver a uma bala de canhão.)

– Tio Clark! – as crianças chamaram.

– Como era o *nome* do santo? – a garotinha de maria-chiquinha continuava perguntando.

– Santo Inácio de Loyola – Juan Diego ouviu Clark French dizer às crianças.

A lagartixa gigante se moveu tão depressa quanto uma pequena. Talvez a voz de Clark tivesse sido confiante demais, ou só muito alta. Era impressionante como o lagarto grande conseguiu se achatar – como conseguiu entrar atrás do quadro, embora ele o tenha deslocado um pouco. O quadro estava meio torto na parede, mas era como se a lagartixa nunca tivesse estado lá. O próprio Santo Inácio não tinha visto a lagartixa, nem estava olhando para as crianças e os adultos.

De todos os retratos de Loyola que Juan Diego tinha visto – no Templo de la Compañía de Jesús, no Crianças Perdidas, e em outros lugares em Oaxaca (e na Cidade do México) – ele não se lembrava do santo careca, mas barbado, jamais ter olhado para ele. Os olhos de Santo Inácio estavam sempre olhando *para cima*; Loyola estava olhando, sempre suplicante, na direção do Céu. O fundador dos jesuítas estava procurando uma autoridade mais alta – Loyola não estava inclinado a fazer contato visual com meros espectadores.

– O jantar está servido! – uma voz de adulto chamou.

– Obrigado pela história – Pedro disse a Juan Diego. – Sinto muito por tudo o que o senhor sente falta – o garotinho disse a ele.

Tanto Pedro quanto a garotinha de maria-chiquinha quiseram dar a mão a Juan Diego quando os três chegaram no topo da escada, mas a escada era estreita demais; não teria sido seguro para um homem aleijado descer aquela escada de mãos dadas com duas crianças pequenas. Juan Diego sabia que devia segurar no corrimão.

Além disso, ele viu Clark French esperando por ele no fundo da escada. Sem dúvida o novo esquema de lugares causara ataques nos membros mais velhos da família. Juan Diego imaginou que houvesse mulheres de certa idade que quiseram sentar-se ao lado dele; essas mulheres mais velhas eram suas leitoras mais ávidas – pelo menos eram geralmente as que não tinham vergonha de conversar com ele.

Tudo o que Clark disse animadamente para ele foi: – Eu adoro ouvir você contar uma história.

Talvez você não gostasse de ouvir a minha história da Virgem Maria, Juan Diego pensou, mas ele se sentia imensamente cansado – especialmente para alguém que havia dormido no avião *e* tirado um cochilo no carro. O jovem Pedro estava certo em sentir pena de "tudo aquilo" de que Juan Diego sentia saudade. Só de pensar em tudo aquilo de que ele sentia saudade fazia com Juan Diego sentisse *mais* saudade ainda – e ele dera apenas uma pincelada para as crianças com aquela história do lixão.

O esquema de lugares tinha sido cuidadosamente planejado; as mesas de crianças ficavam no perímetro do salão de jantar, os adultos se amontoavam nas mesas do centro. Josefa, esposa de Clark, ficaria sentada de um lado de Juan Diego, que viu que o outro assento ao lado dele estava vazio. Clark tomou um assento do outro lado da mesa, na diagonal do seu antigo professor. Ninguém estava usando chapéu de festa – ainda.

Juan Diego não ficou surpreso em ver que o meio de sua mesa era composto, na maioria, por aquelas "mulheres de certa idade" – aquelas sobre as quais ele estivera pensando. Elas sorriram intencionalmente para ele, do jeito como as mulheres que leram seus romances (e acham que sabem tudo sobre você) fazem; só uma dessas mulheres mais velhas não estava sorrindo.

Vocês sabem o que dizem sobre pessoas que se parecem com seus bichos de estimação. Antes que Clark começasse a bater com o garfo no copo, antes de sua loquaz apresentação do antigo professor à família da esposa, Juan Diego viu logo quem era a tia Carmen. Não havia ninguém mais à vista que se parecesse nem de longe com uma enguia voraz, de cores brilhantes e dentes afiados. E, na luz favorável da mesa de jantar, as mandíbulas da tia Carmen poderiam ser confundidas com as guelras trêmulas de uma moreia. Também como uma moreia, tia Carmen irradiava frieza e desconfiança – sua indiferença disfarçando a renomada habilidade da enguia em dar um golpe letal de longe.

– Eu tenho uma coisa que gostaria de dizer para *vocês dois* – a dra. Quintana disse para o marido e Juan Diego, quando as pessoas em volta da mesa se aquietaram. Clark tinha *finalmente* parado de falar; o primeiro prato, um ceviche, foi servido. – Nada de religião, nem de política da Igreja, nem uma palavra sobre aborto ou controle da natalidade, enquanto estivermos comendo – Josefa disse.

– Não enquanto as crianças e os adolescentes estiverem... – Clark começou a dizer.

– Não enquanto os *adultos* estiverem aqui, Clark. Nada de conversar sobre esses assuntos a menos que vocês dois estejam *sozinhos* – a esposa disse a ele.

– E nada de *sexo* – tia Carmen disse; ela estava olhando para Juan Diego. Era ele quem tinha escrito sobre sexo, não Clark. E do jeito com que a mulher enguia disse "nada de *sexo*" – como se isso deixasse um gosto ruim em sua boca – significava tanto falar sobre isso *como* fazer isso.

– Acho que isso permite literatura – Clark disse, truculentamente.

– Isso depende em *qual* literatura – Juan Diego disse. Assim que ele se sentou, sentiu-se um pouco tonto; sua visão tinha ficado embaçada. Isto acontecia com Viagra – geralmente a sensação passava logo. Mas quando Juan Diego apalpou o bolso da frente do lado direito, ele se lembrou de que não havia tomado o Viagra – sentiu o comprimido e a peça de mah-jongg por cima do tecido da calça.

Havia, é claro, um pouco de frutos do mar no ceviche – algo que parecia camarão ou talvez uma espécie de lagostim. E manga, Juan Diego pensou; ele tinha tocado de leve no molho com os dentes do seu garfo de salada. Cítrico, com certeza – provavelmente limão, Juan Diego pensou.

Tia Carmen o viu provando a comida; ela brandiu o garfo de salada, como que para demonstrar que já se controlara demais.

– Não vejo por que devemos esperar por *ela* – tia Carmen disse, apontando o garfo para a cadeira vazia ao lado de Juan Diego. – Ela não é da *família* – a mulher enguia acrescentou.

Juan Diego sentiu algo ou alguém tocar seus tornozelos; ele viu o rostinho olhando para cima debaixo da mesa. A garotinha de maria-chiquinha estava sentada a seus pés.

– Olá, senhor – ela disse. – A moça me mandou avisar que está chegando.

– Que moça? – Juan Diego perguntou à garotinha; para todo mundo na mesa, exceto para a esposa de Clark, ele deve ter dado a impressão de estar falando com seu colo.

– Consuelo – Josefa disse para a garotinha. – Você devia estar na sua mesa. Por favor, vá para lá.

– Sim – Consuelo disse.

– *Que* moça? – Juan Diego tornou a perguntar a Consuelo. A garotinha tinha engatinhado de baixo da mesa e agora enfrentava o olhar cruel de tia Carmen.

– A dama que simplesmente aparece – Consuelo disse; ela puxou as duas marias-chiquinhas, fazendo a cabeça balançar para cima e para baixo. E saiu correndo. Os garçons estavam servindo vinho – um deles era o jovem motorista que tinha ido buscar Juan Diego no aeroporto em Tagbilaran.

– Você deve ter trazido a dama misteriosa do aeroporto – Juan Diego disse a ele, recusando o vinho, mas o rapaz não pareceu ter entendido. Josefa falou com ele em tagalog; mesmo assim, o rapaz pareceu confuso. Ele deu à dra. Quintana uma resposta que pareceu comprida demais.

– Ele disse que não foi buscá-la – que ela simplesmente apareceu na entrada do hotel. Ninguém viu o carro ou o motorista dela – Josefa disse.

– O mistério aumenta! – Clark French declarou. – Nada de vinho para ele. Ele só toma cerveja – Clark disse ao jovem motorista, que era bem menos confiante como garçom do que tinha sido atrás do volante.

– Sim, senhor – o rapaz disse.

– Você não devia ter mandado tanta *cerveja* para o seu antigo professor – tia Carmen disse de repente para Clark. – O senhor estava *bêbado*? – tia Carmen perguntou a Juan Diego. – O que deu no senhor para desligar o ar-condicionado? Ninguém desliga o ar-condicionado em Manila!

– Já chega, Carmen – a dra. Quintana disse à tia. – O seu precioso aquário não é conversa para a hora do jantar. Você diz "nada de *sexo*", eu digo "nada de *peixe*". Entendeu?

– A culpa foi *minha*, tia – Clark entrou na conversa. – A ideia do aquário foi *minha*...

– Eu estava morrendo de frio – Juan Diego explicou para a mulher enguia. – Eu *odeio* ar-condicionado – ele informou a todos. – Eu provavelmente tinha tomado cerveja demais...

– Não se desculpe – Josefa disse a ele. – Eram apenas peixes.

– *Apenas* peixes! – tia Carmen exclamou.

A dra. Quintana se debruçou sobre a mesa, tocando na mão enrugada de tia Carmen. – Quer saber quantas vaginas eu vi na semana passada, no *mês* passado? – ela perguntou à tia.

– Josefa! – Clark exclamou.

– Nada de peixe, nada de sexo – a dra. Quintana disse para a mulher enguia. – Você quer conversar sobre *peixes*, Carmen? Tome cuidado.

– Espero que Morales esteja bem – Juan Diego disse para a tia Carmen, num esforço de apaziguar os ânimos.

– Morales é diferente – a experiência o *transformou* – tia Carmen disse, altivamente.

– Nada de enguias, tampouco – Josefa disse. – Tome cuidado.

Médicas. Como Juan Diego gostava delas! Ele adorava a dra. Marisol Gomez; era devotado à sua querida amiga, dra. Rosemary Stein. E aqui estava a maravilhosa dra. Josefa Quintana! Juan Diego gostava de Clark, mas será que Clark *merecia* uma esposa como aquela?

Ela "simplesmente aparece", a garotinha de maria-chiquinha disse a respeito da dama misteriosa. E o jovem motorista não tinha confirmado que a dama *simplesmente apareceu*?

No entanto, a conversa sobre o aquário tinha sido intensa; ninguém, nem mesmo Juan Diego, estava pensando na hóspede indesejável – não naquele momento em que a pequena lagartixa caiu (ou pulou) do teto. A lagartixa pousou no ceviche intocado; era como se a pequena criatura soubesse que aquele era um prato de salada desprotegido. A lagartixa pareceu entrar na conversa no único assento vazio.

A lagartixa era tão fina quanto uma caneta esferográfica, e com apenas metade do comprimento. Duas mulheres gritaram de forma histérica; uma era uma mulher bem-vestida, sentada bem em frente ao assento vazio da hóspede indesejável – o molho cítrico da salada respingou nos seus óculos. Um pedaço de manga escorregou do prato de salada na direção do homem mais velho que tinha sido apresentado a Juan Diego como sendo um cirurgião aposentado. (Ele e Juan Diego estavam sentados de cada lado da cadeira vazia.) A esposa do cirurgião, uma daquelas leitoras "de certa idade", tinha gritado mais alto do que a mulher bem-vestida, que agora estava calma e limpando os óculos.

– *Malditos* bichos – a mulher bem-vestida disse.

– Quem foi que convidou *você*? – o cirurgião aposentado perguntou à pequena lagartixa, que se aboletara (imóvel) sobre o ceviche pouco familiar. Todo mundo riu, exceto tia Carmen; a lagartixa de aparência nervosa não era motivo de riso para ela, aparentemente. A lagartixa parecia prestes a saltar, mas para onde?

Mais tarde, todo mundo iria dizer que a lagartixa tinha distraído todo mundo da mulher magra usando um vestido de seda bege. Ela havia *simplesmente aparecido*, as pessoas pensariam mais tarde; ninguém a viu se aproximar da mesa, embora ela fosse bem visível naquele vestido sem manga de corte perfeito. Ela pareceu deslizar despercebida até a cadeira que esperava por ela – nem mesmo a lagartixa a viu chegar, e normalmente as lagartixas são alertas. (Se você é uma lagartixa e quiser continuar viva, é melhor ser alerta.)

Juan Diego se lembraria de ver apenas de relance o pulso fino da mulher; ele não viu o garfo de salada na mão dela, não antes de ela espetar a lagartixa – prendendo-a no prato.

– Peguei você – Miriam disse.

Desta vez, só tia Carmen gritou – como se *ela tivesse* sido espetada. Você sempre pode contar com as crianças para ver tudo; talvez as crianças tivessem visto Miriam chegando, e tivessem tido o bom senso de prestar atenção nela.

– Eu não sabia que seres humanos podiam ser tão rápidos quanto lagartixas – Pedro diria para Juan Diego, num outro dia. (Eles estavam na biblioteca do segundo andar, olhando para o quadro de Santo Inácio de Loyola, esperando a lagartixa *gigante* aparecer, mas aquela lagartixa enorme nunca mais foi vista.)

– As lagartixas são muito, *muito* rápidas; você não consegue agarrar uma – Juan Diego diria para o garotinho.

– Mas aquela dama... – Pedro começou a dizer; mas parou.

– Sim, ela foi rápida – foi tudo o que Juan Diego comentou.

Na sala silenciosa, Miriam segurava o garfo de salada entre o polegar e o indicador, fazendo Juan Diego se lembrar do modo como Flor costumava segurar o cigarro – como se fosse um baseado.

– Garçom – Miriam chamou. A lagartixa morta estava pendurada num dos dentes do pequeno garfo. O jovem motorista, que era um garçom desajeitado, correu para receber a arma do crime da mão de Miriam. – Eu vou precisar de outro ceviche, também – ela disse a ele, tomando o seu lugar.

"Não se levante, querido", ela disse, pondo a mão no ombro de Juan Diego. "Eu sei que não faz muito tempo, mas senti uma saudade horrível de você", Miriam acrescentou. Todo mundo na sala de jantar ouviu o que ela disse; não havia ninguém conversando.

– E eu senti saudades *suas* – Juan Diego disse a ela.

– Bem, agora eu estou aqui – Miriam disse a ele.

Então eles se *conheciam*, estava todo mundo pensando; ela não era exatamente a hóspede misteriosa que eles estavam esperando. De repente, ela não pareceu uma *intrusa*. E Juan Diego não pareceu exatamente *neutro*.

– Esta é *Miriam* – Juan Diego anunciou. – E este é Clark – Clark French, o escritor. Meu antigo aluno – Juan Diego disse.

– Ah, sim – Miriam disse, sorrindo recatadamente.

– E a esposa de Clark, Josefa – dra. Quintana – Juan Diego continuou.

– Estou tão contente por haver um médico aqui – Miriam disse a Josefa. – Isto faz com que Encantador pareça menos *isolado*.

Um coro de gritos a saudou – outros médicos, levantando as mãos. (Na maioria homens, é claro, mas até as médicas levantaram as mãos.)

– Ah, que maravilha – uma *família* de médicos – Miriam disse, sorrindo para todo mundo. Só tia Carmen continuou aborrecida; sem dúvida, ela havia tomado o partido da lagartixa – afinal de contas, adorava bichos.

E quanto às crianças?, Juan Diego pensou. O que elas teriam achado da hóspede misteriosa?

Ele sentiu a mão de Miriam roçar o seu colo; ela descansou a mão em sua coxa.

– Feliz Ano-Novo, querido – ela murmurou para ele. Juan Diego achou que também sentiu o pé dela tocar sua batata da perna, depois seu joelho.

– Oi, senhor – Consuelo disse de baixo da mesa. Desta vez, a garotinha de maria-chiquinha não estava sozinha; Pedro tinha se arrastado para baixo da mesa junto com ela. Juan Diego olhou para eles.

Josefa não tinha visto as crianças. Estava debruçada sobre a mesa, envolvida numa linguagem de sinais ilegível com Clark.

Miriam espiou debaixo da mesa; ela viu as duas crianças olhando para eles.

– Acho que a moça não gosta de lagartixas, senhor – Pedro disse.

– Eu não acho que ela sinta *saudade* de lagartixas – Consuelo disse.

– Eu não gosto de lagartixas no meu ceviche – Miriam disse às crianças. – Eu não sinto saudade de lagartixas na minha *salada*.

– O que o *senhor* acha? – a garotinha de maria-chiquinha perguntou a Juan Diego. – O que a sua *irmã* acha? – Consuelo perguntou a ele.

– É, o que... – Pedro começou a dizer, mas Miriam se inclinou na direção deles; o rosto dela, debaixo da mesa, ficou de repente muito perto das crianças.

– Ouçam vocês dois – Miriam disse a eles. – Não perguntem a ele o que a irmã dele acha. A irmã dele foi morta por um leão.

Isso fez as crianças irem embora; elas se arrastaram depressa para fora dali.

Eu não queria que eles tivessem pesadelos, Juan Diego tentou dizer a Miriam, mas não conseguiu falar. Eu não queria *assustá-los*! Ele tentou dizer a ela, mas as palavras não saíram. Era como se ele tivesse visto o rosto de Lupe debaixo da mesa, embora a menina de maria-chiquinha, Consuelo, fosse muito mais jovem que Lupe.

De repente a visão dele tornou a ficar embaçada; desta vez, Juan Diego sabia que não era o Viagra.

– São só lágrimas – ele disse para Miriam. – Eu estou bem, não há nada errado. Eu só estou chorando – ele tentou explicar a Josefa. (A dra. Quintana segurou seu braço.)

– Você está bem? – Clark perguntou ao seu antigo professor.

– Eu estou bem, Clark. Não há nada errado. Eu só estou *chorando* – Juan Diego repetiu.

– É claro que sim, querido. É claro que sim – Miriam disse a ele, tomando seu outro braço; ela beijou a mão dele.

"Onde está aquela linda criança de maria-chiquinha? Vá buscá-la", Miriam disse para a dra. Quintana.

– Consuelo! – Josefa chamou. A garotinha correu para a mesa deles; Pedro estava bem atrás dela.

– Aí estão vocês dois! – Miriam exclamou; ela largou o braço de Juan Diego e abraçou as crianças. – Não tenham medo – ela disse. – O sr. Guerrero está triste por causa da irmã dele. Ele está sempre pensando nela. Vocês não chorariam se nunca esquecessem que a *sua* irmã foi morta por um leão? – Miriam perguntou às crianças.

– Sim! – Consuelo gritou.

– Acho que sim – Pedro disse. Na verdade, dava a impressão de que poderia esquecer o assunto.

– Bem, é assim que o sr. Guerrero se sente; ele tem *saudade* dela – Miriam disse às crianças.

– Eu tenho saudade dela. O nome dela era Lupe – Juan Diego conseguiu dizer às crianças. O jovem motorista, agora um garçom, trouxe uma cerveja para ele; o rapaz desajeitado ficou ali parado, sem saber o que fazer com a cerveja.

– Ponha isso na mesa! – Miriam disse e ele obedeceu.

Consuelo subiu no colo de Juan Diego.

– Vai ficar tudo bem – a menina disse; ele tocou as pontas de suas marias-chiquinhas e isso o fez chorar mais ainda. – Vai ficar tudo bem, senhor – Consuelo não parava de repetir.

Miriam colocou Pedro no colo; o menino parecia um tanto inseguro em relação a ela, mas Miriam logo resolveu isso.

– De que *você* acha que poderia ter saudade, Pedro? – Miriam perguntou a ele. – Quer dizer, um dia – de que você teria saudade, se viesse a perder? De *quem* você teria saudade? Quem você ama?

Quem *é* esta mulher? De onde ela *veio*?, todos os adultos estavam pensando. Juan Diego pensava nisso também. Ele desejava Miriam; estava emocionado em vê-la. Mas quem *era* ela, e o que estava fazendo ali? E por que estavam todos prestando atenção nela? Até as crianças estavam atentas a ela, embora ela as tivesse assustado.

– Bem – Pedro começou a dizer, franzindo a testa. – Eu sentiria saudade do meu pai. Eu *vou* sentir saudade dele – um dia.

– É claro que sim, muito bem. Foi exatamente isso que eu quis dizer – Miriam disse ao menino. Uma espécie de melancolia pareceu tomar conta de Pedro; ele se recostou em Miriam, que o aninhou contra o peito. – Menino esperto – ela murmurou para ele. Ele fechou os olhos e suspirou. Era quase obsceno: como Pedro parecia *seduzido*.

A mesa – a sala inteira – parecia emudecida.

– Sinto muito sobre sua irmã, senhor – Consuelo disse para Juan Diego.

– Eu vou ficar bem – ele disse para a garotinha. Ele se sentia cansado demais para continuar, cansado demais para mudar alguma coisa.

Foi o jovem motorista, o garçom inseguro, que disse algo em tagalog para a dra. Quintana.

– Sim, naturalmente, sirva o prato principal. Que pergunta! Sirva! – Josefa disse a ele. (Nenhuma pessoa havia colocado os chapéus de festa. Ainda não estava na hora de comemorar.)

– Olhem para Pedro! – Consuelo disse; a garotinha estava rindo. – Ele dormiu.

– Ah, não é uma gracinha? – Miriam disse, sorrindo para Juan Diego. O menino estava dormindo profundamente no colo de Miriam, a cabeça encostada no peito dela. Que coisa esquisita um menino da idade dele simplesmente cair dormindo no colo da desconhecida... E ela era tão assustadora!

Quem *é* ela?, Juan Diego tornou a pensar, mas ele não pôde deixar de sorrir de volta para ela. Talvez todos eles estivessem pensando quem seria Miriam, mas ninguém disse nada nem fez nada para detê-la.

18. *A luxúria tem um estilo próprio*

Durante anos, depois de ter saído de Oaxaca, Juan Diego manteria contato com o irmão Pepe. O que Juan Diego sabia sobre Oaxaca, a partir do início dos anos 1970, era em grande parte graças à correspondência fiel de Pepe.

O problema era que Juan Diego nem sempre conseguia lembrar *quando* Pepe tinha passado esta ou aquela informação importante; para Pepe, toda coisa nova era "importante" – cada mudança importava, assim como aquelas coisas que não tinham mudado (e nunca mudariam).

Foi durante a epidemia de AIDS que o irmão Pepe escreveu para Juan Diego falando sobre aquele bar gay em Bustamante, mas se isso foi no fim dos anos 1980 ou no início dos anos 1990 – bem, este era o tipo de especificidade que escapava a Juan Diego. "Sim, aquele bar ainda está aqui – e ainda é gay", Pepe tinha escrito; Juan Diego deve ter perguntado a respeito. "Mas não é mais La China – agora ele se chama Chinampa."

E, por volta dessa época, Pepe tinha escrito que o dr. Vargas estava sentindo o "desespero da comunidade médica". A AIDS tinha feito o dr. Vargas sentir que era "irrelevante" ser ortopedista. "Nenhum médico é treinado para ver as pessoas morrerem; nós não somos assistentes sociais", Vargas tinha dito a Pepe, e Vargas nem estava lidando com doenças infecciosas.

Isso era típico de Vargas, mesmo – ainda se sentindo deixado de lado porque não estava no acidente de avião que matou sua família.

A carta de Pepe sobre La Coronita chegou nos anos 90, se Juan Diego se lembrava corretamente. O "lugar de festa" dos travestis tinha fechado nos anos 90; o dono, que era gay, tinha morrido. Quando A Pequena Coroa reabriu, ela se expandira; havia um segundo andar. La Coronita reabriu como um lugar para travestis prostitutas e seus clientes. Não havia mais espera para trocar de roupa quando eles chegavam. Eles eram mulheres quando chegavam lá, ou foi o que Pepe deu a entender.

Irmão Pepe estava trabalhando no albergue para doentes nos anos 90; ao contrário de Vargas, Pepe era feito para o trabalho assistencial, e o Crianças Perdidas já tinha fechado havia muito tempo, nessa época.

Hogar de la Niña tinha aberto em 1979. Era o equivalente feminino da Cidade das Crianças – que Lupe tinha chamado de Cidade dos *Meninos*. Pepe tinha trabalhado no Lar da Menina, nos anos 80 e no início dos anos 90.

Pepe jamais iria menosprezar um orfanato. Hogar de la Niña não era muito longe de Viguera, onde seu equivalente masculino, Ciudad de los Niños, ainda funcionava. Lar da Menina ficava nos arredores de Cuauhtémoc.

Pepe tinha achado as meninas indisciplinadas; ele tinha se queixado para Juan Diego que as meninas podiam ser cruéis umas com as outras. E Pepe não havia gostado da adoração das meninas pela *Pequena sereia*, o desenho animado da Disney de 1989. Havia decalques em tamanho real da Pequena Sereia em pessoa no dormitório – "maior do que a imagem de Nossa Senhora de Guadalupe", Pepe reclamara. (Como Lupe sem dúvida teria reclamado, Juan Diego pensou.)

Pepe tinha mandado um retrato de algumas das meninas com seus vestidos antiquados, herdados de alguém – do tipo abotoado nas costas. Na foto, Juan Diego não pôde ver que as meninas não se deram ao trabalho de abotoar os vestidos, mas irmão Pepe havia reclamado disso também; aparentemente, ficar com os vestidos desabotoados era apenas uma das coisas "indisciplinadas" que aquelas meninas faziam.

Irmão Pepe (apesar de suas pequenas queixas) iria continuar sendo "um dos soldados de Cristo", como señor Eduardo gostava de chamar a si mesmo e aos seus irmãos jesuítas. Mas, na realidade, Pepe era um servo de crianças; esta tinha sido a sua vocação.

Mais orfanatos haviam chegado à cidade; quando Crianças Perdidas fechou, houve substituições – talvez não com as prioridades *educativas* que foram tão importantes para padre Alfonso e padre Octavio, mas eram orfanatos, mesmo assim. Oaxaca, um dia, iria ter muitos.

No final dos anos 90, irmão Pepe foi trabalhar no Albergue Josefino em Santa Lucía del Camino; o orfanato tinha sido aberto em 1993, e as freiras tomavam conta de meninos e meninas, embora os meninos não pudessem ficar lá além da idade de doze anos. Juan Diego não entendeu quem eram as freiras, e irmão Pepe não se deu ao trabalho de explicar. Madres de los Desamparados. (Ele achou que *desamparado* soava melhor do que *abandonado*.) Mas Pepe chamava as freiras de "mães daqueles que não têm um lugar". De todos os orfanatos, Pepe achava que o Albergue Josefino era o melhor. "As crianças dão a mão para você", ele escreveu para Juan Diego.

Havia uma Guadalupe na capela, e outra na escola; havia até um *relógio* de Guadalupe, Pepe disse. As meninas podiam ficar até desejar sair; algumas meninas só saíam com vinte e poucos anos. Mas isso não teria funcionado para Lupe *e* Juan Diego, considerando que Juan Diego estaria muito velho.

"Não morra nunca", Juan Diego escreveu para o irmão Pepe de Iowa City. O que Juan Diego quis dizer foi que *ele* morreria se perdesse Pepe.

* * *

Naquela véspera de Ano-Novo no Encantador, quantos médicos deviam estar hospedados na estância à beira-mar? Dez ou doze? Talvez mais. A família filipina de Clark French era cheia de médicos. Nenhum desses médicos – não a esposa de Clark, dra. Josefa Quintana, certamente – teria encorajado Juan Diego a pular outra dose dos betabloqueadores.

Talvez os *homens* entre aqueles médicos – os que tinham visto Miriam, especialmente os que testemunharam a rapidez estonteante com que ela espetara a lagartixa com o garfo –, teriam concordado que o comprimido de 100 mg de Viagra era aconselhável.

Mas misturar nenhuma dose com doses duplas (ou metade da dose) de uma receita de Lopressor – de jeito nenhum! Nem mesmo os homens entre aqueles médicos que estavam comemorando o Ano-Novo no Encantador teriam aprovado *isso*.

Quando Miriam, embora brevemente, fez da morte de Lupe tema da conversa do jantar, Juan Diego pensou em Lupe – no modo como ela havia esculhambado com a estátua sem nariz da Virgem Maria.

"Mostre-me um milagre *de verdade*", Lupe desafiara a giganta. "*Faça* algo para eu acreditar em você – eu acho que você não passa de uma grande valentona!"

Foi *isso* que provocou em Juan Diego uma percepção cada vez maior da estranha semelhança entre a enorme Virgem Maria do Templo de la Compañía de Jesús e Miriam?

Neste momento problemático, Miriam tocou nele por baixo da mesa – na sua coxa, nos montinhos dentro do bolso direito da frente de sua calça.

– O que tem aqui? – Miriam sussurrou para ele, que lhe mostrou rapidamente a peça de mah-jongg, a peça histórica, mas antes que ele pudesse começar a explicar, Miriam murmurou: – Não, não *isso*. Eu sei sobre o suvenir inspirador que carrega com você. Estou querendo saber o que *mais* tem no bolso?

Miriam teria lido sobre a peça de mah-jongg numa entrevista com o autor? Juan Diego teria desperdiçado a história de uma lembrança tão estimada com a mídia sempre banalizadora? E Miriam parecia saber sobre o comprimido de Viagra sem que ele tivesse contado a ela do que se tratava. Será que Dorothy tinha dito à mãe que Juan Diego tomava Viagra? Sem dúvida, ele não tinha dito que tomava Viagra em nenhuma entrevista – ou tinha?

O fato de ele não saber o que Miriam sabia (ou não sabia) sobre o Viagra fez Juan Diego se lembrar do rápido diálogo que ocorreu quando ele chegou ao circo – quando Edward Bonshaw, que sabia que Flor era uma prostituta, soube que ela era um travesti.

Foi um acidente – através das abas abertas de uma tenda da trupe, eles tinham visto Paco, o anão vestido de mulher, e Flor disse ao homem de Iowa: "Eu sou só mais *passável* do que Paco, meu bem."

– O homem papagaio sabe que Flor tem um pênis? – Lupe (não traduzida) perguntou. Ficou claro que el hombre papagayo estava pensando no pênis de Flor. Flor, que sabia o que o señor Eduardo estava pensando, intensificou o seu flerte com o homem de Iowa.

O destino é tudo, Juan Diego estava pensando – ele pensou na garotinha de maria-chiquinha, Consuelo, e como ela havia dito "Oi, senhor". Como ela o fazia lembrar de Lupe!

O modo como Lupe havia repetido para Hombre: "Vai ficar tudo bem."

– Ouvi dizer que você gosta de chicotes – Flor disse calmamente para o missionário manco, que estava com as sandálias cobertas de bosta de elefante.

– O rei dos *porcos* – Lupe disse de repente, quando viu Ignacio, o domador de leões.

Juan Diego imaginou por que isto lhe teria vindo à cabeça agora; não podia ser só porque Consuelo, a garotinha de maria-chiquinha, tinha dito "Oi, senhor". Do que Consuelo tinha chamado Miriam? "A dama que simplesmente aparece."

"Vocês não chorariam se nunca esquecessem que a *sua* irmã foi morta por um leão?", Miriam tinha perguntado às crianças. E então Pedro tinha adormecido com a cabeça encostada no peito de Miriam. Era como se o menino tivesse sido enfeitiçado, Juan Diego pensou.

Juan Diego olhava para o próprio colo – para a mão de Miriam, que estava apertando o comprimido de Viagra contra sua coxa direita. Mas quando ele olhou para cima (para todas as mesas de jantar), ele percebeu que tinha perdido o momento em que todo mundo pôs o chapéu de festa. Ele viu que até Miriam estava usando um chapéu de festa, como uma coroa de rei ou rainha – mas o dela era cor-de-rosa. Os chapéus eram todos em cores pastel. Juan Diego tocou o topo da cabeça e sentiu o chapéu de festa – uma coroa de papel, sobre seu cabelo.

– O meu é... – ele começou a dizer.

– Azul-claro – Miriam disse a ele, e quando ele apalpou o bolso direito da calça, sentiu a peça de mah-jongg, mas não o comprimido de Viagra. Ele também sentiu a mão de Miriam cobrir a dele.

"Você o tomou", ela murmurou.

– Tomei?

Os pratos tinham sido retirados, embora Juan Diego não se lembrasse de ter comido – nem mesmo o ceviche.

– Você parece cansado – Miriam lhe disse.

Se tivesse mais experiência com mulheres, Juan Diego não teria sabido que havia algo de estranho, ou um pouco "diferente" em relação a Miriam? O que Juan Diego conhecia das mulheres vinha da ficção, de ler e escrever romances. As mulheres na ficção eram de forma geral sedutoras e misteriosas; nos romances de Juan Diego, as mulheres também eram ameaçadoras. E não era normal, ou pelo menos não muito fora do comum, com certeza, que as mulheres na ficção fossem um pouco perigosas?

Se as mulheres de Juan Diego na vida real se arrastassem atrás daquelas mulheres que ele só tinha conhecido em sua imaginação – bem, isso poderia explicar por que mulheres como Miriam e Dorothy, que estavam muito além da experiência de Juan Diego com mulheres *reais*, pareciam tão atraentes e familiares para ele. (Talvez ele as tivesse encontrado muitas vezes em sua imaginação. Era lá que ele as tinha visto antes?)

Se os chapéus de papel tinham subitamente se materializado na cabeça das pessoas que estavam comemorando o Ano-Novo no Encantador, havia uma falta de explicação semelhante para o aparecimento igualmente espontâneo da banda, começando com três rapazes de aparência surrada, com uma barba rala no rosto e uma magreza típica de quem passa fome. O guitarrista tinha uma tatuagem no pescoço semelhante a uma queimadura, uma réplica de uma cicatriz. O tocador de gaita e o baterista eram apreciadores de camisetas, que revelavam seus braços tatuados; o baterista favorecia os insetos, enquanto que o tocador de gaita preferia répteis – nada além de vertebrados escamosos, cobras e lagartos, rastejavam pelos seus braços nus.

O comentário de Miriam sobre os rapazes foi arrasador:

– Um monte de testosterona, mas expectativa baixa. – Juan Diego percebeu que Clark French ouvira, mas Clark estava de costas para os rapazes da banda – sua expressão um tanto espantada revelava que ele achava que Miriam tinha se referido a *ele*.

– Aqueles rapazes, atrás de você: a *banda*, Clark – dra. Quintana disse ao marido.

Eles se chamavam (todo mundo sabia) os Macacos Noturnos. A reputação do grupo, que era estritamente local, repousava nos ombros ossudos da vocalista principal – uma garota esquelética de vestido sem alças. Seus seios eram tão pequenos que mal conseguiam evitar que o vestido escorregasse, e o cabelo preto e liso, tosado na altura da orelha, contrastava com sua palidez cadavérica. Sua pele tinha uma brancura pouco natural – não muito filipina, Juan Diego considerou. O fato da vocalista parecer um cadáver retirado da terra fez Juan Diego imaginar se uma ou duas tatuagens teriam ajudado – mesmo de um inseto ou de um réptil, talvez até o estrago grotesco feito no pescoço do guitarrista.

Quanto ao nome da banda, os Macacos Noturnos, naturalmente Clark tinha uma explicação. As Montanhas Chocolate ali perto eram um ponto de referência local. Havia macacos nas Montanhas Chocolate.

– Sem dúvida os macacos são noturnos – comentou Miriam.

– Exatamente – Clark concordou, sem muita convicção. – Se você estiver interessada, e se não estiver chovendo, podemos combinar uma excursão às Montanhas Chocolate; um grupo nosso vai todo ano.

– Mas não veríamos os macacos durante o dia, se eles são noturnos – Miriam observou.

– Não, é verdade. Nunca vemos os macacos – Clark resmungou. Ele tinha dificuldade em olhar para Miriam, Juan Diego notou.

– Acho que *estes* macacos são o melhor que podemos arranjar – Miriam disse; ela balançou os braços nus, languidamente, na direção da banda de aparência deplorável. Eles pareciam mesmo Macacos Noturnos.

– Uma noite, todo ano, alguns de nós fazemos um passeio de barco pelo rio – Clark arriscou, mais cautelosamente do que antes. Miriam o deixava nervoso; ela ficou esperando que ele continuasse. – Pegamos um ônibus até o rio. Há um cais na beira do rio, lugares para comer – Clark continuou. – Depois do jantar, tomamos um barco de excursão no rio.

– No escuro – Miriam disse. – O que há para ver no escuro? – ela perguntou a Clark.

– Vaga-lumes; deve haver milhares deles. Os vaga-lumes são espetaculares – comentou Clark.

– O que os vaga-lumes fazem, além de piscar? – Miriam perguntou.

– Os vaga-lumes piscam *espetacularmente* – Clark insistiu.

Miriam sacudiu os ombros. – Piscar é o que aqueles besouros fazem para cortejar as fêmeas – Miriam disse. – Imagine se a única maneira de darmos em cima uns dos outros fosse *piscar*! – Ao dizer isso, ela começou a piscar para Juan Diego, que piscou de volta para ela; os dois começaram a rir.

A dra. Josefa Quintana também riu; ela piscou do outro lado da mesa para o marido, mas Clark French não estava a fim de piscar.

– Os vaga-lumes são espetaculares – ele repetiu, como um professor que tivesse perdido o controle da classe.

O modo como Miriam piscava os olhos para Juan Diego provocou nele uma ereção. Ele lembrou (graças a Miriam) que tinha tomado o Viagra, e a mão de Miriam em sua coxa, por baixo da mesa, pode ter contribuído para a ereção. Juan Diego achou desconcertante o fato de ele ter a impressão distinta de que alguém estava respirando no seu joelho – bem perto de onde a mão de Miriam estava pousada em sua coxa –, e quando ele olhou para baixo da mesa, lá estava a garotinha de maria--chiquinha, Consuelo, olhando para ele.

– Boa noite, senhor. Eu tenho que ir para a cama – Consuelo disse.

– Boa noite, Consuelo – Juan Diego disse. Tanto Miriam quanto Josefa olharam para a menina debaixo da mesa.

– Minha mãe geralmente solta minhas marias-chiquinhas antes de eu ir para a cama – a criança explicou. – Mas hoje é uma *adolescente* quem vai me pôr na cama. Eu tenho que dormir de maria-chiquinha.

– O seu cabelo não vai morrer até amanhã, Consuelo – a dra. Quintana disse para a garotinha. – Suas marias-chiquinhas podem sobreviver uma noite.

– Meu cabelo vai ficar todo *torcido* – Consuelo reclamou.

– Vem aqui – Miriam disse a ela. – Eu sei soltar marias-chiquinhas.

Consuelo relutou em ir até Miriam, mas Miriam sorriu e estendeu os braços para a garotinha, que subiu no colo dela, onde se sentou com as costas bem retas e as mãos juntas.

– Você também tem que escovar o cabelo, mas não tem uma escova – Consuelo disse, nervosamente.

– Eu sei o que fazer com marias-chiquinhas com meus dedos – Miriam disse à garotinha. – Posso escovar seu cabelo com meus dedos.

– Por favor, não me faça dormir, como Pedro – Consuelo disse.

– Vou tentar – Miriam disse do seu jeito inexpressivo, sem prometer nada.

Quando Miriam estava desmanchando as marias-chiquinhas de Consuelo, Juan Diego olhou debaixo da mesa à procura de Pedro, mas o menino tinha escorregado sem que ninguém visse para a cadeira da dra. Quintana. (Juan Diego também não notou quando a dra. Quintana deixou sua cadeira, mas ele viu que a médica estava em pé ao lado de Clark – do outro lado da mesa.) Muitos dos adultos saíram de suas cadeiras na mesa do centro da sala de jantar; essas mesas estavam sendo retiradas – o centro da sala ia se transformar numa pista de dança. Juan Diego não gostava de ver gente dançar; dançar não funciona para aleijados, nem mesmo indiretamente.

As crianças pequenas, como Pedro e Consuelo, estavam sendo levadas para a cama; as crianças mais velhas, os adolescentes, também tinham deixado as mesas que ficavam no perímetro da pista de dança. Alguns adultos já tinham se sentado a essas mesas. Quando a música começasse, sem dúvida os adolescentes estariam de volta, Juan Diego pensou, mas eles tinham desaparecido por ora – para fazer o que quer que adolescentes fizessem.

– O que o senhor acha que aconteceu com a lagartixa grande atrás daquele quadro? – Pedro perguntou baixinho para Juan Diego.

– Bem... – Juan Diego começou.

– Ela desapareceu. Eu olhei. Não tem nada lá – Pedro cochichou.

– A lagartixa grande deve ter saído para caçar – Juan Diego sugeriu.

– Ela desapareceu – Pedro repetiu. – Talvez a dama tenha esfaqueado a lagartixa grande também – Pedro cochichou.

– Não, acho que não, Pedro – Juan Diego disse, mas o menino parecia convencido de que a lagartixa grande tinha desaparecido para sempre.

Miriam tinha soltado as marias-chiquinhas de Consuelo e estava passando os dedos habilmente pelo cabelo preto e grosso da menina.

– Você tem um lindo cabelo, Consuelo – Miriam disse à menina, que estava sentada apenas um pouco menos tensa do que antes no colo de Miriam. Consuelo lutava contra o sono, disfarçando um bocejo.

– Sim, eu tenho um cabelo bonito – Consuelo disse. – Se um dia eu fosse sequestrada, os sequestradores iriam cortar o meu cabelo e vender.

– Não pense nisso. Isso não vai acontecer – Miriam disse a ela.

– Você sabe tudo o que vai acontecer? – Consuelo perguntou a Miriam.

Por alguma razão, Juan Diego prendeu a respiração; ele estava esperando ansiosamente pela resposta de Miriam. Ele não queria perder uma só palavra.

– Acho que a dama sabe mesmo tudo – Pedro cochichou para Juan Diego, que compartilhava da previsão assustadora do menino acerca de Miriam. Juan Diego tinha parado de respirar porque acreditava que Miriam sabia o futuro, embora ele duvidasse da crença de Pedro de que Miriam havia matado a lagartixa grande. (Ela teria precisado de uma arma mais formidável do que um garfo de salada.)

E o tempo todo, enquanto Juan Diego não estava respirando, tanto Pedro quanto ele observavam Miriam massagear o couro cabeludo de Consuelo. Não restava um único nó no cabelo farto da menina, e Consuelo estava esparramada no colo de Miriam, quase dormindo; a menina bêbada de sono tinha semicerrado os olhos; parecia ter esquecido que fizera a Miriam uma pergunta não respondida.

Pedro não havia esquecido.

– Anda, senhor, pergunte a ela – o menino cochichou. – Ela está fazendo Consuelo dormir. Talvez tenha feito *isso* com a lagartixa grande – Pedro sugeriu.

– Você... – Juan Diego começou a dizer, mas sua língua estava esquisita e sua fala pastosa. Você sabe tudo o que vai acontecer?, ele pretendia perguntar a Miriam, mas ela pôs um dedo nos lábios e o silenciou.

– *Ssshhh... A* pobre criança devia estar na cama – Miriam murmurou.

– Mas *você*... – Pedro começou. Ele só chegou até aí.

Juan Diego viu a lagartixa cair ou se jogar do teto; era outra lagartixa pequena. Esta pousou na cabeça de Pedro, em seu cabelo. A lagartixa de ar espantado tinha pousado bem no alto da cabeça do menino, dentro da coroa de papel, que, no caso de Pedro, era verde cor do mar – não muito diferente da cor da pequena lagartixa. Quando Pedro sentiu a lagartixa no cabelo, ele começou a gritar; isto tirou Consuelo do seu transe – a garotinha começou a gritar também.

Juan Diego só entendeu mais tarde por que duas crianças filipinas gritaram por causa de uma lagartixa. Não é que a lagartixa tivesse feito Pedro e Consuelo gritar. Eles estavam gritando porque devem ter imaginado que Miriam ia espetar a lagartixa, prendendo o pequeno lagarto no alto da cabeça de Pedro.

Juan Diego estava estendendo a mão para pegar a lagartixa no cabelo de Pedro quando o menino apavorado atirou a pequena lagartixa na pista de dança, onde o chapéu de festa de Pedro também foi parar. Foi o baterista (o cara com as tatuagens de insetos nos braços) que pisou na lagartixa; ele espirrou parte das entranhas da lagartixa na sua calça jeans justa.

– Puxa vida, que chato – o tocador de gaita disse; ele era o que estava usando a outra camiseta, o músico com as cobras e lagartos tatuados nos braços.

O guitarrista com a tatuagem de cicatriz de queimadura no pescoço não notou a lagartixa esmagada; ele estava mexendo no amplificador e nas caixas de som, ajustando o som.

Mas Consuelo e Pedro viram o que aconteceu com a pequena lagartixa; seus gritos se transformaram em gemidos de protesto, não abrandados pelos adolescentes que os estavam levando para a cama. (Os gritos e choros trouxeram os adolescentes de volta para a sala de jantar, onde eles talvez tivessem confundido os gritos das crianças com o primeiro número da banda.)

Mais filosófica do que algumas vocalistas, a garota pálida como um cadáver olhava para o teto acima da pista de dança – como se estivesse esperando que mais lagartixas caíssem.

– Eu odeio essas porras desses bichos – disse para ninguém em particular. Ela viu também que o baterista tentava limpar as entranhas do lagarto que estavam espalhadas no seu jeans. – *Nojento* – a vocalista acrescentou, com naturalidade; o modo como disse *Nojento* fez parecer que aquele era o título de sua canção mais famosa.

– Eu aposto que o meu quarto é mais perto da pista de dança do que o seu – Miriam disse para Juan Diego, enquanto as crianças apavoradas estavam sendo levadas embora. – O que estou dizendo, querido, é que a escolha de onde vamos dormir deve ser feita com base no quanto queremos ouvir *destes* Macacos Noturnos.

– Sim – foi tudo o que Juan Diego conseguiu dizer. Ele viu que a tia Carmen não estava mais entre os adultos que permaneceram nas proximidades da pista de dança que acabara de surgir; ou tinha sido carregada junto com os pratos, ou tinha ido para a cama antes das crianças pequenas. *Estes* Macacos Noturnos não devem ter agradado à tia Carmen. Quanto aos *verdadeiros* macacos noturnos, os das Montanhas Chocolate, Juan Diego imaginou que tia Carmen talvez gostasse deles – mesmo que fosse apenas para servir de comida para sua moreia de estimação.

"Sim", Juan Diego repetiu. Estava mesmo na hora de dar o fora. Ele se levantou da mesa como se não mancasse – como se nunca tivesse mancado – e, como Miriam lhe deu o braço imediatamente, quase não mancou quando começou a andar junto com ela.

– Não vai ficar para dar boas vindas ao Ano-Novo? – Clark French perguntou ao seu antigo professor.

– Ah, nós vamos dar boas vindas a ele, não se preocupe – Miriam respondeu, mais uma vez com um movimento lânguido do braço nu.

– Deixe-os em paz, Clark, deixe eles irem – Josefa disse.

Juan Diego deve ter parecido um tanto tolo, tocando o alto da cabeça enquanto mancava (apenas ligeiramente) ao se retirar; ele estava imaginando onde tinha ido parar seu chapéu de festa, sem lembrar que Miriam o havia tirado da cabeça dele com a mesma agilidade com que havia tirado o dela.

Depois de subir a escada até o segundo andar, Juan Diego e Miriam puderam ouvir a música de karaokê que vinha da boate na praia; a música era ligeiramente audível da varanda do Encantador, mas não por muito tempo. A música distante de karaokê não podia competir com o som lancinante dos Macacos Noturnos – o ruído súbito da bateria, a guitarra combativa, o gemido lastimável da gaita (uma expressão de dor felina).

Juan Diego ainda estava do lado de fora, na varanda – ele estava abrindo a porta do seu quarto –, quando a vocalista, aquela garota pálida que parecia saída do túmulo, começou o seu lamento. Quando o casal entrou no quarto e Juan Diego fechou a porta, os Macacos Noturnos foram emudecidos pelo zumbido suave do ventilador de teto. Havia outro som para disfarçar: pelas janelas abertas – a brisa que entrava vinha do mar – a música insípida do karaokê na boate da praia era (felizmente) o único acompanhamento do ventilador de teto que eles podiam ouvir.

– Aquela pobre moça – Miriam disse; ela estava se referindo à vocalista dos Macacos Noturnos. – Alguém devia chamar uma ambulância – ou ela está tendo um filho ou está sendo estripada.

Essas eram exatamente as palavras que Juan Diego ia dizer antes que Miriam as dissesse. Como isso era possível? Ela seria uma escritora, também? (Se fosse, com certeza não a *mesma* escritora.) Qualquer que fosse o motivo, não pareceu importante. A luxúria era uma forma de distrair você dos mistérios.

Miriam enfiou a mão no bolso direito da calça de Juan Diego. Ela sabia que ele havia tomado o comprimido de Viagra e não estava interessada em segurar a peça de mah-jongg; aquela bonita peça de jogo não era o talismã *dela*.

– Querido – Miriam disse, como se ninguém jamais tivesse usado aquele tratamento carinhoso antes, como se ninguém jamais tivesse tocado no pênis de um homem por dentro do bolso de sua calça.

No caso de Juan Diego, de fato, ninguém tinha tocado no pênis *dele* desse jeito, embora ele tivesse escrito uma cena em que isso ocorria; ficou um pouco nervoso por já ter imaginado isso – exatamente assim.

Também o deixou nervoso o fato de ter esquecido o contexto de uma conversa que estava tendo com Clark – pouco antes da chegada de Miriam à mesa de jantar, espetando a lagartixa. Clark estava falando sobre uma aluna recente de redação criativa – ela pareceu ser uma nova *protégée,* embora Juan Diego visse que Josefa era cética em relação a ela. A aluna era uma "pobre Leslie" – uma moça que tinha sofrido, de algum modo, e é claro que havia um contexto *católico*. Mas a luxúria era uma forma de distrair você, e, de repente, Juan Diego estava com Miriam.

19. *Menino maravilha*

No alto da tenda das jovens acrobatas, havia uma escada aparafusada horizontalmente em duas estacas de madeira. Os degraus eram de corda; havia dezoito degraus na escada. Era ali que os trapezistas praticavam, porque o teto da tenda das acrobatas tinha apenas três metros e sessenta. Mesmo que você estivesse pendurado pelos pés nos degraus de corda, de cabeça para baixo, você não morreria se caísse da escada na tenda.

Na tenda principal, onde eram executados os números de circo – bem, isso era outra coisa. A mesma escada com os dezoito degraus de corda ficava aparafusada ao longo do topo da tenda principal, mas, se você caísse daquela escada, você cairia 24 metros – sem uma rede de proteção, você morreria. Não havia rede de proteção para o trapézio no Circo de La Maravilla.

Quer você o chamasse de Circo da Maravilha ou simplesmente de A Maravilha, uma parte importante da maravilha era o fato de não haver rede de proteção. Quer você se referisse ao circo (ao circo *inteiro*) quando dizia La Maravilla, ou apenas se referisse ao *artista* quando dizia A Maravilha – significando La Maravilla em si – o que *a* tornava tão especial tinha muito a ver com o fato de não existir rede de proteção.

Isto era de propósito, e a responsabilidade era toda de Ignacio. Quando jovem, o domador de leões viajou para a Índia – Ignacio viu pela primeira vez a passarela suspensa num circo indiano, de onde o domador de leões também tirou a ideia de usar crianças como acrobatas; Ignacio tirou a ideia de não usar rede de proteção de um circo que ele viu em Junagadh, e de um circo que tinha visto em Rajkot. Nada de rede, crianças artistas, um número de alto risco – a passarela suspensa provou ser muito apreciada também no México. E, como Juan Diego *odiava* Ignacio, ele viajou para a Índia – ele queria ver o que o domador de leões tinha visto; precisava saber de onde tinham vindo as ideias de Ignacio.

Essa questão da *origem* das coisas era muito importante na vida de Juan Diego como escritor. *Uma história inspirada pela Virgem Maria*, seu romance indiano, era sobre de onde "vem" tudo – naquele romance, como em grande parte da infância e da adolescência de Juan Diego, muita coisa veio dos jesuítas ou do circo. Entretanto, nenhum romance escrito por Juan Diego se passava no México; não havia personagens mexicanos (nem americanos-mexicanos) em sua ficção. "A vida real é um modelo muito piegas para boa ficção", Juan Diego dizia. "Os bons personagens dos romances são mais completos do que a maioria das pessoas que conhecemos na vida", Juan Diego diria. "Os personagens dos romances são mais compreensíveis, mais consistentes, mais previsíveis. Nenhum romance bom é uma confusão; muitas vidas ditas reais são confusas. Num bom romance, tudo o que é importante para a história vem de alguma coisa ou de algum lugar."

Sim, seus romances *vinham* da sua infância e da sua adolescência – era de lá que seus medos vinham, e sua imaginação vinha de tudo o que ele temia. Isto *não* significava que ele escrevesse sobre si mesmo, ou sobre o que aconteceu com ele na infância e adolescência – ele não fazia isso. Como escritor, Juan Diego Guerrero tinha imaginado o que temia. Você nunca conseguia saber o bastante sobre de onde *vinham* as pessoas reais.

Vejam o próprio Ignacio, o domador de leões – sua depravação, em particular. Ele não podia ser culpado pela Índia. Sem dúvida, ele adquirira suas habilidades de domador nos circos indianos, mas domar leões não era uma habilidade atlética – não era absolutamente acrobática. (Domar leões é uma questão de dominação; isto parece ser verdade tanto no caso de domadores *quanto* de domadoras de leões.) Ignacio aprendera como *parecer* assustador, ou já possuía essa qualidade antes mesmo de ir à Índia. Com leões, é claro, a intimidação era uma ilusão. E quer a dominação funcionasse ou não – bem, isso dependia de cada leão. Ou de cada leoa, no caso de Ignacio – o fator *fêmea*.

A passarela suspensa em si era em grande parte uma questão de técnica; para quem anda na passarela, a técnica compreende dominar um sistema específico. Havia um modo de fazer isso. Ignacio o tinha visto, mas o domador de leões não era um acrobata – apenas havia se casado com uma. A esposa de Ignacio, Soledad, era a acrobata – ou *ex*-acrobata. Ela fora uma artista do trapézio, uma trapezista voadora; fisicamente, Soledad podia *fazer* qualquer coisa.

Ignacio havia simplesmente descrito como *era* a passarela suspensa; Soledad é que ensinara as jovens acrobatas o que fazer. Soledad aprendera sozinha a andar naquela escada de corda na tenda da trupe; depois que dominou a técnica, sem cair, Soledad soube que podia ensinar as jovens acrobatas como fazer aquilo.

No Circo da Maravilha, só garotas – apenas as acrobatas de uma certa idade – eram treinadas para atuar na passarela suspensa (As Maravilhas em pessoa). Isto também era de propósito, e Ignacio era o único responsável por isso. O domador de leões gostava de garotas; ele achava que meninas pré-adolescentes eram as melhores artistas aéreas. Ignacio acreditava que, se você estivesse na plateia, gostaria de ficar com medo que as meninas caíssem, sem pensar nelas sexualmente; você só tinha pensamentos sexuais em relação a mulheres feitas – bem, pelo menos na opinião do domador de leões, você não ficava tão preocupado com que elas pudessem morrer se pudesse imaginar-se fazendo sexo com elas.

Naturalmente, Lupe soube disto sobre o domador de leões desde o instante em que o conheceu – Lupe leu a mente de Ignacio. Aquele primeiro encontro, assim que as crianças chegaram a La Maravilla, foi a apresentação de Lupe aos pensamentos de Ignacio. Lupe nunca tinha lido uma mente tão terrível quanto a de Ignacio antes.

– Esta é Lupe, a nova vidente – Soledad disse, apresentando Lupe às garotas da tenda de meninas acrobatas. Lupe sabia que estava em território desconhecido.

– Lupe prefere "telepata" a "vidente". Ela normalmente sabe o que você está pensando, não necessariamente o que vai acontecer – Juan Diego explicou. Ele se sentia inseguro, desorientado.

– E este é o irmão de Lupe, Juan Diego. Ele é o único que consegue entender o que ela diz – Soledad continuou.

Juan Diego estava numa tenda cheia de garotas mais ou menos da idade dele; algumas eram tão jovens (ou mais jovens) quanto Lupe, tinham só dez ou doze anos, e havia umas duas que tinham quinze ou dezesseis anos, mas a maioria das meninas acrobatas tinha treze ou catorze anos. Juan Diego nunca se sentira tão envergonhado. Ele não estava acostumado a se ver rodeado de garotas atléticas.

Uma jovem estava pendurada de cabeça para baixo na escada de cordas no alto da tenda; seus pés descalços e ásperos, enfiados nos dois primeiros degraus de corda, estavam flexionados, formando ângulos retos com suas canelas. Ela balançava o corpo para frente e para trás, com um impulso regular para a frente, enquanto ia de um degrau de corda para outro, sempre no mesmo ritmo. Havia dezesseis degraus na passarela, do início ao fim; a 24 metros do chão, sem rede de proteção, cada um desses dezesseis passos podia ser o último. Mas a acrobata aérea na tenda da trupe de acrobatas parecia despreocupada; ela mostrava uma indiferença – parecia tão relaxada quanto sua camiseta, que segurava contra o peito (seus pulsos estavam cruzados sobre seus pequenos seios).

– E *esta* – Soledad dizia, apontando para a acrobata de cabeça para baixo – é Dolores. – Juan Diego olhou fixamente para ela.

Dolores era La Maravilla do momento; ela era A Maravilha do Circo da Maravilha, mesmo que por um breve segundo – Dolores não continuaria pré-adolescente por muito tempo. Juan Diego prendeu a respiração.

A garota, cujo nome significava "dor" e "sofrimento", continuou andando com os pés pendurados na corda. Seus folgados shorts de ginástica revelavam suas longas pernas; em sua barriga nua, na região central abaixo da cintura, os pelos finos e macios estavam molhados de suor. Juan Diego adorou-a.

– Dolores tem catorze anos – Soledad disse. (Catorze quase chegando 21, como Juan Diego iria lembrar-se dela por longo tempo.) Dolores era linda, mas entediada; ela parecia indiferente ao perigo que corria, ou – o que era mais arriscado – a qualquer perigo. Lupe já a detestava.

Mas os pensamentos do domador de leões eram o que Lupe estava recitando.

– O porco acha que Dolores devia estar trepando, não fazendo acrobacias – Lupe balbuciou.

– Com quem ela deveria... – Juan Diego começou a perguntar, mas Lupe não parou de balbuciar. Ela olhava fixamente para Ignacio.

– Com *ele*. O porco quer transar com ela. Ele acha que chega de acrobacia aérea para ela. Só que não há outra garota que seja suficientemente boa para substituí-la, por enquanto – Lupe disse. Ela continuou dizendo que Ignacio achava que havia um *conflito* quando A Maravilha o deixava de pau duro; o domador de leões achava impossível temer pela vida de uma garota quando ele também queria transar com ela.

"Idealmente, assim que uma garota fica menstruada, ela não deve mais fazer acrobacia aérea", Lupe explicou. Ignacio tinha dito a todas as garotas que os leões sabiam quando as garotas ficavam menstruadas. (Quer isso fosse verdade ou não, as meninas acrobatas acreditaram.) Ignacio sabia quando as garotas estavam menstruadas porque elas ficavam nervosas perto dos leões, ou então os evitavam inteiramente.

"O porco mal pode esperar para trepar com esta garota; ele acha que ela está *pronta*", Lupe disse, inclinando a cabeça serenamente, Dolores de cabeça para baixo.

– O que a acrobata pensa? – Juan Diego cochichou para Lupe.

– Eu não estou lendo a mente dela. La Maravilla não está pensando em nada neste momento – Lupe disse, categoricamente. – Mas você também está desejando fazer sexo com ela, não está? – Lupe perguntou ao irmão. – Nojento! – ela disse, antes que Juan Diego pudesse responder.

– O que a esposa do domador de leões... – Juan Diego cochichou.

– Soledad sabe que o porco trepa com todas as garotas acrobatas, quando elas têm idade suficiente. Ela fica apenas triste com isso – Lupe disse a ele.

Quando Dolores chegou ao final da passarela suspensa, ela estendeu as duas mãos para a escada e soltou suas longas pernas; seus pés nus e marcados não estavam muito longe do chão quando ela largou a escada e saltou para o chão de terra da tenda.

– Reavive minha memória – Dolores disse para Soledad. – O que é que o aleijado faz? Algo que não seja com os pés, provavelmente – a garota arrogante acrescentou. Uma verdadeira cobra, Juan Diego pensou.

– Peitinhos de camundongo, boceta estragada, deixe o domador de leões trepar com ela! Esse é o único futuro dela! – Lupe disse. Este extremo de vulgaridade não era característico de Lupe, mas ela estava lendo as mentes das outras acrobatas; a linguagem de Lupe iria engrossar no circo. (Juan Diego não traduziu esta explosão de raiva, é claro – ele estava enrabichado por Dolores.)

– Juan Diego é tradutor; o irmão é o intérprete da irmã – Soledad disse para a garota orgulhosa. Dolores sacudiu os ombros.

– Morra de parto, boceta de macaco! – Lupe disse para Dolores. (Mais telepatia – as outras garotas acrobatas detestavam Dolores.)

– O que foi que ela disse? – Dolores perguntou a Juan Diego.

– Lupe estava imaginando se os degraus de corda machucam a parte de cima dos seus pés – Juan Diego disse, hesitante, para a acrobata. (As cicatrizes em carne viva na parte de cima dos pés de Dolores eram óbvias para qualquer um.)

– No início, sim – Dolores respondeu –, mas você se acostuma.

– É bom que eles estejam conversando, não é? – Edward Bonshaw perguntou a Flor. Ninguém na tenda das garotas acrobatas queria ficar ao lado de Flor. Ignacio ficou o mais longe possível de Flor. A travesti era bem mais alta e tinha os ombros bem mais largos do que o domador de leões.

– Acho que sim – Flor disse para o missionário. Ninguém queria ficar ao lado do señor Eduardo, também, mas isto era só por causa da bosta de elefante em suas sandálias.

Flor disse alguma coisa para o domador de leões, e recebeu a resposta mais curta possível; esta breve conversa aconteceu tão depressa que Edward Bonshaw não entendeu.

– O quê? – o homem de Iowa perguntou a Flor.

– Eu estava perguntando se ele podia arranjar uma mangueira – Flor disse a ele.

– Señor Eduardo ainda está pensando no fato de Flor ter um pênis – Lupe disse para Juan Diego. – Ele não consegue parar de pensar no pênis dela.

– Jesus – Juan Diego disse. Muitas coisas estavam acontecendo depressa demais.

– A telepata está falando sobre Jesus? – Dolores perguntou.

– Ela disse que você anda no céu do jeito com que Jesus andava sobre a água – Juan Diego mentiu para a garota metida de catorze anos.

– Que mentiroso! – Lupe exclamou, zangada.

– Ela imagina como você consegue suportar o seu peso, de cabeça para baixo, na parte de cima dos pés. Deve demorar para desenvolver os músculos que sustentam seus pés nesse ângulo reto, para que eles não escorreguem da corda. Fale-me sobre isso – Juan Diego disse para a bela acrobata. Ele finalmente conseguiu controlar a respiração.

– A sua irmã é muito observadora – Dolores disse para o aleijado. – Essa é a parte mais difícil.

– *Eu* só teria metade da dificuldade para andar com os pés pendurados na corda – Juan Diego disse a Dolores. Ele tirou seu sapato especial e mostrou a ela seu pé torto; sim, ele ficava um pouco fora de alinhamento com sua canela. O pé apontava numa direção de duas horas, mas o pé esmagado estava fixo permanentemente num ângulo reto. Nenhum músculo precisava ser desenvolvido no pé direito aleijado do menino. Aquele pé não dobrava; *não podia* dobrar. Seu pé direito aleijado estava preso na posição perfeita para se pendurar na corda. – Está vendo? – Juan Diego perguntou a Dolores. – Eu só teria que treinar *um* pé – o esquerdo. Isso não tornaria as coisas mais fáceis para mim?

Soledad, que treinava as acrobatas, se ajoelhou no chão de terra da tenda, apalpando o pé aleijado de Juan Diego. Juan Diego sempre se lembraria deste momento: era a primeira vez que alguém mexia naquele pé desde que ele tinha sarado, a seu modo – sem mencionar que era a primeira vez que alguém tocaria naquele pé de forma apreciativa.

– O menino tem razão, Ignacio – Soledad disse ao marido. – Juan Diego só teria metade da dificuldade para aprender a se pendurar na passarela. Este pé é um gancho, este pé já sabe andar na corda.

– Só meninas podem fazer acrobacia aérea – o domador de leões disse. – La Maravilla é sempre uma menina. – (O homem era uma máquina masculina, um robô peniano.)

– O porco imundo não está interessado na *sua* puberdade – Lupe explicou a Juan Diego, mas ela estava mais zangada com Juan Diego do que enojada de Ignacio. – Você não pode ser A Maravilha, você vai *morrer* andando na corda! Você vai deixar o México com o señor Eduardo – Lupe disse para o irmão. – Você não *fica* no circo. La Maravilla não é permanente; não para *você*! – Lupe expôs a ele. – Você não é um acrobata, você não é um atleta. Você nem consegue andar sem mancar! – Lupe gritou.

– Eu não vou mancar de cabeça para baixo. Posso andar direito lá em cima – Juan Diego disse a ela; ele apontou para a escada horizontal no teto da tenda.

– Talvez o aleijado devesse dar uma olhada na escada na tenda *grande* – Dolores disse, para ninguém em particular. – Precisa ter colhões para ser A Maravilha *naquela* escada – a garota arrogante falou para Juan Diego. – Qualquer um pode ser um acrobata na tenda de *treino*.

– Eu tenho colhões – o menino disse a ela. As garotas acrobatas riram disso, não só Dolores. Ignacio riu também, mas não a esposa dele.

Soledad tinha mantido a mão no pé aleijado.

– Vamos ver se ele tem colhões para isso – Soledad disse. – Este pé dá a ele uma *vantagem*; isso é tudo que eu e o menino estamos dizendo.

– Nenhum menino pode ser La Maravilla – Ignacio disse; ele estava esticando e recolhendo o chicote, de uma maneira mais nervosa do que ameaçadora.

– Por que não? – sua esposa perguntou. – Sou eu que treino as acrobatas aéreas, não sou? – (Nem todas as leoas eram domadas, também.)

– Eu não estou gostando disto – Edward Bonshaw disse para Flor. – Eles não estão falando sério sobre Juan Diego chegar perto daquela escada, estão? O *menino* não está falando sério, está? – o homem de Iowa perguntou a Flor.

– O garoto tem colhões, não tem? – Flor perguntou ao missionário.

– Não, não. Nada de acrobacia aérea! – Lupe gritou. – Você tem *outro* futuro! – a menina disse ao irmão. – Nós devemos voltar para Crianças Perdidas. Chega de circo! – Lupe berrou. – Excesso de leitura de mente – a garotinha disse. De repente, ela via como o domador de leões olhava para *ela*; Juan Diego também viu Ignacio olhando para Lupe.

– O quê? – Juan Diego perguntou à irmã. – O que o porco está pensando *agora*? – ele cochichou para ela.

Lupe não conseguia olhar para o domador de leões.

– Ele está pensando que gostaria de me foder, quando eu estiver *pronta* – Lupe disse a Juan Diego. – Ele está imaginando como seria foder uma garota retardada, uma garota que só pode ser entendida pelo irmão aleijado.

– Sabem o que eu estava pensando? – Ignacio disse subitamente. O domador de leões estava olhando para um ponto indeterminado, entre Lupe e Juan Diego, e Juan Diego imaginou se esta era uma tática que Ignacio usava com os leões, ou seja, não fazer contato visual com um único leão, mas fazer os leões pensarem que ele estava olhando para todos eles. Definitivamente, coisas demais estavam acontecendo ao mesmo tempo.

– Lupe sabe o que você estava pensando – Juan Diego disse ao domador de leões. – Ela *não* é retardada.

– O que eu *ia* dizer – Ignacio disse, ainda sem olhar nem para Juan Diego nem para Lupe, mas para um ponto entre os dois – é que a maioria das telepatas ou videntes, ou como quer que elas se autodenominem, são charlatãs. Aquelas que fazem isso sob encomenda são definitivamente charlatãs. As autênticas podem ler as mentes de *algumas* pessoas, mas não de todas. As autênticas acham a maioria das mentes desinteressantes. As autênticas só percebem aquilo que se destaca na mente das pessoas.

– Quase sempre coisas horríveis – Lupe disse.

– Ela está dizendo que as coisas que se destacam são quase sempre horríveis – Juan Diego disse ao domador de leões. As coisas estavam sem dúvida indo depressa demais.

– Ela deve ser uma das autênticas – Ignacio disse; então ele olhou para Lupe – só para ela, para mais ninguém. – Você já leu a mente de um animal? – o domador de leões perguntou a ela. – Eu estou imaginando se você consegue dizer o que um *leão* está pensando.

– Depende do leão, ou da *leoa* – Lupe disse. Juan Diego repetiu isto exatamente como Lupe tinha dito. O modo como as garotas acrobatas saíram de perto de Ignacio, ao ouvir a palavra *leoa*, mostrou às crianças do lixão que o domador de leões ficava incomodado de ser considerado um domador de *leoas*.

– Mas você seria capaz de captar o que um leão ou uma leoa estivesse pensando? – Ignacio perguntou; os olhos dele estavam olhando de novo para o vazio, para um ponto indistinto entre a garota vidente e o irmão dela.

– Principalmente coisas horríveis – Lupe repetiu; desta vez, Juan Diego a traduziu literalmente.

– Interessante – foi tudo o que o domador de leões disse, mas todo mundo na tenda pôde ver que ele sabia que Lupe era uma das autênticas, e que ela havia lido a mente dele – corretamente. – O aleijado pode tentar andar pendurado na escada de corda. Vamos ver se ele tem coragem para isso – Ignacio acrescentou, ao sair. Ele deixara o chicote desenrolado, e o arrastou – em todo o seu comprimento, atrás dele, ao sair da tenda. O chicote foi se arrastando atrás dele como se fosse uma cobra de estimação, seguindo seu dono. As meninas acrobatas olhavam para Lupe; até Dolores, a grande estrela da passarela suspensa, olhava para Lupe.

– Todas elas querem saber o que Ignacio pensa a respeito de trepar com elas: se ele acha que elas estão *prontas* – Lupe disse a Juan Diego. A esposa do domador de leões (e todas as outras pessoas, até o missionário) tinha ouvido a palavra *Ignacio*.

– O que ela disse sobre Ignacio? – Soledad perguntou; ela não se deu ao trabalho de perguntar a Lupe, e falou diretamente com Juan Diego.

– Sim, Ignacio pensa em trepar com todas nós, com toda garota, ele pensa em fazer isso – Lupe disse. – Mas vocês já sabem disso, não precisam que *eu* diga para vocês – Lupe acrescentou, olhando diretamente para Soledad. – *Todas* vocês sabem disso – Lupe falou para elas; ela olhou para cada uma das garotas acrobatas ao dizer isto, e olhou mais longamente para Dolores.

Ninguém ficou surpreso com a tradução de Juan Diego do que sua irmã havia dito, ao pé da letra. Flor foi quem ficou menos surpresa. Nem mesmo Edward Bonshaw ficou surpreso, mas é claro que ele não tinha entendido a maior parte da conversa – inclusive da tradução de Juan Diego.

– Há um espetáculo noturno – Soledad explicou aos recém-chegados. – As garotas têm que vestir suas fantasias.

Soledad levou as crianças do lixão para a tenda onde elas iriam morar. Era a tenda dos cachorros, conforme o prometido; havia duas camas de armar para as crianças, que também tinham seu próprio guarda-roupa, e havia ainda um espelho grande de pé.

As camas e as tigelas de água dos cachorros estavam arrumadas, e o cabideiro onde ficavam as fantasias dos cachorros era pequeno e não atrapalhava. A treinadora de cachorros ficou contente em conhecer as crianças do lixão; ela era uma mulher velha que se vestia como se ainda fosse moça, e ainda fosse bonita. Ela estava vestindo os cães para o espetáculo noturno quando as crianças do lixão chegaram à tenda dos cachorros. O nome dela era Estrella. Ela disse aos meninos que precisava de uma folga de dormir com os cachorros, embora ficasse claro para as crianças – ao vê-la vestindo aqueles animais – que a velha gostava realmente dos cachorros, e que cuidava bem deles.

A recusa de Estrella de se vestir ou de se comportar de acordo com sua idade a tornava mais infantil do que as crianças do lixão; tanto Lupe quanto Juan Diego gostaram dela, assim como os cachorros. Lupe sempre desaprovara a aparência vulgar da mãe, mas as blusas decotadas de Estrella eram mais cômicas do que vulgares; seus seios caídos estavam sempre aparecendo, mas eram pequenos e murchos – não havia nenhuma sedução no fato de Estrella mostrá-los. E suas saias, antes justas, agora eram ridículas; Estrella era um espantalho – as roupas não se ajustavam ao corpo dela, não como antes (ou como ela pode ter imaginado que ainda faziam).

Estrella era careca; ela não tinha gostado do modo como seu cabelo havia ficado ralo, nem de ele ter perdido o brilho. Ela raspava a cabeça – ou convencia a alguém de raspá-la para ela, porque costumava se cortar – e usava perucas (tinha mais perucas do que cachorros). As perucas eram joviais demais para ela.

À noite, Estrella dormia com um boné de beisebol; ela reclamava que o visor a obrigava a dormir de barriga para cima. Ela não tinha culpa de roncar: ela punha a culpa no boné de beisebol. E a faixa do boné deixou uma marca permanente em sua testa, abaixo de onde ela usava as perucas.

Quando Estrella estava cansada, havia dias em que ela deixava – o dia todo – de trocar o boné de beisebol por uma peruca. Se La Maravilla não estivesse se apresentando, Estrella se vestia como uma prostituta magra e careca com um boné de beisebol.

Ela era uma pessoa generosa; Estrella não era possessiva em relação às suas perucas. Ela deixava Lupe experimentá-las, e tanto Estrella quanto Lupe gostavam de experimentar uma ou outra peruca nos cachorros. Hoje, Estrella não estava num dos seus dias de boné de beisebol; estava usando a peruca vermelho flamejante, que possivelmente teria ficado melhor num dos cachorros – ela sem dúvida teria ficado melhor em Lupe.

Qualquer pessoa podia ver por que as crianças do lixão e os cachorros a adoravam. Apesar da sua generosidade, Estrella não foi tão receptiva com Flor e o señor Eduardo quanto foi com os niños de la basura. E Estrella não tinha preconceito em relação a sexo; ela não era hostil à ideia de ter uma prostituta travesti na tenda dos cachorros. Mas a treinadora fazia questão de brigar com os cachorros se eles por acaso cagassem no chão da tenda. Estrella não queria que o homem de Iowa, todo sujo de bosta, pusesse alguma ideia nociva na cabeça dos cachorros. Estrella não foi receptiva ao jesuíta cheio de bosta de elefante nas sandálias – ele é que não foi bem recebido na tenda dos cachorros.

Perto dos chuveiros externos, que ficavam atrás do banheiro masculino, havia uma torneira com uma mangueira comprida; Flor levou Edward Bonshaw até lá, para dar um jeito na bosta de elefante que tinha endurecido nas sandálias do missionário – e, mais desconfortavelmente, entre os dedos dos seus pés.

Como Estrella estava dizendo os nomes dos cachorros para Lupe, e quanta comida dar para cada um, Soledad se aproveitou deste momento de privacidade; numa vida passada em tendas coletivas, Juan Diego iria em breve compreender, não havia muitos momentos de privacidade – não muito diferente da vida no orfanato.

– Sua irmã é muito especial – Soledad começou, falando gentilmente. – Mas por que ela não quer que você tente se tornar A Maravilha? As acrobatas aéreas são as estrelas deste circo. – A ideia de ser uma estrela o atordoou.

– Lupe acredita que eu tenho um futuro diferente, não fazendo acrobacia aérea – disse Juan Diego. Ele foi pego desprevenido.

– Lupe também sabe o futuro? – Soledad perguntou ao menino aleijado.

– Só em parte – Juan Diego respondeu; na verdade, ele não sabia quanto Lupe sabia (se muito ou pouco). – Como Lupe não vê acrobacia aérea no meu futuro, ela acha que eu vou morrer tentando fazer isso. *Se* eu tentar.

– E o que *você* acha, Juan Diego? – a esposa do domador de leões perguntou a ele. Ela era um tipo de adulto pouco familiar para uma criança do lixão.

– Eu só sei que não estaria mancando se estivesse andando com os pés pendurados na corda – o menino disse a ela. Ele viu que ia ter que tomar uma decisão.

– O dachshund é um macho chamado Baby – ele ouviu Lupe repetindo para si mesma; Juan Diego sabia que era assim que Lupe decorava coisas. Ele viu o dachshund: o cachorrinho estava usando uma touca de bebê, amarrada sob o queixo, sentado com as costas retas num carrinho de bebê.

– Ignacio queria uma telepata para os *leões* – Soledad disse de repente para Juan Diego. – Que tipo de número faz uma telepata num circo? Você mesmo disse que a sua irmã não é uma vidente – Soledad continuou, delicadamente. Isto não estava saindo conforme o esperado.

– O pastor é uma fêmea chamada Pastora – Juan Diego ouviu Lupe dizendo. Pastora era da raça sheepdog, do tipo border collie; Pastora estava usando um vestido de menina; quando andava de quatro, tropeçava no vestido, mas, quando ficava em pé nas patas traseiras, empurrando o carrinho com Baby (o dachshund) dentro, Pastora não tropeçava no vestido – só então o vestido lhe cabia direito.

– O que Lupe diria para as pessoas num número de circo? Que mulher quer saber o que o marido está pensando? Que homem vai ficar feliz ouvindo o que a esposa está pensando? – Soledad perguntou a Juan Diego. – As crianças não vão ficar envergonhadas se os amigos souberem o que elas estão pensando? Pensei nisso – Soledad disse. – Tudo o que interessa a Ignacio é saber o que aquele velho leão e aquelas leoas estão pensando. Se a sua irmã não puder ler as mentes dos leões, ela não tem serventia para Ignacio. E depois que ela *tiver* lido o que está na mente dos leões, então ela não serve mais para nada, não é? Ou será que os leões mudam de ideia? – Soledad perguntou a Juan Diego.

– Eu não sei – o menino admitiu. Ele estava assustado.

– Eu também não sei – Soledad disse a ele. – Eu só sei que você tem mais chance de *ficar* no circo se for um acrobata, especialmente se for um *menino* acrobata. Você entende o que eu estou dizendo, Menino Maravilha? – Soledad perguntou a ele. Tudo aquilo pareceu brusco demais.

– Sim – ele disse a ela, mas a brusquidão o assustou. Era difícil para ele imaginar que ela algum dia havia sido bonita, mas Juan Diego sabia que Soledad pensava com clareza; ela entendia o marido, talvez o suficiente para sobreviver a ele. Soledad entendia que o domador de leões era um homem que tomava decisões quase sempre egoístas; seu interesse em Lupe como telepata era uma questão de autopreservação. Uma coisa a respeito de Soledad era óbvia: ela era uma mulher forte.

Ela havia sofrido tensão nas articulações, sem dúvida – como o dr. Vargas observara na antiga trapezista, sua paciente. Dano em seus dedos, pulsos, cotovelos, mas, mesmo tendo sofrido esses danos nas articulações, Soledad ainda era forte. Como trapezista, ela terminara a carreira como apanhadora; no trapézio, os apanhadores são geralmente homens. Mas Soledad tinha braços fortes e agarrava com firmeza.

– O mestiço é macho. Eu não acho *justo* que ele seja chamado de Perro Mestizo – "Mestiço" não devia ser o *nome* do pobre cachorro! – Lupe estava dizendo. O mestiço, o pobre Perro Mestizo, não estava usando fantasia. No número dos cães, Mestiço era um ladrão de bebês. Perro Mestizo tenta sair correndo com o carrinho, com Baby lá dentro, com o dachshund de touca de bebê latindo como um louco, é claro. – Perro Mestizo é sempre o bandido – Lupe falava. – Isso também não é justo! – (Juan Diego sabia o que Lupe ia dizer em seguida porque esse era um tema batido com sua irmã.) – Perro Mestizo não pediu para nascer mestiço – Lupe disse. (Naturalmente, Estrella, a treinadora de cães, não fazia ideia do que Lupe estava dizendo.)

– Eu acho que Ignacio tem um certo medo dos leões – Juan Diego disse, com cuidado para Soledad. Não era uma pergunta; ele estava sendo evasivo.

– Ignacio *devia* ter medo dos leões, *muito* medo – a esposa do domador de leões disse.

– O pastor-alemão, que é fêmea, se chama Alemania – Lupe estava balbuciando. Juan Diego achou que era falta de imaginação chamar um pastor-alemão de *Alemanha*; também era um estereótipo vestir um pastor-alemão com uniforme de polícia. Mas Alemania era uma *policía*. Naturalmente, Lupe estava reclamando que era "humilhante" para Mestiço, que era macho, ser preso por um pastor-alemão *fêmea*. No número dos cachorros no circo, Perro Mestizo é apanhado roubando o bebê no carrinho; o mestiço sem roupa é arrastado do picadeiro pelo pescoço por Alemania no seu uniforme de polícia. Baby (o dachshund) e sua mãe (Pastora, o cão pastor) são reunidos.

Foi neste momento de compreensão – das poucas chances que as crianças do lixão tinham de fazer sucesso no Circo de La Maravilla; do destino de um acrobata aleijado justaposto à improbabilidade de Lupe se tornar uma leitora de mentes de leões – que um Edward Bonshaw descalço entrou na tenda dos cães. O modo inexperiente com que o homem de Iowa estava andando pode ter chamado a atenção dos cachorros, ou talvez fosse o modo canhestro com que o pequeno señor Eduardo se apoiava no travesti maior do que ele para se equilibrar.

Baby foi o primeiro a latir; o pequeno dachshund com uma touca de bebê saltou do carrinho. Isto foi tão inesperado, tão *diferente* do número circense, que o pobre Perro Mestizo ficou agitado e mordeu um dos pés descalços de Edward Bonshaw. Baby levantou rapidamente uma das pernas, como faz a maioria dos cães machos, e mijou no outro pé descalço do señor Eduardo – o que não tinha sido mordido. Flor chutou o dachshund *e* o mestiço.

Alemania, o cão policial, não gostava de chutes; houve um confronto tenso entre o pastor-alemão e o travesti – rosnados do cachorro grande, uma tática de não recuar por parte de Flor, que jamais fugiria de uma briga. Estrella, com sua peruca vermelho flamejante torta na cabeça, tentava acalmar os cães.

Lupe ficou tão nervosa ao ler (num instante) o que Juan Diego estava pensando que não prestou atenção nos cachorros.

– Eu estou aqui para ler a mente de *leões*? É isso? – a menina perguntou ao irmão.

– Eu confio em Soledad. Você não? – foi tudo o que Juan Diego disse.

– Nós somos indispensáveis caso você se torne um acrobata aéreo – senão nós somos dispensáveis. É isto? – Lupe tornou a perguntar a Juan Diego. – Ah, estou entendendo... Você gosta da ideia de ser um Menino Maravilha, não é?

– Soledad e eu não sabemos se leões mudam de ideia; supondo que você leia o que os leões estão pensando – Juan Diego disse; ele estava tentando manter a dignidade, mas a ideia de ser o Menino Maravilha o havia atraído.

– Eu sei o que Hombre pensa – foi tudo o que Lupe disse a ele.

– Eu sugiro que a gente *tente* – Juan Diego disse. – Damos uma semana e vemos como as coisas funcionam...

– Uma semana! – Lupe exclamou. – Você não é nenhum Menino Maravilha. Acredite em mim.

– Tudo bem, tudo bem. Nós damos apenas dois *dias* – Juan Diego pediu. – Vamos *tentar*, Lupe. Você não sabe *tudo* – Juan Diego disse a ela. Qual é o aleijado que não sonha em andar sem mancar? E se um aleijado conseguisse andar *espetacularmente*? As acrobatas aéreas são aplaudidas, admiradas, até mesmo adoradas – apenas por *caminhar*, só dezesseis passos.

– É uma situação do tipo ir embora ou morrer aqui – Lupe disse. – Dois dias ou uma semana não vão fazer diferença. – Tudo pareceu repentino demais – também para Lupe.

– Você é tão dramática! – Juan Diego disse a ela.

– Quem quer ser A Maravilha? Quem está sendo *dramático*? – Lupe perguntou a ele. – Menino Maravilha.

Onde estavam os adultos responsáveis?

Era difícil imaginar que pudesse acontecer mais alguma coisa com os pés de Edward Bonshaw, mas o homem de Iowa descalço pensava em outra coisa; os cachorros não tinham conseguido distraí-lo de seus pensamentos, e não se podia esperar que o señor Eduardo entendesse a difícil situação em que as crianças do lixão se encontravam. Nem mesmo Flor, no seu flerte interminável com o homem de Iowa, podia ser culpada por não ter reparado na decisão de partir ou morrer que as crianças do lixão precisavam tomar. Os adultos disponíveis estavam pensando neles mesmos.

– Você tem mesmo seios *e* um pênis? – Edward Bonshaw perguntou subitamente a Flor, cuja experiência inenarrável em Houston tinha dado a ela um bom domínio de inglês. Señor Eduardo contava que Flor fosse entendê-lo, é claro; ele só não tinha percebido que Juan Diego e Lupe, que estavam discutindo um com o outro, iriam ouvir e entender o que ele estava dizendo. E ninguém na tenda dos cachorros poderia adivinhar que Estrella, a treinadora de cachorros – sem falar em Soledad, a esposa do domador de leões – também entendiam inglês.

Naturalmente, quando o señor Eduardo perguntou a Flor se ela tinha seios *e* pênis, os cachorros doidos pararam de latir. Na realidade, *todos* na tenda dos cachorros ouviram e pareceram entender a pergunta. As crianças do lixão não eram o tema desta pergunta.

– Jesus – Juan Diego disse. As crianças estavam por conta delas.

Lupe apertou seu totem Coatlicue contra os seios pequenos demais para se notar. A deusa assustadora com chocalhos de cascavel em lugar de mamilos pareceu entender a pergunta sobre seios e pênis.

– Bem, eu não vou mostrar meu pênis para você; não *aqui* – Flor disse para o homem de Iowa. Ela começou a desabotoar a blusa e a tirar para fora da saia. As crianças tomaram suas próprias decisões repentinas.

– Não está vendo? – Lupe disse para Juan Diego. – Ela é a pessoa certa, a pessoa certa para *ele*! Flor e o señor Eduardo. São eles que irão adotar você. Eles só poderão levá-lo embora com eles se estiverem *juntos*!

Flor tinha tirado a blusa. Não foi necessário que ela tirasse o sutiã. Tinha seios pequenos – o que iria mais tarde descrever como "o melhor que os hormônios podiam fazer"; Flor disse que ela "não era de se operar". Mas, só para garantir, ela tirou também o sutiã; por menores que eles fossem, ela queria que Edward Bonshaw não tivesse dúvidas de que ela tinha realmente seios.

– Não são chocalhos de cascavel, são? – Flor perguntou a Lupe, quando todos na tenda dos cachorros puderam ver seus seios *e* seus mamilos.

– É uma situação do tipo partir ou morrer aqui – Lupe repetiu. – Señor Eduardo e Flor são seu bilhete de *saída* – a menina disse a Juan Diego.

– Por ora, você vai ter que acreditar em mim acerca do pênis – Flor disse ao homem de Iowa; ela tornara a vestir o sutiã e estava abotoando a blusa quando Ignacio entrou. Tenda ou não tenda, as crianças do lixão tiveram a sensação de que o domador de leões nunca batia antes de entrar.

– Venha conhecer os leões – Ignacio disse a Lupe. – Acho que você tem que vir também – o domador de leões falou para o aleijado, para o *futuro* Menino Maravilha.

Não havia dúvida de que as crianças do lixão tinham entendido os termos do acordo: tratava-se de ler a mente dos leões. E quer os leões mudassem ou não de ideia, também caberia a Lupe fazer o domador de leões acreditar que os leões *podiam* mudar de ideia.

Mas o que o missionário descalço, mordido e mijado estaria pensando? Os votos de Edward Bonshaw estavam atordoados; a combinação de seios e pênis de Flor o fizera reconsiderar o celibato de uma forma que nenhuma quantidade de chicotadas seria capaz de afastar.

– Nós somos soldados de Cristo – señor Eduardo tinha dito para o padre Alfonso e padre Octavio, com o irmão Pepe concordando com um aceno de cabeça. Os dois velhos padres claramente não queriam que as crianças do lixão ficassem no Crianças Perdidas; o questionamento deles a respeito da segurança do circo tinha sido mais uma espécie de protocolo sacerdotal do que genuína preocupação ou convicção.

– Essas crianças são tão selvagens... Suponho que poderiam ser comidas por animais selvagens! – padre Alfonso tinha dito, levantando as mãos para o céu, como se tal destino fosse adequado para crianças do lixão.

– Elas não têm controle. Poderiam cair daquelas coisas que *balançam*! – padre Octavio acrescentara.

– Trapézios – Pepe havia esclarecido.

– Sim! Trapézios! – padre Octavio gritara, quase como se a ideia o atraísse.

– O menino não vai se pendurar em nada – Edward Bonshaw assegurou aos padres. – Ele vai ser um *intérprete;* pelo menos não vai ser um catador de lixo!

– E a menina vai ler mentes, prever o futuro. Também não vai se pendurar em nada. Pelo menos ela não vai acabar como prostituta – irmão Pepe tinha dito aos dois padres; Pepe conhecia tão bem os padres; a palavra *prostituta* era a chave.

– Melhor ser comida por animais selvagens – padre Alfonso tinha dito.

– Melhor cair do trapézio – padre Octavio havia, é claro, concordado.

– Eu sabia que os senhores iriam compreender – señor Eduardo disse aos dois velhos padres. No entanto, mesmo então, o homem de Iowa parecia inseguro acerca de que lado tomar. Ele parecia estar imaginando o que estava *defendendo*. Por que o circo jamais tinha sido uma boa ideia?

E agora – mais uma vez andando no meio das tendas, tomando cuidado para não pisar em bosta de elefante – Edward Bonshaw caminhava com dificuldade com os pés sensíveis descalços. O homem de Iowa estava apoiado em Flor, agarrado ao travesti maior e mais forte para não cair; a curta distância até as jaulas dos leões, apenas a dois minutos de distância, deve ter parecido uma eternidade para Edward Bonshaw – ter conhecido Flor, e só o pensamento em seus peitos e seu pênis, tinha alterado a trajetória de sua vida.

Aquele trajeto até as jaulas dos leões foi uma passarela suspensa para o señor Eduardo; para o missionário, esta curta distância era o mesmo que caminhar a 24 metros de altura sem rede de proteção – por mais que o homem de Iowa andasse com dificuldade, estes eram os passos que mudariam a vida *dele*.

Señor Eduardo deslizou a mão pela palma da mão de Flor, bem maior do que a dele; o missionário quase caiu quando ela apertou a mão dele na dela.

– A verdade é que eu estou me apaixonando por você – o homem de Iowa disse com dificuldade. Lágrimas corriam pelo seu rosto; a vida que ele havia procurado por tanto tempo, pela qual havia se autoflagelado, estava acabada.

– Você não parece muito feliz com isso – Flor disse a ele.

– Não, não, eu *estou* feliz, estou muito feliz! – Edward Bonshaw disse a ela; ele começou a dizer a Flor que Santo Inácio de Loyola havia fundado um asilo para mulheres caídas. – Foi em Roma, onde o santo anunciou que sacrificaria sua vida se pudesse evitar os pecados de uma única prostituta em uma única noite – señor Eduardo balbuciou.

– Eu não quero que você sacrifique sua vida, seu idiota – a prostituta travesti disse a ele. – Eu não quero que você me *salve*. Acho que você devia começar me *fodendo* – Flor acrescentou ao homem de Iowa. – Vamos começar com isso e ver o que acontece.

– Está bem – Edward Bonshaw disse, quase caindo de novo; ele estava cambaleando, mas a luxúria encontra um jeito.

As meninas acrobatas passaram correndo por eles na avenida de tendas; as lantejoulas verdes e azuis de suas malhas brilhavam às luzes das lanternas. Também passando por eles, mas sem correr, estava Dolores; ela estava andando depressa, mas economizou a corrida para o treinamento benéfico para uma acrobata aérea super-star. As lantejoulas de sua malha eram prateadas e douradas, e suas tornozeleiras tinham sininhos; quando Dolores passou por eles, suas tornozeleiras tilintaram.

– Vadia barulhenta, espalhafatosa! – Lupe gritou na direção da bela acrobata. – Esse *não* é o seu futuro. Pode esquecer – foi tudo o que Lupe disse a Juan Diego.

Na frente deles, estavam as jaulas dos leões. Os leões estavam acordados agora – todos quatro. Os olhos das três leoas estavam alertas, seguindo o tráfego de pedestres na avenida de tendas. O macho mal-humorado, Hombre, tinha os olhos fixos no domador de leões.

Para quem passava pela avenida movimentada, pode ter parecido que o menino aleijado tropeçou, e que a irmãzinha segurou seu braço antes que ele pudesse cair; alguém que estivesse observando as crianças do lixão com mais atenção poderia ter imaginado que o menino aleijado simplesmente se inclinou para beijar a irmã numa de suas têmporas.

O que realmente aconteceu foi que Juan Diego cochichou no ouvido de Lupe.

– Se você puder realmente saber o que os leões estão pensando, Lupe... – Juan Diego começou a dizer.

– Eu sei o que *você está* pensando – Lupe o interrompeu.

– Pelo amor de Deus, tome cuidado com o que vai *dizer* que os leões estão pensando! – Juan Diego cochichou severamente no ouvido dela.

– *É você* quem tem que tomar cuidado – Lupe disse a ele. – Ninguém sabe o que eu estou dizendo a menos que você conte a eles – ela lembrou a ele.

– Apenas lembre-se disto: eu não sou seu projeto de salvamento – Flor disse ao homem de Iowa, que se dissolvera em lágrimas – lágrimas de alegria, lágrimas de dúvida, ou apenas lágrimas. Chorando desconsoladamente, em outras palavras – às vezes a luxúria também faz isso com a pessoa.

O pequeno grupo parou na frente da jaula do leão.

– Hola, Hombre – Lupe disse para o leão. Não havia dúvida de que o macho grande estava olhando para Lupe – *só* para Lupe, não para Ignacio.

Talvez Juan Diego estivesse tomando a coragem necessária para ser um acrobata aéreo; talvez este fosse o momento em que ele acreditou que tinha *colhões* para isso. Na realidade, *ser* um Menino Maravilha pareceu possível.

– Ainda está achando que ela é *retardada*? – o menino aleijado perguntou ao domador de leões. – Você pode ver que Hombre sabe que ela é telepata, não pode? – Juan Diego indagou a Ignacio. – Uma telepata *verdadeira* – o menino acrescentou. Ele não se sentia tão confiante quanto dava a entender.

– Só não tente me enrolar, andador de *teto* – Ignacio disse a Juan Diego. – Nunca minta para mim sobre o que a sua irmã diz. Eu vou saber se você estiver mentindo, *aprendiz* de andador. Eu posso ler a sua mente – um pouco – o domador de leões acrescentou.

Quando Juan Diego olhou para Lupe, ela não fez nenhum comentário – ela nem mesmo sacudiu os ombros. A menina estava concentrada no leão. Até para o transeunte mais casual na avenida das tendas, Lupe e Hombre estavam completamente antenados um com o outro. O velho leão e a menina não estavam prestando atenção a mais ninguém.

20. Casa Vargas

No sonho de Juan Diego, era impossível dizer de onde vinha a música. Não era o som agressivo de uma banda mariachi, se deslocando entre as mesas do café de rua na Marqués del Valle – uma daquelas bandas irritantes que poderiam estar tocando em qualquer lugar no zócalo. E embora a banda do circo em La Maravilla tivesse a sua própria versão de "Ruas de Laredo" para tambor e sopro, esta não era sua distorção fúnebre e moribunda do lamento do caubói.

Para começo de conversa, Juan Diego tinha ouvido uma voz cantando; em seu sonho, ele ouviu a letra – mesmo que não tão docemente quanto o gringo bom costumava cantá-la. Ah, como el gringo bueno tinha amado "Ruas de Laredo" – o querido rapaz podia cantar aquela balada mesmo dormindo! Até Lupe cantava aquela canção docemente. Embora sua voz fosse esganiçada e difícil de entender, Lupe tinha uma voz de menina – uma voz inocente.

A vocalização amadora que vinha da boate da praia tinha parado; não podia ser a música batida do karaokê que Juan Diego tinha escutado. As pessoas que estavam comemorando o Ano-Novo na boate na praia de Panglao Island tinham ido dormir ou tinham se afogado durante um banho de mar noturno. Não havia mais ninguém brindando o Ano-Novo na Encantador – até os Macacos Noturnos, felizmente, estavam silenciosos.

Estava escuro como breu no quarto de hotel de Juan Diego; ele prendeu a respiração porque não conseguia ouvir a respiração de Miriam – só a canção triste do caubói numa voz que Juan Diego não reconheceu. Ou reconheceu? Era estranho ouvir "Ruas de Laredo" cantada por uma mulher mais velha; não soava direito. Mas a voz em si não era razoavelmente reconhecível? Só que era a voz errada para aquela canção.

"Estou vendo, pelos seus trajes, que você é um caubói", a mulher estava cantando numa voz grave e rouca. "Ele disse essas palavras enquanto eu passava por ele devagar."

Seria a voz de Miriam?, Juan Diego pensou. Como ela podia estar cantando se ele não conseguia ouvir sua respiração? No escuro, Juan Diego não tinha certeza de que ela estava mesmo lá.

– Miriam? – ele sussurrou; e tornou a dizer o nome dela, um pouco mais alto.

Ele não ouviu mais ninguém cantando "Ruas de Laredo". Também não ouviu nenhuma respiração; Juan Diego prendeu a própria respiração. Estava tentando ouvir algum som vindo de Miriam; talvez ela tivesse voltado para o quarto dela. Ele podia ter roncado, ou falado durante o sono – ocasionalmente, Juan Diego falava quando sonhava.

Eu devia tocar nela – só para saber se ela está aqui, ou não, Juan Diego pensou, mas estava com medo de descobrir. Ele tocou em seu pênis; cheirou os dedos. O cheiro de sexo não deveria tê-lo surpreendido – sem dúvida se lembrava de ter feito sexo com Miriam. Mas ele não se lembrava, não exatamente. Com certeza dissera alguma coisa – sobre como ela se sentia, sobre como era estar dentro dela. Ele tinha dito "sedoso" ou "macio"; era só o que conseguia lembrar, só da fala.

E Miriam tinha dito:

– Você é engraçado. Precisa ter uma palavra para tudo.

Então um galo cantou – na escuridão total! Os galos seriam malucos nas Filipinas? Aquele estúpido galo estaria desorientado por causa do karaokê? A ave imbecil teria confundido os Macacos Noturnos com *galinhas* noturnas?

– Alguém devia matar aquele galo – Miriam disse com sua voz grave e rouca; ele sentiu seus seios nus tocarem seu peito e seu braço – os dedos dela se fecharam em volta do seu pênis. Talvez Miriam pudesse enxergar no escuro. – Aí está você, meu bem – ela acrescentou a ele, como se ele precisasse ter certeza de que existia – de que estava mesmo ali, com ela – quando o tempo todo ele tinha imaginado se *ela* era real, se realmente *existia*. (Era isso que ele tinha tido medo de descobrir.)

O galo maluco tornou a cantar no escuro.

– Eu aprendi a nadar em Iowa – ele disse a Miriam no escuro; uma coisa engraçada de dizer para alguém que está segurando o seu pênis, mas era assim que o tempo acontecia para Juan Diego (não apenas nos sonhos dele). O tempo saltava para a frente, ou então saltava para trás; o tempo parecia mais associativo do que linear, mas saltava em volta dele – o tempo não era exclusivamente associativo, tampouco.

– Iowa – Miriam murmurou. – Não é o que me vem à mente quando penso em nadar.

– Eu não manco na água – Juan Diego disse a ela. Miriam o estava deixando de pau duro de novo. Quando não estava em Iowa City, Juan Diego não encontrava muita gente que se interessasse por Iowa. – Você provavelmente nunca esteve no Meio-Oeste – Juan Diego falou para Miriam.

– Ah, eu estive em toda parte – Miriam respondeu daquele seu jeito lacônico.

Em toda parte?, Juan Diego pensou. Ninguém esteve em toda parte, ele pensou. Mas no que se refere a uma noção de lugar, a perspectiva individual de cada um conta, não é? Nem todo garoto de catorze anos, ao ver Iowa City pela primeira vez, teria achado estimulante a mudança do México para lá; para Juan Diego, Iowa era uma aventura. Ele era um menino que nunca havia competido com os jovens que via em volta dele; de repente, havia estudantes em toda parte. Iowa City era uma cidade universitária, uma *Big Ten town* – o campus ficava no centro da cidade, a cidade e a universidade eram uma coisa só. Por que um leitor do lixão não acharia uma cidade universitária fascinante?

Claro, qualquer garoto de catorze anos logo veria que os heróis do campus de Iowa eram seus astros esportivos. Entretanto, isto era compatível com o que Juan Diego havia imaginado sobre os Estados Unidos – do ponto de vista de um garoto mexicano, astros do cinema e heróis esportivos pareciam ser o ápice da cultura americana. Como a dra. Rosemary Stein tinha dito a Juan Diego: ou ele era um garoto do México ou um adulto de Iowa o tempo todo.

Para Flor, a mudança de Oaxaca para Iowa City deve ter sido mais difícil – nem que fosse pela magnitude da desventura que Houston tinha representado para ela. Numa cidade universitária *Big Ten*, quais eram as oportunidades para um travesti e ex-prostituta? Ela já tinha cometido um erro em Houston; Flor não queria correr nenhum risco em Iowa City. Humildade, manter a crista baixa – bem, não estava na natureza de Flor ser hesitante. Flor havia sempre se imposto.

Quando o galo maluco cantou pela terceira vez, seu canto foi interrompido no meio.

– Pronto – Miriam disse. – Chega de anunciar um falso amanhecer, chega de mensageiros mentirosos.

Enquanto Juan Diego tentava compreender exatamente o que Miriam tinha querido dizer – ela soou tão confiante – um cão começou a latir; logo outros cães estavam latindo.

– Não machuque os cães, eles não têm culpa de nada – Juan Diego disse a Miriam. Era o que ele imaginava que Lupe teria dito. (Aqui estava outro Ano-Novo, e Juan Diego ainda sentia saudades de sua querida irmã.)

– Nada de mau acontecerá aos cachorros, meu bem – Miriam murmurou.

Agora uma brisa entrava pelas janelas abertas que davam para o mar; Juan Diego achou que estava sentindo cheiro da água salgada, mas não conseguia ouvir as ondas – se é que havia ondas. Só então percebeu que podia *nadar* em Bohol; havia uma praia e uma piscina no Encantador. (O gringo bom, a inspiração para a viagem de Juan Diego às Filipinas, não tinha inspirado ideias de nadar.)

– Conte-me como você aprendeu a nadar em *Iowa* – Miriam sussurrou em seu ouvido; ela estava montada sobre ele e ele tornou a penetrá-la. Uma sensação de tanta suavidade o cercou – foi quase como estar nadando, ele pensou, antes de se dar conta de que Miriam sabia o que ele estava pensando.

Sim, tinha sido muito tempo antes, mas – por causa de Lupe – Juan Diego sabia o que era estar perto de alguém que lia mentes.

– Eu nadava numa piscina interna, na Universidade de Iowa – Juan Diego começou, um tanto ofegante.

– Eu quis dizer *quem*, meu bem. Quis dizer quem ensinou você, quem o levou para a piscina – Miriam disse baixinho.

– Ah.

Juan Diego não conseguia dizer os nomes deles, nem mesmo no escuro.

Señor Eduardo o havia ensinado a nadar – isto foi na piscina do velho Ginásio de Esportes de Iowa, ao lado dos hospitais e das clínicas da universidade. Edward Bonshaw, que abandonara o ambiente acadêmico para ser padre, foi bem recebido de volta no Departamento de Inglês da Universidade de Iowa – "de onde ele tinha vindo", Flor gostava de dizer, exagerando seu sotaque mexicano.

Flor não era nadadora, mas, depois que Juan Diego aprendeu a nadar, ela às vezes o levava à piscina, que era usada pelos professores e funcionários da universidade e por seus filhos. A piscina do Ginásio de Esportes também era popular entre os nativos. Señor Eduardo e Juan Diego adoravam o velho Ginásio de Esportes – no início dos anos 70, antes da Carver-Hawkeye Arena, a maioria dos esportes em quadra coberta acontecia no Ginásio. Além de nadar lá, Edward Bonshaw e Juan Diego iam assistir aos jogos de basquete e às competições de luta livre.

Flor gostava da piscina, mas não do velho Ginásio; havia atletas demais por ali, ela dizia. As mulheres levavam os filhos à piscina – as mulheres não se sentiam à vontade perto de Flor, mas não ficavam olhando para ela. Os rapazes não conseguiam evitar, Flor sempre dizia – os rapazes não paravam de olhar para ela. Flor era alta, de ombros largos – 1,88m, 77kg – e, embora tivesse seios pequenos, era ao mesmo tempo muito atraente (de um modo feminino) e tinha uma aparência muito masculina.

Na piscina, Flor usava um maiô inteiro, mas só ficava visível da cintura para cima. Sempre enrolava uma toalha grande em volta dos quadris; a parte de baixo do seu maiô não ficava visível e Flor nunca entrava na água.

Juan Diego não sabia como Flor fazia para se despir e se vestir – isto devia acontecer no vestiário feminino. Talvez ela nunca tirasse o maiô? (Ele nunca ficava molhado.)

– Não se preocupe com isso – Flor disse ao menino. – Eu não vou mostrar minhas partes para ninguém exceto ao señor Eduardo.

Não em Iowa City, pelo menos – como Juan Diego um dia iria entender. Um dia ele também entenderia por que Flor precisava sair de Iowa – não sempre, só de vez em quando.

Irmão Pepe escrevia para Juan Diego, caso tivesse visto Flor em Oaxaca. "Suponho que você e Edward saibam que ela está aqui – 'só de visita' – como ela diz. Eu a vejo nos lugares habituais – bem, não me refiro a *todos* os 'lugares habituais'!", era como Pepe explicava.

Pepe queria dizer que tinha visto Flor no La China, aquele bar gay em Bustamante – o que se tornaria Chinampa. Sem dúvida ele também vira La Loca em A Pequena Coroa, onde a clientela era na maioria gay e os travestis usavam roupas chiquérrimas.

Pepe *não* estava dizendo que Flor tinha aparecido no hotel das putas; não era do Hotel Somega, nem de ser uma prostituta, que Flor sentia falta. Mas onde é que uma pessoa como Flor *podia ir* em Iowa City? Flor era uma pessoa festeira – pelo menos ocasionalmente. Não havia La China – muito menos La Coronita – em Iowa City nos anos 70 e 80. Que mal fazia Flor voltar para Oaxaca de tempos em tempos?

Irmão Pepe não a estava julgando; aparentemente, o señor Eduardo tinha sido compreensivo.

Quando Juan Diego estava deixando Oaxaca, irmão Pepe disse a ele:

– Não se torne um daqueles mexicanos que...

Pepe interrompeu a frase no meio.

– Que *o quê*? – Flor perguntou a Pepe.

– Um daqueles mexicanos que odeiam o México – Pepe conseguiu dizer.

– Você quer dizer um daqueles *americanos* – corrigiu Flor.

– Meu querido garoto! – irmão Pepe exclamou, abraçando Juan Diego. – Você também não quer ser um daqueles mexicanos que estão voltando, aqueles que não conseguem ficar longe – Pepe acrescentou.

Flor olhou séria para o irmão Pepe.

– O que mais ele *não deve* se tornar? – ela perguntou a Pepe. – Que *outro* tipo de mexicano é proibido?

Mas Pepe ignorou Flor, e cochichou no ouvido de Juan Diego.

– Meu querido menino, torne-se o que quiser, mas mantenha contato! – Pepe pediu.

– É melhor você não se tornar *qualquer coisa*, Juan Diego – Flor disse ao garoto de 14 anos, enquanto Pepe chorava desconsoladamente. – Confie em nós, Pepe. Edward e eu não vamos deixar o garoto virar um nada. Vamos garantir que ele se torne um daqueles *joões-ninguém* mexicanos.

Edward Bonshaw, ao ouvir tudo isso, só tinha entendido o nome dele quando ela o pronunciou.

– Eduardo – Edward Bonshaw disse, corrigindo Flor, que tinha simplesmente sorrido para ele. Compreensivamente.

– Eles eram meus *pais*, ou tentaram ser! – Juan Diego tentou dizer em voz alta, mas as palavras não saíram no escuro. – Ah – foi só o que ele conseguiu balbuciar, de novo. Do jeito como Miriam estava se movendo sobre ele, não havia muito mais que pudesse ter dito.

* * *

Perro Mestizo, vulgo Mestiço, ficou de quarentena, sendo observado, por dez dias – se você está procurando por raiva, este é um procedimento comum com animais que mordem e não parecem doentes. (Mestiço não estava com raiva, mas o dr. Vargas – depois de examinar a mordida no pé de Edward Bonshaw – quis ter certeza.) Durante dez dias, o número dos cachorros não foi apresentado no Circo de La Maravilla; o ladrão de bebê de quarentena representou uma quebra na rotina dos outros cachorros na tenda das crianças do lixão.

Baby, o dachshund macho, urinava no chão de terra da tenda, toda noite. Pastora, a cadela, uivava sem parar. Estrella tinha que dormir na tenda dos cachorros, senão Pastora não ficava quieta – e Estrella roncava. A visão de Estrella dormindo de barriga para cima, o rosto sombreado pelo visor do seu boné de beisebol, causava pesadelos em Lupe, mas Estrella disse que não podia dormir com a cabeça descoberta porque os mosquitos iriam picar sua cabeça calva; então sua cabeça ia coçar e ela não podia coçá-la sem tirar a peruca, o que deixava os cachorros nervosos. Durante a quarentena, Alemania, a fêmea de pastor-alemão, ficava parada ao lado da cama de Juan Diego à noite, respirando no rosto do menino. Lupe culpou Vargas por "demonizar" Mestiço; *pobre* Perro Mestizo, "sempre o bandido", era mais uma vez uma vítima aos olhos de Lupe.

– O cachorro babaca mordeu o señor Eduardo – Juan Diego lembrou a irmã. A ideia de cachorro babaca era de Rivera. Lupe não acreditava que houvesse cachorros babacas.

– Señor Eduardo estava se apaixonando pelo pênis de Flor! – Lupe gritou, como se este novo e perturbador evento tivesse *causado* o ataque de Perro Mestizo ao homem de Iowa. Mas isto significava que Perro Mestizo era homofóbico, e isso não fazia dele um cachorro babaca?

Entretanto, Juan Diego conseguiu convencer Lupe a ficar em La Maravilla – pelo menos até o circo ir para a Cidade do México. A viagem era mais importante para Lupe do que para Juan Diego; espalhar as cinzas da mãe (e as cinzas do gringo bom, *e* as de Branco Sujo, sem mencionar os restos do enorme nariz da Virgem Maria) significava muito para Lupe. Ela acreditava que Nossa Senhora de Guadalupe tinha sido marginalizada nas igrejas de Oaxaca; Guadalupe era mera coadjuvante em Oaxaca.

Esperanza, não importam seus pecados, tinha sido "assassinada" por Maria Monstro – na opinião de Lupe. A criança vidente achava que o erro do mundo religioso iria ser corrigido – se, e *apenas* se, as cinzas de sua mãe pecadora fossem espalhadas na Basílica de Nuestra Señora de Guadalupe na Cidade do México. Só lá é que a virgem de pele escura, la virgen morena, atraía ônibus cheios de peregrinos ao seu santuário. Lupe queria ver a Capela do Poço – onde Guadalupe, numa redoma de vidro, jazia em seu leito de morte.

Mesmo mancando, Juan Diego estava ansioso para realizar a longa subida – as escadas intermináveis que levavam a El Cerrito de las Rosas, o templo onde Guadalupe *não estava* jogada num altar lateral; estava erguida na frente do sagrado El Cerrito. (Lupe, em vez de dizer "El Cerrito", gostava de chamar o templo de "Das Rosas"; ela dizia que isto soava mais sagrado do que "A Pequena Colina".) Ou lá ou no leito de morte da virgem de pele escura na Capela do Poço, as crianças do lixão iriam espalhar as cinzas, que tinham guardado numa lata de café que Rivera encontrara no basurero.

O conteúdo da lata de café não tinha o cheiro de Esperanza. As cinzas tinham um cheiro indistinto. Flor tinha cheirado as cinzas; ela tinha dito que também não era o cheiro do gringo bom.

– Elas cheiram a café – Edward Bonshaw disse, quando cheirou a lata de café. Seja qual fosse o cheiro das cinzas, os cachorros da tenda não estavam interessados. Talvez houvesse um cheiro medicinal; Estrella disse que qualquer coisa que cheirasse a remédio causava repulsa nos cachorros. Talvez o cheiro impossível de identificar fosse o nariz da Virgem Maria.

– Com certeza não é Branco Sujo – era só o que Lupe declarava a respeito do cheiro; ela cheirava as cinzas na lata de café toda noite antes de ir para a cama.

Juan Diego nunca pôde ler a mente dela – ele nem sequer tentava. Possivelmente, Lupe gostava de cheirar o conteúdo da lata de café porque sabia que eles em breve iriam espalhar as cinzas, e ela queria se lembrar do cheiro depois que as cinzas tivessem desaparecido.

Pouco antes de o Circo da Maravilha viajar para a Cidade do México – uma longa viagem, especialmente num comboio de caminhões e ônibus –, Lupe levou a lata de café para um jantar para o qual eles tinham sido convidados, na casa do dr. Vargas em Oaxaca. Lupe disse a Juan Diego que queria uma "opinião científica" sobre o cheiro das cinzas.

– Mas é uma festa, Lupe – Juan Diego disse. Era o primeiro jantar para o qual as crianças do lixão haviam sido convidadas; provavelmente, eles sabiam, o convite não tinha sido ideia de Vargas.

Irmão Pepe tinha discutido com Vargas o que Pepe chamou de "teste da alma" de Edward Bonshaw. Dr. Vargas não achava que Flor tinha provocado uma crise *espiritual* no homem de Iowa. De fato, Vargas ofendera Flor ao sugerir ao señor Eduardo que o único motivo de preocupação no seu relacionamento com uma prostituta travesti era uma possível doença.

O dr. Vargas se referia a doenças sexualmente transmissíveis; referia-se aos diversos parceiros que uma prostituta tinha, e o que Flor poderia ter pegado de um deles. Não importava a Vargas que Flor tivesse um pênis – ou que Edward Bonshaw também tivesse um, e que o homem de Iowa teria que desistir de se tornar padre por causa disto.

O fato de Edward Bonshaw ter quebrado seu voto de celibato também não importava ao dr. Vargas.

– Eu só não quero que o seu pau caia – ou fique verde ou algo assim – Vargas disse ao homem de Iowa. Foi *isso* que deixou Flor ofendida, e foi por isso que ela se recusou a ir ao jantar na Casa Vargas.

Em Oaxaca, qualquer um que tivesse uma rixa particular contra Vargas chamava a casa dele de *Casa Vargas*. Isto incluía gente que não gostava dele porque ele tinha dinheiro de família, ou achava que ele havia sido insensível por se mudar para a mansão dos pais depois que eles morreram num desastre de avião. (Nessa altura, todo mundo em Oaxaca conhecia a história de que Vargas *deveria* ter estado naquele avião.) E entre as pessoas que usavam a expressão "Casa Vargas" estavam aquelas que tinham se sentido ofendidas pela *rudeza* de Vargas. Ele usava a ciência como uma clava; gostava de acertar você com um detalhe estritamente médico – do jeito que ele tinha relegado Flor a uma potencial doença sexualmente transmissível.

Bem, isso era Vargas – isso era quem ele era. Irmão Pepe o conhecia bem. Ele achava que podia contar com Vargas para ser cínico a respeito de tudo. Pepe acreditava que as crianças do lixão e Edward Bonshaw poderiam se beneficiar com parte do cinismo de Vargas. Foi por isso que convenceu Vargas a convidar o homem de Iowa e as crianças do lixão para a festa.

Pepe conhecia outros teólogos que tinham quebrado seus votos. Podia haver dúvidas e desvios na estrada rumo ao sacerdócio. Quando os estudantes mais dedicados abandonavam seus estudos, os aspectos emocionais e psicológicos da "reorientação", como Pepe dizia, podiam ser brutais.

Sem dúvida, Edward Bonshaw havia se perguntado se era ou não gay, ou se estava apaixonado por aquela pessoa em especial que *por acaso* tinha seios e um pênis. Sem dúvida, o señor Eduardo havia perguntado a si mesmo: Não existem muitos homens gays que *não* se sentem atraídos por travestis? Entretanto, até mesmo Edward Bonshaw sabia que alguns homens gays se *sentiam*, sim, atraídos por travestis. Mas isto fazia dele, o señor Eduardo deve ter pensado, uma minoria sexual dentro de uma minoria?

Irmão Pepe não se importava com essas distinções minuciosas. Pepe tinha muito amor dentro dele. Pepe sabia que a questão da orientação sexual do homem de Iowa era estritamente da conta de Edward Bonshaw.

Irmão Pepe não tinha problemas com o fato do señor Eduardo estar descobrindo tardiamente a sua homossexualidade (se era isso que estava acontecendo), ou por ele estar desistindo de se tornar padre; Pepe não se importava com o fato de Edward

Bonshaw estar apaixonado por um transformista com um pênis. E Pepe não desgostava de Flor, mas tinha um problema com o fato de ela ser prostituta – não necessariamente pelos motivos das doenças sexualmente transmissíveis de Vargas. Pepe sabia que Flor sempre estivera encrencada; ela tinha vivido cercada de encrencas (nem tudo podia ser atribuído a Houston), enquanto que Edward Bonshaw mal tinha vivido. O que duas pessoas como aquelas iriam *fazer* juntas em Iowa? Para o señor Eduardo, na opinião de Pepe, Flor era um passo grande demais – um mundo sem limites.

Quanto a Flor – quem sabia o que ela estava pensando? "Eu acho que você é um homem papagaio muito simpático", Flor disse ao homem de Iowa. "Eu devia ter conhecido você quando era criança", ela lhe disse. "Nós poderíamos ter ajudado um ao outro a vencer algumas dificuldades."

Bem, sim – Irmão Pepe teria concordado com isso. Mas *agora* não era tarde demais para eles dois? Quanto ao dr. Vargas – especificamente, o fato de ele ter "ofendido" Flor – Pepe talvez o tivesse levado a isso. Entretanto, nenhuma ladainha sobre doenças sexualmente transmissíveis iria assustar Edward Bonshaw; a atração sexual não é estritamente científica.

Irmão Pepe tinha esperanças de que o ceticismo de Vargas obtivesse algum sucesso com Juan Diego e Lupe. As crianças do lixão ficaram desiludidas com La Maravilla – pelo menos Lupe ficou. O dr. Vargas desaprovava essa coisa de ler a mente de leões, assim como irmão Pepe. Vargas tinha examinado algumas das jovens acrobatas; elas tinham sido pacientes dele, antes e depois de Ignacio pôr as mãos nelas. Como artista, ser A Maravilha – La Maravilla em pessoa – podia matar você. (Ninguém havia sobrevivido à queda de 24 metros sem rede de proteção.) Dr. Vargas sabia que as meninas acrobatas que tinham feito sexo com Ignacio queriam estar mortas.

E Vargas admira para Pepe, um tanto defensivamente, que a princípio ele tinha achado que o circo seria um bom lugar para as crianças do lixão porque ele tinha previsto que Lupe, que era uma telepata, não teria nenhum contato com Ignacio. (Lupe não ia ser uma das garotas acrobatas de Ignacio.) Agora Vargas tinha mudado de ideia; o que ele não gostava no fato de Lupe ler as mentes dos leões era que isto colocava a menina de 13 anos em contato com Ignacio.

Pepe mudara completamente de ideia a respeito das chances das crianças do lixão no circo. Irmão Pepe as queria de volta ao Crianças Perdidas, onde pelo menos estariam *seguras*. Pepe tinha o apoio de Vargas a respeito das chances de Juan Diego como acrobata, também. E daí que o pé aleijado estava permanentemente preso na posição perfeita para se pendurar de cabeça para baixo na passarela? Juan Diego não era um atleta; o pé bom do menino era uma desvantagem.

Juan Diego havia praticado na tenda das acrobatas. O pé bom tinha escorregado dos degraus de corda daquela escada – ele tinha caído algumas vezes. E aquela era apenas a tenda de treino.

Finalmente, havia as expectativas das crianças do lixão a respeito da Cidade do México. Pepe estava preocupado com Juan Diego e Lupe; a peregrinação deles estava perturbando Pepe, que era *da* Cidade do México. Pepe sabia o choque que seria ver o santuário de Guadalupe pela primeira vez, e também sabia que as crianças do lixão às vezes eram exigentes – eram crianças difíceis de agradar quando se tratava de expressões públicas de fé religiosa. Pepe achava que as crianças do lixão tinham sua própria religião, e isso dava a impressão a Pepe de ser algo imensamente pessoal.

Niños Perdidos não deixaria Edward Bonshaw *e* irmão Pepe acompanharem as crianças do lixão em sua viagem à Cidade do México; Crianças Perdidas não podia abrir mão dos seus dois melhores professores ao mesmo tempo. E señor Eduardo queria ver o santuário de Guadalupe quase tanto quanto as crianças do lixão – na opinião de Pepe, o homem de Iowa provavelmente ia se sentir oprimido e repugnado pelos excessos da Basílica de Nuestra Señora de Guadalupe na mesma medida em que as crianças do lixão iam se sentir, possivelmente, escandalizadas. (As multidões que visitavam o santuário de Guadalupe nos sábados de manhã eram capazes de passar um rolo compressor sobre a fé de qualquer um.)

Vargas conhecia o cenário – os fiéis insensíveis, correndo soltos, eram o exemplo típico de tudo o que ele odiava. Mas Pepe estava errado ao imaginar que o dr. Vargas (ou qualquer outra pessoa) poderia preparar as crianças do lixão e Edward Bonshaw para as hordas de peregrinos se aproximando da Basílica de Nuestra Señora de Guadalupe na Avenida dos Mistérios – "a Avenida de *Misérias*", Pepe tinha ouvido Vargas chamá-la, no inglês duro do médico. O espetáculo era algo que los niños de la basura e o missionário tinham que ver por si mesmos.

Por falar em espetáculos: um jantar na Casa Vargas era um espetáculo. As estátuas em tamanho real dos conquistadores espanhóis, no alto e embaixo da imponente escadaria (e no hall), eram mais realistas e assustadoras do que as bonecas sexuais religiosas e outras estátuas à venda na loja da virgem na Independência.

Os ameaçadores soldados espanhóis eram muito realistas; eles montavam guarda nos dois andares da casa de Vargas como um exército vencedor. Vargas não tinha tocado em nada na mansão dos pais. Passara a juventude em guerra com as convicções políticas e religiosas dos pais, mas havia deixado intactos seus quadros e estátuas e fotos de família.

Vargas era socialista e ateu; ele prestava assistência gratuita aos mais necessitados. Mas a casa onde morava era uma lembrança dos valores dos pais que ele havia desprezado. Casa Vargas parecia mais debochar dos pais mortos de Vargas do que reverenciá-los; a cultura deles, que Vargas rejeitara, estava exposta, porém mais o efeito de ridicularizar do que de homenagear – pelo menos era o que Pepe achava.

– É como se Vargas tivesse *empalhado* os pais mortos e *os* deixado montar guarda na casa! – irmão Pepe avisou a Edward Bonshaw, mas o homem de Iowa estava descontrolado antes de chegar ao jantar.

Señor Eduardo não havia confessado sua transgressão com Flor nem para o padre Alfonso nem para o padre Octavio. O fanático insistia em ver as pessoas que amava como projetos; elas deviam ser recuperadas ou salvas – nunca abandonadas. Flor, Juan Diego e Lupe eram os projetos do homem de Iowa; Edward Bonshaw os via através dos olhos de um reformador nato, mas ele não os amava menos pelo fato de olhar para eles deste modo. (Na opinião de Pepe, isto era uma complicação no processo de "reorientação" do señor Eduardo.)

Irmão Pepe ainda dividia um banheiro com o fanático. Pepe sabia que Edward Bonshaw tinha parado de chicotear a si mesmo, mas Pepe podia ouvir o homem de Iowa chorando no banheiro – onde ele chicoteava o vaso sanitário e a pia em vez de se chicotear. Señor Eduardo chorava sem parar, porque ele não sabia como poderia largar seu emprego no Crianças Perdidas antes de providenciar alguém para *cuidar* de seus amados projetos.

Quanto a Lupe, ela não estava com disposição para ir a um jantar na Casa Vargas. Passava todo o seu tempo com Hombre e as leoas – las señoritas, Ignacio chamava as três leoas. Ele havia batizado cada uma com o nome de uma parte do corpo. Cara, Garra, Oreja. Ignacio disse a Lupe que podia ler a mente das leoas por meio dessas partes do corpo. Cara franzia o rosto quando ficava agitada ou zangada; Garra parecia estar amassando pão com as patas, enfiando as garras no chão; Oreja levantava uma orelha ou então achatava as duas orelhas.

– Elas não conseguem me enganar. E sei o que estão pensando. As senhoritas são óbvias – o domador de leões disse para Lupe. – Eu não preciso de uma telepata para las señoritas; os pensamentos de Hombre é que são um mistério.

Talvez não para Lupe – era o que Juan Diego pensava. Juan Diego também não estava com disposição para festas; ele duvidava que Lupe tivesse sido inteiramente franca com ele.

– O que Hombre está pensando? – ele tinha perguntado a ela.

– Nada demais; ele é um cara comum – Lupe tinha dito ao irmão. – Hombre pensa em trepar com as leoas. Geralmente com Cara. Às vezes com Garra. Com Oreja, quase nunca, exceto quando ele pensa nela de repente, e então ele quer trepar com ela imediatamente. Hombre pensa em sexo ou não pensa em nada – Lupe disse. – A não ser em comer.

– Mas Hombre é perigoso? – Juan Diego perguntou a ela. (Ele achou estranho que Hombre pensasse em sexo. Juan Diego tinha certeza que Hombre não fazia sexo, nunca.)

– Só se você incomodá-lo quando ele está comendo. Se você tocar nele quando ele está pensando em trepar com uma das leoas. Hombre quer que tudo seja igual, ele não gosta de mudanças – Lupe disse. – Eu não sei se os leões realmente fazem sexo – ela admitiu.

– Mas o que Hombre pensa de Ignacio? É só isso que interessa a Ignacio! – Juan Diego disse.

Lupe sacudiu os ombros, igualzinho à falecida mãe deles.

– Hombre gosta de Ignacio, exceto quando o odeia. Hombre fica confuso quando ele odeia Ignacio. Hombre sabe que não *deve* odiar Ignacio – Lupe respondeu.

– Tem alguma coisa que você não está me contando – Juan Diego disse a ela.

– Ah, agora você também lê mentes? – Lupe perguntou ao irmão.

– O que é? – Juan Diego perguntou a ela.

– Ignacio acha que as leoas são umas babacas. Ele não está interessado no que elas estão pensando – Lupe respondeu.

– É isso? – Juan Diego perguntou. Entre o que Ignacio pensava e o vocabulário das meninas acrobatas, a linguagem de Lupe estava ficando mais obscena a cada dia.

– Ignacio está obcecado com o que Hombre pensa; é uma coisa de homem para homem. O domador de *leoas* não se importa com o que as leoas estão pensando – Lupe disse. Ela disse isso de um jeito engraçado, Juan Diego pensou. Ela não disse el domador de leones; era assim que você chamava o domador de leões. Em vez disso, Lupe tinha dito el domador de *leonas*.

– Então o que as leoas *estão* pensando, Lupe? – Juan Diego perguntou a ela. (Não em sexo, aparentemente.)

– As leoas odeiam Ignacio – o tempo todo – Lupe respondeu. – As leoas *são* babacas. Elas têm ciúme de Ignacio porque acham que Hombre gosta mais de Ignacio do que a porra do leão gosta delas! No entanto, se Ignacio algum dia machucar Hombre, as leoas matarão Ignacio. As leoas são todas mais burras do que bocetas de macaca! – Lupe gritou. – Elas *amam* Hombre, embora a porra do leão nunca pense nelas – a não ser quando se lembra que quer trepar, e então Hombre tem dificuldade em lembrar com qual delas ele quer trepar *mais*!

– As leoas querem *matar* Ignacio? – Juan Diego perguntou a Lupe.

– Elas vão matá-lo – ela disse. – Ignacio não tem nada a temer de Hombre. É das leoas que o domador de leões devia ter medo.

– O problema é o que você conta ou não conta para Ignacio – Juan Diego disse à irmã.

– Esse problema é *seu* – retrucou Lupe. – Eu sou apenas quem lê as mentes. É você que o domador de leões ouve, garoto que anda no *teto*.

Ele realmente não passava disso, Juan Diego pensou. Até Soledad perder a confiança nele como um futuro acrobata aéreo. O pé bom dele causava problemas; o pé bom escorregava dos degraus de corda da escada; o pé bom não era forte o suficiente para suportar o peso dele naquela posição incomum de ângulo reto.

O que Juan Diego via de Dolores era geralmente de cabeça para baixo. Ou ela estava de cabeça para baixo ou então ele estava; na tenda das acrobatas, só podia haver um acrobata aéreo praticando de cada vez. Dolores nunca tivera nenhuma confiança nele para andar na passarela suspensa – como Ignacio, Dolores achava que Juan Diego não tinha colhões para isso. (Para mostrar que tinha colhões, apenas a tenda principal – a passarela suspensa a 24 metros de altura, sem rede de proteção – era um teste de verdade.)

Lupe tinha dito que Hombre gostava de você, se você tivesse medo dele; talvez tenha sido por isso que Ignacio disse às meninas acrobatas que Hombre sabia quando as meninas estavam menstruadas. Isto fez as meninas terem medo de Hombre. Como Ignacio fazia as meninas darem comida ao leão (e às leoas), possivelmente isto aumentava a segurança das meninas.

Era triste que Hombre gostasse das meninas *porque* elas tinham medo dele, Juan Diego pensou. Mas isto não fazia nenhum sentido, Lupe tinha dito. Ignacio queria simplesmente que as meninas acrobatas tivessem medo, *e* queria que elas dessem comida aos leões. Ignacio achava que, se *ele* alimentasse os leões, eles iam pensar que ele era fraco. A parte sobre a menstruação das meninas só interessava a Ignacio. Lupe disse que Hombre não pensava na menstruação das meninas – nunca.

Juan Diego tinha medo de Dolores, mas isto não fazia Dolores gostar dele. Dolores disse, sim, uma coisa útil para ele, sobre acrobacia aérea – não que Dolores tenha tido a intenção de ajudar. Ela só estava sendo cruel com ele, o que combinava com sua natureza.

– Se você achar que vai cair, você cai – Dolores disse a Juan Diego. Ele estava de cabeça para baixo na tenda de treinamento, seus pés nos dois primeiros degraus de corda da escada. As cordas machucavam as dobras dos pés dele na altura do tornozelo.

– Isso não ajuda em nada, Dolores – Soledad tinha dito à Maravilha, mas isso *foi* útil para Juan Diego; mas naquele momento ele não conseguiu parar de pensar que ia cair. Portanto, caiu.

– Está vendo? – Dolores disse a ele, subindo até a escada. De cabeça para baixo, ela parecia especialmente desejável.

Juan Diego não pôde levar sua estátua em tamanho real de Guadalupe para a tenda dos cachorros. Não havia espaço para ela, e quando Juan Diego tentou descrever a imagem de Guadalupe para Estrella, a mulher disse a ele que os cães machos (Baby, o dachshund, e Perro Mestizo) iriam mijar nela.

Agora, quando Juan Diego pensava em se masturbar, ele pensava em Dolores; ela estava geralmente de cabeça para baixo, quando ele pensava nela desse jeito. Ele não tinha dito nada a Lupe sobre se masturbar pensando numa Dolores de cabeça para baixo, mas Lupe o pegou pensando nisso.

– Doente! – Lupe disse a ele. – Você imagina Dolores de cabeça para baixo com seu pênis na boca. O que você está *pensando*?

– Lupe, o que eu posso dizer? Você já *sabe* o que estou pensando! – Juan Diego disse, irritado, mas ele também ficou envergonhado.

Foi um *timing* horrível: a mudança deles para La Maravilla, e suas respectivas idades naquela época; de repente ficou difícil para todos dois – ou seja, Lupe não queria saber o que o irmão estava pensando, e Juan Diego também não queria que a irmã soubesse o que ele estava pensando. Eles se afastaram um do outro pela primeira vez.

Assim (com estados de espírito pouco comuns), as crianças do lixão chegaram com irmão Pepe e señor Eduardo, na Casa Vargas. As estátuas dos conquistadores espanhóis fizeram Edward Bonshaw cambalear na escada, ou então a opulência do salão o desequilibrou. Irmão Pepe segurou o braço do homem de Iowa; Pepe sabia que a longa lista de coisas que señor Eduardo tinha negado a si mesmo havia encurtado. Além de ter feito sexo com Flor, Edward Bonshaw agora se permitia tomar cerveja – era quase impossível estar com Flor e não beber *alguma coisa* –, mas mesmo duas cervejas podiam desequilibrar Edward Bonshaw.

Não ajudou em nada o fato de a namorada de Vargas estar ali para cumprimentá-los na imponente escadaria. Dr. Vargas não morava com a namorada; ele vivia sozinho, se é que se pode chamar viver na Casa Vargas viver "sozinho". (As estátuas dos conquistadores espanhóis equivaliam a uma força de ocupação – um pequeno exército.)

Nos jantares, Vargas sempre aparecia com uma namorada que soubesse cozinhar. Esta se chamava Alejandra – uma beldade peituda cujos seios deviam ser um perigo perto de um forno quente. Lupe implicou instantaneamente com Alejandra; na opinião da menina, os pensamentos libidinosos de Vargas a respeito da dra. Gomez deviam obrigar Vargas a se manter fiel à médica otorrinolaringologista.

– Lupe, seja realista – Juan Diego cochichou para a irmã mal-humorada; ela meramente olhou zangada para Alejandra, recusando-se a apertar a mão da moça. (Lupe não queria largar a lata de café.) – Vargas não *tem que ser* fiel a uma mulher com a qual ele não dormiu! Vargas apenas *quer* dormir com a dra. Gomez, Lupe.

– É a mesma coisa – Lupe declarou, de um modo bíblico; naturalmente, ela odiou passar pelo exército espanhol na escadaria.

– Alejandra, Alejandra – a namorada de Vargas não parava de repetir, apresentando-se ao irmão Pepe e ao cambaleante señor Eduardo na escadaria traiçoeira.

– Que chupa-pênis – Lupe disse ao irmão. Ela quis dizer que Alejandra era uma chupa-pênis – o epíteto favorito de Dolores. Era assim que A Maravilha chamava as meninas acrobatas – as que estavam dormindo ou tinham dormido com Ignacio. Era como Dolores chamava cada uma das leoas, também – sempre que Dolores tinha que dar comida para elas. (As leoas odiavam Dolores, Lupe disse, mas Juan Diego não sabia se isso era verdade; ele só sabia com certeza que Lupe odiava Dolores.) Lupe chamava Dolores de chupa-pênis, ou Lupe dava a entender que Dolores era uma *futura* chupa-pênis, o que (Lupe dizia) Dolores era babaca demais para saber.

Agora Alejandra era uma chupa-pênis só porque era uma das namoradas do dr. Vargas. Edward Bonshaw, sem fôlego, viu Vargas sorrindo no topo da escadaria, seu braço ao redor do soldado barbudo com um capacete de plumas.

– E quem é este selvagem? – señor Eduardo perguntou a Vargas, apontando para a espada do soldado e sua armadura.

– Um dos seus evangelistas de armadura, é claro – Vargas respondeu ao homem de Iowa.

Edward Bonshaw olhou desconfiado para o espanhol. Foi só a ansiedade de Juan Diego em relação à irmã que fez o menino achar que o olhar parado da estátua ganhou vida quando o conquistador avistou Lupe?

– Não olhe para mim, seu estuprador e saqueador – Lupe disse para o espanhol. – Vou cortar seu pau com sua espada. Conheço uns leões que gostariam de comer você e sua escória cristã!

– Jesus, Lupe! – Juan Diego exclamou.

– Que importância tem Jesus? – Lupe perguntou a ele. – São as virgens que estão comandando; não que elas sejam realmente virgens, não que nós até mesmo saibamos que são elas.

– O quê? – Juan Diego disse a ela.

– As virgens são como as leoas – Lupe disse ao irmão. – É com elas que você tem que se preocupar, elas comandam o espetáculo. – A cabeça de Lupe estava no nível do punho da espada do espanhol; sua mãozinha tocou a bainha da espada. – Mantenha-a afiada, assassino – Lupe acrescentou ao conquistador.

– Eles eram mesmo assustadores, não eram? – Edward Bonshaw disse, ainda olhando fixamente para o soldado.

– Com certeza pretendiam ser – Vargas disse ao homem de Iowa.

Eles estavam seguindo os quadris de Alejandra por um longo e decoroso corredor. É claro que não podiam passar por um quadro de Jesus sem fazer um comentário.

– Bem-Aventurados *sejam*... – Edward Bonshaw começou a dizer; o quadro era de Jesus fazendo o Sermão da Montanha.

— Ah, essas ternas Bem-Aventuranças! — Vargas o interrompeu. — Minha parte favorita da Bíblia. Não que alguém preste atenção às Bem-Aventuranças; as Bem-Aventuranças não são a missão principal da Igreja. Você não está levando esses dois inocentes para o santuário de Guadalupe? Uma atração turística católica, se quer saber — Vargas continuou, falando para o señor Vargas, mas para todo mundo ouvir. — Nenhuma evidência das Bem-Aventuranças nessa que é a mais profana das basílicas!

— Seja tolerante, Vargas — irmão Pepe pediu. — Você tolera as nossas crenças, nós toleramos a sua falta delas...

— As virgens mandam — Lupe os interrompeu, segurando com força a lata de café. — Ninguém liga para as Bem-Aventuranças. Ninguém ouve Jesus, Jesus era apenas um bebê. São as virgens que mexem os pauzinhos.

— Eu sugiro que você não traduza o que Lupe disse, seja o que for. *Não* traduza — Pepe disse para Juan Diego, que estava fascinado demais pelos quadris de Alejandra para prestar atenção no misticismo da irmã — como se o conteúdo da lata de café contribuísse para os poderes irritantes de Lupe.

— Tolerância nunca é uma má ideia — Edward Bonshaw começou. Na frente deles, Juan Diego viu outro soldado espanhol; a estátua estava de guarda ao lado de uma porta dupla no corredor.

— Isto está parecendo um truque jesuíta — Vargas disse para o homem de Iowa. — Desde quando vocês, católicos, deixam os infiéis em paz? — Como prova, dr. Vargas apontou para o solene conquistador montando guarda na porta da cozinha. Vargas pôs a mão na armadura do soldado, sobre o coração do conquistador — se é que o espanhol conquistador algum dia teve coração. — Tente falar com este cara sobre livre-arbítrio — Vargas acrescentou, mas o espanhol não pareceu notar o toque atrevido do médico; mais uma vez, Juan Diego viu o olhar distante da estátua entrar em foco. O soldado espanhol estava olhando para Lupe.

Juan Diego se inclinou e cochichou com a irmã:

— Eu sei que você não está me contando tudo.

— Você não acreditaria em mim — ela disse a ele.

— Não são uns doces, essas crianças? — Alejandra disse para Vargas.

— Ah meu Deus! A chupa-pênis quer ter filhos! Isto vai estragar meu apetite — foi tudo o que Lupe disse para o irmão.

— Você trouxe seu próprio café? — Alejandra perguntou de repente para Lupe. — Ou são os seus brinquedos? É...

— É para *ele*! — Lupe disse, apontando para o dr. Vargas. — São as cinzas da nossa mãe. Elas têm um cheiro esquisito. Tem um cachorrinho nas cinzas, e um hippie morto. Tem uma coisa *sagrada* nas cinzas, também — Lupe acrescentou, num sussurro. — Mas o cheiro é *diferente*. Nós não conseguimos identificá-lo. Queremos uma opinião científica. – Ela estendeu a lata de café para Vargas. – Anda – *cheire* – Lupe disse a ele.

– Cheira apenas a *café* – Edward Bonshaw tentou tranquilizar o dr. Vargas. (O homem de Iowa não se deu conta de que Vargas não tinha nenhum conhecimento prévio do conteúdo da lata de café.)

– São as *cinzas* de Esperanza! – irmão Pepe exclamou.

– Sua vez, tradutor – Vargas disse para Juan Diego; o médico estava segurando a lata de café, mas ainda não tinha tirado a tampa.

– Nós queimamos nossa mãe no basurero – Juan Diego começou. – Queimamos um desertor gringo junto com ela. Morto. – o Juan tentou explicar.

– Havia um cachorro também; um cachorro pequeno – Pepe disse.

– Deve ter sido uma fogueira e tanto – Vargas disse.

– O fogo já estava aceso quando pusemos os corpos lá – Juan Diego explicou. – Rivera o havia acendido com o que havia em volta.

– Apenas o fogo habitual para queimar lixo, suponho – Vargas disse; ele estava mexendo na tampa da lata, mas ainda não a tinha tirado.

Juan Diego sempre se lembraria do modo como Lupe tocava a ponta do nariz; tinha o dedo indicador encostado no nariz quando falou. – Y la nariz – Lupe disse.

Juan Diego ficou hesitante em traduzir isto, mas Lupe ficou repetindo, enquanto tocava a ponta do seu delicado nariz: – Y la nariz.

– O nariz? – Vargas adivinhou. – *Que* nariz? O nariz *de quem*?

– O *nariz* não, sua pequena pagã! – irmão Pepe gritou.

– O nariz de *Maria*?! – Edward Bonshaw exclamou. – Você pôs o nariz de Maria naquela fogueira? – o homem de Iowa perguntou a Lupe.

– *Ele* fez isso – Lupe disse, apontando para o irmão. – Estava no bolso dele, embora quase não coubesse. Era um nariz grande.

Ninguém tinha contado a Alejandra, a namorada do jantar, sobre a estátua gigante da Virgem Maria que tinha perdido o nariz no acidente que matou a faxineira no templo jesuíta. A pobre Alejandra deve ter imaginado, por um momento, o nariz *verdadeiro* da Virgem Maria naquela horrível fogueira no basurero.

– Ajudem-na! – foi só o que Lupe disse, apontando para Alejandra. Irmão Pepe e Edward Bonshaw conseguiram levar a namorada do jantar até a pia da cozinha.

Vargas levantou a tampa da lata de café. Ninguém falou, embora pudessem ouvir Alejandra respirando pelo nariz e pela boca – ela estava tentando não vomitar.

Dr. Vargas baixou o nariz e a boca na direção da lata de café aberta. Eles o ouviram respirar fundo. Não havia nenhum outro som a não ser a respiração pausada da namorada dele, que estava tentando não vomitar na pia da cozinha.

A primeira das espadas dos conquistadores foi retirada da bainha e bateu com estrondo no chão de pedra do vestíbulo no pé da imponente escadaria. Foi um barulho alto, mas longe de onde os convidados estavam, na cozinha.

Irmão Pepe se encolheu ao ouvir o som da espada – assim como o señor Eduardo e as crianças do lixão, mas não Vargas e Alejandra. A segunda espada caiu mais perto deles – a espada do espanhol que montava guarda no topo da escadaria. Não só se ouviu o barulho da segunda espada contra os degraus de pedra e rolando vários degraus até parar; todos ouviram também o som da segunda espada sendo tirada da bainha.

– Aqueles soldados espanhóis... – Edward Bonshaw começou a dizer.

– Não são os conquistadores; são apenas estátuas – Lupe disse a eles. (Juan Diego não hesitou em traduzir isto.) – São os seus pais, não é? Você mora nesta casa porque eles estão *aqui*, não estão? – Lupe perguntou ao dr. Vargas. (Juan Diego continuou traduzindo.)

– Cinzas são cinzas. E têm pouco cheiro. – Vargas disse. – Mas aquela era uma fogueira no *lixão* – o médico continuou. – Tem tinta nestas cinzas, talvez terebintina, também, ou alguma espécie de solvente de tinta. Talvez alguma coisa para descolorir madeira. Algo inflamável.

– Talvez gasolina? – Juan Diego disse; ele tinha visto Rivera começar várias fogueiras com gasolina, inclusive esta.

– Talvez gasolina – Vargas concordou. – Um bocado de *produtos químicos* – o médico acrescentou. – O cheiro que vocês sentem é de produtos químicos.

– O nariz de Maria Monstro era *químico* – Lupe disse, mas Juan Diego segurou sua mão antes que ela pudesse tocar de novo o nariz.

O terceiro estrondo foi bem perto deles; exceto por Vargas, todos deram um pulo.

– Deixe-me adivinhar – irmão Pepe disse alegremente. – Esta foi a espada do conquistador que está de guarda na porta da cozinha, bem ali, no corredor – Pepe acrescentou, apontando.

– Não, foi o capacete dele – Alejandra disse. – Eu não vou passar a noite aqui. Não sei o que os pais dele *querem* – a bela cozinheira acrescentou. Ela parecia totalmente recuperada.

– Eles só querem *estar* aqui. Querem que Vargas saiba que estão bem – Lupe explicou. – Eles estão contentes porque você não estava naquele avião, sabe – Lupe disse para o dr. Vargas.

Quando Juan Diego traduziu isto, Vargas apenas balançou a cabeça; ele sabia. Dr. Vargas tornou a tampar a lata de café, e entregou a lata de volta para Lupe.

– Não ponha os dedos na boca nem nos olhos se tiver tocado as cinzas – ele disse a ela. – Lave as mãos. Pinta, terebintina, solvente de madeira. São venenosos.

A espada veio escorregando pelo chão da cozinha, onde eles estavam; não houve muito barulho desta vez. Era um chão de madeira.

– *Essa é* a terceira espada, do espanhol mais próximo – Alejandra disse. – Eles sempre a colocam na cozinha.

Irmão Pepe e Edward Bonshaw foram para o longo corredor, só para dar uma olhada. O quadro de Jesus proferindo o Sermão da Montanha estava torto na parede; Pepe foi até lá e o endireitou.

Sem olhar para o corredor, Vargas disse:

– Eles gostam de chamar atenção para as Bem-Aventuranças.

No corredor, eles ouviram o homem de Iowa recitando as Bem-Aventuranças:

– Bem-Aventurados *sejam*... – e assim por diante.

– Acreditar em fantasmas não é o mesmo que acreditar em Deus – dr. Vargas disse para as crianças do lixão, um tanto defensivamente.

– Você é legal. Você é melhor do que eu pensei – ela disse a Vargas. – E você não é uma chupa-pênis – a menina falou para Alejandra. – A comida tem um cheiro bom; devíamos comer alguma coisa – Lupe acrescentou. Juan Diego resolveu traduzir apenas esta última parte.

– Bem-Aventurados *sejam* os puros de coração, pois eles verão a Deus – señor Eduardo ainda estava recitando. O homem de Iowa não teria concordado com o dr. Vargas. Edward Bonshaw acreditava que crer em fantasmas era a mesma coisa que acreditar em Deus; para o señor Eduardo, as duas coisas estavam pelo menos relacionadas.

Em que Juan Diego acreditava, então e agora? Ele tinha visto o que os fantasmas podiam fazer. Tinha realmente visto Maria Monstro se mexer, ou tinha apenas imaginado isso? E havia o truque do nariz, ou o que quer que você chamasse isso. Algumas coisas inexplicáveis são reais.

21. O senhor vai nadar

– Acreditar em fantasmas não é o mesmo que acreditar em Deus – o antigo leitor do lixão disse alto. Juan Diego falou com mais segurança do que o dr. Vargas jamais havia falado sobre os fantasmas de sua família. Mas Juan Diego tinha sonhado que estava discutindo com Clark French – não sobre fantasmas *nem* sobre acreditar em Deus. Eles estavam brigando de novo sobre aquele papa polonês. O modo como João Paulo II tinha associado tanto o aborto quanto o controle da natalidade a *declínio moral* deixou Juan Diego furioso – aquele papa estava na interminável guerra contra a contracepção. No início dos anos 1980, ele chamou o controle da natalidade e o aborto de "inimigos modernos da família".

– Eu tenho certeza de que havia um *contexto* que você está ignorando – Clark French disse ao seu antigo professor muitas vezes.

– Um *contexto*, Clark? – Juan Diego perguntou (ele também tinha perguntado isto quando estava sonhando).

No final dos anos 1980, o papa João Paulo II declarou o uso de camisinha – mesmo para evitar AIDS – "moralmente ilícito".

– O *contexto* era a crise da AIDS, Clark! – Juan Diego gritou, não só desta vez, mas em seu sonho.

No entanto, Juan Diego acordou argumentando que acreditar em fantasmas era diferente de acreditar em Deus; isto era confuso, como essas transições entre sonho e vigília podem ser.

– Fantasmas... – Juan Diego continuou, se sentando na cama, mas ele de repente calou a boca.

Ele estava sozinho em seu quarto no Encantador; desta vez, Miriam havia realmente desaparecido – ela não estava na cama ao lado dele, conseguindo (sabe-se como) não respirar.

– Miriam? – Juan Diego chamou, caso ela estivesse no banheiro. Mas a porta do banheiro estava aberta, e não houve resposta – só o canto de outro galo. (Tinha que ser um galo diferente; o primeiro havia sido morto enquanto cantava, pelo som que ele ouviu.) Pelo menos este galo não era maluco; a luz da manhã entrava no quarto – era Ano-Novo em Bohol.

Pelas janelas abertas, Juan Diego podia ouvir as crianças na piscina. Quando entrou no banheiro, ficou surpreso ao ver seus remédios espalhados sobre a bancada, em volta da pia. Ele havia se levantado durante a noite, e – meio dormindo, ou num transe de saciedade sexual – engolido um monte de comprimidos? Se isso fosse verdade, quantos havia tomado – e *quais* comprimidos? (Tanto o vidro de Viagra quanto o de Lopressor estavam abertos; os comprimidos estavam espalhados sobre a bancada – havia alguns no chão do banheiro.)

Miriam seria viciada em comprimidos?, Juan Diego pensou. Mas nem mesmo uma viciada acharia os betabloqueadores estimulantes, e o que uma mulher iria querer com Viagra?

Juan Diego limpou a bagunça. Ele tomou um banho de chuveiro do lado de fora, apreciando os gatos que apareceram no telhado – miando para ele. Talvez um gato, protegido pela escuridão, tivesse matado aquele galo maluco no meio do canto. Gatos eram matadores natos, não eram?

Juan Diego estava se vestindo quando ouviu as sirenes, ou algo que soava como sirenes. Talvez um cadáver tivesse aparecido na praia, ele imaginou – um dos perpetradores do karaokê da noite anterior na boate de Panglao Beach, um nadador noturno que havia dançado a noite inteira e se afogado devido a cãibras. Ou os Macacos Noturnos tinham ido mergulhar, com resultados desastrosos. Juan Diego deixou a imaginação voar com diabólicas cenas de morte, como os escritores costumam fazer.

Mas quando Juan Diego desceu mancando para tomar café, ele viu a ambulância e o carro de polícia na entrada do Encantador. Clark French estava de sentinela na escada que ia dar na biblioteca do segundo andar. – Eu só estou tentando manter as crianças longe – Clark disse para o seu antigo professor.

– Longe de *quê*, Clark? – Juan Diego perguntou.

– Josefa está lá em cima, com o médico-legista e a polícia. Tia Carmen estava no quarto do outro lado do corredor do quarto da sua amiga. Eu não sabia que ela estava indo embora tão cedo!

– *Quem*, Clark? Quem foi embora? – Juan Diego perguntou a ele.

– A sua amiga! Quem viria tão longe só para passar uma noite, mesmo sendo véspera de Ano-Novo? – Clark perguntou a ele.

Juan Diego, é claro, não sabia que Miriam tinha ido embora; ele deve ter feito um ar de surpresa.

– Ela não *contou* a você que estava indo embora? – Clark perguntou. – Eu achei que você a *conhecesse*! O recepcionista disse que ela tinha um voo cedo; um carro veio buscá-la antes do amanhecer. Alguém disse que *todas* as portas dos quartos do segundo andar estavam escancaradas, depois que sua amiga partiu. Foi por isso que encontraram a tia Carmen! – Clark disse.

– *Encontraram* – encontraram *onde*, Clark? – Juan Diego perguntou a ele. A história era tão cronologicamente complicada quanto um dos romances de Clark French! O antigo professor de redação pensou.

– No chão do quarto dela, entre a cama e o banheiro. Tia Carmen está *morta*! – Clark disse.

– Sinto muito, Clark. Ela estava doente? Ela esteve... – Juan Diego estava perguntando quando Clark French apontou para a recepção no saguão do hotel.

– Ela deixou uma carta para você. O recepcionista está com ela – Clark disse ao seu antigo professor.

– Tia Carmen me escreveu...

– A sua amiga deixou uma carta para você, *não* a tia Carmen! – Clark gritou.

– Ah.

– Ei, senhor – Consuelo disse; a garotinha de maria-chiquinha estava parada ao lado dele. Juan Diego viu que Pedro estava com ela.

– Nada de ir lá em cima, crianças – Clark French avisou às crianças, mas Pedro e Consuelo preferiram seguir Juan Diego quando ele foi mancando até a recepção.

– A tia que era dona de todos aqueles peixes morreu, senhor – Pedro disse.

– Sim, eu soube – Juan Diego disse.

– Ela quebrou o pescoço – Consuelo disse.

– O *pescoço*! – Juan Diego exclamou.

– Como é que alguém quebra o pescoço se levantando da cama, senhor? – Pedro perguntou.

– Não faço ideia – Juan Diego disse.

– A dama que simplesmente aparece desapareceu, senhor – Consuelo disse a ele.

– Sim, eu soube – Juan Diego disse para a menina de maria-chiquinha.

O recepcionista viu Juan Diego chegando; um rapaz diligente, mas nervoso, ele já estava estendendo a carta.

– A sra. Miriam deixou isto para o senhor. Ela teve que pegar um voo logo cedo.

– Sra. Miriam – Juan Diego repetiu. Será que ninguém sabia o sobrenome de Miriam?

Clark French tinha seguido seu antigo professor e as crianças até a recepção.

– Miriam é uma hóspede habitual do Encantador? Existe um sr. Miriam? – Clark perguntou ao recepcionista. (Juan Diego conhecia bem aquele tom de censura moral na voz do seu antigo aluno; ele também era uma presença, um fogo aceso, na voz de *escritor* de Clark.)

– Ela já esteve aqui conosco antes, mas não com frequência. Existe uma filha, senhor – o recepcionista disse a Clark.

– Dorothy? – Juan Diego perguntou.

– Sim, esse é o nome da filha, senhor – Dorothy – o recepcionista disse, e entregou a carta a Juan Diego.

– Você conhece a mãe *e* a filha? – Clark French perguntou ao seu antigo professor. (O tom de voz de Clark estava agora em modo de funcionamento de alerta moral alto.)

– A princípio, eu era mais íntimo da filha, Clark, mas acabei de conhecer as duas no meu voo de Nova York para Hong Kong – Juan Diego explicou. – Elas viajam pelo mundo. É só o que sei sobre elas. Elas...

– Elas parecem mesmo *cosmopolitas*; pelo menos Miriam me pareceu bem cosmopolita – Clark falou asperamente. (Juan Diego sabia que a palavra *cosmopolita* não era algo muito bom; não se você fosse, como Clark, um católico devotado.)

– O senhor não vai ler a carta da moça? – Consuelo perguntou. Por se lembrar do conteúdo da "carta" de Dorothy, Juan Diego tinha feito uma pausa antes de abrir a mensagem de Miriam na frente das crianças, mas como ele podia deixar de abrir? Estavam todos esperando.

– A sua amiga pode ter *notado* alguma coisa, quer dizer, sobre a tia Carmen – Clark French comentou. Clark conseguiu fazer uma *amiga* soar como um demônio em forma de mulher. Não havia uma palavra para demônio no feminino? (Soava como algo que a irmã Gloria diria.) Um *súcubo*, era esta a palavra! Sem dúvida Clark French conhecia o termo; súcubos eram espíritos maléficos femininos, que, segundo diziam, faziam sexo com os homens quando eles estavam dormindo. Deve vir do latim, Juan Diego pensou, mas seus pensamentos foram interrompidos por Pedro puxando seu braço.

– Eu nunca vi ninguém mais rápido, senhor – Pedro disse a Juan Diego. – Quer dizer, sua amiga.

– Tanto aparecendo quanto desaparecendo, senhor – Consuelo disse, puxando as marias-chiquinhas.

Como eles estavam tão interessados em Miriam, Juan Diego abriu a carta dela. "Até Manila", Miriam havia escrito no envelope. "Veja fax de D.", ela também rabiscara ali – ou apressadamente ou impacientemente, ou as duas coisas. Clark tomou o envelope de Juan Diego, lendo alto a parte *Até Manila*.

– Parece um título – Clark French disse. – Você vai se encontrar com Miriam em Manila? – ele perguntou a Juan Diego.

– Acho que sim – Juan Diego disse a ele, tentando sacudir os ombros como Lupe, que sacudia os ombros de um modo indiferente, igual à mãe deles. Juan Diego ficou um pouco orgulhoso em pensar que Clark French achava que seu antigo professor era *cosmopolita*; imaginem pensar que Clark podia achar que Juan Diego estava copulando com súcubos!

– Suponho que D. seja a filha. Parece um longo fax – Clark continuou.

– D. é de Dorothy. Sim, ela é a filha – Juan Diego afirmou.

Era mesmo um longo fax, e um tanto difícil de acompanhar. Havia um búfalo na história, e coisas que picavam; uma série de incidentes havia acontecido com crianças que Dorothy tinha encontrado em suas viagens, ao que parecia. Dorothy convidava Juan Diego para se juntar a ela num resort chamado El Nido, em Lagen Island – era em outra região das Filipinas, um lugar chamado Palawan. Havia passagens de avião no envelope. Naturalmente, Clark tinha visto as passagens de avião. E Clark claramente conhecia e desaprovava El Nido. (Um nido podia ser um ninho, uma toca, um buraco, um covil.) Clark sem dúvida desaprovava D., também.

Houve um ruído de pequenas rodas, rolando pelo vestíbulo do Encantador; o som fez eriçar os pelos na nuca de Juan Diego – antes de olhar e ver a maca, ele sabia (de alguma forma) que era a padiola da ambulância. Eles a estavam conduzindo para o elevador de serviço. Pedro e Consuelo correram atrás da maca. Clark e Juan Diego viram a esposa de Clark, a dra. Josefa Quintana; ela estava descendo a escada da biblioteca do segundo andar, acompanhada pelo médico-legista.

– Como eu disse, Clark, tia Carmen deve ter caído de mau jeito; o pescoço dela estava quebrado – a dra. Quintana disse a ele.

– Talvez alguém tenha *quebrado* o pescoço dela – Clark French sugeriu; ele olhou para Juan Diego, como que buscando confirmação.

– Todos dois são romancistas – Josefa disse ao médico-legista. – Têm muita imaginação.

– Sua tia caiu com força, o chão é de pedra. A cabeça deve ter dobrado sob ela, quando caiu – o médico-legista explicou a Clark.

– Ela também bateu com o alto da cabeça – dra. Quintana disse a ele.

– Ou alguém *deu uma pancada* nela, Josefa! – Clark French disse.

– Este hotel é... – Josefa começou a dizer para Juan Diego. Ela parou para ver as crianças com ar solene – Pedro e Consuelo – acompanhando a maca onde estava o corpo de tia Carmen. Um dos socorristas empurrava a maca pelo vestíbulo do Encantador.

– Este hotel é *o quê*? – Juan Diego perguntou à esposa de Clark.

– Encantado – a dra. Quintana disse a ele.

– Ela quer dizer *mal-assombrado* – Clark French disse.

– Casa Vargas – foi só o que Juan Diego disse; o fato de ele ter sonhado com fantasmas não foi nem mesmo uma surpresa. – Ni siquiera una sorpresa – ele acrescentou em espanhol.

– Juan Diego conheceu primeiro a filha da amiga dele; ele só as conheceu no avião – Clark explicou à esposa. (O médico-legista os deixou e foi atrás da maca.) – Acho que você não as conhece *bem* – Clark disse para seu antigo professor.

– Nada bem – Juan Diego admitiu. – Eu dormi com as duas, mas elas são mistérios para mim – ele disse a Clark e à dra. Quintana.

– Você dormiu com a mãe *e* a filha – Clark disse, como se não estivesse acreditando. – Você sabe o que são súcubos? – Clark perguntou, mas antes que o antigo professor dele pudesse responder, Clark continuou: – *Súcubo* significa "amante", um súcubo é um demônio em forma de mulher...

– Que dizem que faz sexo com os homens enquanto eles dormem! – Juan Diego se apressou em dizer.

– Do latim *succubare*, "deitar por baixo" – Clark continuou.

– Miriam e Dorothy são mistérios para mim – Juan Diego tornou a dizer para Clark e a dra. Quintana.

– Mistérios – Clark repetiu; ele continuou repetindo isso.

– Por falar em mistérios – Juan Diego disse. – Vocês ouviram aquele galo cantando no meio da noite, na mais total escuridão?

A dra. Quintana impediu o marido de repetir a palavra *mistérios*. Não, eles não tinham ouvido o galo maluco, cujo canto tinha sido interrompido abruptamente – talvez para sempre.

– Oi, senhor – Consuelo disse; ela estava de novo ao lado de Juan Diego. – O que você vai fazer hoje? – a garotinha de maria-chiquinha cochichou para ele. Antes que Juan Diego pudesse responder, Consuelo pegou a mão dele; ele sentiu Pedro segurar sua outra mão.

– Eu vou *nadar* – Juan Diego cochichou para as crianças. Elas pareceram surpresas – apesar de toda água que havia em volta deles. As crianças se entreolharam, preocupadas.

– Mas e o seu pé, senhor? – Consuelo cochichou. Pedro estava balançando a cabeça, com um ar sério; as duas crianças olhavam para o pé direito aleijado de Juan Diego.

– Eu não manco na água – Juan Diego cochichou. – Eu não sou aleijado quando estou nadando. – Os cochichos eram divertidos.

Por que Juan Diego se sentiu tão alegre ao pensar no dia que tinha diante dele? Mais do que nadar o aguardava; ele estava contente porque as crianças estavam gostando de cochichar com ele. Consuelo e Pedro gostaram de transformar numa brincadeira o fato de ele ir nadar. Juan Diego gostava da companhia das crianças.

Por que Juan Diego não sentia nenhuma urgência em continuar a discussão habitual com Clark French sobre a amada Igreja Católica de Clark? Juan Diego nem se importou que Miriam não tivesse contado a ele que estava indo embora; na realidade, ele estava um pouco aliviado que ela tivesse partido.

Ele teria tido *medo* de Miriam por alguma razão obscura? Foi meramente a simultaneidade de ele ter sonhado com fantasmas ou espíritos numa véspera de Ano-Novo? E, também, Miriam o assustara. Para ser honesto: Juan Diego estava feliz por estar sozinho. Sem Miriam. ("Até Manila.")

Mas, e quanto a Dorothy? O sexo com Dorothy, e com Miriam, tinha sido sublime. Então por que os detalhes eram tão difíceis de lembrar? Miriam e Dorothy estavam tão emaranhadas com seus sonhos que Juan Diego estava imaginando se as duas mulheres existiam apenas nos sonhos. Só que elas sem dúvida alguma *existiam* – outras pessoas as viram! Aquele jovem casal chinês na estação de trem de Kowloon: o namorado tinha tirado uma foto de Juan Diego *com* Miriam e Dorothy. ("Eu posso tirar uma de vocês *todos*", o rapaz tinha dito.) E não havia dúvida de que todo mundo tinha visto Miriam no jantar de Ano-Novo; possivelmente, só a infeliz lagartixa, espetada pelo garfo de salada, tinha deixado de ver Miriam – até ser tarde demais.

Entretanto, Juan Diego pensou se conseguiria reconhecer Dorothy; em sua cabeça, ele tinha dificuldade em visualizar a moça – era preciso reconhecer que Miriam era a que chamava mais atenção. (E, sexualmente falando, Miriam era a mais recente.)

– Vamos todos tomar café? – Clark French perguntou, embora tanto ele quanto sua esposa estivessem preocupados. Eles estariam irritados com os cochichos, ou pelo fato de Juan Diego parecer inseparável de Consuelo e Pedro?

– Consuelo, vocês já não tomaram café? – a dra. Quintana perguntou à menina. Consuelo não tinha soltado a mão de Juan Diego.

– Sim, mas eu não comi nada. Estava esperando pelo senhor – Consuelo respondeu.

– Sr. *Guerrero* – Clark corrigiu a menina.

– Na verdade, Clark, eu prefiro simplesmente *senhor*. Só isso – Juan Diego disse.

– Esta é uma manhã de duas lagartixas, senhor – até agora – Pedro disse a Juan Diego; o menino examinara atrás de todos os quadros. Juan Diego tinha visto Pedro levantando as pontas dos tapetes e espiando dentro dos abajures. – Nenhum sinal da grande, ela desapareceu – o menino acrescentou.

A palavra *desapareceu* era triste para Juan Diego. Todas as pessoas que ele amava tinham desaparecido – todos os entes queridos, as pessoas que o haviam marcado.

– Eu sei que o veremos de novo, em Manila – Clark disse para ele, embora Juan Diego ainda fosse ficar mais dois dias em Bohol. – Eu sei que você vai encontrar D. e para onde vai depois. Podemos discutir a filha em outra hora – Clark French acrescentou ao seu antigo professor – como se o que houvesse para ser dito a respeito de Dorothy (ou o que Clark se sentisse obrigado a dizer sobre ela) não fosse possível dizer perto de crianças. Consuelo segurava com força a mão de Juan Diego; Pedro tinha perdido o interesse em ficar de mão dada, mas não se afastava dali.

– O que tem Dorothy? – Juan Diego perguntou a Clark; não foi uma pergunta inocente. (Juan Diego sabia que Clark estava irritado e incomodado com aquela história de mãe e filha.) – E onde é que eu vou me encontrar com ela, em outra ilha?

– Antes que Clark pudesse responder, Juan Diego se virou para Josefa. – Quando você não faz seus próprios planos, nunca se lembra para onde está indo – ele disse para a médica.

– Esses remédios que você está tomando – a dra. Quintana disse. – Você ainda está tomando os betabloqueadores, não está? Você não *parou* de tomá-los, parou?

Foi então que Juan Diego percebeu que devia ter parado de tomar o Lopressor – todos aqueles comprimidos espalhados pelo banheiro o enganaram. Ele se sentia bem demais esta manhã; se tivesse tomado os betabloqueadores, não estaria se sentindo tão bem.

Ele mentiu para a dra. Quintana.

– É claro que estou tomando; você só pode parar de tomar aos poucos, ou algo assim.

– Fale com seu médico antes de *pensar* em parar de tomá-los – dra. Quintana disse a ele.

– Sim, eu sei – Juan Diego afirmou.

– Você vai daqui para Lagen Island – Palawan – Clark French disse para o seu antigo professor. – O resort se chama El Nido, e não se parece em nada com isto aqui. É muito *extravagante* lá. Você vai ver como é diferente – Clark acrescentou, com um ar desaprovador.

– Há lagartixas em Lagen Island? – Pedro perguntou a Clark French. – Como são os lagartos de lá? – o menino perguntou a ele.

– Eles têm lagartos *monitores;* eles são carnívoros, são do tamanho de *cachorros* – Clark disse ao menino.

– Eles correm ou nadam? – Consuelo perguntou a Clark.

– Fazem as duas coisas, depressa – Clark French disse para a menina de maria-chiquinha.

– Não mete medo nas crianças, Clark – Josefa falou para o marido.

– Só de pensar naquela mãe *e* filha, eu tenho pesadelos – Clark French disse.

– Talvez não deva falar nisso perto das crianças, Clark – a esposa disse a ele.

Juan Diego apenas sacudiu os ombros. Ele não sabia sobre os lagartos monitores, mas ver Dorothy na ilha *extravagante* ia ser mesmo diferente. Juan Diego se sentiu um pouco culpado – pelo modo como apreciou a desaprovação do seu antigo aluno; pelo modo como a condenação moral de Clark era até certo ponto gratificante.

No entanto, Clark, Miriam e Dorothy eram, de formas diferentes, *manipuladores*, Juan Diego pensou; talvez ele gostasse de manipular um pouco eles três.

De repente, Juan Diego percebeu que Josefa, a esposa de Clark, estava segurando sua outra mão – a que Consuelo não estava segurando.

– Você está mancando menos hoje, eu acho – a médica disse a ele. – Parece ter recuperado o sono.

Juan Diego percebeu que tinha que ser cuidadoso perto da dra. Quintana; ele ia ter que vigiar o modo como usava seus comprimidos de Lopressor. Talvez tivesse que parecer mais amortecido do que se sentia quando estivesse perto da médica. Ela era muito observadora.

– Ah, eu me sinto muito bem hoje, muito bem em se tratando de *mim*, quer dizer – Juan Diego disse a ela. – Não tão cansado, não tão amortecido – foi como Juan Diego se expressou para a dra. Quintana.

– Sim, estou vendo – dra. Quintana disse a ele, apertando-lhe a mão.

– Você vai odiar El Nido. É cheio de turistas, turistas *estrangeiros* – Clark French comentou.

– Sabe o que eu vou fazer hoje? Uma coisa que eu *amo* – Juan Diego disse para Josefa. Mas antes que ele pudesse dizer à esposa de Clark quais eram os seus planos, a menina de maria-chiquinha foi mais rápida.

– O senhor vai *nadar*! – Consuelo gritou.

Dava para ver o esforço que Clark French estava fazendo, a luta que foi para ele disfarçar sua desaprovação em relação a *nadar*.

Edward Bonshaw e as crianças do lixão foram no ônibus com Estrella, a dama dos cachorros, e os cachorros. Os palhaços anões, Barriga de Cerveja e sua parceira de aparência não muito feminina – Paco, o transformista – estavam no mesmo ônibus. Assim que o señor Eduardo adormeceu, Paco pintou o rosto do homem de Iowa (e os rostos das crianças do lixão) com "sarampo de elefante". Paco usou ruge para fazer as pintas de sarampo; ele também pintou o rosto dele e o de Barriga de Cerveja.

Os trapezistas argentinos adormeceram acariciando um ao outro, mas os anões não pintaram os rostos dos amantes com ruge. (Os argentinos poderiam ter imaginado que os sarampos de elefante eram sexualmente transmissíveis.) As meninas acrobatas, que não paravam de falar no fundo do ônibus, eram convencidas demais para se interessar pelo truque do sarampo de elefante, que Juan Diego teve a impressão de que os palhaços anões *sempre* faziam em algum inocente nas viagens de ônibus do La Maravilla.

Homem Pijama, o contorcionista, dormiu esticado no chão do ônibus, no corredor entre os bancos – o caminho todo até a Cidade do México. As crianças do lixão nunca tinham visto o contorcionista todo esticado; elas ficaram surpresas de ver que Homem Pijama era bem alto, na verdade – o contorcionista também não se sentia incomodado pelos cachorros, que andavam inquietos pelo corredor, pisando em cima do Homem Pijama e cheirando-o.

Dolores – A Maravilha em pessoa – se sentou afastada das meninas acrobatas menos talentosas. Dolores olhava pela janela do ônibus, ou dormia com a testa encostada na janela, confirmando para Lupe o status da acrobata aérea de "boceta mimada", como Lupe a chamara – este título usado junto com o xingamento de *peitinhos de camundongo*. Até as tornozeleiras de Dolores tinham merecido a condenação de Lupe, que a chamou de "vadia barulhenta, querendo chamar a atenção", embora a indiferença de Dolores – em relação a todos, pelo menos no ônibus – fizesse Juan Diego achar a estrela da acrobacia aérea o oposto de alguém que quisesse "chamar a atenção".

Dolores parecia triste, marcada até, na opinião de Juan Diego; o menino não imaginava que fosse uma queda da passarela que a ameaçasse. Era Ignacio, o domador de leões, que obscurecia o futuro de Dolores, como Lupe havia previsto – "deixe o domador de leões engravidá-la!", Lupe tinha dito. "Morra de parto, sua boceta de macaco!", deve ter sido algo que Lupe havia dito num ataque de raiva, mas – na cabeça de Juan Diego – isto significava uma maldição indestrutível.

O menino não apenas desejava Dolores; ele admirava sua coragem como acrobata – ele tinha praticado acrobacia tempo suficiente para saber que a possibilidade de uma queda de 24 metros era realmente aterrorizadora.

Ignacio não estava no ônibus com as crianças do lixão; ele estava no caminhão que levava os leões. (Soledad disse que Ignacio sempre viajava com seus leões.) Hombre, que Lupe chamara de "o último cachorro" – tinha a própria jaula. Las señoritas – batizadas com as partes mais expressivas do corpo – iam na mesma jaula. (Como Flor havia observado: as leoas se dão bem umas com as outras.)

O local do circo, na região norte da Cidade do México – próximo de Cerro Tepeyac, a montanha onde o xará asteca de Juan Diego tinha visto a virgem morena em 1531 –, ficava a uma certa distância do centro da Cidade do México, mas perto da Basílica de Nuestra Señora de Guadalupe. No entanto, o ônibus que levava as crianças do lixão e Edward Bonshaw se desgarrou da caravana de veículos do circo; o desvio improvisado na direção do centro da Cidade do México foi inspirado pelos dois palhaços anões.

Paco e Barriga de Cerveja queriam que seus colegas de La Maravilla vissem o antigo bairro dos anões – os dois palhaços eram da Cidade do México. Quando o ônibus ficou preso no trânsito, perto da esquina movimentada da Calle Anillo de Circunvalación e da Calle San Pablo, señor Eduardo acordou.

Perro Mestizo, dito Mestiço, o ladrão de bebês – "o mordedor", como Juan Diego o chamava agora –, estava dormindo no colo de Lupe, mas o cachorrinho tinha dado um jeito de mijar na coxa do señor Eduardo. Isto fez o homem de Iowa pensar que havia mijado nas calças.

Lupe tinha lido a mente de Edward Bonshaw – por isso ela entendeu a confusão dele ao acordar.

– Diga ao homem papagaio que Perro Mestizo mijou nele – Lupe disse a Juan Diego, mas é claro que o homem de Iowa viu as enormes pintas de sarampo no rosto das crianças do lixão.

– Vocês apanharam alguma doença horrível! – señor Eduardo gritou.

Barriga de Cerveja e Paco estavam tentando organizar uma excursão a pé pela Calle San Pablo – o ônibus agora estava parado –, mas Edward Bonshaw viu mais pintas gigantes nos rostos dos palhaços anões. – É uma epidemia! – o homem de Iowa gritou. (Mais tarde, Lupe disse que ele estava imaginando que a incontinência urinária era um sintoma precoce da doença.)

Paco entregou ao em-breve-*antigo* teólogo um espelhinho (dentro da tampa do seu estojo de ruge), que o transformista levava na bolsa.

– Você também está com sarampo de elefante. Há surtos disso em todos os circos; geralmente não é fatal – o travesti disse.

– Sarampo de elefante! – señor Eduardo gritou. – *Geralmente* não é fatal... – ele estava dizendo, quando Juan Diego cochichou no ouvido dele.

– Eles são palhaços. É um truque. É algum tipo de maquiagem – o leitor do lixão disse para o nervoso missionário.

– É o meu ruge burgundy, Eduardo – Paco disse, apontando para o estojo com espelho.

– Isso me fez mijar nas calças! – Edward Bonshaw disse, indignado, ao anão travesti, mas Juan Diego foi o único que entendeu o inglês nervoso do homem de Iowa.

– O vira-lata mijou na sua calça; o mesmo cachorro imbecil que mordeu você – Juan Diego disse ao señor Eduardo.

– Isto não *parece* um local de circo – Edward Bonshaw dizia, enquanto ele e as crianças do lixão seguiam os artistas que saltavam do ônibus. Nem todo mundo estava interessado na excursão a pé pelo antigo bairro de Paco e Barriga de Cerveja, mas esta era a única visão que Juan Diego e Lupe iam ter do centro da Cidade do México – as crianças do lixão querem ver o aglomerado de gente.

– Vendedores ambulantes, manifestantes, putas, revolucionários, turistas, ladrões, vendedores de bicicleta... – Barriga de Cerveja ia recitando, enquanto o palhaço anão mostrava o caminho. Realmente, havia uma loja de bicicletas perto da esquina da Calle San Pablo com a Calle Roldán. Havia prostitutas na calçada em frente às bicicletas à venda, e mais prostitutas no pátio de um hotel de putas na Calle Topacio, onde as garotas vadiando no pátio pareciam apenas um pouco mais velhas do que Lupe.

– Eu quero voltar para o ônibus – disse Lupe. – Quero voltar para o Crianças Perdidas, mesmo se nós... – O modo como ela interrompeu o que estava dizendo fez com que Juan Diego imaginasse se Lupe havia mudado de ideia – ou se de repente tinha visto algo no futuro, algo que tornasse pouco provável (pelo menos na cabeça de Lupe) que as crianças do lixão fossem voltar para o Crianças Perdidas.

Se Edward Bonshaw compreendeu o que ela disse, antes que Juan Diego tivesse tempo de traduzir o pedido da irmã – ou se Lupe, que agarrou de repente a mão do homem de Iowa, deixou suficientemente claro para señor Eduardo o que queria, sem palavras – o fato é que a menina e o jesuíta voltaram para o ônibus. (O momento não havia sido suficientemente claro para Juan Diego.)

– Existe algo hereditário, algo no sangue delas que as torna prostitutas? – Juan Diego perguntou a Barriga de Cerveja. (O menino devia estar pensando em sua falecida mãe, Esperanza.)

– Você não quer saber o que existe no sangue delas – Barriga de Cerveja disse ao menino.

– No sangue *de quem*? Que história é essa de sangue? – Paco perguntou a eles; a peruca dele estava torta, e o início de barba em seu rosto contrastava estranhamente com o batom lilás e sombra combinando – sem mencionar o sarampo de elefante.

Juan Diego também queria voltar para o ônibus; voltar para o Crianças Perdidas também era algo que estava na cabeça do menino.

– Os problemas não são geográficos, benzinho – ele ouviu Flor dizer para o señor Eduardo – a propósito de *quê*, Juan Diego não tinha certeza. (Os problemas de Flor em Houston não tinham sido *geográficos*?)

Talvez fosse o conforto da lata de café, com seu conteúdo misturado, que Juan Diego desejasse; ele e Lupe tinham deixado a lata de café no ônibus. Quanto a voltar para o Crianças Perdidas, Juan Diego considerava isso uma derrota? (No mínimo, deve ter parecido a ele uma forma de retirada.)

– Eu olho para você com inveja – Juan Diego ouviu Edward Bonshaw dizer para o dr. Vargas. – A sua capacidade de curar, de mudar vidas... – señor Eduardo estava dizendo quando Vargas o interrompeu.

– Um jesuíta invejoso parece um jesuíta encrencado. Não me diga que está com *dúvidas*, homem papagaio – disse Vargas.

– A dúvida é parte da fé, Vargas. A certeza é para vocês, cientistas, que fecharam a outra porta – Edward Bonshaw disse a ele.

– A *outra* porta! – Vargas gritou.

De volta no ônibus, Juan Diego viu quem havia escapado da excursão a pé. Não só a mal-humorada Dolores – A Maravilha em pessoa tinha permanecido em seu assento junto à janela. As outras meninas acrobatas também ficaram para trás; o que havia de errado com a Cidade do México, ou com esta parte do centro da cidade, era pelo menos um pouco perturbador para elas. Talvez o circo tivesse salvado as meninas acrobatas de escolhas difíceis; La Maravilla talvez tivesse imposto a participação de Ignacio em seus futuros momentos de decisão, mas a vida dessas meninas que se vendiam em San Pablo e Topacio não era a vida das meninas acrobatas no Circo da Maravilha – ainda não.

Os trapezistas argentinos também não saíram do ônibus; eles estavam abraçados, como que congelados no ato de se acariciar mutuamente – sua vida sexual pública parecia protegê-los de cair, tão seguramente quanto os cabos que eles prendiam escrupulosamente nos arreios de proteção de cada um. O contorcionista, o Homem Pijama, estava se alongando no corredor entre os assentos – sua flexibilidade não era algo que ele quisesse expor ao riso, no meio do público. (Ninguém ria dele no circo.) E Estrella, é claro, havia ficado no ônibus com seus queridos cachorros.

Lupe estava dormindo sobre dois assentos – com a cabeça no colo de Edward Bonshaw. Ela não se importava que Perro Mestizo tivesse mijado na coxa do homem de Iowa.

– Eu acho que Lupe está com medo. Acho que vocês dois deviam voltar para o Crianças Perdidas... – señor Eduardo começou a dizer, quando viu Juan Diego.

– Mas você vai embora, não vai? – o menino de 14 anos perguntou a ele.

– Sim, com Flor – o homem de Iowa falou baixinho.

– Eu ouvi sua conversa com Vargas, aquela sobre o cavalo no cartão-postal – Juan Diego disse para Edward Bonshaw.

– Você não devia ter ouvido aquela conversa, Juan Diego. Às vezes esqueço o quanto o seu inglês é bom – comentou señor Eduardo.

– Eu sei o que é pornografia – Juan Diego disse a ele. – Era uma fotografia pornográfica, certo? Um cartão com a imagem de um cavalo: uma moça com o pênis do cavalo na boca. Certo? – o menino de catorze anos perguntou ao missionário. Edward Bonshaw assentiu com ar culpado.

– Eu tinha a sua idade quando vi – o homem de Iowa comentou.

– Eu entendo por que isso o perturbou – disse o menino. – Tenho certeza que me perturbaria também. Mas por que *ainda* o perturba? – Juan Diego perguntou ao señor Eduardo. – Os adultos não superam essas coisas?

Edward Bonshaw tinha estado num parque de diversões.

– Os parques de diversões não eram tão *apropriados* naquela época – Juan Diego ouviu o homem de Iowa dizer ao dr. Vargas.

– Sim, sim. Cavalos com cinco pernas, uma vaca com duas cabeças. Animais grotescos – *mutantes*, certo? – Vargas perguntou a ele.

– E espetáculos com garotas seminuas, garotas se despindo em tendas – *peep* shows, eles eram chamados – señor Eduardo continuou.

– Em *Iowa*! – Vargas exclamou, rindo.

– Alguém numa tenda de garotas seminuas me vendeu um cartão-postal pornográfico que custou um dólar – Edward Bonshaw confessou.

– A garota chupando o pênis de um cavalo? – Vargas perguntou ao homem de Iowa.

Señor Eduardo pareceu chocado.

– Você conhece aquele cartão-postal? – o missionário perguntou.

– Todo mundo viu aquele cartão por um tempo. Ele foi feito no Texas, não foi? – Vargas perguntou. – Todo mundo aqui o conhecia porque a moça parecia mexicana...

Mas Edward Bonshaw interrompeu o médico.

– Havia um homem em primeiro plano, cujo rosto não era possível ver, mas usava botas de caubói e tinha um chicote. Parecia que ele tinha *obrigado* a garota...

Foi a vez de Vargas interromper.

– É claro que *alguém* a obrigou. Você não acha que foi ideia da *garota*, acha? Ou do cavalo – Vargas começou a dizer.

– Aquele cartão-postal me assombrou. Eu não conseguia parar de olhar para ele. Eu *amava* aquela pobre moça! – o homem de Iowa disse.

– Não é isso que a pornografia faz? – Vargas perguntou a Bonshaw. – Ela é feita para você não conseguir parar de olhar!

– O chicote me incomodou especialmente – señor Eduardo comentou.

– Pepe me contou que você tem uma tara por chicotes... – Vargas começou a dizer.

– Um dia eu levei o cartão-postal quando fui me confessar – Edward Bonshaw continuou. – Confessei ao padre que estava viciado nele. Ele me disse: "Deixe a foto comigo." Naturalmente, achei que *ele* a quisesse pelas mesmas razões que *eu* a quis, mas o padre acrescentou: "Eu posso destruir esse cartão, se você for forte o bastante para se separar dele. Está na hora dessa pobre moça ser deixada em paz."

– Eu duvido que aquela pobre garota jamais tenha tido *paz* – disse Vargas.

– Foi quando eu quis ser padre pela primeira vez – Edward Bonshaw disse. – Eu queria fazer por outras pessoas o que aquele padre fez por mim. Ele me salvou. Quem sabe? – señor Eduardo acrescentou. – Talvez aquele cartão-postal tenha destruído aquele padre.

– Imagino que a experiência tenha sido pior para a garota – foi tudo o que Vargas disse. Edward Bonshaw parou de falar. Mas o que Juan Diego não entendeu foi por que o cartão-postal *ainda* perturbava o señor Eduardo.

– Você não acha que o dr. Vargas estava certo? – Juan Diego perguntou ao homem de Iowa no ônibus do circo. – Você não acha que aquela foto pornográfica foi pior para a pobre moça?

– Aquela pobre moça não era uma moça – señor Eduardo disse; ele olhou uma vez para Lupe, dormindo em seu colo – só para ter certeza de que ela ainda estava dormindo. – Aquela pobre moça era Flor – o homem de Iowa acrescentou;

ele estava sussurrando agora: – Foi isso que aconteceu com Flor, em Houston. A pobre moça conheceu um cavalo.

Ele já tinha chorado antes por Flor e o señor Eduardo; Juan Diego não conseguia parar de chorar por eles. Mas Juan Diego estava a uma certa distância da praia – ninguém podia ver que estava chorando. E água salgada não trazia lágrimas aos olhos de todo mundo? Você podia flutuar para sempre em água salgada, Juan Diego pensou; era tão fácil manter-se na superfície no mar calmo e tépido.

– Ei, senhor! – Consuelo chamou. Na praia, Juan Diego podia ver a garotinha de maria-chiquinha. Ela acenava para ele, e ele acenou de volta.

Não era preciso quase nenhum esforço para se manter na superfície; ele mal parecia estar se mexendo. Juan Diego continuou chorando – tão facilmente quanto estava nadando. As lágrimas simplesmente brotavam.

– Sabe, eu *sempre* a amei; mesmo antes de conhecê-la! – Edward Bonshaw disse a Juan Diego. O homem de Iowa não havia reconhecido Flor como sendo a garota com o cavalo – não a princípio. E quando o señor Eduardo reconheceu Flor – quando ele percebeu que ela era a garota no cartão-postal do cavalo, embora Flor agora fosse adulta – ele não conseguiu dizer a Flor que sabia da parte do cavalo de sua triste história no Texas.

– Você devia contar a ela – Juan Diego disse para o homem de Iowa; mesmo aos catorze anos, o leitor do lixão sabia disso.

– Quando Flor quiser me contar sobre Houston, ela contará. É a história *dela*, pobre menina – Edward Bonshaw diria para Juan Diego, durante anos.

– *Conte* a ela! – Juan Diego vivia dizendo para o señor Eduardo, à medida que o tempo deles juntos ia passando. A história de Flor em Houston iria continuar sendo dela, para ela contar quando quisesse.

"*Conte* a ela!", Juan Diego gritou no mar morno de Bohol. Ele estava olhando para o mar aberto; estava virado para o horizonte infinito – Mindanao não ficava em algum lugar lá fora? (Não havia uma única alma na praia que pudesse ouvi-lo chorar.)

– Ei, senhor! – Pedro gritou para ele. – Cuidado com... – (Isto foi seguido por "Não pise nos..."; a palavra que ele não conseguiu ouvir soou como *picles*.) Mas Juan Diego estava em águas profundas; ele não podia tocar no fundo – não corria perigo de pisar em *picles* ou em *pepinos do mar* ou em qualquer outra coisa esquisita sobre a qual Pedro o estava alertando.

Juan Diego podia se manter flutuando na água por um longo tempo, mas ele não era um bom nadador. Ele gostava de nadar cachorrinho – esse era o seu nado favorito, nadar cachorrinho lentamente (não que alguém pudesse nadar cachorrinho depressa.)

O nado de cachorrinho tinha sido um problema para os nadadores de verdade na piscina interna do velho Ginásio de Iowa. Juan Diego dava voltas muito lentas; ele era conhecido como aquele que nadava cachorrinho na raia lenta.

As pessoas estavam sempre sugerindo que Juan Diego tivesse aulas de natação, mas ele tinha *tido* aulas de natação; nadar cachorrinho era uma escolha dele. (O modo como os cães nadam era bom para Juan Diego; os romances também progrediam bem lentamente.)

– Deixe o garoto em paz – Flor disse uma vez para um guarda-vidas na piscina. – Você já viu este garoto *andar*? O pé dele não é só *aleijado* – ele pesa uma tonelada. Cheio de metal – tente fazer mais do que nadar cachorrinho com uma âncora presa numa perna!

– Meu pé não é cheio de metal – Juan Diego disse a Flor, quando eles estavam voltando do Ginásio para casa.

– É uma boa história, não é? – foi só o que Flor disse. Mas ela não contava a história *dela*. O cavalo no cartão-postal era apenas um vislumbre da história de Flor, a única visão do que tinha acontecido com ela em Houston que Edward Bonshaw jamais teria.

– Ei, senhor! – Consuelo não parava de chamar, da praia. Pedro tinha entrado no raso; o menino estava sendo supercauteloso. Pedro parecia estar apontando para coisas potencialmente letais no fundo do mar.

– Aqui está um! – Pedro gritou para Consuelo. – Tem um monte! – a garotinha de maria-chiquinha não quis se aventurar na água.

O mar de Bohol não parecia ameaçador para Juan Diego, que nadava cachorrinho lentamente na direção da praia. Ele não estava preocupado com os picles assassinos, ou o que quer que estivesse preocupando Pedro. Juan Diego estava cansado de bater perna na água, o que para ele era o mesmo que nadar, mas ele tinha esperado parar de chorar para voltar à praia.

Na verdade, ele não tinha parado de chorar – ele só estava cansado do tempo que tinha esperado para o choro parar. No raso, assim que Juan Diego conseguiu tocar o fundo, ele decidiu ir andando até a praia – embora isto significasse voltar a mancar.

– Tome cuidado, senhor. Eles estão em toda parte – Pedro disse, mas Juan Diego não viu o primeiro ouriço-do-mar no qual ele pisou (nem o seguinte, e o seguinte). Não era nada divertido pisar nas bolas duras e cobertas de espinhos, mesmo que você não mancasse.

– Sinto muito pelos ouriços-do-mar, senhor – Consuelo estava dizendo, quando Juan Diego chegou à praia de quatro; seus dois pés ardiam por causa dos espinhos.

Pedro teve que correr para chamar a dra. Quintana.

– Pode chorar, senhor. Os ouriços-do-mar machucam de verdade – Consuelo disse; ela se sentou ao lado dele na praia. As lágrimas dele, talvez exacerbadas pelo longo tempo passado na água salgada, não paravam de brotar. Ele viu Josefa e Pedro correndo em sua direção, pela praia; Clark French vinha atrás – ele corria como um trem de carga, lento no início, mas ganhando velocidade aos poucos.

Os ombros de Juan Diego estavam tremendo – muito tempo se mantendo na superfície da água, talvez; nadar cachorrinho é um bocado de exercício para braços e ombros. A garotinha de maria-chiquinha pôs os bracinhos em volta dele.

– Está tudo bem, senhor – Consuelo tentou consolá-lo. – A médica está chegando. O senhor vai ficar bem.

O que será que há comigo e médicas mulheres?, Juan Diego pensou. (Ele sabia que devia ter se casado com uma.)

– Senhor pisou em ouriços-do-mar – Consuelo explicou para a dra. Quintana, que se ajoelhou na areia ao lado de Juan Diego. – Mas é claro que ele tem outros motivos para chorar – a garotinha de maria-chiquinha concluiu.

– Ele sente saudades de muita coisa: de lagartixas, do lixão – Pedro começou a enumerar para Josefa.

– Não esqueça a irmã dele – Consuelo falou para Pedro. – Um leão matou a irmã do senhor – Consuelo explicou para a dra. Quintana, caso a médica não tivesse ouvido a ladainha de infortúnios de Juan Diego. E agora, ainda por cima, ele tinha pisado em ouriços-do-mar!

A dra. Quintana estava tocando delicadamente nos pés de Juan Diego.

– O problema dos ouriços-do-mar é que os espinhos se movem, não espetam a pessoa uma vez só – a médica disse.

– Não são os meus pés, não são os ouriços-do-mar – Juan Diego tentou dizer a ela baixinho.

– O quê? – Josefa perguntou; ela inclinou a cabeça mais para perto, para ouvir.

– Eu devia ter me casado com uma médica – ele sussurrou para Josefa; Clark e as crianças não puderam ouvir.

– Por que não casou? – a dra. Quintana perguntou, sorrindo para ele.

– Eu não a pedi em casamento a tempo, e ela disse "sim" para outra pessoa – Juan Diego falou baixinho.

Como ele poderia ter dito mais à dra. Quintana? Era impossível contar à esposa de Clark French por que ele nunca tinha se casado – por que uma parceira da vida inteira, uma companheira até o fim, era uma amiga que ele nunca tivera. Nem mesmo se Clark e as crianças não estivessem ali, na praia, Juan Diego não poderia ter contado a Josefa por que não tinha tido coragem de imitar a união entre Edward Bonshaw e Flor.

Conhecidos eventuais, até mesmo colegas e amigos íntimos – inclusive os alunos com os quais ele tinha feito amizade, e tinha encontrado socialmente (não apenas em classe ou em congressos de professores-escritores) – todos *supunham* que os pais adotivos de Juan Diego tivessem sido um casal que ninguém teria (ou podia ter) desejado imitar. Eles foram muito *esquisitos* – em todos os sentidos da palavra! Sem dúvida, esta era a versão corriqueira de por que Juan Diego nunca tinha se casado – por que ele não tinha nem feito um esforço para encontrar uma companheira da vida inteira, aquela que tanta gente acreditava que ele desejava. (Sem dúvida, Juan Diego sabia, esta era a história que Clark French devia ter contado para a esposa a respeito do seu antigo professor – um solteirão empedernido, aos olhos de Clark, *e* um humanista ateu.)

Só a dra. Stein – querida Rosemary! – compreendia, Juan Diego pensava. A dra. Rosemary Stein não sabia tudo sobre seu amigo e paciente; ela não entendia crianças do lixão – ela não tinha estado lá quando ele era criança e adolescente. Mas Rosemary já conhecia Juan Diego quando ele perdeu señor Eduardo e Flor; a dra. Stein tinha sido médica *deles*, também.

A dra. Rosemary, como Juan Diego a chamava – com muita ternura – sabia por que ele nunca tinha se casado. Não era porque Flor e Edward foram um casal *esquisito*; era porque aqueles dois tinham se amado tanto que Juan Diego jamais imaginou poder encontrar uma parceria tão boa quanto a deles – eles foram inimitáveis. E ele os amou não só como pais – muito menos como pais "adotivos". Ele os amou como sendo o melhor (ou seja, o mais inatingível) *casal* que havia conhecido.

"Ele sente saudades de muita coisa", Pedro disse, citando lagartixas e o lixão.

"Não esqueça a irmã dele", Consuelo disse.

Mais do que um leão tinha matado Lupe, Juan Diego sabia, mas ele não podia dizer isso – para nenhum deles, ali na praia – na mesma medida que não poderia ter se tornado um acrobata aéreo. Juan Diego não poderia ter salvado a irmã, na mesma medida que não poderia ter se tornado A Maravilha.

E se ele *tivesse* pedido a dra. Rosemary Stein em casamento – isto é, antes de ela ter dito "sim" a outra pessoa – quem sabe se ela teria aceitado o pedido do leitor do lixão?

– Como estava o mar? – Clark French perguntou ao seu antigo professor. – Quer dizer, *antes* dos ouriços-do-mar? – Clark explicou desnecessariamente.

– Senhor gosta de ficar flutuando no mesmo lugar – Consuelo respondeu. – Não é, senhor? – a garotinha de maria-chiquinha perguntou.

– Sim, Consuelo – Juan Diego respondeu.

– Bater perna na água, nadar cachorrinho se parece muito com escrever um romance, Clark – o leitor do lixão disse ao seu antigo aluno. – Parece que você está percorrendo uma longa distância, porque é um bocado de trabalho, mas você está basicamente percorrendo terreno conhecido, você está se mantendo em território familiar.

– Entendo – Clark disse cautelosamente. Ele não entendia, Juan Diego sabia. Clark era um transformador de mundos; ele escrevia com uma missão, uma agenda positiva.

Clark French não tinha apreço algum por nadar cachorrinho ou bater perna na água; isso era como viver no passado, como ir a lugar nenhum. Juan Diego vivia lá, no passado – revivendo, sem parar, em sua imaginação as perdas que o marcaram.

22. *Mañana*

"Se existe algo errado em sua vida, ou apenas não resolvido, a Cidade do México provavelmente não é a resposta aos seus sonhos", Juan Diego escreveu em um dos seus primeiros romances. "A menos que você esteja se sentindo dono da sua vida, não vá para lá." A personagem feminina que diz isso não é mexicana, e nós nunca ficamos sabendo o que acontece com ela na Cidade do México – o romance de Juan Diego não foi até lá.

O local do circo, na região norte da Cidade do México, era ao lado de um cemitério. A grama esparsa no chão de pedras, onde eles exercitavam cavalos e andavam com os elefantes, era cinzenta de fuligem. Havia tanta poluição no ar que os olhos dos leões lacrimejavam quando Lupe dava comida para eles.

Ignacio estava fazendo Lupe dar comida a Hombre e às leoas; as meninas acrobatas – aquelas que estavam esperando, a qualquer momento, sua menstruação – haviam se revoltado contra as táticas do domador de leões. Ignacio tinha convencido as meninas acrobatas de que os leões sabiam quando elas estavam menstruadas. As meninas tinham medo de sangrar perto dos leões. (É claro que, antes de mais nada, elas tinham medo de ficar menstruadas.)

Lupe, que acreditava que jamais ficaria menstruada, não tinha medo. E como podia ler a mente dos leões, ela sabia que Hombre e as leoas nunca pensavam sobre a menstruação das meninas.

– Só Ignacio é que pensa nisso – Lupe disse a Juan Diego. Ela gostava de dar comida a Hombre e às leoas. – Você não acreditaria o quanto eles pensam em *carne* – ela explicou a Edward Bonshaw. O homem de Iowa quis ver Lupe dar comida aos leões – só para ter certeza de que o processo era seguro.

Lupe mostrou ao señor Eduardo como a abertura na jaula para a passagem da bandeja de comida podia ser trancada e destrancada. A bandeja escorregava para dentro e para fora, ao longo do chão da jaula. Hombre estendia a pata pela abertura, querendo pegar a carne que Lupe colocava na bandeja; este era mais um gesto de desejo da parte do leão do que uma tentativa real de pegar a carne.

Quando Lupe deslizava a bandeja, cheia de carne, de volta para dentro da jaula do leão, Hombre sempre recolhia a pata estendida. O leão esperava sentado pela carne; seu rabo balançava de um lado para o outro, pelo chão da jaula, como uma vassoura.

As leoas nunca enfiavam as patas na abertura para tentar pegar a carne que Lupe colocava na bandeja; elas ficavam sentadas, esperando, com o rabo balançando o tempo todo.

Para limpeza, a bandeja podia ser inteiramente retirada da abertura no chão da jaula. Mesmo quando a bandeja era retirada da jaula, a abertura não era grande o suficiente para Hombre ou as leoas fugirem por ali; a abertura era pequena demais para a cabeça grande de Hombre. Nem mesmo as leoas conseguiriam enfiar a cabeça naquele espaço aberto.

– É seguro – Edward Bonshaw disse para Juan Diego. – Eu só queria ter certeza do tamanho da abertura.

Señor Eduardo dormiu com as crianças do lixão na tenda dos cães, no fim de semana prolongado quando La Maravilla estava se apresentando na Cidade do México. A primeira noite – quando as crianças do lixão viram que o homem de Iowa estava dormindo, porque ele estava roncando – Lupe disse para o irmão:

– Eu consigo entrar pela abertura por onde a bandeja de comida desliza para dentro e para fora. A abertura não é pequena demais para *mim*.

Na escuridão da tenda dos cachorros, Juan Diego pensou no que Lupe tinha querido dizer com aquilo; o que Lupe dizia e o que ela queria dar a entender nem sempre eram a mesma coisa.

– Você quer dizer que poderia entrar na jaula de Hombre – ou na das leoas – pela abertura por onde desliza a bandeja? – o menino perguntou à irmã.

– Se a bandeja fosse retirada, sim, eu poderia – Lupe respondeu.

– Você fala como se já tivesse *experimentado* – Juan Diego disse.

– Por que eu experimentaria? – Lupe perguntou-lhe.

– Eu não sei. Por que você *faria* isso? – Juan Diego perguntou a ela.

Ela não respondeu, mas – mesmo no escuro – ele a sentiu sacudir os ombros, sua completa indiferença em responder a ele. (Como se Lupe não quisesse se dar ao trabalho de explicar tudo o que sabia, ou como sabia.)

Alguém peidou – um dos cães, talvez.

– Foi o mordedor? – Juan Diego perguntou. Perro Mestizo, vulgo Mestiço, dormia com Lupe na cama dela. Pastora, a fêmea de pastor, dormia com Juan Diego; ele sabia que Pastora não tinha peidado.

– Foi o homem papagaio – Lupe respondeu. As crianças do lixão riram. Um cão abanou o rabo – eles ouviram o som de um rabo pesado batendo. Um dos cachorros gostou do riso.

"Alemania", Lupe disse. A fêmea de pastor-alemão, cujo nome era em homenagem à Alemanha, tinha abanado o rabo. Ela dormia no chão de terra da tenda, ao lado da aba, como se estivesse tomando conta (à maneira de um cão policial) do caminho de entrada e saída.

"Será que leões pegam raiva?", Lupe disse, como se estivesse adormecendo, e não fosse lembrar disso de manhã.

– Por quê? – Juan Diego quis saber.

– Só estava pensando – Lupe disse, suspirando. Depois de uma pausa, ela perguntou: – Você não acha o novo número dos cachorros muito bobo?

Juan Diego sabia quando Lupe estava mudando de assunto de propósito, e é claro que Lupe sabia que ele tinha pensado no novo número dos cães. Tinha sido uma ideia de Juan Diego, mas os cães não foram muito colaborativos, e os palhaços anões, então, assumiram a ideia; tornara-se o novo número de Paco e Barriga de Cerveja, na opinião de Lupe. (Como se aqueles dois palhaços precisassem de outro número idiota.)

Ah, a passagem do tempo – um dia quando estava nadando cachorrinho no velho Ginásio em Iowa, Juan Diego se deu conta de que o novo número dos cães resultara no seu primeiro romance em processo, mas era uma história que ele não tinha conseguido terminar. (E a ideia de que leões podiam pegar raiva? Isto não resultou numa história que Lupe não havia conseguido terminar?)

Como os romances reais de Juan Diego, o número dos cães começou como uma proposição *e se*. E se um dos cães pudesse ser treinado para subir até o topo de uma escada de armar? Era aquele tipo de escada com uma prateleira no alto; a prateleira era para carregar uma lata de tinta, ou as ferramentas de um operário, mas Juan Diego imaginou a prateleira como sendo um trampolim de mergulho para um cachorro. E se um dos cachorros subisse a escada e se atirasse no ar, do trampolim de mergulho – e caísse num cobertor aberto que os palhaços anões estivessem segurando para o cão mergulhador?

– A plateia ia adorar isso – Juan Diego disse a Estrella.

– Alemania não. Ela não fará isso – Estrella disse.

– Sim, eu acho que um pastor-alemão é grande demais para subir numa escada de armar – Juan Diego comentou.

– Alemania é esperta demais para fazer isso – foi tudo o que Estrella disse.

– Perro Mestizo, o mordedor, é um medroso – Juan Diego disse.

– Você odeia cachorros pequenos. Você odiava Branco Sujo – Lupe disse ao irmão.

– Eu não odeio cachorros pequenos; Perro Mestizo não é tão pequeno. Odeio cachorros *covardes* e cachorros que mordem – Juan Diego retrucou.

– Perro Mestizo, não, ele não fará isso – foi tudo o que Estrella disse.

Eles tentaram primeiro com Pastora, a fêmea de pastor; todo mundo achava que as pernas de um dachshund eram curtas demais para subir os degraus de uma escada de armar – sem dúvida, Baby não ia alcançar os degraus.

Pastora conseguia subir a escada – os cães pastores são muito ágeis e agressivos –, mas quando chegava no topo, deitava-se no trampolim de mergulho com o nariz entre as patas da frente. Os palhaços anões dançavam sob a escada, mostrando o cobertor aberto para o cão pastor, mas Pastora nem ficava em pé no trampolim de mergulho. Quando Paco ou Barriga de Cerveja chamavam o nome dela, a cadela apenas abanava o rabo deitada onde estava.

– Ela não é uma saltadora – foi tudo o que Estrella disse.

– Baby tem colhões – Juan Diego disse. Dachshunds têm mesmo colhões – para o tamanho deles, eles parecem especialmente ferozes – e Baby estava querendo subir na escada. Mas o dachshund de pernas curtas precisava de um incentivo.

Isto ia ser engraçado – a plateia ia rir, Paco e Barriga de Cerveja decidiram. E a visão dos dois palhaços anões empurrando Baby pelos degraus da escada era engraçada. Como sempre, Paco estava vestido (malvestido) de mulher; enquanto Paco empurrava o traseiro de Baby, para ajudar o dachshund a subir a escada, Barriga de Cerveja ficava atrás de Paco – empurrando o traseiro *dela* escada acima.

– Até agora, tudo bem – Estrella disse. Mas Baby, colhões e tudo, tinha medo de altura. Quando o dachshund chegou no topo da escada, ele ficou paralisado no trampolim; Baby não se mexia – ele estava com medo até de se deitar. O pequeno dachshund ficou tão duro que começou a tremer; e logo a escada de armar começou a tremer. Paco e Barriga de Cerveja tentavam atrair Baby enquanto seguravam o cobertor aberto. Finalmente, Baby mijou no trampolim; estava assustado demais para levantar a perna, do jeito com que os cachorros machos fazem.

"Baby está humilhado. Ele não consegue mijar como sempre fez", Estrella comentou.

Mas o número era *engraçado*, os palhaços anões insistiram. Não fazia mal Baby não ser um saltador, Paco e Barriga de Cerveja disseram.

Estrella não quis deixar Baby fazer aquilo na frente de uma plateia. Ela disse que o número era psicologicamente cruel. Não era isso que Juan Diego tinha pretendido. Mas aquela noite no escuro, na tenda dos cães, tudo o que Juan Diego disse para Lupe foi:

– O novo número dos cães não é *bobo*. Nós só precisamos é de um novo cachorro. Precisamos de um saltador.

Ele levaria anos para entender como tinha sido manipulado a dizer isso. Lupe demorou tanto a falar – na tenda dos cães, no meio dos roncos e peidos – que Juan Diego já estava quase dormindo quando ela começou, e Lupe pareceu estar também quase dormindo.

– O pobre cavalo – foi tudo o que Lupe disse.

– *Que* cavalo? – Juan Diego perguntou no escuro.

– O que está no cemitério – Lupe respondeu.

De manhã, as crianças do lixão acordaram com o tiro de pistola. Um dos cavalos do circo tinha fugido do terreno cheio de fuligem; o cavalo tinha pulado a cerca do cemitério, onde quebrou a perna numa sepultura. Ignacio matou o cavalo com um tiro; o domador de leões tinha um revólver calibre .45, caso houvesse problema com um leão.

– *Aquele* pobre cavalo – foi tudo o que Lupe disse, ao ouvir o tiro.

La Maravilla chegara à Cidade do México numa quinta-feira. Os biscateiros haviam montado as tendas no dia em que eles chegaram; durante todo o dia de sexta-feira, os biscateiros ficaram erguendo a tenda principal e prendendo as grades de proteção ao redor do picadeiro. Os animais precisaram da sexta-feira quase toda para se recuperar da viagem; a concentração dos animais de circo é afetada pela viagem.

O cavalo se chamava Mañana; era um cavalo castrado e lento para aprender. O treinador vivia dizendo que o cavalo iria dominar um truque que estava aprendendo havia semanas "amanhã" – daí Mañana. Mas o truque de pular a cerca para o cemitério e quebrar a perna era novo para Mañana.

Ignacio pôs um fim ao sofrimento do cavalo na sexta-feira do fim de semana prolongado. Mañana havia pulado uma cerca para entrar no cemitério, mas o portão do cemitério estava trancado; dispor do cavalo morto não deveria ter sido uma questão de insuperável dificuldade. Entretanto, o tiro foi comunicado; a polícia foi até o circo e atrapalhou mais do que ajudou.

Por que o domador de leões tinha uma arma de grande calibre?, a polícia perguntou. (Bem, ele era um domador de *leões*.) Por que Ignacio tinha matado o cavalo? (A perna de Mañana estava quebrada!) E assim por diante.

Não havia licença para dispor do cavalo morto na Cidade do México – não num fim de semana, não no caso de um cavalo que não tinha "vindo" da Cidade do México. Tirar Mañana do cemitério trancado foi apenas o começo das dificuldades.

Havia um espetáculo na sexta à noite, e dois espetáculos, um de tarde e um de noite, no sábado. O último espetáculo na Cidade do México era no início da tarde de domingo. Os biscateiros iam desmontar a tenda principal e desfazer as barreiras do picadeiro antes de escurecer, no domingo. La Maravilla estaria na estrada de novo, voltando para Oaxaca, por volta da metade do dia de segunda-feira. As crianças do lixão e Edward Bonshaw iam ao santuário de Guadalupe no sábado de manhã.

Juan Diego observou Lupe dando comida aos leões. Um pombo tomava banho de terra perto da jaula de Hombre; o leão detestava aves, e talvez Hombre achasse que o pombo estava atrás da refeição dele. Por algum motivo, Hombre foi mais agressivo na forma como esticou a pata pela abertura para a bandeja de alimentação – uma das garras do leão arranhou as costas da mão de Lupe. Houve só um pouquinho de sangue; Lupe pôs a mão na boca, e Hombre retirou a pata – o leão de ar culpado recuou dentro da jaula.

– Não foi sua culpa – Lupe disse para o felino. Houve uma mudança nos olhos amarelo-escuros do leão – um foco mais intenso, mas no pombo ou no sangue de Lupe? A ave deve ter sentido a intensidade do olhar calculista de Hombre e voou.

Os olhos de Hombre voltaram imediatamente ao normal – até um pouco entediados. Os dois palhaços anões estavam passando pelas jaulas dos leões a caminho dos chuveiros. Eles usavam toalhas em volta da cintura e suas sandálias batiam no chão. O leão olhou para eles com total desinteresse.

– ¡Hola, Hombre! – Barriga de Cerveja disse.

– ¡Hola, Lupe! Hola, irmão de Lupe! – Paco disse; os seios do transformista eram tão pequenos (quase inexistentes) que Paco não se dava ao trabalho de cobri-los quando ia e voltava do chuveiro, e a barba de Paco era bem visível pela manhã. (O que quer que Paco estivesse tomando em matéria de hormônios, ela não estava conseguindo seus estrogênios na mesma fonte que supria Flor; Flor conseguia seus estrogênios com o dr. Vargas.)

Mas, como Flor tinha dito, Paco era um palhaço; não era o objetivo de Paco na vida se passar por mulher. Paco era um anão gay que, na vida real, passava a maioria do tempo como homem.

Era como *homem* que Paco ia ao La China, o bar gay na Bustamante. E quando Paco ia ao La Coronita, onde os travestis gostavam de se enfeitar, Paco também ia como *homem* – Paco era apenas outro cara no meio da clientela gay.

Flor dizia que Paco conseguia um bocado de novatos, aqueles homens que estavam tendo suas primeiras experiências com outro homem. (Talvez os novatos considerassem um anão gay como sendo uma forma cautelosa de começar?)

Mas quando Paco estava com sua família circense em La Maravilla, o palhaço anão se sentia seguro em ser *mulher*. Sentia-se à vontade como transformista perto de Barriga de Cerveja. Nos números de palhaço, eles sempre agiam como um casal, mas – na vida real – Barriga de Cerveja era hétero. Ele era casado, e sua mulher não era anã.

A mulher de Barriga de Cerveja tinha medo de engravidar; ela não queria ter um filho anão. Ela fazia Barriga de Cerveja usar duas camisinhas. Todo mundo em La Maravilla tinha ouvido as histórias de Barriga de Cerveja sobre os perigos de usar uma camisinha extra.

– Ninguém faz isso, ninguém usa duas camisinhas, você sabe – Paco estava sempre dizendo ao amigo, mas Barriga de Cerveja continuava usando duas camisinhas porque era o que sua mulher queria.

Os chuveiros externos eram de compensado de madeira, pré-fabricados – eles podiam ser montados e desmontados bem depressa. Às vezes caíam; eles já haviam até caído em cima da pessoa que estava tomando banho. Havia muitas histórias ruins a respeito dos chuveiros externos que La Maravilla usava, assim como havia histórias ruins sobre as camisinhas extras de Barriga de Cerveja. (Um monte de acidentes embaraçosos, em outras palavras.)

As meninas acrobatas se queixaram com Soledad que Ignacio as estava olhando tomar banho nos chuveiros externos, mas Soledad não podia evitar que o marido fosse um porco lascivo. Na manhã em que Mañana foi morto no cemitério, Dolores estava tomando banho no chuveiro externo; Paco e Barriga de Cerveja tinham calculado sua chegada aos chuveiros – eles estavam com esperança de ver Dolores nua.

Os dois palhaços anões não eram lascivos – não no caso da linda, mas inatingível acrobata aérea, A Maravilha em pessoa. Paco era gay – que interesse tinha em ver Dolores? E Barriga de Cerveja já tinha muito o que fazer com sua mulher de duas camisinhas; Barriga de Cerveja também não estava interessado em ver Dolores nua.

Mas os dois anões tinham feito uma aposta. Paco disse:

– Meus seios são maiores do que os de Dolores. – Barriga de Cerveja apostou que os de Dolores eram maiores. Por isso é que os dois palhaços estavam tentando ver Dolores no chuveiro. Dolores soube da aposta e não gostou nem um pouco. Juan Diego tinha imaginado o chuveiro despencando – Dolores exposta, os palhaços anões discutindo sobre tamanhos de seios. (Lupe, acostumada com a definição de *seios de camundongo* para os seios de Dolores, estava do lado de Paco; Lupe achava que os seios de Paco eram maiores.)

Foi por isso que Juan Diego seguiu Paco e Barriga de Cerveja até os chuveiros; o menino de 14 anos tinha esperança de que algo iria acontecer e que conseguiria ver Dolores nua. (Juan Diego não ligava que os seios dela fossem pequenos; ele a achava linda, mesmo com seios tão reduzidos.)

Os palhaços anões e Juan Diego puderam ver a cabeça e os ombros nus de Dolores por cima da divisória pré-fabricada do chuveiro externo. Foi quando um dos elefantes apareceu na avenida das tendas; o elefante estava arrastando o cavalo morto, que tinha uma corrente em volta do pescoço. A polícia seguia atrás do cadáver de Mañana; eram dez policiais para um cavalo morto. Ignacio e os policiais discutiam.

A cabeça de Dolores estava coberta de xampu – seus olhos estavam fechados. Você podia ver seus tornozelos e os pés descalços por baixo da frágil divisória de compensado; a espuma do xampu cobria seus pés. Juan Diego estava pensando que talvez o xampu ardesse nas feridas que Dolores tinha na parte de cima dos pés – por conta de andar pendurada na corda.

O domador de leões parou de falar quando viu que Dolores estava num dos chuveiros externos. Todos os policiais olharam também na direção de A Maravilha.

– Talvez agora não seja uma boa hora – Barriga de Cerveja disse para seu amigo anão, Paco.

– Eu acho que esta é a hora perfeita – Paco disse, andando mais depressa. Os palhaços anões correram na direção do chuveiro externo de Dolores; eles não poderiam olhar por cima da divisória pré-fabricada sem que um subisse (dificilmente) no ombro do outro. Eles olharam por baixo da divisória de compensado de madeira – olhando para cima, para o lugar de onde escorria a água com xampu. Eles só ficaram olhando por um ou dois segundos; suas cabeças estavam molhadas de água (e de espuma de xampu) quando eles se levantaram e deram as costas ao chuveiro onde estava Dolores, que ainda lavava a cabeça; ela não notou os anões olhando para ela. Mas aí Juan Diego tentou espiar por cima da divisória pré-fabricada; ele teve que erguer o corpo, tirar os pés do chão, agarrando o frágil compensado de madeira com as mãos.

Barriga de Cerveja disse, mais tarde, que aquilo teria sido um número engraçado de palhaços; o elenco mais improvável possível estava reunido num pequeno palco, na avenida das tendas da trupe. Os palhaços anões, já cobertos pelo xampu de Dolores, eram apenas espectadores. (Os palhaços podem ser muito engraçados quando estão apenas parados por perto, sem fazer nada.)

O treinador de elefante disse, mais tarde, que o que acontece na periferia da visão de um elefante pode ser mais alarmante para o animal do que uma coisa para a qual ele esteja olhando diretamente. Quando o chuveiro de Dolores desmoronou, ela gritou; ela não podia enxergar (estava cega pelo xampu), mas sentiu que as paredes a sua volta tinham desaparecido.

Juan Diego disse, mais tarde, que – embora estivesse preso debaixo de uma das paredes pré-fabricadas do chuveiro – pôde sentir o chão tremer quando o elefante começou a correr, ou a galopar (ou o que quer que elefantes façam quando entram em pânico e disparam).

O treinador de elefante correu atrás do seu elefante; a corrente, ainda presa no pescoço do cavalo morto, tinha quebrado – mas não antes de Mañana ser atirado para a frente, numa posição de joelhos (como se estivesse rezando).

Dolores caiu de quatro sobre a plataforma elevada de madeira, que servia como chão para o chuveiro externo; ela estava com a cabeça embaixo da água para poder tirar o xampu do cabelo – ela queria *enxergar* de novo, é claro. Juan Diego se arrastou sob a divisória de compensado de madeira. Ele estava tentando dar uma toalha para Dolores.

– Fui eu, eu fiz isso. Desculpe – ele disse a ela. Dolores pegou a toalha da mão dele, mas não parecia ter pressa de se cobrir. Ela usou a toalha primeiro para secar o cabelo; foi só quando viu Ignacio e os dez policiais que A Maravilha se cobriu com a toalha.

– Você tem mais coragem do que eu pensava; *alguma* coragem, pelo menos – foi tudo o que Dolores disse para Juan Diego.

Ninguém percebeu que ela não tinha visto o cavalo morto. O tempo todo, os palhaços anões ficaram apenas observando, com as toalhas em volta da cintura. Os seios de Paco eram tão pequenos que nenhum dos dez policiais olhou duas vezes para ela; os policiais, sem dúvida, acharam que Paco era um homem.

– Eu disse a você, os de Dolores são maiores – Barriga de Cerveja disse para o seu colega palhaço anão.

– Você está brincando? – Paco disse a ele. – Os *meus* são maiores!

– Os seus são menores – Barriga de Cerveja disse a ele.

– Maiores! – Paco repetiu. – O que *você* diz, irmão de Lupe? – o transformista perguntou a Juan Diego. – Os de Dolores são maiores ou menores?

– São mais bonitos – o menino de catorze anos disse. – Os de Dolores são mais lindos – Juan Diego disse.

– Você tem mesmo coragem – Dolores disse a ele; ela desceu da plataforma do chuveiro e tropeçou no cavalo morto. O buraco de bala ainda estava sangrando. A ferida era do lado da cara de Mañana – abaixo de uma orelha, entre a orelha e um dos olhos arregalados do cavalo.

Paco diria, mais tarde, que ela discordou de Barriga de Cerveja – não só a respeito do tamanho relativo dos seios de Dolores, mas também a respeito da adequação do episódio do chuveiro como um número de palhaço.

– Não a parte do cavalo morto; isso não foi engraçado – foi tudo que Paco disse a respeito do assunto.

Dolores, deitada sobre o cavalo morto na avenida de tendas, se debatia e gritava. Ignacio, estranhamente, a ignorou. Ele continuou andando, junto com os dez policiais, mas, antes de retomar a discussão com os policiais, ele deu um recado para Juan Diego.

– Se você tem "colhões", acrobata de *teto*, o que está esperando? – Ignacio perguntou ao menino. – Quando é que você vai experimentar se pendurar a 24 metros de altura? Acho que seu nome devia ser Colhões. Ou que tal Mañana? É um nome disponível, agora – o domador de leões disse, apontando para o cavalo morto. – É seu, se quiser, se continuar adiando se tornar o primeiro acrobata aéreo homem, até *amanhã*. Se você vai continuar a adiar isso – até o próximo mañana!

Dolores se levantou; sua toalha estava suja com o sangue do cavalo. Antes de ir embora, na direção da tenda das meninas acrobatas, ela deu um tapa na cabeça de Barriga de Cerveja e na cabeça de Paco. – Seus monstrinhos nojentos – ela disse a eles.

– Maiores do que os seus – foi tudo o que Barriga de Cerveja disse a Paco, depois que Dolores os deixou ali parados.

– Menores do que os meus – Paco respondeu, calmamente.

Ignacio e os dez policiais se afastaram; eles ainda estavam discutindo, embora só o domador de leões estivesse falando.

– Se eu preciso de uma licença para dispor de um cavalo morto, suponho que *não* precise de uma licença para esquartejar o animal e dar a carne para os meus leões. Preciso? – o domador de leões quis saber, mas ele não esperou a resposta dos dez policiais. – Eu não acho que vocês estejam querendo que eu leve um cavalo morto de volta para Oaxaca, estão? – Ignacio perguntou a eles. – Eu poderia ter deixado o cavalo para morrer no cemitério. Vocês não teriam gostado muito disso, teriam? – o domador de leões continuou, sem obter resposta.

– Esqueça sobre andar pendurado na corda, irmão de Lupe – Paco disse ao menino de catorze anos.

– Lupe precisa de você para tomar conta dela – Barriga de Cerveja disse a Juan Diego. Os dois palhaços anões foram embora; ainda havia alguns chuveiros de pé, e os dois palhaços começaram a tomar banho.

Juan Diego pensou que ele e Mañana estivessem sozinhos na avenida de tendas; ele só viu Lupe quando ela estava ao lado dele. Juan Diego imaginou que ela estivesse ali o tempo todo.

– Você viu... – ele começou a perguntar a ela.

– Tudo – Lupe disse a ele. Juan Diego simplesmente balançou a cabeça. – Sobre o novo número de cães... – Lupe começou; ela parou, como se estivesse esperando que ele a alcançasse. Ela estava sempre um pensamento ou dois à frente dele.

– O quê? – Juan Diego perguntou.

– Eu sei onde você pode conseguir um cão novo, um saltador – disse Lupe.

Os sonhos ou lembranças que ele havia perdido, por causa dos betabloqueadores, tinham voltado e dominado seus pensamentos; nos seus dois últimos dias no Encantador, Juan Diego tomou direitinho o Lopressor – na dose correta.

A dra. Quintana deve ter sabido que Juan Diego não estava fingindo; sua volta ao torpor, a um nível *reduzido* de atenção e atividade fisiológica, era evidente para todo mundo – ele nadou cachorrinho na piscina (não havia ouriços-do-mar escondidos lá) e fez suas refeições na mesa das crianças. Ele fez companhia a Consuelo e Pedro, seus amigos cochichadores.

De manhã cedo, tomando café na beira da piscina, Juan Diego relia suas anotações (e fazia novas) em *A única chance de deixar a Lituânia*; ele tinha voltado a Vilnius mais duas vezes, desde sua primeira visita em 2008. Rasa, sua editora, tinha encontrado uma mulher no Serviço de Proteção aos Direitos da Criança e de

Adoção para conversar com ele; ele tinha levado Daiva, sua tradutora, para o primeiro encontro, mas a mulher dos Direitos da Criança falava um inglês excelente, e era receptiva. O nome dela era Odeta – o mesmo nome da mulher misteriosa no quadro de avisos da livraria, a noiva *não* encomendada pelo correio. O retrato e o número do telefone daquela mulher tinham desaparecido do quadro de avisos de leitoras mulheres, mas aquela Odeta ainda assombrava Juan Diego – sua infelicidade reprimida, mas visível, as olheiras escuras sob os olhos de quem lê até tarde da noite, seu cabelo de aparência desleixada. Ainda não havia ninguém na vida dela para conversar com ela sobre os romances maravilhosos que tinha lido?

A única chance de deixar a Lituânia tinha, é claro, evoluído. A leitora não era uma noiva de encomenda. Ela havia entregado a filha para adoção, mas a adoção (um longo processo) não tinha dado certo. No romance de Juan Diego, a mulher quer que seu bebê seja adotado por americanos. (Ela sempre sonhou em ir para a América; agora ela vai dar o filho, mas só consegue imaginar o filho feliz na América.)

A Odeta do Serviço de Proteção dos Direitos da Criança e de Adoção explicou a Juan Diego que era raro que uma criança lituana fosse adotada fora da Lituânia. Havia um longo período de espera, que permitia à mãe biológica uma segunda chance de mudar de ideia. As leis eram rígidas: pelo menos seis meses para decisões internas, mas o período de tempo (o período de espera) podia levar quatro anos – portanto, crianças mais velhas eram as que tinham mais chance de ser adotadas por estrangeiros.

Em *A única chance de deixar a Lituânia*, o casal americano esperando para adotar uma criança lituana é vítima de uma tragédia – a jovem esposa morre atropelada na bicicleta por um motorista que foge; o marido não tem condições de adotar uma criança sozinho (e o Serviço de Proteção aos Direitos da Criança e de Adoção não iria mesmo permitir).

Num romance de Juan Diego Guerrero, todo mundo é uma espécie de forasteiro; os personagens de Juan Diego se sentem estrangeiros, mesmo quando estão em casa. A jovem lituana, que teve duas chances de mudar de ideia a respeito de dar o filho para adoção, agora tem uma terceira chance de mudar de ideia; a adoção do filho dela é suspensa. Outro terrível "período de espera" a aguarda. Ela põe seu retrato e seu telefone no quadro de avisos da livraria; ela encontra outras leitoras para um café ou uma cerveja, para conversar sobre os romances que leram – a infelicidade inumerável de outros.

Esta é uma colisão que deveríamos ter previsto, Juan Diego pensou. O viúvo americano faz uma viagem a Vilnius; ele não espera ver a criança que ele e sua falecida esposa iam adotar – o Serviço de Proteção dos Direitos da Criança e de Adoção jamais permitiria isso. Ele nem mesmo sabe o nome da mãe solteira que tinha dado o filho para adoção. Ele não está esperando conhecer ninguém. Existe uma atmosfera que espera absorver – uma essência que seu filho adotivo poderia ter levado para a América. Ou sua ida a Vilnius é uma forma de sentir saudade de sua esposa morta, uma forma de mantê-la viva por mais um pouco?

Sim, é claro, ele vai à livraria; talvez seja a diferença de fuso horário – ele acha que um romance o ajudará a dormir. E lá, no quadro de avisos, ele vê o retrato dela – alguém cuja infelicidade está ao mesmo tempo oculta e aparente. A falta de atenção dela consigo mesma o atrai para ela, e seus escritores favoritos eram os escritores favoritos da *mulher* dele! Sem saber se ela fala inglês – é claro que sim –, ele pede ajuda ao vendedor para ligar para ela.

E *depois*? A pergunta que permanecia era uma pergunta anterior – a saber, *de quem* era a única chance de deixar a Lituânia? O curso de colisão em *A única chance de deixar a Lituânia* é óbvio: eles se encontram, eles descobrem quem são, eles se tornam amantes. Mas como lidam com o peso esmagador da extrema coincidência de terem conhecido um ao outro? E o que fazem a respeito do seu aparente destino? Eles ficam juntos, ela fica com o filho, *todos os três* vão para a América – ou este solitário viúvo americano fica com esta mãe e seu filho em Vilnius? (Seu filho tem ficado com sua irmã – não uma boa situação.)

Na escuridão do pequeno apartamento da mãe solteira – ela está dormindo nos braços dele, mais profundamente do que não dormia havia anos – ele fica deitado, pensando. (Ele ainda só viu fotos da criança.) Se ele vai deixar esta mulher e o filho dela e voltar sozinho para a América, sabe que é melhor partir agora.

O que nós *não devemos* prever, Juan Diego pensou, é que a dita única chance de deixar a Lituânia poderia ser do americano – a última chance que *ele* tem de mudar de ideia, de dar o fora.

– Você está escrevendo, não está? – Clark French perguntou ao seu antigo professor. Ainda era de manhã cedo, e Clark apanhou Juan Diego com um dos seus cadernos – e caneta na mão, na beira da piscina do Encantador.

– Você me conhece; são apenas notas sobre o que vou escrever – Juan Diego respondeu.

– Isso é escrever – Clark disse com segurança.

Pareceu natural a Clark perguntar a Juan Diego sobre o romance em progresso, e Juan Diego se sentiu confortável contando a ele sobre *A única chance de deixar a Lituânia* – de onde tinha vindo a ideia, e como o romance evoluíra.

– Outro país católico – Clark disse de repente. – Será que ouso perguntar que papel malvado a Igreja desempenha nesta história?

Juan Diego não estava falando sobre o papel da Igreja; ele nem havia pensado nisso – ainda. Mas, é claro, Juan Diego teria um papel para a Igreja em *A única chance de deixar a Lituânia*. Tanto o professor quanto seu antigo aluno sabiam disso.

– Você sabe tão bem quanto eu, Clark, que papel a Igreja desempenha no caso de filhos indesejados – Juan Diego respondeu. – No caso do que *causa* filhos indesejados a nascer, antes de mais nada... – Ele parou e viu que Clark tinha fechado os olhos. Juan Diego fechou os olhos, também.

O impasse apresentado por suas diferenças religiosas era um empate conhecido, um deprimente beco sem saída. Quando, no passado, Clark usou a palavra *nós*, ele nunca quis dizer "você e eu"; quando Clark dizia "nós", ele se referia à Igreja – especialmente quando Clark tentava parecer progressista ou tolerante.

– Nós não deveríamos ser tão *insistentes* em questões como aborto ou o uso de métodos de controle da natalidade, ou casamento gay. Os ensinamentos da Igreja... – e aqui Clark *sempre* hesitava – são claros. – Então Clark continuava: – Mas não é *necessário* falar sobre essas questões o tempo todo, ou parecer tão combativo.

Ah, claro. Clark podia *parecer* progressista, quando queria; ele não era o absolutista que João Paulo II era a respeito dessas questões!

E Juan Diego, ao longo dos anos, também tinha sido insincero; ele tinha usado de falsidade. Tinha implicado com Clark com aquela velha citação de Chesterton, muitas vezes: "O teste de uma boa religião é se você pode fazer piada com ela." (Clark, naturalmente, tinha rido disso.)

Juan Diego lamentava ter desperdiçado a oração favorita do querido irmão Pepe em mais de uma de suas discussões com Clark. É claro que Clark era incapaz de reconhecer-se naquela oração de Santa Teresa de Ávila, a que Pepe repetira fielmente no meio de suas orações diárias: "De devoções tolas e santos de cara azeda, livrai-nos, Senhor."

Mas por que Juan Diego estava recordando sua correspondência com irmão Pepe se o jesuíta havia escrito ontem mesmo? Fazia anos que padre Alfonso e padre Octavio haviam morrido enquanto dormiam – com poucos dias de diferença um do outro. Pepe expressou sua consternação a Juan Diego pelo modo como os dois velhos padres haviam "desaparecido"; eles foram sempre tão dogmáticos, tão punitivamente intransigentes – como aqueles dois ousaram morrer sem um último alvoroço?

E a partida de Rivera desta vida também tinha deixado Pepe zangado. El jefe não fora mais o mesmo depois que o velho lixão foi removido em 1981; havia um novo lixão agora. Aquelas primeiras dez famílias – da colônia, em Guerrero – tinham desaparecido havia muito tempo.

O que realmente aniquilou Rivera foi a política de não usar fogo no novo lixão. O antigo chefe do lixão ficou aniquilado com esta regra; isso tinha acontecido por volta de 2000, quase vinte anos depois da criação do novo basurero. Como eles podem ter dado fim às *fogueiras*? Que tipo de lixão *não* queimava coisas?

Pepe pressionara el jefe a lhe contar mais coisas; o final de todas as fogueiras no basurero não havia incomodado o irmão Pepe. Era a paternidade de Juan Diego que sempre interessara a Pepe.

Aquela mulher que trabalhava no velho basurero dissera a Pepe que o chefe do lixão "não era exatamente" o pai do leitor do lixão; o próprio Juan Diego sempre acreditou que el jefe "provavelmente não era" seu pai.

Mas Lupe tinha dito:

– Rivera sabe alguma coisa. Ele só não quer dizer.

Rivera dissera às crianças do lixão que o pai "mais provável" de Juan Diego havia morrido de coração *partido*.

– Um ataque cardíaco, certo? – Juan Diego perguntou a el jefe – porque foi isso que Esperanza contou às crianças, e a todo mundo.

– Se é assim que você chama um coração que se partiu *permanentemente* – foi tudo o que Rivera disse para as crianças.

Mas irmão Pepe finalmente convenceu Rivera a contar mais coisas para ele.

Sim, o chefe do lixão tinha certeza de que era o pai biológico de Juan Diego; Esperanza não estava dormindo com mais ninguém na época – ou pelo menos foi o que ela disse. Mas, depois, ela disse a Rivera que ele era burro demais para ser pai de um gênio como o leitor do lixão.

– Mesmo que você *seja* o pai dele, ele jamais deve saber disso – Esperanza dissera a el jefe. – Se Juan Diego souber que você é pai dele, isto irá minar sua autoconfiança. (Isto, sem dúvida, *minou* o pouco da autoconfiança do chefe do lixão.)

Rivera disse a Pepe para não contar a Juan Diego enquanto o chefe do lixão estivesse vivo. Quem sabe se o coração de el jefe o matou?

Ninguém jamais soube onde Rivera realmente morava; ele morreu na cabine do seu caminhão – aquele sempre fora seu lugar favorito para dormir, e depois que Diablo morreu, Rivera sentia falta do cão e raramente dormia em outro lugar.

Como padre Alfonso e padre Octavio, el jefe também havia "desaparecido", mas não antes de fazer sua confissão ao irmão Pepe.

A morte de Rivera, inclusive a confissão do chefe do lixão, ocupava grande parte da correspondência do irmão Pepe que Juan Diego iria recordar, muitas e muitas vezes.

Como o irmão Pepe conseguira viver o epílogo de sua própria vida tão *alegremente*?, Juan Diego estava pensando.

No Encantador, não havia mais galos cantando no escuro; Juan Diego dormia a noite toda, sem se importar com a música da boate da praia. Nenhuma mulher dormia (ou havia desaparecido) ao lado dele, mas ele acordou uma manhã e descobriu o que parecia um título – com sua letra – no bloco de notas na sua mesinha de cabeceira.

As últimas coisas, estava escrito no bloco. Houve a noite em que ele sonhou sobre o último orfanato de Pepe. Irmão Pepe começou a trabalhar como voluntário no Hijos de la Luna em algum momento depois de 2001; as cartas de Pepe eram muito positivas – tudo parecia energizá-lo, e ele já estava então com setenta e tantos anos.

O orfanato ficava em Guadalupe Victoria ("Guadalupe a Vitoriosa"). Hijos de la Luna era para filhos de prostitutas. Irmão Pepe disse que as prostitutas eram bem-vindas para visitar seus filhos. No Crianças Perdidas, Juan Diego se lembrava, as freiras mantinham as mães biológicas afastadas; este foi um dos motivos pelos quais Esperanza, a mãe biológica das crianças do lixão, nunca tinha sido bem recebida pelas freiras.

No Filhos da Lua, os órfãos chamavam Pepe de "Papá"; Pepe dizia que isso não era "nada demais". Segundo Pepe, os outros homens que trabalhavam como voluntários no orfanato também eram chamados de "Papá".

"Nosso querido Edward não teria aprovado as motocicletas estacionadas na sala de aula", irmão Pepe escreveu, "mas as pessoas roubam as motocicletas se você estacionar na rua." (Señor Eduardo dizia que uma moto era um passo para a morte.)

Dr. Vargas teria certamente desaprovado os cães no orfanato – Hijos de la Luna permitia cães. As crianças gostavam dos cachorros.

Havia uma grande cama elástica no pátio do Filhos da Lua – os cães *não* podiam subir na cama elástica, Pepe escreveu – e uma grande romãzeira. Os galhos mais altos da árvore eram enfeitados de bonecas de trapo e outros brinquedos – coisas que as crianças tinham atirado para cima, na direção dos galhos acolhedores. Os dormitórios das meninas e dos meninos eram em prédios separados, mas eles compartilhavam as roupas – as roupas dos órfãos eram propriedade comunitária.

"Eu não estou mais dirigindo um Fusca", Pepe escreveu. "Eu não quero matar ninguém. Tenho uma pequena motocicleta, e nunca a dirijo depressa o suficiente para matar alguém que eu porventura atropele."

Aquela tinha sido a última carta de Pepe – uma das coisas a serem contadas em *As últimas coisas*, aparentemente o título que Juan Diego tinha escrito durante o sono, ou quando estava semiacordado.

Na manhã em que deixou Encantador, só Consuelo e Pedro estavam acordados para lhe dizer adeus; ainda estava escuro lá fora. O motorista de Juan Diego era aquele rapaz de rosto feroz que parecia jovem demais para dirigir – o tocador de buzina. Mas o rapaz era melhor motorista que garçom, Juan Diego se lembrou.

– Cuidado com os lagartos monitores, senhor – Pedro disse.

– Não pise em nenhum ouriço-do-mar – Consuelo disse.

Clark French deixou um bilhete para seu antigo professor com o recepcionista. Clark deve ter achado que estava sendo engraçado – ou pelo menos engraçado para Clark. "Até Manila" – essa era a mensagem.

Não houve conversa entre ele e o jovem motorista durante todo o trajeto até o aeroporto na cidade de Tagbilaran. Juan Diego estava recordando a carta que tinha recebido da senhora que dirigia Filhos da Lua em Guadalupe Victoria. Irmão Pepe tinha morrido num acidente de motocicleta. Ele tinha desviado de um cachorro, e um ônibus o atingiu. "Ele tinha todos os seus livros – os que você autografou para ele. Ele tinha muito orgulho de você!", a diretora do Hijos de la Luna escreveu para Juan Diego. E assinou o nome dela – "Mamá". (A senhora que escreveu para Juan Diego chamava-se Coco. Os órfãos a chamavam de "Mamá".)

Juan Diego ficaria imaginando se só havia uma "Mamá" no Filhos da Lua. Sim, era isso mesmo – só uma. Dr. Vargas também escreveria para Juan Diego para contar sobre Pepe.

Pepe tinha se enganado sobre o uso da palavra *Papá*, Vargas escreveu para Juan Diego. "A audição de Pepe não estava boa, ou ele teria ouvido o ônibus", foi o que Vargas disse.

Os órfãos não tinham chamado Pepe de "Papá" – Pepe ouvira mal. Só havia uma pessoa que as crianças chamavam de "Papá" no Hijos de la Luna – era o filho de Coco, o filho da *Mamá*.

Você podia contar com Vargas para explicar as coisas direito – para dar a resposta *científica*, Juan Diego pensou.

Como era longo o caminho até a cidade de Tagbilaran – e aquele era apenas o início da longa viagem que ele ia fazer, Juan Diego sabia disso. Dois aviões e três barcos o aguardavam – sem falar nos lagartos monitores, ou D.

23. Nem animal nem vegetal nem mineral

"O passado o cercava como rostos na multidão", Juan Diego escreveu.

Era uma segunda-feira – 3 de janeiro de 2011 – e a jovem passageira sentada ao lado de Juan Diego estava preocupada com ele. O voo 174 da Philippine Airlines, da cidade de Tagbilaran para Manila, era bastante barulhento para uma partida às 7:30 da manhã; no entanto, a jovem sentada ao lado de Juan Diego disse à comissária de bordo que o cavalheiro mais velho havia adormecido instantaneamente, apesar dos companheiros de viagem estarem falando aos gritos.

– Ele apagou completamente – a jovem disse para a comissária. Mas logo depois de adormecer, Juan Diego começou a falar. – A princípio eu achei que ele estava falando *comigo* – a jovem passageira acrescentou à comissária.

Juan Diego não parecia estar falando dormindo; a fala dele não estava enrolada, seu pensamento era incisivo (embora professoral).

– No século XVI, quando os jesuítas foram fundados, poucas pessoas sabiam *ler* – quanto mais aprender o latim necessário para presidir a Missa – Juan Diego começou.

– O quê? – a jovem disse.

– Mas havia algumas almas excepcionalmente devotadas, pessoas que só pensavam em fazer o bem. E elas desejavam fazer parte de uma ordem religiosa – Juan Diego continuou.

– *Por quê?* – a jovem perguntou a ele, antes de perceber que os olhos dele estavam fechados. Juan Diego tinha sido professor universitário; para a jovem, deve ter parecido que ele estava dando uma aula para ela enquanto dormia.

– Esses homens dedicados eram chamados de irmãos leigos, o que significava que não tinham sido ordenados – Juan Diego continuou. – Hoje, eles trabalham normalmente como caixas ou cozinheiros, até mesmo como *escritores* – ele disse, rindo sozinho. Então, ainda dormindo profundamente, Juan Diego começou a chorar. – Mas irmão Pepe era dedicado às crianças; ele era *professor* – Juan Diego acrescentou, com a voz embargada. Ele abriu os olhos e ficou olhando fixamente, sem enxergar, para a jovem ao lado dele; ela sabia que ele ainda estava *apagado*, como ela o descreveria. – Pepe simplesmente não se sentiu *chamado* ao sacerdócio, embora ele tenha feito os mesmos votos que um padre e, portanto, não podia se casar – Juan Diego explicou; os olhos dele estavam se fechando quando as lágrimas começaram a escorrer pelo seu rosto.

– Entendo – a jovem disse delicadamente para ele, esgueirando-se do seu assento; foi aí que ela foi chamar a comissária de bordo. Ela tentou explicar à comissária que o homem não a estava incomodando; ele parecia um homem gentil, mas estava triste, a jovem disse.

– Triste? – a comissária de bordo perguntou. A assistente estava ocupada: a bordo do voo matinal havia um bando de bêbados – rapazes que tinham passado a noite na farra. E também uma mulher grávida; estava provavelmente grávida demais para voar em segurança. (Ela disse à comissária que ou estava em trabalho de parto ou comera alguma coisa estragada no café da manhã.)

– Ele está *chorando* enquanto dorme – a jovem sentada ao lado de Juan Diego tentava explicar. – Mas a conversa dele é de alto nível; parece um professor dando aula, ou algo assim.

– Ele não parece perigoso – a comissária disse. (A conversa delas estava claramente em desacordo.)

– Eu disse que ele era *gentil* e que não é *perigoso*! – a jovem declarou. – O pobre homem está com problemas. E está extremamente infeliz!

– Infeliz! – A comissária de bordo repetiu, como se *infeliz* fosse inerente ao seu emprego! Entretanto – talvez apenas para se livrar dos jovens bêbados e da grávida idiota – a comissária foi com a jovem passageira dar uma olhada em Juan Diego, que parecia estar dormindo tranquilamente num assento ao lado da janela.

Quando Juan Diego estava dormindo, era a única hora em que ele parecia mais moço do que era – sua pele morena, seu cabelo quase todo preto –, e a comissária de bordo disse para a jovem:

– Este cara não está com problemas. Ele não está chorando, ele está *dormindo*!

– O que você acha que ele está *segurando*? – a jovem perguntou à comissária. Realmente, os braços de Juan Diego estavam duros, formando ângulos retos em relação ao corpo; as mãos separadas, os dedos estendidos, como se ele estivesse segurando algo com a circunferência aproximada de uma lata de café.

– Senhor? – a comissária chamou, inclinando-se sobre o assento. Ela tocou gentilmente no pulso dele, onde pôde sentir o quanto estavam retesados os músculos do antebraço. – Senhor, está tudo bem? – a comissária de bordo perguntou, mais enfaticamente.

– Calzada de los Misterios – Juan Diego falou alto, como se estivesse tentando escutar por cima do barulho da multidão. (Em sua mente – na lembrança ou no sonho de Juan Diego – ele *estava*. Estava no banco de trás de um táxi que se arrastava pelo trânsito de sábado de manhã na Avenida dos Mistérios – numa aglomeração.)

– Perdão – a comissária disse.

– Está vendo? É isso. Ele não está realmente falando com *você* – a jovem disse para a comissária de bordo.

– Calzada, uma rua larga, geralmente calçada de pedras ou asfaltada – bem mexicano, bem *formal*, dos tempos do império – Juan Diego explicou. – *Avenida* é menos formal. Calzada de los Misterios, Avenida de los Misterios – é a mesma coisa. Se fosse traduzido, você não colocaria o artigo. Diria apenas "Avenida dos Mistérios". Foda-se o *los* – Juan Diego acrescentou, de um modo um pouco menos professoral.

– Entendo – a comissária disse.

– Pergunta o que ele está *segurando* – a jovem passageira disse à comissária de bordo.

– Senhor? – a comissária perguntou, delicadamente. – O que o senhor tem nas mãos? – Mas quando ela tornou a tocar em seu antebraço retesado, Juan Diego apertou a lata de café imaginária contra o peito.

– Cinzas – Juan Diego murmurou.

– Cinzas – a comissária de bordo repetiu.

– Como em "Ao pó retornarás"... *Esse* tipo de cinzas. Esse é o meu palpite – a jovem passageira disse.

– Cinzas *de quem*? – a comissária cochichou no ouvido de Juan Diego, inclinando-se mais para perto dele.

– Da minha mãe, do hippie morto e de um cachorro morto; um filhote.

As duas mulheres no corredor do avião ficaram sem fala; ambas perceberam que Juan Diego tinha começado a chorar.

– E o nariz da Virgem Maria, *essas* cinzas – Juan Diego murmurou.

Os rapazes bêbados cantavam uma canção imprópria – havia crianças a bordo do voo 174 da Philippine Airlines, e uma mulher mais velha abordou a comissária de bordo no corredor.

– Eu acho que aquela mulher grávida está em trabalho de parto – a mulher mais velha disse. – Pelo menos *ela* acha que está. Mas não se esqueça, é o primeiro filho dela, então ela realmente não sabe o que *é* trabalho de parto...

– Desculpe, você precisa sentar – a comissária disse para a jovem que estivera sentada ao lado de Juan Diego. – O senhor que está dormindo com as cinzas parece inofensivo, e só faltam trinta ou quarenta minutos para pousarmos em Manila.

– Jesus Maria José – foi tudo o que a jovem falou. Ela viu que Juan Diego estava chorando de novo. Se ele estava chorando pela mãe ou pelo hippie ou por um cachorro morto, ou pelo nariz da Virgem Maria – bem, quem podia saber o que o havia feito chorar?

Não era um voo longo da cidade de Tagbilaran para Manila, mas trinta ou quarenta minutos é um longo tempo para sonhar.

* * *

As multidões de peregrinos haviam se reunido a pé; eles marchavam no meio da avenida larga, embora muitos deles tivessem chegado à Avenida dos Mistérios de ônibus. O táxi avançou, depois parou, depois continuou se arrastando para a frente. A multidão de pedestres interrompeu o trânsito de veículos; os pedestres estavam reunidos em grupos – grupos diferentes, entretanto, cada grupo era unido e decidido. Os caminhantes avançavam implacavelmente, ao mesmo tempo bloqueando e passando pelos veículos. Os peregrinos a pé avançavam melhor ao longo da Avenida dos Mistérios do que o táxi quente e claustrofóbico.

A peregrinação das crianças do lixão ao santuário de Guadalupe não foi solitária – não numa manhã de sábado na Cidade do México. Nos fins de semana, a virgem de pele escura – a virgem morena – atraía uma multidão.

No banco de trás do táxi sufocante, Juan Diego ia sentado segurando a lata sagrada de café no colo; Lupe quis carregar a lata de café, mas suas mãos eram pequenas. Um dos ardentes peregrinos poderia tê-la empurrado no meio da multidão, fazendo-a derrubar as cinzas.

Mais uma vez, o motorista do táxi freou; eles foram bloqueados por um mar de caminhantes – a larga avenida, próximo à Basílica de Nuestra Señora de Guadalupe, estava entupida.

– Tudo isto por uma índia safada cujo nome significa "criadora de coiotes" – Guadalupe significa "criadora de coiotes" em Nahuatl, ou numa daquelas línguas indígenas – o motorista de ar malévolo disse.

– Você não sabe o que está dizendo, seu cara de rato com hálito de merda – Lupe disse para o motorista.

– O que foi isso, ela está falando Nahautl ou algo parecido? – o motorista perguntou; ele não tinha dois dentes da frente, os dois pré-molares.

– Não queira bancar o guia de turismo conosco; nós não somos turistas. Simplesmente dirija – Juan Diego disse a ele.

Uma ordem de freiras passou pelo carro parado; uma das freiras partiu seu rosário de contas – as contas quicaram e rolaram sobre o capô do carro.

– Não deixem de ver o quadro do batizado dos índios, não tem como achar – o motorista disse a eles.

– Os índios tiveram que abrir mão de seus nomes indígenas! – Lupe gritou. – Os índios tiveram que adotar nomes espanhóis; foi assim que funcionou a conversión de los indios, seu rato de merda, seu traidor!

– Isso *não* é Nahuatl? Ela fala como uma índia... – o motorista de táxi começou a dizer, mas um rosto mascarado encostou no para-brisa bem na frente dele; ele tocou a buzina, mas os caminhantes mascarados apenas ficaram olhando para o táxi ao passar. Eles usavam máscaras de animais como vacas, cavalos e burros, cabras e galinhas.

"Peregrinos de presépio, doidos de presépio", o motorista de táxi resmungou baixinho; alguém também tinha arrancado seus caninos superiores e inferiores, entretanto ele manifestava uma superioridade insana.

Música ranchera entoava louvores a la virgen morena; crianças uniformizadas tocavam tambor. O táxi saltou para a frente, depois tornou a parar. Homens de olhos vendados usando ternos estavam amarrados uns aos outros; eles eram conduzidos por um padre, que recitava mantras. (Ninguém conseguia ouvir os mantras do padre por cima da música ranchera.)

No banco de trás, Lupe ia sentada com a cara fechada entre o irmão e Edward Bonshaw. Señor Eduardo, que não conseguia parar de olhar ansiosamente para a lata de café que Juan Diego levava no colo, não estava menos ansioso em relação aos peregrinos que cercavam o táxi deles. E agora os peregrinos estavam misturados aos vendedores ambulantes anunciando ícones religiosos ordinários – imagens de Guadalupe, Cristos do tamanho de um dedo (comprometidos com o sofrimento multifacetado na cruz), até a horrenda Coatlicue com sua saia de serpentes (sem mencionar seu colar de corações, mãos e crânios humanos).

Juan Diego notou que Lupe estava aborrecida em ver tantas versões vulgares da imagem grotesca que o gringo bom tinha dado a ela. Um vendedor de voz aguda devia ter uma centena de estatuetas Coatlicue para vender – todas vestidas com serpentes rastejantes, todas com seios flácidos e mamilos de chocalho de cascavel. Cada imagem, como a de Lupe, tinha mãos e pés com garras afiadas.

– A sua ainda é especial, Lupe, porque foi el gringo bueno quem deu para você – Juan Diego disse à irmã.

– Excesso de leitura de mente – foi tudo o que Lupe disse.

– Entendi – o motorista de táxi disse. – Se ela não está falando Nahautl, ela tem algum problema com a voz e vocês a estão levando até a "criadora de coiotes" para uma cura!

– Deixe-nos saltar do seu táxi cheirando a cu. Podemos andar mais depressa do que você dirige, pênis de tartaruga – Juan Diego disse.

– Eu vi você andando, chico – o motorista disse a ele. – Você acha que Guadalupe vai curar seu aleijão, hein?

– Nós vamos parar? – Edward Bonshaw perguntou às crianças do lixão.

– Nós nunca nos *mexemos*! – Lupe gritou. – Nosso motorista fodeu tantas prostitutas que seu cérebro está menor que seus colhões!

Senõr Eduardo estava pagando a corrida quando Juan Diego disse a ele, em inglês, para não dar gorjeta ao motorista.

– ¡Hijo de la chingada! – o motorista de táxi falou para Juan Diego. Isto foi algo que a irmã Gloria poderia ter pensado a respeito de Juan Diego, porque o motorista de táxi tinha chamado Juan Diego de "filho da puta". Lupe duvidou dessa tradução.

Ela ouvira as acrobatas usarem a palavra *chingada*; ela achou que significava filho da puta.

– ¡Pinche pendejo chimuelo! – Lupe gritou para o motorista.

– O que foi que a índia disse? – o motorista perguntou a Juan Diego.

– Ela disse que você é um "babaca desdentado miserável". É óbvio que alguém já lhe deu uma surra – Juan Diego disse.

– Que bela linguagem! – Edward Bonshaw observou, com um suspiro. Ele estava sempre dizendo isto. – Eu gostaria de aprendê-la, mas não pareço estar fazendo muito progresso.

Depois disso, as crianças do lixão e o homem de Iowa ficaram presos na multidão. Primeiro, eles ficaram empacados atrás de uma ordem de freiras que se movia lentamente; estas freiras andavam de joelhos – seus hábitos estavam levantados até a metade das coxas, os joelhos sangravam no chão de pedras. Depois, as crianças do lixão e o ex-missionário foram retardados por um grupo de monges de um monastério obscuro; esses monges se chicoteavam. (Se estavam sangrando, seus hábitos marrons disfarçavam o sangue, mas o som do chicote fez o señor Eduardo se encolher.) Havia muito mais crianças de uniforme de escola batendo tambores.

– Meu Deus – foi tudo o que Edward Bonshaw conseguiu dizer; ele tinha parado de lançar olhares ansiosos para a lata que Juan Diego carregava; havia muitas outras coisas espantosas para ver, e eles ainda nem tinham chegado ao santuário.

Na Capela do Poço, señor Eduardo e as crianças do lixão tiveram que abrir caminho à força no meio do grupo de peregrinos que machucavam a si mesmos, dando um triste espetáculo. Uma mulher não parava de beliscar o rosto com um cortador de unhas. Um homem fez furos na testa com a ponta de uma caneta; o sangue e a tinta tinham se misturado, escorrendo para dentro dos olhos dele. Naturalmente, ele não conseguia parar de piscar, parecia estar chorando lágrimas roxas.

Edward Bonshaw pôs Lupe nos ombros, para que ela pudesse enxergar por cima dos homens de terno; eles tinham tirado as vendas dos olhos, para poder ver Nossa Senhora de Guadalupe em seu leito de morte. A virgem de pele escura jazia num caixão de vidro, mas os homens amarrados uns aos outros não andavam – não permitiam que mais ninguém a visse.

O padre que tinha conduzido os empresários vendados a este espetáculo continuou seus mantras. O padre também estava com todas as vendas; ele parecia um garçom malvestido que juntara tolamente os guardanapos usados num restaurante evacuado durante um alerta de bomba.

Juan Diego tinha decidido que era melhor quando a música ranchera tornava impossível ouvir os mantras do padre, porque o padre parecia empacado na mais simplista das repetições. Será que todo mundo que conhecia *alguma coisa* sobre Guadalupe já não sabia de cor sua declaração mais famosa?

"¿No estoy aquí, que soy tu madre?", o padre que segurava as vendas não parava de repetir. "Eu não estou aqui, pois sou sua mãe?" Era realmente uma coisa sem sentido para um homem que carregava uma dúzia de vendas (ou mais) estar dizendo.

– Ponha-me no chão, eu não quero ver isso – Lupe disse, mas o homem de Iowa não a entendeu; Juan Diego teve que traduzir.

"Os imbecis com cérebro de banqueiro não precisam de vendas nos olhos. Eles já são cegos *sem* as vendas", Lupe disse também, mas Juan Diego não traduziu isto. (Os biscateiros que trabalhavam no circo chamavam as estacas das tendas de "paus dos sonhos"; Juan Diego achava que era só uma questão de tempo até o linguajar de Lupe descer ao nível de pau dos sonhos.)

O que aguardava o señor Eduardo e as crianças do lixão eram as escadas intermináveis que iam dar no El Cerrito de las Roas – verdadeiramente um suplício de devoção *e* resistência. Edward Bonshaw começou corajosamente a subir as escadas com o menino aleijado nos ombros, mas havia degraus demais – a subida era muito longa e íngreme.

– Eu posso andar, você sabe – Juan Diego tentou dizer ao homem de Iowa. – Não faz mal que eu manque. Mancar é a minha característica!

Mas señor Eduardo continuou subindo; ele estava ofegante, o fundo da lata de café batia no alto da cabeça dele. É claro que ninguém teria adivinhado que o teólogo fracassado estava carregando um aleijado na escada; o jesuíta abalado parecia qualquer outro peregrino se autoflagelando – ele poderia estar carregando blocos de concreto ou sacos de areia nos ombros.

– Você entende o que acontece se o homem papagaio cair morto? – Lupe perguntou ao irmão. – Você perde a chance de escapar desta confusão e deste país maluco!

As crianças do lixão tinham visto por si mesmas as complicações que podiam ocorrer quando um cavalo morria – Mañana era um cavalo de fora da cidade, certo? Se Edward Bonshaw caísse duro, subindo as escadas de El Cerrito – bem, o homem de Iowa era um forasteiro, não era? O que Juan Diego e Lupe iriam fazer?, Juan Diego estava pensando.

Naturalmente, Lupe tinha uma resposta para os pensamentos dele.

– Nós vamos ter que roubar o cadáver do señor Eduardo, só para conseguir dinheiro suficiente para pagar um táxi que nos leve de volta para o circo, ou seremos sequestrados e vendidos para os bordéis de crianças prostitutas!

– Está bem, está bem – Juan Diego disse a ela. Para o ofegante e suado señor Eduardo, Juan Diego falou: – Ponha-me no chão, deixe-me mancar. Eu posso me *arrastar* mais depressa do que você está me carregando. Se você morrer, eu vou ter que vender Lupe para um bordel de crianças só para podermos comer. Se você morrer, nunca mais voltaremos para Oaxaca.

– Jesus misericordioso! – Edward Bonshaw rezou, ajoelhando-se na escada. Ele não estava rezando de verdade; ele se ajoelhou porque não tinha forças para tirar Juan Diego de cima dos ombros. E caiu de joelhos porque teria caído se tivesse que dar mais um passo.

As crianças do lixão ficaram paradas ao lado do señor Eduardo, ali ajoelhado, ofegante, enquanto o homem de Iowa tentava recuperar o fôlego. Uma equipe de TV passou por eles na escada. (Anos depois, quando Edward Bonshaw estava morrendo – quando o querido homem estava da mesma forma lutando para respirar – Juan Diego se lembraria daquele momento em que a equipe de televisão passou por eles na escada para o templo que Lupe gostava de chamar "Das Rosas".)

A repórter – uma jovem, bonita, mas profissional – relatava sucintamente o milagre. Podia ser um programa de viagens, ou um documentário – nem sofisticado nem sensacionalista.

"Em 1531, quando a virgem apareceu pela primeira vez para Juan Diego – um nobre *ou* um camponês asteca, segundo relatos conflitantes – o bispo não acreditou em Juan Diego e pediu a ele uma prova", contava a bonita repórter de televisão. Ela parou sua narrativa quando viu o estrangeiro de joelhos; talvez a camisa havaiana tenha atraído sua atenção, se não as crianças de ar preocupado que acompanhavam o homem que aparentemente estava rezando. E foi aqui que o câmera mudou o seu foco de atenção: ele claramente gostou da imagem de Edward Bonshaw ajoelhado na escada, ladeado pelas duas crianças. Eles focalizaram a câmera neles, nos três.

Não era a primeira vez que Juan Diego ouvira falar nos "relatos conflitantes", embora ele preferisse pensar em si mesmo como tendo sido batizado em honra a um famoso *camponês*; Juan Diego achava um pouco perturbador pensar que poderia ter sido batizado em homenagem a um *nobre* asteca. A palavra *nobre* não combinava com a imagem que Juan Diego tinha de si mesmo – a saber, um representante dos leitores de lixão.

Señor Eduardo recuperou o fôlego; ele foi capaz de ficar em pé, e de continuar, meio cambaleante, a subir as escadas. Mas o câmera tinha capturado o andar manco de Juan Diego – o câmera tinha focado na imagem de um menino aleijado subindo El Cerrito de las Rosas. Por isso, a equipe de TV começou a andar devagar, no mesmo ritmo que o homem de Iowa e as crianças do lixão; eles subiram as escadas juntos.

"Quando Juan Diego voltou à colina, a virgem reapareceu e disse a ele para pegar algumas rosas e levá-las para o bispo", a repórter continuou sua narrativa.

Atrás do menino manco, quando ele e a irmã chegaram ao topo da colina, havia uma vista espetacular da Cidade do México; a câmera de TV capturou a vista, mas

Edward Bonshaw não se virou para vê-la – nem as crianças do lixão. Juan Diego segurou cuidadosamente a lata de café na frente dele, como se as cinzas fossem uma oferenda sagrada que levava ao templo chamado de "A Pequena Colina", que marca o lugar onde brotaram as rosas milagrosas.

"Desta vez, o bispo acreditou nele – a imagem da virgem estava impressa na capa de Juan Diego", a bonita repórter continuou, mas o câmera tinha perdido o interesse em señor Eduardo e as crianças do lixão; a atenção do câmera tinha sido atraída por um grupo de casais japoneses em lua de mel – seu guia de turismo usava um megafone para explicar o milagre de Guadalupe em japonês.

Lupe estava nervosa porque os casais japoneses em lua de mel usavam máscaras cirúrgicas sobre a boca e o nariz; Lupe imaginou se os jovens casais japoneses estariam morrendo de alguma doença terrível – ela achou que eles tinham ido até Das Rosas para implorar a Nossa Senhora de Guadalupe para salvá-los.

– Mas eles não são *contagiosos*? – Lupe perguntou. – Quantas pessoas eles infectaram do Japão até aqui?

Quanto da tradução de Juan Diego *e* da explicação de Edward Bonshaw para Lupe se perdeu no barulho da multidão? A tendência dos japoneses de serem "precavidos", de usar máscaras cirúrgicas para se proteger de ar viciado ou doença – bem, não ficou claro se Lupe entendeu para que serviam as máscaras cirúrgicas.

E para piorar, os turistas e devotos próximos que ouviram Lupe falar começaram a dar gritos de excitação devota. Um solene devoto apontou para Lupe e anunciou que ela havia falado em êxtase religioso; isto aborreceu Lupe – ser acusado de fazer o discurso extasiado e ininteligível de uma criança messiânica.

Havia uma missa acontecendo dentro do templo, mas a turba que chegava a El Cerrito não pareceu contribuir para a atmosfera de uma missa. Os exércitos de freiras e crianças uniformizadas, os monges chicoteados e os homens de terno amarrados uns aos outros – estes últimos de olhos vendados outra vez, o que os fizera tropeçar e cair ao subir as escadas (suas calças estavam rasgadas ou puídas nos joelhos, e dois ou três empresários mancavam, mesmo que não tanto quanto Juan Diego).

Não que Juan Diego fosse o único aleijado: os aleijados vieram e os amputados, também. (Eles tinham vindo para ser curados.) Estavam todos lá – os surdos, os cegos, os pobres – junto com os turistas anônimos e os casais de japoneses mascarados em lua de mel.

Na entrada do templo, as crianças do lixão ouviram a bela repórter de TV dizer: "Um químico alemão realmente analisou as fibras vermelhas e amarelas da capa de Juan Diego. O químico determinou, cientificamente, que as cores da capa não eram nem animais, nem vegetais nem minerais."

– O que os *alemães* têm a ver com isso? – Lupe perguntou. – Ou Guadalupe é um milagre ou não é. Não importa a *capa*!

A Basílica de Nuestra Señora de Guadalupe era, de fato, um conjunto de igrejas, capelas e santuários – todos reunidos na encosta rochosa onde o milagre supostamente ocorreu. No final das contas, Edward Bonshaw e as crianças do lixão viram apenas a Capela do Poço, onde Guadalupe jazia sob vidro em seu leito de morte e El Cerrito de las Rosas. (Eles jamais veriam a capa preservada.)

Dentro de El Cerrito, é verdade que a Virgem de Guadalupe não está escondida num altar lateral; ela está suspensa na frente da capela. Mas e daí que eles tenham feito dela a atração principal? Eles tinham *igualado* Guadalupe à Virgem Maria; tinham tornado as duas a mesma pessoa. A baboseira católica estava completa: o sagrado Das Rosas era um zoológico. Os malucos eram muito mais numerosos do que os devotos que tentavam acompanhar a missa. Os padres estavam atuando rotineiramente. Embora o uso do megafone não fosse permitido dentro do templo, a excursão turística prosseguia para os casais japoneses em lua de mel com suas máscaras cirúrgicas. Os homens de terno amarrados uns aos outros – suas vendas foram mais uma vez retiradas – olhavam sem ver para a virgem de pele escura, do jeito com que Juan Diego olhava quando estava sonhando.

– Não toque nessas cinzas – Lupe disse a ele, mas Juan Diego segurava a tampa com força no lugar. – Nem um pingo vai cair aqui – Lupe acrescentou.

– Eu sei... – Juan Diego começou a dizer.

– Nossa mãe preferiria queimar no Inferno a ter suas cinzas espalhadas aqui. El gringo bueno jamais dormiria em El Cerrito; ele era tão lindo quando dormia – ela disse, recordando. Juan Diego notou que a irmãzinha tinha parado de chamar o templo de "Das Rosas". Lupe se limitou a chamar o templo de "A Pequena Colina"; El Cerrito não era mais tão sagrado para ela.

– Eu não preciso de tradução – señor Eduardo disse às crianças do lixão. – Esta capela não é sagrada. Este lugar não está certo – está todo errado, não é do jeito como deveria ser.

– Como deveria ser – Juan Diego repetiu.

– Não é nem animal nem vegetal nem mineral; é como o alemão disse! – Lupe gritou. Juan Diego achou que devia traduzir isto para Edward Bonshaw. Soava perturbadoramente verdadeiro.

– *Que* alemão? – o homem de Iowa perguntou, quando eles estavam descendo as escadas. (Anos depois, señor Eduardo diria para Juan Diego: "Eu sinto que ainda estou deixando A Pequena Colina das Rosas. A desilusão, o desencanto que senti quando descia aquelas escadas, não desapareceu; eu ainda estou *descendo*", Edward Bonshaw diria.)

Enquanto o homem de Iowa e as crianças do lixão desciam, mais peregrinos suados davam encontrões neles – subindo na direção do local do milagre. Juan Diego pisou em alguma coisa; pareceu ao mesmo tempo macia e crocante. Ele parou para olhar – e então a pegou do chão.

O ícone, um pouco maior do que os Cristos sofredores do tamanho de um dedo que estavam para vender em toda parte, não era tão grosso quanto a imagem de Coatlicue de Lupe – que também estava para vender em toda parte no complexo de prédios que formavam a imensa Basílica de Nuestra Señora de Guadalupe. A imagem na qual Juan Diego tinha pisado era da própria Guadalupe – a linguagem corporal dócil, passiva; os olhos baixos; o peito chato; a pequena saliência na barriga. A estatueta irradiava as origens humildes da virgem – ela parecia falar apenas Nahuatl, se é que falava alguma coisa.

– Alguém jogou isto fora – Lupe disse para Juan Diego. – Alguém tão revoltado quanto nós – ela acrescentou. Mas Juan Diego guardou a figura religiosa de borracha dura no bolso. (Ela não era tão grande quanto o nariz da Virgem Maria, mas ainda assim deixou o bolso dele estufado.)

No fundo da escada, eles passaram por um corredor polonês de vendedores de guloseimas e refrigerantes. E havia um grupo de freiras, levantando dinheiro para as obras de caridade do convento. As freiras estavam vendendo cartões-postais. Edward Bonshaw comprou um.

Juan Diego estava imaginando se o señor Eduardo ainda estava pensando no cartão-postal de Flor com o cavalo, mas este cartão-postal era apenas outra foto de Guadalupe – la virgen morena em seu leito de morte, numa redoma de vidro, na Capela do Poço.

– Só de lembrança – o homem de Iowa disse, um tanto culpado, mostrando o cartão-postal para Lupe e Juan Diego.

Lupe olhou rapidamente para a foto da virgem de pele escura em seu leito de morte; depois, desviou os olhos.

– Do jeito como me sinto agora, eu gostaria *mais* dela com um pênis de cavalo na boca – Lupe disse. – Quer dizer, *morta*, mas com o pênis do cavalo – Lupe acrescentou.

Sim, ela estava dormindo – com a cabeça no colo do señor Eduardo – quando o homem de Iowa contou a Juan Diego a história do horrível cartão-postal, mas Juan Diego sempre soubera que Lupe podia ler mentes mesmo enquanto dormia.

– O que foi que Lupe disse? – Edward Bonshaw perguntou.

Juan Diego estava procurando a melhor maneira de escapar da enorme plaza de chão de pedras; estava imaginando onde estariam os táxis.

– Lupe disse que está contente que Guadalupe esteja morta; ela acha que essa é a melhor parte do cartão-postal – foi tudo o que Juan Diego falou.

– Você não me perguntou sobre o novo número dos cães – Lupe disse para o irmão. Ela parou, como tinha feito antes, esperando que ele a alcançasse. Mas Juan Diego jamais alcançaria Lupe.

– Neste momento, Lupe, estou apenas tentando nos tirar daqui – Juan Diego falou com irritação.

Lupe deu um tapinha no volume em seu bolso, onde ele tinha posto a imagem perdida ou jogada fora de Guadalupe.

– Só não pela ajuda a *ela* – foi tudo o que Lupe falou.

"Por trás de cada viagem existe uma razão", Juan Diego um dia escreveria. Fazia quarenta anos desde aquela viagem das crianças do lixão ao santuário de Guadalupe na Cidade do México, mas – como o señor Eduardo um dia diria – Juan Diego sentia como se ainda estivesse *descendo*.

24. Pobre Leslie

"Estou sempre conhecendo pessoas em aeroportos", era o modo inocente como Dorothy começava seu fax para Juan Diego. "E, puxa vida, como essa jovem mãe precisava de ajuda! Sem marido – o marido já a havia abandonado. E depois a babá abandonou a ela e às crianças no início da viagem – a babá simplesmente desapareceu no aeroporto!", foi como Dorothy pôs a história em movimento.

A jovem mãe sofredora soa *familiar*, Juan Diego estava pensando – enquanto lia e relia o fax de Dorothy. Como escritor, Juan Diego sabia que havia muita coisa na história de Dorothy; ele suspeitava de que pudesse haver mais coisa faltando. Como por exemplo: "uma coisa levava a uma outra", como Dorothy diria, e por que ela fora para El Nido com a "pobre Leslie", e com os filhos pequenos de Leslie.

A parte sobre a *pobre Leslie* despertou a memória de Juan Diego, mesmo da primeira vez que ele leu o fax de Dorothy. Ele não tinha ouvido falar de uma pobre Leslie antes? Ah, sim, ele tinha, e Juan Diego não precisou ler muito mais do fax de Dorothy para se lembrar do que tinha ouvido sobre uma pobre Leslie e da parte de quem.

"Não se preocupe, querido – ela não é outra escritora!", Dorothy escrevera. "Ela é só uma aluna que está *tentando* ser escritora. De fato, ela conhece seu amigo Clark. Leslie esteve em alguma espécie de oficina, numa conferência de escritores, onde Clark French foi professor dela."

Então ela era *aquela* pobre Leslie!, Juan Diego se deu conta. Esta pobre Leslie conhecera Clark antes de fazer uma oficina literária com ele. Clark a conhecera num evento para levantar fundos – como Clark tinha dito, uma das diversas obras de caridade católicas que ele e a pobre Leslie apoiavam. O marido dela a havia abandonado recentemente; ela tinha dois filhos que eram "um tanto selvagens"; ela achava que "as desilusões crescentes" em sua jovem vida mereciam ser contadas em livro.

Juan Diego se lembrava de ter pensado que o conselho de Clark para Leslie era muito atípico de Clark. Ele detestava memórias *e* ficção autobiográfica; Clark desprezava o que chamava de "escrever como forma de terapia"; ele achava que o romance de memórias "baixava o nível da ficção e desacreditava a imaginação". Entretanto, Clark havia encorajado a pobre Leslie a derramar seu coração por escrito!

– Leslie tem um bom coração – Clark insistiu, quando contou a Juan Diego sobre ela. – A pobre Leslie só teve um pouco de azar com os *homens*!

– Pobre Leslie – a esposa de Clark repetiu; houve uma pausa. Então a dra. Josefa Quintana disse: – Eu acho que Leslie gosta de mulheres, Clark.

– Eu não acho que Leslie seja lésbica, Josefa. Acho que ela está apenas *confusa* – Clark French disse.

– Pobre Leslie – Josefa repetiu; era a falta de convicção com que ela disse isso que Juan Diego iria lembrar melhor.

– Leslie é bonita? – Juan Diego perguntou.

A expressão de Clark era um modelo de indiferença, como se ele não tivesse notado se Leslie era bonita ou não.

– Sim – foi tudo o que a dra. Quintana falou.

Segundo Dorothy, havia sido inteiramente de Leslie a ideia de que Dorothy fosse com ela e os meninos selvagens para El Nido.

"Eu não tenho nenhuma queda para babá", Dorothy escreveu para Juan Diego. Mas Leslie era bonita, Juan Diego estava pensando. E se Leslie gostava de mulheres – não importa se era lésbica ou se estava apenas *confusa* – Juan Diego não duvidava que Dorothy a teria decifrado. O que quer que Dorothy fosse, ela não se sentia confusa a respeito.

Naturalmente, Juan Diego não contou a Clark e Josefa que Dorothy havia se juntado com a pobre Leslie – se, realmente, Dorothy fez aquilo. (Em seu fax, Dorothy não estava exatamente *dizendo* que fizera.)

Dado o modo depreciativo com que Clark chamou Dorothy de "D." – sem mencionar o desprezo com que ele se referiu a Dorothy como *a filha*, ou o quanto incomodado Clark ficou com todo aquele negócio de mãe e filha – bem, por que Juan Diego teria deixado Clark mais infeliz sugerindo que a pobre Leslie se juntara com "D."?

"O que aconteceu com aquelas crianças não foi por culpa *minha*", Dorothy escreveu. Como escritor, Juan Diego geralmente percebia quando um narrador estava mudando propositalmente de assunto; ele sabia que Dorothy não tinha ido para El Nido porque desejava ser *babá*.

Ele também sabia que Dorothy era muito *direta* – quando queria, ela podia ser bem específica. Entretanto, os detalhes do que havia acontecido exatamente com os garotinhos de Leslie eram vagos – talvez de propósito?

Era nisto que Juan Diego estava pensando quando seu voo vindo de Bohol pousou em Manila, acordando-o subitamente.

Ele não entendeu, é claro, por que a jovem sentada ao lado dele – no assento do corredor – estava segurando sua mão.

– Eu sinto tanto – ela disse a ele, sinceramente. Juan Diego esperou, sorrindo para ela. Ele estava esperando que ela explicasse o que quis dizer, ou que pelo menos soltasse sua mão. – Sua mãe – a jovem começou a dizer, mas parou, cobrindo o rosto com as mãos. – O hippie morto, um cachorro morto – um *filhote* – e todo o resto! – ela exclamou de repente. (Em vez de dizer "o nariz da Virgem Maria", a jovem sentada ao lado dele tocou no próprio nariz.)

– Entendo – foi tudo o que Juan Diego falou.

Ele estava enlouquecendo?, Juan Diego pensou. Será que ele havia conversado a viagem inteira com a estranha ao seu lado? Será que ele era uma pessoa destinada a encontrar telepatas?

A jovem estava examinando o celular, o que fez Juan Diego lembrar de ligar seu celular e olhar para ele. O pequeno telefone o recompensou vibrando em sua mão. Ele gostava mais do modo de vibração. Detestava todos os "sons" como eram chamados. Juan Diego viu que havia uma mensagem de texto de Clark French – uma mensagem nada curta.

Os romancistas não se davam muito bem no mundo truncado das mensagens de texto, mas Clark era do tipo perseverante – ele era teimoso, principalmente quando estava indignado a respeito de alguma coisa. Mensagens de texto não eram destinadas a indignação moral, Juan Diego pensou. "Minha amiga Leslie foi seduzida por sua amiga D. – a filha!", a mensagem de Clark começava; ele tivera notícias da pobre Leslie, infelizmente.

Os filhos de Leslie tinham nove e dez anos – ou sete e oito, Juan Diego estava tentando lembrar. (Foi impossível lembrar os nomes deles.)

Os meninos tinham nomes com som de alemão, Juan Diego pensou; ele estava certo quanto a isso. O pai dos meninos, ex-marido de Leslie, era alemão – um hoteleiro internacional. Juan Diego não conseguiu lembrar (ou ninguém lhe disse) o nome do magnata alemão dos hotéis, mas era isso que o ex de Leslie fazia: ele era dono de hotéis, e comprava hotéis cinco estrelas que estavam em dificuldades financeiras. E Manila era uma base de operações do hoteleiro alemão na Ásia – ou era o que Clark tinha entendido. Leslie havia morado em toda parte, inclusive nas Filipinas; seus filhos haviam morado no mundo inteiro.

Juan Diego leu a mensagem de texto de Clark na pista, depois da chegada do seu voo de Bohol. Uma espécie de ressentimento católico – uma sensação de despeito – emanava da mensagem de Clark, a respeito de Leslie. Afinal de contas, a pobre Leslie era uma pessoa de fé – uma católica como ele – e Clark sentia que ela havia sido enganada, mais uma vez.

Clark digitou a seguinte mensagem: "Cuidado com o búfalo no aeroporto – não tão dócil quanto aparenta! Werner foi pisoteado, embora não seriamente ferido. O pequeno Dieter diz que nem ele nem Werner fizeram nada para provocar o ataque. (A pobre Leslie diz que Werner e Dieter são 'inocentes de provocar búfalo'.) E depois o pequeno Dieter foi picado por coisas que nadavam – o resort as chamou de 'plâncton'. Sua amiga D. diz que as coisas que picam eram do tamanho de unhas humanas – D., que estava nadando com Dieter, diz que os tais plânctones pareciam 'camisinhas para crianças de três anos de idade', centenas delas! Nenhuma reação alérgica às miniaturas de camisinha que picam, por enquanto. 'Definitivamente não se tratava de plâncton', diz D."

Diz D., Juan Diego pensou; o relato de Clark a respeito do búfalo e das coisas que picam só diferia ligeiramente do relato de Dorothy. A imagem daquelas "camisinhas para crianças de três anos" era consistente, mas Dorothy – do seu jeito vago – dera a entender que o búfalo havia sido provocado. Ela não disse como.

Não havia nenhum búfalo com o qual se preocupar no aeroporto em Manila, onde Juan Diego trocou de avião para ir para Palawan. O novo avião era um bimotor – no feitio de um charuto, com apenas um assento de cada lado do corredor. (Juan Diego não correria o perigo de contar para uma completa estranha a história das cinzas que ele e Lupe *não tinham* espalhado no santuário de Guadalupe na Cidade do México.)

Mas, antes que o avião com hélices taxiasse para longe do portão, Juan Diego sentiu o celular vibrar de novo. A mensagem de texto de Clark pareceu mais apressada ou mais histérica do que antes: "Werner, ainda machucado com a pisada do búfalo, foi picado por águas-vivas cor-de-rosa nadando verticalmente (como cavalos-marinhos). D. diz que elas eram 'semitransparentes e do tamanho de dedos indicadores'. A pobre Leslie e os filhos tiveram que deixar a ilha apressadamente, devido à reação alérgica imediata de Werner às coisas transparentes do tamanho de dedos – inchaço dos lábios, da língua e do seu pobre pênis. Você vai estar sozinho com D. Ela ficou para tratar do cancelamento das reservas dos quartos – da pobre Leslie, não o seu! Evite nadar. Vejo-o em Manila, espero. Tome cuidado perto de D."

O avião com hélice começou a se mover; Juan Diego desligou o celular. Em relação ao segundo episódio de picada – as águas-vivas cor-de-rosa nadando verticalmente – Dorothy soou mais autêntica. "Quem precisa desta merda? Foda-se o Mar do Sul da China!" Dorothy tinha mandado um fax para Juan Diego, que mesmo assim estava ansioso para ficar a sós com Dorothy numa ilha isolada, onde ele não ousaria nadar. Por que ele iria querer se arriscar a ser picado por camisinhas para crianças de três anos ou por águas-vivas cor-de-rosa que faziam o pênis inchar? (Sem falar nos lagartos monitores do tamanho de cachorros! Como é que os filhos selvagens de Leslie conseguiram escapar de um encontro com os lagartos gigantes?)

Ele não estaria mais feliz voltando para Manila?, Juan Diego pensou. Mas não havia nenhuma revista de bordo para ele olhar; ele contemplou mais longamente o mapa, com resultados inquietantes. Palawan era a ilha filipina que ficava mais a oeste. El Nido, o resort em Lagen Island – ao largo da ponta noroeste de Palawan – ficava na mesma latitude que a cidade de Ho Chi Minh e as Bocas do Mekong. O Vietnã ficava a oeste do outro lado das Filipinas no Mar do Sul da China.

A Guerra do Vietnã foi o motivo pelo qual o gringo bom foi para o México; o pai de el gringo bueno tinha morrido numa guerra anterior – ele estava enterrado não muito longe de onde seu filho poderia ter morrido. Estas conexões seriam coincidentes ou predeterminadas? "Bem, *aí está* uma boa pergunta!", Juan Diego podia ouvir o señor Eduardo dizendo – embora, durante a vida dele, o homem de Iowa não tivesse respondido a pergunta.

Depois que Edward Bonshaw e Flor morreram, Juan Diego iria continuar a bater na mesma tecla com o dr. Vargas. Juan Diego contou a Vargas o que señor Eduardo havia lhe revelado a respeito do reconhecimento de Flor no cartão-postal.

– E quanto a *essa* conexão? – Juan Diego iria perguntar ao dr. Vargas. – O senhor a chamaria de coincidência ou destino? – foi como o leitor do lixão apresentou a questão para o ateu.

– O que você diria de algo no meio do caminho? – Vargas perguntou a ele.

– Eu chamaria isso de fugir do assunto – Juan Diego respondeu. Mas ele estava zangado; Flor e señor Eduardo haviam acabado de morrer – os malditos médicos não conseguiram salvá-los.

Talvez agora Juan Diego dissesse o que Vargas tinha dito: o modo como o mundo funcionava era "no meio do caminho" entre coincidência e destino. Havia mistérios, Juan Diego sabia; nem tudo vinha com uma explicação científica.

Um pouso sacolejante no Aeroporto de Lio, Palawan – a pista não era pavimentada, era uma pista de pouso de terra. Ao sair do bimotor, os passageiros eram saudados por cantores nativos; a uma certa distância dos cantores, como que entediado por eles, estava um búfalo de aparência cansada. Era difícil imaginar este triste búfalo atacando ou pisoteando alguém, mas só Deus (ou Dorothy) sabia o que os meninos selvagens de Leslie (ou um deles) podiam ter feito para provocar o animal.

Eram necessários três barcos para percorrer o resto do caminho, embora o resort El Nido em Lagen Island não ficasse longe de Palawan. O que se via de Lagen do mar eram os rochedos – a ilha era uma montanha. A lagoa estava oculta; as construções do resort ficavam em volta da lagoa.

Havia um jovem e simpático porta-voz do resort esperando Juan Diego em sua chegada a El Nido. Deram atenção ao defeito físico dele; seu quarto, com uma vista da lagoa, era a pouca distância do salão de jantar. Os infortúnios que levaram à súbita partida de Leslie foram mencionados.

– Aqueles meninos eram um tanto selvagens – o jovem porta-voz disse discretamente, quando levou Juan Diego ao quarto dele.

– Mas as *picadas*? Sem dúvida aquelas picadas não foram resultado de nenhuma travessura por parte dos meninos, foram? – Juan Diego perguntou.

– Nossos hóspedes que nadam normalmente não são picados – o jovem disse. – Aqueles meninos foram vistos perseguindo um lagarto monitor. Isto é procurar encrenca.

– Perseguindo! – Juan Diego disse; ele tentou imaginar os meninos selvagens, armados com lanças feitas de raízes de mangue.

– A amiga da sra. Leslie estava nadando com os meninos; *ela* não foi picada – o jovem porta-voz do resort observou.

– Ah, sim. A *amiga* dela. Ela... – Juan Diego começou a dizer.

– Ela está aqui, senhor. Imagino que o senhor esteja se referindo à sra. Dorothy – o rapaz disse.

– Sim, é claro. Sra. Dorothy – foi tudo o que Juan Diego conseguiu dizer. Será que os sobrenomes tinham saído de moda?, Juan Diego iria pensar, embora brevemente. Ele estava surpreso por El Nido ser tão agradável; isolado, mas bonito, pensou. Ele teria tempo para desarrumar a mala, e talvez para mancar em volta da lagoa, antes do jantar. Dorothy havia organizado tudo para ele: ela já pagara o quarto dele e todas as suas refeições, disse o jovem porta-voz do resort. (Ou será que a pobre Leslie pagou por tudo?, Juan Diego pensou, embora brevemente.)

Juan Diego não sabia o que ele ia fazer em El Nido, mas estava começando a indagar se gostava realmente da perspectiva de ficar a sós com Dorothy.

Ele acabara de desarrumar a mala – tinha tomado banho e feito a barba – quando ouviu alguém bater à porta. Em termos de batida, esta não foi acanhada.

Deve ser ela, Juan Diego pensou; sem olhar no olho mágico, ele abriu a porta.

– Acho que você estava me esperando, não é? – Dorothy perguntou. Sorrindo, ela passou por ele carregando as malas dela para dentro do quarto.

Ele não tinha entendido o tipo de viagem que estava fazendo?, Juan Diego pensou. Não havia algo a respeito desta viagem que parecia sobrenaturalmente planejada? Nesta viagem, as conexões não pareciam mais predeterminadas do que coincidentes? (Ou ele estava pensando demais como escritor?)

Dorothy se sentou na cama; tirando as sandálias, ela agitou os dedos. Juan Diego pensou que as pernas dela estavam mais escuras do que ele lembrava – talvez ela tivesse apanhado sol desde a última vez que ele a vira.

– Como foi que você e Leslie se conheceram? – Juan Diego perguntou a ela.

O modo como Dorothy sacudiu os ombros pareceu muito familiar; foi como se ela tivesse visto Esperanza e Lupe sacudirem os ombros e as estivesse imitando.

– Você conhece tanta gente em aeroportos, você sabe – foi tudo o que ela disse.

– O que aconteceu com o búfalo? – Juan Diego perguntou.

– Ah, aqueles meninos! – Dorothy disse, suspirando. – Estou tão contente por você não ter filhos – ela disse a ele, sorrindo.

– O búfalo foi provocado? – Juan Diego perguntou a ela.

– Os meninos acharam uma lagartixa viva, verde e amarela, com sobrancelhas marrons – Dorothy disse. – Werner enfiou a lagartixa numa das narinas do búfalo, o mais fundo que conseguiu.

– Ele deve ter sacudido um bocado a cabeça e os chifres, eu imagino – Juan Diego disse. – E aqueles cascos devem ter feito o chão tremer.

– Você bufaria se estivesse tentando soprar uma lagartixa para fora do nariz – Dorothy disse a ele; ficou claro que ela tomara o partido do búfalo. – Werner não foi muito pisoteado, considerando o que ele fez.

– Sim, mas e quanto às camisinhas que mordem e os dedos transparentes que nadam verticalmente? – Juan Diego perguntou a ela.

– Sim, eles eram assustadores. Eles não *me* picaram, mas o pênis daquele menino ficou um horror – Dorothy disse. – Você nunca sabe quem vai ser alérgico a quê – e *como*!

– Você nunca sabe – Juan Diego repetiu; ele se sentou na cama ao lado dela. Ela cheirava a coco... Talvez fosse o protetor solar.

– Eu aposto que você sentiu saudades minhas – Dorothy disse.

– Sim – ele respondeu. Juan Diego tinha sentido saudades dela, mas até agora não havia percebido o quanto Dorothy se parecia com a estátua da boneca sexual de Guadalupe – a que o gringo bom tinha dado a ele, a estátua que a irmã Gloria desaprovou desde o início.

Tinha sido um longo dia, mas foi por isso que Juan Diego se sentiu subitamente tão exausto? Ele estava cansado demais para perguntar a Dorothy se ela havia feito sexo com a pobre Leslie. (Conhecendo Dorothy, é claro que sim.)

– Você parece triste – Dorothy sussurrou. Juan Diego tentou falar, mas as palavras não vieram. – Talvez você devesse comer alguma coisa. A comida aqui é boa – ela disse a ele.

– Vietnã – foi tudo o que Juan Diego conseguiu dizer. Ele queria dizer a ela que tinha sido um novo americano um dia. Ele era jovem demais para o recrutamento. E, quando o recrutamento acabou, os sorteios da loteria não tinham mais importância. Ele estava aleijado; eles nunca o aceitariam. Mas como ele conhecera o gringo bom, que havia morrido tentando não ir para o Vietnã, Juan Diego iria sentir-se culpado por não ter ido – ou por não ter tido que se aleijar ou fugir para não ir.

Juan Diego queria contar a ela que o perturbava o fato de estar tão perto geograficamente do Vietnã – no mesmo Mar do Sul da China –, tudo porque ele não fora mandado para lá, e el gringo bueno estava morto porque o azarado rapaz tentara fugir daquela guerra infame.

Mas Dorothy disse de repente:

– Seus soldados americanos vieram aqui, você sabe... Não estou dizendo *aqui*, neste resort, não a Lagen Island ou a Palawan. Estou falando de quando eles estavam de licença, você sabe, para o que eles chamavam de R&R (relaxar e repousar) da Guerra do Vietnã.

– O que você sabe sobre isso? – Juan Diego encontrou as palavras para perguntar a ela. (Aos próprios ouvidos, ele pareceu tão incompreensível quanto Lupe.)

Dorothy sacudiu os ombros daquele jeito familiar de novo. Entendera o que ele disse.

– Aqueles soldados amedrontados... Alguns deles tinham apenas dezenove anos, você sabe – Dorothy disse, como se estivesse lembrando deles, embora não pudesse ter se *lembrado* de nenhum daqueles rapazes.

Dorothy não era muito mais velha do que aqueles rapazes eram durante a guerra; Dorothy não podia ter *nascido* quando a Guerra do Vietnã acabou – ela havia acabado 35 anos atrás! Sem dúvida, estava falando *historicamente* daqueles amedrontados rapazes de dezenove anos.

Eles tiveram medo de morrer, Juan Diego imaginou – por que rapazes jovens não teriam medo numa guerra? Mas, de novo, as palavras não saíram, e Dorothy disse:

– Aqueles rapazes tinham medo de ser capturados, torturados. Os Estados Unidos esconderam o grau de tortura que os norte-vietnamitas praticavam nos soldados americanos capturados. Você devia ir a Laoag, no extremo norte de Luzon. Laoag, Vigan – esses lugares. Era para lá que os soldados de licença do Vietnã iam para R&R. Nós podíamos ir lá, você sabe. Conheço um lugar – Dorothy disse a ele. – El Nido é apenas um resort. É agradável, mas não é real.

Tudo o que Juan Diego conseguiu dizer foi:

– A cidade de Ho Chi Minh fica a oeste daqui.

– Era Saigon, na época – Dorothy lembrou a ele. – Da Nang e o Golfo de Tonkin ficam a oeste de Vigan. Hanói fica a oeste de Laoag. Todo mundo em Luzon sabe como os norte-vietnamitas torturavam seus jovens americanos – era disso que aqueles pobres rapazes tinham medo. Os norte-vietnamitas eram "insuperáveis" em matéria de tortura; é isso que dizem em Laoag e Vigan. Nós podíamos ir lá – Dorothy repetiu.

– Está bem – Juan Diego disse a ela; era a coisa mais fácil de dizer. Ele havia pensado em mencionar um veterano do Vietnã. Juan Diego o conhecera em Iowa. O veterano de guerra contou algumas histórias sobre R&R nas Filipinas.

Tinha havido conversas sobre Olongapo e Baguio, ou talvez fosse cidade de Baguio. Havia cidades em Luzon?, Juan Diego pensou. O veterano mencionara bares, boates, prostitutas. Não se falara em tortura, nem nos norte-vietnamitas como sendo especialistas no assunto, e não se fizera nenhuma menção a Laoag ou Vigan – não que Juan Diego se lembrasse.

– Como estão seus comprimidos? Você não devia tomar algum? – Dorothy perguntou a ele. – Vamos dar uma olhada nos seus comprimidos – ela disse, segurando a mão dele.

– Está bem – ele repetiu. Mesmo estando exausto, ele teve a impressão de não ter mancado quando andou com ela até o banheiro para dar uma olhada nos comprimidos de Lopressor e Viagra.

– Eu gosto deste, e você? – Dorothy perguntou. (Ela estava segurando um Viagra.) – Ele é tão perfeito assim. Por que alguém o cortaria ao meio? Eu acho um inteiro melhor do que uma metade. Você não?

– Está bem – Juan Diego murmurou.

– Não se preocupe. Não fique triste – Dorothy disse a ele; ela deu a ele um Viagra e um copo d'água. – Vai ficar tudo bem.

No entanto, o que Juan Diego lembrou de repente não foi nada *bom*. Ele se lembrou do que Dorothy e Miriam gritaram, juntas – como se fossem um coro.

– *Poupe-me* da vontade de Deus! – Miriam e Dorothy gritaram espontaneamente. Se Clark French tivesse ouvido isto, Juan Diego tinha poucas dúvidas de que Clark teria pensado que esta era uma declaração típica de *súcubos*.

Será que Miriam e Dorothy tinham um machado para esmagar a vontade de Deus?, Juan Diego conjeturou. Então ele subitamente pensou: será que Miriam e Dorothy se ressentiam da vontade de Deus porque eram *elas* que a cumpriam? Que ideia maluca! A ideia de Miriam e Dorothy como mensageiras que cumpriam a vontade de Deus não combinava com a impressão de Clark daquelas duas mulheres como demônios em forma de mulher – não que Clark pudesse ter convencido Juan Diego a acreditar que esta mãe e esta filha fossem espíritos malignos. Em seu desejo por elas, sem dúvida Juan Diego sentia que Miriam e Dorothy estavam ligadas ao mundo corpóreo; elas eram de carne e osso, não sombras ou espíritos. Quanto ao fato de as duas mulheres ímpias serem encarregadas de cumprir a vontade de Deus – bem, por que pensar numa coisa dessas? Quem poderia imaginar isso?

Naturalmente, Juan Diego jamais iria expressar uma ideia tão louca – certamente não no contexto do momento, não quando Dorothy estava dando a ele o comprimido de Viagra e um copo d'água.

– Você e Leslie... – Juan Diego começou a perguntar.

– A pobre Leslie está confusa, eu só tentei *ajudá-la* – Dorothy disse.

– Você tentou *ajudá-la* – foi tudo o que Juan Diego conseguiu dizer. O modo como ele disse isso soou como uma pergunta, embora estivesse pensando que – se ele estivesse confuso – estar com Dorothy não iria exatamente *ajudar*.

25. Ato 5, cena 3

Do jeito com que você se lembra dos seus entes queridos ou sonha com eles – aqueles que já morreram – não é possível impedir que o fim deles avance no resto de suas histórias. Você não pode escolher a cronologia do que você sonha, ou a ordem dos eventos nos quais você relembra alguém. Em sua mente – em seus sonhos, em suas lembranças – às vezes a história começa com o epílogo.

Em Iowa City, a primeira clínica especializada em HIV – com enfermagem, serviço social e orientação – abriu em junho de 1988. A clínica ficava em Boyd Tower – ela se chamava torre, mas não era. A dita Boyd Tower era um edifício novo de cinco andares anexado ao velho hospital. O edifício da Boyd Tower fazia parte dos Hospitais e Clínicas da Universidade de Iowa, e a clínica de HIV/AIDS ficava no primeiro andar. Ela era chamada de Clínica de Virologia. Na época, havia uma certa preocupação a respeito de se divulgar uma clínica de HIV/AIDS – não só por causa do sigilo médico. Havia um temor legítimo de que tanto os pacientes quanto o hospital sofressem discriminação.

HIV/AIDS estava associado a sexo e drogas; a doença era tão incomum em Iowa que muitos nativos pensavam nela como sendo um problema "urbano". Entre os moradores da área rural de Iowa, alguns pacientes eram expostos tanto à homofobia quanto à xenofobia.

Juan Diego se lembrava de quando a Boyd Tower estava sendo construída, no início dos anos 1970; havia (e ainda há) uma torre de verdade, a torre gótica no lado norte do velho Hospital Geral. Quando Juan Diego se mudou para Iowa City com o señor Eduardo e Flor, Edward Bonshaw e Flor moravam num apartamento duplex – numa casa vitoriana que parecia um bolo de noiva, ultraenfeitada com uma varanda dilapidada na frente. O quarto e o banheiro de Juan Diego e o escritório do señor Eduardo ficavam no segundo andar.

A precária varanda da frente tinha pouco uso para Edward Bonshaw ou Flor, mas Juan Diego se lembrava do quanto ele havia gostado dela. Da varanda, ele podia ver o Ginásio de Iowa (onde ficava a piscina interna) e o Kinnick Stadium. Aquela varanda da frente em ruínas em Melrose Avenue era um ótimo lugar para observar os estudantes, especialmente naqueles sábados de outono quando o time de futebol de Iowa vencia. (Señor Eduardo se referia ao Kinnick Stadium como o Coliseu Romano.)

Juan Diego não estava interessado em futebol americano. Por curiosidade, a princípio – e, mais tarde, para estar com seus amigos – Juan Diego ia de vez em quando aos jogos no Kinnick Stadium, mas o que gostava mesmo era de se sentar na varanda da frente daquela velha casa de madeira em Melrose e ficar observando os jovens passar. ("Acho que eu gosto do som da banda, ao longe – e de imaginar as chefes de torcida, de perto", Flor costumava dizer, naquele seu jeito difícil de interpretar.)

Juan Diego estaria terminando sua graduação em Iowa quando o edifício da Boyd Tower foi finalizado, no final dos anos 1970; da casa deles em Melrose Avenue, aquela família de três, bastante diferente, podia ver a torre gótica do velho Hospital Geral. (Flor mais tarde disse que havia perdido o afeto por aquela velha torre.)

Flor foi a primeira a apresentar os sintomas; quando foi diagnosticada, é claro que Edward Bonshaw seria testado. Flor e señor Eduardo apresentaram testes positivos para HIV em 1989. Aquela pneumonia insidiosa – *Pneumocystis carinii*, PCP – foi o primeiro sintoma de AIDS neles dois. Aquela tosse, a falta de ar, a febre – Flor e señor Eduardo começaram a tomar Bactrim. (Edward Bonshaw iria desenvolver uma erupção de pele por causa do Bactrim.)

Flor havia sido quase bonita, mas seu rosto ficaria desfigurado por lesões causadas pelo sarcoma de Kaposi. Uma lesão cor de violeta pendia de uma das suas sobrancelhas; outra lesão arroxeada pendia do nariz. Esta última era tão protuberante que Flor preferia escondê-la atrás de uma bandana. La Bandida, ela se autodenominava. Mas, o que foi mais duro para ela, Flor iria perder o *la* (o feminino) em si mesma.

Os estrogênios que estava tomando tiveram efeitos colaterais – em especial no fígado. Estrogênios podem causar uma espécie de hepatite; a bile fica estagnada e aumenta. A coceira que derivava desta doença deixava Flor enlouquecida. Ela teve que parar com os estrogênios; aí sua barba voltou.

Juan Diego achou injusto que Flor, que tanto se esforçara para ser feminina, não só estivesse morrendo de AIDS, mas estivesse morrendo como homem. Quando as mãos do señor Eduardo não estavam mais firmes o bastante para ele raspar a barba do rosto de Flor todo dia, Juan Diego fazia isso. No entanto, quando a beijava, Juan Diego podia sentir a barba no rosto de Flor, e ele sempre via a sombra de uma barba – mesmo no rosto recém-barbeado.

Por eles serem um casal não convencional, Edward Bonshaw e Flor quiseram um médico jovem para tratar deles – Flor escolheu uma mulher. A bela clínica geral escolhida era Rosemary Stein; ela insistiu para que eles fossem testados para HIV. Em 1989, a dra. Stein tinha apenas 33 anos. "Dra. Rosemary" – como Flor foi a primeira a chamá-la – era da idade de Juan Diego. Na Clínica de Virologia, Flor chamava os médicos infectologistas pelos nomes – os sobrenomes eram um pesadelo para um mexicano pronunciar. Juan Diego e Edward Bonshaw – o inglês *deles* era perfeito – também chamavam os médicos infectologistas de "dr. Jack" e "dr. Abraham", só para que Flor se sentisse menos só.

A sala de espera da Clínica de Virologia era muito insossa – muito anos 1960. Os carpetes eram marrons; os assentos eram para uma ou duas pessoas, com almofadas escuras, de vinil – couro sintético, com toda certeza. A mesa da recepção era de um laranja queimado com o topo mais claro, de fórmica. A parede em frente à mesa era de tijolos. Flor dizia que gostaria que a Boyd Tower fosse toda de tijolos, por dentro e por fora; ficava aborrecida ao pensar que aquela "merda de couro sintético e fórmica" iria sobreviver a ela e ao seu querido Eduardo.

Flor havia infectado o homem de Iowa, todo mundo achava, embora apenas Flor dissesse isso. Edward Bonshaw jamais a acusou; ele não diria nada para incriminá-la. "Na saúde e na doença, enquanto vivermos", señor Eduardo recitava devotamente para ela, quando Flor se acusava, confessando suas infidelidades ocasionais (aquelas viagens a Oaxaca, as festas – mesmo que só em homenagem aos velhos tempos).

– E quanto a renunciar a todos os outros... Eu fiz esta promessa, não fiz? – Flor perguntava ao seu querido Eduardo; ela fazia questão de se culpar.

Mas você não podia tirar a rebeldia de Flor. Edward Bonshaw iria permanecer fiel a ela – Flor era o amor de sua vida, ele sempre dizia – assim como ele permaneceu fiel ao seu juramento escocês, o juramento insano sobre "resistir a qualquer vento", que, idiotamente, ele não conseguia deixar de repetir no original em latim: *haud ullis labentia ventis*. (Esta era a mesma insanidade que ele tinha proclamado para o irmão Pepe, enquanto as penas de galinha anunciavam a chegada do homem de Iowa em Oaxaca.)

Na Clínica de Virologia, a sala de coleta de sangue ficava ao lado da sala de espera, que os pacientes HIV positivos compartilhavam, na maior parte do tempo, com os diabéticos. Os dois grupos de pacientes se sentavam em lados opostos da sala de espera. No final dos anos 1980 e início dos anos 1990, o número de pacientes com AIDS aumentou, e muitos dos moribundos tinham marcas visíveis da doença – não só por seus corpos esqueléticos ou pelas lesões causadas pelo sarcoma de Kaposi.

Edward Bonshaw era marcado à sua própria maneira: ele sofria de uma dermatite seborreica; de aparência escamosa e gordurosa – principalmente nas sobrancelhas e no couro cabeludo, e dos lados do nariz. Havia manchas de *Candida* na boca do señor Eduardo; a *Candida* tinha coberto sua língua de branco. A *Candida* iria eventualmente descer pela garganta do homem de Iowa, até o seu esôfago; ele tinha dificuldade para engolir, e seus lábios tinham crostas brancas e fissuras. No fim, o señor Eduardo mal podia respirar, mas ele se recusava a ficar num ventilador; ele e Flor queriam morrer juntos – em casa, não num hospital.

No final, eles alimentavam Edward Bonshaw por um cateter de Hickman; eles disseram a Juan Diego que a alimentação intravenosa era necessária para pacientes que não conseguiam se alimentar sozinhos. Com a *Candida* e a dificuldade que tinha para engolir, señor Eduardo estava morrendo de inanição. Uma enfermeira – uma mulher mais velha, cujo nome era sra. Dodge – se mudou para o que havia sido o quarto de Juan Diego no segundo andar daquele apartamento duplex em Melrose. A enfermeira estava lá, principalmente, para cuidar do cateter – a sra. Dodge era quem lavava o cateter com solução de heparina.

– Senão ele irá coagular – a sra. Dodge disse a Juan Diego, que não fazia ideia do que ela estava falando; ele não pediu a ela para explicar.

O cateter de Hickman ficava pendurado do lado direito do peito de Edward Bonshaw, onde ele havia sido inserido sob sua clavícula; corria sob a pele alguns centímetros acima do seu mamilo, e penetrava na veia subclávia abaixo da clavícula. Juan Diego não conseguia se acostumar com aquilo; ele iria escrever sobre o cateter de Hickman num de seus romances, onde diversos personagens morriam de AIDS – alguns deles das doenças oportunistas associadas à AIDS que acometeram señor Eduardo e Flor. Mas as vítimas de AIDS naquele romance não eram nem remotamente "baseadas" no homem de Iowa ou em La Loca, A Rainha – La Bandida, como Flor se autodenominava.

A seu próprio modo, Juan Diego escreveu sobre o que *aconteceu com* Flor e Edward Bonshaw, mas ele jamais escreveria *sobre eles*. O leitor do lixão era autodidata. Juan Diego havia aprendido sozinho a imaginar, também. Talvez o autodidatismo tivesse feito o leitor do lixão achar que um escritor de ficção *criava* personagens, e que você *inventava* uma história – você não escrevia simplesmente sobre as pessoas que conhecia, ou contava sua própria história, e chamava isso de romance.

Havia contradições e mistérios demais nas pessoas reais da vida de Juan Diego – pessoas reais eram incompletas demais para funcionar como personagens num romance, Juan Diego achava. E ele podia inventar uma história melhor do que aquilo que lhe acontecera; o leitor do lixão achava que a sua própria história era "incompleta demais" para um romance.

Quando ensinava escrita criativa, Juan Diego nunca disse aos alunos como eles deviam escrever; nunca teria sugerido aos seus estudantes de escrita ficcional que eles deviam escrever um romance do modo como ele escrevia os seus próprios. O leitor do lixão não era um catequista. O problema é que muitos escritores jovens estão em busca de um método; escritores jovens são vulneráveis a conhecer um método de escrever e acreditar que existe uma única forma de escrever. (Escreva o que você sabe! Apenas imagine! O importante é a língua!)

Vejam Clark French. Alguns alunos permanecem alunos a vida inteira: eles procuram e acham generalizações que sirvam como regra; como escritores, eles querem que o modo como escrevem seja estabelecido como um código universal e férreo. (Usar autobiografia como base para a ficção é um disparate! Usar sua imaginação é fingimento!) Clark afirmava que Juan Diego estava "do lado antiautobiográfico".

Juan Diego tentou não ser levado a tomar partido.

Clark insistia que Juan Diego estava "do lado da imaginação"; que Juan Diego era um "romancista, não um memorialista", Clark dizia.

Talvez sim, Juan Diego pensou, mas ele não queria estar do *lado* de ninguém. Clark French havia transformado a escrita ficcional numa competição polêmica.

Juan Diego tentou *des*polemizar a conversa; tentou falar sobre a literatura que amava, os escritores que o fizeram desejar ser escritor – não porque ele visse esses escritores como modelos de uma *forma* de escrever, mas simplesmente porque gostava do que eles haviam escrito.

Nenhuma surpresa: a biblioteca de literatura inglesa no Crianças Perdidas era limitada e em geral não tinha nada mais novo do que os modelos de forma do século XIX, inclusive os romances que padre Alfonso e padre Octavio destinaram à destruição nas fogueiras do basurero e aqueles romances fundamentais que irmão Pepe ou Edward Bonshaw salvaram para a pequena coleção de ficção da biblioteca. Foram esses romances que inspiraram Juan Diego a ser escritor.

O fato da vida não ser justa para os cães havia preparado o leitor do lixão para *A letra escarlate*. Aquelas matronas carolas fofocando sobre o que *elas* iam fazer com Hester – marcar a testa dela com um ferro em brasa, ou matá-la, em vez de simplesmente marcar suas roupas – ajudaram a preparar Juan Diego para quaisquer vestígios de puritanismo americano que ele fosse encontrar depois de se mudar para Iowa.

Moby Dick, de Melville – mais notadamente "o caixão salva-vidas" de Queequeg –, iria ensinar a Juan Diego que o presságio é o companheiro de destino da arte da narrativa.

Quanto ao destino, e como você escapa do seu, havia *O prefeito de Casterbridge*, de Hardy. Michael Henchard, bêbado, vende a esposa e a filha para um marinheiro no primeiro capítulo. Henchard jamais consegue reparar esse ato; em seu testamento, Henchard pede "que nenhum homem se lembre de mim". (Não exatamente uma história de redenção. Clark French detestava Hardy.)

E havia Dickens – Juan Diego citaria o capítulo "Tempestade" de *David Copperfield*. No final desse capítulo, o cadáver de Steerforth é jogado à praia pelo mar e Copperfield se vê diante dos restos mortais de seu antigo ídolo de infância e astuto torturador – o típico menino mais velho que você conhece na escola, o valentão predestinado. Nada mais era necessário dizer sobre o cadáver de Steerforth na praia, onde ele jaz "no meio das ruínas da casa que ele havia prejudicado". Mas Dickens, sendo Dickens, faz Copperfield dizer mais: "Eu o vi deitado com a cabeça sobre os braços, como costumava vê-lo deitar na escola."

– O que mais eu precisava saber sobre escrever romances do que o que havia aprendido com aqueles quatro? – Juan Diego perguntou aos seus alunos – inclusive Clark French.

E quando Juan Diego apresentava aqueles quatro escritores do século XIX aos seus alunos – "meus *professores*", ele dizia de Hawthorne, Melville, Hardy e Dickens –, ele nunca deixava de mencionar Shakespeare, também. Señor Eduardo tinha mostrado a Juan Diego que – muito antes de alguém escrever um romance – Shakespeare compreendeu e apreciou a importância do *enredo*.

Foi um erro mencionar Shakespeare perto de Clark French; Clark se autonomeara guarda-costas do Bardo de Avon. Vindo, como ocorria com Clark, da única escola filosófica imaginável – bem, vocês podem imaginar como Clark ficava irritado com aqueles infiéis que acreditavam que *outra pessoa* havia escrito Shakespeare.

E qualquer pensamento sobre Skakespeare levava Juan Diego de volta a Edward Bonshaw e ao que acontecera com ele e Flor.

Em 1989, e durante a maior parte de 1990, quando señor Eduardo e Flor ainda estavam suficientemente fortes – quando podiam carregar coisas e lidar com escadas, e Flor ainda dirigia – eles iam sozinhos para a clínica no primeiro andar do edifício da Boyd Tower; ficava apenas a cerca de quatrocentos metros da casa deles em Melrose. Quando tudo ficou mais difícil, Juan Diego (ou a sra. Dodge) levava Flor e Edward Bonshaw até o outro lado da Melrose Avenue; Flor ainda andava, mas señor Eduardo já estava numa cadeira de rodas.

Nos anos 1990 – antes de 96, quando o número de mortes por AIDS diminuiu (por causa dos novos medicamentos) e o número de pacientes HIV positivos na Clínica de Virologia começou a aumentar gradualmente – o número de pacientes da clínica se estabilizou em cerca de 200 por ano. Muitos dos pacientes se sentavam no colo dos seus parceiros na sala de espera; havia conversas ocasionais sobre bares gays e drag shows, e um ou outro paciente usando roupas extravagantes – extravagantes para Iowa.

Não Flor – não mais. No decorrer dos anos 1990, Flor iria perder sua aparência feminina, e, embora continuasse a se vestir de mulher, vestia-se discretamente; ela sabia que seu charme havia diminuído, mesmo que não aos olhos apaixonados do señor Eduardo. Eles ficavam de mãos dadas na sala de espera. Em Iowa City, pelo menos na lembrança de Juan Diego, o *único* lugar onde Flor e Edward Bonshaw demonstravam publicamente seu afeto um pelo outro era na sala de espera da clínica de HIV/AIDS no edifício da Boyd Tower.

Um dos pacientes de AIDS era um rapaz jovem de uma família menonita, que no início o havia deserdado; mais tarde eles o aceitariam. Ele trazia legumes de sua horta para a sala de espera; distribuía tomates para a equipe da clínica. O jovem menonita usava botas de caubói e um chapéu de caubói cor-de-rosa.

Uma das vezes em que a sra. Dodge levou Flor e Edward Bonshaw para a clínica – não quando Juan Diego foi com eles –, Flor disse alguma coisa engraçada para o jovem jardineiro de chapéu de caubói cor-de-rosa.

Flor sempre usava sua bandana em público. La Bandida disse:

– Sabe de uma coisa, caubói? Se você tivesse um par de cavalos, nós dois poderíamos assaltar um trem ou um banco.

A sra. Dodge disse que a "sala de espera inteira riu" – até a própria sra. Dodge, ela disse. E o menonita de chapéu de caubói cor-de-rosa entrou no clima.

– Eu conheço North Liberty muito bem – afirmou o caubói. – Há uma biblioteca que seria fácil de assaltar. Você conhece North Liberty? – o caubói perguntou a Flor.

– Não – Flor respondeu –, e não estou interessada em assaltar uma biblioteca. Eu não sei ler.

Isto era verdade: Flor não sabia ler. Seu vocabulário era muito preciso – ela era uma excelente ouvinte – mas seu sotaque mexicano não tinha mudado desde 1970, e ela nunca leu nada. (Edward Bonshaw ou Juan Diego liam em voz alta para ela.)

Isto havia sido um intervalo cômico na clínica de HIV/AIDS, segundo a sra. Dodge, mas o señor Eduardo ficou aborrecido com o fato de Flor estar flertando com o caubói jardineiro.

– Eu não estava flertando. Estava só fazendo uma brincadeira – Flor disse.

A sra. Dodge não achou que Flor tivesse flertado com o fazendeiro. Mais tarde, quando Juan Diego perguntou a ela sobre o episódio, a sra. Dodge disse:

– Eu acho que Flor parou de flertar.

A sra. Dodge era de Coralville. A dra. Rosemary a recomendara. A primeira vez que Edward Bonshaw disse para a enfermeira "Caso a senhora esteja imaginando a respeito da minha cicatriz...", bem, a sra. Dodge sabia tudo sobre ela.

– Todos em Coralville, quer dizer, todos de uma certa idade, conhecem a sua história – a sra. Dodge disse para o señor Eduardo. – A família Bonshaw era famosa, devido ao que o seu pai fez com aquele pobre cão.

Señor Eduardo ficou sem fala; não lhe havia ocorrido que Coralville tinha sido um lugar relativamente pequeno e informal para alguém ser criado – especialmente se o seu pai tivesse matado o seu cachorro na entrada da casa.

– É claro – a sra. Dodge continuou – que eu ainda era uma menina quando ouvi a história, e não foi a respeito do senhor *ou* da sua cicatriz – ela disse ao señor Eduardo. – A história foi sobre *Beatrice*.

– Isso está perfeitamente correto. Foi ela quem levou um tiro. A história *é* sobre Beatrice – Edward Bonshaw declarou.

– Não para mim, não para quem gosta de você, Eduardo – Flor disse a ele.

– Você estava flertando com aquele fazendeiro com o chapéu de caubói cor-de-rosa! – señor Eduardo exclamou.

– Eu não estava flertando – Flor insistiu. Mais tarde, Juan Diego iria pensar que estas acusações relativas ao flerte de Flor com o jovem caubói menonita na clínica eram o mais próximo que Edward Bonshaw chegaria a recriminá-la pelas viagens ocasionais a Oaxaca – e ao que se poderia imaginar que seria a natureza dos *flertes* de Flor por lá.

É claro, e não só porque ela era bonita, que isto foi quando Juan Diego fez amizade com Rosemary Stein. Ela era a médica do señor Eduardo e de Flor. Por que a dra. Rosemary não se tornaria médica de Juan Diego também?

Flor disse a Juan Diego que ele devia pedir a dra. Rosemary para se casar com ele, mas Juan Diego iria primeiro pedir a ela para ser sua médica. Seria embaraçoso para Juan Diego lembrar, mais tarde, que sua primeira visita ao consultório da dra. Stein como paciente foi causada por sua imaginação. Ele não estava doente; não havia nada de errado com ele. Mas a exposição de Juan Diego à visão daquelas doenças oportunistas, ligadas à AIDS, o havia convencido de que devia fazer um teste de HIV.

A dra. Stein lhe garantiu que ele não tinha feito nada para contrair o vírus. Juan Diego teve alguma dificuldade para lembrar quando havia feito sexo pela última vez – ele não tinha certeza nem a respeito do *ano* –, mas sabia que havia sido com uma mulher e que ele usara camisinha.

– E você não usa drogas intravenosas? – a dra. Rosemary perguntou.

– Não – nunca!

Entretanto, ele havia imaginado as placas brancas de *Candida* cobrindo seus dentes. (Juan Diego admitiu para Rosemary que ele havia acordado à noite e examinado a boca e a garganta com um espelho – usara também uma lanterna.) Na Clínica de Virologia, Juan Diego soube de pacientes com meningite criptocócica. O dr. Abraham disse a ele que a meningite era diagnosticada através de uma punção lombar e que se apresentava com febre, dor de cabeça e confusão mental.

Juan Diego sonhava incessantemente com essas coisas; ele acordava durante a noite com todos os sintomas.

– Deixe a sra. Dodge levar Flor e Edward para a clínica. Foi para isso que eu a indiquei a vocês. Deixe a sra. Dodge fazer isso – a dra. Rosemary disse a Juan Diego. – Você é o que tem muita imaginação, é um *escritor*, não é? – a dra. Rosemary perguntou a ele. – A sua imaginação não é uma torneira; você não pode fechá-la no final do dia, quando para de escrever. A sua imaginação simplesmente continua a funcionar, não é?

Ele devia tê-la pedido em casamento *nessa hora*, antes que alguém a pedisse. Mas quando Juan Diego finalmente *soube* que devia pedir Rosemary em casamento, ela já tinha dito "sim" para outra pessoa.

Se Flor estivesse viva, Juan Diego sabia o que ela lhe teria dito.

(Seria como Flor mencionar o nado cachorrinho de Juan Diego.)

– Merda, você é lento. Sempre me esqueço do quanto você é lento – Flor teria dito.

No final, o dr. Abraham e o dr. Jack iriam experimentar morfina sublingual versus morfina elixir – Edward Bonshaw e Flor eram cobaias voluntárias. Mas, nessa altura, Juan Diego estava deixando a sra. Dodge fazer tudo; ele atendeu à dra. Rosemary – deixou a enfermagem para a enfermeira.

Em breve, seria 1991; tanto Juan Diego quanto Rosemary tinham 35 anos quando Flor e o señor Eduardo morreram – Flor primeiro, mas Edward Bonshaw a seguiu em poucos dias.

Aquela região de Melrose Avenue continuaria mudando; aquelas extravagantes casas vitorianas com as imponentes varandas na frente já tinham desaparecido havia muito tempo. Como Flor, Juan Diego um dia tinha amado a vista da torre gótica da varanda daquela casa de madeira em Melrose, mas o que havia para amar naquela velha torre depois que você visse a Clínica de Virologia no primeiro andar do edifício da Boyd Tower – depois que visse o que acontecia debaixo daquela torre?

Muito antes da epidemia de AIDS, quando Juan Diego ainda cursava o ensino médio, ele estava começando a sentir menos entusiasmo pela sua vizinhança em Melrose Avenue, Iowa City. Para alguém que mancava, por exemplo, West High ficava longe de Melrose, quase dois quilômetros. E – logo depois do campo de golfe, perto do cruzamento com Mormon Trek Boulevard – havia um cachorro malvado. Também havia valentões na escola. Não era o tipo de valentões que Flor lhe havia dito para esperar. Juan Diego era um garoto mexicano, de cabelos pretos e pele morena; entretanto, aqueles tipos racistas não eram maioria em Iowa City – eles *estavam* representados (em pequenos números, com pouca incidência) na West High, mas não eram os piores valentões que Juan Diego teria que enfrentar lá.

Na maior parte das vezes, as agressões dirigidas a Juan Diego eram por causa de Flor e señor Eduardo – sua mãe que não era uma mulher de verdade e seu pai que era uma "bicha".

"Dois pombinhos esquisitos", um garoto na West High chamou os pais adotivos de Juan Diego. O garoto que o provocou era louro, com um rosto rosado; Juan Diego não sabia seu nome.

Na verdade, a maior parte do preconceito que Juan Diego sofria era sexual, não racial, mas ele não tinha coragem de contar isso a Flor ou a Edward Bonshaw. Quando os pombinhos viam que Juan Diego estava aborrecido, quando Flor e o señor Eduardo perguntavam o que o estava incomodando, Juan Diego não queria que eles soubessem que o problema era *eles*. Era mais fácil dizer que ele tivera que lidar com algum preconceito por ser mexicano – uma daquelas insinuações do sul da fronteira, ou um dos xingamentos do tipo sobre o qual Flor o havia alertado.

Quanto ao longo trajeto de ida e volta da West High – ao longo da Melrose – Juan Diego não se queixava. Teria sido pior se Flor o levasse de carro; se ela o levasse e buscasse, ele sofreria mais agressões verbais de natureza sexual. Além disso, Juan Diego já era um daqueles alunos exemplares no tempo de ensino médio; era um daqueles estudantes de olhos baixos que só fazia estudar – um rapaz silencioso que aturava estoicamente o ensino médio, mas que tinha toda a intenção de desabrochar na universidade, o que realmente aconteceu. (Quando a única tarefa de um leitor do lixão é ir à escola, ele pode ser razoavelmente feliz – e bem-sucedido.)

E Juan Diego não sabia dirigir – ele jamais iria dirigir. Seu pé direito ficava num ângulo difícil para pisar no acelerador ou no freio. Juan Diego ia tirar carteira de motorista, mas na primeira vez que tentou dirigir, com Flor no assento ao lado dele – ela era a única pessoa que tinha carteira na família; Edward Bonshaw se recusava a dirigir – Juan Diego conseguiu pisar no acelerador e no freio ao mesmo tempo. (Era natural fazer isso, se o seu pé direito apontava para fora.)

– Pronto, acabou – Flor disse a ele. – Agora existem dois não motoristas na nossa família.

E, é claro, houve um garoto, ou dois, na West High que achou intolerável o fato de Juan Diego não ter carteira de motorista; o fato de não dirigir era mais isolador do que o fato de mancar ou de ter aparência mexicana. Não saber dirigir marcou Juan Diego como sendo um cara esquisito – *esquisito* do mesmo jeito como alguns dos garotos da West High rotularam os pais adotivos de Juan Diego.

– A sua mãe, ou como quer que ela se rotule, faz a barba? Quer dizer o rosto, a porra do bigode – o garoto louro, de rosto rosado, perguntou a Juan Diego.

Flor tinha um leve buço – não que fosse o traço mais masculino de Flor; mas era aparente. Na escola, a maioria dos adolescentes não quer chamar atenção; e não quer que seus pais chamem atenção, tampouco. Mas, verdade seja dita, Juan Diego nunca teve vergonha do señor Eduardo e de Flor.

– É o melhor que os hormônios podem fazer. Você deve ter notado que os seios dela são bem pequenos. São os hormônios, também – há um limite para o que os estrogênios conseguem fazer. É isso que eu sei – Juan Diego disse ao garoto louro.

O garoto de rosto rosado não estava contando com a resposta franca de Juan Diego. Parecia que Juan Diego tinha levado a melhor, mas os valentões não gostaram de perder.

O garoto de rosto rosado não se deu por satisfeito.

– O que eu sei é o seguinte – ele disse. – Seus assim chamados pai e mãe são *homens*. Um deles, o grande, se veste de mulher, mas ambos têm pintos; é isso que eu sei.

– Eles me adotaram e eles me amam – Juan Diego disse ao garoto, porque o señor Eduardo lhe dissera que ele sempre devia falar a verdade. – E eu também os amo. É isso que eu sei – Juan Diego acrescentou.

Você nunca leva a melhor nesses episódios de violência na escola, mas sobrevive a eles, e pode vencer no fim – foi isso que Flor disse a Juan Diego, que iria se arrepender de não ter sido inteiramente honesto com Flor ou com o señor Eduardo sobre *como* ele tinha sido agredido, nem *por quê*.

– Ela faz a barba, mas não raspa direito a porra do bigode. Seja ela quem for ou *o que* for – o babaca do garoto louro de rosto rosado disse para Juan Diego.

– Ela *não faz* a barba – Juan Diego retrucou. Ele passou o dedo pelo contorno do seu lábio superior, do jeito com que tinha visto Lupe fazer quando implicava com Rivera. – Aquele vestígio de buço está sempre ali. É o melhor que os estrogênios conseguem fazer – como eu disse para você.

Anos mais tarde – quando Flor ficou doente e teve que parar de tomar os estrogênios, e sua barba voltou – quando Juan Diego estava barbeando o rosto de Flor para ela, ele pensou naquele louro valentão com o rosto rosado. Talvez eu o veja de novo, um dia, Juan Diego pensou.

– Veja *quem* de novo? – Flor lhe perguntou. Flor não era nenhuma telepata; Juan Diego percebeu que devia ter falado em voz alta.

– Ah, ninguém que você conheça. Eu nem sei o nome dele. Só um garoto de quem me lembrei, da escola – Juan Diego respondeu.

– Não há ninguém que eu queira tornar a ver, e muito menos da escola – Flor disse a ele. (Definitivamente ninguém de *Houston*, também, Juan Diego lembrou ter pensado enquanto fazia a barba de Flor, tomando cuidado para não dizer *isso* em voz alta.)

Quando Flor e o señor Eduardo morreram, Juan Diego estava lecionando na Oficina de Escritores de Iowa – no programa MFA, onde um dia ele fora um aluno. Depois que deixou seu quarto no segundo andar do apartamento duplex em Melrose Avenue, Juan Diego não voltou a morar daquele lado do rio Iowa.

Ele havia morado em diversos apartamentos sem graça perto do campus principal e no Old Capitol – sempre perto do centro de Iowa City porque não dirigia. Gostava de caminhar – melhor dizendo, de *mancar*. Seus amigos – seus colegas e alunos – todos reconheciam aquele jeito de mancar; eles não tinham dificuldade em identificar Juan Diego de longe, ou de dentro de um carro em movimento.

Como muitas pessoas que não dirigem, Juan Diego não sabia a localização exata dos lugares para onde o levaram de carro; se não tivesse ido *mancando* até lá, se tivesse sido apenas um passageiro no carro de alguém, Juan Diego nunca sabia dizer onde ficava o lugar – ou como chegar lá.

Este era o caso em relação à sepultura da família Bonshaw, onde Flor e señor Eduardo seriam enterrados – juntos, como haviam pedido, *e com* as cinzas de Beatrice, que a mãe de Edward Bonshaw guardara para ele. (Señor Eduardo guardara as cinzas do seu querido cão num cofre de um banco em Iowa City.)

A sra. Dodge, com suas conexões em Coralville, sabia exatamente onde ficava a sepultura dos Bonshaw – o cemitério não era em Coralville, mas "em outro lugar nos arredores de Iowa City". (Era assim que Edward Bonshaw o havia descrito – señor Eduardo também não sabia dirigir.)

Se não fosse pela sra. Dodge, Juan Diego não teria descoberto onde seus amados pais adotivos queriam ser enterrados. E depois que a sra. Dodge morreu, era sempre a dra. Rosemary quem levava Juan Diego de carro até o misterioso cemitério. Como tinham desejado: Edward Bonshaw e Flor dividiram uma mesma sepultura, onde havia a inscrição da última fala em *Romeu e Julieta* de Shakespeare, que o señor Eduardo adorava. Tragédias com pessoas jovens eram as tragédias que mais haviam afetado o homem de Iowa. (Flor confessaria ter sido menos afetada. Entretanto, Flor cedeu ao desejo do seu querido Eduardo quanto ao nome e à inscrição na sepultura.)

FLOR & EDWARD
BONSHAW

"UMA PRESENÇA MELANCÓLICA
NOS TRAZ ESTA MANHÃ."
ATO 5, CENA 3

Esta era a inscrição na sepultura. Juan Diego iria questionar o pedido do señor Eduardo.

– Você não quer, pelo menos, dizer "Shakespeare", quando não *qual* Shakespeare? – o leitor do lixão tinha perguntado ao homem de Iowa.

– Não acho necessário. Aqueles que conhecem Shakespeare irão saber; aqueles que não conhecem, bem, eles não irão saber – Edward Bonshaw refletiu, enquanto o cateter de Hickman subia e descia em seu peito nu. – E ninguém precisa saber que as cinzas de Beatrice estão enterradas conosco, precisa?

Bem, Juan Diego saberia, não é? Assim como a dra. Rosemary, que também sabia de onde vinha a desconfiança do seu amigo escritor – no que se referia à dedicação necessária em relacionamentos permanentes. Nos livros de Juan Diego, Rosemary também sabia, *de onde* as coisas vinham importava muito.

É verdade que a dra. Rosemary Stein não conhecia realmente o menino de Guerrero – não a parte do garoto do lixão, não a tenacidade que o leitor do lixão possuía dentro dele. Mas a dra. Rosemary tinha visto Juan Diego ser tenaz; da primeira vez, aquilo a surpreendeu – ele era um homem tão pequeno, de estrutura tão frágil, e tinha aquele defeito no pé.

Eles estavam jantando naquele restaurante aonde costumavam ir o tempo todo; ficava perto da esquina de Clinton com Burlington. Só Rosemary e o marido, Pete – que também era médico – e Juan Diego estava acompanhado de um dos seus colegas escritores. Seria Roy? Rosemary não conseguia lembrar. Talvez fosse Ralph, não Roy. Um dos escritores visitantes que bebia um bocado; ou ele não falava nada ou não calava a boca. Um daqueles escritores residentes de passagem; Rosemary achava que eles eram os que se comportavam pior.

Isso foi em 2000 – não, foi em 2001, porque Rosemary tinha acabado de dizer, "Eu não acredito que já se passaram dez anos, mas eles estão mortos há dez anos. Meu Deus – já faz todo esse tempo que eles morreram." (A dra. Rosemary estava falando sobre Flor e Edward Bonshaw). Rosemary estava um pouco bêbada, Juan Diego pensou, mas tudo bem – a dra. Rosemary não estava de sobreaviso, e era sempre Pete quem dirigia quando eles iam a algum lugar juntos.

Foi então que Juan Diego ouviu um homem dizer alguma coisa em outra mesa; não foi o que o homem disse que chamou a atenção dele – foi o modo como disse. "É isso que eu sei", o homem disse. Havia algo de memorável na entonação. A voz do homem era ao mesmo tempo familiar e agressiva – ele também soava um pouco defensivo. Soava como um cara que faz questão de ter a última palavra.

Ele era um homem louro, de rosto vermelho, que estava jantando com a família; parecia que eles estavam discutindo com a filha, uma garota de uns dezesseis ou dezessete anos, Juan Diego calculou. Havia um filho, também – só um pouco mais velho do que a filha. O filho parecia ter dezoito anos no máximo; o menino ainda estava no ensino médio – Juan Diego seria capaz de apostar.

– É um dos O'Donnells – Pete disse. – Eles são um pouco barulhentos.

– É Hugh O'Donnell – Rosemary disse. – Ele está no conselho de zoneamento. Está sempre querendo saber quando nós vamos construir outro hospital, para poder votar contra.

Mas Juan Diego observava a filha do casal. Ele conhecia e compreendia a expressão acossada no rosto da jovem. Ela tentava defender o suéter que estava usando.

Juan Diego a ouvira dizer para o pai: "Não é 'coisa de piranha'. É o que as garotas usam atualmente!"

Era isso que havia provocado o desdenhoso "Isso é o que eu sei" do pai de rosto vermelho. O homem louro não tinha mudado muito desde a escola, quando costumava dizer aquelas coisas ofensivas para Juan Diego. Quando foi isso – 28, 29, quase trinta anos atrás?

– Hugh, *por favor...* – a sra. O'Donnell disse.

– Não parece "coisa de piranha", parece? – a garota perguntou ao irmão. Ela se virou na cadeira, tentando fazer com que o rapaz de sorriso afetado pudesse dar uma olhada melhor no seu suéter. Mas o rapaz fez Juan Diego se lembrar de como Hugh O'Donnell *costumava ser* – mais magro, cabelo louro claro com o rosto mais rosado. (O rosto de Hugh agora era muito mais vermelho.) O sorriso afetado do rapaz era igual ao do pai; a garota desistiu de mostrar o suéter para ele e tornou a se virar. Qualquer um podia ver que o rapaz de sorriso afetado não tinha coragem de tomar o partido da irmã. O olhar que ele lançou para ela foi um olhar que Juan Diego já tinha visto antes – um olhar de antipatia, como se o irmão achasse que a irmã iria parecer uma piranha com *qualquer* suéter. Pelo olhar superior do rapaz, a irmã parecia uma piranha – não importava o que a pobre garota usasse.

– Por favor, vocês *dois* – a esposa e mãe começou a dizer, mas Juan Diego se levantou da mesa. Naturalmente, Hugh O'Donnell reconheceu o andar claudicante, embora não o tivesse visto – ou a Juan Diego – por quase trinta anos.

– Olá – eu sou Juan Diego Guerrero. Sou escritor e fui colega de escola do seu pai – ele disse para as crianças O'Donnell.

– Olá... – a filha disse, mas o filho ficou calado, e quando a garota olhou para o pai, ela parou de falar.

A sra. O'Donnell falou alguma coisa, mas não terminou o que ia dizer; ela apenas parou.

– Ah, eu sei quem você é. Eu li... – e só foi até aí. Devia haver mais do que um pouco daquela tenacidade de leitor de lixão na expressão de Juan Diego, o suficiente para alertar a sra. O'Donnell do fato de que ele não estava interessado em falar sobre seus livros – ou com ela. Não naquele momento.

– Eu tinha a idade de vocês – Juan Diego disse para o filho de Hugh O'Donnell. – Talvez o seu pai e eu estivéssemos entre as idades de vocês dois – ele falou para a filha. – Ele não era nada simpático comigo, também – Juan Diego acrescentou para a garota, que parecia estar cada vez mais acanhada, e não necessariamente por causa do seu tão caluniado suéter.

– Ei, olha aqui... – Hugh O'Donnell começou a dizer, mas Juan Diego apenas apontou para Hugh, sem se dignar a olhar para ele.

– Eu não estou falando com você. Já ouvi o que tem a dizer – Juan Diego disse a ele, olhando só para os filhos dele. – Eu fui adotado por dois homens gays – Juan Diego continuou; afinal de contas, ele sabia contar uma história. – Eles eram parceiros, não podiam se casar, nem aqui nem no México, de onde eu vim. Mas eles se amavam e me amavam. Eram os meus tutores, os meus pais adotivos. E eu os amava, é claro, do modo como as crianças devem amar seus pais. Vocês sabem como é isso, não sabem? – Juan Diego perguntou aos filhos de Hugh O'Donnell, mas os garotos não conseguiram responder, e só a menina balançou a cabeça; só um pouco. O garoto estava absolutamente paralisado.

"Bem", Juan Diego continuou, "o pai de vocês era um valentão. Ele dizia que minha mãe fazia a barba. Achava que ela não raspava direito o bigode, mas ela *não* se barbeava. Ela era um *homem*, é claro, ela se vestia de mulher e tomava hormônios. Os hormônios a ajudavam a se parecer um pouco mais com uma mulher. Seus seios eram pequenos, mas tinha seios, e sua barba tinha parado de crescer, embora ela tivesse um leve buço sobre o lábio superior. Eu disse ao seu pai que aquilo era o melhor que os hormônios podiam fazer; disse que era tudo o que os estrogênios podiam realizar, mas seu pai continuou a me torturar."

Hugh O'Donnell se levantou da mesa, mas não disse nada – ficou ali parado, apenas.

– Sabem o que seu pai falou para mim? – Juan Diego perguntou aos garotos O'Donnell. – Ele disse: "Seus assim chamados pai e mãe são *homens*, ambos têm pintos." Foi isso o que ele disse; acho que ele é simplesmente o tipo de cara que "sabe tudo", não é, Hugh? – Era a primeira vez que Juan Diego olhava para ele. – Não foi isso que você disse para mim?

Hugh O'Donnell continuou ali parado, sem dizer nada. Juan Diego tornou a dirigir sua atenção para as crianças.

– Eles morreram de AIDS, dez anos atrás, morreram aqui, em Iowa City – Juan Diego disse aos jovens. – O que queria ser uma mulher, eu tinha que fazer a barba dela quando estava morrendo, porque ela não podia tomar os estrogênios e sua barba voltou a crescer, e eu sabia que ela estava triste por estar parecendo um homem. Ela morreu primeiro. O meu "assim chamado pai" morreu poucos dias depois.

Juan Diego fez uma pausa. Ele soube, sem olhar para ela, que a sra. O'Donnell estava chorando; a filha também estava chorando. Juan Diego sempre soubera que as mulheres eram as verdadeiras *leitoras* – eram as mulheres que tinham a capacidade de ser afetadas por uma história.

Olhando para o pai implacável, de rosto vermelho, e para seu filho paralisado, de rosto rosado, Juan Diego iria pensar no que afetava a maioria dos homens. Qual era a porra que *sempre* afetava a maioria dos homens?, Juan Diego pensou.

– E é *isto* que eu sei – Juan Diego disse aos garotos O'Donnell. Desta vez, ambos balançaram a cabeça, ainda que de leve. Quando Juan Diego se virou e claudicou de volta para sua mesa, onde pôde ver que Rosemary e Pete – e até mesmo aquele escritor bêbado – tinham ouvido atentamente cada palavra, Juan Diego percebeu que seu andar estava mais claudicante do que habitualmente, como se ele estivesse conscientemente (ou inconscientemente) tentando chamar mais atenção para ele. Era quase como se o señor Eduardo e Flor o estivessem observando – de alguma forma, de algum lugar – e estivessem ouvindo atentamente cada palavra dele.

No carro, com Pete ao volante, e o escritor bêbado no assento ao lado dele – porque Roy ou Ralph era um cara grande, e um bêbado desajeitado, e eles todos concordaram que precisava de espaço para as pernas –, Juan Diego se sentou no banco de trás com a dra. Rosemary. Juan Diego estava preparado para ir mancando até em casa – ele morava perto o bastante da esquina de Clinton com Burlington para ter ido a pé –, mas Roy ou Ralph precisava de uma carona, e Rosemary insistiu que ela e Pete podiam levar Juan Diego aonde ele estava indo.

– Bem, aquela foi uma história muito boa; o que eu consegui entender dela – o escritor bêbado disse do banco da frente.

– Foi, sim. Muito *interessante* – foi tudo o que Pete disse.

– Fiquei um pouco confuso com a parte da AIDS. Havia dois caras. Entendi esta parte. Um deles era um travesti. Pensando agora, a parte da barba é que foi confusa. Acho que entendi a parte da AIDS – Roy ou Ralph continuou.

– Eles estão mortos; isso foi há dez anos. É tudo o que importa – Juan Diego disse do banco de trás.

– Não, não é tudo – Rosemary retrucou. (Ele estava certo, Juan Diego se lembraria de ter pensado: Rosemary estava um pouco bêbada – talvez mais do que um pouco, ele pensou.) No banco de trás, a dra. Rosemary de repente segurou o rosto de Juan Diego com as mãos. – Se eu tivesse ouvido você dizer o que disse para aquele babaca do Hugh O'Donnell, quer dizer, *antes* de eu ter concordado em me casar com Pete, eu teria pedido você em casamento, Juan Diego – Rosemary disse.

Pete continuou dirigindo pela rua Dubuque; ninguém falou nada. Roy ou Ralph morava em algum lugar a leste da rua Dubuque, talvez em Bloomington ou em Davenport; ele não conseguia lembrar. Para ser gentil: Roy ou Ralph estava confuso; ele estava tentando localizar a dra. Rosemary no banco de trás – ele mexia no espelho retrovisor. Finalmente, ele a achou.

– Uau! Eu não esperava *isso* – Roy ou Ralph disse a ela. – Quer dizer, você pedindo Juan Diego em casamento!

– Eu esperava... Esperava isso – Pete disse.

Mas Juan Diego, que estava calado no banco de trás, ficou tão surpreso quanto Roy ou Ralph – ou quem quer que fosse aquele escritor itinerante. (Juan Diego também foi apanhado de surpresa.)

– Chegamos, acho que chegamos. Eu gostaria de saber qual é a porra do lugar onde eu *moro* – Roy ou Ralph disse.

– Eu não quero dizer que teria me casado com você – Rosemary tentou dizer, consertando o que havia dito – ou por causa de Pete ou de Juan Diego; talvez pelos dois. – Eu só quis dizer que *podia* ter pedido você em casamento – ela disse. Isto pareceu mais razoável.

Sem olhar para ela, Juan Diego soube que Rosemary estava chorando – assim como soubera que a esposa e a filha de Hugh O'Donnell estavam chorando.

Mas tanta coisa acontecera. Tudo o que Juan Diego pôde dizer do banco de trás foi:

– As mulheres são as leitoras. – O que ele também sabia, mesmo então, teria sido indizível – ou seja, que às vezes a história começa com o epílogo. Mas, realmente, como ele poderia ter dito uma coisa como *aquela*? Ele precisaria de um contexto.

Às vezes Juan Diego tinha a sensação de estar ainda sentado com Rosemary Stein na semiescuridão do banco de trás do carro – os dois calados, sem olhar um para o outro. E não era isso o que aquela frase de Shakespeare significava, e por isso Edward Bonshaw se apegara tanto a ela? "Uma presença melancólica nos traz esta manhã" – bem, sim, e por que esta presença jamais partiria? Quem pode pensar com alegria no que *mais* aconteceu com Julieta e seu Romeu, e *não* ficar preso ao que aconteceu com eles no final de sua história?

26. *Espalhando as cinzas*

Os deslocamentos de viagem foram um tema familiar nos primeiros romances de Juan Diego. Agora os demônios do deslocamento voltavam a perturbá-lo; Juan Diego estava tendo problemas para lembrar quantos dias e noites Dorothy e ele tinham ficado em El Nido.

Ele se lembrava do sexo com Dorothy – não só dos seus gritos durante o orgasmo, que soavam como se fossem em Nahuatl, mas como ela chamava seu pênis repetidamente de "este cara", como se o pênis de Juan Diego fosse uma presença muda, mas inoportuna, numa festa barulhenta. Dorothy era definitivamente barulhenta, um verdadeiro terremoto no mundo dos orgasmos. Seus vizinhos de quarto no resort ligaram para o quarto deles para perguntar se estavam todos bem. (Mas ninguém usou a palavra *bundão*, ou a denominação mais comum, *babaca*.)

Como Dorothy dissera a Juan Diego, a comida no El Nido era boa: bolinhos de arroz com molho de camarão; rolinhos primavera com porco ou cogumelos ou pato; presunto serrano com picles de manga; sardinhas apimentadas. Havia também um condimento feito com peixe fermentado, em que Juan Diego aprendera a ficar de olho; ele achava que o condimento lhe causava indigestão, ou azia. E havia pudim de leite de sobremesa – Juan Diego gostava de sobremesas cremosas –, mas Dorothy lhe disse que evitasse tudo o que levasse leite. Ela disse que não confiava no leite nas "ilhas externas".

Juan Diego não sabia se apenas uma ilha *pequena* constituía uma ilha *externa* ou se todas as ilhas do arquipélago Palawan eram (na avaliação de Dorothy) do tipo *externo*. Quando perguntou a ela, Dorothy simplesmente encolheu os ombros. Sua encolhida de ombros era estupenda.

Era estranho como estar com Dorothy o fizera esquecer Miriam, mas ele havia esquecido que estar com Miriam (até o simples fato de *querer* estar com Miriam) o fizera esquecer que estivera com Dorothy. Muito estranho: como ele podia, simultaneamente, ficar obcecado com essas mulheres e se esquecer delas.

O café no resort El Nido era forte demais, ou talvez parecesse forte porque Juan Diego o tomava puro.

– Tome chá verde – Dorothy disse a ele.

Mas o chá verde era muito amargo; ele experimentou pôr um pouco de mel. E viu que o mel era da Austrália.

– A Austrália fica aqui perto, não fica? – Juan Diego perguntou a Dorothy. – Estou certo de que o mel é confiável.

– Eles o diluem com alguma coisa; é aguado demais – Dorothy disse. – E de onde vem a água? – ela perguntou a ele. (Era o tema das ilhas externas, de novo.) – É água engarrafada ou eles a fervem? Eu digo foda-se o mel – Dorothy acrescentou.

– Está bem – Juan Diego disse. Dorothy parecia saber um bocado. Juan Diego estava começando a perceber que, cada vez mais, quando ele estava com Dorothy ou a mãe dela, ele concordava.

Ele estava deixando que Dorothy lhe desse seus comprimidos; ela simplesmente assumira seus remédios. Dorothy não só decidia quando ele devia tomar Viagra – sempre um comprimido inteiro, não a metade –, mas dizia a ele quando tomar os betabloqueadores, e quando *não* tomar.

Na maré baixa, era Dorothy quem insistia que eles se sentassem de frente para a lagoa; a maré baixa era quando as garças vinham procurar os alagadiços.

– O que as garças estão procurando? – Juan Diego perguntou a ela.

– Não importa. São aves fantásticas, não são? – foi tudo o que Dorothy respondeu.

Na maré alta, Dorothy segurava o braço dele quando eles se aventuravam a ir até a praia na enseada em forma de ferradura. Os lagartos monitores gostavam de deitar na areia; alguns deles eram tão compridos quanto o braço de um homem adulto.

– Não chegue muito perto deles; podem morder e cheiram como carniça – Dorothy lhe avisou. – Eles parecem pênis, não parecem? Pênis de aparência hostil – Dorothy comentou.

Juan Diego não fazia ideia de como eram pênis de aparência hostil; como *algum* pênis podia se parecer com um lagarto monitor estava além da compreensão dele. Juan Diego já tinha problema suficiente para tentar compreender seu próprio pênis. Quando Dorothy o levou para mergulhar de máscara nas águas profundas fora da lagoa, seu pênis ardeu um pouco.

– É só a água salgada, e o fato de você estar fazendo muito sexo – Dorothy disse a ele. Ela parecia saber mais sobre seu pênis do que ele. E a ardência parou logo. (Era mais um *formigamento* do que uma ardência, na verdade.) Juan Diego não estava sendo atacado por aquelas coisas que picavam – os plânctones que pareciam camisinhas para meninos de três anos. Não havia nenhum dedo indicador nadando – aquelas coisas cor-de-rosa que picavam, nadando na vertical, como cavalos-marinhos, as águas-vivas de que ele só ouvira falar por Dorothy e Clark.

Quanto a Clark, Juan Diego começou a receber mensagens de texto curiosas do seu antigo aluno antes que ele e Dorothy tivessem deixado El Nido e Lagen Island.

"D. AINDA está com você, não está?", a primeira mensagem de texto de Clark perguntava.

– O que eu devo dizer a ele? – Juan Diego perguntou a Dorothy.

– Ah, Leslie também está mandando mensagens para Clark, não está? – Dorothy quis saber. – Eu não estou respondendo a ela. Você pensaria que Leslie e eu estávamos firmes ou algo assim.

Mas Clark French continuou a mandar mensagens para seu antigo professor. "Até onde a pobre Leslie sabe, D. simplesmente DESAPARECEU. Leslie estava esperando que D. se encontrasse com ela em Manila. Mas a pobre Leslie está desconfiada – ela sabe que você conhece D. O que digo a ela?"

– Diga a Clark que estamos indo para Laoag. Leslie irá saber onde fica. Todo mundo sabe onde fica Laoag. Não seja mais específico – Dorothy disse a Juan Diego.

Mas quando Juan Diego fez exatamente isso – quando mandou uma mensagem para Clark dizendo que estava "indo para Laoag com D." – ele recebeu uma resposta quase imediata do seu antigo aluno.

"D. está transando com você, não está? Você entende: não sou eu quem quer saber!", Clark escreveu para ele. "A pobre Leslie está perguntando para MIM. O que eu digo a ela?"

Dorothy viu sua consternação ao olhar para o celular.

– Leslie é uma pessoa muito possessiva – Dorothy disse para Juan Diego, sem precisar perguntar se o texto era de Clark French. – Nós temos que fazer Leslie saber que não é *dona* de nós. Isto tudo é porque o seu antigo aluno é nervoso demais para transar com ela, e Leslie sabe que seus peitos não vão ficar empinados para sempre, ou algo assim.

– Você quer que eu dê o fora na sua namorada mandona? – Juan Diego perguntou a Dorothy.

– Acho que você nunca teve que dar o fora numa namorada mandona – Dorothy disse; sem esperar Juan Diego admitir que ele não tinha *tido* uma namorada mandona – ou muitos tipos de namorada – Dorothy falou para ele como devia lidar com a situação.

"Temos que mostrar a Leslie que ela não nos afeta emocionalmente", Dorothy começou. "É isto que você tem que dizer a Clark; ele vai contar tudo para Leslie. Um: Por que D. e eu não deveríamos transar? Dois: Leslie e D. transaram, não foi? Três: Como vão indo aqueles meninos – especialmente o pobre pênis daquele menino? Quatro: Quer que a gente diga 'Olá' para o búfalo em nome da família toda?"

– É isso que devo dizer? – Juan Diego perguntou a Dorothy. Ela realmente sabia um bocado, ele pensou.

– Mande logo a mensagem – Dorothy disse a ele. – Leslie precisa levar um fora. Ela está implorando por isto. *Agora* você pode dizer que tem uma namorada mandona. Divertido, não? – Dorothy perguntou a ele.

Ele enviou a mensagem, seguindo as instruções de Dorothy. Juan Diego estava ciente de que estava dando o fora em Clark também. Ele estava se divertindo, é verdade; de fato, não se lembrava de quando havia se divertido tanto – apesar da sensação passageira de ardência no pênis.

– Como vai indo *este cara*? – Dorothy perguntou então, tocando em seu pênis. – Ainda está ardendo? Ainda está *formigando* um pouquinho, talvez? Quer fazer o cara formigar mais um pouco? – Dorothy indagou.

Ele mal conseguiu sacudir a cabeça. Estava cansado. Juan Diego continuava olhando para o celular, depois de ter enviado aquela mensagem incomum para Clark.

– Não se preocupe – Dorothy cochichou para ele; ela continuou tocando em seu pênis. – Você parece um pouco cansado, mas *este cara* não. *Ele* não se cansa.

Dorothy o viu olhando para o celular; ela tirou o telefone da mão dele.

– Não se preocupe, querido – ela disse a ele, de um jeito mais autoritário do que antes, a palavra *querido* soando estranhamente do mesmo jeito com que havia soado quando Miriam a pronunciara. – Não se preocupe, Leslie não vai nos incomodar mais. Confie em mim: ela vai receber a mensagem. O seu amigo Clark French faz tudo o que ela quer; exceto transar com ela.

Juan Diego queria perguntar a Dorothy sobre a viagem deles a Laoag e Vigan, mas não conseguiu articular as palavras. Ele não poderia de forma alguma ter expressado para Dorothy suas dúvidas sobre ir a Laoag e Vigan, tudo porque Dorothy havia decidido – *porque* Juan Diego era um americano, e um americano da geração do Vietnã – que ele devia ao menos *ver* para onde aqueles jovens americanos, aqueles assustados rapazes de 19 anos que tinham tanto medo de serem *torturados*, iam para se afastar da guerra (quando, ou se, conseguiam se afastar dela).

Juan Diego também teve a intenção de perguntar a Dorothy de onde vinha a certeza doutrinária de suas opiniões – vocês sabem como Juan Diego estava sempre pensando de onde tudo *vinha* –, mas ele não conseguira arranjar forças para questionar a jovem mulher autoritária.

Dorothy desaprovava os turistas japoneses em El Nido; ela não gostava do modo como o resort atendia aos japoneses – ela salientava o fato de haver comida japonesa no cardápio.

– Mas nós estamos muito perto do Japão – Juan Diego lembrou a ela. – E outras pessoas gostam de comida japonesa...

– Depois do que o Japão *fez* com as Filipinas? – Dorothy perguntou a ele.

– Bem, a guerra... – Juan Diego começou a dizer.

– Espere até ver o Cemitério e Memorial Americano de Manila, se resolver mesmo ir vê-lo – Dorothy disse, secamente. – Os japoneses jamais deveriam vir para as Filipinas.

E Dorothy lembrou que os australianos eram mais numerosos do que todas as outras pessoas brancas no salão de jantar do El Nido.

– Aonde quer que eles vão, é em grupo. São uma gangue – ela disse.

– Você não gosta de australianos? – Juan Diego perguntou. – Eles são tão simpáticos. Apenas naturalmente gregários. – Isto foi recebido com o encolher de ombros de Dorothy, igual ao de Lupe.

Era como se Dorothy estivesse dizendo: se você não *entende*, eu não vou conseguir *explicar*.

Havia duas famílias russas em El Nido, e alguns alemães também.

– Há alemães *em toda parte* – foi tudo o que Dorothy disse.

– Eles são grandes viajantes, não são? – Juan Diego perguntou a ela.

– Eles são grandes *conquistadores* – Dorothy respondeu, revirando os olhos escuros.

– Mas você gosta da comida daqui, do El Nido. Você disse que a comida é boa – Juan Diego lembrou a ela.

– Arroz é arroz – foi tudo o que Dorothy disse, como se ela nunca tivesse dito que a comida era boa. No entanto, quando Dorothy se concentrava *neste cara*, seu foco era impressionante.

Na última noite deles em El Nido, Juan Diego acordou com o luar refletindo na lagoa; a atenção intensa deles, mais cedo, a "este cara" deve ter feito com que esquecessem de fechar as cortinas. O modo como a luz prateada caía na cama e iluminava o rosto de Dorothy era um tanto misterioso. Adormecida, havia algo de estátua, sem vida, nela – como se Dorothy fosse um manequim que, só de vez em quando, ganhasse vida.

Juan Diego debruçou-se sobre ela ao luar, aproximando o ouvido dos seus lábios. Ele não conseguiu sentir a respiração saindo de sua boca e nariz, e os seios – cobertos apenas pelo lençol fino – não pareciam subir e descer.

Por um momento, Juan Diego imaginou ouvir a irmã Gloria dizendo, como ela dissera uma vez: "Eu não quero ouvir nem mais uma palavra sobre Nossa Senhora de Guadalupe *deitada*." Por um momento, foi como se Juan Diego estivesse deitado ao lado da estátua de Nossa Senhora de Guadalupe que parecia uma boneca sexual – o presente que o gringo bom tinha dado a ele, daquela loja da virgem em Oaxaca – e Juan Diego tinha finalmente conseguido serrar fora o pedestal dos pés aprisionados do manequim.

– Você está esperando que eu diga alguma coisa? – Dorothy sussurrou no ouvido dele, assustando-o. – Ou talvez você estivesse pensando em deitar por cima de mim e me acordar assim – a moça disse com indiferença.

– Quem é você? – Juan Diego perguntou a ela. Mas ele pôde ver na luz prateada que Dorothy voltara a dormir, ou que fingia dormir – ou então ele havia apenas imaginado que ela falara com ele, *e* o que ele havia perguntado a ela.

O sol estava se pondo; ele se demorou tempo suficiente para lançar um brilho cor de cobre sobre o Mar do Sul da China. O aviãozinho deles estava voando de Palawan para Manila. Juan Diego recordava o olhar de adeus que Dorothy lançou para aquele búfalo de ar cansado no aeroporto, quando eles estavam indo embora.

– Aquele é um búfalo que toma betabloqueadores – Juan Diego observara. – Pobrezinho.

– Sim, bom. Você devia vê-lo com uma lagartixa enfiada no nariz – Dorothy disse, mais uma vez olhando de cara feia para o búfalo.

O sol desaparecera. O céu estava da cor de um hematoma. Pelas luzes afastadas umas das outras que piscavam na costa, Juan Diego sabia que eles estavam sobrevoando terra – o mar agora estava atrás deles. Juan Diego olhava pela janelinha do avião quando sentiu a cabeça pesada de Dorothy fazer contato com seu ombro e o lado do seu pescoço; a cabeça dela parecia sólida como uma bala de canhão.

– O que você vai ver, em cerca de quinze minutos, são as luzes da cidade – Dorothy disse a ele. – O que vem primeiro é uma escuridão total.

– Uma escuridão total? – Juan Diego perguntou a ela; sua voz soou alarmada.

– Exceto por algum navio – ela respondeu. – A escuridão é a Baía de Manila – Dorothy explicou. – Primeiro a baía, depois as luzes.

Era a voz de Dorothy ou o peso da cabeça dela que o estava fazendo adormecer? Ou Juan Diego sentiu a escuridão total acenando para ele?

A cabeça que descansava sobre ele era de Lupe, não de Dorothy; ele estava num ônibus, não num avião; a estrada montanhosa que serpenteava na escuridão ficava em Sierra Madre – o circo estava voltando da Cidade do México para Oaxaca. Lupe dormia pesadamente contra ele como um cão sem sonhos; seus dedos pequenos tinham soltado os dois ícones religiosos com os quais ela brincava antes de dormir.

Juan Diego segurava a lata de café com as cinzas – ele não deixou Lupe prendê-la entre os joelhos enquanto dormia. Com sua horrenda estatueta de Coatlicue e a imagem de Guadalupe – a que Juan Diego havia achado na escada, descendo de El Cerrito – Lupe tinha encenado uma guerra entre super-heróis. Lupe fez as duas figuras bater cabeças, trocar chutes, fazer sexo; a imagem serena de Guadalupe parecia uma vencedora improvável, mas um só olhar para os mamilos de chocalho de cascavel de Coatlicue (ou sua saia de serpentes) deixava pouca dúvida de que, das duas combatentes, ela era a representante do Inferno.

Juan Diego deixara a irmã encenar a guerra religiosa que havia dentro dela nesta batalha infantil, entre super-heróis. A figura de santa de Guadalupe a princípio pareceu estar em vantagem; ela segurou as mãos dela em posição de prece, sobre a pequena, mas visível, protuberância em sua barriga. Guadalupe não tinha postura de lutador, enquanto que Coatlicue parecia tão preparada para atacar quanto uma de suas serpentes rastejantes, e seus seios flácidos eram assustadores. (Até um bebê faminto teria recusado aqueles mamilos de chocalho de cascavel!)

No entanto, Lupe envolveu as duas estatuetas numa variedade de atividades carregadas de emoção: a luta e o sexo estavam misturados, e houve momentos de aparente ternura entre as duas guerreiras – até mesmo beijos.

Quando Juan Diego observou Guadalupe e Coatlicue se *beijando*, ele perguntou a Lupe se aquilo representava uma espécie de trégua entre as lutadoras – se elas haviam deixado de lado suas diferenças religiosas. Afinal de contas, beijar não podia significar fazer as pazes?

– Elas só estão dando um tempo – foi tudo o que Lupe disse, recomeçando a ação mais violenta entre os dois ícones – mais luta e sexo – até Lupe ficar exausta e adormecer.

Até onde Juan Diego podia dizer, olhando para Guadalupe e Coatlicue nos dedos abertos das mãos de Lupe, nada tinha sido resolvido entre as duas megeras. Como é que uma violenta deusa mãe-terra podia coexistir com uma daquelas virgens que sabem tudo e não fazem nada?, Juan Diego estava pensando. Ele não sabia que, do outro lado do corredor do ônibus escuro, Edward Bonshaw o estava observando quando ele tirou delicadamente as duas imagens religiosas das mãos da irmã adormecida.

Alguém no ônibus tinha peidado – um dos cachorros, talvez; o homem papagaio, quem sabe; Paco e Barriga de Cerveja, sem dúvida. (Os dois palhaços anões bebiam um bocado de cerveja.) Juan Diego já havia aberto a janela do ônibus do lado dele, só uma fresta. A fresta foi suficiente para ele enfiar as duas super-heroínas por ela. Em algum lugar, numa noite interminável – numa estrada sinuosa, atravessando a Sierra Madre –, duas figuras religiosas formidáveis foram abandonadas à própria sorte na escuridão.

E agora – e *depois*?, Juan Diego estava pensando, quando señor Eduardo falou com ele do outro lado do corredor.

– Você não está sozinho, Juan Diego – o homem de Iowa disse. – Se você rejeitar uma crença e depois outra, ainda assim não está sozinho: o universo não é um lugar pagão.

– E agora – e *depois*? – Juan Diego perguntou a ele.

Um cachorro, com um olhar inquiridor, passou entre eles no corredor do ônibus do circo; era Pastora, a fêmea de pastor – ela abanou o rabo, como se Juan Diego tivesse falado com ela, e continuou andando.

Edward Bonshaw começou a tagarelar sobre o Templo da Sociedade de Jesus – ele estava se referindo ao Templo de la Compañía de Jesús em Oaxaca. Señor Eduardo queria que Juan Diego considerasse a possibilidade de espalhar as cinzas de Esperanza aos pés da gigantesca Virgem Maria no templo jesuíta.

– A Maria Monstro – Juan Diego começou a dizer.

– Está bem, talvez não *toda* a cinza, e só nos *pés* dela! – o homem de Iowa disse depressa. – Eu sei que você e Lupe têm *problemas* com a Virgem Maria, mas sua mãe a *adorava*.

– A Maria Monstro *matou* nossa mãe – Juan Diego lembrou ao señor Eduardo.

– Acho que você está interpretando um acidente de uma forma dogmática – Edward Bonshaw o alertou. – Talvez Lupe esteja mais aberta a revisitar a Virgem Maria; Maria Monstro, como vocês a chamam.

Pastora passou de novo pelo corredor. O cão inquieto lembrou Juan Diego dele mesmo, e do modo como Lupe vinha se comportando ultimamente – estranhamente insegura de si, talvez, mas ela também andava misteriosa.

– Deite-se, Pastora – Juan Diego disse, mas o cão pastor de ar furtivo continuou andando.

Juan Diego não sabia em que acreditar; exceto pela acrobacia na corda, tudo era um embuste. Ele sabia que Lupe também estava confusa – mas não admitia isso. E se Esperanza tivesse razão em venerar Maria Monstro? Prendendo a lata de café entre as coxas, Juan Diego sabia que espalhar as cinzas da mãe – e todo o resto – não era necessariamente uma decisão racional, não importava onde as cinzas fossem espalhadas. Por que a mãe deles *não* iria querer que suas cinzas fossem espalhadas aos pés da enorme Virgem Maria no templo jesuíta, onde Esperanza tinha sido benquista? (Mesmo sendo apenas uma faxineira.)

Edward Bonshaw e Juan Diego estavam dormindo quando o dia amanheceu – quando a caravana de caminhões e ônibus do circo entrou no vale entre a Sierra Madre de Oaxaca e a Sierra Madre del Sur. A caravana estava passando por Oaxaca quando Lupe acordou o irmão.

– O homem papagaio tem razão, nós devíamos espalhar as cinzas por toda a estátua de Maria Monstro – Lupe disse a Juan Diego.

– Ele disse só nos *pés* dela, Lupe – Juan Diego alertou a irmã. É claro que Lupe tinha lido os pensamentos do homem de Iowa – ou enquanto ela estava dormindo ou enquanto señor Eduardo estava dormindo, ou durante uma combinação das duas coisas.

– Eu prefiro que as cinzas sejam jogadas por toda Maria Monstro, para obrigar a megera a mostrar se tem coragem – Lupe disse ao irmão.

– Señor Eduardo disse "talvez não *toda* a cinza", Lupe – Juan Diego avisou a ela.

– Eu digo toda a cinza, nela toda – Lupe disse. – Diga ao motorista do ônibus para nos deixar, e ao homem papagaio, na frente do templo.

– Jesus Maria José – Juan Diego resmungou. Ele viu que todos os cachorros estavam acordados; eles andavam de um lado para o outro no corredor junto com Pastora.

– Rivera devia estar lá. Ele é um devoto de Maria – Lupe disse, como se estivesse falando consigo mesma. Juan Diego sabia que, de manhã cedinho, Rivera devia estar no casebre em Guerrero ou dormindo na cabine do seu caminhão; provavelmente, o chefe do lixão já teria acendido as fogueiras no basurero. As crianças do lixão estariam a caminho do templo jesuíta antes da Missa; talvez irmão Pepe já tivesse acendido as velas, ou estivesse começando a acendê-las. Era pouco provável que houvesse mais alguém por perto.

O motorista do ônibus teve que fazer um desvio; havia um cachorro morto bloqueando a rua estreita.

– Eu sei onde você pode conseguir um cachorro novo – um saltador – Lupe disse para Juan Diego. Ela não estava querendo dizer um cachorro *morto*. Estava se referindo a um cão de telhado – um cão acostumado a saltar, um cão que não tivesse caído.

– Um cão de telhado – foi tudo o que o motorista do ônibus disse, sobre o cachorro morto na rua, mas Juan Diego sabia que era isso que Lupe tinha querido dizer.

– Você não pode treinar um cão de telhado para subir numa escada, Lupe – Juan Diego disse à irmã. – E Vargas disse que os cães de telhado têm raiva, são iguais aos perros del basurero. Cães de lixão e cães de telhado são raivosos. Vargas disse...

– Eu tenho que falar com Vargas sobre outra coisa. Esqueça o saltador – Lupe disse. – O estúpido truque da escada não merece atenção. O cão de telhado foi só uma ideia. Eles saltam, não é? – Lupe perguntou ao irmão.

– Eles morrem, e eles sem dúvida *mordem* – Juan Diego começou a dizer.

– Os cães de telhado não têm importância – Lupe disse, impacientemente. – A questão maior diz respeito aos *leões*. Eles pegam raiva? Vargas deve saber.

O navio tinha se desviado do cachorro morto; eles estavam se aproximando da esquina de Flores Magón com Valerio Trujano. Podiam ver o Templo de la Compañía de Jesús.

– Vargas não é um médico de *leões* – Juan Diego disse para a irmã.

– Você está com as cinzas, certo? – foi tudo o que Lupe disse; ela tinha levantado Baby, o dachshund covarde, e enfiado o nariz do cachorro na orelha do señor Eduardo, acordando-o. O método do nariz frio fez o homem de Iowa se levantar assustado e ficar parado no meio do corredor – os cães o rodeando. Edward Bonshaw viu como o aleijado segurava com força a lata de café; ele viu que o menino estava decidido.

– Entendo, nós vamos *espalhar* as cinzas, não é? – o homem de Iowa perguntou, mas ninguém respondeu.

– Vamos cobrir a megera da cabeça aos pés. A Maria Monstro vai ter cinzas nos olhos! – Lupe balbuciou zangada. Mas Juan Diego não traduziu o rompante da irmã.

Na entrada do templo, só Edward Bonshaw parou na fonte de água benta; ele tocou na água e depois em sua testa, sob a imagem de Santo Inácio, olhando (eternamente) para o céu em busca de orientação.

Pepe já havia acendido as velas. As crianças do lixão não pararam nem para um pequeno esguicho de água benta. No recanto depois da fonte, eles encontraram o irmão Pepe rezando diante da inscrição de Guadalupe – "a babaquice de Guadalupe", como Lupe chamava agora.

"¿No estoy aquí, que soy tu madre?" (Era *essa* a babaquice a que Lupe se referia.)

– Não, você *não* está aqui – Lupe disse para a imagem menor do que uma pessoa real de Guadalupe. – E você *não* é minha mãe. – Quando Lupe viu Pepe de joelhos, ela disse para o irmão: – Diga a Pepe para ir buscar Rivera; o chefe do lixão devia estar aqui. El jefe vai querer ver isto.

Juan Diego disse a Pepe que eles iam espalhar as cinzas nos pés da grande Virgem Maria, e que Lupe queria que Rivera estivesse presente.

– Isto é diferente – Pepe disse. – Isto representa uma grande mudança de pensamento. Imagino que o santuário de Guadalupe fosse um divisor de águas. Talvez a Cidade do México tenha sido um marco? – Pepe perguntou ao homem de Iowa, cuja testa estava molhada de água benta.

– As coisas nunca estiveram tão incertas – señor Eduardo disse; isto soou aos ouvidos de Pepe como o início de uma longa confissão. Pepe saiu rapidamente, com uma desculpa apressada para o homem de Iowa.

– Eu tenho que achar Rivera, essas são as minhas instruções – Pepe disse, embora estivesse cheio de simpatia pelo modo como a reorientação de Edward Bonshaw estava caminhando. – Por falar nisso, eu soube do *cavalo*! – Pepe falou para Juan Diego, que estava correndo para alcançar Lupe; ela já estava parada na base do pedestal (os horríveis anjos imobilizados no pedestal de nuvens celestiais). Lupe olhava fixamente para Maria Monstro.

– Está vendo? – Lupe disse para Juan Diego. – Você pode espalhar as cinzas aos pés dela. Veja quem já está *deitado* aos pés dela!

Bem, já fazia algum tempo que as crianças do lixão tinham parado diante de Maria Monstro; elas haviam esquecido o diminuto e encolhido Jesus, que estava sofrendo na cruz e sangrando aos pés da Virgem Maria.

– Nós não vamos espalhar as cinzas de mamãe sobre *ele* – Lupe disse.

– Tudo bem. *Onde,* então? – Juan Diego perguntou a ela.

– Eu acho que esta é a decisão correta – Edward Bonshaw disse. – Eu não acho que vocês dois tenham dado uma chance justa à Virgem Maria.

– Você devia subir nos ombros do homem papagaio. Você pode jogar as cinzas mais alto se *estiver* mais alto – Lupe disse para Juan Diego.

Lupe segurou a lata de café enquanto Juan Diego subia nos ombros de Edward Bonshaw. O homem de Iowa precisou se agarrar no corrimão da Comunhão para ficar em pé, um pouco oscilante. Lupe tirou a tampa da lata de café antes de entregar as cinzas ao irmão. (Só Deus sabe o que Lupe fez com a tampa.)

Mesmo naquela posição elevada, Juan Diego mal alcançava os joelhos de Maria Monstro; o alto da cabeça dele chegava apenas na altura das coxas da giganta.

– Eu não sei como você vai poder espalhar as cinzas para cima – señor Eduardo observou com cuidado.

– Esqueça sobre *espalhar* – Lupe disse ao irmão. – Pegue um punhado de cinzas e começa a atirar.

Mas o primeiro punhado de cinzas não voou mais alto do que os seios formidáveis de Maria Monstro; naturalmente, a maior parte das cinzas caiu sobre os rostos erguidos de Juan Diego e do homem de Iowa. Señor Eduardo tossiu e espirrou; Juan Diego tinha cinzas nos olhos.

– Isto não está funcionando muito bem – Juan Diego disse.

– É a *ideia* que conta – Edward Bonshaw disse, sufocado.

– Atire a lata toda. Atire na cabeça dela! – Lupe gritou.

– Ela está rezando? – o homem de Iowa perguntou a Juan Diego, mas o menino estava se concentrando no alvo. Ele atirou a lata de café, que estava três quartos cheia, do modo que tinha visto soldados em filmes atirando uma granada.

– Não a lata toda! – As crianças do lixão ouviram señor Eduardo gritar.

– Bom tiro – Lupe disse. A lata de café havia batido na testa dominadora da Virgem Maria. (Juan Diego teve certeza de ter visto Maria Monstro piscar os olhos.) As cinzas choveram; as cinzas se espalharam por toda parte. Havia cinzas caindo pelos raios de luz matinal – havia cinzas em cada pedacinho de Maria Monstro. As cinzas continuavam caindo.

– Foi como se as cinzas caíssem de uma altura superior, de uma fonte invisível, mas *elevada* – Edward Bonshaw iria mais tarde descrever o que tinha acontecido. – E as cinzas continuaram caindo, como se houvesse mais cinzas do que aquela lata de café poderia conter. – Neste ponto, o homem de Iowa sempre fazia uma pausa antes de dizer: – Eu hesito em dizer isto. Hesito de verdade. Mas o modo como aquelas cinzas não paravam de cair fez o momento parecer durar eternamente. O tempo – o próprio tempo, toda a sensação de tempo – parou.

Nas semanas seguintes – nos *meses* seguintes, irmão Pepe afirmaria – aqueles devotos que haviam chegado cedo para a primeira missa continuaram a se referir às cinzas caindo nos raios de luz como "um acontecimento". No entanto, aquelas cinzas que pareciam *banhar* a enorme Virgem Maria com uma nuvem radiante, mas cinza amarronzada, não foram anunciadas como uma ocorrência *divina* por todos que chegaram no templo jesuíta para a missa matinal.

Os dois velhos padres, padre Alfonso e padre Octavio, ficaram aborrecidos com a *sujeira* que as cinzas deixaram: as primeiras dez fileiras de bancos estavam cobertas de cinzas; havia uma camada de cinzas grudada no corrimão de Comunhão, que estava estranhamente grudento. A enorme Virgem Maria parecia suja; ela estava escura, como que coberta de fuligem. As cinzas marrons cor de terra e cinzentas cor de morte estavam por toda parte.

– As crianças quiseram espalhar as cinzas da mãe – Edward Bonshaw começou a explicar.

– No *templo*, Edward? – padre Alfonso perguntou ao homem de Iowa.

– Tudo isso foi uma *aspersão*! – padre Octavio exclamou. Ele tropeçou em alguma coisa, chutando-a sem querer – a lata de café vazia, que rolou pelo chão. Señor Eduardo pegou a lata.

– Eu não sabia que eles iam espalhar todo o conteúdo – o homem de Iowa admitiu.

– A lata de café estava *cheia*? – padre Alfonso perguntou.

– Não eram só as cinzas da nossa mãe – Juan Diego disse para os dois velhos padres.

– Não diga – padre Octavio retrucou. Edward Bonshaw olhou para dentro da lata vazia, como se desejasse que ela possuísse poderes proféticos.

– O gringo bom – que descanse em paz – Lupe começou. – Meu cachorro pequeno. – Ela parou como se estivesse esperando que Juan Diego traduzisse até ali, antes de continuar. Ou então Lupe parou porque estava pensando se devia ou não contar aos dois padres sobre o nariz desaparecido de Maria Monstro.

– Lembram do hippie americano – o desertor, o rapaz que morreu – Juan Diego disse para padre Alfonso e padre Octavio.

– Sim, sim, é claro – padre Alfonso disse. – Uma alma perdida – tragicamente autodestrutiva.

– Uma terrível tragédia, uma grande perda – padre Octavio disse.

– E o cachorrinho da minha irmã morreu. O cachorro estava na fogueira – Juan Diego continuou. – E o hippie morto também.

– Está tudo voltando à minha cabeça, nós sabíamos disto – padre Alfonso disse. Padre Octavio balançou a cabeça, severamente.

– Sim, por favor, pare. Já chega. Muito desagradável. Nós nos lembramos, Juan Diego – padre Octavio disse.

Lupe não falou nada; os dois padres não a teriam entendido, de todo modo. Lupe só pigarreou, como se fosse dizer alguma coisa.

– Não – Juan Diego disse, mas era tarde demais. Lupe apontou para a imagem sem nariz da gigantesca Virgem Maria, tocando seu pequeno nariz com o dedo indicador da outra mão.

Padre Alfonso e padre Octavio levaram alguns segundos para entender: a Maria Monstro continuava sem nariz; a criança incompreensível do lixão indica que seu narizinho estava intacto; tinha havido uma fogueira no basurero, uma fogueira infernal de corpos humanos e caninos.

– O *nariz* da Virgem Maria estava naquela fogueira infernal? – padre Alfonso perguntou a Lupe; ela assentiu vigorosamente com a cabeça, como se estivesse tentando deslocar os dentes ou fazer seus olhos saltarem do rosto.

– Mãe Misericordiosa... – padre Octavio começou a dizer.

A lata de café caiu com um estrondo assustador. Não é provável que Edward Bonshaw tenha deixado cair de propósito a lata que ele logo apanhou. Señor Eduardo pode ter aberto as mãos; ele pode ter compreendido que a notícia que continuava a esconder de padre Alfonso e padre Octavio (ou seja, seu amor por Flor que quebrava seu juramento) em breve viria a ser um choque bem maior para aqueles dois padres do que o nariz queimado de uma estátua.

Como tinha visto Maria Monstro lançar um olhar muito desaprovador para os seios da mãe – como sabia o quanto a Virgem Maria podia parecer *viva*, pelo menos no que se referia a olhares acusadores e destruidores – Juan Diego teria questionado a noção de qualquer um de que a enorme estátua (ou seu nariz perdido) fosse *inanimada*. O nariz de Maria Monstro não fez um chiado, e uma chama azul não subiu da pira funerária? Juan Diego não viu a Virgem Maria piscar quando a lata de café bateu em sua testa?

E quando Edward Bonshaw deixou cair desajeitadamente a lata de café, recuperando-a rapidamente, o estrondo não provocou uma assustadora expressão de ódio nos olhos que tudo viam da ameaçadora Virgem Maria?

Juan Diego não era um devoto de Maria, mas ele era esperto o suficiente para tratar a giganta suja de cinzas com grande respeito.

– Lo siento, Mãe – Juan Diego disse baixinho para a grande Virgem Maria, apontando para a sua própria testa. – Não tive a intenção de acertá-la com a lata. Eu só estava tentando *alcançá-la*.

– Estas cinzas têm um cheiro estranho. Eu gostaria de saber o que mais havia nessa lata – padre Alfonso disse.

– Lixo, eu suponho, mas o chefe do lixão está chegando. Vamos perguntar a ele – padre Octavio disse.

Falando em devotos de Maria, Rivera caminhou pela nave central na direção da imensa estátua; era como se o chefe do lixão tivesse um assunto particular para tratar com a Maria Monstro – a missão de Pepe, ir buscar el jefe em Guerrero, pode ter sido mera coincidência. Entretanto, estava claro que Pepe interrompera Rivera no meio de alguma coisa – "um pequeno projeto, o acabamento dele", foi tudo o que o chefe do lixão disse a respeito do assunto.

Rivera deve ter saído de Guerrero com uma certa pressa – quem sabe como Pepe teria anunciado a dispersão das cinzas para ele? – porque o chefe do lixão estava usando seu avental de carpinteiro.

O avental tinha vários bolsos e era tão comprido quanto uma saia mal-ajambrada. Um bolso era para formões, de vários tamanhos; outro era para diferentes lixas, grossas e finas; um terceiro bolso para o tubo de cola e o trapo que Rivera usava para limpar o resíduo de cola da ponta do tubo. Não havia como saber o que ele tinha nos outros bolsos – Rivera dizia que era dos bolsos que ele gostava no seu avental de carpinteiro. O velho avental de couro continha muitos segredos – ou Juan Diego, quando era criança, acreditava nisso.

– Eu não sei o que estamos esperando... Por *você*, talvez – Juan Diego disse para el jefe. – Eu não acho provável que a giganta *faça* alguma coisa – o menino acrescentou, fazendo um sinal na direção de Maria Monstro.

O templo estava ficando cheio, embora ainda houvesse tempo antes da missa, no momento em que irmão Pepe e Rivera chegaram. Juan Diego se lembraria, mais tarde, de que Lupe prestou mais atenção no chefe do lixão do que fazia habitualmente; quanto a el jefe, ele estava ainda mais cauteloso perto de Lupe do que normalmente.

Rivera estava com a mão esquerda enfiada num bolso misterioso do seu avental de carpinteiro; com as pontas dos dedos da mão direita, o chefe do lixão tocou na camada de cinzas sobre o corrimão de Comunhão.

– As cinzas têm um cheiro um pouco estranho, não muito forte – padre Alfonso disse para el jefe.

– Tem alguma coisa grudenta nessas cinzas, uma substância estranha – padre Octavio disse.

Rivera cheirou as pontas dos dedos; depois ele os limpou no avental de couro.

– Você tem um bocado de coisas nos bolsos, jefe – Lupe disse para o chefe do lixão, mas Juan Diego não traduziu isto; o leitor do lixão estava ofendido por Rivera não ter reagido à piada com a giganta; ou seja, a previsão de Juan Diego de que a Virgem Maria não iria *fazer* nada.

– Você devia apagar as velas, Pepe – o chefe do lixão disse; apontando para sua amada Virgem Maria, Rivera então se dirigiu aos dois velhos padres. – Ela é altamente inflamável – el jefe disse.

– Inflamável! – padre Alfonso gritou.

Rivera recitou a mesma ladainha sobre o conteúdo da lata de café que as crianças do lixão tinham ouvido do dr. Vargas – uma análise científica, estritamente *química*.

– Tinta, aguarrás, ou algum tipo de solvente para tintas. Gasolina, sem dúvida – Rivera disse aos dois velhos padres. – E provavelmente alguma coisa para descolorar madeira.

– A Mãe Santíssima não vai ficar *descorada*, vai? – padre Octavio perguntou ao chefe do lixão.

– É melhor vocês me deixarem limpá-la – o chefe do lixão disse. – Se eu pudesse ficar um pouco sozinho com ela, quer dizer, antes da primeira missa, amanhã. O melhor seria depois da missa vespertina, esta noite. Não é bom misturar água com alguma destas *substâncias estranhas* – Rivera acrescentou, como se fosse um alquimista que não pudesse ser contrariado – em todo caso, não o chefe do lixão de sempre.

Irmão Pepe, na ponta dos pés, apagava as velas com o longo apagador de velas dourado; naturalmente, as cinzas já haviam apagado as velas que estavam mais perto da Virgem Maria.

– A sua mão está doendo, jefe. Onde foi que você se cortou? – Lupe perguntou a Rivera.

Juan Diego mais tarde se perguntaria se Lupe havia lido *tudo* na mente de Rivera – não só os pensamentos de el jefe sobre o fato de ter se cortado, e o quanto estava sangrando. Lupe talvez soubesse tudo sobre o "pequeno projeto" no meio do qual Rivera tinha sido interrompido por Pepe, inclusive o que Rivera chamou de "acabamentos" – ou seja, em que exatamente o chefe do lixão estava trabalhando quando cortou o polegar e o indicador da mão esquerda. Mas Lupe nunca disse o que sabia, nem *se* sabia, e Rivera – assim como os bolsos do seu avental de carpinteiro – guardava muitos segredos.

– Lupe quer saber se a sua mão está doendo, jefe, onde você se cortou – Juan Diego disse.

– Eu só preciso levar uns dois pontos – Rivera disse; ele mantinha a mão esquerda escondida no bolso do avental de couro.

Irmão Pepe achou que Rivera não devia dirigir; eles tinham vindo do casebre em Guerrero no Fusca de Pepe. Pepe quis levar o chefe do lixão na mesma hora para o dr. Vargas, mas Rivera quis ver primeiro os resultados da aspersão das cinzas.

– Os *resultados*! – padre Alfonso repetiu, depois de ouvir o relato de Pepe.

– Os resultados são uma espécie de vandalismo – padre Octavio disse, olhando para Juan Diego e Lupe ao falar.

– Eu também preciso ver Vargas. Vamos – Lupe disse ao irmão. As crianças do lixão não estavam nem olhando para Maria Monstro, elas não esperavam muito em termos de *resultados* da parte dela. Mas Rivera olhou para o rosto sem nariz da Virgem Maria, como se, apesar do rosto escurecido, o chefe do lixão esperasse ver um sinal, algo parecido com instruções.

"Vamos, jefe. Você está com dor, ainda está sangrando", Lupe disse, segurando a mão direita de Rivera. O chefe do lixão não estava acostumado a tanto afeto por parte da menina sempre crítica. El jefe deu a mão a Lupe e deixou que ela o levasse pela nave central da igreja.

– Nós vamos providenciar para que você fique sozinho no templo, antes da hora de fechar, esta noite! – padre Alfonso falou na direção do chefe do lixão.

– Pepe, você pode trancar o templo quando ele terminar, imagino – padre Octavio disse para o irmão Pepe, que tinha guardado o longo apagador dourado de velas no seu lugar sagrado; Pepe andava rapidamente atrás de Rivera e dos niños de la basura.

– Sí, sí – Pepe respondeu para os dois velhos padres.

Edward Bonshaw foi abandonado ali, segurando a lata de café vazia. Agora era a hora do señor Eduardo dizer o que sabia que precisava dizer para padre Alfonso ou padre Octavio; agora era a hora de confessar – estava quase na hora da missa, e a tampa da lata continuava desaparecida. O homem de Iowa estava procurando a tampa. Ela simplesmente (ou não tão simplesmente) desaparecera; a tampa podia muito bem ter virado fumaça, como o nariz da Virgem Maria, señor Eduardo pensou. Mas a tampa daquela simples lata de café – tocada por último por Lupe – tinha desaparecido sem um flamejante clarão azul.

As crianças do lixão e o chefe do lixão saíram do templo com irmão Pepe, deixando Edward Bonshaw e os dois velhos padres para enfrentar a Virgem Maria sem nariz e seu incerto futuro. Talvez Pepe entendesse isso melhor que todo mundo: Pepe sabia que o processo de reorientação nunca era fácil.

27. Um nariz por um nariz

O voo noturno de Manila para Laoag estava cheio de crianças chorando. Eles não ficaram mais de uma hora e quinze minutos no ar, mas as crianças chorosas fizeram o voo parecer mais longo.

– Estamos no fim de semana? – Juan Diego perguntou a Dorothy, mas ela disse a ele que era noite de quinta-feira. – Véspera de escola! – Juan Diego declarou; ele ficou espantado. – Essas crianças não vão à escola? – (Ele soube, antes que ela o fizesse, que Dorothy ia encolher os ombros.)

Até mesmo a indiferença do encolher de ombros de Dorothy foi um gesto muito ligeiro – suficiente para deslocar Juan Diego do presente. Nem mesmo as crianças chorosas conseguiram mantê-lo no momento. Por que ele era tão facilmente (e repetidamente) levado de volta ao passado?, Juan Diego pensou.

Será que tudo isso tinha a ver com os betabloqueadores, ou sua incursão às Filipinas tinha um caráter irreal ou transitório?

Dorothy estava dizendo alguma coisa sobre sua inclinação em falar mais quando havia crianças por perto – "Eu prefiro ouvir minha própria voz à voz de crianças, sabe?", mas Juan Diego teve dificuldade em ouvir Dorothy. Embora tivesse acontecido quarenta anos antes, a conversa com o dr. Vargas, em Cruz Roja – quando Vargas deu alguns pontos no polegar e no indicador da mão esquerda de Rivera – estava mais *presente* na mente de Juan Diego do que o monólogo de Dorothy a caminho de Laoag.

– Você não gosta de crianças? – foi só o que Juan Diego perguntou. Depois disso, ele não disse mais uma palavra até Laoag. Ele tinha *ouvido* mais do que Vargas, Rivera e Lupe estavam dizendo – enquanto os dedos eram costurados, naquela longínqua manhã no Hospital da Cruz Vermelha – do que ouviu (ou conseguia lembrar) do monólogo discursivo de Dorothy.

– Eu não ligo que as pessoas tenham filhos; quer dizer, *outras* pessoas. Se outros adultos quiserem filhos, tudo bem para mim – Dorothy declarou. Não exatamente em ordem cronológica, ela começou a discursar sobre a história local; Dorothy queria que Juan Diego soubesse pelo menos um pouco sobre o lugar para onde eles estavam indo. Mas Juan Diego não ouviu quase nada do que ela disse; ele estava prestando mais atenção a uma conversa na Cruz Roja, uma conversa que ele deveria ter ouvido mais atentamente quarenta anos antes.

– Jesus, jefe! Você esteve numa luta de espadas? – Vargas estava perguntando ao chefe do lixão.

– Foi só um formão – Rivera disse a Vargas. – Eu tentei o formão goiva primeiro, ele tem um corte que faz um ângulo oblíquo, mas não estava funcionando.

– Então você trocou de formão – Lupe lembrou a el jefe. Juan Diego traduziu isto.

– Sim, eu troquei de formão – Rivera confirmou. – O problema era o objeto no qual eu estava trabalhando. Ele não fica parado. É difícil de segurar na base – o objeto na realidade não *tem* uma base.

– É difícil estabilizar o objeto com uma das mãos, enquanto você corta, ou desbasta, com o formão na outra mão – Lupe explicou. Juan Diego traduziu este esclarecimento também.

– É, o objeto é difícil de estabilizar – o chefe do lixão confirmou.

– Que tipo de objeto é esse, jefe? – Juan Diego perguntou.

– Pense numa maçaneta de porta, ou no trinco de uma porta ou de uma janela – o chefe do lixão respondeu. – Uma coisa assim.

– Um negócio difícil – Lupe disse. Juan Diego traduziu isto também.

– É – foi só o que Rivera disse.

– Você está com um corte bem feio, jefe – Vargas disse ao chefe do lixão. – Talvez fosse melhor continuar no negócio de basurero.

Na época, todo mundo riu – Juan Diego ainda podia ouvir a risada deles, enquanto Dorothy continuava falando sem parar. Ela dizia alguma coisa sobre a costa noroeste de Luzon. Laoag era um porto comercial e um local de pesca nos séculos X e XI – "dá para ver a influência chinesa", Dorothy comentou. "Depois a Espanha invadiu, com aquela história de Maria e Jesus – seus velhos amigos", Dorothy disse para Juan Diego. (Os espanhóis vieram nos anos 1500; os espanhóis ficaram nas Filipinas por mais de 300 anos.)

Mas Juan Diego não estava prestando atenção. Havia outro diálogo que pesava sobre ele, um momento quando ele poderia (deveria) ter visto que algo estava para acontecer – um momento quando ele poderia ter mudado o curso do que estava por vir.

Lupe estava perto o suficiente para tocar nos pontos, vendo Vargas fechar os cortes no polegar e no indicador de Rivera; Vargas disse a Lupe que ele estava correndo o risco de prender seu rostinho curioso na mão de el jefe. Foi então que Lupe perguntou a Vargas o que ele sabia sobre leões e raiva.

– Leões podem pegar raiva? Vamos começar por aí – Lupe começou. Juan Diego traduziu, mas Vargas era o tipo de sujeito que não admitia com facilidade que havia algo que ele não sabia.

– Um cão infectado pode transmitir raiva quando o vírus alcança as suas próprias glândulas salivares, o que ocorre em cerca de uma semana – ou menos – antes do animal morrer de raiva – Vargas respondeu.

– Lupe quer saber sobre um *leão* – Juan Diego disse a ele.

– O período de incubação num ser humano infectado é, geralmente, de três a sete semanas, mas tive pacientes que desenvolveram a doença em dez dias – Vargas disse, quando Lupe o interrompeu.

– Digamos que um cão raivoso morda um leão... Você sabe, como um cão de telhado, ou um daqueles *perros del basurero*. O leão fica doente? O que acontece com o *leão*? – Lupe perguntou a Vargas.

– Estou certo de que já houve estudos. Vou ter que olhar quais pesquisas foram feitas sobre raiva em leões – dr. Vargas disse, suspirando. – A maioria das pessoas que são mordidas por leões provavelmente não se preocupa com raiva. Essa não seria a preocupação principal no caso de uma mordida de leão.

Juan Diego sabia que não havia tradução para o encolher de ombros de Lupe.

Dr. Vargas estava pondo um curativo no polegar e no indicador da mão esquerda de Rivera.

– Você tem que manter isto limpo e seco, jefe – Vargas disse ao chefe do lixão. Mas Rivera estava olhando para Lupe, que desviou os olhos dele; el jefe sabia quando Lupe estava escondendo alguma coisa.

E Juan Diego estava ansioso para voltar a Cinco Señores, onde La Maravilla estava armando as tendas e aquietando os animais. Na época, Juan Diego achava que tinha coisas mais importantes para tratar do que aquela história de leão na cabeça de Lupe. Juan Diego tinha outra coisa de circo na cabeça. Como é típico de um garoto de 14 anos, Juan Diego estava sonhando em ser um herói – ele tinha aspirações a ser um *acrobata aéreo*. (E é claro que Lupe sabia o que o irmão estava pensando; ela podia ler os pensamentos dele.)

Os quatro entraram no Fusca de Pepe; Pepe levou as crianças do lixão de volta para Cinco Señores antes de levar Rivera de volta para o casebre em Guerrero. (El jefe tinha dito que queria dormir um pouco antes de passar a anestesia local.)

No carro, Pepe disse às crianças do lixão que elas eram bem-vindas de volta ao Crianças Perdidas.

– Seu antigo quarto está esperando por vocês, a qualquer hora – foi o que Pepe disse. Mas a irmã Gloria tinha devolvido a boneca sexual em tamanho real da virgem de Guadalupe de Juan Diego para a loja de coisas de Natal – Crianças Perdidas nunca mais seria a mesma coisa, Juan Diego estava pensando. E por que você deixaria um orfanato e depois voltaria para lá? Quando você vai embora, você vai embora, Juan Diego pensou – você anda para a *frente*, não para trás.

Quando chegaram ao circo, Rivera estava chorando; as crianças do lixão sabiam que o efeito da anestesia local não havia passado, mas o chefe do lixão estava nervoso demais para falar.

– Nós *sabemos* que seríamos bem recebidos de volta em Guerrero, jefe. Diga a Rivera que sabemos que o casebre é *nosso* casebre, se um dia precisarmos voltar para casa – Lupe disse a Juan Diego. – Diga que também sentimos saudades dele – Lupe acrescentou. Juan Diego disse tudo isso, enquanto Rivera continuava chorando, seus ombros largos sacudindo no banco do carona.

É simplesmente espantoso – naquela idade, quando você tem treze ou catorze anos – como você pode subestimar o fato de ser amado, como (mesmo quando você é *querido*) pode se sentir inteiramente só. As crianças do lixão *não* foram abandonadas no Circo de La Maravilla; entretanto, elas pararam de confiar uma na outra, e não estavam confiando em mais ninguém.

– Boa sorte com esse objeto que você está fazendo – Juan Diego disse a Rivera, quando o chefe do lixão estava deixando Cinco Señores para voltar para Guerrero.

– Negócio complicado – Lupe repetiu, como se estivesse falando consigo mesma. (Depois que o Fusca de Pepe partiu, só Juan Diego poderia tê-la escutado, e ele não estava prestando atenção.) Juan Diego estava pensando em seu próprio negócio complicado. Quando se tratava de ter colhões, aparentemente, só a tenda principal – a passarela de corda a 24 metros de altura, sem rede de proteção – era um teste de verdade. Ou foi o que Dolores disse, e Juan Diego acreditava nela. Soledad o havia treinado; ela havia ensinado a Juan Diego como se pendurar na corda na tenda da trupe de garotas acrobatas, mas Dolores disse que isso não contava.

Juan Diego lembrou que tinha sonhado sobre andar com os pés pendurados numa corda – antes de saber o que era isso, quando ele e Lupe ainda moravam no casebre de Rivera em Guerrero. E quando Juan Diego perguntou à irmã o que ela achava do seu sonho, sobre andar de cabeça para baixo no céu, ela foi misteriosa como sempre. Tudo o que ele havia contado a Lupe a respeito do sonho era: "Chega uma hora, na vida de todo mundo, em que você precisa soltar as mãos – as *duas* mãos."

– É um sonho sobre o futuro – Lupe disse, evasivamente. – É um sonho de morte – foi tudo o que Lupe acrescentou a respeito do assunto.

Dolores havia definido o momento crucial, o momento em que você precisava soltar as mãos – as *duas* mãos.

– Eu nunca sei nas mãos de quem estou naquele momento – Dolores disse a ele. – Talvez aquelas virgens milagrosas tenham mãos mágicas? Talvez eu esteja nas mãos *delas*, naquele momento. Eu não acho que você deva pensar nisso. É hora de pensar nos seus *pés* – um passo de cada vez. Em cada vida, eu acho que sempre existe um momento em que você precisa decidir qual é o seu *lugar*. Nesse momento, você não está nas mãos de ninguém – Dolores disse para Juan Diego. – Nesse momento, todo mundo caminha no céu. Talvez todas as grandes decisões sejam tomadas sem uma rede de proteção – A Maravilha em pessoa disse a ele. – Chega uma hora, na vida de todo mundo, em que você tem que se soltar.

Na manhã seguinte a uma viagem, o Circo de La Maravilla dormia até tarde – "tarde" para um circo, quer dizer. Juan Diego contava em começar cedo, mas é difícil acordar mais cedo que cães. Juan Diego tentou sair da tenda dos cachorros sem causar suspeita; naturalmente, qualquer cachorro que estivesse acordado iria querer ir junto com ele.

Juan Diego acordou tão cedo que só Pastora o escutou; ela já estava acordada, já estava andando de um lado para o outro. É claro que a cadela não entendeu por que Juan Diego não quis levá-la com ele quando saiu da tenda. Foi Pastora quem provavelmente acordou Lupe, depois que Juan Diego saiu.

Na avenida de tendas, não havia ninguém à vista. Juan Diego estava à procura de Dolores; ela também acordava cedo, para correr. Ultimamente, ao que parecia, ela andava correndo demais ou muito depressa; em certas manhãs, ela chegava a vomitar. Embora gostasse das pernas compridas de Dolores, Juan Diego não apreciava aquela corrida insana. Qual é o garoto aleijado que gosta de correr? E mesmo que você *adorasse* correr, por que correria até vomitar?

Mas Dolores levava seu treinamento a sério. Ela corria, e bebia muita água. Acreditava que as duas coisas eram essenciais para não ter cãibras nas pernas. Na corda da passarela suspensa, Dolores dizia, você não podia ter cãibra na sua perna de apoio – não a 24 metros de altura, não quando o pé preso àquela perna era tudo o que segurava você na escada.

Juan Diego se consolou com a ideia de que nenhuma das garotas da tenda de acrobatas estava pronta para substituir Dolores como A Maravilha; Juan Diego sabia que, depois de Dolores, ele era quem melhor andava pendurado na corda em La Maravilla – mesmo que só a quatro metros de altura.

A tenda principal era outra história. A corda com nós era o que todos os acrobatas aéreos usavam para subir até o topo da tenda. Os nós eram espaçados na corda grossa para acomodar as mãos e os pés dos artistas do trapézio – os nós ficavam ao alcance de Dolores, e ao alcance dos sexualmente hiperativos trapezistas argentinos.

Para Juan Diego, os nós não foram um problema; ele tinha uma pegada forte (provavelmente pesava a mesma coisa que Dolores), suas mãos conseguiam alcançar facilmente o nó seguinte acima dele, e seu pé bom podia pisar com segurança no nó a seus pés. Ele foi subindo; subir uma corda é um exercício pesado, mas Juan Diego olhava fixamente para cima – ele só olhava para cima. Acima dele, podia ver a escada com os degraus de corda no topo da tenda principal – com cada movimento dos braços, ele via a escada se aproximando.

Mas 24 metros é uma longa subida, só o comprimento de um braço de cada vez, e o problema era que Juan Diego não tinha coragem de olhar para baixo. Ele não tirava os olhos da passarela de corda, acima dele; seu único foco era o topo da tenda principal, que estava se aproximando devagar – um puxão de cada vez.

– Você tem outro futuro! – ele ouviu Lupe gritar para ele, como já havia dito antes. Juan Diego sabia que olhar para baixo não era uma opção – e continuou subindo. Ele estava quase no topo; já passara pelas plataformas dos trapezistas. Ele poderia ter estendido a mão e tocado nos trapézios, mas isso significaria largar a corda, e ele não conseguia largá-la – nem com uma das mãos.

Ele também havia passado pelos holofotes – quase sem notá-los, porque as luzes estavam apagadas. Mas ele meio que se deu conta das lâmpadas apagadas – os holofotes estavam apontados para cima. Estavam ali para iluminar a pessoa que andava com os pés pendurados na corda, mas também iluminavam os degraus de corda da passarela com a luz mais brilhante possível.

– Não olhe para baixo. *Nunca* olhe para baixo – Juan Diego ouviu Dolores dizer. Ela devia ter acabado de correr, porque ele a ouviu vomitar. Juan Diego não olhou para baixo, entretanto, a voz de Dolores o fez parar; os músculos dos seus braços ardiam, mas ele se sentia forte. E não faltava muito para chegar.

– Outro futuro! Outro futuro! Outro futuro! – Lupe gritou para ele, três vezes. Dolores continuou vomitando. Juan Diego adivinhou que elas eram sua única plateia.

– Você não devia ter parado – Dolores conseguiu dizer para ele. – Você tem que ir da corda de subir para a escada de corda sem pensar, porque tem que largar a corda antes de agarrar a escada. – Isto significava que ele tinha que se soltar *duas vezes*.

Ninguém havia falado com ele sobre esta parte. Nem Soledad nem Dolores acharam que ele estava preparado para esta parte. Juan Diego compreendeu que não podia se soltar *uma única vez* – nem mesmo uma das mãos. Ele ficou paralisado; agarrado na corda, ele a sentiu balançar.

– Desça – Dolores disse a ele. – Nem todo mundo tem coragem para esta parte. Tenho certeza de que você vai ter coragem para fazer muitas outras coisas.

– Você tem outro futuro – Lupe repetiu, mais calmamente.

Juan Diego desceu pela corda sem olhar para baixo. Quando seus pés tocaram o chão, ficou surpreso ao ver que ele e Lupe estavam sozinhos na vasta tenda.

– Para onde Dolores foi? – Juan Diego perguntou.

Lupe tinha dito coisas horríveis a respeito de Dolores – "deixe o domador de leões engravidá-la!", Lupe tinha dito. (De fato, Ignacio *tinha* engravidado Dolores.) "Esse é o único futuro que ela tem!", Lupe tinha dito, mas agora ela estava arrependida de ter dito essas coisas. Dolores tivera sua primeira menstruação algum tempo antes; talvez os leões não soubessem quando Dolores começou a sangrar, mas Ignacio sim.

Dolores estava correndo para perder o bebê – ela não estava mais menstruando –, mas não conseguiu correr o suficiente para abortar. Era o enjoo matinal que fazia Dolores vomitar.

Quando Lupe contou tudo isto a Juan Diego, ele perguntou a Lupe se Dolores havia falado a respeito do assunto, mas Dolores não contara a Lupe sobre seu estado. Lupe havia simplesmente lido o que estava na mente de Dolores.

Dolores só disse uma coisa para Lupe, naquela manhã, quando A Maravilha deixou a tenda principal – depois que Dolores viu que Juan Diego estava descendo pela corda.

– Eu vou contar a você o que não tenho coragem de fazer. Como você é uma pequena sabe-tudo, é provável que já saiba – Dolores disse a Lupe. – Eu não tenho coragem de enfrentar a próxima etapa da minha vida – a acrobata aérea disse. Então Dolores saiu da tenda principal. Ela não voltaria. La Maravilla não teria mais uma acrobata aérea.

A última pessoa em Oaxaca a ver Dolores foi o dr. Vargas. Ele viu Dolores na Emergência da Cruz Roja. Vargas disse que Dolores morreu de infecção peritoneal – de um aborto malfeito em Guadalajara. Vargas disse:

– Aquele babaca daquele domador de leões conhece algum amador para quem manda suas acrobatas grávidas.

Quando Dolores chegou à Cruz Roja, a infecção estava avançada demais para Vargas salvá-la.

"Morra de parto, boceta de macaco!", Lupe disse uma vez para A Maravilha. De certa forma, Dolores faria isso; como Juan Diego, ela só tinha 14 anos. O Circo de La Maravilla perdeu La Maravilla.

A cadeia de eventos, os elos em nossas vidas – o que nos leva aonde vamos, os caminhos que seguimos em direção aos nossos objetivos, o que não vemos chegar, e o que vemos – tudo isso pode ser misterioso, ou simplesmente invisível, ou mesmo óbvio.

Vargas era um bom médico, e um homem inteligente. Um só olhar em Dolores, e Vargas entendeu tudo: o aborto em Guadalajara (Vargas tinha visto as consequências antes); o amador que fizera o serviço malfeito (Vargas sabia que o palhaço era amigo de Ignacio); a menina de catorze anos que havia menstruado pela primeira vez recentemente (Vargas conhecia a estranha ligação entre andar pendurada na corda e menstruar, embora não soubesse que o domador de leões havia dito às garotas que os *leões* sabiam quando as garotas estavam sangrando).

Mas nem mesmo Vargas sabia tudo, Juan Diego estava ciente disso. Pelo resto da vida, dr. Vargas iria se interessar por leões e raiva; ele iria continuar a mandar para Juan Diego informações sobre pesquisas existentes. Entretanto, quando Lupe fez a pergunta – quando Lupe estava buscando respostas – Vargas nunca deu a ela nenhuma informação sobre leões.

Fiel à sua natureza, Vargas tinha uma mente científica – ele não conseguiu parar de especular. Ele não estava *realmente* interessado em leões e raiva, mas –

muito tempo depois da morte de Lupe – Vargas iria se perguntar por que Lupe tinha querido saber.

Señor Eduardo e Flor tinham morrido de AIDS – Lupe já estava morta havia muito tempo – quando Vargas escreveu para Juan Diego sobre algumas "pesquisas" incompreensíveis na Tanzânia. Pesquisa sobre raiva em leões no Serengeti suscitaram estas "questões" importantes, que Vargas havia realçado.

A raiva em leões teve origem em cães domésticos; achava-se que ela se espalhou de cães para hienas, e de hienas para leões. Raiva em leões podia causar doença, mas também podia ser "silenciosa". (Tinha havido epidemias de raiva em leões em 1876 e 1981, mas não houve doença alguma – foram chamadas de epidemias silenciosas.) A presença de certos parasitas, que haviam sido ligados à malária, era considerada como determinante para a doença ocorrer ou não – em outras palavras, um leão podia transmitir raiva sem estar doente, e nunca ficar doente; enquanto que um leão podia pegar o mesmo vírus da raiva e morrer, dependendo de uma contaminação concomitante com o parasita.

"Isto tem a ver com os efeitos no sistema imunológico causado pelo parasita", Vargas tinha escrito para Juan Diego. Tinha havido epidemias "assassinas" de raiva em leões no Serengeti – elas ocorreram em períodos de seca que mataram os búfalos africanos. (As carcaças de búfalo estavam infestadas de carrapatos, que carregavam o parasita.)

Não era que Vargas achasse que estas "pesquisas" na Tanzânia teriam ajudado Lupe. Ela havia se interessado em saber se Hombre poderia pegar raiva, e se a raiva deixaria Hombre doente. Mas *por quê*? Era isso que Vargas gostaria de ter sabido. (De que adiantava saber *agora*?, Juan Diego pensou. Era tarde demais para saber o que Lupe estava pensando.)

Era muito pouco provável que um leão ficasse doente com raiva, mesmo no Serengeti, mas o que Lupe estaria tentando fazer? Qual a ideia maluca que ela teria tido antes de mudar de ideia e passar para outra ideia maluca?

Qual teria sido a vantagem de Hombre ficar doente com raiva? Deve ter sido daí que veio a ideia do cão de telhado, antes que Lupe a abandonasse. Um cão raivoso morde Hombre, ou Hombre mata e come um cão raivoso, mas *depois* o quê? Se Hombre ficar doente – então Hombre morde Ignacio, mas o que acontece *em seguida*?

– Tudo isso tinha a ver com o pensamento das leoas – Juan Diego explicou a Vargas, uma centena de vezes. – Lupe podia ler a mente dos leões – ela sabia que Hombre jamais machucaria Ignacio. E as garotas de La Maravilla jamais estariam seguras enquanto o domador de leões vivesse. Lupe também sabia disso, porque ela podia ler a mente de *Ignacio*.

Naturalmente, esta lógica fantasiosa não combinava com os *estudos* científicos que o dr. Vargas achava convincentes.

– Você está dizendo que Lupe *sabia* que as leoas matariam Ignacio, mas só se o domador de leões matasse Hombre? – Vargas (sempre incrédulo) perguntou a Juan Diego.

– Eu a ouvi dizer isso – Juan Diego disse várias vezes a Vargas. – Lupe *não disse* que as leoas "iriam" matar Ignacio – ela disse: "Elas *vão* matá-lo." Lupe disse que as leoas odiavam Ignacio – o tempo todo. Ela disse que as leoas eram todas mais imbecis do que bocetas de macaca – porque as leoas tinham ciúme de Ignacio, porque as bocetas imbecis achavam que Hombre gostava mais do domador de leões do que o babaca do leão gostava delas! Ignacio não tinha nada a temer de Hombre – era das *leoas* que o domador de leões deveria ter medo, Lupe sempre disse.

– Lupe sabia de tudo isso? *Como* ela sabia de tudo isso? – dr. Vargas sempre perguntava a Juan Diego. Os estudos de raiva em leões do médico iriam continuar. (Este não era um campo de estudo muito popular.)

Aquele mesmo dia – o dia em que Juan Diego não teve coragem de andar na corda suspensa – iria ser conhecido (por algum tempo) em Oaxaca como "o dia do nariz". Ele nunca seria chamado de *La nariz* num calendário de igreja; ele não se tornaria um feriado nacional, ou mesmo um dia santo. O dia do nariz iria ser logo esquecido – mesmo do folclore local –, mas, por algum tempo, ele teria *certa* importância.

Na avenida das tendas da trupe, Lupe e Juan Diego estavam sozinhos; ainda era de manhã cedo, mais cedo do que a primeira missa da manhã, e o Circo de La Maravilla estava dormindo até mais tarde.

Havia uma comoção na tenda dos cachorros – obviamente, Estrella e os cachorros não estavam dormindo até mais tarde – e as crianças do lixão correram para ver qual a causa daquela comoção. Era raro ver o Fusca do irmão Pepe na avenida das tendas – o carrinho estava vazio, mas Pepe deixara o motor ligado – e as crianças puderam ouvir Perro Mestiço, o vira-lata, latindo feito louco. Na entrada da tenda dos cachorros, Alemania, a fêmea de pastor-alemão, estava rosnando – estava mantendo acuado Edward Bonshaw.

– *Lá* estão eles! – Pepe gritou, quando viu as crianças do lixão.

– Ih! – Lupe disse. (Obviamente, ela viu o que estava na mente dos jesuítas.)

– Vocês viram Rivera? – irmão Pepe perguntou a Juan Diego.

– Não, desde que estivemos todos juntos – Juan Diego respondeu.

– O chefe do lixão estava pensando em ir à primeira missa da manhã – Lupe disse; ela esperou o irmão traduzir isto, antes de dizer o resto para Juan Diego. Como Lupe sabia tudo o que Pepe e o señor Eduardo estavam pensando, ela *não* esperou que eles dissessem a Juan Diego o que estava acontecendo. – Maria Monstro desenvolveu um nariz novo – Lupe acrescentou. – Ou então a Virgem Maria ganhou o nariz de outra pessoa. Como seria de esperar, há uma discussão a respeito.

– A respeito de quê? – Juan Diego perguntou a ela.

– A respeito do milagre – há duas correntes de pensamento – Lupe disse a ele. – Nós espalhamos as cinzas do *velho* nariz; agora Maria Monstro tem um nariz novo. É um milagre ou apenas uma plástica de nariz? Como você pode imaginar, padre Alfonso e padre Octavio não gostam de ouvir a palavra *milagro* usada indiscriminadamente – Lupe acrescentou. Naturalmente, o señor Eduardo tinha ouvido e entendido a palavra *milagro*.

– Lupe disse que é um *milagre*? – o homem de Iowa perguntou a Juan Diego.

– Lupe afirmou que é uma corrente de pensamento – Juan Diego disse a ele.

– E o que diz Lupe a respeito da mudança de *cor* da Virgem Maria? – irmão Pepe perguntou. – Rivera limpou as cinzas, mas a estátua está com a pele muito mais escura do que costumava ter.

– Padre Alfonso e padre Octavio estão dizendo que ela não é a nossa velha Maria, com a pele branca como giz – Lupe anunciou. – Os padres acham que Maria Monstro se parece mais com Guadalupe do que com Maria – padre Alfonso e padre Octavio acham que a Virgem Maria se transformou numa enorme virgem *de pele escura*.

Mas quando Juan Diego traduziu isto, Edward Bonshaw ficou bastante animado – ou tão animado quanto pôde, com Alemania rosnando para ele.

– Nós não estamos – quer dizer, *nós*, a *Igreja* – sempre afirmando que, de certa forma, a Virgem Maria e Nossa Senhora de Guadalupe são a mesma? – o homem de Iowa perguntou. – Bem, se as virgens são *uma só*, sem dúvida a cor da pele desta aqui não *importa*, certo?

– Esta é uma corrente de pensamento – Lupe disse para Juan Diego. – A cor da pele de Maria Monstro também é um tema de discussão.

– Rivera ficou sozinho com a estátua; ele *pediu* para ficar sozinho com ela – irmão Pepe lembrou às crianças do lixão. – Vocês, *niños*, não acham que o chefe do lixão tenha *feito* alguma coisa, acham?

Como podem imaginar, esta questão de Rivera ter ou não feito alguma coisa já fora tema de debate.

– El jefe disse que o objeto no qual ele estava trabalhando não ficava parado, e era difícil de segurar na base – o chefe do lixão disse que o objeto não *tinha* realmente uma base – Lupe lembrou. – Está parecendo ser um nariz – ela disse.

"Pensem numa maçaneta – ou na tranca de uma porta ou de uma janela. Algo parecido com isso", el jefe tinha dito. (Meio parecido com um nariz, Juan Diego estava pensando.)

"Negócio complicado", Lupe tinha dito, referindo-se ao objeto no qual o chefe do lixão estava trabalhando. Mas Lupe jamais diria se *sabia* que Rivera tinha feito um nariz novo para Maria Monstro, e – muito antes das crianças do lixão voltarem para o Templo da Sociedade de Jesus, com irmão Pepe e señor Eduardo no Fusca – Lupe e Juan Diego tinham experiência suficiente para saber que el jefe já guardara segredos antes.

De Cinco Señores até o centro de Oaxaca, eles pegaram o trânsito pesado da hora do rush. Chegaram ao templo jesuíta depois da missa. Alguns dos devotos do novo nariz ainda estavam por ali, olhando embasbacados para a Maria Monstro de pele escura; ao limpar a estátua, Rivera conseguiu remover algumas das manchas causadas pelo produto químico que havia nas cinzas atiradas sobre a Virgem Maria. (Parecia que as roupas da virgem gigante não tinham sido escurecidas – pelo menos suas roupas não estavam tão visivelmente escurecidas quanto sua pele.)

Rivera assistira à missa, mas havia se afastado dos admiradores do nariz; o chefe do lixão rezava silenciosamente, ajoelhado a alguma distância das fileiras da frente. O temperamento impassível de el jefe foi uma barreira impenetrável contra as insinuações dos dois velhos padres.

Quanto ao fato da pele da Virgem Maria ter ficado mais escura, Rivera só falou de tinta e aguarrás – ou de "algum tipo de solvente de tinta" e "de um produto ou outro para clarear madeira". Naturalmente, o chefe do lixão também mencionou os efeitos possivelmente nocivos da gasolina, seu combustível preferido para acender as fogueiras.

Quanto ao novo nariz, Rivera afirmou que a estátua continuava sem nariz quando ele terminou de limpá-la. (Pepe disse que não notara o nariz novo quando trancou a porta de noite.)

Lupe sorria para a Maria Monstro de pele mais escura – a Virgem Maria gigante estava sem dúvida com uma aparência mais *indígena*. Lupe também gostou do novo nariz.

– Ele é menos perfeito, mais humano – Lupe disse.

Padre Alfonso e padre Octavio, que não estavam acostumados a ver Lupe sorrir, pediram que Juan Diego traduzisse o que ela tinha dito.

– Parece o nariz de um boxeador – padre Alfonso disse, em resposta à avaliação de Lupe.

– Um nariz que foi quebrado, certamente – padre Octavio disse, olhando zangado para Lupe. (Sem dúvida, ele achava que *menos perfeita, mais humana,* era uma aparência imprópria para a Virgem Maria.)

Os dois velhos padres pediram ao dr. Vargas que fosse até lá e desse a eles sua opinião científica. Não que eles gostassem (ou acreditassem) de ciência, irmão Pepe sabia, mas Vargas não era de usar levianamente a palavra *milagro*; Vargas não era nada inclinado a usar a palavra *milagre,* e padre Alfonso e padre Octavio eram muito a favor de minimizar a interpretação milagrosa da pele mais escura e do novo nariz de Maria Monstro. (Os dois velhos padres deviam saber que estavam se arriscando ao buscar a opinião de Vargas.)

As crenças de Edward Bonshaw foram abaladas outra vez; seus votos, para não falar na sua determinação de *Resistir a Qualquer Vento*, foram quebrados. Señor Eduardo tinha suas próprias razões para buscar uma aceitação liberal da Virgem Maria diferente, mas não menos importante que estava diante deles.

Quanto ao irmão Pepe, ele estava sempre inclinado a aceitar mudanças – e tolerância, sempre tolerância. O inglês de Pepe tinha melhorado muito por causa do seu contato com Juan Diego, e com o homem de Iowa. Mas no seu entusiasmo em aceitar a virgem de pele mais escura com o nariz diferente, Pepe declarou que a Maria Monstro transformada tinha "vantagens e desvantagens" que podiam ser consideradas uma bênção.

Pepe não deve ter se dado conta do significado daquela alusão a prós e contras, e padre Alfonso e padre Octavio não viam como uma Virgem Maria *de aparência indígena* (com um nariz de boxeador) podia ser algo parecido com uma "bênção".

– Eu acho que você quis dizer que por parecer mestiça ela tem a vantagem de poder atender a todos os gostos, Pepe – señor Eduardo disse, tentando ajudar, mas isto também não foi bem recebido pelos dois velhos padres.

Padre Alfonso e padre Octavio não queriam que a Virgem Maria parecesse uma mestiça.

– Esta Maria é como é – Lupe disse. – Ela já fez mais do que eu esperava – Lupe disse a eles. – Pelo menos ela fez *alguma coisa*, não fez? – Lupe perguntou aos dois velhos padres. – Quem se importa de onde vem o nariz dela? Por que o nariz dela tem que ser um milagre? Ou por que ele *não pode* ser um milagre? Por que vocês têm que interpretar *tudo*? – ela indagou aos dois velhos padres. – Alguém sabe como era a aparência da *verdadeira* Virgem Maria? – Lupe perguntou a todos eles. – Nós sabemos qual era a cor da pele da verdadeira virgem, ou que tipo de nariz tinha? – Lupe indagou; ela estava arrasando. Juan Diego traduziu cada palavra dita pela irmã.

Até os devotos do novo nariz pararam de olhar boquiabertos para a Maria Monstro; eles voltaram sua atenção para a garotinha que dizia coisas ininteligíveis. O chefe do lixão ergueu os olhos de suas preces silenciosas. E todos viram que Vargas estivera ali o tempo todo. Dr. Vargas estava parado a alguma distância da enorme estátua. Examinara o novo nariz da Virgem Maria com um binóculo; Vargas já havia pedido à nova faxineira que lhe trouxesse a escada.

– Eu gostaria de acrescentar algo que Shakespeare escreveu – Edward Bonshaw – sempre o professor – disse. (Era da peça que o homem de Iowa adorava, *Romeu e Julieta*.) – "Qual a importância de um nome?" – señor Eduardo recitou para eles – o conhecido trecho do Ato 2 Cena 1 – mas o teólogo mudou a palavra *rosa* para *nariz*, naturalmente. – "O que chamamos de nariz/Se tivesse qualquer outro nome iria cheirar igualmente doce" – Edward Bonshaw declamou numa voz estrondosa.

Padre Alfonso e padre Octavio ficaram sem fala ao ouvir a tradução de Juan Diego das palavras inspiradas de Lupe, mas Shakespeare não impressionou os dois velhos padres – eles já tinham ouvido Shakespeare antes, uma coisa muito profana.

– É uma questão de *materiais*, Vargas – o rosto dela, o nariz novo, são feitos do mesmo material? – padre Alfonso perguntou ao médico, que ainda estava examinando o nariz em questão com seu binóculo.

– E nós estamos imaginando se haverá alguma emenda ou fresta visível – onde o nariz se liga ao rosto – padre Octavio acrescentou.

A faxineira (a mulher forte e decidida *parecia* uma faxineira) arrastava a escada comprida pela nave central; Esperanza não poderia ter arrastado aquela escada sozinha (e com certeza não poderia tê-la *carregado*). Vargas ajudou a faxineira a colocar a escada, encostando-a na giganta.

– Eu não estou me lembrando de como é que a Maria Monstro reage a *escadas* – Lupe disse para Juan Diego.

– Eu também não estou me lembrando – foi tudo o que Juan Diego respondeu.

As crianças do lixão não tinham certeza se o antigo nariz de Maria Monstro era de madeira ou de pedra; tanto Lupe quanto Juan Diego achavam que era de madeira, de madeira *pintada*. Mas, anos depois, quando irmão Pepe escreveu para Juan Diego sobre a "restauração interior" do Templo de la Compañía de Jesús, ele mencionou a "nova pedra calcária".

"Você sabia", Pepe perguntou a Juan Diego, "que pedra calcária produz cal quando é queimada?" Juan Diego não sabia disso, nem entendeu se Pepe estava querendo dizer que a própria Maria Monstro havia sido restaurada. A virgem gigante estaria incluída no que Pepe chamara de "restauração interior" do templo – e se estivesse, a estátua restaurada (agora feita de "nova pedra calcária") queria dizer que a *antiga* Virgem Maria tinha sido feita com outro tipo de pedra?

Quando Vargas subiu na escada para olhar mais de perto o rosto de Maria Monstro – inescrutável, naquele momento, os olhos da virgem de aparência indígena não demonstraram nenhum potencial para animação – Lupe leu a mente de Juan Diego.

– Sim, eu também acho que é madeira – não pedra – Lupe disse para Juan Diego. – Por outro lado, se Rivera estava usando formões de carpinteiro para cortar e modelar *pedra* – bem, isso poderia explicar por que ele se cortou. Eu nunca o vi se cortar antes, você viu? – Lupe perguntou ao irmão.

– Não – Juan Diego disse. Ele estava pensando que os narizes eram feitos de madeira, mas que Vargas iria provavelmente achar um jeito de falar de um modo científico sobre a composição do *material* do novo nariz milagroso (ou não milagroso).

Os dois velhos padres observavam Vargas atentamente, embora o médico estivesse bem no alto da escada; era difícil ver o que Vargas estava fazendo exatamente.

– Isso é uma faca? Você não a está *cortando*, está? – padre Alfonso falou na direção do alto da escada.

– Aquilo é um canivete do Exército Suíço. Eu tinha um, mas... – Edward Bonshaw começou a explicar, mas padre Octavio o interrompeu.

– Nós estamos pedindo que você tire sangue, Vargas! – padre Octavio gritou lá para cima.

Lupe e Juan Diego não se importaram com o canivete suíço; eles observavam os olhos impassíveis da Virgem Maria.

– Devo dizer que esta plástica de nariz não tem emendas – dr. Vargas disse lá de cima da escada de aparência precária. – Em termos de cirurgia, normalmente existe uma boa distinção entre o amador e o sublime.

– Você está dizendo que esta cirurgia está na categoria sublime, mas que é, mesmo assim, uma cirurgia? – padre Alfonso gritou lá para cima.

– Há uma pequena mancha do lado de uma narina, como uma marca de nascença; não dá para ver daí de baixo – Vargas disse para padre Alfonso.

A dita marca de nascença podia ser uma mancha de sangue, Juan Diego estava pensando.

– Sim, pode ser sangue – Lupe disse para o irmão. – El jefe deve ter sangrado um bocado.

– A Virgem Maria tem uma *marca de nascença*? – padre Octavio perguntou, indignado.

– Não é um defeito. É realmente curioso – Vargas disse.

– E os *materiais*, Vargas – o rosto, o nariz novo? – padre Octavio lembrou ao cientista.

– Ah, existe mais coisa do *mundo* nesta dama do que do *Céu* – Vargas disse; ele estava se divertindo com os dois padres, e eles sabiam disso. – Mais do *basurero* em seu perfume do que eu consigo cheirar do doce *Paraíso*.

– Atenha-se à ciência, Vargas – padre Alfonso disse.

– Se quisermos poesia, podemos ler Shakespeare – padre Octavio disse, olhando zangado para o homem papagaio, que compreendeu pela expressão no rosto do padre que não devia mais recitar trechos de *Romeu e Julieta*.

O chefe do lixão tinha terminado de rezar; Rivera não estava mais de joelhos. El jefe não diria se o novo nariz era obra dele ou não; ele estava mantendo seu curativo limpo e seco, e a boca fechada.

Rivera teria saído do templo, deixando Vargas no alto da escada e os padres se sentindo objetos de zombaria, mas Lupe deve ter querido que todos eles estivessem lá quando ela falasse. Só mais tarde é que Juan Diego compreendeu por que ela quis que todos ouvissem.

O último dos idiotas admiradores do nariz tinha deixado o templo; talvez eles estivessem buscando um milagre, mas conheciam bastante o mundo real para saber que não iam escutar a palavra *milagro* de um médico com um binóculo e um canivete suíço, trepado numa escada.

– É um nariz por um nariz; isso está bom para mim. Traduza tudo o que eu disser – Lupe disse para Juan Diego. – Quando eu morrer, *não* me queimem. Eu quero a papagaiada toda – Lupe acrescentou, olhando diretamente para padre Alfonso e padre Octavio. – Se quiserem queimar alguma coisa – ela falou para Rivera e Juan Diego – podem queimar minhas roupas, meus poucos pertences. Se um cachorrinho tiver morrido – bem, claro, vocês podem queimar o cachorrinho junto com as minhas coisas. Mas não *me* queimem. Deem-me o que *ela* gostaria que eu tivesse – Lupe disse a todos eles – apontando para a Maria Monstro com nariz de boxeador. – E espalhem – apenas *espalhem*, não atirem – as cinzas nos pés da Virgem Maria. Como você disse da primeira vez – Lupe disse para o homem papagaio –, talvez não *toda* a cinza, e só nos *pés* dela!

Enquanto traduzia, palavra por palavra, o que Lupe dizia, Juan Diego pôde ver que os dois padres estavam cativados pelo discurso de Lupe.

– Tome cuidado com o pequeno Jesus. Não deixe cair cinzas nos olhos dele – Lupe disse ao irmão. (Ela estava até sendo cuidadosa com aquele Cristo mirrado, sofrendo na cruz diminuta, sangrando aos pés da enorme Virgem Maria.)

Juan Diego não precisava ser telepata para saber o que irmão Pepe estava pensando. Isto poderia ser uma conversão da parte de Lupe? Como Pepe tinha dito na primeira ocasião em que eles espalharam cinzas: "Isto é diferente. Isto representa uma grande mudança de pensamento."

É nisso que pensamos num monumento ao mundo espiritual como o Templo da Sociedade de Jesus. Num lugar assim – na presença altaneira de uma gigantesca Virgem Maria – nós temos pensamentos religiosos (ou descrentes). Ouvimos um discurso como o de Lupe, e pensamos nas nossas diferenças ou semelhanças religiosas; nós ouvimos apenas o que imaginamos ser as crenças *religiosas* de Lupe, ou seus sentimentos *religiosos*, e comparamos suas crenças ou sentimentos com os nossos.

Vargas, o ateu – o médico que tinha levado seu próprio binóculo e um canivete para investigar um milagre, ou para examinar um nariz não milagroso – teria dito que, para uma garota de treze anos, a sofisticação espiritual de Lupe era "bem impressionante".

Rivera, que sabia que Lupe era especial – de fato, o chefe do lixão, que era devoto de Maria e *muito* supersticioso, tinha medo de Lupe – bem, o que se pode dizer dos pensamentos de el jefe? (Rivera ficou provavelmente aliviado ao saber que as crenças religiosas de Lupe estavam soando menos radicais do que as que ele a ouvira expressar antes.)

E aqueles dois velhos padres, padre Alfonso e padre Octavio –, sem dúvida eles estavam felicitando a si mesmos, e à equipe do Crianças Perdidas, por terem feito, aparentemente, tanto progresso no caso de uma criança difícil e incompreensível.

O bom irmão Pepe pode ter agradecido por haver esperança para Lupe; talvez ela não estivesse tão "perdida" quanto ele pensara a princípio – talvez, ainda que só na tradução, Lupe conseguia fazer sentido, ao menos *religiosamente*. Para Pepe, Lupe pareceu convertida.

Nada de cremação – isso foi provavelmente só o que importou para o querido señor Eduardo. Sem dúvida, nada de cremação era um passo na direção certa.

Isto deve ter sido o que cada um deles pensou. E nem Juan Diego, que era quem conhecia melhor a irmãzinha – nem Juan Diego ouviu o que deveria ter ouvido.

Por que uma garota de treze anos estava pensando em *morrer*? Por que aquele foi o momento de Lupe declarar seus últimos desejos? Lupe era uma menina que podia ler o que os outros estavam pensando – até mesmo leões, até mesmo *leoas*. Por que nenhum deles tinha sido capaz de ler a mente de Lupe?

28. Aqueles hipnóticos olhos amarelos

Desta vez, Juan Diego estava tão mergulhado no passado – ou estava tão alienado do presente – que o som do trem de pouso sendo baixado, e até o solavanco da aterrissagem em Laoag não o trouxeram imediatamente de volta à conversa de Dorothy.

– Foi aqui que Marcos nasceu – Dorothy disse.
– Quem? – Juan Diego perguntou a ela.
– Marcos. Você conhece a *sra.* Marcos, certo? – Dorothy perguntou a ele. – Imelda – aquela dos milhões de sapatos, *aquela* Imelda. Ela ainda é membro da Câmara dos Deputados por esta região.
– A sra. Marcos já deve ter mais de oitenta anos – Juan Diego comentou.
– É, ela já está bem velha – Dorothy concluiu.

O trajeto de carro demoraria uma hora, Dorothy o avisou – outra estrada escura, outra noite, com rápidos lampejos de uma paisagem estrangeira. (Casebres de telhado de sapê; igrejas com arquitetura espanhola; cães, ou apenas os olhos deles.) E, combinando com a escuridão que os cercava em seu carro – o proprietário do hotel havia providenciado o motorista e a limusine – Dorothy descreveu o sofrimento inenarrável dos prisioneiros de guerra americanos no Vietnã do Norte. Ela parecia saber detalhes horríveis das sessões de tortura no Hanoi Hilton (como era chamada a prisão de Hoa Lo, na capital norte-vietnamita); ela disse que os métodos mais brutais de tortura eram usados nos pilotos americanos que foram abatidos e capturados.

Mais política – política *velha*, Juan Diego estava pensando – na noite escura. Não que Juan Diego não *fosse* engajado politicamente, mas – como escritor de ficção – ele desconfiava de pessoas que supunham saber quais eram (ou deveriam ser) suas posições políticas. Isto acontecia o tempo todo.

Por que outro motivo Dorothy tinha levado Juan Diego para *lá*? Só porque ele era americano, e Dorothy achava que ele devia ver aqueles supracitados "amedrontados rapazes de dezenove anos", como ela havia se referido a eles, que foram passar ali sua licença – *apavorados*, como Dorothy enfatizou, com medo da tortura que os aguardava caso fossem capturados pelo norte-vietnamitas.

Dorothy parecia um daqueles críticos e entrevistadores que achavam que Juan Diego devia ser mais mexicano-americano *como escritor*. Por ele ser mexicano-americano, *devia* escrever como um? Ou ele devia escrever sobre *ser* um? (Em última instância, seus críticos não estavam dizendo a ele qual deveria ser seu tema?)

– Não se torne um desses mexicanos que... – Pepe deixou escapar para Juan Diego, e então interrompeu a frase.

– Que *o quê*? – Flor perguntou a Pepe.

– Um desses mexicanos que odeiam o México – Pepe ousou dizer.

– Você quer dizer um desses *americanos* – Flor disse a Pepe.

– Meu querido menino! – irmão Pepe exclamou; ele abraçou Juan Diego. – Você também não vai querer se tornar um desses mexicanos que estão sempre voltando, esses que não conseguem ficar longe – Pepe acrescentou.

Flor olhou zangada para o pobre Pepe; ela lançou um olhar furioso para ele.

– O que mais ele *não deve* se tornar? – ela perguntou a Pepe. – Que *outro* tipo de mexicano é proibido?

Flor jamais entendeu a parte referente ao fato de ele *escrever*: o fato de haver expectativas a respeito do que um escritor mexicano-americano devia (ou não) escrever – o fato de que o que era *proibido* (na mente de muitos críticos e entrevistadores) era haver um escritor mexicano-americano que *não* escrevia sobre a "experiência" mexicano-americana.

Se você aceitasse o rótulo mexicano-americano, na opinião de Juan Diego, então você estaria aceitando agir de acordo com estas expectativas.

E comparado com o que havia acontecido com Juan Diego no México – comparado com sua infância e início da adolescência em Oaxaca – nada havia acontecido com Juan Diego depois que ele se tornou um mexicano-americano (nada sobre o que valesse a pena escrever, não na opinião dele).

Sim, ele tinha uma jovem e excitante amante, mas as posições políticas dela – melhor dizendo, o que Dorothy imaginava que *deveriam ser* as posições políticas dele – a levaram a explicar a importância de onde eles estavam. Ela não entendeu. Juan Diego não precisava estar na região noroeste de Luzon, ou vê-la, para imaginar o medo daqueles "amedrontados rapazes de dezenove anos".

Talvez fosse o reflexo dos faróis de um carro nos olhos escuros de Dorothy – um brilho mais claro faiscou em seus olhos. Por um ou dois segundos, os olhos de Dorothy se tornaram amarelos – como os olhos de um leão – e, naquele instante, o passado reivindicou Juan Diego.

Foi como se ele nunca tivesse saído de Oaxaca; na escuridão da tenda dos cães pouco antes do dia amanhecer, fedendo a hálito de cachorro, nenhum outro futuro o aguardava a não ser sua vida como intérprete da irmã em La Maravilla. Juan Diego não tinha coragem para se pendurar de cabeça para baixo na passarela de corda. O Circo da Maravilha não tinha o que fazer com alguém que só andava na altura do *teto*. (Juan Diego ainda não tinha entendido que não haveria outra acrobata aérea depois de Dolores.) Quando você tem catorze anos e está deprimido, perceber que tem outro futuro é como tentar enxergar no escuro. "Em cada vida", Dolores tinha dito, "eu acho que existe sempre um momento em que você precisa decidir onde é o seu *lugar*."

Na tenda dos cães, a escuridão era impenetrável. Quando Juan Diego não conseguia dormir, ele tentava identificar a respiração de cada um no breu da tenda. Se não pudesse ouvir Estrella roncando, ele imaginava que ela estava morta ou dormindo em outra tenda. (Esta manhã, Juan Diego recordou o que já sabia de antemão: Estrella estava tirando uma de suas noites de folga de dormir com os cachorros.)

Alemania, a fêmea de pastor-alemão, era o cachorro que dormia mais profundamente; sua respiração era a mais profunda, a mais tranquila. (Sua vida como cão policial, quando Alemania estava acordada, provavelmente a deixava cansada.)

Baby, o dachshund macho, era o que mais sonhava; suas pernas curtas corriam durante o sono, ou ele estava sempre cavando com as patas da frente. (Baby latia quando estava se aproximando de uma presa imaginária.)

Como Lupe havia reclamado: Perro Mestizo era "sempre o bandido". Julgado o cão mestiço estritamente pelos seus peidos – bem, ele era definitivamente o bandido na tenda dos cães (a menos que o homem papagaio também estivesse dormindo lá).

Quanto a Pastora, a fêmea de cão pastor, ela era como Juan Diego – sofria de insônia, vivia preocupada. Quando Pastora estava acordada, ofegava e andava de um lado para o outro; ela gemia dormindo, como se a felicidade fosse tão fugaz para ela quanto uma boa noite de sono.

– Deite-se, Pastora – Juan Diego dizia, o mais baixo possível. Ele não queria acordar os outros cães.

Esta manhã, ele identificou facilmente a respiração de cada cachorro. Lupe era sempre a mais difícil de ouvir; ela dormia tão calmamente que mal parecia respirar. Juan Diego estava se esforçando para ouvir Lupe quando sua mão tocou em algo debaixo do seu travesseiro. Ele precisou pegar a lanterna, debaixo da cama, para poder ver o que a mão debaixo do travesseiro havia encontrado.

A tampa desaparecida da lata de café com as cinzas era igual a qualquer outra tampa de plástico, exceto pelo cheiro; houve mais *produtos químicos* naquelas cinzas do que restos de Esperanza ou do gringo bom ou de Branco Sujo. E qualquer que fosse a mágica que houvesse no nariz velho da Virgem Maria, não era uma mágica que se pudesse cheirar. Havia mais do basurero naquela tampa de lata de café do que qualquer coisa *sobrenatural*; no entanto, Lupe a guardara – ela desejou que Juan Diego ficasse com ela.

Também guardada debaixo do travesseiro de Juan Diego estava a corda com as chaves das aberturas das jaulas dos leões – as aberturas para passar as bandejas de comida. Havia duas chaves, é claro – uma da jaula de Hombre; a outra da jaula das leoas.

A esposa do maestro da banda gostava de tecer cordas; ela havia feito uma para o apito do marido – ele usava o apito em volta do pescoço quando estava conduzindo a banda do circo. E a esposa do maestro da banca fizera outra corda para Lupe. Os fios da corda de Lupe eram vermelhos e brancos; Lupe usava a corda em volta do pescoço, quando carregava as chaves das jaulas dos leões – sempre que ia alimentar os leões.

– Lupe? – Juan Diego chamou, mais baixinho do que havia mandado Pastora se deitar. Ninguém o escutou – nem mesmo um dos cachorros. – Lupe! – Juan Diego disse mais alto, iluminando a cama vazia da irmã.

– Eu estou onde sempre estou – Lupe vivia dizendo. Não desta vez. Desta vez, quando o dia estava nascendo, Juan Diego encontrou Lupe na jaula de Hombre.

Para limpeza, a bandeja de alimentação podia ser inteiramente removida da abertura no chão da jaula. A abertura não era grande o suficiente para Hombre escapar por ela; a abertura era pequena demais para a cabeça de Hombre passar.

– É seguro – Edward Bonshaw tinha dito a Juan Diego, quando o homem de Iowa observou pela primeira vez a maneira como Lupe alimentava os leões. – Eu só queria ter certeza quanto ao tamanho da abertura.

Mas (isto foi na primeira noite deles na Cidade do México) Lupe tinha dito ao irmão:

– Eu passo pela abertura por onde deslizam as bandejas de alimentação. Ela não é pequena demais para *eu* passar.

– Você fala como se já tivesse experimentado – Juan Diego disse.

– Por que eu experimentaria? – Lupe perguntou a ele.

– Eu não sei. Por que você *faria isso*? – Juan Diego perguntou a ela.

Lupe não respondera – não naquela noite na Cidade do México, nem nunca. Juan Diego sempre soubera: Lupe geralmente estava certa a respeito do passado; era o futuro que ela não sabia com tanta exatidão. Telepatas não são necessariamente bons videntes, mas Lupe deve ter acreditado que tinha visto o futuro. Ela teria imaginado ter visto o futuro *dela* ou era o futuro de Juan Diego que estava tentando mudar? Lupe acreditou ter visto como o futuro deles seria – se eles ficassem no circo, se as coisas continuassem a ser como eram em La Maravilla?

Lupe fora sempre solitária – como se ser uma menina de treze anos já fosse solitário o bastante! Jamais saberemos o que Lupe achou que iria acontecer, mas isso deve ter sido um fardo aterrador aos treze anos. (Ela sabia que seus seios não iam ficar maiores; ela sabia que não ficaria menstruada.)

Falando de forma mais ampla, Lupe havia previsto um futuro que a amedrontou, e aproveitou uma oportunidade para mudá-lo – dramaticamente. Mais do que o futuro do irmão iria ser alterado pelo que Lupe fez. O ato de Lupe faria com que Juan Diego vivesse o resto da vida em sua imaginação, e o que aconteceu com Lupe (e Dolores) iria marcar o início do fim de La Maravilla.

Em Oaxaca, bem depois de todo mundo ter parado de falar sobre o dia do nariz, os cidadãos mais falantes da cidade ainda fofocavam a respeito da dissolução, da sinistra dissolução – do sensacional fracasso – do Circo da Maravilha. É inquestionável que o que Lupe fez iria ter um *efeito*, mas essa não é a questão. O que Lupe fez também foi terrível. Irmão Pepe, que conhecia e amava os órfãos, disse mais tarde que foi o tipo de coisa que só uma criança de treze anos extremamente infeliz teria feito. (Bem, sim, mas não há muito que se possa fazer a respeito do que crianças de treze anos *pensam*, há?)

Lupe deve ter destrancado a abertura de alimentação da jaula de Hombre na noite anterior – assim, ela poderia deixar o cordão com as chaves das jaulas dos leões debaixo do travesseiro de Juan Diego.

Talvez Hombre tenha ficado agitado porque Lupe apareceu para dar comida a ele quando ainda estava escuro – isso era incomum. E Lupe havia retirado completamente a bandeja da jaula; além disso, ela não pôs a carne na bandeja para Hombre.

O que aconteceu em seguida ninguém sabe; Ignacio especulou que Lupe deve ter levado a carne para Hombre se arrastando para dentro da jaula. Juan Diego achou que Lupe pode ter fingido comer a carne de Hombre, ou pelo menos ela deve ter tentado manter a carne longe dele. (Como Lupe explicara o processo de alimentar os leões para o señor Eduardo, é inacreditável o quanto os leões pensam em *carne*.)

E, desde a primeira vez que o viu, Lupe não havia chamado Hombre de "o último cão" – *o último*, ela não havia repetido? "El último perro", ela dissera distintamente para o leão. "El último." (Como se Hombre fosse o rei dos cães de telhado, o rei dos *mordedores* – o *último* dos mordedores.)

"Vai ficar tudo bem", Lupe repetira para Hombre, desde o começo. – Você não tem culpa de nada – ela dissera ao leão.

Essa não era a aparência do leão, quando Juan Diego o viu sentado num canto no fundo da jaula. Hombre parecia culpado. Hombre estava sentado o mais longe possível de onde Lupe estava deitada, enroscada no chão – no canto diametralmente oposto da jaula do leão. Lupe estava caída no canto mais próximo da abertura de alimentação; seu rosto estava voltado para o lado oposto de onde estava Juan Diego. Na hora, ele ficou grato de ter sido poupado de ver a expressão de Lupe. Mais tarde, Juan Diego iria desejar ter visto o rosto dela – isto talvez o tivesse poupado de imaginar sua expressão pelo resto de sua vida.

Hombre matou Lupe com uma única mordida – "uma mordida esmagadora na nuca", como o dr. Vargas iria descrevê-la (depois de examinar o corpo). Não havia outros ferimentos no corpo da menina – nem mesmo uma marca de garra. Havia poucos vestígios de sangue na região das marcas da mordida no pescoço de Lupe, e não havia sequer uma gota do seu sangue em lugar algum na jaula do leão. (Ignacio disse mais tarde que Hombre teria lambido todo o sangue – o leão também havia comido toda a carne.)

Depois que Ignacio deu dois tiros na cabeça de Hombre, aquele canto da jaula onde o leão se exilara ficou cheio de sangue. Parecer arrependido não iria salvar o animal confuso e triste. Ignacio dera uma olhada rápida na localização do corpo de Lupe perto da abertura de alimentação, e para a posição diametralmente oposta (quase submissa) que Hombre havia escolhido no canto oposto da jaula. E quando Juan Diego chegou mancando, correndo, à tenda do domador de leões, Ignacio levara sua arma com ele para a cena do crime.

Ignacio matou Mañana porque o cavalo estava com uma perna quebrada. Na opinião de Juan Diego, Ignacio não teve justificativa para matar Hombre. Lupe tinha razão: o que aconteceu não foi culpa do leão. Duas coisas levaram Ignacio a matar Hombre. O domador de leões era um covarde; ele não ousou entrar na jaula de Hombre depois que o leão matou Lupe – não com Hombre vivo. (A tensão na jaula do leão, depois que Lupe foi morta, era território desconhecido.) E Ignacio foi certamente motivado por alguma idiotice machista – ou seja, o domador de leões precisava acreditar que quando seres humanos eram vítimas de leões, a culpa era *sempre* do animal.

E, é claro, por mais que o pensamento de Lupe fosse equivocado, ela estava certa a respeito de tudo que *iria* acontecer se Hombre a matasse. Lupe sabia que Ignacio mataria Hombre – ela deve ter sabido qual seria a consequência disso, também.

Em um único aspecto, no dia em que a irmã foi morta, Juan Diego não se deu conta do quanto Lupe havia sido presciente; Juan Diego não iria apreciar inteiramente a presciência de Lupe (sua sobre-humana, se não divina, onisciência) até a manhã seguinte.

No dia em que Lupe foi morta, o Circo de La Maravilla foi invadido por aqueles tipos que Ignacio chamava de "autoridades". Como o domador de leões havia sempre se considerado *a* autoridade, Ignacio não funcionava bem na presença de *outras* autoridades – a polícia e pessoas com funções semelhantes.

O domador de leões foi ríspido com Juan Diego, quando o menino lhe disse que Lupe havia alimentado as leoas antes de alimentar Hombre. Juan Diego sabia disso porque ele imaginou que Lupe teria pensado que talvez *ninguém* desse comida às leoas naquele dia se ela não o fizesse.

Juan Diego também sabia disso porque ele tinha ido dar uma olhada nas leoas, depois que Lupe e Hombre foram mortos. Na noite anterior, Lupe destrancara a abertura de alimentação da jaula das leoas, também. Ela deve ter dado comida às leoas da maneira de sempre; depois retirou a bandeja de alimentação – e a deixou encostada do lado de fora da jaula das leoas, exatamente do mesmo jeito com que havia feito com a bandeja de alimentação da jaula de Hombre.

Além disso, as leoas *pareciam* ter sido alimentadas; "las señoritas", como Ignacio as chamava, estavam deitadas no fundo da jaula – "as senhoritas" simplesmente olharam para Juan Diego daquele jeito indecifrável delas.

O modo como Ignacio foi ríspido com Juan Diego fez o menino sentir que não tinha importância para o domador de leões se Lupe havia ou não alimentado as leoas antes de morrer – mas isso *tinha* importância, como se veria mais tarde. Muita importância. Isto significou que ninguém teve que dar comida às leoas no dia em que Lupe e Hombre foram mortos.

Juan Diego tentou até dar a Ignacio as duas chaves que abriam o espaço nas jaulas dos leões por onde entrava e saía a bandeja de alimentação, mas Ignacio não quis.

– Fique com elas, eu tenho as minhas – o domador de leões disse a ele.

Naturalmente, irmão Pepe e Edward Bonshaw não permitiram que Juan Diego passasse outra noite na tenda dos cães. Pepe e señor Eduardo ajudaram Juan Diego a embalar suas coisas, junto com as poucas coisas de Lupe – a saber, suas roupas. (Lupe não tinha conservado nenhuma lembrança; ela não sentiu falta da sua imagem de Coatlicue depois do nariz novo de Maria.)

Na mudança apressada de La Maravilla para o Crianças Perdidas, Juan Diego iria perder a tampa da lata de café que havia guardado as cinzas de cheiro forte, mas naquela noite ele dormiu em seu antigo quarto no Crianças Perdidas, e foi para a cama com o cordão de Lupe em volta do pescoço. Ele podia sentir as duas chaves das jaulas dos leões; no escuro, ele as apertou entre o polegar e o indicador antes de adormecer.

Ao lado, na caminha onde Lupe costumava dormir, o homem papagaio ficou tomando conta dele – isto é, quando o homem de Iowa não estava roncando. Meninos sonham em ser heróis; depois que Juan Diego perdeu Lupe, ele não teria mais esses sonhos. Ele sabia que a irmã tinha tentado salvá-lo; sabia que fracassara em salvá-la. Uma aura de fatalidade o marcara – mesmo aos catorze anos Juan Diego soube disso também.

Na manhã seguinte à morte de Lupe, Juan Diego acordou com o som de crianças recitando – os alunos do jardim de infância repetiam a ladainha da irmã Gloria. "Ahora y siempre", as crianças do jardim de infância recitavam, não isto, não para o resto da minha vida, Juan Diego pensava; ele estava acordado, mas manteve os olhos fechados. Juan Diego não queria ver seu antigo quarto no Crianças Perdidas; ele não queria ver a caminha de Lupe, sem ninguém (ou talvez o homem papagaio) nela.

Naquela manhã, o corpo de Lupe devia estar com o dr. Vargas. Padre Alfonso e padre Octavio já haviam pedido ao médico para olhar o corpo da menina; os dois padres queriam levar uma das freiras do Crianças Perdidas com eles para Cruz Roja. Havia dúvidas sobre como vestir o corpo, e – dada a mordida do leão – se era ou não aconselhável deixar o caixão aberto. (Irmão Pepe declarou que não tinha coragem de *ver* o corpo de Lupe. Por isso é que os dois velhos padres pediram a Vargas que fizesse isso.)

Naquela manhã, até onde todo mundo em La Maravilla sabia – exceto Ignacio, que sabia outra coisa –, Dolores havia simplesmente fugido. Era o assunto do circo, o modo como a própria Maravilha simplesmente desaparecera; parecia tão improvável que ninguém a tivesse visto em Oaxaca. Uma menina bonita como ela, com pernas longas como as dela, não podia simplesmente desaparecer, podia?

Talvez só Ignacio soubesse que Dolores estava em Guadalajara; talvez o aborto malfeito já tivesse acontecido, e a infecção peritoneal estivesse começando. Talvez Dolores achasse que iria se recuperar logo, e tivesse iniciado sua viagem de volta para Oaxaca.

Naquela manhã, no Crianças Perdidas, Edward Bonshaw devia estar com a cabeça cheia. Ele tinha uma grande confissão a fazer ao padre Alfonso e ao padre Octavio – não o tipo de confissão a que os dois velhos padres estavam acostumados. E señor Eduardo sabia que precisava da ajuda da Igreja. O teólogo não apenas renunciara aos seus votos; o homem de Iowa era um homem gay apaixonado por um travesti.

Como é que duas pessoas dessas poderiam querer adotar um órfão? Por que alguém permitiria que Edward Bonshaw e Flor passassem a ser tutores legais de Juan Diego? (Señor Eduardo não precisava só da *ajuda* da Igreja; ele precisava que a Igreja relaxasse um bocado suas regras.)

Naquela manhã, em La Maravilla, Ignacio soube que tinha que dar comida, ele mesmo, às leoas. Quem o domador de leões poderia ter convencido a fazer isso por ele? Soledad não estava falando com ele, e Ignacio tinha conseguido deixar as meninas acrobatas com medo dos leões; sua mentira sobre os leões *sentirem* quando as meninas ficavam menstruadas afugentara as jovens acrobatas. Mesmo antes de Hombre matar Lupe, as meninas estavam com medo – até das leoas.

"É das leoas que o domador de leões devia ter medo", Lupe profetizara.

Naquela manhã, um dia depois de Ignacio ter matado Hombre a tiros, o domador de leões deve ter cometido um erro enquanto alimentava as leoas. "Elas não conseguem me enganar – eu sei o que elas estão pensando", Ignacio havia se gabado em relação às leoas. "As senhoritas são óbvias", o domador de leões disse a Lupe. "Eu não preciso de uma telepata para las señoritas."

Ignacio havia dito a Lupe que podia ler as mentes das leoas pelas partes do corpo com que as havia batizado.

Naquela manhã, as leoas não devem ter sido tão fáceis de interpretar quanto o domador de leões imaginara antes. Segundo pesquisas com leões no Serigeti, como mais tarde Vargas iria informar a Juan Diego, as leoas são responsáveis pela maior parte das mortes. As leoas sabem caçar em grupo; quando perseguem uma manada de gnus ou zebras, as leoas cercam a manada – impedindo qualquer rota de fuga, antes de atacar.

Quando as crianças do lixão viram Hombre pela primeira vez, Flor sussurrou para Edward Bonshaw:

– Se você acha que acabou de ver o rei dos animais, está enganado. Você irá conhecê-lo agora – o travesti sussurrou para o homem de Iowa na tenda do domador de leões. – Ignacio é o rei dos animais.

– O rei dos *porcos* – Lupe dissera de repente.

Quanto às estatísticas do Serengeti, ou outros estudos sobre leões, a única parte que o rei dos *porcos* talvez tivesse entendido era o que acontecia – na floresta – depois que as leoas matavam sua presa. Era então que os machos afirmavam sua superioridade – eles comiam sua parte antes que as leoas tivessem permissão de comer a delas. Juan Diego tinha certeza de que o rei dos *porcos* teria gostado disso.

Naquela manhã, ninguém viu o que aconteceu com Ignacio quando ele estava alimentando as leoas, mas leoas sabem ser pacientes; leoas aprenderam a esperar sua vez. Las señoritas – as senhoritas de Ignacio – teriam a vez delas. Naquela manhã, o início do fim de La Maravilla estaria completo.

Paco e Barriga de Cerveja foram os primeiros a encontrar o corpo do domador de leões; os palhaços anões desciam a avenida de tendas, a caminho dos chuveiros externos. Eles devem ter imaginado como era possível – como as leoas podiam ter matado Ignacio, quando o corpo desfigurado do domador de leões estava do lado de fora da jaula. Mas qualquer pessoa que soubesse como as leoas agem – em conjunto – poderia imaginar, e o dr. Vargas (naturalmente, foi Vargas quem examinou o corpo de Ignacio) teve pouca dificuldade em reconstituir uma sequência plausível de eventos.

Como romancista, quando Juan Diego falava sobre enredo – especificamente, como ele arquitetava o enredo de um romance – ele gostava de falar sobre "o trabalho em grupo das leoas" como "um primeiro modelo". Em entrevistas, Juan Diego começaria dizendo que ninguém viu o que aconteceu com o domador de leões; ele diria que nunca se cansou de reconstituir uma sequência plausível de eventos e que isso era ao menos em parte responsável pelo fato de Juan Diego ter se tornado um romancista. Mas se você somar o que aconteceu com Ignacio com o que Lupe podia estar pensando – bem, você consegue ver o que pode ter alimentado a imaginação do leitor do lixão, não consegue?

Ignacio colocou a carne para as leoas na bandeja de alimentação, como sempre. Ele escorregou a bandeja pela abertura da jaula, como sempre. Então algo diferente deve ter acontecido.

Vargas não conseguia deixar de descrever o número extraordinário de ferimentos de garras nos braços, nos ombros e atrás do pescoço de Ignacio; uma das leoas o agarrara primeiro – depois outras patas, com garras, o seguraram. As leoas o devem ter prendido perto das grades da jaula.

Vargas disse que o nariz do domador de leões havia sido arrancado, assim como suas orelhas, as duas bochechas, o queixo; Vargas disse que os dedos das mãos também estavam faltando – as leoas deixaram apenas um dos polegares. O que matou Ignacio, Vargas disse, foi uma mordida na garganta – que o médico descreveu como "desordenada".

"Esta não foi uma morte limpa", como disse Vargas. Ele explicou que uma leoa podia matar um gnu ou uma zebra com uma única mordida na garganta, mas as grades da jaula eram muito juntas umas das outras; a leoa que finalmente matou Ignacio com uma mordida na garganta não conseguiu enfiar a cabeça entre as grades – ela não abriu a boca tanto quanto queria para pegar de jeito a garganta do domador de leões. (Foi por isso que Vargas usou a palavra *desordenada* para descrever a mordida letal.)

Depois disso, "as autoridades" (como Ignacio dizia) iriam investigar os erros cometidos em La Maravilla. Era o que sempre acontecia depois de um acidente fatal num circo – os especialistas chegavam e diziam o que você estava fazendo de errado. (Os especialistas disseram que a quantidade de carne que Ignacio estava dando aos leões estava errada; que o número de vezes que os leões eram alimentados também estava errado.)

Quem se importa?, Juan Diego iria pensar; ele não se lembrava do que os especialistas disseram em relação ao número *correto* de vezes ou à quantidade *certa*. O que estava errado com La Maravilla era o que estava errado com o próprio Ignacio. O domador de leões é que havia sido *errado*! No fim, ninguém em La Maravilla precisou de especialistas para dizer isso.

No fim, Juan Diego iria pensar, o que Ignacio viu foram aqueles hipnóticos olhos amarelos – os olhares, nada afetuosos, de suas señoritas –, os olhos implacáveis das últimas senhoritas do domador de leões.

Há um pós-escrito para todo circo que fracassa. Para onde vão os artistas quando um circo fecha? A própria Maravilha, nós sabemos, desapareceu muito cedo. Mas nós também sabemos, não é, que os outros artistas de La Maravilla não podiam fazer o que Dolores fazia. Como Juan Diego descobriu, nem todo mundo podia andar de cabeça para baixo na corda.

Estrella iria encontrar lares para os cães. Bem, ninguém quis o mestiço; Estrella teve que ficar com ele. Como Lupe tinha dito? Perro Mestizo era sempre o bandido.

E nenhum outro circo tinha querido o Homem Pijama; sua vaidade o precedeu. Por algum tempo, nos fins de semana, o contorcionista podia ser visto se contorcendo para os turistas no zócalo.

Dr. Vargas diria mais tarde que ficou triste por terem mudado de lugar a escola de medicina. A nova escola de medicina, que fica em frente a um hospital público – longe do centro da cidade – não fica perto do necrotério e do Hospital da Cruz Vermelha, antigos territórios de Vargas. A velha escola de medicina, quando Vargas ainda ensinava lá, ficava na Armenta y López com Bustamante.

Esse foi o último lugar onde Vargas viu o Homem Pijama – na velha escola de medicina. O cadáver do contorcionista foi tirado do banho de ácido para uma maca de metal corrugado; o fluido no cadáver do Homem Pijama caiu num balde através de um furo na maca, perto da cabeça do contorcionista. Na mesa inclinada de autópsia, feita de aço – com uma ranhura profunda no meio, que dava num buraco de drenagem, também na cabeça do Homem Pijama – o cadáver foi aberto. Estendido ali, para sempre não contorcido, Homem Pijama estava irreconhecível para os estudantes de medicina, mas Vargas reconheceu o antigo contorcionista.

"Não existem ausência e vazio iguais ao que se veem na expressão do rosto de um cadáver", Vargas iria escrever para Juan Diego, quando o menino se mudou para Iowa. "Os sonhos humanos desapareceram", Vargas escreveu, "mas não o sofrimento. E vestígios da vaidade de uma pessoa viva permanecem. Você há de recordar a atenção que o Homem Pijama dava à sua barba e ao seu bigode, como demonstra o tempo que o contorcionista passava olhando no espelho – fosse admirando sua aparência ou tentando melhorá-la."

"Sic transit gloria mundi", como padre Alfonso e padre Octavio gostavam de dizer, com um ar solene.

"Assim passa a glória deste mundo", como irmã Gloria estava *sempre* lembrando aos órfãos no Crianças Perdidas.

Os trapezistas argentinos eram bons demais no que faziam, e felizes demais um com o outro, para não achar trabalho em outro circo. Bem recentemente (qualquer data depois de 2001, o novo século, parecia *recente* para Juan Diego), irmão Pepe tinha ouvido falar de alguém que os viu; Pepe disse que os trapezistas argentinos estavam trabalhando num pequeno circo nas montanhas, a cerca de uma hora de carro da Cidade do México. Eles talvez já tenham se aposentado agora.

Depois que La Maravilla fechou, Paco e Barriga de Cerveja foram para a Cidade do México – os dois palhaços anões eram de lá, e (segundo Pepe) Barriga de Cerveja ficou lá. Barriga de Cerveja entrou para outro ramo de negócios, embora Juan Diego não conseguisse lembrar qual – Juan Diego não sabia se Barriga de Cerveja ainda estava vivo – e Juan Diego tinha muita dificuldade em imaginar Barriga de

Cerveja *não* sendo um palhaço. (É claro que, se estivesse vivo, Barriga de Cerveja ainda seria um anão.)

Paco, Juan Diego sabia, tinha morrido. Ele tinha voltado para Oaxaca; como Flor, Paco não conseguia ficar longe. Como Flor, Paco adorava frequentar os lugares de sempre. Paco sempre fora um frequentador do La China, aquele bar gay na Bustamante, o lugar que mais tarde iria se tornar Chinampa – nas vizinhanças da rua Zaragoza. E Paco também era um frequentador de A Pequena Coroa – onde os transformistas se divertiam e que fechou, por algum tempo, nos anos 1990 (quando o dono de A Pequena Coroa, que era gay, morreu). Como Edward Bonshaw e Flor, tanto o dono de A Pequena Coroa quanto Paco iriam morrer de AIDS.

Soledad, que um dia chamou Juan Diego de "Menino Maravilha", ainda iria viver muito depois do fim de La Maravilla. Vargas continuou a vê-la – Soledad ainda era sua paciente. Houve tensão em suas articulações, sem dúvida – como dr. Vargas disse para a antiga artista do trapézio. Vargas mencionara, muito tempo antes, o dano em seus dedos, seus pulsos, seus cotovelos – mas, exceto pelo dano causado a estas articulações, Soledad ainda era forte. Como trapezista, Juan Diego iria lembrar, ela terminou a carreira como pegadora; no trapézio, geralmente os homens é que são os pegadores. Mas Soledad tinha braços fortes o bastante, e uma pegada forte o bastante, para ser uma pegadora.

Pepe diria a Juan Diego (mais ou menos na época do fechamento do orfanato no Crianças Perdidas) que Vargas tinha sido uma das diversas pessoas que Soledad deu como referência quando adotou dois órfãos do Crianças Perdidas – um menino e uma menina.

Soledad foi uma mãe maravilhosa, Pepe informou. Ninguém ficou surpreso. Soledad era uma mulher formidável – bem, ela podia ser um pouco *fria*, Juan Diego se lembrava, mas ele sempre a admirara.

Houve um breve escândalo, mas isto foi depois que os filhos adotados de Soledad já haviam crescido e saído de casa. Soledad arrumou um namorado mau; nem Pepe nem Vargas iriam explicar o termo *mau*, que ambos usaram para descrever o namorado de Soledad, mas Juan Diego interpretou o termo como significando *violento*.

Depois de Ignacio, Juan Diego ficou surpreso em saber que Soledad teve paciência para um namorado mau; ela não parecia o tipo de mulher capaz de tolerar violência.

Mas Soledad não teve que aguentar muito tempo o namorado mau. Ela voltou das compras certa manhã, e lá estava ele – morto, com a cabeça sobre os braços, ainda sentado à mesa da cozinha. Soledad disse que ele já estava sentado ali quando ela saiu para fazer compras.

– Ele deve ter tido um ataque cardíaco ou algo assim – foi tudo o que irmão Pepe disse a respeito.

Naturalmente, foi Vargas o médico que o examinou.

– Pode ter sido um intruso – Vargas disse. – Alguém que queria se vingar dele – alguém com mãos fortes – dr. Vargas concluiu. O namorado mau foi estrangulado ali, sentado à mesa da cozinha.

Na época, Soledad ainda era paciente de Vargas; o médico disse que ela não poderia ter estrangulado o namorado de jeito nenhum.

– As mãos dela estão em péssimo estado – Vargas testemunhou. – Ela não seria capaz de espremer um limão! – foi o que Vargas disse.

Vargas ofereceu os analgésicos que Soledad estava tomando como prova de que a mulher "lesionada" não poderia ter estrangulado ninguém. A medicação era para dor nas articulações; era principalmente para a dor nos dedos e nas mãos de Soledad.

– Muitas lesões, muita dor – o médico disse.

Juan Diego não duvidava disso – nem das lesões nem da dor. Mas, olhando para trás – lembrando de Soledad na tenda do domador de leões, e dos olhares fortuitos que Soledad lançava na direção de Ignacio – Juan Diego tinha visto algo nos olhos da antiga trapezista. Não havia nada nos olhos escuros de Soledad que se parecesse com o amarelo nos olhos dos leões, mas havia sem dúvida algo das intenções indecifráveis de uma leoa.

29. Uma viagem única

– Briga de galo é legal aqui, e muito popular – Dorothy estava dizendo. – Os galos malucos ficam acordados a noite inteira, cantando. Os estúpidos galos de briga ficam se preparando para a próxima luta.

Bem, Juan Diego pensou, isso podia explicar o galo maluco que havia cantado antes do amanhecer (naquela véspera de Ano-Novo no Encantador), mas não o grito subsequente da morte súbita e violenta do galo – como se Miriam, simplesmente por desejar que o chato do bicho morresse, tivesse feito com que isto acontecesse.

Pelo menos ele foi avisado, Juan Diego estava pensando: haveria galos de briga cantando a noite toda na hospedaria perto de Vigan. Juan Diego estava interessado em ver o que Dorothy ia fazer a respeito.

– Alguém devia matar aquele galo – Miriam disse com sua voz grave e rouca – aquela noite no Encantador. Quando o galo maluco cantou pela terceira vez, seu canto foi interrompido. – Pronto. Chega de anunciar um falso amanhecer, chega de mensageiros mentirosos.

– E como os galos cantam a noite inteira, os cachorros não param de latir – Dorothy disse a ele.

– Parece muito sossegado – Juan Diego disse. A hospedaria era um conjunto de prédios, todos velhos. A arquitetura espanhola era evidente; talvez a hospedaria tivesse sido um dia uma missão, Juan Diego estava pensando – havia uma igreja no meio de meia dúzia de casas de hóspedes.

El Esconderijo, era o nome da hospedaria. Era difícil distinguir que tipo de lugar era aquele – chegando depois das dez da noite, como eles chegaram. Os outros hóspedes (se é que havia outros) tinham ido para a cama. O bar e as mesas de jantar ficavam ao ar livre – sob um telhado de sapê, mas sem paredes dos lados, expostos aos elementos, embora Dorothy prometesse a ele que não haveria mosquitos.

– O que mata os mosquitos? – Juan Diego perguntou a ela.

– Morcegos, talvez – ou os fantasmas – Dorothy respondeu, com indiferença. Os morcegos, Juan Diego adivinhou, também ficavam acordados a noite inteira – nem cantando nem latindo, apenas matando coisas silenciosamente. Juan Diego estava um tanto acostumado com fantasmas, ou era o que ele pensava.

Os amantes improváveis estavam acomodados no mar; havia uma brisa. Juan Diego e Dorothy não estavam em Vigan, nem em outra cidade, mas as luzes que enxergavam eram de Vigan, e havia dois ou três navios de carga ancorados ao largo da costa. Eles podiam ver as luzes dos navios, e – quando o vento vinha da direção certa – às vezes podiam ouvir os rádios dos navios.

– Há uma pequena piscina – uma piscina infantil, eu acho que você a chamaria – Dorothy disse. – Você precisa tomar cuidado para não cair na piscina à noite, porque eles não a iluminam – Dorothy disse a ele.

Não havia ar-condicionado, mas Dorothy disse que as noites eram muito frescas, e que havia um ventilador de teto no quarto deles; o ventilador tinha um som de tique-taque, mas (considerando os galos que cantavam e os cachorros que latiam) que importância tinha um ventilador que fazia tique-taque? O Esconderijo não era o que você chamaria de um resort.

– A praia local fica ao lado de uma vila de pescadores e de uma escola primária, mas você só ouve as vozes das crianças ao longe – com crianças, ouvi-las ao longe é bom – Dorothy disse, quando eles estavam indo para a cama. – Os cachorros na vila de pescadores são possessivos em relação à praia, mas é seguro caminhar na areia molhada – mantenha-se sempre perto da água – Dorothy avisou a ele.

Que tipo de gente se hospedava em El Esconderijo?, Juan Diego estava pensando. O nome o fazia pensar em fugitivos ou revolucionários – não num local turístico. Mas Juan Diego estava adormecendo; ele estava meio dormindo quando o celular de Dorothy (no modo vibrar) zumbiu na mesinha de cabeceira.

– Que surpresa, mamãe – ele ouviu Dorothy dizer sarcasticamente no escuro. Houve uma longa pausa, enquanto galos cantavam e cachorros latiam, antes de Dorothy dizer "Rã-Rã" umas duas vezes; ela disse "Está bem" uma ou duas vezes, também, antes de Juan Diego ouvi-la dizer:

– Você está brincando, certo?

E essas expressões típicas do Dorothysmo foram seguidas pelo modo nada respeitoso com que a filha terminou a ligação. Juan Diego ouviu Dorothy dizer a Miriam:

– Você não quer saber o que eu sonho. Pode acreditar em mim, mamãe.

Juan Diego ficou acordado no escuro, pensando sobre esta mãe e sua filha; ele estava recordando como as conhecera – estava pensando o quanto havia se tornado dependente delas.

– Vá dormir, querido – Juan Diego ouviu Dorothy dizer; foi quase exatamente do mesmo modo como Miriam teria dito a palavra *querido*. E a mão da moça, calmamente, procurou e achou seu pênis, no qual deu um apertão ambivalente.

– Está bem – Juan Diego tentou dizer, mas as palavras não vinham. O sono o dominou, como que em obediência à ordem de Dorothy.

"Quando eu morrer, *não* me queimem. Eu quero a papagaiada toda", Lupe disse, olhando diretamente para padre Alfonso e padre Octavio. Foi isso que Juan Diego ouviu no seu sono – a voz de Lupe, instruindo-os.

Juan Diego não ouviu os galos cantando nem os cachorros latindo; ele não ouviu os dois gatos brigando ou trepando (ou as duas coisas) no telhado de sapê do chuveiro externo. Juan Diego não ouviu Dorothy se levantar no meio da noite, não para urinar, mas para abrir a porta para o chuveiro externo, onde ela acendeu a luz.

– Deem o fora ou morram – Dorothy falou rispidamente para os gatos, e eles pararam de uivar. Ela falou mais docemente para o fantasma que viu parado no chuveiro externo, como se a água estivesse caindo – não estava – e como se ele estivesse nu, embora estivesse usando roupas.

"Desculpe, eu não quis dizer *você*; estava falando com aqueles gatos", Dorothy disse a ele, mas o jovem fantasma havia desaparecido.

Juan Diego não ouviu Dorothy pedir desculpas ao prisioneiro de guerra que desapareceu rapidamente – ele era um dos hóspedes fantasmas. O rapaz magro tinha a pele cinzenta e estava usando um uniforme cinzento de prisioneiro – um dos jovens capturados e torturados pelos norte-vietnamitas. E pela sua expressão triste e culpada – como mais tarde Dorothy iria explicar a Juan Diego –, ela deduziu que ele era um dos que confessaram sob tortura. Talvez o jovem prisioneiro de guerra não tivesse suportado a dor. Talvez ele tivesse assinado cartas, admitindo ter feito coisas que nunca fez. Alguns dos jovens americanos fizeram transmissões recitando propaganda comunista.

Não era culpa deles; eles não deviam se culpar, Dorothy sempre tentava dizer aos hóspedes fantasmas de El Esconderijo, mas os fantasmas tinham o hábito de desaparecer antes que você pudesse dizer qualquer coisa a eles.

– Eu só quero que eles saibam que estão perdoados por qualquer coisa que tenham feito, ou que tenham sido forçados a fazer – foi como Dorothy explicou a Juan Diego. – Mas estes jovens fantasmas têm suas próprias regras. Eles não nos ouvem; eles não interagem conosco de jeito nenhum.

Dorothy também diria a Juan Diego que os americanos capturados que morreram no Vietnã do Norte nem sempre estavam vestidos com seus uniformes cinzentos de prisioneiros – alguns dos mais jovens usavam farda.

– Eu não sei se eles têm escolha a respeito do que vestem, já os vi usando roupa esporte, camisas havaianas e outras merdas – era assim que Dorothy falaria sobre isso com Juan Diego. – Ninguém sabe quais as regras para fantasmas.

Juan Diego torceu para ser poupado de ver os fantasmas dos prisioneiros de guerra torturados usando camisas havaianas, mas, na sua primeira noite na velha hospedaria nos arredores de Vigan, ele não viu os fantasmas da clientela militar em período de descanso e recuperação do El Esconderijo; ele dormiu na companhia explosiva dos seus próprios fantasmas. Juan Diego estava sonhando – neste caso, era um sonho barulhento. (Não é surpresa que Juan Diego não tenha ouvido Dorothy falando com aqueles gatos ou pedindo desculpas àquele fantasma.)

Lupe tinha pedido "aquela papagaiada toda", e o Templo da Sociedade de Jesus não recusou. Irmão Pepe fez o que pôde; ele tentou convencer os dois velhos padres a fazer uma cerimônia simples, mas Pepe devia saber que não havia como controlá--los. Isto era o ganha-pão da Igreja, a morte de inocentes – a morte de crianças não pedia limites. Lupe iria ter uma cerimônia completa – sem nada de simples.

Padre Alfonso e padre Octavio insistiram num caixão aberto. Lupe usava um vestido branco, uma echarpe branca enrolada no pescoço – portanto, sem marcas de mordida nem inchaços aparentes. (Você era obrigado a imaginar como devia estar a parte de trás do pescoço dela.) E havia tanto incenso sendo balançado que o rosto de aspecto estranho da Virgem Maria de nariz quebrado foi obscurecido por uma névoa de cheiro forte. Rivera estava preocupado com a fumaça – como se Lupe estivesse ardendo nas fogueiras do basurero, como ela um dia teria desejado.

– Não se preocupe, nós vamos queimar alguma coisa depois, como ela disse – Juan Diego murmurou para el jefe.

– Eu estou de olho num cachorrinho morto; vou achar um – o chefe do lixão respondeu.

Ambos estavam desconcertados com las Hijas del Calvario, as freiras contratadas para chorar.

– As carpideiras profissionais – Pepe as chamava. Elas pareciam exageradas. Já era suficiente ter a irmã Gloria puxando as crianças órfãs naquela ladainha tão ensaiada.

– ¡Madre! Ahora y siempre – as crianças repetiram depois da irmã Gloria. – Mas nem mesmo a este pedido repetitivo, como a tudo o mais – a nenhum choro encomendado das Filhas do Calvário, ao incenso que envolvia a Maria Monstro –, a Virgem Maria de pele mais escura, com seu nariz de boxeador, deu alguma resposta (não que Juan Diego pudesse vê-la direito no meio das nuvens de fumaça sagrada).

Dr. Vargas foi à cerimônia fúnebre de Lupe; raramente tirava os olhos da estátua pouco confiável da Virgem Maria, e não se juntou à procissão de enlutados (e turistas e outros curiosos) que caminharam em fila até a frente do templo jesuíta para dar uma olhada na menina leoa em seu caixão aberto. Era assim que estavam chamando Lupe em Oaxaca e arredores: "A menina leoa."

Vargas foi à cerimônia fúnebre de Lupe com Alejandra; naqueles dias, ela parecia ser mais do que uma namorada ocasional, e Alejandra gostava de Lupe, mas Vargas não quis se aproximar com a namorada para dar uma olhada em Lupe no caixão aberto.

– Você não vai olhar? – Alejandra perguntou a Vargas. Juan Diego e Rivera não puderam deixar de ouvir a conversa deles.

– Eu sei como Lupe está, eu a vi – foi tudo o que Vargas falou.

Depois disso, Juan Diego e o chefe do lixão não quiseram ver Lupe toda de branco no caixão aberto. Juan Diego e el jefe tinham a esperança de que sempre veriam Lupe conforme as lembranças que guardavam dela quando viva. Eles ficaram sentados, imóveis, no banco da igreja, ao lado de Vargas, pensando do jeito que um garoto do lixão e um chefe do lixão pensam: de coisas para queimar, das cinzas que eles iriam espalhar nos pés de Maria Monstro – "*só* espalhar, não atirar", como Lupe os havia instruído – "talvez não *todas* as cinzas, e só nos *pés* dela!", como Lupe havia dito explicitamente.

Os turistas e demais curiosos, que viram a menina leoa em seu caixão aberto, deixaram o templo bruscamente antes do final da cerimônia; aparentemente, eles ficaram desapontados por não verem sinais do ataque do leão no cadáver de Lupe. (Não haveria caixão aberto para Ignacio – o que o dr. Vargas, que tinha visto os restos mortais do domador de leões, compreendeu perfeitamente.)

O hino da saída foi *Ave Maria*, infelizmente cantado por um coro mal escolhido de crianças – também contratado, como as Filhas do Calvário. Eram crianças uniformizadas de uma escola de música metida a chique; os pais das crianças ficaram tirando retrato durante a procissão final do clero e do coro.

Neste ponto, de modo destoante, o coro da *Ave Maria* se juntou à banda do circo. Padre Alfonso e padre Octavio insistiram para que a banda do circo permanecesse *do lado de fora* do Templo de La Compañía de Jesús, mas a versão para metais e tambores de "Ruas de Laredo" de La Maravilla era difícil de abafar; sua versão fúnebre e agonizante do lamento do caubói era tão alta que a própria Lupe deve ter ouvido.

As vozes das crianças da escola de música, esforçando-se para sua *Ave Maria* ser ouvida, não eram páreo para o barulho estrondoso da banda do circo. Dava para ouvir o lamento patético de "Ruas de Laredo" de La Maravilla no zócalo. As amigas de Flor – as prostitutas trabalhando no Hotel Somega – disseram que a histriônica canção fúnebre do caubói foi ouvida a uma grande distância do templo jesuíta, na rua Zaragoza.

– Talvez a aspersão das cinzas vá ser *mais simples* – irmão Pepe falou, esperançoso, para Juan Diego, quando estavam deixando a cerimônia fúnebre de Lupe – aquela papagaiada profana, aquela baboseira católica, que era exatamente o que Lupe havia desejado.

– Sim – mais *espiritual*, talvez – Edward Bonshaw acrescentou.

Ele a princípio não entendeu a tradução inglesa de Hijas del Calvario, que realmente queria dizer "Filhas do Calvário", embora no dicionário de bolso que o señor Eduardo consultou, o homem de Iowa tivesse encontrado o significado informal de Calvário, que podia significar "uma série de desgraças".

Edward Bonshaw, cuja vida seria uma série de desgraças, imaginou erradamente que as freiras que choravam por encomenda eram *chamadas* "Filhas de uma Série de

Desgraças". Dadas as circunstâncias de vida daqueles órfãos deixados no Crianças Perdidas, e as terríveis circunstâncias da morte de Lupe – bem, é possível entender o equívoco do homem papagaio em relação a las Hijas del Calvario.

E dava para ter pena de Flor – seu apreço pelo homem papagaio estava diminuindo um pouco. Sem querer enfeitar muito, Flor estava esperando que Edward Bonshaw saísse de cima do muro. Quanto ao señor Eduardo ter confundido as Filhos do Calvário com uma ordem de freiras dedicada a uma série de desgraças – bem, Flor apenas revirou os olhos. Flor estava ficando impaciente com o homem de Iowa, e tinha seus motivos.

Quando é que Edward Bonshaw ia ter coragem de confessar seu amor por ela para os dois velhos padres?

– A coisa mais importante é *tolerância*, certo? – señor Eduardo estava dizendo, quando eles saíam do Templo da Companhia de Jesus; eles passaram pelo retrato de Santo Inácio, que os estava ignorando e olhando para o Céu em busca de orientação. O Homem Pijama estava na fonte de água benta, jogando água benta no rosto, onde Soledad e as garotas acrobatas inclinaram a cabeça quando Juan Diego passou mancando por elas.

Paco e Barriga de Cerveja estavam parados do lado de fora do templo, onde o bombardeio de metais e tambores da banda do circo era mais alto.

– ¡Qué triste! – Barriga de Cerveja gritou, quando viu Juan Diego.

– Sí, sí, irmão de Lupe. Que coisa triste – Paco repetiu, dando um abraço em Juan Diego.

Agora, sob o lamento ensurdecedor de "Ruas de Laredo", não era a hora do señor Eduardo confessar seu amor por Flor para padre Alfonso e padre Octavio – quer ou não o homem de Iowa um dia encontrasse coragem para fazer uma confissão tão impactante.

Como Dolores havia dito para Juan Diego, quando A Maravilha em pessoa estava falando com ele do topo da tenda principal: "Tenho certeza de que você vai ter coragem para fazer muitas outras coisas." Mas *quando* e *que* outras coisas? Juan Diego estava pensando, enquanto a banda do circo continuava tocando – parecia que o lamento não ia terminar nunca.

Do modo como "Ruas de Laredo" reverberava, a esquina de las calles de Trujano y Flores Magón estava tremendo. Rivera pode ter achado que era seguro gritar; o chefe do lixão pode ter achado que ninguém iria escutá-lo. Ele estava enganado – nem mesmo a versão para metais e tambores do lamento do caubói conseguiu disfarçar o que Rivera gritou.

O chefe do lixão se virou para a entrada do templo jesuíta, em Flores Magón; ele sacudiu o punho na direção de Maria Monstro – e estava muito zangado.

– Nós vamos voltar, com mais cinzas para você! – El jefe gritou. Não apenas Juan Diego ouviu o que ele disse.

– Você está se referindo à *aspersão* das cinzas, imagino – irmão Pepe disse para o chefe do lixão, como se falasse de forma conspiradora.

– Ah, sim, a *aspersão* – dr. Vargas entrou na conversa. – Não deixe de me avisar quando isso for acontecer. Não quero perder – Vargas disse a Rivera.

– Há coisas para queimar, decisões a tomar – o chefe do lixão resmungou.

– E nós não queremos cinzas demais; só a quantidade certa, desta vez – Juan Diego acrescentou.

– E só nos *pés* da Virgem Maria! – o homem papagaio lembrou a eles.

– Sí, sí... Essas coisas levam tempo – el jefe avisou a eles.

Mas não em sonhos – os sonhos andam depressa. O tempo nos sonhos é comprimido.

Na vida real, Dolores levou alguns dias para aparecer na Cruz Roja – apresentando-se a Vargas, como o fez, com sua infecção incurável no peritônio. (Em seu sonho, Juan Diego iria pular essa parte.)

Na vida real, el hombre papagayo – o querido homem papagaio – iria demorar alguns dias para criar coragem para dizer o que tinha que dizer a padre Alfonso e padre Octavio, e Juan Diego iria descobrir que *tinha* mesmo coragem para "muitas outras coisas", como Dolores tentou lhe garantir quando ele ficou paralisado a 24 metros de altura. (Em seu sonho, é claro, Juan Diego iria pular quantos dias ele e o homem de Iowa demoraram para encontrar sua coragem.)

E, na vida real, irmão Pepe passou uns dois dias fazendo a pesquisa necessária – as regras sobre guarda legal, referente (em especial) a órfãos; o papel que a Igreja podia desempenhar, e desempenhara, em apontar ou recomendar tutores legais para crianças sob os cuidados do Crianças Perdidas. Pepe tinha uma cabeça boa para esse tipo de burocracia; elaborar argumentos jesuíticos a partir da história era um procedimento que compreendia bem.

Não era nada demais, na opinião de Pepe, o número de vezes que padre Alfonso e padre Octavio foram ouvidos dizendo "Nós somos uma Igreja de regras"; entretanto, Pepe descobriu que os dois velhos padres nem uma vez disseram que podiam ou que iriam *afrouxar* as regras. O notável era a frequência com que padre Alfonso e padre Octavio *afrouxaram* as regras – alguns órfãos não eram muito adotáveis; nem todo tutor em potencial era totalmente aceitável. E não surpreende que a preparação e a apresentação precisas de Pepe com relação a *por que* Edward Bonshaw e Flor eram (no difícil caso de Juan Diego) os tutores *mais* adequados possíveis para o leitor do lixão – bem, dá para entender por que essas discussões acadêmicas não eram material de sonho. (Quando se tratava de sonhar, Juan Diego também pulava os argumentos jesuíticos de Pepe.)

Por último, mas não menos importante, na vida real, Rivera e Juan Diego levariam alguns dias para resolver a questão do fogo – não só o que iria para a fogueira no basurero, mas por quanto tempo deixar queimar e que quantidade de cinzas pegar. Desta vez, o recipiente das cinzas seria pequeno – não uma lata de café, mas só uma xícara de café. Era uma xícara que Lupe gostava de usar para tomar seu chocolate quente; ela a deixara no casebre em Guerrero, onde el jefe a guardara.

Havia, era importante lembrar, uma segunda parte nos últimos desejos de Lupe – a parte da aspersão das cinzas –, mas a preparação dessas interessantes cinzas também estaria ausente do sonho de Juan Diego. (Sonhos não apenas passam depressa; eles são muito seletivos.)

Em sua primeira noite no El Esconderijo, Juan Diego se levantou para urinar – ele não iria se lembrar do que aconteceu, porque ainda estava sonhando. Ele se sentou para urinar; podia urinar mais silenciosamente sentado, e não queria acordar Dorothy, mas havia um segundo motivo para sentar-se. Ele avistara seu celular – estava na bancada perto da pia do banheiro, ao lado do vaso sanitário.

Como estava sonhando, Juan Diego provavelmente não se lembrou de que o banheiro foi o único lugar que achou para colocar o celular para carregar; só havia uma tomada ao lado da mesinha de cabeceira no quarto, e Dorothy a usou primeiro – ela era uma jovem muito informada, tecnologicamente falando.

Juan Diego não era tão informado. Ele ainda não entendia como o seu celular funcionava, nem conseguia acessar as coisas que havia (ou não havia) no irritante Menu do seu celular – aqueles itens que as outras pessoas encontravam tão facilmente e contemplavam com tanto fascínio. Juan Diego não achava seu celular muito interessante – não no mesmo grau que outras pessoas pareciam se interessar por *seus* telefones celulares. Em sua vida diária, em Iowa City, não havia nenhuma pessoa mais jovem para mostrar a ele como usar seu misterioso telefone. (Era um daqueles celulares já fora de moda, do tipo que abria a tampa.)

Irritava a ele (mesmo semiadormecido, e sonhando, e urinando sentado – o fato de *ainda* não conseguir encontrar a foto que o jovem chinês havia tirado no celular de Juan Diego no metrô da Estação de Kowloon. Juan Diego estava na plataforma de trem acompanhado de Miriam e Dorothy. Eles estavam praticamente sozinhos na plataforma, exceto por um jovem casal chinês que estava de mãos dadas.

Juan Diego não conseguiu achar o ícone de câmera ou foto no Menu do seu celular. Queria tirar uma foto de Miriam e Dorothy – quando a mãe sabe-tudo tirou o celular da mão dele.

– Dorothy e eu não tiramos retratos – não suportamos o modo como aparecemos nas fotos –, mas me deixe tirar a *sua* foto – Miriam tinha dito a ele.

— Deixe que eu faço isso — Dorothy dissera à mãe; ela tirara o celular de Juan Diego da mão da mãe. — Você tira fotos horríveis.

Mas o jovem chinês, que estava observando, tomou o celular de Dorothy.

— Se eu tirar a foto, posso pegar vocês *todos* — o rapaz disse.

Eles podiam ouvir o trem chegando — o rapaz teve que se apressar. A foto pegou Juan Diego, Miriam e Dorothy de surpresa. O casal chinês pareceu achar a foto ruim — talvez fora de foco? —, mas aí o trem chegou. Foi Miriam quem tirou o celular da mão do rapaz, e Dorothy — mais depressa ainda — o tirou da mão da mãe. Juan Diego já estava sentando no Expresso do Aeroporto quando Dorothy lhe devolveu o telefone; ele não estava mais no modo de câmera ou foto. (Como é que alguém da idade de Juan Diego poderia saber que Media Center era o ícone mágico?)

— Nós não saímos bem em retratos — foi tudo o que Miriam disse para o casal chinês, que parecera estranhamente perturbado pelo incidente. (Talvez as fotos que eles tiravam costumassem ficar melhores.)

E agora, sentado no vaso sanitário do seu banheiro em El Esconderijo, Juan Diego descobriu — completamente por acaso, e provavelmente porque estava semiadormecido e sonhando — que havia um modo mais fácil de achar a foto tirada na Estação de Kowloon. Juan Diego não iria nem se lembrar de como havia encontrado a foto que o jovem chinês tirou. Ele tocou sem querer num botão do lado do celular; de repente, a tela disse "Iniciando Câmera". Ele poderia ter tirado uma foto dos seus joelhos nus, saindo do assento do vaso, mas deve ter visto a opção Minhas Fotos — foi assim que ele viu a foto tirada na Estação de Kowloon, não que fosse se lembrar de ter feito isso.

De fato, de manhã, Juan Diego iria pensar que apenas *sonhara* com a foto, porque o que tinha visto quando estava sentado no vaso — o que ele tinha visto na foto — não podia ser real, ou foi o que pensou.

Na foto que Juan Diego viu, ele estava sozinho na plataforma de trem na Estação de Kowloon — como Miriam tinha dito, ela e Dorothy realmente *não* "saíam bem em fotos". Não era de espantar que Miriam tivesse dito que ela e Dorothy não suportavam o modo como saíam em fotos — elas simplesmente não apareciam em fotos! Não era de espantar que o jovem casal chinês, que tinha visto a foto, *parecesse estranhamente perturbado*.

Mas Juan Diego não estava realmente acordado naquele momento; ele estava mergulhado na lembrança e no sonho mais importante da sua vida — a parte da aspersão. Além disso, Juan Diego não poderia ter aceitado (ainda não) o fato de Miriam e Dorothy não terem sido capturadas na foto tirada na Estação de Kowloon — a que pegou eles três de surpresa.

E quando Juan Diego, o mais silenciosamente possível, deu descarga no vaso do banheiro em O Esconderijo, ele não enxergou o jovem fantasma parado nervosamente debaixo do chuveiro externo. Era um fantasma diferente do que Dorothy tinha visto; este usava sua farda – e parecia jovem demais para ter começado a se barbear. (Dorothy deve ter deixado acesa a luz do chuveiro.)

No centésimo de segundo antes deste jovem fantasma desaparecer, para sempre morto em combate, Juan Diego mancou de volta para o quarto; ele não teria lembrança de ter se visto sozinho na plataforma de trem da Estação de Kowloon. Saber que *não* havia estado sozinho naquela plataforma era suficiente para fazer Juan Diego acreditar que simplesmente sonhara estar fazendo esta viagem sem Miriam e Dorothy.

Quando se deitou ao lado de Dorothy – pelo menos pareceu a Juan Diego que Dorothy estava mesmo lá – talvez a palavra *viagem* o lembrasse de alguma coisa, antes de ele voltar a dormir e retornar inteiramente ao passado. Onde ele havia posto aquela passagem de ida e volta para a Estação de Kowloon? Ele sabia que a guardara, por algum motivo; ele havia escrito alguma coisa na passagem com sua caneta sempre presente. O título de um futuro romance, talvez? *Uma viagem única* – era isso?

Sim, era isso! Mas seus pensamentos (como seus sonhos) estavam tão desconjuntados; era difícil para ele se concentrar. Talvez fosse uma noite em que Dorothy havia ministrado uma dose dupla dos betabloqueadores – não uma noite para fazer sexo, em outras palavras, mas uma daquelas noites para compensar os betabloqueadores que ele havia pulado? Se era assim – se ele tivesse tomado uma dose dupla do Lopressor – teria feito diferença se Juan Diego tivesse visto o jovem fantasma parado nervosamente debaixo do chuveiro externo? Juan Diego não teria acreditado que só estava sonhando que tinha visto o fantasma do soldado?

Uma viagem única – parecia o título de um romance que ele já havia escrito, Juan Diego estava pensando – quando voltou a adormecer, a mergulhar mais profundamente no seu sonho da vida inteira. Ele pensou em "única" no sentido de desacompanhada- no sentido de *solitária*, no sentido de *exclusiva* – mas também "única" no sentido de sem igual (no sentido de *singular*, Juan Diego supunha).

Então, tão subitamente quanto tinha se levantado e voltado para a cama, Juan Diego parou de pensar. Mais uma vez, o passado o havia reclamado.

30. A aspersão

A parte referente à aspersão, dos últimos desejos de Lupe, não teve um começo muito espiritual. Irmão Pepe tinha conversado com um advogado do setor de imigração americano – além de ter conversado com as autoridades no México. As palavras *tutor legal* não eram as únicas palavras em jogo; seria necessário que Edward Bonshaw "propusesse" o nome de Flor para "residência permanente", dizia Pepe – o mais discretamente possível. Só o señor Eduardo e Flor puderam ouvi-lo.

Naturalmente, Flor não concordava que Pepe dissesse que ela possuía uma ficha criminal. (Isto exigiria mais relaxamento das regras.)

– Eu não fiz nada *criminoso*! – Flor protestou. Ela possuía uma ou duas rixas com a polícia – a polícia de Oaxaca a prendera uma ou duas vezes.

Segundo os registros policiais, houve duas brigas no Hotel Somega, mas Flor disse que ela "só" tinha surrado Garza – "aquele cafetão metido a valente mereceu!" – e, outra noite, ela havia dado uns pontapés em César, o escravo de Garza. Estas não foram surras *criminosas*, Flor afirmara. Quanto ao ocorrido com Flor em Houston, o advogado do setor de imigração americano disse a Pepe que nada havia aparecido. (O cavalo no cartão-postal, que o señor Eduardo iria guardar em segredo para sempre em seu coração, não era considerado crime no Texas.)

E antes que começasse a aspersão no templo jesuíta, alguma atenção não espiritual foi dada ao conteúdo das cinzas.

– O que, exatamente, foi queimado, se é que podemos perguntar? – padre Alfonso perguntou ao chefe do lixão.

– Nós esperamos que não haja nenhuma *substância estranha* desta vez – foi como padre Octavio expressou seu pensamento para Rivera.

– As roupas de Lupe, um cordão que ela usava em volta do pescoço, duas chaves – mais uma ou outra coisinha, de Guerrero – Juan Diego disse aos dois velhos padres.

– Principalmente coisas do *circo*? – padre Alfonso perguntou.

– Bem, as coisas foram queimadas no basurero; queimar é próprio do *lixão* – el jefe respondeu, desconfiado.

– Sim, sim, nós sabemos – padre Octavio disse depressa. – Mas o *conteúdo* destas cinzas é principalmente da vida de Lupe no circo. Isto é verdade? – o padre perguntou ao chefe do lixão.

– *Principalmente* coisas do circo – Rivera resmungou; ele estava tomando cuidado para não mencionar o lugar dos cachorrinhos de Lupe, onde ela havia achado

Branco Sujo. O lugar dos cachorrinhos era perto do casebre em Guerrero, onde el jefe havia encontrado um novo cachorrinho morto para a fogueira de Lupe.

Como pediram que estivessem presentes na aspersão, Vargas e Alejandra estavam lá. Havia sido um dia ruim para Vargas; a questão da infecção letal de Dolores obrigara o médico a lidar com diversas autoridades, um processo nada satisfatório.

Padre Alfonso e padre Octavio escolheram a hora da siesta para a aspersão, mas alguns dos sem-teto – bêbados e hippies, que passavam o tempo no zócalo – gostavam de igrejas para a sesta da tarde. Os bancos de trás do templo jesuíta eram locais de descanso temporário para esses indesejáveis; portanto, os dois velhos padres queriam que a aspersão ocorresse *silenciosamente*. A aspersão de cinzas, mesmo que só nos *pés* da Virgem Maria, era um pedido irregular. Padre Alfonso e padre Octavio não queriam que o público ficasse com a ideia de que *qualquer pessoa* podia aspergir cinzas no Templo da Companhia de Jesus.

"Tome cuidado com o menino Jesus – não deixe cair cinzas nos olhos dele", Lupe dissera ao irmão. (Ela havia se preocupado até com o Cristo mirrado, sofrendo na cruz diminuta, sangrando nos pés grandes da Virgem Maria.)

Juan Diego, segurando a xícara de café que Lupe antes gostava de usar para tomar chocolate quente, se aproximou respeitosamente da enigmática Maria Monstro.

– As cinzas pareceram afetá-la; quer dizer, da última vez – Juan Diego começou cautelosamente; era difícil saber como falar com uma presença tão imponente. – Eu não estou tentando enganá-la. Estas cinzas não são *ela,* são apenas suas roupas e algumas coisas de que ela gostava. Espero que esteja de acordo – ele disse para a virgem gigante, aspergindo umas poucas cinzas sobre o pedestal em três níveis onde ficava a Maria Monstro, seus grandes pés pisando sobre uma composição essencialmente inexpressiva, um conjunto irreal de anjos imobilizados em nuvens. (Era impossível aspergir cinzas nos pés da Virgem Maria sem que as cinzas atingissem os olhos dos anjos, mas Lupe nada dissera a respeito de tomar cuidado com os anjos.)

Juan Diego continuou aspergindo, sempre tomando cuidado para que as cinzas não chegassem perto do rosto atormentado do Cristo mirrado, sofredor – não restavam muitas cinzas na pequena xícara.

– Posso dizer uma coisa? – irmão Pepe perguntou de repente.

– É claro, Pepe – padre Alfonso disse.

– Fale, Pepe – padre Octavio insistiu.

Mas Pepe não estava dirigindo a pergunta aos dois velhos padres; ele caiu de joelhos diante da giganta e estava perguntando a *ela.*

– Um de nós, nosso amado Edward – nosso querido Eduardo – tem uma coisa para pedir à senhora, Maria – Pepe disse. – Não é, Eduardo? – irmão Pepe perguntou ao homem de Iowa.

Edward Bonshaw tinha mais coragem, antigamente, Flor pensara.

– Sinto muito se a decepciono – señor Eduardo disse para a impassível Maria Monstro –, mas eu renunciei aos meus votos. Estou apaixonado. Por *ela* – o homem de Iowa acrescentou; ele olhou para Flor, sua voz trêmula quando inclinou a cabeça aos pés da Virgem Maria. – Sinto muito se decepciono também a vocês – Edward Bonshaw disse, olhando por cima do ombro para os dois velhos padres. – Por favor, deixem-nos ir embora. Por favor, *nos ajudem* – señor Eduardo pediu a padre Alfonso e padre Octavio. – Quero levar Juan Diego comigo. Eu sou dedicado a esse menino – o homem de Iowa disse aos dois velhos padres. – Vou tomar conta dele direito, eu prometo – Edward Bonshaw implorou à gigantesca Virgem Maria.

– Eu te amo – Flor disse ao homem de Iowa, que começou a soluçar, seus ombros sacudindo na camisa havaiana, naquelas árvores cobertas de papagaios coloridos e exuberantes. – Eu fiz coisas questionáveis – Flor disse de repente para a Virgem Maria. – Eu não tive muitas oportunidades de conhecer o que a senhora chamaria de gente boa. Por favor, ajude-nos – Flor disse, virando-se para os dois velhos padres.

– Eu quero outro futuro! – Juan Diego gritou, a princípio para Maria Monstro, mas ele não tinha mais cinzas para derramar nos pés da giganta impassível. Então virou-se para padre Alfonso e padre Octavio. – Deixem-me ir embora com eles, por favor. Eu tentei aqui, deixem-me tentar em Iowa – o menino implorou.

– Isto é uma vergonha, Edward... – padre Alfonso começou a falar.

– Vocês dois, que ideia! Vocês dois criando uma *criança* – padre Octavio disse, indignado.

– Vocês não são um *casal*! – padre Alfonso disse para o señor Eduardo.

– Você não é nem mesmo *mulher*! – padre Octavio disse para Flor.

– Só um casal pode... – padre Alfonso começou a falar.

– Este menino não pode... – padre Octavio exclamou, antes que dr. Vargas o interrompesse.

– Quais são as chances deste menino *aqui*? – Vargas perguntou aos dois velhos padres. – Quais são as perspectivas de Juan Diego em Oaxaca, depois que ele deixar o Crianças Perdidas? – Vargas perguntou, mais alto. – Eu acabei de ver a estrela de La Maravilla – A Maravilha em pessoa! – Vargas gritou. – Se Dolores não teve uma chance, quais são as chances do garoto do lixão? Se o menino for com *eles*, ele tem uma chance! – Vargas gritou, apontando para o homem papagaio e Flor.

Esta não era a aspersão de cinzas *silenciosa* que os dois velhos padres tinham em mente. Vargas acordou os sem-teto com seus gritos; dos últimos bancos do templo, os bêbados e hippies se levantaram – bem, exceto por um hippie; ele havia adormecido debaixo de um banco. Todos puderam ver suas sandálias gastas e solitárias, onde os pés sujos do hippie se estendiam até a nave central.

– Nós não pedimos sua *opinião científica*, Vargas... – padre Alfonso comentou de forma sarcástica.

– Por favor, abaixe a voz – padre Otávio começou a dizer para o médico.

– Minha *voz*! – Vargas gritou. – E se Alejandra e eu quiséssemos adotar Juan Diego... – Ele começou a perguntar, mas padre Alfonso foi mais rápido.

– Vocês não são casados, Vargas – padre Alfonso disse calmamente.

– Suas regras! O que as suas regras têm a ver com o modo como as pessoas realmente vivem? – Vargas perguntou a ele.

– Esta é a nossa Igreja. Estas são as nossas regras, Vargas – padre Alfonso disse a ele, calmamente.

– Nós somos uma Igreja de regras... – padre Octavio começou a dizer. (Era a centésima vez que Pepe escutava isso.)

– Nós fazemos as regras – Pepe disse –, mas não podemos também afrouxá-las? Pensei que acreditássemos em caridade.

– Vocês fazem favores para "as autoridades" o tempo todo; em troca, elas devem favores para vocês, não é? – Vargas perguntou aos dois velhos padres. – Este menino não tem chance melhor do que com estes dois... – Vargas começou a dizer, mas padre Octavio resolveu de repente espantar os sem-teto do templo; padre Octavio estava distraído. Só padre Alfonso prestava atenção em Vargas – portanto, Vargas interrompeu o que estava dizendo, embora parecesse (até mesmo a Vargas) inútil continuar. Parecia inútil pensar que os dois velhos padres pudessem um dia ser convencidos.

O próprio Juan Diego já havia desistido de pedir a eles.

– Por favor, *faça* alguma coisa – o menino disse, desesperado, para a virgem gigante. – Você é, supostamente, alguém, mas não faz nada! – Juan Diego gritou para Maria Monstro. – Se não puder me ajudar, tudo bem, mas será que não pode fazer *nada*? Apenas *faça* alguma coisa, se puder – o menino disse para a enorme estátua, mas sua voz perdeu a força. Seu coração não estava ali; o pouco de fé que tinha tido já acabara.

Juan Diego virou as costas para Maria Monstro – ele não podia olhar para ela. Flor já dera as costas à virgem gigante – Flor não era devota de Maria, para início de conversa. Até Edward Bonshaw tinha virado o rosto para longe da Virgem Maria, embora a mão do homem de Iowa continuasse pousada no pedestal – logo abaixo dos enormes pés da virgem.

Os sem-teto cambalearam para fora do templo; padre Octavio novamente dirigia sua atenção para o grupo infeliz. Padre Alfonso e irmão Pepe trocaram olhares, mas rapidamente desviaram os olhos um do outro. Vargas não estava prestando muita atenção à Virgem Maria, não desta vez – todos os esforços do médico estavam dirigidos aos dois velhos padres. E Alejandra estava absorta em seu próprio mundo, qualquer que fosse este: uma moça solteira com um jovem médico de disposição solitária. (*Esse* mundo, qualquer que seja seu nome – se é que existe um nome para ele.)

Ninguém estava pedindo nada à virgem gigante – não mais –, e só um dos espectadores da aspersão das cinzas, o que não havia dito uma só palavra, observava a Virgem Maria. Rivera a observava com muita atenção; desde o começo, ele a observava, e somente a ela.

– Olhem para ela – o chefe do lixão disse a todos eles. – Não estão vendo? Vocês têm que chegar mais perto, o rosto dela está muito longe. Sua cabeça muito alta; lá em cima. – Todos puderam ver o que el jefe estava apontando – lá no alto –, mas tiveram que chegar mais perto para ver os olhos da Virgem Maria. A estátua era muito alta.

A primeira das lágrimas da Maria Monstro caiu nas costas da mão de Edward Bonshaw; suas lágrimas caíram de tão alto que causaram um impacto, um esguicho.

– Não estão vendo? – o chefe do lixão tornou a perguntar. – Ela está chorando. Estão vendo os olhos dela? Estão vendo as lágrimas?

Pepe chegou bem perto; ele estava olhando para cima, para o nariz torto da Virgem Maria, quando uma lágrima enorme o atingiu como uma pedra – ela pousou entre os olhos do irmão Pepe. Mais lágrimas de Maria Monstro caíam nas palmas das mãos levantadas do homem papagaio. Flor se recusou a estender as mãos para as lágrimas, mas ficou perto o bastante do señor Eduardo para sentir as lágrimas caindo sobre ele, e Flor pôde ver o rosto da virgem de nariz quebrado molhado de lágrimas.

Vargas e Alejandra tiveram outro tipo de curiosidade em relação às lágrimas da virgem gigante. Alejandra estendeu a mão devagarinho e cheirou uma lágrima que caiu na palma de sua mão antes de enxugar a mão no quadril. Vargas, é claro, chegou a *provar* as lágrimas; também ele estava se esforçando para enxergar acima da Maria Monstro; Vargas queria ter certeza de que o teto não estava com goteiras.

– Não está chovendo lá fora, Vargas – Pepe disse a ele.

– Só estou checando – foi tudo o que Vargas disse.

– Quando as pessoas morrem, Vargas, quer dizer, as pessoas de quem você irá se lembrar para sempre, aquelas que mudaram sua vida, elas nunca vão embora de verdade – Pepe disse ao jovem médico.

– Eu sei disso, Pepe; eu também convivo com fantasmas – Vargas respondeu.

Os dois velhos padres foram os últimos a se aproximar da enorme virgem; esta aspersão de cinzas já tinha sido bastante irregular – aquelas poucas coisas que Lupe havia apreciado, reduzidas a cinzas – e agora havia mais confusão, as lágrimas enormes da não tão inanimada Maria. Padre Alfonso tocou uma lágrima que Juan Diego estendeu para ele – uma lágrima brilhante, clara como cristal, na palma da mão do leitor do lixão.

– Sim, estou vendo – padre Alfonso disse, o mais solenemente possível.

– Não acho que um cano tenha arrebentado, não há canos no telhado, há? – Vargas perguntou aos dois velhos padres, não muito inocentemente.

– Não há canos; está correto, Vargas – padre Octavio respondeu rispidamente.

– É um milagre, não é? – Edward Bonshaw, com o rosto banhado das suas próprias lágrimas, perguntou ao padre Alfonso. – Um milagro – não é assim que vocês dizem? – o homem de Iowa perguntou ao padre Octavio.

– Não, não – não a palavra *milagro*, por favor – padre Alfonso disse para o homem papagaio.

– É cedo demais para mencionar *essa* palavra; estas coisas levam tempo. Trata-se, ainda, de um evento não investigado, ou uma série de eventos, alguns poderiam dizer – padre Octavio entoou, como se estivesse falando consigo mesmo ou ensaiando seu relatório preliminar para o bispo.

– Para começar, o bispo precisa ser informado... – padre Alfonso especulou, antes que padre Octavio o interrompesse.

– Sim, sim, é claro. Mas o bispo é só o começo. Existe um *processo* – padre Octavio declarou. – Isso pode levar anos.

– Nós seguimos um protocolo, nestes casos... – padre Alfonso começou a dizer, mas parou; ele estava olhando para a xícara de chocolate quente de Lupe. Juan Diego segurava a xícara vazia em suas pequenas mãos. – Se você tiver terminado de derramar as cinzas, Juan Diego, eu gostaria de ficar com essa xícara. Para os arquivos – padre Alfonso disse.

A Igreja levou 200 anos para declarar que Nossa Senhora de Guadalupe era Maria, Juan Diego estava pensando. (Em 1754, o papa Bento XIV declarou Guadalupe padroeira do que era chamada então de Nova Espanha.) Mas não foi Juan Diego quem disse isso. Foi o homem papagaio quem disse, no momento em que Juan Diego entregou a xícara de Lupe para o padre Alfonso.

– Vocês estão falando em duzentos anos? – Edward Bonshaw perguntou aos dois velhos padres. – Vocês estão nos impingindo um papa Bento XIV? Foi duzentos anos depois do acontecido que Bento declarou que a *sua* Virgem de Guadalupe era Maria. É esse o tipo de *processo* que vocês têm em mente? – señor Eduardo perguntou ao padre Octavio. – Vocês estão seguindo um protocolo, como disse, que irá levar duzentos anos? – o homem de Iowa perguntou ao padre Alfonso.

– Desse jeito, todos nós que vimos a Virgem Maria chorar estaremos mortos, certo? – Juan Diego perguntou aos dois velhos padres. – Nenhuma testemunha, certo? – o menino perguntou a eles. (Agora Juan Diego sabia que Dolores não estava brincando; agora ele sabia que teria coragem para outras coisas.)

– Eu achei que nós acreditássemos em milagres – irmão Pepe disse para padre Alfonso e padre Octavio.

– Não *neste* milagre, Pepe – Vargas retrucou. – É a mesma questão da velha Igreja de regras, não é? – Vargas perguntou aos dois velhos padres. – A sua Igreja não se importa com milagres. Ela só se importa com *regras*, não é?

– Eu sei o que eu vi – Rivera disse aos dois velhos padres. – Vocês não fizeram nada. *Ela* fez – o chefe do lixão disse a eles. Rivera estava apontando *para cima*, para o rosto de Maria Monstro; ele estava molhado de lágrimas. – Eu não venho aqui por vocês. Eu venho aqui por *ela* – el jefe disse.

– Não são as suas diversas virgens que são umas babacas – Flor disse ao padre Alfonso. – É o senhor e suas regras, suas regras para o resto de nós – Flor disse ao padre Octavio. – Eles não vão nos ajudar – Flor disse ao señor Eduardo. – Eles não vão nos ajudar porque você os decepcionou, e porque eles me desaprovam – ela disse ao homem de Iowa.

– Eu acho que a moça grande parou de chorar. Acho que ela esgotou suas lágrimas – dr. Vargas observou.

– Vocês poderiam ajudar-nos, se quisessem – Juan Diego disse aos dois velhos padres.

– Eu disse que o menino tinha coragem, não disse? – Flor perguntou ao señor Eduardo.

– Sim, acho que as lágrimas pararam – padre Alfonso disse; ele pareceu aliviado.

– Eu não vejo novas lágrimas – padre Octavio acrescentou; ele parecia esperançoso.

– Estes três – irmão Pepe disse de repente, os braços abarcando surpreendentemente os dois amantes improváveis e o menino aleijado. Era como se Pepe os estivesse reunindo. – Vocês podem, vocês *poderiam* resolver o problema destes três. Eu pesquisei o que precisa ser feito e como fazer. Vocês poderiam resolver isto. – irmão Pepe disse aos dois velhos padres. – Quid pro quo. Estou falando corretamente? – Pepe perguntou ao homem de Iowa. Pepe sabia que Edward Bonshaw se orgulhava do seu latim.

– Quid pro quo – o homem papagaio repetiu. – Algo dado ou recebido em troca de outra coisa – señor Eduardo disse ao padre Alfonso. – Em outras palavras, uma transação – foi como Edward Bonshaw colocou a questão para padre Octavio.

– Nós sabemos o que isto significa, Edward – padre Alfonso disse, de forma rabugenta.

– Estes três irão para Iowa com a ajuda de vocês – foi como irmão Pepe expôs o assunto para os dois velhos padres. – Enquanto que vocês, isto é, *nós*, no sentido da Igreja, temos um milagre, ou um não milagre, para minimizar ou *suprimir*.

– Ninguém falou na palavra *suprimir*, Pepe – padre Alfonso o repreendeu.

– É simplesmente prematuro dizer a palavra *milagro*, Pepe. Temos que esperar para ver – padre Octavio o censurou.

– Ajude-nos a ir para Iowa – Juan Diego disse – e nós esperaremos mais duzentos anos para ver.

– Este parece um bom acordo, para todo mundo – o homem de Iowa disse. – Na realidade, Juan Diego – señor Eduardo disse ao leitor do lixão –, Guadalupe esperou 223 anos para ser oficialmente *anunciada*.

– Não importa quanto tempo nós esperamos para eles nos dizerem que um milagre é um milagre. Nem mesmo importa qual é o milagre – Rivera disse a todos eles. As lágrimas de Maria Monstro cessaram; o chefe do lixão estava indo embora. – Nós não precisamos *anunciar* o que um milagre é ou deixa de ser. Nós lhe *assistimos* – el jefe lembrou a eles, quando estava saindo. – É claro que padre Alfonso e padre Octavio *irão* ajudar vocês; não precisa ser um leitor de mentes para saber disso, não é? – o chefe do lixão perguntou ao garoto do lixão.

– Lupe sabia que *estes dois* eram uma parte necessária do plano, não sabia? – Rivera perguntou a Juan Diego, apontando para o homem papagaio e Flor. – Você não acha que sua irmã também sabia que *eles* teriam um papel na sua partida?

El jefe apontou para os dois velhos padres quando enfatizou a palavra *eles*. O chefe do lixão parou junto à fonte de água benta por tempo suficiente para pensar duas vezes antes de tocar nela. Ele não tocou na água benta ao sair – aparentemente, as lágrimas de Maria Monstro foram o suficiente.

– Não deixe de se despedir de mim antes de ir para Iowa – Rivera disse ao leitor do lixão; estava claro que o chefe do lixão não ia falar com mais ninguém.

– Venha me ver dentro de um ou dois dias, jefe. Eu tiro os seus pontos! – Vargas gritou para Rivera.

Juan Diego não duvidou do que o chefe do lixão disse; ele sabia que os dois velhos padres iriam concordar; ele também sabia que Lupe soubera disso. Um único olhar na direção de padre Alfonso e padre Octavio revelou a Juan Diego que os dois velhos padres também sabiam que iriam concordar.

– Qual é mesmo aquela merda em latim? – Flor perguntou ao señor Eduardo.

– Quid pro quo – o homem de Iowa disse baixinho; ele não queria ficar repetindo isso.

Agora foi a vez do irmão Pepe chorar. Suas lágrimas não foram um milagre, é claro, mas chorar era uma coisa importante para Pepe, que não conseguiu se controlar. Suas lágrimas não paravam de cair.

– Eu vou sentir saudades suas, meu querido leitor – irmão Pepe disse a Juan Diego. – Acho até que já estou com saudades! – concluiu Pepe.

Os gatos não acordaram Juan Diego, e sim Dorothy. Dorothy era uma britadeira por cima de mim; com seus seios fartos balançando logo acima do meu rosto, e seus quadris indo para a frente e para trás sentada sobre ele, a moça tirou o fôlego de Juan Diego.

– Eu também vou sentir saudades suas! – ele gritou, enquanto ainda estava dormindo e sonhando. Quando ele se deu conta, já estava gozando – Juan Diego não tinha lembrança de ela ter posto a camisinha nele – e Dorothy estava gozando também. Um terremoto, Juan Diego pensou.

Se havia gatos no telhado de sapê por cima do chuveiro externo, os gritos de Dorothy os afugentaram; seus gritos calaram momentaneamente os galos de briga, também. Os cachorros que haviam latido a noite inteira recomeçaram a latir.

Não havia telefones nos quartos do Esconderijo, senão algum babaca num quarto próximo teria ligado para reclamar. Quanto aos fantasmas dos jovens americanos que haviam morrido no Vietnã, agora e para sempre de licença em El Esconderijo, os gritos explosivos de Dorothy devem ter feito seus corações que não batiam mais tremer por um ou dois segundos.

Foi só quando Juan Diego chegou mancando no banheiro que ele viu o vidro aberto do Viagra; os comprimidos estavam ao lado do seu celular ligado na tomada – na parte da bancada ao lado do vaso sanitário, de um dos lados da pia. Juan Diego não se lembrava de ter tomado o Viagra, mas deve ter tomado um comprimido inteiro, não a metade – quer tenha tomado ele mesmo quando estava só meio acordado, quer Dorothy lhe tenha dado a dose de 100 mg quando ele dormia profundamente e sonhava com a aspersão das cinzas. (Fazia diferença como ele o havia tomado? Ele sem dúvida o tomara.)

É difícil dizer o que surpreendeu mais Juan Diego. Foi o jovem fantasma em si mesmo ou a camisa havaiana do soldado morto? O mais surpreendente foi o modo como a vítima americana daquela guerra distante buscava atentamente um traço de si mesma no espelho acima da pia do banheiro; a jovem vítima não estava refletida no espelho. (Alguns fantasmas aparecem em espelhos – mas não este. Não é fácil categorizar fantasmas.) E a visão de Juan Diego naquele mesmo espelho, acima da pia do banheiro, fez o fantasma desaparecer.

O fantasma que não estava refletido no espelho do banheiro fez Juan Diego se lembrar do sonho estranho que tivera sobre a fotografia que o jovem chinês tirou na Estação de Kowloon. Por que Miriam e Dorothy não estavam na foto? Do que mesmo que Consuelo havia chamado Miriam? "A dama que simplesmente aparece" – não era isso que a garotinha de maria-chiquinha havia dito?

Mas como é que Miriam e Dorothy tinham *desaparecido* de uma fotografia?, Juan Diego estava pensando. Ou será que a câmera do celular não havia capturado Miriam e Dorothy, em primeiro lugar?

Esse pensamento, essa *conexão* – não o jovem fantasma em si mesmo, e não sua camisa havaiana – foi o que mais assustou Juan Diego. Quando Dorothy o encontrou parado, imóvel, no banheiro, olhando fixamente para o espelho acima da pia, ela adivinhou que ele tinha visto um dos fantasmas.

– Você viu um deles, não foi? – Dorothy perguntou a ele; ela beijou-lhe rapidamente a parte de trás do pescoço, antes de deslizar por trás dele, nua, a caminho do chuveiro externo.

– Um deles, sim – foi tudo o que Juan Diego disse. Ele não havia tirado os olhos do espelho do banheiro. Sentiu o beijo de Dorothy em seu pescoço; ele a sentiu roçar as suas costas, ao passar por trás dele. Mas Dorothy não apareceu no espelho do banheiro – como o fantasma de camisa havaiana, ela não apareceu refletida lá. *Ao contrário* do fantasma de camisa havaiana, Dorothy não se deu ao trabalho de procurar por si mesma no espelho; ela passara tão discretamente por trás de Juan Diego que ele não viu que ela estava nua – até vê-la em pé no chuveiro externo.

Durante algum tempo, ele a observou lavando o cabelo. Juan Diego achava Dorothy uma moça muito atraente, e se ele fosse um fantasma – ou, em algum sentido, não fosse deste mundo – lhe parecia mais compreensível que ela quisesse estar com ele, mesmo se estar com ele fosse algo de natureza irreal ou ilusória.

– Quem é você? – Juan Diego perguntou a Dorothy em El Nido, mas ela estava dormindo, ou fingiu estar – ou então Juan Diego apenas imaginou que houvesse lhe perguntado.

Ele não queria mais saber quem ela era. Era um grande alívio para Juan Diego imaginar que Dorothy e Miriam talvez fossem fantasmas. O mundo que ele havia imaginado lhe trouxera mais satisfação e menos dor do que o mundo real jamais trouxera.

– Quer tomar uma chuveirada comigo? – Dorothy lhe perguntou. – Ia ser divertido. Só os cachorros e os gatos podem nos ver, ou os fantasmas, e quem se importa com isso? – ela disse.

– Sim, seria divertido – Juan Diego respondeu. Ele ainda estava olhando para o espelho do banheiro quando a pequena lagartixa saiu ali de trás e olhou para ele com seus olhos brilhantes e impassíveis. Não havia dúvida de que a lagartixa o vira, mas – só para ter certeza – Juan Diego sacudiu os ombros e balançou a cabeça de um lado para o outro. A lagartixa correu de volta para trás do espelho do banheiro; ela se escondeu num segundo.

"Já estou chegando!", Juan Diego disse para Dorothy; o chuveiro externo (e Dorothy lá dentro) pareciam muito convidativos. E a lagartixa sem dúvida o tinha visto – Juan Diego soube que ainda estava vivo, ou pelo menos visível. Ele não era alguma espécie de fantasma – ainda não.

"Estou indo!", Juan Diego gritou para ela.

– Promessas, promessas – Dorothy gritou de volta do chuveiro externo.

Ela gostava de esfregar xampu no pênis dele e roçar seu corpo no dele debaixo d'água. Juan Diego imaginou por que não tinha tido nenhuma namorada igual a Dorothy, mas – mesmo quando era jovem – ele supunha que sua conversa fosse um tanto formal, que houvesse uma seriedade nele que afastara as moças mais divertidas. E seria por isso que, em sua imaginação, Juan Diego teria a tendência de *inventar* uma moça como Dorothy?

– Não se preocupe com os fantasmas. Só achei que você deveria vê-los – Dorothy lhe dizia, no chuveiro. – Eles não esperam nada de você; só estão tristes, e não há nada que você possa fazer a respeito da tristeza deles. Você é americano. O que eles sofreram faz parte de você, ou você faz parte do que eles sofreram – ou algo assim – Dorothy continuou falando sem parar.

Mas que parte deles era realmente parte dele?, Juan Diego pensou. As pessoas – mesmo os fantasmas, se Dorothy era uma espécie de fantasma – estavam sempre tentando torná-lo "parte de" alguma coisa!

Você não pode arrancar o hábito de revirar lixo dos catadores de lixo; los pepenadores serão estrangeiros aonde quer que vão. Juan Diego era *parte* de quê? Uma espécie de estranheza universal viajava com ele; era isso que ele era, não só *como escritor*. Até o nome dele era fictício – não Rivera, mas Guerrero. O advogado da imigração americana não concordou que Juan Diego tivesse o nome de Rivera. Não era suficiente que Rivera "provavelmente não fosse" pai de Juan Diego. Rivera estava vivo; não ficava bem que o menino adotado tivesse o nome de Rivera.

Pepe teve que explicar isso ao chefe do lixão; Juan Diego teria tido dificuldade em dizer a el jefe que "o menino adotado" precisava de um nome novo.

– Que tal Guerrero? – Rivera sugeriu, olhando apenas para Pepe, não para Juan Diego.

– Você concorda com Guerrero, jefe? – Juan Diego perguntara ao chefe do lixão.

– Claro – Rivera disse; ele se permitiu olhar para Juan Diego, só um pouco. – Até uma criança do lixão deve saber de onde vem – el jefe dissera.

– Eu não vou esquecer de onde venho, jefe – foi tudo o que Juan Diego disse, seu nome já se tornando algo *imaginado*.

Nove pessoas viram um milagre no Templo de la Compañía de Jesús em Oaxaca: lágrimas rolaram dos olhos de uma estátua. Esta era nada menos do que a estátua da Virgem Maria, mas o milagre nunca foi registrado, e seis das nove testemunhas tinham morrido. Depois da morte das três sobreviventes – Vargas, Alejandra e Juan Diego – o próprio milagre morreria, não é?

Se Lupe estivesse viva, ela teria dito a Juan Diego que esta estátua que chorava não era o principal milagre da vida dele. "Nós somos os milagrosos", Lupe tinha dito a ele. E a própria Lupe não era o principal milagre? O que ela soubera, o que ela arriscara – como ela havia *determinado* outro futuro para ele! Era desses mistérios que Juan Diego *fazia parte*. Ao lado desses mistérios, suas outras experiências perdiam a importância.

Dorothy estava dizendo alguma coisa; ela continuava a falar sem parar.

– A respeito dos fantasmas – Juan Diego interrompeu-a o mais naturalmente possível. – Acho que há maneiras de distingui-los dos outros hóspedes.

– O modo como eles desaparecem quando você os olha deixa isso muito claro – Dorothy disse.

No café da manhã, Dorothy e Juan Diego iriam descobrir que El Esconderijo não estava muito cheio; não havia muitos outros hóspedes, e os que vieram tomar café nas mesas do lado de fora não desapareciam quando você olhava para eles. Os outros hóspedes que vieram tomar café pareceram um pouco velhos e cansados para Juan Diego, mas ele se olhara no espelho aquela manhã – um pouco mais do que costumava examinar-se no espelho – e Juan Diego teria dito que *ele* parecia um pouco velho e cansado, também.

Depois do café, Dorothy quis que Juan Diego fosse ver a pequena igreja ou capela que fazia parte do conjunto de prédios antigos; ela achava que a arquitetura poderia lembrar a Juan Diego do estilo espanhol com que ele se acostumara em Oaxaca. (Ah, aqueles espanhóis – eles circularam um bocado!, Juan Diego estava pensando.)

O interior da capela era bem básico, nada enfeitado ou decorado. Havia um altar que parecia uma mesa pequena de café, para dois fregueses. Havia um Cristo na Cruz – este Jesus não parecia estar sofrendo muito – e uma Virgem Maria, não uma estátua enorme, mas simplesmente uma presença em tamanho real. Os dois quase poderiam estar conversando um com o outro. Mas estas duas figuras familiares, esta mãe e este filho, não eram as duas presenças mais dominantes – esta Maria e seu Jesus não foram quem atraiu o interesse imediato de Juan Diego.

Os dois jovens fantasmas no primeiro banco da capela atraíram toda a atenção de Juan Diego. Os rapazes estavam de mãos dadas, e um deles estava com a cabeça encostada no ombro do outro. Eles pareciam mais do que antigos companheiros de farda, embora estivessem ambos com seus uniformes de soldado. Não foi o fato de que os dois prisioneiros americanos mortos há tanto tempo fossem (ou tivessem sido) amantes que pegou Juan Diego de surpresa. Estes fantasmas não tinham visto Dorothy e Juan Diego entrar na igrejinha; não só eles não desapareceram, como continuaram a olhar suplicantes para Maria e Jesus – como se acreditassem que estavam sozinhos na capela.

Juan Diego teria imaginado que, quando você estava morto e era um fantasma, a sua fisionomia – especialmente numa igreja – seria diferente. Você não estaria mais buscando orientação. Você já não saberia as respostas?

Mas estes dois fantasmas pareciam tão desinformados quanto quaisquer amantes confusos que jamais olharam sem entender para Maria e Jesus. Estes dois, Juan Diego percebeu, não sabiam nada. Estes dois soldados mortos não eram mais bem informados do que qualquer pessoa viva; estes dois jovens fantasmas ainda estavam buscando respostas.

– Chega de fantasmas; eu já vi fantasmas demais – Juan Diego disse para Dorothy, e nesse momento os dois antigos companheiros de armas desapareceram.

Juan Diego e Dorothy iriam ficar no Esconderijo aquele dia e aquela noite – uma sexta-feira. Eles deixariam Vigan num sábado; eles embarcaram em outro voo noturno de Laoag para Manila. Mais uma vez – exceto por um navio ocasional – eles voaram sobre a escuridão da baía de Manila.

31. Adrenalina

Outra chegada noturna em outro hotel, Juan Diego estava pensando, mas ele já tinha visto o saguão deste – o Ascott, em Makati, onde Miriam disse que ele deveria ficar quando voltasse a Manila. Que estranho: estar se registrando com Dorothy, onde ele antes imaginara Miriam atraindo os olhares ao entrar.

Você tomava um elevador no nível da rua até o saguão do Ascott, que era num andar superior. Era uma longa caminhada até a recepção do lugar onde os elevadores estavam localizados no saguão.

– Estou um tanto surpresa da minha mãe não estar – Dorothy começou a dizer; ela olhava em volta quando Miriam simplesmente apareceu. Não foi surpresa para Juan Diego o modo como os guardas de segurança não tiraram os olhos de Miriam, desde os elevadores até o balcão de recepção. Você tinha que ser cego, ou um cão farejador de bombas, para não olhar para Miriam caminhando na sua frente – você era obrigado a olhar para ela o tempo todo.

– Que surpresa, mamãe – Dorothy disse laconicamente, mas Miriam ignorou-a.

– Pobre homem! – Miriam exclamou para Juan Diego. – Aposto que você já viu o bastante dos fantasmas de Dorothy – rapazes de dezenove anos assustados não são para qualquer um.

– Você está dizendo que agora é sua vez, mamãe? – Dorothy perguntou a ela.

– Não seja grosseira, Dorothy; nunca é tanto sobre sexo quanto você parece pensar – a mãe disse a ela.

– Você está brincando, certo? – Dorothy perguntou a ela.

– É a hora, é Manila, Dorothy – Miriam lembrou a ela.

– Eu sei que horas são, sei onde estamos, mamãe – Dorothy disse a ela.

– Chega de sexo, Dorothy – Miriam repetiu.

– As pessoas não fazem mais sexo? – Dorothy perguntou a ela, mas Miriam mais uma vez a ignorou.

– Querido, você parece cansado. Estou preocupada com o quanto parece cansado – Miriam disse a Juan Diego.

Ele observou Dorothy quando ela deixou o saguão. Ela possuía um charme selvagem que era irresistível; os guardas de segurança observaram Dorothy indo na direção deles, até chegar nos elevadores, mas não olharam para ela do mesmo jeito que haviam olhado para Miriam.

– Pelo amor de Deus, Dorothy – Miriam resmungou baixinho, quando viu que a filha saíra furiosa. Só Juan Diego escutou o que ela disse. – Francamente, Dorothy! – Miriam falou na direção dela, mas Dorothy não pareceu ter ouvido; as portas do elevador já estavam se fechando.

A pedido de Miriam, o Ascott tinha passado Juan Diego para uma suíte com uma cozinha completa; a suíte ficava num dos andares mais altos. Juan Diego não precisava de uma cozinha para nada.

– Depois de El Esconderijo, que é tão ao nível do mar e tão deprimente quanto possível, achei que você merecia uma vista mais *elevada* – Miriam disse a ele.

Fora o fato de ser *elevada*, a vista do Ascott de Makati – a Wall Street de Manila, o centro comercial e financeiro das Filipinas – era igual à de muitas cidades vistas do alto à noite: as variações de iluminação fraca ou as janelas escuras dos escritórios que só funcionavam durante o dia eram compensadas pelas janelas brilhantemente iluminadas de hotéis e prédios de apartamentos. Juan Diego não queria depreciar os esforços de Miriam em relação à vista, mas havia uma semelhança universal (uma falta de identidade nacional) na paisagem citadina que ele via.

E onde Miriam o levou para jantar – bem perto do hotel, no Ayala Center – a atmosfera das lojas e restaurantes era refinada, mas agitada (um shopping transplantado para um aeroporto internacional ou o contrário). No entanto, deve ter sido o anonimato do restaurante no Ayala Center, ou a atmosfera de viagens de negócios do Ascott Hotel, que levou Juan Diego a contar a Miriam uma história tão pessoal: o que havia acontecido com o gringo bom, não apenas a cremação no basurero, mas cada verso de "Ruas de Laredo" – a letra recitada em tom mórbido. Não se esqueçam, Juan Diego tinha passado vários dias com Dorothy. Ele deve ter pensado que Miriam era uma ouvinte melhor do que a filha.

"Vocês não chorariam se jamais esquecessem que a *sua* irmã foi morta por um leão?", Miriam perguntou às crianças no Encantador. E depois Pedro adormeceu com a cabeça encostada no peito de Miriam. Era como se o menino tivesse sido enfeitiçado.

Juan Diego decidiu que ia falar com Miriam sem parar; assim, se ele não a deixasse falar, também ela não *o* enfeitiçaria.

Ele falou e falou sobre el gringo bueno – não só como o infeliz hippie tinha feito amizade com Lupe e Juan Diego, mas sobre a questão embaraçosa de Juan Diego não saber o nome do gringo bom. O Cemitério e Memorial Americano em Makati City, no Forte Bonifácio, atraíra Juan Diego às Filipinas, mas Juan Diego contou a Miriam que não tinha esperança de conseguir localizar o túmulo verdadeiro do pai desaparecido no meio das onze sepulturas, sem saber o nome do pai morto.

– No entanto, promessa é promessa – foi o que Juan Diego disse a Miriam no restaurante no Ayala Center. – Eu prometi ao gringo bom que prestaria minhas homenagens ao pai dele – Juan Diego disse a Miriam. – Imagino que o Cemitério Americano seja bem opressivo, mas eu *tenho* que ir lá; preciso pelo menos *visitá-lo*.

– Não o visite amanhã, querido; amanhã é domingo, e não um domingo *qualquer* – Miriam disse. (Vocês podem ver a facilidade com que Juan Diego desistiu de falar sem parar; como acontecia sempre com Miriam e Dorothy, aquelas duas mulheres sabiam de algo que ele não sabia.)

O dia seguinte, domingo, era o dia da procissão anual conhecida como Festa do Nazareno Negro.

– A coisa veio do México. Um galeão espanhol o levou de Acapulco para Manila. No início dos anos 1600, parece... Acho que um bando de frades agostinianos trouxe a coisa – Miriam disse para ele.

– Um Nazareno *preto*? – Juan Diego perguntou a ela.

– Não da raça negra – Miriam explicou. – É uma imagem de madeira em tamanho real de Jesus Cristo, carregando sua cruz para o Calvário. Talvez ela fosse feita de algum tipo de madeira escura, mas não preta; foi queimada num incêndio.

– Você quer dizer que ela foi *chamuscada*? – Juan Diego quis saber.

– Ela foi queimada pelo menos três vezes. A primeira, num incêndio a bordo do galeão espanhol. A coisa *chegou* chamuscada, mas houve mais dois incêndios depois que o Nazareno Negro chegou a Manila. A igreja de Quiapo foi destruída duas vezes pelo fogo – no século XVIII e nos anos 1920 – Miriam disse. – E houve dois terremotos em Manila – um no século XVII e um no século XIX. A Igreja faz um grande estardalhaço pelo fato do Nazareno Negro ter "sobrevivido" a três incêndios e dois terremotos, *e* a coisa sobreviveu à Libertação de Manila em 1945 – um dos piores bombardeios na Costa do Pacífico na Segunda Guerra Mundial, aliás. Mas o que há de mais numa estátua de madeira que "sobrevive" – uma estátua de madeira não pode morrer, pode? A coisa apenas se queimou algumas vezes, e ficou mais escura! – foi o que Miriam disse. – O Nazareno Negro também levou um tiro uma vez – no rosto, eu acho. O incidente do tiro foi bem recente; nos anos 1990 – Miriam disse. – Como se Cristo não tivesse sofrido o bastante, a caminho do Calvário, o Nazareno Negro tinha "sobrevivido" a seis catástrofes, tanto naturais quanto não naturais.

"Acredite em mim", Miriam disse de repente para Juan Diego. "Você não vai querer sair do hotel amanhã. Manila fica uma bagunça quando os devotos do Nazareno Negro fazem sua procissão maluca."

– Há milhares de devotos? – Juan Diego perguntou a Miriam.

– Não, *milhões* – Miriam disse a ele. – E muitos deles acreditam que *tocar* no Nazareno Negro irá curá-los – seja de que doença tenham. Um monte de gente se machuca durante a procissão. Há homens devotos do Nazareno Negro que se chamam de Hijos del Señor Nazareno e sua devoção à fé católica faz com que se "identifiquem", como eles dizem, com a Paixão de Cristo. Talvez os imbecis queiram sofrer tanto quanto Jesus sofreu – Miriam disse; o modo como ela encolheu os ombros deixou Juan Diego gelado. – Quem sabe o que devotos como esses querem?

– Talvez eu vá ao Cemitério e Memorial Americano de Manila na *segunda-feira* – Juan Diego sugeriu.

– Manila vai estar uma bagunça na segunda-feira. Eles levam um dia para limpar as ruas, e todos os hospitais ainda estão tratando dos feridos. Vai na terça, de tarde é melhor. As pessoas mais fanáticas fazem tudo o mais cedo possível. Não vá de manhã – Miriam disse a ele.

– Está bem – Juan Diego disse. Só de ouvir Miriam falar o deixou tão cansado quanto ficaria se tivesse marchado na procissão do Nazareno Negro – sofrendo os ferimentos inevitáveis no meio da multidão e ficando desidratado. Entretanto, mesmo cansado como estava, Juan Diego duvidou do que Miriam lhe contara. A voz dela era sempre tão autoritária, mas desta vez o que ela disse pareceu exagerado – até mesmo falso. Juan Diego tinha a impressão de que Manila era enorme. Será que uma procissão religiosa em Quiapo podia mesmo afetar a região de Makati?

Juan Diego bebeu cerveja San Miguel demais e comeu algo curioso; diversas coisas poderiam ter feito com que não se sentisse bem. Ele desconfiou dos rolinhos de pato de Pequim. (Por que eles colocavam pato em rolinhos primavera?) E Juan Diego não sabia que lechon kawali era bucho de porco frito antes que Miriam lhe informasse; a linguiça servida com maionese bagoong também o pegou de surpresa. Mais tarde, Miriam disse a ele que a maionese era feita com aquele condimento de peixe fermentado – o que Juan Diego achou que lhe causou indigestão, ou azia.

Na verdade, pode não ter sido a comida filipina (ou o excesso de cerveja San Miguel) que embrulhou seu estômago e o deixou passando mal. A loucura familiar dos devotos do Nazareno Negro o perturbou. *É claro* que o Jesus queimado e sua cruz chamuscada tinham vindo do *México*!, Juan Diego estava pensando, enquanto ele e Miriam subiam pelas escadas rolantes no amplo shopping de Ayala Center – e enquanto subiam no elevador até sua suíte no Ascott Hotel.

Mais uma vez, Juan Diego quase não notou: como ele parecia não mancar quando caminhava junto com Miriam ou Dorothy. E Clark French parecia estar assediando-o com uma mensagem de texto atrás da outra. A pobre Leslie estava mandando mensagens para Clark; ela queria que Clark indagasse se o seu antigo professor estava "nas garras de uma perseguidora literária".

Juan Diego não sabia que *existiam* perseguidoras literárias; ele duvidava que Leslie (uma *aluna* de redação criativa) fosse perseguida por elas, mas ela dissera a Clark que Juan Diego tinha sido seduzido por uma "tiete que persegue escritores". (Clark insistia em chamar Dorothy apenas por D.) Leslie tinha dito a Clark que

Dorothy era uma "mulher de intenções possivelmente satânicas". A palavra *satânica* nunca deixava de excitar Clark.

O motivo de haver tantas mensagens de texto de Clark era que Juan Diego havia desligado o celular antes do voo de Laoag para Manila; só quando estava saindo do restaurante com Miriam foi que ele se lembrou de ligar o aparelho. Nessa altura, a imaginação de Clark French já tomara um caminho assustado e protetor.

"Você está bem?", a mensagem de texto mais recente de Clark dizia. "E se D. *for* satânica? Eu conheci Miriam – achei que *ela* fosse satânica!"

Juan Diego percebeu que havia ignorado também uma mensagem de texto de Bienvenido. Era verdade que Clark French tomara a maior parte das providências para a estadia de Juan Diego em Manila, mas Bienvenido não só sabia que o antigo professor do Sr. French estava de volta na cidade; o motorista saberia que Juan Diego trocara de hotel. Bienvenido não desmentiu exatamente os avisos de Miriam a respeito de domingo, mas não foi tão insistente.

"Melhor ficar quieto amanhã, por causa das multidões presentes ao evento do Nazareno Negro – pelo menos evitar a rota da procissão", Bienvenido escreveu para ele. "Eu serei seu motorista na segunda-feira, para a entrevista no palco com o sr. French e o jantar em seguida."

"QUE entrevista no palco com você na segunda-feira, Clark – QUE jantar em seguida?", Juan Diego escreveu imediatamente para Clark French, antes de abordar a situação *satânica* que tanto havia excitado seu antigo aluno.

Clark ligou para explicar. Havia um pequeno teatro em Makati City, bem perto do hotel de Juan Diego – "pequeno, mas agradável", como Clark descreveu. Nas noites de segunda-feira, quando não havia espetáculo, a companhia promovia entrevistas com autores. Uma livraria local fornecia exemplares de livros do autor, para serem autografados; Clark costumava ser o entrevistador. Havia um jantar depois, para patrocinadores do programa de entrevista de autores – "não muita gente" – Clark garantiu a ele, "mas uma maneira de você ter algum contato com seus leitores filipinos".

Clark French era o único escritor que Juan Diego conhecia que parecia um publicitário. E, como publicitário, Clark mencionou a mídia por último. Haveria um ou dois jornalistas, durante a entrevista e no jantar, mas Clark disse que avisaria a Juan Diego com quais ele deveria tomar cuidado. (Clark devia ficar em casa e *escrever!*, Juan Diego pensou.)

– E suas amigas vão estar lá – Clark disse de repente.

– Quem, Clark? – Juan Diego perguntou.

– Miriam e a filha dela. Eu vi a lista de convidados para o jantar; diz apenas "Miriam e filha, amigas do autor." Achei que você soubesse que elas iam – Clark disse a ele.

Juan Diego olhou cuidadosamente em volta da sua suíte. Miriam estava no banheiro; era quase meia-noite. Provavelmente estava se aprontando para dormir. Juan Diego foi mancando até a cozinha da suíte e baixou a voz quando falou no celular com Clark.

– D. é de *Dorothy*, Clark. Dorothy é filha de Miriam. Eu dormi com Dorothy antes de dormir com Miriam – Juan Diego lembrou ao seu antigo aluno de redação criativa. – Eu dormi com Dorothy antes de ela conhecer Leslie, Clark.

– Você admitiu que não conhecia *bem* Miriam e a filha dela – Clark disse ao seu antigo professor.

– Como já disse a você, elas são mistérios para mim, mas sua amiga Leslie tem seus próprios problemas. Leslie está apenas com ciúmes, Clark.

– Eu não nego que a pobre Leslie tenha *problemas* – Clark começou a dizer.

– Um dos filhos dela foi pisoteado por um búfalo; o mesmo menino mais tarde foi picado por águas-vivas cor-de-rosa nadando verticalmente – Juan Diego sussurrou no celular. – O outro filho foi picado por plânctones que pareciam camisinhas para crianças de três anos de idade.

– Camisinhas que mordem... Não me faça lembrar disso! – Clark exclamou.

– Não camisinhas; os plânctones *pareciam* camisinhas, Clark.

– Por que você está sussurrando? – Clark perguntou ao seu antigo professor de redação criativa.

– Estou com Miriam – Juan Diego sussurrou; ele estava mancando pela área da cozinha, tentando ficar de olho na porta fechada do banheiro.

– Vou deixar você desligar – Clark sussurrou. – Achei que terça-feira seria um bom dia para o Cemitério Americano...

– Sim, de tarde – Juan Diego interrompeu-o.

– Eu contratei Bienvenido para a manhã de terça também – Clark disse a ele. – Achei que talvez você gostasse de ver a Igreja de Nossa Senhora de Guadalupe, a daqui de Manila. Há só dois prédios, uma velha igreja e monastério; nada tão imponente quanto a versão que vocês têm na Cidade do México. A igreja e monastério ficam numa favela – Guadalupe Viejo – a favela fica numa colina sobre o Rio Pasig – Clark continuou.

– Guadalupe Viejo, uma favela – foi tudo o que Juan Diego conseguiu dizer.

– Você parece cansado. Vamos resolver isso depois – Clark disse abruptamente.

– Guadalupe, sí – Juan Diego começou a dizer. A porta do banheiro estava aberta; ele viu Miriam no quarto. Ela só tinha uma toalha em volta do corpo e estava fechando as cortinas do quarto.

– Isso é um "sim" para Guadalupe Viejo. Você quer ir até lá? – Clark French estava perguntando.

– Sim, Clark – Juan Diego respondeu.

Guadalupe Viejo não soava como uma favela. Para um menino do lixão, Guadalupe Viejo soava mais como um destino. Pareceu a Juan Diego que a simples existência da Igreja de Nossa Senhora de Guadalupe em Manila era um motivo mais forte para ele ter feito esta viagem às Filipinas do que a promessa sentimental que ele fizera ao gringo bom. Mais do que o Cemitério e Memorial Americano de Manila, Guadalupe Viejo parecia ser o lugar onde um leitor do lixão de Oaxaca iria *parar* – para usar o jeito brusco de falar de Dorothy. E se era verdade que ele fora marcado por uma aura de destino, Guadalupe Viejo não parecia ser o lugar certo para Juan Diego Guerrero?

– Você está tremendo, querido. Está com frio? – Miriam perguntou quando ele se aproximou.

– Não, acabei de falar com Clark French – Juan Diego disse a ela. – Clark e eu vamos participar juntos de um evento no palco, uma entrevista. Eu soube que você e Dorothy irão.

– Nós não temos muitos eventos literários para ir – Miriam disse, sorrindo. Ela estendera a toalha para pôr os pés, no tapete, do lado dela da cama. Ela já estava debaixo das cobertas. – Eu preparei seus comprimidos – disse, com naturalidade. – Eu não sabia se era noite de Lopressor ou de Viagra – Miriam disse a ele, daquele seu jeito despreocupado.

Juan Diego sabia que estava alternando noites: ele escolhia as noites em que queria se sentir adrenalinado; ele se resignava àquelas outras noites, quando sabia que iria se sentir amortecido. Sabia que pular uma dose de betabloqueadores – especificamente, desbloquear os receptores de adrenalina no seu corpo, para *liberar* uma dose de adrenalina – era perigoso. Mas Juan Diego não lembrava quando se tornara uma rotina para ele ter ou "uma noite de Lopressor ou de Viagra" como Miriam tinha dito – pouco tempo antes, ele calculou.

Juan Diego compreendeu de repente o que havia de semelhante entre Miriam e Dorothy; isso não tinha nada a ver com a aparência delas, ou com seu comportamento sexual. O que havia de semelhante entre essas duas mulheres era como elas eram capazes de manipulá-lo – sem contar que sempre que ele estava com uma delas, sentia-se inclinado a se esquecer da outra. (Entretanto, ele esquecia e pensava obsessivamente em ambas!)

Havia uma palavra para definir o modo como ele estava se comportando, Juan Diego pensou – não só com estas mulheres, mas também com os seus betabloqueadores. Ele estava se comportando de forma *infantil*, Juan Diego pensou – não muito diferente do modo como ele e Lupe tinham se comportado em relação às virgens, a princípio preferindo Guadalupe a Maria Monstro, até Guadalupe decepcioná-los. E então a Virgem Maria fizera realmente alguma coisa – o suficiente para conseguir a atenção das crianças do lixão, não só com seu truque de um nariz por outro, mas com suas lágrimas inequívocas.

O Ascott não era El Esconderijo – não tinha fantasmas, a menos que Miriam fosse um deles, e tinha uma quantidade de tomadas onde Juan Diego poderia ter plugado e carregado seu celular. Entretanto, ele escolheu uma tomada perto da pia do banheiro, porque o banheiro era pessoal. E Juan Diego esperava que Miriam – fosse ela um fantasma ou não – já estivesse dormindo quando ele terminasse de usar o banheiro.

"Chega de sexo, Dorothy", ele tinha ouvido Miriam dizer – aquela frase tantas vezes repetida – e, mais recentemente, "nunca tem tanto a ver com sexo quanto você parece pensar."

O dia seguinte era domingo. Juan Diego estaria voltando para casa nos Estados Unidos na quarta-feira. Ele não só tinha feito bastante sexo, Juan Diego estava pensando; já estava farto daquelas duas mulheres misteriosas, quem quer que elas fossem. Um modo de parar de pensar obsessivamente nelas era parar de fazer sexo com elas, Juan Diego pensou. Ele usou o cortador de comprimidos para cortar pela metade os comprimidos retangulares de Lopressor; tomou a dose recomendada de betabloqueadores, mais metade de outro comprimido de Lopressor.

Bienvenido tinha dito que ia "ficar quieto" no domingo; Juan Diego ia *ficar quieto* mesmo – ia passar a maior parte do domingo num estado *amortecido*. E não eram as multidões, ou a insanidade religiosa da procissão do Nazareno Negro, que Juan Diego estava evitando intencionalmente. Ele queria que Miriam e Dorothy simplesmente desaparecessem; era se sentir amortecido, como sempre, que ele queria.

Juan Diego estava fazendo um esforço para ficar normal de novo – sem contar que também tentava, embora tardiamente, seguir as ordens da sua médica. (A dra. Rosemary Stein estava sempre em sua lembrança, mesmo que nem sempre como sua médica.)

"Querida dra. Rosemary", ele começou uma mensagem de texto para ela – mais uma vez sentado com seu celular difícil de entender no vaso sanitário do banheiro. Juan Diego queria contar a ela que havia tomado algumas liberdades com sua receita de Lopressor; queria explicar a respeito das circunstâncias incomuns, sobre as duas mulheres interessantes (ou pelo menos interessadas). No entanto, Juan Diego queria assegurar a Rosemary que ele não estava solitário nem patético; também queria prometer a ela que ia parar de brincar com a dose prescrita dos seus betabloqueadores, mas teve a impressão de ter levado *horas* para escrever "Querida dra. Rosemary" – o estúpido celular era um insulto para qualquer escritor! Juan Diego jamais conseguia lembrar qual era a tecla que apertava para escrever uma letra maiúscula.

Foi então que ocorreu a Juan Diego uma solução mais simples: podia enviar a Rosemary a fotografia dele com Miriam e Dorothy na Estação de Kowloon; assim, sua mensagem ia ser ao mesmo tempo mais curta e mais engraçada. "Eu conheci estas duas mulheres, que me fizeram trapacear com minha dose de Lopressor. Não se assuste! Estou de volta ao caminho certo e abstinente, de novo. Com amor..."

Aquela seria a forma mais curta de confessar à dra. Rosemary, não seria? E o tom não era de autopiedade – não havia nenhuma pista sobre o desejo e a oportunidade perdida relativos àquela noite no carro na rua Dubuque. Rosemary estava um pouco bêbada – talvez mais que um pouco. Ela segurou o rosto de Juan Diego com as duas mãos. "Eu teria pedido para você se casar comigo", ela dissera a ele.

O pobre Pete estava dirigindo. A pobre Rosemary tentou reformular o que havia dito – ela não quis dizer que *teria* se casado com Juan Diego. "Eu só quis dizer que *poderia* ter pedido", foi como Rosemary explicou. E, sem olhar para ela, Juan Diego soube que ela estava chorando.

Ah, bem – era melhor para Juan Diego *e* sua querida dra. Rosemary não falar daquela noite no carro na rua Dubuque. E como ele podia mandar para ela aquela foto tirada na Estação de Kowloon? Juan Diego não sabia como achar a foto no seu estúpido celular – e muito menos como anexá-la a um texto. No teclado enlouquecedor do seu pequeno telefone, nem a tecla de "clear" aparecia por extenso. A tecla correta para "clear" estava marcada CLR – havia espaço no teclado para mais duas letras, na opinião de Juan Diego. Ele apagou raivosamente sua mensagem de texto para Rosemary, uma letra de cada vez.

Clark French saberia como achar a foto que o jovem chinês tirou na Estação de Kowloon; Clark mostraria a Juan Diego como enviá-la, anexada à mensagem de texto para a dra. Rosemary. Clark sabia como fazer tudo, exceto o que fazer com a pobre Leslie, Juan Diego estava pensando – enquanto ia mancando até a cama.

Não havia cachorros latindo, não havia galos cantando, mas – como na noite de Ano Novo no Encantador – Juan Diego não conseguiu ouvir nenhuma respiração vindo de Miriam. Nem um sopro de ar saía dela; ele não conseguia ouvir nem sentir sua respiração.

Miriam estava dormindo do lado esquerdo, com as costas viradas para ele. Juan Diego pensou que podia deitar do lado esquerdo e passar o braço em volta dela; ele queria pôr a mão no coração dela, não em seu seio. Queria sentir se o coração dela estava batendo ou não.

A amiga dele, dra. Rosemary Stein, podia ter dito a ele: é mais fácil sentir o pulso em outros lugares. Naturalmente, Juan Diego pôs a mão no peito de Miriam, mas não sentiu nenhum batimento.

Enquanto passava a mão pelos seios dela, seus pés tocaram os pés dela; se Miriam estivesse viva, se não fosse um fantasma, sem dúvida ela teria sentido o toque dele. Juan Diego estava tentando corajosamente afirmar sua familiaridade com o mundo espiritual.

O menino que tinha nascido em Guerrero não era estranho aos espíritos; Oaxaca era uma cidade cheia de virgens santíssimas. Até aquela loja de festas de Natal, a loja da virgem em Independencia – até uma daquelas bonecas sexuais, réplicas das famosas virgens da cidade – era *um pouco* sagrada. E Juan Diego era um garoto do Crianças Perdidas; sem dúvida, as freiras e os dois velhos padres da Companhia de Jesus haviam exposto o leitor do lixão ao mundo espiritual. Até o chefe do lixão era um fiel; Rivera fora devoto de Maria. Juan Diego não tinha medo de Miriam ou Dorothy – quem quer ou o que quer que elas fossem. Como el jefe tinha dito: "Nós não precisamos *anunciar* o que um milagre é ou deixa de ser – nós lhe *assistimos*."

Não importava quem ou o que Miriam era. Se Miriam e Dorothy eram os anjos da morte de Juan Diego, ele não se impressionou com isso. Elas não seriam seu primeiro ou único milagre. Como Lupe tinha dito a ele: "Nós é que somos milagrosos." Tudo isso era no que Juan Diego acreditava, ou no que tentava acreditar – no que sinceramente *queria* acreditar – enquanto continuava tocando em Miriam.

Mesmo assim, a súbita e forte respiração de Miriam o assustou.

– Estou imaginando que esta seja uma noite de Lopressor – ela disse a ele na sua voz grave e rouca.

Ele tentou responder com indiferença.

– Como você soube? – Juan Diego perguntou a ela.

– Suas mãos e seus pés, meu querido – Miriam disse a ele. – Suas extremidades já estão ficando mais frias.

É verdade que os betabloqueadores reduzem a circulação do sangue nas extremidades. Juan Diego só acordou ao meio-dia no domingo – suas mãos e seus pés estavam gelados. Ele não ficou surpreso ao ver que Miriam havia saído, nem que não havia deixado nenhum bilhete para ele.

As mulheres sabem quando os homens não a desejam: fantasmas e bruxas, deusas e demônios, anjos da morte – até mesmo virgens, até mesmo mulheres normais. Elas sempre sabem; as mulheres percebem quando você parou de desejá-las.

Juan Diego se sentia amortecido; ele não iria se lembrar de como aquele domingo, e aquela noite de domingo, haviam transcorrido. Mesmo aquele meio comprimido extra de Lopressor fora demais. No domingo à noite, ele jogou no vaso a metade do comprimido que não havia sido usada; tomou apenas a dose receitada de Lopressor. Juan Diego mesmo assim iria dormir até o meio-dia de segunda-feira.

Os estudantes de redação criativa em Iowa tinham chamado Clark French de católico bom samaritano, de *übernerd*, e Clark se ocupara de Leslie enquanto Juan Diego dormia. "Eu acredito que a principal preocupação da pobre Leslie é o seu bem-estar", começava a primeira mensagem de texto de Clark para Juan Diego. Havia mais mensagens de Clark, é claro – a maioria tinha a ver com a entrevista deles no palco. "Não se preocupe: eu não vou perguntar para você quem escreveu Shakespeare, e nós vamos contornar o assunto da ficção autobiográfica – o melhor que pudermos!"

Havia mais sobre a pobre Leslie. "Leslie diz que NÃO está com ciúmes – ela não quer nada com D.", a mensagem de texto de Clark declarava. "Tenho certeza que Leslie está preocupada unicamente com o tipo de feitiçaria, de bruxaria violenta que D. possa usar com você. Werner contou à mãe que o búfalo foi INCITADO a atacar e pisotear – Werner disse que D. enfiou uma lagartixa no nariz do búfalo!"

Alguém está mentindo, Juan Diego estava pensando. Ele não descartou a possibilidade de Dorothy ter enfiado a lagartixa na narina do animal. Mas também não descartou a possibilidade de ter sido o jovem Werner.

"Era uma lagartixa verde e amarela, com sobrancelhas marrons?", Juan Diego escreveu para Clark.

"ERA!", Clark respondeu. Acho que Werner deu uma boa olhada na lagartixa, Juan Diego pensou.

"Bruxaria sem sombra de dúvida", Juan Diego escreveu para Clark. "Eu não estou mais dormindo nem com Dorothy nem com a mãe dela", ele acrescentou.

"A pobre Leslie vai estar no nosso evento esta noite", foi a resposta de Clark. "D. vai estar lá? Com MÃE? Leslie diz que está surpresa por D. ter uma mãe, viva."

"Sim. Dorothy e a mãe vão estar lá", foi a última mensagem de Juan Diego para Clark. Ele teve certo prazer em mandá-la. Juan Diego estava percebendo que era menos estressante fazer coisas inconsequentes quando a sua adrenalina estava um pouco baixa.

Seria por isso que homens aposentados se contentavam em trabalhar no jardim ou jogar golfe ou outra bobagem dessas – como enviar mensagens de texto, uma tediosa letra de cada vez? Juan Diego pensou. As banalidades seriam mais toleráveis quando você já estava se sentindo amortecido?

Ele não tinha previsto que o noticiário televisivo local, e o jornal que o hotel entregou em seu quarto, seriam *inteiros* sobre a procissão do Nazareno Negro em Manila. Ele estivera tão fora do ar no domingo que não havia notado que caíra uma chuva fina o dia todo – "um vento nordeste", como disse o jornal local. Apesar do tempo, cerca de 1,7 milhão de católicos filipinos (muitos deles descalços) seguiram a procissão; os devotos foram acompanhados de 3.500 policiais. Como em anos anteriores, houve centenas de pessoas feridas – 560 fiéis sofreram ferimentos este ano. Três devotos caíram ou pularam da ponte Quezon, a Guarda Costeira informou; a Guarda Costeira informou também que havia despachado diversos grupos do serviço de inteligência em botes infláveis para patrulhar o rio Pasig – não só para proporcionar segurança aos devotos, mas para vigiar quaisquer forasteiros que pudessem criar um cenário incomum.

Quem são os *forasteiros*?, Juan Diego tinha pensado.

A procissão sempre terminava de volta à igreja de Quiapo, onde uma cerimônia chamada Pahalik era realizada – o ato de beijar a estátua do Nazareno Negro. Uma multidão esperava na fila, enchendo a área do altar, esperando por uma chance de beijar a estátua.

E agora estava um médico na TV, falando desdenhosamente dos "ferimentos leves" sofridos pelos 560 devotos este ano na procissão do Nazareno Negro. O médico enfatizou que todos os ferimentos eram esperados. "Machucados típicos de aglomerações, como escorregões – pés descalços sempre causam problemas", o médico disse. Ele era jovem e tinha um ar impaciente. E os problemas abdominais? Perguntaram ao jovem médico. "Causados por escolhas erradas de comida", o médico disse. E quanto às torções? "Mais ferimentos típicos de aglomerações – quedas, por causa dos empurrões", o médico respondeu, suspirando. E todas as dores de cabeça? "Desidratação – as pessoas não bebem bastante água", o médico disse, com um desprezo ainda maior. Centenas de participantes com tonteira e dificuldade para respirar foram tratados – alguns desmaiaram, o médico foi informado. "Falta de hábito de caminhar!", o médico exclamou, atirando as mãos para cima; ele lembrou Juan Diego do dr. Vargas. (O jovem médico parecia prestes a gritar: "O problema é *religião*!")

E quanto aos casos de dor nas costas? "Podem ser causados por qualquer coisa – definitivamente piorados por tanto empurra-empurra", o médico respondeu; ele tinha fechado os olhos. E hipertensão? "Pode ser causada por qualquer coisa", o médico repetiu, com ênfase – e manteve os olhos fechados. "Problemas relacionados à caminhada são uma causa provável." A voz dele tinha quase sumido quando o jovem médico de repente abriu os olhos e falou diretamente para a câmera. "Vou dizer a vocês para quem a procissão do Nazareno Negro é *boa*", ele disse. "A procissão é boa para os catadores de lixo."

Naturalmente, um garoto do lixão seria sensível a esse uso depreciativo da palavra *catadores de lixo*. Juan Diego não estava pensando só em los pepenadores do basurero; além dos catadores de lixo *profissionais* como o garoto do lixão, Juan Diego estava pensando com simpatia nos cães e gaivotas. Mas o jovem médico não falava depreciativamente – não dos catadores de lixo que tinha em mente. O médico estava sendo *muito* depreciativo em relação à procissão do Nazareno Negro, mas foi sincero ao dizer que a procissão era *boa* para os "catadores de lixo". Ele quis dizer boa para os pobres – aqueles que seguiam atrás dos devotos, recolhendo todas as garrafas de água e os recipientes de plástico de comida.

Ah, bem – *gente pobre*, Juan Diego pensou. Havia sem dúvida uma história que ligava a Igreja Católica aos pobres. Nesse tema de Igreja Católica e gente pobre – bem, Juan Diego geralmente brigava com Clark French por causa disso.

É claro que a Igreja era "genuína" no seu amor pelos pobres, como Clark sempre argumentava – Juan Diego não discutia isso. Por que a Igreja *não* amaria os pobres? Juan Diego costumava perguntar a Clark. Mas, e quanto ao controle da natalidade? E quanto ao aborto? Era a "agenda social" da Igreja Católica que deixava Juan Diego furioso. As políticas da Igreja – contra o aborto, até mesmo contra o controle da natalidade! – não só *sujeitavam* as mulheres à "escravidão do parto", como Juan Diego dizia para Clark; as políticas da Igreja mantinham os pobres na pobreza, ou os tornavam mais pobres. Os pobres continuavam a se reproduzir, não é? Juan Diego vivia perguntando a Clark.

Juan Diego e Clark French tinham brigado sem parar a respeito de Igreja Católica e os pobres. Se o tema da Igreja não surgisse quando os dois estivessem no palco aquela noite, ou quando estivessem jantando depois, como ele *não* surgiria quando eles estivessem juntos numa Igreja Católica Romana no dia seguinte de manhã? Como Clark e Juan Diego poderiam coexistir na Igreja de Nossa Senhora de Guadalupe em Manila sem uma repetição de sua conversa tão familiar sobre catolicismo?

Só de pensar nessa conversa, Juan Diego se dava conta de sua adrenalina – ou seja, de estar precisando dela. Não era apenas para o sexo que Juan Diego queria a *descarga* de adrenalina que estava fazendo falta a ele desde que começara a tomar betabloqueadores. O leitor do lixão pela primeira vez encontrara uma pequena história do catolicismo nas páginas chamuscadas de livros salvos da fogueira; Juan Diego era um garoto do Crianças Perdidas – ele achou que entendia a diferença entre aqueles mistérios religiosos insolúveis e as regras da Igreja, formuladas por homens.

Se ele ia à Igreja de Nossa Senhora de Guadalupe com Clark French de manhã, Juan Diego estava pensando, talvez pular uma dose de Lopressor esta noite não fosse uma má ideia. Considerando quem Juan Diego Guerrero era, e de onde tinha vindo – bem, se *você* fosse Juan Diego, e tivesse programado uma visita a Guadalupe Viejo com Clark French, você não ia querer o máximo de adrenalina que pudesse conseguir?

E havia a provação no palco, e o jantar depois – havia a noite de hoje *e* o dia de amanhã para atravessar, Juan Diego pensou. Tomar, ou não tomar, os betabloqueadores – eis a questão, estava pensando.

A mensagem de texto de Clark French foi curta, mas iria bastar. "Pensando melhor, vamos começar comigo, perguntando para você quem escreveu Shakespeare – nós sabemos que concordamos em relação a este ponto. Isto irá resolver a questão da experiência pessoal como sendo a única base válida para escrever ficção – sabemos que concordamos quanto a isto, também. Quanto aos indivíduos que acreditam que Shakespeare era outra pessoa: eles subestimam a imaginação, ou superestimam a experiência pessoal – o argumento deles para a ficção autobiográfica, não acha?", Clark French escreveu para o seu antigo professor de redação criativa. Pobre Clark – ainda teórico, eternamente juvenil, sempre procurando uma briga.

Eu preciso de toda a adrenalina que puder conseguir, Juan Diego pensou – mais uma vez deixando de tomar seus betabloqueadores.

32. Não a Baía de Manila

Do ponto de vista de Juan Diego, o lado bom de ser entrevistado por Clark French era que Clark falava quase o tempo todo. O lado difícil era ouvir Clark falar; ele estava sempre pontificando. E se Clark estivesse concordando com você, ele podia ser ainda mais constrangedor.

Juan Diego e Clark tinham lido recentemente o livro de John Shapiro *Contested Will: Who Wrote Shakespeare?*. Tanto Clark quanto Juan Diego admiraram o livro; eles foram convencidos pelos argumentos do sr. Shapiro – acreditavam que Shakespeare de Stratford era o único Shakespeare; concordavam que as peças atribuídas a William Shakespeare não foram escritas de forma colaborativa, nem por outra pessoa.

No entanto, por que, Juan Diego pensou, Clark French não começou citando a afirmação mais persuasiva do sr. Shapiro – a que foi feita no Epílogo do livro? (Shapiro escreve: "O que eu acho mais desanimador na alegação de que Shakespeare de Stratford não tinha a experiência de vida necessária para ter escrito as peças é que isto deprecia exatamente o que o torna tão excepcional: sua imaginação.")

Por que Clark começa atacando Mark Twain? A tarefa de ler *Vida no Mississípi*, quando Clark estava no ensino médio, tinha causado "um dano quase letal à minha imaginação" – foi a reclamação de Clark. A autobiografia de Twain tinha quase posto um fim nas aspirações de Clark de se tornar escritor. E, segundo Clark, *Tom Sawyer* e *Huckleberry Finn* deviam ser um único romance – "curto", Clark reclamou.

A plateia, Juan Diego percebeu, não entendeu o *motivo* desta reclamação – não havia sido feita nenhuma menção ao *outro* escritor ali no palco (a saber, Juan Diego). E Juan Diego, ao contrário da plateia, sabia o que estava por vir; ele sabia que ainda não havia sido feita nenhuma conexão entre Twain e Shakespeare.

Mark Twain era um dos culpados que acreditavam que Shakespeare não podia ter escrito as peças atribuídas a ele. Twain tinha declarado que seus próprios livros eram "simplesmente autobiografias"; como o sr. Shapiro escreveu, Twain acreditava que "a grande ficção, inclusive a dele, era necessariamente autobiográfica".

Mas Clark não tinha *ligado* a sua crítica contra Twain ao fato de Twain estar do lado errado do debate sobre quem escreveu Shakespeare, que Juan Diego sabia ser o foco de Clark. Em vez disso, Clark falava sem parar sobre a falta de imaginação de Twain.

– Escritores que não têm imaginação – escritores que *só* sabem escrever sobre suas experiências de vida – simplesmente não conseguem imaginar que outros escritores sejam capazes de imaginar *qualquer coisa*! – Clark gritou. Juan Diego teve vontade de sumir.

– Mas quem escreveu Shakespeare, Clark? – Juan Diego perguntou ao seu antigo aluno, tentando fazê-lo retomar o rumo.

– *Shakespeare* escreveu Shakespeare! – Clark exclamou.

– Bem, então isso está resolvido – Juan Diego disse. Houve uma ou duas risadinhas na plateia. Clark pareceu surpreso, apesar do som ser muito discreto – como se ele tivesse esquecido que havia uma plateia.

Antes que Clark pudesse continuar – vociferando contra os outros acusados no grupo de patifes sem imaginação que concordavam com a heresia de dizer que as peças de Shakespeare haviam sido escritas por outra pessoa – Juan Diego tentou falar um pouco sobre o excelente livro de John Shapiro: que, segundo Shapiro, "Shakespeare não viveu, como nós vivemos, numa época de memórias"; que, como Shapiro disse também, "na época dele, e durante mais de um século e meio depois de sua morte, ninguém considerou as obras de Shakespeare como sendo autobiográficas".

– Sorte de Shakespeare! – Clark French exclamou.

Um braço magro acenou do meio da plateia estupefata – uma mulher que era quase pequena demais para ser vista do palco, só que sua beleza se destacava (mesmo sentada, como estava, entre Miriam e Dorothy). E (mesmo de longe) as pulseiras em seu braço magro eram do tipo caro e chamativo que uma mulher com um ex-marido rico usaria.

– Você acha que o livro do sr. Shapiro difama Henry James? – Leslie perguntou timidamente da plateia. (Esta era, sem dúvida, a *pobre* Leslie.)

– Henry James! – Clark gritou, como se James tivesse causado outra horrível ferida na imaginação de Clark naqueles dias vulneráveis de ensino médio. A pobre Leslie, que já era pequena, pareceu ficar ainda menor em seu assento. E foi só Juan Diego quem notou, ou Clark também viu, que Leslie e Dorothy estavam de mãos dadas? (Foi nisso que deu Leslie *dizer* que não queria nada com D.!)

"Determinar o ceticismo de Henry James acerca da autoria de Shakespeare não é fácil", Shapiro escreve. "Ao contrário de Twain, James não abordou o assunto publicamente ou diretamente." (Não exatamente *difamatório*, Juan Diego estava pensando – embora ele concordasse com a descrição de Shapiro de "o estilo enlouquecedoramente elíptico e evasivo de James".)

– E você acha que Shapiro *difama* Freud? – Clark perguntou à sua aluna de redação criativa que era louca por ele, mas a pobre Leslie agora estava com medo dele; ela pareceu pequena demais para falar.

Juan Diego poderia jurar que era de Miriam o braço comprido que rodeava os ombros trêmulos da pobre Leslie.

"A autoanálise permitiu a Freud, por extensão, analisar Shakespeare", Shapiro tinha escrito.

Ninguém a não ser Freud poderia imaginar o desejo de Freud por sua mãe, ou o ciúme que Freud tinha do pai, Clark estava dizendo – e como, a partir da *autoanálise*, Freud havia concluído que este era (como disse Freud) "um evento universal no início da infância".

Ah, esses eventos universais no início da infância! Juan Diego estava pensando; ele esperava que Clark French fosse deixar Freud fora da discussão. Juan Diego não queria ouvir o que Clark French achava da teoria freudiana da inveja feminina do pênis.

– *Não*, Clark – disse uma voz feminina de timbre mais forte na plateia – desta vez não foi a voz tímida de Leslie. Era a esposa de Clark, a dra. Josefa Quintana – uma mulher formidável. Ela impediu que Clark contasse à plateia suas impressões a respeito de Freud – a saga do mal causado à literatura *e* à imaginação vulnerável do jovem Clark numa idade formativa.

Com um início tão opressivo, como é que a entrevista no palco poderia decolar? Era um espanto a plateia não ter ido embora – com a exceção de Leslie, cuja saída antecipada foi bem visível. Foi até certo ponto um sucesso a entrevista ter melhorado um pouco. Houve uma menção aos romances de Juan Diego, e foi um pequeno triunfo o fato de se conseguir discutir a questão de Juan Diego ser, ou *não* ser, um escritor mexicano-americano sem nenhuma outra referência a Freud, James ou Twain.

Mas a pobre Leslie não havia saído sozinha, não inteiramente. Mesmo que aquela não fosse a ideia que as pessoas faziam de uma mãe e uma filha, aquelas duas mulheres com Leslie tinham, sem dúvida, um ar competente, e o modo como elas acompanharam Leslie pelo corredor e para fora do teatro sugeria que elas estavam acostumadas a assumir o comando. De fato, o modo como Miriam e Dorothy agarraram a mulher pequena e bonita poderia ter causado certa preocupação entre os membros mais observadores da plateia – se alguém tivesse notado ou prestado atenção. O modo firme como Miriam e Dorothy seguravam a pobre Leslie poderia significar que elas a estavam consolando ou *sequestrando*. Era difícil dizer.

Para onde tinham ido Miriam e Dorothy?, Juan Diego não parava de pensar. E por que ele deveria se preocupar com isso? Ele não tinha desejado que elas desaparecessem? No entanto, o que significava quando os seus anjos da morte partiam – quando os seus fantasmas pessoais paravam de assombrá-lo?

O jantar depois da entrevista foi no labirinto do Ayala Center. Os convidados não se diferençavam uns dos outros aos olhos de um forasteiro. Juan Diego sabia quem eram os seus leitores – eles se revelavam através da familiaridade que demonstravam ter com os detalhes dos seus romances –, mas os convidados do jantar que Clark identificou como sendo "patronos das artes" eram arredios; suas simpatias em relação a Juan Diego eram ilegíveis.

Não se deve generalizar a respeito das pessoas chamadas de patronos das artes. Algumas delas não leram nada; normalmente são as que parecem ter lido tudo. As outras têm uma expressão alienada; elas parecem desinclinadas a falar ou, quando falam, é só para fazer alguma observação casual sobre a salada ou a disposição dos comensais à mesa. Normalmente são elas as que leram tudo o que você escreveu, e todos os autores que você leu.

– Você tem que ter cuidado com os *patronos das artes* – Clark cochichou no ouvido de Juan Diego. – Eles não são o que parecem ser.

Clark estava acabando com a paciência de Juan Diego – Clark dava nos nervos de qualquer um. Havia aquelas coisas conhecidas sobre as quais Clark e Juan Diego discordavam, mas era quando Juan Diego mais concordava com Clark que Clark *mais* o irritava.

Para ser justo: Clark o havia preparado para esperar "um ou dois jornalistas" no jantar; Clark também havia dito que iria alertar a Juan Diego sobre "os que ele tinha que tomar cuidado". Mas Clark não conhecia todos os jornalistas.

Um dos jornalistas desconhecidos perguntou a Juan Diego se a cerveja que ele estava tomando era a primeira ou a segunda.

– Você quer saber quantas cervejas ele tomou? – Clark perguntou agressivamente ao rapaz. – Você sabe quantos *romances* este autor escreveu? – Clark indagou ao jornalista, que estava usando uma camisa branca para fora das calças. Antes tinha sido uma camisa formal, mas conhecera melhores dias. A camisa pode ter sido lavada e passada numa outra vida, mas a aparência desleixada e coberta de manchas, tanto da camisa quanto do rapaz que a estava usando, deu a Juan Diego a impressão de uma vida de desmazelo e sujeira.

– O senhor gosta de San Miguel? – o jornalista perguntou a Juan Diego, apontando para a cerveja; o rapaz ignorava Clark de propósito.

– Cite dois títulos de romances deste autor; só dois – Clark disse ao jornalista. – Um dos romances que Juan Diego Guerrero tenha escrito, cite um que você tenha lido; só um.

Juan Diego jamais poderia (jamais *teria*) comportar-se como Clark, mas Clark estava se redimindo a cada segundo; Juan Diego estava se lembrando do que mais gostava a respeito de Clark French – não obstante todos os outros modos de ser de Clark.

– Sim, eu gosto de San Miguel – Juan Diego disse ao jornalista, levantando o copo de cerveja como se estivesse fazendo um brinde ao ignorante rapaz. – E acho que este é o meu segundo copo.

– Você não tem que falar com ele. Ele não fez o *dever de casa* – Clark disse para o seu antigo professor.

Juan Diego considerava que sua avaliação de Clark como sendo um cara legal não estava inteiramente correta; Clark *é* um cara legal, Juan Diego pensou, desde que você não seja um jornalista que não fez o dever de casa.

Quanto ao jornalista despreparado, o rapaz que não era um leitor, ele se afastara.

– Eu não sei quem ele é – Clark resmungou; ele estava desapontado consigo mesmo por não conhecer o jornalista. – Mas eu conheço *aquela ali* – eu a conheço – Clark disse para Juan Diego, apontando para uma mulher de meia-idade que estava olhando de longe para eles. (Ela estava esperando o jovem jornalista se afastar.) – Ela é um horror de insinceridade – imagine um hamster venenoso – Clark sussurrou para Juan Diego.

– Faz parte daquele grupo com que eu tenho que tomar cuidado, imagino – Juan Diego disse; ele sorriu astutamente para o seu antigo aluno. – Eu me sinto seguro com você, Clark – Juan Diego acrescentou inesperadamente. Isto foi realmente espontâneo e sincero – Juan Diego não estava brincando; ele se sentia mesmo seguro com Clark. Mas antes de dizer isto, Juan Diego não percebera o quanto ele se sentia inseguro – e por quanto tempo! (Crianças do lixão não acham natural se sentirem seguras; crianças de circo não supõem a existência de uma rede de proteção.)

De sua parte, Clark foi levado a passar seu braço forte ao redor dos ombros magros do seu antigo professor.

– Mas eu não acho que você precise da minha proteção em relação a *esta* – Clark cochichou no ouvido de Juan Diego. – Ela é só uma fofoqueira.

Clark estava se referindo à jornalista de meia-idade, que estava se aproximando deles – a mulher que ele chamara de hamster venenoso. Ele quis dizer que a mente dela corria no mesmo lugar, fazendo rotações repetitivas na roda que não levava a lugar nenhum? Mas o que havia de *venenoso* nela?

– Todas as perguntas dela serão recicladas – coisas que ela viu na internet, a reiteração de cada pergunta idiota que já fizeram para você – Clark cochichava no ouvido do seu antigo professor. – Ela não terá lido um único romance seu, mas terá lido tudo *sobre* você. Tenho certeza que você conhece o tipo – Clark continuou cochichando.

– Eu *sei*, Clark, obrigado – Juan Diego disse delicadamente, sorrindo para o seu antigo aluno. Felizmente, Josefa estava lá – a boa dra. Quintana estava levando o marido embora. Juan Diego não tinha percebido que estava na fila de comida até ver a mesa do bufê; ela estava bem na frente dele.

– Você devia comer o peixe – a jornalista disse a ele. Juan Diego percebeu que ela havia se enfiado na fila atrás dele, possivelmente do modo como hamsters venenosos fazem.

– Isso parece ser um molho de queijo, em cima do peixe – foi tudo o que Juan Diego disse; ele se serviu de massa coreana com legumes e de algo chamado carne vietnamita.

– Acho que não vi ninguém comer essa carne *destroçada* – a jornalista disse. Ela deve ter querido dizer *retalhada*, Juan Diego pensou, mas não disse nada. (Talvez os vietnamitas *esmagassem* a carne; Juan Diego não sabia.)

"A mulher pequena, bonita – a que estava aqui esta noite", a mulher de meia-idade falou, servindo-se do peixe. "Ela saiu cedo", a jornalista acrescentou, depois de uma longa pausa.

– Sim, eu sei de quem você está falando: Leslie alguma coisa. Eu não a conheço – foi tudo o que Juan Diego disse.

– Leslie alguma coisa me mandou lhe dizer uma coisa – a mulher de meia-idade disse a ele, num tom confidencial (não exatamente maternal).

Juan Diego esperou; ele não quis parecer interessado demais. E procurava em toda parte por Clark e Josefa; ele percebeu que não se importaria se Clark desse um fora nesta jornalista, de leve.

– Leslie mandou dizer que a mulher que estava com Dorothy não pode ser mãe de Dorothy. Leslie disse que a mulher mais velha não tem idade para ser mãe de Dorothy – além disso, elas não se parecem nem um pouco – a jornalista disse.

– Você conhece Miriam e Dorothy? – Juan Diego perguntou para a mulher de aparência deselegante. Ela estava usando o que costumava ser chamado de blusa estilo camponesa – o tipo de túnica larga que as mulheres hippies americanas usavam em Oaxaca, aquelas mulheres que não usavam sutiãs e colocavam flores no cabelo.

– Bem, eu não as *conheço*. Só vi que elas estavam muito *grudadas* em Leslie – a jornalista disse. – E elas também saíram cedo, junto com Leslie. Se quer saber, achei que a mais velha das duas mulheres *não tinha idade suficiente* para ser mãe da mais moça. E elas *não* eram nada parecidas – na minha opinião – ela acrescentou.

– Eu também as vi – foi tudo o que Juan Diego disse. Era difícil imaginar por que Miriam e Dorothy estavam com Leslie, Juan Diego pensou. Talvez fosse ainda mais difícil imaginar por que a pobre Leslie estava com elas.

Clark devia ter ido ao banheiro, Juan Diego pensou; Clark não estava à vista. Entretanto, uma salvadora improvável vinha na direção de Juan Diego; estava mal vestida o suficiente para ser outra jornalista, mas havia o brilho óbvio de intimidades implícitas em seus olhos ávidos – como se os livros dele tivessem mudado sua vida. Ela tinha intimidades para compartilhar, histórias de como ele a salvara: talvez ela tivesse pensado em se suicidar; ou estivesse grávida do primeiro filho, aos dezesseis anos; ou tivesse perdido um filho quando aconteceu de ler – bem, estas eram as intimidades que se refletiam em seus olhos que diziam eu-fui-salva-pelos-

-seus-livros. Juan Diego amava seus leitores tenazes. Os detalhes que eles haviam apreciado nos seus romances pareciam faiscar em seus olhos.

A jornalista viu a leitora tenaz se aproximar. Havia alguma identificação entre elas? Juan Diego não soube dizer. Elas eram mulheres mais ou menos da mesma idade.

– Eu *gosto* de Mark Twain – a jornalista disse para Juan Diego; seu tiro final, quando ela estava se afastando. Aquele seria todo o seu *veneno*? Juan Diego pensou.

– Não deixe de contar a Clark – ele disse a ela, mas ela não deu sinal de ter ouvido; parecia estar saindo apressadamente.

– Vá embora! – a leitora ávida de Juan Diego gritou para a jornalista. – Ela não leu nada – a recém-chegada anunciou para Juan Diego. – Eu sou a sua maior fã.

Para dizer a verdade – ela era uma mulher grande, devia ter uns 85 ou 90 quilos. Usava calça jeans larga, rasgada nos dois joelhos, e uma camiseta preta com um tigre de aparência feroz entre os seios. Era uma camiseta de protesto, expressando raiva em nome de uma espécie ameaçada. Juan Diego era muito alienado – ele não sabia que os tigres estavam encrencados.

– Olhe só para você. Você também está comendo a carne! – sua nova maior fã gritou, passando um braço aparentemente tão forte quanto o de Clark pelos ombros mais frágeis de Juan Diego. – Vou dizer uma coisa para você – a mulher grande disse para Juan Diego, levando-o até a mesa dela. – Sabe aquela cena com os caçadores de patos? Quando o idiota se esquece de tirar a camisinha e vai para casar e começa a urinar na frente da esposa? Eu *amo* aquela cena! – a mulher que queria salvar os tigres disse a ele, empurrando-o à sua frente.

– Nem todo mundo gostou daquela cena – Juan Diego tentou dizer a ela. Ele estava se lembrando de algumas resenhas.

– Shakespeare escreveu Shakespeare, certo? – a mulher grande perguntou a ele, empurrando-o na direção de uma cadeira.

– Sim, é o que eu acho – Juan Diego disse, cautelosamente. Ele ainda estava procurando por Clark e Josefa; realmente gostava dos seus leitores tenazes, mas eles podiam ser um pouco dominadores.

Foi Josefa que o achou, e o levou para a mesa onde ela e Clark estiveram esperando por ele.

– A mulher com um tigre no peito é jornalista também; uma das boas – Clark disse a ele. – Uma que realmente lê romances.

– Eu vi Miriam e Dorothy na plateia do teatro – Juan Diego disse a Clark. – A sua amiga Leslie estava com elas.

– Ah, eu vi Miriam com uma pessoa que eu não conhecia – Josefa disse.

– A filha dela, Dorothy – Juan Diego disse à médica.

– D. – Clark explicou. (Era óbvio que Clark e Josefa tinham conversado sobre Dorothy como D.)

– A mulher que eu vi não parecia ser *filha* de Miriam – a dra. Quintana disse. – Ela não era bonita o bastante.

– Estou muito desapontado com Leslie – Clark disse ao seu antigo professor e a sua esposa. Josefa não disse nada.

– Você está desapontado – foi tudo o que Juan Diego disse. Mas ele só conseguia pensar em Leslie *alguma coisa*. Por que ela iria a algum lugar com Dorothy e Miriam? Por que estaria com elas? A pobre Leslie não estaria com elas, Juan Diego pensou, a menos que estivesse *enfeitiçada*.

Era manhã de terça-feira em Manila – 11 de janeiro de 2011 – e as notícias do país adotivo de Juan Diego não eram boas. A deputada Gabrielle Giffords, uma democrata do Arizona, levara um tiro na cabeça; havia uma boa chance de ela sobreviver, mesmo que não conservasse todas as suas funções cerebrais. Seis pessoas foram mortas no atentado, inclusive uma menina de nove anos de idade.

O atirador do Arizona era um rapaz de 22 anos; ele tinha usado uma pistola Glock semiautomática com uma câmera de repetição de alta capacidade que disparava trinta tiros. As declarações do atirador eram ilógicas e incoerentes – seria ele outro anarquista maluco?, Juan Diego pensou.

Aqui estou eu nas distantes Filipinas, Juan Diego pensava, mas o ódio e a mentalidade de justiceiro que existe no meu país de adoção nunca estão muito longe.

Quanto ao noticiário local – na mesa de café do salão de jantar do Ascott, Juan Diego estava lendo o *Daily Inquirer* de Manila –, ele viu que a jornalista boa, sua leitora tenaz, não o havia criticado. O perfil de Juan Diego Guerrero era bem informado e seus romances foram elogiados; a jornalista grandona que Clark chamara de "mulher com o tigre no peito" era uma boa leitora, e fora muito respeitosa com Juan Diego. A foto que o *Daily Inquirer* publicou não foi por culpa dela, Juan Diego sabia; um editor de fotografias babaca deve ter escolhido a foto, e a mulher com o tigre no peito também não tinha culpa da legenda.

Na foto do autor visitante – na mesa de jantar, com sua cerveja e sua carne *destroçada* – os olhos de Juan Diego estavam fechados. Ele parecia pior do que dormindo; parecia ter desmaiado de bêbado. A legenda dizia: ELE GOSTA DE CERVEJA SAN MIGUEL.

A irritação de Juan Diego com a legenda pode ter sido uma indicação precoce de que sua adrenalina estava louca para começar, mas ele não pensou duas vezes no assunto. E o leve sinal de indigestão que sentia – talvez sua azia estivesse atacando de novo – não preocupou a Juan Diego. Num país estrangeiro, era fácil comer alguma coisa que fizesse mal ao estômago. O que ele havia comido no café, ou a carne vietnamita da noite anterior, poderiam ser a causa – foi o que Juan Diego supôs enquanto atravessava o saguão comprido do Ascott na direção dos elevadores, onde ele viu que Clark French o esperava.

– Bem, estou aliviado ao ver que seus olhos estão abertos esta manhã! – Clark cumprimentou seu antigo professor. Clark, obviamente, tinha visto a foto de Juan Diego com os olhos fechados no *Daily Inquirer*. Clark tinha um dom para observações incômodas.

Não era surpresa que Clark e Juan Diego não soubessem o que dizer um ao outro enquanto desciam no elevador do Ascott. O carro, com Bienvenido ao volante, esperava por eles no nível da rua, onde Juan Diego estendeu confiantemente a mão para um dos cães farejadores de bombas. Clark French, que nunca havia deixado de fazer seu dever de casa, começou a discursar assim que eles partiram para Guadalupe Viejo.

O distrito de Guadalupe em Makati fora transformado em um *barrio n*o século XVI e batizado assim em homenagem à "padroeira" dos primeiros colonizadores espanhóis – "amigos dos seus velhos amigos, e meus, da Companhia de Jesus", foi como Clark falou para o seu antigo professor.

– Ah, esses jesuítas, como eles circulam – Juan Diego disse; não era uma frase longa, mas ele ficou surpreso com a dificuldade que sentiu de falar e respirar ao mesmo tempo. Juan Diego se deu conta de que respirar não parecia mais ser um processo natural para ele. Havia algo depositado obstinadamente em seu estômago, mas que pesava muito em seu peito. Deve ter sido a carne – definitivamente *destroçada*, Juan Diego pensou. O rosto dele estava quente; ele começara a suar. Para alguém que odiava ar refrigerado, Juan Diego estava prestes a perguntar a Bienvenido se ele poderia esfriar um pouco mais o carro, mas Juan Diego desistiu de perguntar porque, com o esforço que estava fazendo para respirar, duvidava de que conseguiria falar.

Durante a Segunda Guerra Mundial, o distrito de Guadalupe tinha sido o *barrio* mais duramente atingido de Makati, Clark French estava dizendo. "Homens, mulheres e crianças foram massacrados pelos soldados japoneses", Beinvenido complementara.

É claro que Juan Diego podia ver aonde isto iria levar – Nossa Senhora de Guadalupe sempre se encarregava de *proteger* a todo mundo! Juan Diego sabia como os ditos defensores da vida haviam se apropriado de Nossa Senhora de Guadalupe. "Do ventre para o túmulo", diversos prelados da Igreja estavam entoando sem parar.

E quais eram as frases solenes tiradas de *Jeremias* que eles estavam sempre citando? Idiotas levantavam cartazes nos assentos atrás do gol em jogos de futebol: *Jeremias 1.5*. Como era mesmo?, Juan Diego queria perguntar a Clark. Ele tinha certeza que Clark iria saber de cor: "Antes de formar você no ventre, eu o conhecia; antes de você nascer, eu o escolhi." (Era algo assim.) Juan Diego tentou expor seus pensamentos a Clark, mas as palavras não saíram; só sua respiração importava. Seu suor agora escorria; suas roupas estavam grudadas no corpo. Se tentasse falar, Juan Diego sabia que não passaria de "Antes de formar você no ventre..." na palavra *ventre* ele achava que iria vomitar.

Talvez o carro o estivesse deixando enjoado – uma espécie de enjoo de viagem? Juan Diego estava pensando, enquanto Bienvenido os conduzia lentamente pelas ruas estreitas da favela na colina acima do rio Pasig. No pátio sujo de fuligem da velha igreja e monastério havia uma placa com o aviso: CUIDADO COM OS CÃES.

– Com *todos* os cães? – Juan Diego arfou, mas Bienvenido já estacionava o carro. Clark, é claro, estava falando. Ninguém tinha ouvido Juan Diego tentar falar.

Havia um arbusto ao lado da figura de Jesus na entrada do monastério; o arbusto estava decorado com estrelas vistosas, como uma árvore de Natal brega.

"A droga do Natal aqui não acaba nunca", Juan Diego podia ouvir Dorothy dizendo – ou ele imaginou que isto era o que Dorothy diria, se estivesse parada ao lado dele no pátio da Igreja de Nossa Senhora de Guadalupe. Mas, é claro, Dorothy não estava lá – só a voz dela. Ele estaria ouvindo coisas?, Juan Diego pensou. O que ele ouvia principalmente – o que não tinha notado ouvir antes – eram as batidas altas e desenfreadas do seu coração.

A estátua com um manto azul de Santa Maria de Guadalupe, semiobscurecida pelas palmeiras que sombreavam as paredes sujas de fuligem do monastério, tinha uma expressão calma e enigmática depois de ter suportado uma história tão calamitosa – Clark, é claro, estava recitando a história, seu tom professoral seguindo o mesmo ritmo das batidas do coração de Juan Diego.

Por razões desconhecidas, o monastério estava fechado, mas Clark levou seu antigo professor até o interior da Igreja de Guadalupe – ela se chamava oficialmente Nuestra Señora de Gracia, Clark estava explicando. Não *outra* Nossa Senhora – chega dessa história de Nossa Senhora! Juan Diego estava pensando, mas ele não disse nada, tentando poupar seu fôlego.

A imagem de Nossa Senhora de Guadalupe fora trazida da Espanha em 1604; em 1629, os prédios da igreja e monastério foram concluídos. Sessenta mil chineses iniciaram uma luta armada em 1639, Clark estava dizendo a Juan Diego – não foi dada nenhuma explicação quanto ao *motivo*! Mas os espanhóis levaram a imagem de Nossa Senhora de Guadalupe para o campo de batalha; milagrosamente, houve negociações pacíficas e foi evitado um derramamento de sangue. (Talvez não *milagrosamente* – quem disse que isto foi um milagre?, Juan Diego estava pensando.)

Tinha havido mais confusão, é claro: em 1763, a ocupação da igreja e monastério por tropas britânicas – seguida de fogo e destruição. A imagem de Nossa Senhora de Guadalupe foi salva por um "oficial" irlandês católico. (Que tipo de *oficial* veio salvá-la?, Juan Diego estava pensando.)

Bienvenido tinha esperado no carro. Clark e Juan Diego estavam sozinhos dentro da velha igreja, exceto pelo que pareciam ser duas mulheres enlutadas; elas estavam ajoelhadas no primeiro banco da igreja, diante do altar de bom gosto, quase delicado, e do retrato não majestoso de Guadalupe. Duas mulheres, todas de preto – elas usavam véus, suas cabeças estavam inteiramente cobertas. Clark manteve a voz baixa, em respeito ao morto.

Terremotos quase destruíram Manila em 1850; a abóbada da igreja desmoronou no meio dos tremores. Em 1882, o monastério foi transformado num orfanato para os filhos das vítimas de cólera. Em 1898, Pío del Pilar – um general revolucionário das Filipinas – ocupou a igreja e monastério com seus rebeldes. Pío foi obrigado a fugir dos americanos em 1899, pondo fogo na igreja ao fugir – móveis, documentos e livros foram queimados.

Jesus, Clark – você não está vendo que tem alguma coisa errada comigo?, Juan Diego estava pensando. Juan Diego sabia que alguma coisa estava errada, mas Clark não estava olhando para ele.

Em 1935, Clark anunciou de repente, o papa Pio XI declarou que Nossa Senhora de Guadalupe era a "padroeira das Filipinas". Em 1941, vieram os bombardeiros americanos – eles arrasaram os japoneses que estavam escondidos nas ruínas da Igreja de Guadalupe. Em 1995, a restauração do altar da igreja e da sacristia foi completada – assim Clark concluiu sua declamação. As mulheres que rezavam silenciosamente não se mexeram; as duas mulheres de preto, com as cabeças baixas, estavam imóveis como duas estátuas.

Juan Diego ainda lutava para respirar, mas a dor lancinante agora o fez alternadamente prender o fôlego, buscar o ar, depois prender o fôlego de novo. Clark French – como sempre totalmente absorto em seu discurso – não notou a aflição do seu antigo professor.

Juan Diego achava que ele não poderia recitar todo *Jeremias 1:5;* havia muita coisa a dizer com o resto de fôlego que lhe sobrara. Decidiu dizer apenas a última parte; Juan Diego sabia que Clark iria entender o que ele estava dizendo. Juan Diego se esforçou para dizer – apenas o "antes de você nascer eu o escolhi".

– Eu prefiro dizer "eu o santifiquei" a "eu o escolhi", embora ambos estejam corretos – Clark disse ao seu antigo professor, antes de se virar para olhar para ele. Clark segurou Juan Diego por baixo dos braços, senão Juan Diego teria caído.

Na comoção que se seguiu na velha igreja, nem Clark nem Juan Diego teriam notado as silenciosas mulheres enlutadas – as duas mulheres ajoelhadas apenas viraram ligeiramente as cabeças. Elas ergueram seus véus apenas o suficiente para poder observar a movimentação no fundo da igreja – Clark correu para fora para buscar Bienvenido; os dois homens carregaram Juan Diego de onde Clark havia deixado seu antigo professor deitado no último banco da igreja. Naquela situação de emergência – e ajoelhadas como estavam as duas mulheres lá na frente da velha igreja mal iluminada – ninguém teria reconhecido Miriam ou Dorothy (não todas de preto como estavam, e não com as echarpes ainda cobrindo suas cabeças).

Juan Diego era um escritor que prestava atenção na cronologia de uma história; no caso dele, como autor, a escolha de onde começar ou terminar uma história era sempre consciente. Mas Juan Diego estava consciente de que tinha começado a morrer? Ele deve ter sabido que o esforço para respirar e a dor de respirar não poderiam ter sido causados pela carne vietnamita, mas o que Clark e Bienvenido estavam dizendo pareceu de pouca importância para Juan Diego. Bienvenido expôs sua opinião a respeito dos "sujos hospitais do governo"; é claro que Clark quis que Juan Diego fosse para o hospital onde sua mulher trabalhava – onde sem dúvida todo mundo conhecia a dra. Josefa Quintana, onde o antigo professor de Clark iria receber os melhores cuidados possíveis.

"Como quis o acaso", Juan Diego pode ter ouvido seu antigo aluno dizer para Bienvenido. Clark disse isto em resposta à informação dada a ele por Bienvenido de que o hospital católico mais próximo da Igreja de Guadalupe ficava em San Juan; parte da região metropolitana de Manila, San Juan era a cidade mais próxima de Makati, apenas a vinte minutos de distância. O que Clark quis dizer com "acaso" foi que este era o hospital onde sua mulher trabalhava – o Centro Médico Cardeal Santos.

Do ponto de vista de Juan Diego, o percurso de vinte minutos foi surreal, mas apenas um borrão; ele não registrou nada que fosse real. Nem o Shopping Center Greenhills, que ficava em frente ao hospital – nem mesmo o clube de nome esquisito, Wack Wack Golf & Country Club, ao lado do Centro Médico Cardeal Santos. Clark estava preocupado com seu antigo e querido professor, porque Juan Diego não respondeu ao seu comentário sobre a grafia de Wack Wack.

– É verdade que a palavra "whack" é usada quando se quer dizer que uma pessoa "golpeia" uma bola de golfe – tem um *h* na palavra *whack*, ou deveria haver – Clark disse. – Eu sempre achei que os golfistas estavam perdendo seu tempo – não é surpresa que não saibam soletrar.

Mas Juan Diego não respondeu; o antigo professor de Clark não reagiu nem aos crucifixos da sala de emergência do cardeal Santos – isto *realmente* preocupou Clark. E Juan Diego não pareceu notar as freiras, que faziam suas rondas habituais. (No Cardeal Santos, Clark sabia, havia sempre um ou dois padres disponíveis durante a manhã; eles estavam dando comunhão aos pacientes que desejavam comungar.)

– Senhor está indo nadar! – Juan Diego imaginou ter ouvido Consuelo gritar, mas a garotinha de maria-chiquinha não estava entre os rostos de cabeça para baixo na multidão ao redor. Nenhum filipino observava, e Juan Diego não estava nadando; ele estava andando sem mancar, finalmente. Estava andando de cabeça para baixo, é claro; estava pendurado a 24 metros de altura – ele tinha dado o primeiro daqueles passos desafiando a morte. (E depois mais dois, e mais dois.) Mais uma vez, o passado o cercou – como aqueles rostos virados para cima na multidão atenta.

Juan Diego imaginou que Dolores estava lá; ela estava dizendo: "Quando você caminha de cabeça para baixo para as virgens, elas deixam que você faça isso para sempre." Mas caminhar de cabeça para baixo não era nada demais para um leitor do lixão. Juan Diego salvara das fogueiras do basurero os primeiros livros que leu; ele queimara as mãos salvando livros da fogueira. O que eram dezesseis passos a vinte e quatro metros de altura para um leitor do lixão? Não era essa a vida que ele poderia ter tido, se tivesse sido corajoso o bastante para agarrá-la? Mas quem vê o futuro com clareza quando só tem catorze anos?

"Nós somos os milagrosos", Lupe tinha tentado dizer a ele. "Você tem outro futuro!" Ela previra corretamente. E, realmente, por quanto tempo ele poderia ter mantido vivos a ele e à irmã – mesmo se tivesse se tornado um acrobata aéreo?

Só faltavam dez passos, Juan Diego pensou; ele contava silenciosamente os passos. (É claro que ninguém na sala de emergência do cardeal Santos sabia que estava contando.)

A enfermeira da Emergência sabia que o estava perdendo. Ela já havia chamado um cardiologista; Clark insistira para que chamassem sua esposa – naturalmente, ele lhe mandara uma mensagem de texto.

– A dra. Quintana vem, não é? – A enfermeira da Emergência perguntou a Clark; na opinião da enfermeira, isto não fazia diferença, mas ela achou que era prudente manter Clark distraído.

– Sim, sim, ela vem – Clark murmurou. Ele estava escrevendo outra mensagem para Josefa; era alguma coisa para fazer. De repente ele ficou irritado com o fato de que a velha freira que os havia admitido na Emergência ainda estivesse lá, andando em volta deles. E agora a velha freira fez o sinal da cruz, movendo os lábios silenciosamente. O que ela estava fazendo?, Clark pensou – ela estava *rezando*? Até aquela reza o irritou.

– Talvez um *padre*... – a velha freira começou a dizer, mas Clark a interrompeu.

– Não. Nenhum padre! – Clark disse a ela. – Juan Diego não iria querer um padre.

– Não mesmo. Ele com certeza *não* iria querer – Clark ouviu alguém dizer. Era uma voz de mulher, muito autoritária, uma voz que ele tinha ouvido antes; mas quando, onde?, Clark pensou.

Quando Clark ergueu os olhos do seu telefone celular, Juan Diego havia contado silenciosamente mais dois passos – em seguida mais dois, e mais dois. (Só faltavam quatro passos! Juan Diego estava pensando.)

Clark French não viu ninguém com seu antigo professor na sala de emergência – ninguém exceto a enfermeira e a velha freira. Esta última havia se afastado;

agora estava parada a uma distância respeitosa de onde Juan Diego estava deitado, lutando pela vida. Mas duas mulheres – todas de preto, com as cabeças completamente cobertas – passavam pelo corredor, apenas deslizando por lá, e Clark as avistou rapidamente antes que desaparecessem. Clark não conseguiu olhar direito para elas. Ele ouvira distintamente Miriam dizer: "Não mesmo – ele com certeza *não* iria querer." Mas Clark jamais iria ligar a voz que ouvira àquela mulher que espetara a lagartixa com um garfo de salada no Encantador.

Era bem provável que – mesmo se Clark French tivesse dado uma boa olhada naquelas mulheres passando pelo corredor – ele não tivesse achado que as duas mulheres de preto pareciam mãe e filha. O modo como as cabeças das mulheres estavam cobertas, e o modo como elas falavam uma com a outra fizeram Clark French achar que as mulheres eram freiras – de uma ordem cujos hábitos todos pretos pareciam padrão para ele. (Quanto a Miriam e Dorothy, elas simplesmente desapareceram – daquele jeito delas. Aquelas duas estavam sempre simplesmente aparecendo ou desaparecendo, não estavam?)

– Eu mesmo vou procurar Josefa – Clark disse nervosamente para a enfermeira. (Já vai tarde – você não serve de nada aqui!, ela pode ter pensado, se é que pensou alguma coisa.) – Nada de padre! – Clark repetiu, quase raivosamente, para a velha freira. A freira não disse nada; ela já tinha visto todo tipo de morte – estava acostumada com o processo, e com todo tipo de comportamento desesperado nos últimos momentos (como o comportamento de Clark).

A enfermeira da Emergência sabia quando um coração estava acabado; nem uma ginecologista-obstetra nem um cardiologista iriam reavivar este, a enfermeira sabia, mas – mesmo assim – ela continuou procurando por *alguém*.

Juan Diego parecia ter perdido a conta de alguma coisa. São só mais dois passos, ou ainda faltam quatro?, Juan Diego estava pensando. Ele hesitou em dar o passo seguinte. Acrobatas aéreos (acrobatas aéreos *de verdade*) sabem que não podem hesitar, mas Juan Diego simplesmente parou de andar de cabeça para baixo. Foi então que ele soube que não estava *realmente* andando assim; foi então que Juan Diego entendeu que estava apenas imaginando.

Era nisso que ele era realmente bom – em simplesmente imaginar. Juan Diego soube então que estava morrendo – a morte não era imaginária. E ele compreendeu que isto, exatamente isto, era o que as pessoas faziam quando morriam; isto era o que as pessoas queriam quando morriam – bem, pelo menos era o que Juan Diego queria. Não necessariamente a vida eterna, não uma vida após a morte, mas a vida que ele *desejava* ter tido – a vida de herói que ele um dia imaginou para si mesmo.

Então isto é a morte – a morte é apenas isto, Juan Diego pensou. Isto o fez sentir-se um pouco melhor a respeito de Lupe. A morte não era nem mesmo uma surpresa. "Ni siquiera una sorpresa", a velha freira ouviu Juan Diego dizer, em espanhol.

Agora não havia chance de deixar a Lituânia. Agora não havia luz – havia apenas a escuridão. Era isso que Dorothy havia dito a respeito da vista da Baía de Manila do avião, quando você se aproximava de Manila à noite: uma escuridão. "Exceto por um ou outro navio", ela dissera a ele. "A escuridão é a Baía de Manila", Dorothy explicou. Não desta vez, Juan Diego sabia – não esta escuridão.

Não havia luzes, nem navios – esta escuridão não era a baía de Manila.

Em sua mão esquerda enrugada, a velha freira segurava o crucifixo que tinha em volta do pescoço; fechando a mão, ela apertou o Cristo crucificado contra o coração. Ninguém – e muito menos Juan Diego, que estava morto – a ouviu dizer, em latim: "Sic transit gloria mundi." (*Assim passa a glória deste mundo*.)

Não que alguém fosse duvidar de uma freira tão venerável, e ela estava certa; nem mesmo Clark French, se estivesse lá, teria pronunciado algo diferente. Nem toda rota de colisão é uma surpresa.

AGRADECIMENTOS

- Julia Arvin
- Martin Bell
- David Calicchio
- Nina Cochran
- Emily Copeland
- Nicole Dancel
- Rick Dancel
- Daiva Daugirdiene
- John DiBlasio
- Minnie Domingo
- Rodrigo Fresán
- Gail Godwin
- Dave Gould
- Ron Hansen
- Everett Irving
- Janet Irving
- Stephanie Irving
- Bronwen Jervis
- Karina Juárez
- Delia Louzán
- Mary Ellen Mark
- José Antonio Martínez
- Anna von Planta
- Benjamin Alire Sáenz
- Marty Schwartz
- Nick Spengler
- Jack Stapleton
- Abraham Verghese
- Anna Isabel Villaseñor

Impressão e Acabamento:
GRÁFICA STAMPPA LTDA.